Gunter Gerlach · Herzensach

GUNTER GERLACH

Herzensach

ROMAN

HAFFMANS VERLAG

Umschlagbild von Rudolf Gerer

1. Auflage, Frühling 1998

Gesamtherstellung: Ebner Ulm
ISBN 3 251 00388 7

Ort, Personen und Tiere der Handlung

Herzensach ist ein idyllisches Dorf (in den Ausläufern des Harzes?), es gehört zum Kreis Weinstein und hat rund neunzig Einwohner, die hauptsächlich damit beschäftigt sind, jedes Schild zu entfernen und jeden anderen Hinweis auf ihren Ort aus der Landschaft zu tilgen (doch in der Schwäbischen Alb?).

Ein Unfall bringt **Jakob Finn** (28) nach Herzensach. Durch einen früheren Unfall ist er Erbe eines beträchtlichen Vermögens. Auszahlung bei Heirat. Der gleiche Unfall hat aber bisher jede Eheschließung verhindert. Die Planung eines weiteren »Unfalls« könnte sein gesamtes weiteres Leben verhindern.

Dr. Bernhard Andree (44) hat die wissenschaftliche Laufbahn aufgegeben und die Stelle des Landarztes übernommen. Im Keller seines Hauses experimentiert er, um doch noch den Nobelpreis zu erlangen. Seine Frau und Biest **Heidelinde Wulf** malt vorzugsweise Landschaftsbilder. Ihre beiden Töchter **Anne** und **Katja** spielen keine Rolle. Zum Haus gehört **»Minchen«**; die siebzigjährige Haushälterin scheint sich für siebzehn zu halten.

Rudolf Pedus (49), der Pastor mit ständig blutiger Stirn, weil er sich im Schacht des Tiefbrunnens beim Bau einer geheimnisvollen Maschine immer den Kopf stößt. Seine Frau **Inge** hat Krebs und liegt vom Anfang bis Ende im Sterben. Bei ihnen ist **Trivial** zu Hause, der große braune Hund unbestimmbarer Rasse, der alles weiß und nur ein einziges Mal etwas sagt.

Johann Franke (50) zog sich nach der Ermordung seiner Frau (die er gern selbst umgebracht hätte!) mit seiner Tochter **Claudia** als Förster nach Herzensach zurück. Er jagt gern anonym, und unter Pseudonym ist von ihm ein Büchlein erschienen. Selbstverständlich lebt im Garten des Forsthauses ein Reh.

Jan van Grunten (36) wäre gern Schauspieler geworden, muß aber, seit sich sein Vater auf das Altenteil nach Mallorca zurückgezogen hat, den Gutsherrn mimen. In Berlin betreibt er ein Unternehmen, von dem er nicht so ganz genau weiß, was dort geschieht. **Jürgen Vietel** ist sein Verwalter und trägt schwer an einer Sünde. Im Gutshaus sind unter anderem **Werner Kotschik** beschäftigt und seine Frau, die Haushälterin **Manuela**, die sich über die Vorgänge im Haus keine Fragen stellen will und es trotzdem tut. Unter dem Dach bewahrt **Maria Glaser**, Haushälterin im Ruhestand, alle Geheimnisse für sich - und ist deshalb an einem unglücklichen Ereignis schuld.

(Stammbaum der Familie van Grunten im Anhang.)

Peter Wischberg (38), Wirt im Gasthof, vertreibt den Herzensacher Likör (leider immer noch nicht weltweit) und vorzugsweise die Fliegen aus der Gaststube. In der Wirtschaft arbeitet noch seine Mutter **Luise**, die das Geheimnis des Herzensacher Heilwassers und das Herz des Studenten kennt. Seine Tochter **Karin** (16) hat kurze Auftritte – immer mit etwas Eßbarem in der Hand. Seine Frau **Dorothee** hat ihm das Knie zertrümmert und ist in das benachbarte Gebäude gezogen, wo sie sich die Zeit mit einem kleinen Laden vertreibt.

Wilhelm Weber (55) hat eine Karriere vom Schlachter zum Besitzer einer Wurstfabrik und zum Bodybuilding-Fan hinter sich. In seinem Bungalow sorgt **Lisa**, die 22jährige Tochter eines Bauern, für Ordnung. Sie weiß noch nicht, ob sie ihren Arbeitgeber lieben oder umbringen soll. Seine Frau **Sabine** besitzt eine Galerie, eine Boutique in Weinstein und eine Mordswut auf ihren Mann.

Thomas Timber (45) ist Tischler, Bürgermeister und Besitzer einer Hütte am See. Tagelang verschanzt er sich dort. Seine Frau **Petra** muckt nicht auf, kann aber hervorragend mit einem Gewehr umgehen. Kein Wunder, daß der unter dem Dach lebende, geistig verwirrte Vater des Tischlers, **Otto Timber**, in einem klaren Moment fast erschossen wird.

Katharina Freitag, benannt nach dem gleichnamigen Tag, an dem sie vor einundzwanzig Jahren gefunden wurde, lebt im Haus des Tischlers. Selbst aus einer verbotenen Beziehung hervorgegangen, haßt sie ihr Geschlecht und die Männer. (Liebt aber den Wald.)

I

Als der schwere schwarze Wagen ins Schleudern geriet und Jakob Finn hinter dem Steuer aus seinem Sekundenschlaf hochschreckte, ahnte er bereits, nun nie mehr in Bergstadt anzukommen, das ihm ein Kommilitone dringend empfohlen hatte, weil sich der dortige Wald so gut für die Untersuchungen seiner Doktorarbeit eignen würde.

Es gelang ihm, den Wagen etwas zu stabilisieren. Für die Kurve war er noch immer zu schnell. Weder der impulsive Druck auf das Bremspedal noch Gegensteuern vermochten die Fliehkraft abzuschwächen. Er verlor die Gewalt über den Wagen und wunderte sich, wie kaltblütig er alles beobachtete, sogar seine falsche Reaktion registrierte er, ohne sie ändern zu können: Mit blockierten Bremsen und bis zum Anschlag gedrehtem Steuer rutschte er über die Fahrbahn, rammte mit dem Hinterteil krachend einen der alten Alleebäume. Der BMW drehte sich, als wollte er den Baum umrunden, und kam mit den Vorderreifen auf dem Feldrand zum Stehen. Der Motor ging aus, und in der plötzlichen Stille, nur unterbrochen vom Knacken des Blechs, löste Jakob Finn seine von Schweiß klebrigen und verkrampften Hände vom Lenkrad und stieß erleichtert die Luft aus. Einen Augenblick blieb er ruhig sitzen, dann öffnete er die Tür und stieg aus. Ein Zittern bemächtigte sich seines Körpers. Das flaue Gefühl im Magen verzog seinen Mund zu einem breiten Grinsen. Erst jetzt dachte er an den Flugzeugabsturz und wunderte sich, daß die Erinnerung nicht gleich gekommen war, denn auch damals hatte ihn die Fliehkraft gepackt. Allerdings war er ohnmächtig geworden ... Er lachte laut, um die Bilder abzuschütteln. Er war ein Glückspilz.

Er stützte sich mit den Händen gegen die Dachkante des Wagens und betrachtete unter seinem Arm hindurch den Schaden am Hinterteil des BMWs. Das Blech war tief eingedrückt und blockierte den Reifen. Die Stoßstange hing schräg. Er würde nicht weiterfahren können. Er sah an sich herunter, doch seine Kleidung war nicht zerfetzt, sein Schoß nicht blutig, so wie damals, als er auf der vom Flugzeug in den Wald gerissenen Schneise aus der Ohnmacht erwacht war.

Er löste sich von dem Wagen, ging einmal langsam um ihn herum. Nein, damit konnte er nicht mehr fahren. Er überquerte die Straße, setzte sich auf einen am Rand liegenden großen Feldstein und lauschte. Nichts als das Summen von Insekten. Keine Autogeräusche. Er ärgerte sich über seine Unachtsamkeit. Nicht einmal an den letzten Wegweiser konnte er sich erinnern, geschweige denn, wie lange es her war, daß er eine Ortschaft durchfahren hatte.

Er betrachtete die Umgebung, eine Landschaft, die ihm unter anderen Umständen reizvoll erschienen wäre, so aber vermittelten die grünen, Ende Mai noch kurz bewachsenen Felder beidseitig der Straße und die dahinter sich sanft erhebenden bewaldeten Hügel nur ein Gefühl von Einsamkeit und Hilflosigkeit. Keine Kirchturmspitze streckte sich in der Ferne über die Bäume, keine Reklametafel am Straßenrand kündigte ein Gasthaus, die nächste Tankstelle oder Autowerkstatt an. Für einen Städter begann in solcher Verlassenheit bereits ein Survival-Training.

Er erinnerte sich an das Geräusch der Hubschrauber, an die Hektik und an das Entsetzen im Gesicht der Retter. Sie hatten ihm den Tod seiner Eltern schonend mitteilen wollen. Er wußte es schon beim ersten Wort. Er hatte überlebt, weil er aus dem Flugzeug geschleudert worden war.

Es war ihm kaum gelungen, um seine Eltern zu trauern. Sie hatten ein Leben ohne ihn geführt. Er war immer nur zu Besuch gewesen.

Zwar heilten seine Verletzungen schnell, doch als ihm die Ärzte eine zweite, winzig kleine Operation (Sie verstehen, geradezu lächerlich!) vorschlugen, begriff er, daß es ihn zum Gespött machen könnte, wenn jemand davon erfuhr.

Er erhob sich von dem Feldstein, als auch nach zehn Minuten noch kein Auto vorbeigekommen war, und entschied sich, die Straße zurückzugehen. Er schloß seinen Wagen ab und hatte sich kaum zehn Meter entfernt, als er sich abrupt umdrehte und doch in die andere Richtung marschierte.

Er vermochte später nicht mehr zu sagen, was diesen plötzlichen Sinneswandel bewirkt hatte, doch der Entschluß änderte nicht nur sein gesamtes Leben, sondern beschleunigte in dem knapp drei Kilometer entfernt liegenden Dorf Herzensach erneut eine Entwicklung, die bei den letzten Malen mit einem Toten geendet hatte.

Herzensach, benannt nach dem gleichnamigen Flüßchen, in dessen Biegung es lag und dessen Name den wenigen Reisenden Gelegenheit gab, darüber zu spekulieren, ob es sich um einen leidvollen oder freudvollen Ausdruck handle, und der in einer Untersuchung der Kreisverwaltung Weinstein hinsichtlich der für den Tourismus zu fördernden Gebiete des Kreises so schlecht weggekommen war, sollte Schlagzeilen machen.

Grund für Schlagzeilen hätte es bereits vor mehr als zweihundert Jahren gegeben, als das Herzensacher Tal durch einen Schenkungsakt des Grafen Weinstein in den Besitz des holländischen Piraten Cornelius van Grunten überging. Aus Angst vor den van Gruntens sprach man damals über die wahre Ursache der Besitzübertragung nicht. Heute erzählt sie der junge Gutsherr Jan van Grunten seinen Gästen mit besonderem Vergnügen und in immer neuen Ausschmückungen. (Der Pastor empfindet das als Geschmacklosigkeit.) Aber wer kann schon einen waschechten Freibeuter zu seinen Ahnen zählen? Besagter Cornelius van Grunten stand Mitte des achtzehnten Jahrhunderts als Kapitän in den Diensten der spanischen Krone, doch soll er es mit Freund oder Feind nicht so genau genommen haben, Hauptsache, die unter der Totenkopfflagge eingenommene Beute stimmte. Als er 1761 ein englisches Schiff – in der Annahme, es habe Gold geladen – kaperte, fielen ihm einige adlige Passagiere in die Hände, unter ihnen die zwölfjährige Catharina Clarabella von Weinstein, Tochter des Grafen Weinstein, auf der Reise zu englischen Verwandten (... daß es sich hier um die Winstons handelte, angeblich der englische Name für Weinstein, zu deren Nachkommen Winston Churchill zählte, ist nur ein ebenso beliebter wie dümmlicher Scherz des Gutsbesitzers). Die Piraten durchsuchten das Schiff, doch ihre Information, es habe Gold an Bord, erwies sich als falsch. Cornelius van Grunten ließ in seiner Wut die gesamte Besatzung töten, ebenso alle Adligen bis auf Catharina Clarabella und ihre

Begleiterin Sophie, eine Freifrau von Wachenberg. Diese übernahm die schwierige Aufgabe, dem Grafen die Bedingungen für die Freilassung seiner Tochter zu überbringen. Auf einer aus dem Reisegepäck der Damen geraubten Karte von den gräflichen Ländereien hatte der Pirat das Herzensacher Tal eingekreist. Dieses Tal war die Gegenleistung für die Unversehrtheit Catharinas. Tatsächlich nahm der Graf die Besitzübertragung in aller Form vor, jedoch mit dem Zusatz, daß beim Ausbleiben eines direkten Nachkommens der Familie van Grunten der gesamte Besitz an die gräfliche Familie zurückfalle. Der Graf muß sich bei der Abfassung dieses Vertrages besonders raffiniert vorgekommen sein. Heutige Historiker, wie der Frankfurter Michael Leibrandt, sind allerdings der Meinung, er habe damit das Todesurteil für alle Weinsteins unterzeichnet. Die Schlußfolgerung, die van Gruntens hätten an den seltsamen Todesfällen und am mysteriösen Verschwinden der gräflichen Familienmitglieder einen mörderischen Anteil, liegt nahe, ist jedoch letztlich nicht beweisbar.

Cornelius van Grunten jedenfalls kam nicht mehr in den Genuß seines Landbesitzes, dafür in den der Freifrau von Wachenberg. Die Unterhändlerin heiratete ihn (was zu Spekulationen Anlaß geben sollte) und hat ihm sicher das idyllische Herzensach wenigstens beschrieben. Wahrscheinlich hatte der Seemann es als Alterssitz auserkoren. Der Pirat wurde 1772 in Lissabon bei einem Landgang von einem Unbekannten erstochen. Die Spanier waren wohl seines Treibens in ihrem Namen müde gewesen und hatten einen Mörder gedungen. Sein Sohn Hendrik, beim Tod des Vaters gerade mal acht Jahre alt, wurde ebenfalls Seemann und setzte die Tradition seines Vaters fort. Die Meinung seiner Mutter Sophie dazu ist nicht überliefert. Mit achtundvierzig Jahren kehrte er zusammen mit einer wilden Horde aus der Karibik zurück und nahm das Tal in Besitz. (War die Mutter dabei?) 1812 baute er als erstes einen Wehrturm, der heute nicht mehr steht, und 1824 ein befestigtes Gutshaus.

Auch wenn die Familie van Grunten es im letzten Jahrhundert gern anders darstellte, die Geschichte des Dorfes hatte lange vor dieser Zeit begonnen. Vermutlich lag bereits eine

Germanensiedlung in dieser Biegung des Flusses. Die erste urkundliche Erwähnung stammt von 1612.

Jakob Finn war noch nicht weit gegangen, als er plötzlich auf der anderen Straßenseite, in einem kleinen Birkenwäldchen, eine Bewegung wahrnahm. Ein Tier, vielleicht ein Reh, strich dort herum. Dann sah er zwischen den Blättern ein Stück gelbbraunes Fell, und gleich darauf trat ein etwa hüfthoher, kurzhaariger Hund unbestimmbarer Rasse zwischen den Birken hervor, setzte sich an den Straßenrand und beobachtete ihn mit bernsteinfarbenen, freundlichen Augen. Der Student schnalzte mit der Zunge, was den Hund allerdings nur veranlaßte, den Kopf ein wenig höher zu heben und ihn spöttisch anzusehen. Jakob Finn erinnerte die Haltung an eines seiner Kuscheltiere. Seine Eltern hatten ihn schon früh in ein deutsches Internat geschickt, und so war, bis in die Pubertät hinein, einer seiner wichtigsten Gesprächspartner ein abgewetzter Teddybär gewesen.

Kurz nach dem Hund trat eine junge Frau aus dem Wald, die er im ersten Moment für einen Jungen hielt. Sie hatte sich geschickter und geräuschloser in dem Wäldchen bewegt als das Tier. Ihr hing das blonde, kinnlange Haar in dicken Strähnen übers Gesicht. Sie trug eine derbe blaue Bauernjacke über einem ausgeblichenen grünen Hemd. Die weite, ausgefranste Hose wurde mit einem Strick zusammengehalten. Die Sachen waren keineswegs sauber, so daß Jakob an eine Landstreicherin denken mußte, doch zugleich schien es eine Art Kostümierung zu sein.

»Hallo«, rief er. Hund und Mädchen beobachteten ihn reglos und stumm.

»Ich habe eine Panne«, versuchte er seine Anwesenheit auf der Straße zu erklären und wies mit der Hand zurück zu seinem Wagen. Es rief bei seinen beiden Beobachtern keine Reaktion hervor. Warum sollte sein Pech nicht anhalten und ihm eine Taubstumme mit einem blinden Hund schicken? (Wie ging noch mal die Zeichensprache?)

»Wo ist das nächste Dorf? Ich brauche Hilfe.«

Das Mädchen zog die Nase hoch und kaute auf der Unterlippe. Es sah zu dem Hund hinunter, dann wieder mißmutig zu dem Fremden. Der Hund erhob sich und trottete langsam über die Fahrbahn, um ihn zu beschnuppern. Jakob bestand die Prüfung, das Tier setzte sich dicht zu seinen Füßen. Das Mädchen zuckte mit den Achseln und folgte dem Hund, wobei sie den Fremden nicht aus den Augen ließ, als erwarte sie einen Angriff.

»Gibt es hier ein Dorf?«

Das Mädchen reagierte nicht.

Vielleicht konnte sie tatsächlich nicht sprechen. Er wollte sie nicht beleidigen und formulierte in Gedanken eine entsprechende Frage, als sie plötzlich den Mund öffnete und ja sagte. Er begriff, daß dies eine Prüfung war.

»Und wo?« fragte er.

Sie blieb stumm, prüfte noch immer.

Er versuchte seinen Unfall und den Schaden am Wagen zu erklären. Schließlich fiel ihm ein, daß es wohl richtig wäre, sich vorzustellen, und er nannte seinen Namen, seinen Herkunftsort, sein Studienfach, bis er etwas ratlos innehielt und lachen mußte.

»Entschuldigung, aber ich komme mir so komisch vor.«

Ihre einzige Reaktion war ein noch finsterer Ausdruck. (Er war also nicht komisch.) Dann zuckte sie mit dem Kopf nach links und sagte knapp: »Da lang.«

Sie ging voraus. Der Hund schloß sich an, blieb aber im Lauf des Weges immer weiter zurück. Jakob beobachtete die junge Frau von der Seite, schätzte ihr Alter auf etwa zwanzig Jahre und entdeckte unter ihrem finsteren Blick eine hübsche, schmale Nase und einen außergewöhnlichen Mund, dessen Winkel wohl von Natur aus einen leichten Schwung nach oben hatten wie bei einem dünnen Lächeln (hauchdünn). Ein vollkommen düsterer Ausdruck würde ihr deshalb nie gelingen. Sie gefiel ihm.

»Wie weit ist es?«

»Nicht weit.«

»Ist das Ihr Hund?«

»Nein.«

»Wie heißt der Ort?«

»Herzensach.«
»Wie?«
»Sie haben es schon richtig verstanden.«
Dies war die Unterhaltung auf dem ersten Kilometer. Jeder andere hätte aufgegeben, doch Jakob amüsierte sich über ihre Wortkargheit, über ihr abweisendes Verhalten und versuchte sie weiter zu provozieren.
»Wohnen Sie da?«
»Möglich.«
Er ging schneller, um direkt neben sie zu kommen, ihr ins Gesicht zu sehen, doch auch sie beschleunigte den Schritt, so daß es fast zu einem Wettrennen ausartete. Er war sich nicht sicher, ob es ihre abwehrende Haltung war oder die Entdekkung ihrer Schönheit, was in ihm den Wunsch reifen ließ, sie unbedingt für sich einzunehmen.
»Gibt es da, in diesem . . . gibt es da eine Tankstelle?«
»Nö.«
»Wie groß ist denn der Ort?«
»Klein.«
Die Straße stieg jetzt leicht an, bildete einen Damm, der auf eine Brücke mit steinernem Geländer zuführte.
»Kommt da ein Fluß?«
»Blöde Frage.«
»Wie heißt der?«
Als Antwort drehte sie ihren Kopf leicht, und er bekam einen genervten Blick.
»Sie sind nicht sehr gesprächig, was?«
»Hören Sie zu«, sagte sie scharf und blieb stehen, »wenn Sie mit mir anbändeln wollen: Ich bin nicht die richtige Person dazu.«
»Ich wollte nur freundlich sein.« Er zog aus Spaß den Kopf etwas ein, als erwarte er einen Schlag, und grinste sie an. »Ich bin Ihnen ziemlich ausgeliefert.«
Sie schwieg, und er war sich nicht sicher, ob es nicht doch ein Lächeln war, das ihre Mundwinkel willentlich herstellten.
»Außerdem«, beeilte er sich hinzuzufügen, »habe ich keine andere Absicht, als mich abschleppen zu lassen.«
»Genau das dachte ich mir.«

Er wurde sich des Doppelsinns bewußt. »Ich meine das anders.«

»Umgekehrt?«

Er lachte. Sie ging schneller.

»Danach werde ich auf Nimmerwiedersehen aus Ihrem Leben verschwinden.«

»Sicher.«

Alles ergab einen anderen Sinn. Sie reizte ihn. Er hatte noch nie ein Mädchen kennengelernt, das so kühl und abwehrend gewesen war. Wieder mußte er sich bemühen, mit ihr Schritt zu halten. Er würde schon herausfinden, wer sie war. »Wenn Sie mir Ihren Namen sagen, schreibe ich Ihnen, wenn alles erledigt ist, eine Postkarte als Dank. Oder meinetwegen auch, damit Sie erkennen können, wie groß die Entfernung zwischen uns ist.«

»Ha!«

»Sie haben mich durchschaut.«

»Männer!«

Sie hatten die Brücke erreicht. Jakob blieb stehen und beugte sich über das Geländer, um in den etwa zwei Meter breiten, von Schilf umsäumten Fluß zu sehen, dessen klares, sprudelndes Wasser unter dem dunklen Bogen der Brücke verschwand. Der obere Teil der Brücke bestand aus einer modernen Betonkonstruktion, in die man das alte Geländer aus Naturstein eingepaßt hatte. Die Fundamente stammten aus früheren Zeiten. Es ist allerdings nie untersucht worden, ob es noch jene Steine sind, aus denen Hendrik van Grunten einst die Brücke errichten ließ. Auf jeden Fall geht der Bau dieser sowie der zweiten Brücke am anderen Ende des Dorfes auf ihn zurück. Vorher hatte es eine nur im Sommer gut passierbare Furt in der Herzensach gegeben. Die Landstraße nach Weinstein führte ursprünglich nicht durch Herzensach, sondern über den Heidberg. Hendrik van Gruntens Brücken- und Straßenbau sorgte für eine kürzere und bequemere Strecke. Er ließ sich von den Kaufleuten die Durchfahrt bezahlen. Zwar führte er selbst nie darüber Buch, aber aus alten Handelsabrechnungen, die heute im Archiv des Weinsteiner Heimatmuseums liegen, gehen diese Abgaben hervor. Es gibt sogar einen Brief des damals bedeutenden Handelsherrn Farianus, in dem er die Machenschaften

Hendrik van Gruntens anprangerte, beispielsweise nicht nur bei der ersten Brücke einen Wegzoll zu kassieren, sondern auch bei der zweiten: »*. . . so ist bei allen befahrenen Wegen Hendericus van Gruntens doppelter Wegzoll als etwas Räuberisches, den privilegierten Ständen dem einfachen Handelsmann gegenüber kaum Würdiges anzusehen, das bei entsprechend höherer Amtsstelle einmal von uns eingeklagt werden sollte . . .*«

Wegen der schönen Handschrift und des guterhaltenen, verzierten Siegels ist dieser Brief im Weinsteiner Heimatmuseum in einer Vitrine ausgestellt. (Nur deshalb!)

Jakob glaubte, in dem Wasser des Flusses einen langen silberglänzenden Fisch zu sehen. Er blickte auf. Das Mädchen war, wie er es gehofft hatte, ebenfalls stehengeblieben, um über die Brüstung zu schauen.

»Fisch?«

»Möglich.«

»Sie wissen nicht, was für ein Sternbild Sie haben?«

Sie lachte zum ersten Mal.

»Was ist eigentlich so gefährlich an mir?«

»Sie sind ein Mann.« Es schien ihr als Erklärung ausreichend.

»Das tut mir leid.«

»Sollte es auch.«

Der Hund war herangekommen und blieb jetzt an ihrer Seite. Sie schritt wieder schneller voran.

»Und als Hund? Würden Sie mich akzeptieren?«

»Hunde tun, was ich will.«

»Dachte ich mir.«

Die Straße machte eine Biegung nach links, gabelte sich. Eine Abzweigung führte zu dem sieben Kilometer entfernten Ehrenfelde. Der zweite, nach links zeigende Wegweiser war zerkratzt und übermalt. Jakob rekonstruierte das Wort »Herzensach«. Am Ende der Kurve reckte sich ein Kirchturm über hohe, ausladende Bäume, und zwischen Fliederbüschen wurden alte Fachwerkhäuser sichtbar. Und ihm kam der verlockende Gedanke vom einfachen und ruhigen Landleben.

»Wo kann ich telefonieren?«

Sie wies auf das erste Gehöft auf der linken Seite und blieb stehen. Es war offensichtlich, daß sie ihn nicht weiter führen wollte.

Jakob bedankte sich, fragte noch einmal, ob er nicht doch eine Postkarte schreiben solle. Sie schüttelte den Kopf. Auch andere Vorschläge, ihr seine Dankbarkeit zu beweisen oder sie wiederzutreffen, führten bei ihr nur zu zusammengepreßten Lippen. Er hatte keine Chance. Nicht einmal ihren Namen hatte er herausbekommen. Schließlich bog sie ohne Gruß auf einen Feldweg ab. Nur der Hund sah sich noch einmal um.

2

Unter den Bauern von Herzensach herrschte überwiegend die Meinung, Doktor Bernhard Andrees rechtes Ohr sei wesentlich größer als sein linkes. Zweifellos entsprang diese Beurteilung der Angewohnheit des Arztes, seine Patienten nicht anzusehen, sondern den Kopf nach links zum Fenster der Praxis zu drehen, den Besuchern auf der anderen Seite seines Schreibtisches also, wie bei einer Beichte, das rechte Ohr zu leihen.

»Und welcher Art sind die Schmerzen?« fragte er. Der Blick aus seinem Fenster ging geradewegs auf den kleinen Laden von Dorothee Wischberg auf der gegenüberliegenden Straßenseite. Die Frau des Wirtes hatte den ursprünglichen Zeitungskiosk mit der Lottoannahmestelle nach und nach vergrößert und zu einem kleinen Lebensmittelgeschäft ausgebaut.

»So gelb mit einem Stich ins Bläuliche«, gab der Bauer zur Antwort.

»Was?« fragte Doktor Bernhard Andree, ohne seinen Patienten anzusehen.

»Die Schmerzen«, sagte der Bauer.

Der Internist hielt sich weder für einen guten noch für einen schlechten Arzt. Was ihn auszeichnete, war seine Geduld mit den Patienten und entsprechend die Zeit, die er jedem von ihnen widmete, mehr, als er in der Regel den Krankenkassen in Rechnung stellen konnte.

Vor fünfzehn Jahren hatte er dem Drängen seiner Frau nachgegeben, die wissenschaftliche Laufbahn aufzugeben und die Landarztpraxis zu übernehmen. Dabei waren seine Forschungen an der Universitätsklinik zur Technik des Verschließens von Operationsöffnungen hoch gelobt worden. Nach seinem Weggang triumphierten seine Gegner. Ein unbegabter Kollege führte seine Testreihen fort und stellte sie bald als erfolglos ein.

Doktor Bernhard Andree wäre aufgrund seiner geringen finanziellen Mittel kaum der Gedanke gekommen, sich selbständig zu machen, doch seine Frau Heidelinde, Tochter des Brauereibesitzers Wulf, hatte aus ihrem Erbe alle Kosten für die Übernahme der Praxis in Herzensach bestritten. Seine Frau wurde dabei weniger von dem Idyll einer Landarztpraxis geleitet, sondern mehr von der Sehnsucht, an den Ort ihrer Geburt und Kindheit zurückzukehren. Gleichzeitig wollte sie den Motiven ihrer Bilder näher sein. Schon vor ihrer Eheschließung hatte sie in jeder freien Minute nichts anderes im Sinn, als Landschaften zu malen.

Am Anfang ihrer Beziehung wetteiferten der Wissenschaftler und die Künstlerin noch um öffentliches Interesse und Ruhm miteinander. Obwohl sie beide erfolglos blieben, hatte Bernhard Andree in diesen wenigen Jahren durch Ausbreiten der Arme fliegen können. Es war ganz einfach gewesen. Aber es machte blind und taub. Deshalb war er auf eine harte Landung nicht vorbereitet. Seine Frau wurde schwanger. Seine Ängste begannen. Er wollte kein weiteres Kind. Sie gebar eine zweite Tochter. Seine Furcht vor Frauen wurde zur Furcht vor fast allen Menschen.

Mit vierundvierzig Jahren war Bernhard Andree als Landarzt am Ende seiner beruflichen Möglichkeiten angelangt, die zu Beginn seiner Laufbahn angestrebte Professur nicht mehr zu erreichen; aber da war noch das Labor im Keller des Hauses, schon vom Vorgänger eingerichtet, in das er sich fast täglich einschloß, um seine streng wissenschaftliche Arbeit fortzuführen. Eines Tages würde er die Fachwelt überraschen. Doch wann, das stand dahin. Niemand wußte, was er im Keller tat. Niemand durfte ins Labor. Seine Frau ließ ihn gewähren, bedrängte ihn nicht, Auskunft zu geben. Das Eheleben der beiden war von beständiger gegenseitiger Rücksichtnahme geprägt. Man ging sich aus dem Weg.

»Und wann treten diese Schmerzen auf?«

»Das ist es ja: immer nur montags morgens.«

Doktor Bernhard Andree nahm im rechts vom Lebensmittelladen liegenden Gasthaus »Herzensfrische« eine Bewegung wahr. Ein Fenster wurde geöffnet, doch niemand zeigte sich. Der Gedanke, den Gasthof betreten zu müssen, jagte ihm einen Schauer über den Rücken. Er drehte den Kopf in die andere Richtung, bis er die Tischlerei von Thomas Timber sehen konnte. Die beiden Gesellen standen rauchend vor der großen geöffneten Werkstattür, nutzten die Abwesenheit ihres Chefs für eine zusätzliche Pause. Der Arzt hatte den Tischler vor rund einer Stunde zu Fuß weggehen sehen, wahrscheinlich um in amtlicher Eigenschaft als Bürgermeister einen Besuch bei einem Bauern zu machen. Kurz darauf war auch seine Pflegetochter Katharina Freitag aus der Tischlerwerkstatt gekommen, in der sie vormittags die Büroarbeiten erledigte, diesmal aber wohl wesentlich länger zu tun gehabt hatte. Doktor Bernhard Andree hatte seine eigenen Ansichten über die regelmäßige Verwandlung Katharinas von der Bürokraft mit Rock und Bluse in die burschikos und nachlässig gekleidete nachmittägliche Wanderin. Eine Wandlung, die andere sich damit erklärten, daß sie abseits der Wege ging und dabei kein Dornengestrüpp scheute. Für den Arzt war sie ein geradezu klassischer Fall: Selbst aus einer verbotenen Beziehung entsprungen, konnte sie ihre eigene Sexualität nicht akzeptieren. Nun, er hatte ihr, zweifellos auf ungewöhnliche Weise, geholfen, den Konflikt zu bewältigen.

Der Arzt nickte seinem Patienten zu. »Soso, montags?« Er räusperte sich. »Vielleicht sollten Sie montags morgens im Bett bleiben«, sagte er scherzhaft. Trotz mancher Versuchung, wie sein Vorgänger und andere Landärzte mit den bäuerlichen Patienten im vertraulichen Du zu verkehren, hatte er bewußt das Sie aufrechterhalten. Der mit dieser Distanz verbundene Respekt tat ihm gut. (Irgendwie war es sicherer.)

»Das erzählen Sie mal meiner Frau.«

Der Internist lächelte. »Machen Sie bitte den Oberkörper frei.« Er wies auf die lederbezogene Liege. Während der Bauer sich auszog, stellte sich der Arzt ans Fenster und befragte ihn nach Lebensgewohnheiten und Ernährungsweise.

»Und . . . äh, trinken Sie?«

»Viel Wasser.«

»Was?«

»Sie wissen schon.«

»Aha.« Der Arzt wußte, daß im Gasthaus sogenanntes Herzensacher Heilwasser ausgeschenkt wurde – ein vermutlich schwarzgebrannter Schnaps. »Und sonst?«

»Ein Glas Bier, manchmal zwei.«

»Es können aber auch ein paar mehr sein?«

Er bekam nur ein Brummen als Antwort.

»Aha«, diagnostizierte er.

»Das wollen Sie mir doch nicht nehmen?!«

Der Arzt blieb am Fenster stehen und sah auf seine Uhr. In Erwartung des kommenden Bildes biß er wütend die Zähne zusammen: Ein roter Wagen näherte sich, parkte vor seinem Haus. Der Fahrer stieg aus, ging über die Straße in das Geschäft von Dorothee Wischberg. Er kannte den Mann – asthmatische Beschwerden, leichtes Rheuma, ein Gärtner, der in der Weinsteiner Baumschule arbeitete und jeden Tag auf seinem Weg von und zu seiner Wohnung in Ehrenfelde hier anhielt, um sich Zigaretten zu kaufen, von deren Konsum Doktor Bernhard Andree hinsichtlich der geschädigten Bronchien dringend abgeraten hatte. Eine gemeine Provokation.

Die Kirchturmuhr schlug, und Doktor Andree schüttelte den Kopf. Wieder kam der Glockenschlag drei Minuten zu spät. Seinem Freund, Pastor Pedus, war es trotz seines ausgeprägten Sinnes für Mechanik und seiner Bastelleidenschaft nie gelungen, die Uhr zu reparieren. In der Kirchenleitung hielt man eine Differenz von drei Minuten nicht für ausreichend, einen Uhrmacher zu beauftragen.

»Wenn es nur Wasser ist«, lachte er, um die vermeintliche Spannung aus der Untersuchung zu nehmen. Er wollte sich schon vom Fenster wegdrehen, da bemerkte er den Hund, der kurz schnüffelnd an dem roten Wagen stehenblieb und dann in schnellem Trab weiter die Straße entlanglief. Der Arzt beugte sich vor, um zu sehen, ob das große Tier bei der Kirche zu seinem Herrn, dem Pastor, einbog. Aber der Hund kreuzte die Straße, ging auf die kleine Verkehrsinsel zu, die durch die Abzweigung der Cornelius-van-Grunten-Straße von der Dorfstraße entstanden war. Die neue Straße, ein ehemaliger Schotterweg, seit vier Jahren asphaltiert, beschrieb einen Halbkreis und stieß in Höhe des Gutshauses wieder auf die Dorfstraße. Auf der Verkehrsinsel stand eine alte Friedenseiche, 1871 gepflanzt, mit einer verwitterten Bank davor. Wenn es nach dem Wurstfabrikanten Wilhelm Weber ginge, würde hier demnächst ein Brunnen mit der Plastik eines Schweines errichtet, aus dessen Schnauze eine Fontäne kommen sollte. Zum Glück konnte sich der wahrscheinlich reichste Dorfbewohner mit seinen geschmacklosen Verschönerungsplänen nicht immer durchsetzen. Schon der moderne Bungalow des Wurstfabrikanten war dem Arzt – und nicht nur ihm – ein Dorn im Auge, hatte ihn Wilhelm Weber doch mit einem Vordach versehen, das von fünf griechischen Säulen getragen wurde. Der Hund umrundete die Friedenseiche und urinierte an ihren Stamm.

»Trivial.« Der Arzt schüttelte den Kopf.

»Was?« kam es von der knarrenden Untersuchungsliege.

»Der Hund.« Wie hatte man einem so mächtigen Tier einen solchen Namen geben können: Trivial! Der Pastor behauptete, der Hund hätte eines Tages in seinem Garten gesessen und ihn angeschaut, und aus irgendeinem unerklärlichen Grund sei ihm dieser Begriff durch den Kopf gegangen. Trivial! (So etwas ging einem gesunden Menschen angesichts eines Hundes nicht durch den Kopf!) Niemand wußte, woher der Hund kam. Nachforschungen und eine Kleinanzeige im ›Weinsteiner Boten‹ waren ohne Ergebnis geblieben. Das große Tier hatte sofort auf diesen seltsamen Namen gehört und den Pastor als seinen Herrn anerkannt, obwohl der Geistliche sich wenig um den Hund bemühte. Trivial trottete den ganzen Tag durch das Dorf und die Feldwege entlang, sah den Bauern bei der Arbeit zu und kam nur zum Fressen und Schlafen zum Pastor zurück.

»Der bringt Glück«, sagte der Bauer.

»Ich weiß.« Der Arzt wandte sich endlich vom Fenster ab und ging zu seinem Patienten, der mit nacktem Oberkörper, kräftigen Armen und Schultern, aber eingefallener Brust und kugelförmigem Bauch auf der Liege saß. Ein abgearbeiteter Körper. Der Bauer war – wie der Arzt – ein Außenseiter, einer von den wirklich Fleißigen im Dorf. Die meisten Herzensacher waren faul, und manchmal fragte sich der Arzt, wie sie existieren konnten. Er betrachtete die Rippen und die faltige Haut darüber. Er fürchtete, sein Aussehen werde sich im Lauf der Jahre ebenso verändern. Hunde waren da anders. Wie alt mochte Trivial sein?

Der Bauer trug nur noch seine Hose, hielt sie mit den Händen fest. Die derben Schuhe hatte er abgestreift. Sie lagen schräg unter der Liege, und Doktor Andree kräuselte leicht die Nase. Der Bauer war in Kuhmist getreten.

»Trivial«, murmelte der Arzt. Der Hund hatte sich zum Maskottchen der Herzensacher entwickelt. Sonntags zum Gottesdienst saß er regelmäßig vor dem Kirchenportal und wartete. Anfangs hatten die Kirchenbesucher ihn beim Verlassen der Kirche heimlich berührt, heute tat es jeder ganz offen, strich dem Tier mit Daumen und Zeigefinger über die Kante des Ohrs. Trivial ließ es sich gefallen, schien sogar deshalb vor der Kirche zu sitzen. An dem Aberglauben, sich durch diese Handlung ein Leben in Sicherheit und Glück zu verschaffen, war der Arzt nicht ganz schuldlos. Mit vier Jahren hatte sich seine Tochter Anne bei einem Spaziergang durch den Ort von seiner Hand losgerissen, war auf die Straße gelaufen, gerade in jenem Moment, als ein Lastwagen aus Weinstein mit überhöhter Geschwindigkeit die Herzensacher Dorfstraße entlangdonnerte. Trivial war mit einem Satz hinter Anne hergesprungen, hatte die Träger ihrer Spielhose geschnappt und sie davor bewahrt, überfahren zu werden.

Unruhig ging Doktor Bernhard Andree zum Fenster zurück. Dort, am Ende der Straße, war es geschehen. Immer wieder mußte er gegenüber seiner Frau seine Unschuld beteuern. (Glaub mir doch, sie hat sich losgerissen, wirklich!) Seine Frau jedoch zweifelte, richtete es von dieser Zeit an ein, daß er nicht mehr mit den Kindern allein spazierenging – weder mit der inzwischen zwölfjährigen Anne noch mit der zehnjährigen Katja. Ein stummer Vorwurf über all die Jahre. Trivial aber besaß seit diesem Vorfall einen Freiraum, und immer mehr Legenden rankten sich um ihn: Trivial weckte den Bauern Hermann Tomba, als eines Nachts dessen Scheune brannte. Trivial rettete Bauernkinder aus Jauchegruben. Trivial verscheuchte Einbrecher und verjagte Landstreicher. Trivial beschützte eine verletzte Ente vor den Dorfkatzen. Der Gastwirt Peter Wischberg erzählte besonders gern, daß der Hund eines Tages knurrend vor seinem Auto gelegen habe und ihn nicht fortfahren ließ, bis er schließlich die Motorhaube öffnete und zu seinem Erschrekken feststellen mußte, daß ein Marder die Bremsleitung angeknabbert hatte.

»Wie alt mag der sein?« fragte der Arzt, denn er konnte sich nicht erinnern, ob Trivial schon bei seinem Einzug im Dorf gelebt hatte. Er ging zurück zu dem Bauern.

»Zweiundsechzig«, sagte der Bauer.

»Nein, der Hund.«

»Der Wirt?«

»Nein, Trivial.«

Sein Patient zuckte mit den Achseln.

Doktor Bernhard Andree nahm sein Stethoskop und begann die Brust abzuhorchen. Es war das Geräusch einer Raucherlunge, aber der Arzt sparte sich die Frage nach Zigaretten oder Zigarren. Er wußte, sein Patient war Nichtraucher, und die Ursache für das angegriffene Organ war eher der Staub in den Ställen, vor allem der Futterstaub in den Schweineställen.

»Ich habe Ihnen sicher schon empfohlen, eine Schutzmaske im Stall zu tragen?«

Der Bauer stieß die Luft aus. »Wir sind anständige Leute.«

»Sicher, sicher.«

»Mein Vater ist zweiundneunzig geworden und hat auch den ganzen Tag im Schweinestall gestanden.«

Der Internist schüttelte den Kopf. Diese Antwort kannte er. Doch die Schweinemast hatte sich seit der Zeit der Väter und seit dem enormen Bedarf der Wurstfabrik Wilhelm Webers gewaltig verändert.

»Wo genau tritt der Schmerz auf?«

»Hinten. Da so oben.« Der Bauer zeigte mit der Hand über seine Schulter.

Doktor Bernhard Andree ließ seinen Patienten sich drehen. Erstaunt zog er die Brauen hoch. Weiße Flecken überzogen den Rücken des Landwirts. Pigmentstörungen, die bei früheren Untersuchungen nicht so deutlich zu sehen gewesen waren. Der Arzt betrachtete die gefleckten Schultern ein wenig zu lange und zu reglos, so daß der Bauer mißtrauisch fragte, was denn los sei.

»Ihre Haut. Haben Sie in der Sonne gelegen?«

Der Bauer lachte. »Keine Zeit für so etwas.«

Der Arzt strich über die weißen Flecken, einige waren noch undeutlich, andere grenzten sich scharf ab, genau wie bei den beiden anderen Patienten, an denen er erst vor einigen Tagen dasselbe Phänomen entdeckt hatte.

Er wußte nichts damit anzufangen, aber es schien sich unter den Dorfbewohnern auszubreiten. Und wie in letzter Zeit immer häufiger, ergriff ihn Furcht. Ihm war, als hätte er etwas unsagbar Entsetzliches entdeckt, etwas, das kein Arzt der Welt heilen konnte, das zur Isolation des Dorfes und zu seiner Zerstörung führen würde – mehr noch: zu fliehenden Menschenmengen, zu Plünderungen, zu Panik, zu Mauern und elektrischem Stacheldraht, zu geschlossenen Grenzen, zu endlosen Autostaus, zu Tausenden von Toten, zu Krieg, Mord, Chaos und Anarchie . . .

Der Arzt wandte sich von seinem Patienten ab und ging schwankend zum Fenster. Ein Fremder stand vor dem Gasthof. Es ging schon los.

3

Peter Wischberg kam aus der Küche hinter den Tresen gehinkt. Sein Kinn glänzte noch von dem Fett, das kurz zuvor daran herabgetropft und von seinem vorstehenden Bauch aufgefangen worden war. Er betrachtete den Fremden, der seine Gaststube betreten hatte, mit unverhohlener Neugier, dann schlug er mit seiner Fliegenklatsche zu und erwischte zwei seiner Feinde, die am Rand des Tresens still aufeinanderhockten.

»Tag.«

Jakob Finn hatte den Schlag nicht kommen sehen und zuckte zusammen.

»Tag.«

Nachdem er den Bauernhof, ohne telefoniert zu haben, fluchtartig verlassen hatte, war dem Studenten das Schild mit der altdeutschen Schrift »Gasthof Herzensfrische« ins Auge gefallen. Er hatte noch einen Augenblick über den Sinn des großen farbigen Wandgemäldes über der Eingangstür nachgedacht, das beim letzten ockergelben Anstrich sorgsam ausgespart worden war. Es zeigte germanische Krieger, die mit Speeren bewaffnet an einem Fluß standen oder kniend Wasser daraus schöpften. Schließlich war er in die leere Gaststube getreten. Die große Zahl von Fliegen, die in dem Raum schwirrten, war das erste, was ihm aufgefallen war, wohl weil in der Gaststube ansonsten peinliche Sauberkeit herrschte und ein Geruch von Essig in der Luft lag.

Der Wirt schlug mit seiner Fliegenklatsche ein weiteres Mal ansatzlos zu, dann ließ er deren Stiel durch die Finger gleiten. Es war eine langgeübte Bewegung, und sie erinnerte an das geschmeidige Zurückgleiten eines Revolvers in seinen Holster. Vielleicht gab es unter Fliegen so etwas wie ein kollektives, sich vererbendes Bewußtsein. Generation auf Generation fanden sie sich in der Nähe Peter Wischbergs ein, um ihn todesmutig zu ärgern. Die Feindschaft hatte eine zweiunddreißigjährige Geschichte. Mit sechs Jahren hatte Peter seine erste Fliegenklatsche geschenkt bekommen, ein Gerät, von dem er sich von da an nicht mehr trennte. In der Schule brachte es ihm den Spitznamen »Fliegenpeter« und regelmäßige Maulschellen seiner Lehrerin ein. Die inzwischen pensionierte Studienrätin Emma Winkelmann hatte es gehaßt, im Unterricht durch Peters Fliegenklatsche gestört zu werden. Immer wenn der kleine Peter Wischberg während der Schulstunden zuschlug – oft tat er es unbewußt –, hatte sie ihm ebenfalls einen Schlag versetzt. Trotzdem wurde der Wirt unbeschadet aus der Schule ins Leben entlassen. Erst hier gelang es ihm, eine Frau so sehr zu reizen, daß sie ihn zum Krüppel machte. Seitdem nahm er zu.

Peter Wischberg sah den Fremden erwartungsvoll an.

»Und?«

Eben noch hatte der Wirt sich über die Pläne einer Ferienhaussiedlung am Lichter Moor gebeugt, die er mit Wilhelm Weber als Geldgeber seit Jahren bauen wollte, und so erschien es ihm, als sei der Student der Abgesandte einer nachfolgenden Schar von Erholungssuchenden. Die letzten zwei Abende hatte er mit Überlegungen verbracht, wie man den Tourismus in Herzensach ankurbeln könnte – auch ohne Unterstützung der Kreisverwaltung, die auf einem negativen Gutachten beharrte. Die Dorfbewohner hatten ebenfalls Vorbehalte und fürchteten um die Sicherheit ihres Ortes. Obwohl er mit seinen Plänen nicht vorankam, hing in den Gedanken des Wirtes aber das Werbeplakat bereits in den Reisebüros der ganzen Welt. Vielleicht sollte man dafür ein Bild Heidelinde Wulfs verwenden? (Nein, die würde nicht einwilligen. Reklame!) Dann eben doch ein Foto. Eine Luftaufnahme, die genau erkennen ließ, wie idyllisch das Dorf in die Windung der Herzensach, in Wald und Moor eingebettet war.

Der Wirt landete wieder, und die Enttäuschung stand ihm im Gesicht geschrieben, als er erfuhr, daß ein simpler Autounfall, ein Zufall, den Fremden nach Herzensach gebracht hatte. Doch er gedachte den Besuch auf andere Weise zu nutzen.

»Sagen Sie.« Er quetschte seinen Bauch, indem er sich vertraulich über den Tresen beugte, und ging nicht auf das Hilfeersuchen des Fremden ein. »Als Sie das Ortsschild sahen, wie haben Sie den Namen ausgesprochen?«

Jakob Finn runzelte die Stirn. Endlich fiel ihm ein, wo er das Gesicht des Wirtes schon einmal gesehen hatte. Es glich mit seiner runden Form, den kurzen, wirren blonden Haaren und dem Ziegenbart der pausbäckigen Sonne draußen auf dem Gemälde über der Eingangstür.

»Es gab kein Ortsschild.«

»Trotzdem«, beharrte der Wirt.

»Herzensach«, sagte Jakob vorsichtig.

»Genau, genau. Herzens-ach!« jubelte der Wirt und erklärte: »Niemand käme auf die Idee, Herzen-sach zu sagen. Diese ganze Untersuchung der Kreisverwaltung ist einen Dreck wert.«

Stolz betrachtete der Wirt den Studenten, bemerkte schließlich dessen Verwirrung und bemühte sich, die zitierte Untersuchung zu erläutern, nicht ohne dabei an passenden Stellen wütend einige Fliegen zu erlegen.

Als Entscheidungshilfe für die politischen Gremien hatte die Verwaltung ein Gutachten in Auftrag gegeben, in dem drei Orte des Kreises auf ihre touristische Tauglichkeit geprüft wurden. Dabei hatte Herzensach am schlechtesten abgeschnitten. In einem Nebensatz war dann auch noch auf die mißverständliche Aussprache des Namens und den möglichen negativen Beiklang hingewiesen worden. Die meisten Herzensacher kümmerte das wenig. Der Wirt vermutete aber, daß damit nur seine Pläne torpediert werden sollten.

Jakob Finn bereitete es Mühe, sich auf den Vortrag zu konzentrieren. Einerseits ging ihm die vorhin erlebte Szene auf dem Bauernhof nicht mehr aus dem Sinn, andererseits wurde es allmählich Abend, und ein Abschleppunternehmen war noch nicht beauftragt. Der Student begann sich deutlich für die Farbe der Decke zu interessieren.

Der Wirt – gerade bei der Behauptung, daß man sich einen Sport daraus mache, Wegweiser nach Herzensach zu entfernen, um ausschließlich sein Geschäft zu schädigen – bremste seine Wut.

»Sicher, sicher, Sie wollen telefonieren. In Weinstein gibt es ein Abschleppunternehmen.« Er legte die Fliegenklatsche aus der Hand, griff unter die Theke und brachte ein Telefonbuch hervor. »Ich suche es Ihnen heraus.«

Während er mit einer Hand blätterte, schob er ihm mit der

anderen den Telefonapparat zu. Dann wies er mit dem von Tinte, Obstsaft oder Stempelfarbe blauen Daumen auf eine Nummer.

Jakob wählte und bekam eine Verbindung, doch die Frauenstimme am anderen Ende ließ ihn gar nicht ausreden, sondern stellte zu einem anderen Apparat durch. Während er wartete, betrachtete er die Gaststube, ein Imitat bäuerlicher Gemütlichkeit, deren Möbel zum größten Teil aus gepreßtem Plastik bestanden. Die Einrichtung war wahrscheinlich vor noch nicht allzu langer Zeit erneuert worden. Hinter der langen, polierten Messingplatte des Tresens erhob sich als Prunkstück ein gläserner Schrank voller bunter Flaschen, über dem sich ein Messingrundbogen wölbte mit der gestanzten Inschrift: »Herzensacher Liköre – ein Begriff«. Jakob war dieser Name noch nie begegnet. Der Schrank ließ allerdings auf Heerscharen genüßlicher Likörtrinker schließen.

Ein Knacken im Hörer kündigte die Verbindung an, um gleich darauf in das Lachen eines Mannes überzugehen.

»Sie hatten einen Unfall? Was Sie nicht sagen!«

»Mein Wagen steht kurz vor Herzensach auf der Landstraße. Ich brauche einen Abschleppwagen.«

Der Mann lachte wieder. »Einen Abschleppwagen braucht er!« Er schien mit jemand anderem zu sprechen.

»Hören Sie, das ist kein Witz.«

»Sie werden lachen, es ist einer. Was meinen Sie, womit wir beschäftigt sind? Auf der Autobahn hat es einen Auffahrunfall mit rund sechzig Pkws gegeben und nebenbei einigen Toten. Wir sind die nächsten fünf oder sechs – was sage ich: acht Stunden damit beschäftigt, dort aufzuräumen. Und hören Sie, Sie brauchen gar kein anderes Unternehmen anzurufen. Die sind alle dort im Einsatz.«

Jakob versuchte herauszufinden, ab wann ihm geholfen werden könnte, doch der Mann wollte sich nicht festlegen.

Der Student unterbrach kurz das Gespräch.

»Kann ich hier übernachten?« fragte er den Wirt, und dieser nickte. Er nannte dem Abschleppunternehmen die Adresse des Gasthofs und legte auf.

Der Wirt zog sich am Treppengeländer mit beiden Händen in den ersten Stock hinauf. Zweimal jedoch mußte er mit einer Hand unter den Oberschenkel seines lahmen Beins fassen, um es auf die nächste Stufe zu befördern. Keines der sechs Fremdenzimmer im oberen Stock war belegt, und Jakob wählte eines der größeren aus. Der Einbau von Dusche und WC hatte im Eingangsbereich zwar einen schmalen Flur entstehen lassen, doch danach öffnete sich ein weiter, heller Raum zur Straße. Ausgestattet mit einem breiten Doppelbett, zwei Polstersesseln vor einem kleinen Couchtisch und einem in der Fensternische untergebrachten schmalen Schreibtisch. Lautstark stritten sich Muster und Farben der Polster und des Teppichs, doch wenigstens die Tapete versuchte mit einem warmen Ockerton für Ruhe zu sorgen. In den anderen Zimmern zogen dagegen auch die Wände mit weiteren Mustern in den Kampf um die Vorherrschaft.

Der Wirt versprach, jemand zu finden, der den Studenten zu seinem Wagen fahren würde, um seinen Koffer zu holen, und ließ ihn allein.

Jakob Finn schloß die Tür, öffnete das Fenster und legte sich auf das Bett. Die Geräusche des Dorfes drangen herein: Ein Hahn krähte, in einem Schweinestall herrschte quiekende Aufregung, das Geläut einer Herde, zwitschernde Vögel, und etwas weiter weg, aber doch deutlich, war das Klappern von Pferdehufen zu hören. Es war so perfekt, daß es aus den Lautsprechern eines Plattenspielers hätte kommen können. Nur die Biene, die sich in das Zimmer verflog, war augenscheinlich echt. Sie fand aber schnell in die Freiheit zurück. Das friedliche Bild eines weltabgewandten, verträumten Dorfes.

Warum war er nicht gleich zum Gasthof gegangen? Er versuchte sich das Ereignis auf dem Bauernhof in Erinnerung zu rufen. Es erschien ihm jetzt wie eine Szene aus einem dieser lächerlichen drittklassigen Pornofilme, die vorzugsweise auf dem Lande spielen.

Von der Dorfstraße hatte ein kurzer Sandweg zu dem Bauernhof geführt. Rechts und links zwei Stallgebäude, teilweise aus Holz, eines davon schief. Am Ende des Weges das Wohnhaus mit moosigem Reetdach und verzogenem Fachwerk. Davor ein aufgerissener lehmiger Platz mit tiefen Radspuren, in denen Wasser stand. Jakob war über die Pfützen bis vor die Tür des Wohnhauses gesprungen, als ihn ein Geräusch herumfahren ließ.

Die Szene hatte sich in Sekundenbruchteilen abgespielt. Und er fragte sich jetzt, ob alles vielleicht eine Art Traum, eine Halluzination gewesen war, zurückzuführen auf eine Fehlschaltung seiner durch den Unfall und die Erinnerung an den Flugzeugabsturz überreizten Nerven. Ein Psychologe hätte ihm sicher erklären können, warum es in seinem speziellen Fall früher oder später zu solchen Trugbildern hatte kommen müssen. Es konnte nicht Wirklichkeit sein, wenn eine Frau aus einer Scheune lief, nackt, schreiend (oder hatte sie gelacht?), mit angstvollen Augen und einem abgerissenen Strick um den Hals, als hätte man sie gerade hängen wollen. Es konnte nicht Wirklichkeit sein, daß ihr ein, Reitstiefel und lederne Schürze ausgenommen, ebenso nackter Mann folgte, der eine Peitsche schwang und ihm, dem ahnungslosen Fremden, einen Blick voll Blutdurst und Mordgedanken entgegenschickte.

Es konnte nicht Wirklichkeit gewesen sein.

Der Student sprang vom Bett auf, ging zum Fenster, atmete tief ein und beugte sich hinaus. Vor dem Haus stand ein Mann in der Kleidung eines Försters und lächelte zu ihm herauf.

4

»Der Wald«, sagte Förster Johann Franke, »lehrt uns, jeden Augenblick so zu nehmen, wie er gegeben. Der Wald ist den Menschen das große Gleichnis. Für jedes unserer Probleme weist er auf eine Lösung. Aber es bedarf wohl erst eigener leidvoller Erfahrung und eines daraus resultierenden Rückzugs in die Einsamkeit der Natur, um solche Erkenntnisse zu haben.«

Jakob Finn betrachtete den Förster von der Seite, während der den Blick nicht von der Straße nahm, und glaubte, ein ironisches Blitzen in dessen Augen wahrzunehmen. (Es war aber sicher Einbildung.)

Zufällig war Johann Franke an der Gastwirtschaft vorbeigekommen und hatte sich angeboten, Jakob Finn in dem offenen Geländewagen mitzunehmen, damit der Student sein Gepäck aus seinem Auto holen konnte. Der etwa Fünfzigjährige war ein Förster wie aus dem Bilderbuch – mit einem silbergrauen und sorgfältig gestutzten Schnauz- und Kinnbart, zahllosen Fältchen um die strahlend blauen Augen und einem grünen Hut, in dessen Band bunte Federn steckten. (Die Ähnlichkeit mit der Beschreibung einer gewissen Vogelart ist rein zufällig.)

»Wenn Sie Zeit und Lust haben, fahren wir auf dem Rückweg über den Heidberg, und ich zeige Ihnen, was ich meine. Ich nehme es Ihnen nicht übel, wenn Sie es für die spinnerten Gedanken eines alten Mannes halten, der zuviel allein ist.«

Jakob war es angenehm, dem Mann zuzuhören. Auf geheimnisvolle Weise nahm er ihm das Denken ab.

»Der Mensch ist ein Teil der Natur.« Er wollte dem Förster gefallen und erklärte ihm, daß er auf der Suche nach einem geeigneten Mischwald für seine Doktorarbeit sei. Johann Franke hob die Augenbrauen, und der Student mußte sich eine Reihe detaillierter Fachfragen gefallen lassen. Er bestand die Prüfung.

Sie erreichten die Unfallstelle. Jakob stieg aus, um sein Gepäck zu holen. Als er zurückkam und den Koffer auf die hintere Sitzbank hievte, konnte sich der Förster eine Anspielung auf den teuren Wagen nicht verkneifen.

»Man lebt heute gut als Student?«

Jakob Finn lächelte. »Leider ist mit meinem Wohlstand eine traurige Geschichte verbunden. Meine Eltern sind tot, und ich bekomme aus ihrem Vermögen, solange ich studiere, monatlich eine stattliche Summe. Zweifellos zuviel Geld für einen Studenten. Ich studiere deshalb auch schon länger als notwendig. Das Vermögen selbst wird mir nämlich, so haben meine Eltern es bestimmt, erst nach meiner Heirat übertragen. Es heißt ja, daß der Mensch erst dann vernünftig wird.« Er lachte. »Das dürfte Ihnen gefallen.«

Ein Anflug von Trauer zeichnete sich im wettergebräunten Gesicht des Försters ab, doch gleich darauf lächelte er wieder und reagierte wie erwartet: »Es ist das Beispiel des Waldes. Der Baum, der fällt, vergeht nicht, ohne uns als Balken zur Tragfähigkeit unseres Hauses, unserer Zukunft zu dienen.«

Der Student unterdrückte ein Grinsen und verstaute seine Reisetasche neben dem Koffer.

»Doch kein Baum fällt, ohne gehalten zu werden. Bäume weichen im Gegensatz zu Menschen nicht aus. Holz ist härter als Blut. Fleisch brennt ohne Flammen. Und eine Träne aus Harz weiß man nach Jahrtausenden noch zu schätzen.«

Jakob hatte Schwierigkeiten, den Gedanken des Försters zu folgen. Er kletterte auf den Beifahrersitz. Johann Franke gab keine Erklärung ab, sondern wendete schweigend.

Sie bogen von der Straße in einen Feldweg ein, der bald anstieg und in einen lichten Laubwald führte. Wie der Förster erklärte, war es jener Teil des Forstes, der noch zum Gut gehörte und den die van Gruntens jeden Herbst als Jagdrevier nutzten. 1912 hatte Hubertus van Grunten hier seinen zweiten Sohn Carl erschossen und Mühe gehabt, das Ereignis als Jagdunfall hinzustellen. Carl, damals acht Jahre alt, mit einem verkrümmten Rückgrat zur Welt gekommen und leicht schwachsinnig, von seinem Vater auch »Krüppel« gerufen, war in den Augen der Öffentlichkeit kein glaubwürdiger Jagdbegleiter gewesen. Der ›Weinsteiner Bote‹, damals noch eigenständige Zeitung und nicht wie heute nur zweiseitiger Regionalteil, schrieb: *». . . so wird der van Gruntensche Forst sein blutiges Geheimnis nicht preisgeben, dessen Ursache vielleicht in einem sich un-*

gewollt lösenden Schusse oder im ungezähmten Willen seines Besitzers zu suchen ist.«

Der mutige Schreiber dieser Zeilen wurde bald darauf seines Postens enthoben, was einerseits die damalige Macht der van Gruntens bewies – und wohl noch ein bißchen mehr.

Der Förster hielt vor der dreihundertjährigen Eiche, die alles mit angesehen hatte, und betrachtete stumm deren starke Wurzeln. Jakob befürchtete schon, er wolle die Patronenhülse von 1912 suchen.

»Selbst unser verrückter Pastor Pedus«, sagte Johann Franke langsam, »wird mir nicht widersprechen, wenn ich behaupte, daß Gott wohl eher unter unseren Füßen als über unseren Köpfen zu finden ist.«

Er fuhr wieder an, und sie erreichten in rascher Fahrt die Grenze des Staatsforstes. Der Wald wurde kräftiger, und der Weg verdichtete sich zu einem für die Strahlen der Abendsonne beinahe undurchdringlichen Hohlweg. Immer mehr Nadelbäume mischten sich in den Laubwald, ließen Raum für gras- und moosweiche Lichtungen, dann wieder standen sie so niedrig und dicht, daß ihre Zweige sich ineinander verfilzten, und strömten einen so intensiv harzigen Duft aus, wie ihn der Student noch nie wahrgenommen hatte.

Ein Fuchs kreuzte ihren Weg, Eichhörnchen sprangen in der Höhe von Baum zu Baum. Rehe und Hirsche verharrten still oder flüchteten, und manchmal lief ein Hase dem Wagen ein Stück voraus. Ein Wald, der dem Studenten so vollkommen erschien wie eine Illustration in einem Märchenbuch. In diesem Wald durfte man Fabelwesen vermuten, die sich mit buckligen Hexen stritten, Zauberer mit langen Bärten sammelten geheimnisvolle Kräuter, um damit Trolle zu vergiften, die wiederum zum Spaß den Geist harmloser Wanderer verwirrten. Zu guter Letzt mußte eine Fee alles wieder in Ordnung bringen.

Johann Franke hatte die Geschwindigkeit gesenkt und hielt oft an, um den Studenten auf Besonderheiten des Bewuchses aufmerksam zu machen, auf den Kampf einiger Pflanzen um das Licht oder auf das optimale Miteinander unterschiedlicher Arten. Jedesmal verband er dies mit einem gewöhnlichen Ereignis aus dem Leben eines Menschen.

Die Fähigkeit des Försters, Natur- und Menschenkenntnis miteinander zu verbinden, war bewundernswert. Jakob konnte sich des Eindrucks nicht erwehren, einen wirklich weisen Mann neben sich zu haben, und brachte das unverhohlen zum Ausdruck. Johann Franke wehrte ab, jeder Mensch könne diese Beobachtungen machen, behauptete er, man müsse ihm nur genug Zeit lassen.

Wieder stieg der Weg an. Die Nadelbäume blieben zurück, überließen den Birken das Revier, schließlich ging der Wald in niedrigere Sträucher über, und sie erreichten die Spitze des Heidbergs. Ein freier, lehmiger und nur teilweise grasbewachsener Platz, von dem aus man über die in der Abendsonne leuchtenden Baumwipfel hinweg in das Herzensacher Tal blikken konnte.

»Wenn der Tod die Hinterlassenen ohne Trost läßt, so wächst dort nichts mehr«, sagte der Förster düster. Doch Jakob Finns Freude konnte er nicht trüben. Er sprang aus dem Wagen. Der Förster stellte den Motor ab und folgte ihm langsam zum Rand des kleinen Plateaus.

Zu ihren Füßen lag Herzensach. Von hier oben sah auch das Dorf aus wie aus einem Bilderbuch. Die Fachwerkhäuser drängten sich schutzsuchend unter großen Eichen zusammen, und der kleine Fluß hielt alles zusammen in seinem Arm. Nur die Kirche hob mahnend ihren Finger, und das große Gutshaus suchte Abstand vom Gemeinen. Ein einziges Gebäude auf dem gegenüberliegenden flachen Hügel, ein moderner weißer Bungalow (oder war es ein Umspannwerk der Elektrizitätsgesellschaft?), störte die Einheit.

Die Freude über den idyllischen Anblick mischte sich mit Jakobs Erregung, in dem vom Heidberg zum Fluß abfallenden Wald genau jene Landschaft gefunden zu haben, die er für seine wissenschaftliche Arbeit benötigte.

Der Himmel färbte sich goldrot, und kleine weiße Wolken formierten sich zu einem Kreis. Sollte sich alles wie in einem Groschenroman fügen, dachte Jakob, und ihm sein Unglück mit dem Wagen letztlich Glück bringen? Dann mußte er in Johann Franke einen väterlichen Freund finden, der sein Projekt unterstützte. Er wandte sich um zur Realität.

Der Förster hatte sich bereits entfernt. (Hinkte er plötzlich? Kam etwas Schwefeldunst aus seinem Haar?) Er drückte die Zweige eines Gebüschs zur Seite, legte einen der verbliebenen sieben Runensteine frei und winkte Jakob heran.

»Die Historiker sind sich nicht sicher, welche Bedeutung dieser Platz gehabt hat. Die Runen sind verwittert, kaum noch sichtbar und zum Teil unbekannter Art. Manche gehen davon aus, daß es ein Versammlungsort war, ein Fixpunkt in dem Chaos, als das die Welt den Menschen damals erschien.«

Er bückte sich, fuhr mit der flachen Hand über die Zeichen auf dem etwa einen Meter hohen Stein. »Andere sprechen von einem Richtplatz. Einem Platz des Todes. Blut wurde gekocht. Man hat Knochen gefunden. Eine Hexenverbrennung soll hier stattgefunden haben, mehrere Duelle. Und nach dem Krieg hat es ein paar Leute gegeben, die hier oben Selbstmord verübten, weil sie mit ihrer Ideologie den Glauben an die Zukunft verloren hatten. Aus heutiger Sicht waren sie übrigens nicht bei Trost.« Der Förster richtete sich wieder auf. »Trost. Ein interessantes Wort, nicht wahr?« Er griff dem Studenten wie einem Kranken unter den Arm und führte ihn zurück.

»Natürlich werden Sie auch noch eine andere Geschichte über diesen Platz hören. Der Germanenführer Hadegurt oder Heidegurt soll diese Steine hier oben errichtet haben. Einen jeden für einen getöteten römischen Hauptmann. Hadegurts Truppen wurden von den Römern geschlagen, sammelten sich hier und erblickten die Herzensach im Tale. Sie wanderten hinunter, um sich zu erfrischen. Das Wasser des Flusses aber flößte ihnen so viel neuen Mut ein, daß sie den Kampf wieder aufnahmen und die römische Legion in einem Hinterhalt vollkommen aufrieben. Sie finden dieses Ereignis auch in dem Büchlein des Pastors über Herzensach beschrieben. Haben Sie das Buch noch nicht gesehen?«

Jakob Finn schüttelte den Kopf.

»Ich will nichts gegen meinen Freund, den Pastor, sagen – er hat mich in seiner Kirche schon predigen lassen, was auch nicht unbedingt für ihn spricht.« Der Förster lachte laut und nach dem Geschmack des Studenten etwas zu lange. »Nun, ich habe erheblichen Zweifel an der Echtheit dieser Germanensage.«

(Der Förster hat recht. Der anfangs erwähnte Frankfurter Historiker Michael Leibrandt, der die Geschichte dieser Gegend gründlich erforscht hat, kann sogar die Quelle der Sage benennen: Johann Jacob van Grunten hatte sie 1880 erfunden, um den Absatz seines Herzensacher Heilwassers zu fördern. In seinem berühmt gewordenen Aufsatz *Wahrheit und Dichtung um die germanischen Helden*, veröffentlicht in ›History and Science‹, Boston 1972, behauptet Leibrandt: »Weniger die bewußten politischen Fälschungen historischer Ereignisse stellen den Wissenschaftler heute vor unlösbare Aufgaben – denn hier sind Ziel und Absicht mittels anderer Quellen immer zu filtrieren – als vielmehr jene Erfindungen, welche privaten oder Reklamezwecken dienten und dienen, um einen Ort oder einem Produkt Ansehen zu verleihen.«)

Jakob nickte. »Das Wandgemälde des Gasthofs zeigt diese Szene.«

»Gasthof?« Der Förster zog verächtlich die Lippen herab. »Dieser verdammte Fliegenwirt brütet nichts als Maden aus.« Johann Franke spuckte aus.

Erschrocken über den plötzlichen Ausbruch offenen Hasses, zuckte der Student zurück. Eine solche Regung hatte er von dem Förster nicht erwartet. Doch Johann Franke hatte sich bereits wieder im Griff. Lachend sagte er: »Vielleicht findet eines Tages jemand den Mut, diese Traum- und Schaumhöhle auszuräuchern. Ich fürchte nur, eher wird man mich erschießen.«

Er wandte sich von dem Blick ins Herzensacher Tal ab und ging zur gegenüberliegenden Seite des Plateaus. Für ihn war das Thema damit offensichtlich erledigt. Jakob Finn wagte nicht, nach der Bedeutung dieser Prophezeiung zu fragen, und vergaß sie bis zu jenem Tag, an dem sich die vom Förster gemachten Anspielungen mit Bedeutung füllen sollten.

Der Förster stützte sich auf einen der Runensteine, betrachtete seine hohen Schnürstiefel, hob den rechten Fuß und schabte mit einem Stöckchen etwas Kot von der Hacke. Jakob

Finn nahm die Gelegenheit wahr und brachte seinen Wunsch vor, jenen Waldhang nördlich von Herzensach mit Unterstützung des Försters zum Objekt seiner Doktorarbeit zu machen.

Johann Franke klopfte ihm auf die Schulter. »Willkommen in der Höhle des Löwen. Ich freue mich auf unsere Zusammenarbeit. Ich werde Sie nach besten Kräften unterstützen. Und wenn Sie einen Waldarbeiter brauchen, sagen Sie es einfach. Sie bekommen ihn. Aber passen Sie auf, daß er Sie nicht im Wald umbringt.«

Soviel Entgegenkommen hatte Jakob nicht erwartet.

Die Freude des Försters war echt. »Kommen Sie am besten gleich an einem der nächsten Abende zu uns, damit wir alles besprechen können. Meine Tochter Claudia wird sich freuen, Sie kennenzulernen. Und natürlich muß ich Ihnen meine Hunde zeigen.«

Sie gingen zu dem Geländewagen, und Johann Franke erzählte überschwenglich von seinen Schäferhunden, deren Rassenmerkmalen und von seinen Zuchtversuchen. Gleichzeitig aber spöttelte er über das gesamte Zuchtwesen, schließlich sei der deutsche Schäferhund vor rund hundert Jahren regelrecht erfunden worden. Die Begeisterung des Försters und seine gleichzeitige Distanz faszinierten Jakob, denn er kannte diese Fähigkeit als wesentliche Voraussetzung für erfolgreiche Forschungsarbeit.

Auf den Wegen durch den Staatsforst wurde der Förster schweigsam und nahm nur manchmal sein altes Thema vom Wald und den Menschen auf.

Jakob berichtete ihm von seiner Begegnung mit dem Mädchen und dem Hund. Der Förster lachte, und Jakob spürte, wie ihm das Blut ins Gesicht schoß, als hätte er etwas Verbotenes offenbart.

»Katharina, unser Findelkind«, spottete der Förster, »wäre wohl lieber gar nicht zur Welt gekommen oder wenn schon, dann ein Mann geworden. Ich habe nichts gegen ihre Streifzüge durch den Wald. Sie bewegt sich geschickt. Aber der Hund gefällt mir nicht. Ich weiß, er ist den Dorfbewohnern lieb und teuer – von dieser abergläubischen Bande ist nichts anderes zu erwarten –, aber es ist ein Hund, und er wird seine Natur nicht ablegen. Nun, er ist klug und geht mir nicht nur im Wald aus dem Weg.«

Der Förster schwieg, und Jakob versuchte sich das Bild Katharinas zu vergegenwärtigen.

Sie kamen über die Landstraße von Norden nach Herzensach zurück. Gleich am Dorfeingang zweigte ein Weg ab. Der Förster erklärte, daß er am Waldrand entlang zum Forstamt führe, und bekräftigte seine Einladung. Dann setzte er Jakob vor der Gastwirtschaft ab. Er reichte ihm das Gepäck hinunter und gab Jakob die Hand. »Wir sehen uns.«

Er gab Gas, fuhr an und bremste im selben Moment.

Er hob die Hand und wies über das Haus des Arztes hinweg. Der obere Teil des Gutshauses war dort in der Dämmerung zu sehen. In einem der Fenster wurde Licht gemacht. Johann Franke drehte den Kopf zurück.

»Sehen Sie, um diese Zeit werden die Positionslichter gesetzt.« Sein Lächeln verlor sich. »Vielleicht ist alles, was Menschen tun, auch das Böse, nur der Versuch, ein Ordnungssystem zu entwickeln, in dessen Mittelpunkt sie selber stehen. Sie wollen die Welt auf sich aufmerksam machen und auf sich ausrichten.«

Der letzte Rest von Freundlichkeit war aus dem Blick des Försters verschwunden. Seine Augen waren starr und unbarmherzig wie die eines Raubvogels.

5

Maria Glaser band ihr graues Haar zu einem festen Knoten, dann setzte sie sich mit einem zufriedenen Seufzer in den Lehnstuhl. Sie liebte diese Stunde am offenen Fenster der Dachkammer des Gutshauses, wenn die Dämmerung hereinbrach. Sie blickte die Pappelallee entlang, die vom Gutshaus zur Dorfstraße führte, betrachtete die zwei beidseitig der Allee liegenden, langgestreckten schwarzweißen Fachwerkhäuser der Landarbeiter. Eine Frau kam mit einem Korb heraus, um die Wäsche abzunehmen, aber die Augen der ehemaligen Haushälterin waren nicht mehr gut genug, um zu erkennen, welche der Frauen es war. Sie sah zur Dorfstraße und meinte, Trivial am weitgeöffneten eisernen Tor sitzen zu sehen. Nur einmal, am Ende des Krieges, war das Gitter geschlossen gewesen, damals, als Panzer durch das Dorf fuhren. Das immer offenstehende Tor war für Maria das Symbol für einen friedlichen Ort, wo man ohne Ängste leben konnte. Sie lächelte, vielleicht wartete Trivial so wie sie auf die Rückkehr des jungen Gutsbesitzers. Jan van Grunten hatte seine Rückkehr aus Berlin für den Abend angekündigt. Maria Glaser war deshalb extra am Nachmittag in die Küche hinuntergestiegen, um alles für sein Lieblingsdessert, einen sächsischen Hefekloß mit Butter und Blaubeeren, vorzubereiten. Sie erinnerte sich, wie der kleine Jan sie früher, als sie noch die Gewalt über Küche und Keller besaß, für diesen Nachtisch geliebt hatte, den niemand so zuzubereiten verstand wie sie.

Sie blickte hinaus und zufrieden auf ihre vierundachtzig Jahre zurück. (Es soll nicht verschwiegen werden, daß ihr ein kleines Glas Herzensacher Likör – »Lustige Blaubeere« – dabei half.) Sie war seit über zehn Jahren im Ruhestand und in der Küche nicht mehr gern gesehen. Sie wußte, daß man ihre Kommentare nicht schätzte und als Besserwisserei auslegte. Sie störte. Der neue Koch, Werner Kotschik, und seine Frau Manuela, die Haushälterin, schoben sie dann freundlich, aber bestimmt aus der Tür. Maria Glaser lachte, es war schon recht, sie hätte es genauso gemacht.

Ihr ganzes Leben hatte sie auf dem Gutshof verbracht. Ihre Mutter war wie sie Köchin gewesen, lag nun schon lange auf dem Friedhof. Man hatte sie neben jenem Mann begraben, der ihr Vater sein sollte – ein Forstgehilfe, der, bevor es zur Heirat kommen konnte, im Wald von einem umstürzenden Baum erschlagen worden war. Es sei nicht schade drum gewesen, hatte ihre Mutter später gesagt, er habe nichts getaugt. Überhaupt taugten alle Männer nichts. Dies hatte die Mutter so oft und so lange wiederholt, bis Maria davon überzeugt war und den Gescholtenen für den Rest des Lebens aus dem Weg ging.

Neben den beiden Gräbern war ein Platz für Maria freigelassen worden.

»Ach, Mutter«, murmelte Maria Glaser, »was soll ich tun?«

Auf ihrem Sterbebett hatte die Mutter ihr zugeflüstert, solange Hermann van Grunten lebe, werde es ihr gutgehen. Wenn aber Jan das Regiment übernähme, dann solle sie gehen. »Geh, so weit du kannst.«

»Ach, Mutter, was soll ich tun?« Dieselbe Frage seit fünf Jahren jeden Tag um dieselbe Zeit, denn ihre Mutter hatte nicht voraussehen können, daß Hermann van Grunten seinem Sohn Jan noch zu Lebzeiten das Gut überschreiben würde, um sich selbst nach Mallorca zurückzuziehen.

Er kommt dem Piraten nach, hatte ihre Mutter gewarnt, wenn sie durch die Küchenfenster den kleinen Jan beobachteten. Seine Streiche waren immer ein wenig weiter gegangen als die von Jungen seines Alters. Er hatte anscheinend Spaß daran, Tiere zu töten. Auf dem Rand des Gartenteichs lagen oft aufgespießte Leichen von Fröschen, Mäusen und manchmal Vögeln. Und einmal hatte er mit einem selbstgebastelten Schwert eine Ente geköpft. Das einzige Mal, daß Jan von seinem Vater in aller Öffentlichkeit eine Ohrfeige bekommen hatte.

Doch Jan behandelte Maria, seit er der Gutsherr war, mit allem Respekt, sorgte sich um ihre Gesundheit. Sie konnte zufrieden sein mit der gemütlichen Dachkammer, die ihr bewilligt worden war. Obwohl sie mit ihren alten schmerzenden Knochen im Haus keine große Hilfe mehr war, bekam sie nicht weniger Geld. Es war mehr als genug.

Vielleicht hatte ihre Mutter unrecht gehabt, sie konnte sich über den jungen Gutsherrn nicht beklagen. Er war zu allen seinen Angestellten gut und gerecht. Und wenn es überhaupt einen Grund zur Kritik gab, so war es allein der Lebenswandel des jungen Gutsherrn.

Warum heiratet er nicht, dachte Maria Glaser, er ist doch schon sechsunddreißig. Nur selten brachte Jan Freundinnen aus Berlin mit. Von diesen albernen Gänsen oder mageren Fotomodellen konnte sie sich keine als Gutsherrin vorstellen. Die aßen kaum etwas, ekelten sich vor Sülze oder anderen herzhaften Speisen und kratzten sich ständig den Kot von den viel zu dünn besohlten Schuhen.

Manchmal kam die Tochter des Försters vorbei. In letzter Zeit sogar sehr oft. Ja, diese Claudia wäre wohl die richtige. Und was für ein stattlicher Schwiegervater! Das gäbe eine Hochzeit!

Maria Glaser seufzte wieder. Ob sie dieses Fest noch erleben würde?

Sie schreckte hoch. Vor dem Haus war ein Geräusch auf dem Kies zu hören. Hatte sie, in Gedanken versunken, nicht bemerkt, daß der Gutsherr vorgefahren war? Sie stand auf, beugte sich weit aus dem Fenster und sah an der weiß getünchten Fassade des Mittelbaues hinunter auf die im Halbkreis geschwungene Freitreppe vor dem Eingang. Doch kein Wagen stand davor. Nur Werner Kotschik goß die beiden großen, links und rechts neben der Treppe auf Säulen stehenden, rot leuchtenden und ungenau als Geranien bezeichneten Topfpflanzen. (Seit einiger Zeit versuchte er zu beweisen, daß ein vierzehntägiger Guß mit kalter Fleischbrühe besonderen Blütenreichtum hervorrufe.)

Maria erinnerte sich, wie sie als Kinder an den Vorsprüngen und Ritzen der Seitenflügel auf deren flaches Dach hinaufgeklettert waren. Denn für die Anbauten hatten die grob behauenen Natursteine des ehemaligen Wehrturms Verwendung gefunden. Sie nahmen den weißen Mittelbau in die Zange und wirkten so trutzig, als gelte es noch immer, Raubritter abzuschrecken. Den für die Erweiterung des Gutshauses zuständigen Architekten, einen berühmten Baumeister, hatte man aus Spanien geholt. Kurz vor Abschluß der Bauarbeiten fand man ihn erhängt im Forst. Der Grund für seinen Freitod war nicht gewiß, man vermutete eine unheilbare Krankheit.

Mysteriös hatte es schon begonnen: Als man den alten Wehrturm abtrug, der zwischen Gutshaus und dem Fluß für sich stand, öffneten Arbeiter in seinem Fundament ein vermauertes Verlies und fanden darin angeblich Schädel und Knochen eines Menschen. Auch eine Kette mit dem Wappen der Weinsteiner Grafen soll dort gelegen haben. Doch der alte Johann Jacob van Grunten soll befohlen haben, alles sofort wieder zu verschließen. Kurz danach ließ er das Untergeschoß des Turmes fluten. So entstand jener große, kreisrunde und lieblich mit Seerosen bewachsene Gartenteich, dessen Begrenzung die Grundmauern des ehemaligen Wehrturms bilden. Wohl nicht nur die schnelle Entscheidung des Gutsherrn, das Verlies endgültig in der Versenkung verschwinden zu lassen, sondern auch der Heimatdichter Gustav Ballkmeister, der sich Vivalis nannte, ist schuld daran, daß man von offizieller Seite die Berichte der Bauarbeiter nicht überprüfte. Dieser Vivalis veröffentlichte damals die angeblich wahre Geschichte der im Turm gefundenen Knochen unter dem Titel »Das Gespenst von Herzensach«. Eine simple Gruselgeschichte in Versform, deren Motive aus dem Grimmschen Märchen »Rapunzel« entlehnt worden waren. Das Ergebnis war, daß die amtlichen Stellen sich weigerten, solchen lyrischen Erfindungen nachzugehen.

Rund dreißig Jahre später erinnerte man sich plötzlich wieder an dieses Ereignis. Beim Reinigen des Teiches waren in den Wurzeln des Schilfs verfangene menschliche Knochen gefunden worden. Maria war dabei gewesen und sah das erschrokkene Gesicht des damaligen Verwalters heute noch vor sich. Diesmal gab es keine Möglichkeit, den Fund zu verheimlichen. Zu viele Bürger aus der Umgebung waren in den vergangenen Jahren spurlos verschwunden. Ein Gerichtsmediziner bestimmte den Fund als Oberarm und Schultergelenk eines etwa fünfzigjährigen Mannes. Daraufhin wurde unter polizeilicher Aufsicht der gesamte Teich abgesucht – ohne weiteres Ergebnis. Ein paar Monate danach gestand ein Schlachtergeselle aus Weinstein eine Reihe von Morden. In der Vernehmung behauptete er, sich nicht mehr an die Orte zu erinnern, wo er seine

Opfer verscharrt habe. Der Knochenfund im van Gruntener Gartenteich paßte zwar zu keiner der vermißten Personen so recht, wurde aber mit diesem Fall zu den Akten gelegt.

Der eigentliche Grund für den 1901 fertiggestellten Ausbau des Gutshauses war der Wunsch Johann Jacob van Gruntens nach mindestens zehn Enkelsöhnen gewesen. Die als Kinderzimmer vorgesehenen neuen Räume sollten seinen Sohn Hubertus, der 1899 geheiratet hatte, ständig an seine Pflicht erinnern, Söhne zu zeugen. Seit des Piraten Vertrag mit dem Grafen Weinstein waren Nachkommen bei den van Gruntens, vor allem männliche, Mangelware. Sein Sohn Hubertus schenkte ihm pünktlich im selben Jahr den kleinen Friedrich und drei Jahre später den verkrüppelten und schwachsinnigen Carl, der wie gesagt 1912 bei der Jagd umkam. Hubertus versuchte eifrig, weitere Kinder ins Leben zu setzen, bis eine Kugel ihm selbst das Leben nahm. Sie traf ihn gleich in den ersten Tagen des Ersten Weltkrieges.

Maria Glaser trat vom Fenster zurück und setzte sich wieder in die dicken Kissen ihres Lehnstuhls. Sie kannte die Ahnenreihe der van Gruntens, als wäre es ihre eigene. Unten in der Halle hingen die Porträts aller Gutsherren, einschließlich das des Piraten – nur Jans Bildnis fehlte noch. Bilder, die mit dunklen Farben, künstlichen Brüchen im Lack und schweren Goldrahmen (waren die Holzwurmlöcher echt?) den Eindruck erwecken sollten, als hingen sie schon fünfhundert Jahre dort. Ob Cornelius und sein Sohn Hendrik, der erste Siedler in Herzensach, ihren Konterfeis entsprachen, ist fraglich. Die Ahnengalerie wurde erst in den dreißiger Jahren eingerichtet, und von beiden gab es keine historisch gesicherten Abbildungen. Maria hatte die Galerie nie gefallen. Zu sehr hatte der Maler sich von der Piratenherkunft der Familie gefangennehmen lassen und jedem der sechs van Gruntens einen unheimlichen Blick oder gar grausamen Ausdruck ins Gesicht gemalt.

Um das Gutshaus nahm die Dunkelheit zu, die Vögel verstummten. Endlich huschten Scheinwerfer über die Fassade. Die beiden Hunde im Zwinger begannen zu bellen. Maria erkannte den metallic-grünen Jaguar ihres Herrn, der fast geräuschlos zwischen den Pappeln entlangschlich. Sie hatte noch

Zeit, der junge Herr würde sich erst umziehen. Sie stand trotzdem auf und machte sich auf den Weg in die Küche. Wenn man die Gicht in den Knochen hatte, war es ein langer Weg. Sie stieß gegen ein Tischbein, ignorierte aber den Schmerz und die neue Wunde an ihrem malträtierten Schienbein. In dem dunklen Flur schlossen sich ihre Hände fest um den Handlauf des Treppengeländers. Wenn man zwei, drei Gläser »Lustige Blaubeere« in den Knochen hatte, wurde man lustiger, aber nicht sicherer. Wegen der schlechten Beleuchtung hatte sie sich angewöhnt, die Treppenstufen zu zählen, doch nach der elften war da plötzlich kein Treppenabsatz, und sie fiel in die Tiefe. Die Höhe von knapp fünfzehn Zentimetern, die Höhe einer weiteren Stufe, reichte aus, sie auf die Knie stürzen zu lassen, wobei sie mit den Ellbogen und dem Kopf gegen das Geländer rammte. Sie hatte sich verzählt.

Ächzend zog sie sich hoch, knickte ein und mußte sich auf die Stufen setzen, bis der Schwindel verging. Sie schniefte Blut.

Mein Gott, dachte sie und versuchte ihren rasselnden Atem zu beruhigen, bloß jetzt nicht sterben, nicht bevor das Dessert serviert ist.

Das Personal hatte sich zur Begrüßung vor der großen hölzernen Eingangstür aufgestellt. Jan van Grunten betrat die erste der schneeweißen Stufen und wäre fast gestürzt. Etwas Weiches befand sich unter seinen Sohlen. Er schlüpfte lachend aus den Schuhen und nahm die restlichen Stufen in Socken und zwei Sätzen. Er reichte der Haushälterin und ihrem Mann sowie seinem Verwalter Jürgen Vietel die Hand. Er sah ihren Gesichtern an, daß sie alle Nachrichten loswerden wollten, hob abwehrend die Hände und sagte lachend: »Alles später, bitte. Ich habe einen ungeheuren Hunger.«

Jeder weiß, mit solchen Sätzen beginnen die wirklich angenehmen Abende. Und keiner der drei hätte dem jungenhaften Charme des Gutsherrn widerstehen können. Schon gar nicht der Verwalter Jürgen Vietel, der seinen Herrn mehr liebte, als dies gemeinhin unter Männern üblich ist. Doch das ist eine andere Geschichte.

Befreit von dem maßgeschneiderten Anzug aus blauem englischen Tuch und der schwarzorange gestreiften Krawatte, den Farben des Hauses van Grunten, und erfrischt von einer kurzen Dusche, erschien Jan im Speisesaal, den sein Ururgroßvater im Stil eines Rittersaales ausgestattet hatte. Ein Raum, der mit seiner deckenhohen Holztäfelung, den eingearbeiteten Wappen (erfunden) und einer reichen mittelalterlichen Waffensammlung (gestohlen), dem langen, schweren Holztisch und den beiden Koggenmodellen (billige Nachbauten) als Leuchtern darüber Jans Phantasie seit seiner Kindheit anzuregen vermochte. Hier hatte er heimlich unter dem Tisch gespielt, sich als Ritter gefühlt, der gegen übermächtige Gegner kämpfen mußte. Der junge Gutsherr setzte sich an das gedeckte Kopfende des Tisches, ließ sich von der Haushälterin eine Rehkeule servieren, während ihr Mann Werner den Rotwein öffnete, einschenkte und wartete, bis Jan ihn probiert und für gut befunden hatte.

»Ach, bitte, bringen Sie mir zum Nachtisch auch die Post.«

Manuela Kotschik runzelte leicht die Stirn. Jan lachte sie offen an. »Ich weiß, es ist stillos und es gehört sich nicht, machen Sie eine Ausnahme bei einem Mann, der sehnsüchtig einen parfümierten Brief erwartet – mit Worten, die seiner Seele guttun.« Er grinste vor Stolz über seine sprachliche Gewandtheit.

Die Haushälterin zog die Augenbrauen hoch und nickte. Sie mochte es nicht, wenn Worte und Gestik einander widersprachen. Manchmal brachte sie das vollkommen durcheinander. (Nach solchen Erlebnissen legte sie sich in der Regel mit einer Wärmflasche in Form eines Teddybären ins Bett.)

Der Gutsherr stürzte sich auf den duftenden, saftigen Braten. Er war allein und brauchte nicht auf Etikette zu achten.

Endlich war es soweit. Langsam und vorsichtig trug Maria ihren mit brauner Butter und Blaubeeren übergossenen Hefekloß vor sich her. Jeder Schritt stach ihr in den Beinen und löste einen wirbelnden Schmerz in ihrem Schädel aus. Manuela Kotschik öffnete ihr die Tür zum Speisesaal. Jan sprang auf, ging Maria entgegen.

»Maria!« Er nahm ihr den Teller ab, schnupperte begeistert daran, stellte ihn auf den Tisch und umarmte die alte Frau.

»Maria, Sie sollen das doch nicht mehr tun.«

Er nahm ihre alten Hände in die seinen und streichelte sie. »Danke«, sagte er. »Danke für alles!«

Für einen winzigen Augenblick waren Marias Schmerzen wie fortgeblasen. Mit wässerigen Augen verließ sie den Saal. Die Haushälterin legte die angesammelten Briefe auf den Tisch und folgte Maria.

»Er ist immer noch ein kleiner böser Junge«, sagte sie und ließ die alte Frau in der Halle stehen, um zurück in die Küche zu gehen.

Maria schlurfte glücklich in Richtung Treppe. Das Glück würde ihr bis in die Dachkammer folgen. Vielleicht gab es im Spätprogramm noch einen Film mit einem Gutsherrn, der gut zu seiner alten Haushälterin war! Doch bevor sich Maria die erste Stufe hinaufgezogen hatte, hörte sie ein Lachen, das einem Schrei glich, ein Poltern und Klirren von zerbrechendem Glas; es kam aus dem Speisesaal. So schnell sie konnte, kehrte sie um, zog die schwere Tür einen Spaltbreit auf, und Entsetzen packte sie. Da stand Jan, nein, es war Cornelius, am Tisch seiner Kapitänskajüte mit jenem grausamen Blick wie auf dem Bild in der Galerie, das Besteck, nein, die Säbel waren über den Tisch verteilt. Die Weinflasche war heruntergefallen und zerbrochen. Die Glassplitter glitzerten zwischen den Stiefeln und Holzbeinen der wilden Gesellen, die mit ihren Armstümpfen und den Haken daran trunken in den Stühlen hingen. Cornelius' Augen funkelten, und triumphierend streckte er einen Brief in die Höhe.

»Jetzt hab ich dich!« schrie er rauh.

Marias Bewußtsein versagte ihr den Dienst. Nichts mehr mit Fernsehen!

6

Ein unruhiger Schlaf quälte Jakob Finn. Mehrmals erwachte er vollkommen desorientiert, wußte sekundenlang weder, wo er war, noch warum. Einmal glaubte er, Stimmen aus der Gastwirtschaft zu hören, doch als er sich im Bett aufsetzte, verstummten die Geräusche. Ein anderes Mal schreckte er scheinbar grundlos hoch, stand schwankend auf und trat ans halb geöffnete Fenster. Doch draußen war alles ruhig. Wolken verdeckten den Mond, und der Asphaltbelag der Dorfstraße wirkte wie ein tiefer, dunkler Graben, der die Erde teilte. Vielleicht war es das, was ihn geweckt hatte: Die Erde brach gerade auseinander. Auf der sich langsam entfernenden Seite fiel aus einem Hinterzimmer (der Backstube?) der Bäckerei ›Kornblume‹ ein dünner Lichtstrahl quer durch den Laden bis zu dem mit Blumen dekorierten Brotkorb im Schaufenster. Ein geschickter Werbemensch hätte es nicht besser anordnen können. Doch niemand sah es. Jakob horchte auf die nächtlichen Geräusche des Dorfes, doch da war nichts außer einem rhythmisch sanften Rauschen, als würde die Erde atmen. Vielleicht zerbrach die Welt doch nicht – statt dessen war der schwarze Graben ihr Mund, der sich nächtens öffnete? Einige Frösche begannen im Dorfteich zu quaken. Links, auf der anderen Straßenseite, knackte etwas an der weißen Friedhofsmauer. Zu ihren Füßen lag ein Schatten, es hätte der große Hund sein können.

Der Student kroch zurück ins Bett. Er schlief ein und träumte: Der Anwalt seiner Eltern eröffnete ihm mit Trauermiene, sein Vater und seine Mutter hätten den Flugzeugabsturz überlebt und säßen im Vorzimmer, um ihn zu begrüßen. Doch als er die Tür öffnete, war da nur ein schwarzer, tiefer Schacht, und er mußte sich krampfhaft am Türgriff festhalten, um nicht hineinzufallen. (In solchen Momenten wurde er sich immer bewußt, daß er träumte.) Dann sah er sich gemeinsam mit seinem Vater über einen Tisch gebeugt. Sie formulierten den Text der Todesanzeige, und Jakob mußte ihn aufschreiben. Am Schluß setzten seine Eltern feierlich ihre Unterschrift darunter. Als er den Text noch einmal durchlesen wollte, kam er immer nur bis zur Überschrift. Sie lautete: »Geschlechtskrankheiten«.

Als er erneut erwachte, warf die eben über die Hügel gekommene Sonne einen Lichtreflex an seine Zimmerdecke. Jakob entdeckte die spiegelnde Fläche in der Seitenscheibe eines Autos. Ein Lieferwagen, der vor der Bäckerei ›Kornblume‹ parkte und beladen wurde. Seine Seitenbeschriftung wies auf die Filialen in Ehrenfelde und Weinstein hin und machte Reklame mit einem großgeschriebenen Slogan, der Jakob an der Werbebranche zweifeln ließ. Er lautete: »Kornblume – Brot ... mit Tränen gebacken!«

Der große Hund saß an der Kirchenwand, die der Friedhofsmauer gegenüberlag, und blickte zu ihm hinauf; schließlich schüttelte er den Kopf, erhob sich, trottete zu dem Bäckerwagen, um gegen einen Reifen zu pinkeln, und zog weiter bis zu dem Haus, das als Arztpraxis ausgewiesen war. Man hatte das zweistöckige Gebäude im Stil den alten Fachwerkhäusern des Dorfes angeglichen. Jakob kniff die Augen zusammen, um die Jahreszahl in dem Balken über der Tür zu erkennen. Der Hund schnüffelte am Holzzaun des üppig mit Frühjahrsblumen bewachsenen Vorgartens, schüttelte noch mal den Kopf, setzte sich und kratzte sich mit dem Hinterbein am Ohr. Plötzlich drehte er sich um und lief im schnellen Trab denselben Weg zurück, bog am Ende der Friedhofsmauer zur Kirche ab und verschwand in dem dahinterliegenden Haus, in dem wohl der Pastor wohnte. Wahrscheinlich war ihm eingefallen, daß er dort sein Frühstück bekam.

Jakob Finn gefiel das Dorf. Nur die Bewohner schienen ihm seltsam. Der Autounfall hatte ihn wie einen Schiffbrüchigen an den Strand einer Insel geworfen, auf der fremdartige Eingeborene lebten. Jakob lachte und trat vom Fenster zurück. Er wurde sich seiner Arroganz bewußt: Daß es Großstädter immer drängte, ihre Lebensform als einzig richtige hinzustellen!

Luise Wischberg, die sechzigjährige Mutter des Gastwirts, eine schlanke Frau mit etwas nervösen Bewegungen und verschmitztem Blick, bereitete ihm das Frühstück. Rührei auf gebratenem Speck, selbstgemachte Brombeermarmelade, frisches

Bauernbrot und Kaffee, soviel er wollte. Sie entwickelte Ehrgeiz. Er war der einzige Gast. Nachdem sie ihm alles serviert hatte, holte sie sich von der Theke eine Zeitung und ließ sich zwei Tische entfernt nieder. Eine Weile beobachtete sie ihn, freute sich an seinem Appetit, dann sagte sie: »Verhungert ist hier noch keiner.«

Sie blickte auf die Zeitung.

»Ach Gott, waren Sie etwa auch in diesen Auffahrunfall auf der Autobahn verwickelt?«

»Nein.«

»Sechs Tote steht hier und sechzig Autos. Mein Sohn hatte ja auch mal einen Unfall. Sechs sind eigentlich wenig Opfer, meinen Sie nicht auch? Manchmal frage ich mich, ab wieviel Toten eine Nachricht ins Fernsehen kommt. Ich meine, in die landesweiten Nachrichten. Und ab wieviel Toten wird eine internationale Meldung daraus? Was meinen Sie? Ach, jetzt hätte ich es fast vergessen: Das Abschleppunternehmen hat angerufen. Wenn man sich nicht alles aufschreibt. Als mein Sohn den Unfall hatte . . . Er hinkt seitdem, haben Sie das bemerkt?«

»Was ist mit dem Abschleppunternehmen?«

»Ach ja, sie können erst gegen Mittag kommen. In meinem Alter wird man vergeßlich. Wissen Sie, mein Mann war hier schon der Wirt, und mein Sohn hat hinten im Hof gestanden, und Dorothee – Sie kennen Dorothee? Nicht?« Sie stand auf und kam mit der Zeitung an seinen Tisch, setzte sich ihm gegenüber: »Ich gebe zu, Dorothee ist ein bißchen zickig, aber nun mal meine Schwiegertochter, sie macht den kleinen Laden nebenan. Zeitungen, Zigaretten und neuerdings Lebensmittel. Wissen Sie, was ich ihr hoch anrechne? Daß sie nie in Versuchung gekommen ist, eine Postkarte von Herzensach herstellen zu lassen. Ich sage das nur, damit Sie nicht überrascht sind, wenn Sie jemandem schreiben wollen. Haben Sie jemanden, dem Sie schreiben müssen? Aber zurück zu Dorothee. Sagen wir mal, sie hatte aus Versehen den falschen Gang eingelegt. Tja, und seitdem hinkt er, mein Sohn.«

Jakob hörte lächelnd zu. Er verstand gar nicht, worum es ging, und fragte nicht nach. Er hätte lieber etwas über den Bauernhof erfahren, den er gestern fluchtartig verlassen hatte, doch jetzt, am frühen Morgen, erschien ihm sein Erlebnis noch unwirklicher. Plötzlich fiel ihm der seltsame gelbbraune Hund mit dem intensiven Blick wieder ein.

»Der Hund . . .«, begann er.

»Nein, nein«, unterbrach sie ihn sofort. »Andererseits, so ganz unrecht haben Sie nicht, manchmal benimmt er sich wie einer, und ein guter Ehemann ist er wahrlich nicht. Aber muß man jemandem deshalb gleich in voller Fahrt die Stoßstange ins Knie rammen?«

»Ich meine den großen gelben Hund.«

»Ach, Trivial.« Sie lachte. »Und ich dachte, Sie reden von meinem Sohn. Um Trivial brauchen Sie sich nicht zu kümmern. Der gehört dem verrückten Pastor Pedus. Wie kann man einen Hund Trivial nennen? Verstehen Sie das?«

In der Küche war ein Klappern zu hören. Ihr Kopf zuckte herum. »Karin, was machst du da?«

Das dicke Gesicht der sechzehnjährigen Wirtstochter erschien in der Durchreiche. Entschuldigend hielt sie ein Glas Milch hoch.

»Zeig sofort die andere Hand!«

Ein zusammengelegtes Marmeladenbrot kam zum Vorschein. Die Großmutter schüttelte den Kopf.

»Mein Gott, wenn du nicht aufhörst zu fressen, kriegst du nie einen Mann.«

Karin zog sich grinsend zurück.

»Sind Sie verheiratet?«

»Nein.«

»Wie alt sind Sie?«

»Achtundzwanzig.«

»Dann kommen Sie wohl nicht in Frage.«

»Nein, nicht so recht.«

Sie lachten beide. Sie griff über den Tisch nach seiner Hand.

»Nehmen Sie es nicht so. Es ist einfach meine direkte Art. Ich sage, was ich denke, und weiß gern, woran ich bin.«

Sie zog die Hand zurück. »Von den heiratsfähigen Töchtern im Dorf kann ich Ihnen guten Gewissens nur die Tochter des Försters empfehlen. Claudia ist zwar schon neunundzwanzig . . . vielleicht doch schon zu alt für Sie? Aber sie ist hübsch, und Sie bekommen einen erstklassigen Schwiegervater dazu. Er ist nämlich nicht so wie die Tölpel hier aus dem Dorf. Er kommt aus Frankfurt und ist erst Förster geworden, nachdem seine Frau ermordet worden war.« Sie hatte die Stimme etwas gesenkt, als gelte es, dies als Geheimnis zu bewahren. Sie kam etwas näher. »Hat er Ihnen das erzählt? Sie waren doch gestern lange mit ihm unterwegs.«

Jakob schüttelte den Kopf.

»Ein tragischer Fall und so ein schöner Mann. Wissen Sie, manchmal glaube ich, daß Töchter, die nur vom Vater aufgezogen werden, einfach schöner sind. Und wenn der Vater dazu noch Förster ist . . .« Sie lachte plötzlich laut. »Wissen Sie, daß ich seine Tochter eben als schußfest bezeichnen wollte, wie einen Hund. Sie sollten Claudia kennenlernen.« Sie kniff die Augen zusammen und lächelte, als gelte es, ihn zu verkuppeln. Er nickte, erzählte von seinem Plan, eine Zeitlang mit dem Förster zusammenzuarbeiten.

»Frisches Blut«, rief sie aus und griff nach seinem Arm, als wollte sie die Festigkeit seiner Muskeln prüfen. Dann ging sie alle anderen Töchter des Dorfes durch, verwarf sie aber nacheinander als zu jung oder zu alt. Die einzige, die Jakob interessierte, schien nicht dabei zu sein, und er erzählte ihr von seiner Begegnung mit dem Mädchen auf der Landstraße.

»Uh«, sagte sie, »Katharina! Die zählt nicht. Nein, die können Sie vergessen. Den möchte ich sehen, der es schafft, sie aufzutauen. Das bedeutet Arbeit. Viel Arbeit, denn sie ist ein hübsches Mädchen, aber sie will nichts davon wissen. Absolut nicht. Sie ist die Tochter des Tischlers, unserem Hallodri von Bürgermeister, und auch wieder nicht, sondern nur sein Pflegekind. Katharina, nein, nein! Es soll ja mal einer einen Stein geküßt haben, bis er weich wurde. Vor zwanzig Jahren – oder ist es schon länger her – lag sie auf einer Stufe vor der Kirche. Ein Findelkind. Vielleicht war das ein Zeichen, und sie wäre besser ins Kloster gegangen. Hockt ja oft genug beim Pastor rum; der hat sie die ersten vier Jahre aufgezogen. Wenn Ihnen Katharina gefällt, haben Sie allerdings einen Vorteil: Bei der Stachelbeere kommt Ihnen keiner in die Quere. Na, was rede ich, lassen Sie uns erst mal darauf anstoßen, daß Sie hier im Ort bleiben.«

Sie ging hinter die Theke und kam mit einer Flasche zurück. »Jetzt gucken Sie nicht so, ich weiß, daß es noch ein bißchen früh ist, aber darauf muß ich mit Ihnen anstoßen. Das ist eine Überraschung. Ein hübscher junger Fremder in Herzensach, was wird man sich das Maul zerreißen – oder Sie umbringen.«

Sie öffnete die Flasche und goß zwei kleine Gläser voll. »Es ist echter Herzensacher Likör, Sorte ›Bumsfidele Brombeere‹. Mein Sohn stellt das Zeug her, aber ich passe auf, daß er nichts Unrechtes hineintut, das ist ihm nämlich zuzutrauen. Er ist ein miserabler Wirt.«

Das Etikett der Flasche zeigte einen von Brombeerranken umrandeten Ausschnitt von Herzensach. Im Zentrum des Bildes stand der Gasthof. »Herzensacher Likör – Bumsfidele Brombeere nach altem Familienrezept« stand in goldener Schrift darüber. Sie prosteten einander zu, und er mußte ihr versprechen, sie über seine Eindrücke vom Dorf auf dem laufenden zu halten.

»Wenn Sie die Möglichkeit hätten fortzuziehen«, fragte er, »würden Sie es tun?«

Sie stutzte. »Sie sind mir einer«, sagte sie und verschaffte sich damit Bedenkzeit. »Sie werden lachen, aber ich würde bleiben, weil ich sehen will, was mit Ihnen geschieht.«

Sie beugte sich über den Tisch und senkte die Stimme. »Tun Sie mir einen Gefallen, und suchen Sie sich ein anderes Quartier, auch wenn ich Sie gern im Hause hätte. Ach was, ich werde einfach etwas für Sie besorgen.« Sie wurde ernst, schwieg eine Weile, schließlich seufzte sie. »Ich muß Sie warnen, kommen Sie niemals sonntags abends in die Gastwirtschaft. Niemals. Versprechen Sie mir das.« Sie legte wieder ihre Hand auf seinen Arm.

Er wollte gerade nachfragen, was denn an den Sonntagen so Schreckliches geschehe, da dröhnte es von draußen, als würde jemand einen riesigen Gong schlagen.

Die Mutter des Wirts legte die Hände auf die Ohren.

»Das ist der verrückte Pastor Pedus. Er spricht wieder mit Gott!«

7

Wilhelm Weber ließ den Groschenroman fallen, den er gestern abend begonnen und heute früh zu Ende gelesen hatte. Er liebte diese Romane, in denen arme Mädchen reiche Männer bekamen. Er trug noch seinen seidenen Schlafanzug und streckte sich geräuschvoll vor dem großen Fenster seines Bungalows. Danach sank er in sich zusammen und drückte den Kopf gegen die Glasscheibe. Die Kälte auf der Stirn tat ihm gut. War er nicht genauso gutmütig, gütig, herzensgut wie der Glühlampenfabrikant Doktor Wolfram Eschenburg in *Ein Herz leuchtet in der Dunkelheit*? Warum aber unterschied sich sein Schicksal von dem im Roman geschilderten?

Von hier oben konnte er über alle Häuser des Dorfes hinwegsehen. Nur das Gutshaus auf der anderen Seite – seiner Meinung nach ein mißlungener Bau, dem man seine Architektur nur wegen seines historischen Alters verzieh – schien sich in der Höhe mit seinem Bungalow messen zu wollen. Alles wirkte leblos. Endlich nahm er eine Bewegung wahr. Unten umrundete jemand den Dorfteich. Der Dorfhund folgte ihm. Der Wurstfabrikant preßte seine Stirn fester gegen das Glas. Er betrachtete die lange Auffahrt, die, zwischen den beiden alten Katen hindurch, von der Cornelius-van-Grunten-Straße zu den Säulen seines Bungalows heraufführte.

»Cornelius, ha!« sagte er laut. »Eigentlich bin ich hier der Pirat.« Er dachte daran, wieviel Widerstand zu überwinden gewesen war, bis die Herzensacher den Bauplänen seines Hauses zugestimmt hatten. Schon gegen die Lage gab es erhebliche Bedenken, sollte sein Haus doch auf einer Anhöhe stehen und so von vielen Punkten des Dorfes aus zu sehen sein. Das Murren, das entstand, als er den Entwurf des Architekten für den Flachbau mit den zwölf Zimmern vorlegte, hatte er noch im Ohr. Die Herzensacher mochten ihn nicht. Noch immer mußte er um Anerkennung kämpfen. Wilhelm Weber lachte. Natürlich war er ein Banause, ein Kulturbanause. Ein Pirat, der sich nahm, was ihm gefiel. Griechische Säulen vor einem modernen Bungalow (der aussah wie eine Würstchenbude)! Stillos? Na und, wenn es ihm so gefiel. Liebe Leute, wenn ihr das nicht akzeptieren könnt, dann bekommt eure Cornelius-van-Grunten-Straße keinen Asphalt und bleibt weiterhin ein Schlammloch. Daß er die Straße, die zu seinem Anwesen führte, so oder so hätte asphaltieren lassen, brauchte niemand zu wissen. Die griechischen Säulen waren eine Machtfrage. Wen interessierte da schon die Ästhetik?

Er stieß sich von der Scheibe ab und betrachtete den Fettfleck, den seine Stirn hinterlassen hatte. Seine Umrisse erinnerten an die von Australien. Nein, ganz so dumm, wie man ihn gern haben wollte, war er nicht. Er wollte eben in den Kraftraum gehen, als er sah, daß sich die Hintertür einer der Katen an der Einfahrt öffnete. Seine Frau trat heraus und ging in den üppigen Gemüse- und Blumengarten. Er beobachtete, wie sie Gartengeräte bereitstellte und eine Gießkanne füllte. Wenn er jetzt zu ihr hinunterging und sie in den Arm nahm, war das sein sicherer Tod.

Wilhelm Weber kannte seine Stärken und Schwächen ganz genau. Er besaß keine Bildung, keine Depressionen und stand mit der deutschen Sprache auf Kriegsfuß. Manchmal verwechselte er mir und mich. Was kann man schon von einer Volksschulbildung ohne Abschluß verlangen? Und wozu die ganze Schule? Seine starken Arme waren in der Familienschlachterei in Weinstein dringend gebraucht worden. Da kam endlich einer mit der Statur eines Schlachters. Sein Vater, mager und magenkrank, hatte mit dem kleinen Geschäft die Familie kaum ernähren können. Groß und übermächtig schien die Konkurrenz am Ort, hatte seinem Vater einen Preiskampf aufgenötigt, der mit Ursache für seine Krankheit war. Dann kam Willi. Er hatte es allen gezeigt. Als erstes engagierte er zwei Schüler, die für ihn täglich vor die Läden der Konkurrenz kotzten. Schade, daß der Vater es nicht mehr erlebte. Aber dem wäre bloß schlecht geworden.

Er war kein guter Schüler und froh darüber gewesen, früher abgehen zu können. Na und? Was war denn aus dem Klassenbesten geworden? Eine graue Maus auf dem Amtsgericht in Weinstein. Er hatte aus Vaters Schlachterei eine Wurstfabrikation gemacht. So machte man das im Leben: Ellbogen raus und zwei Schilder umgehängt. Eins vorn, eins hinten: »Webers Würstchen – Wunderbar!« Man kannte ihn im ganzen Kreis, respektierte ihn, fast so, wie man die van Gruntens respektierte. Dabei waren die gar nicht von echtem Adel. Jemand hatte ihm erzählt, in Holland sei das »Van« eine gewöhnliche Bezeichnung gewesen, um die örtliche Herkunft zu bestimmen. Aber wozu Neid oder Eifersucht entwickeln? Schon gar nicht, wenn alles nur ererbt war. Er vertraute auf seine Tatkraft, und sie war es, die auch bei anderen zählte. Was nützten Bildung und Tradition, wenn es einem Menschen an Aktivität, Entschlußkraft und Risikobereitschaft mangelte? Nein, der moderne Pirat weit und breit war er. »Entern wir den Laden«, rief er am Schluß der Sitzungen seinen allzu braven Leuten zu, wenn es darum ging, sein Verkaufsgebiet auszuweiten oder die Dominanz seiner Würstchen in Weinstein und Umgebung sicherzustellen. Und nach Piratenmanier machten sie sich Mut, indem sie gemeinsam in ein »Heureka, zum Angriff!« ausbrachen. Er liebte diesen Augenblick. Eine platte Zeremonie, die doch immer wieder Wirkung zeigte, ein Gemeinschaftsgefühl herstellte und seine Männer motivierte. (Er hatte es aus *Das Segel meiner Träume*, Band 55 der Reihe ›Freibeuter der Liebe‹. Eine wirklich gute Geschichte, in der ein Korsar aus Liebe zu einem Mädchen an Land bleibt, mit einer Knopffabrik Erfolg hat, bis ihn seine Vergangenheit einholt und er mit Caroline ein neues Leben auf einer karibischen Insel beginnen muß.)

Niemand konnte an ihm, Wilhelm Weber, vorbei. Nur Jan van Grunten schaffte es mit seiner Ironie. Die meisten Bauern weit und breit züchteten Schweine für ihn. Jeder suchte seine Freundschaft. Gut, er bezahlte dafür. Seine Großzügigkeit war bekannt. Wenn es mir gutgeht, soll es den anderen auch gutgehen, nach dieser Devise gab er seinen Arbeitern – die fast alle aus Weinstein kamen – mehr, als die Gewerkschaft verlangte, und die Bauern bekamen für ihre Schweine mehr als bei der Konkurrenz. Seine Methode, für jedes Schwein ein Prämie zu zahlen, das in den letzten acht Wochen vor der Schlachtung nicht mit Pharmazeutika behandelt worden war, galt als vorbildlich, auch wenn man dies nicht an die große Glocke hängte, um nicht auf alle jene Mittel aufmerksam zu machen, mit denen

Mastschweine vorher behandelt wurden. Den Slogan »Webers Mastschweine sind drogenfrei!« hatten ihm erst die Kollegen von der Schlachterinnung mit politischen Argumenten ausreden können. Er war nach wie vor von der Richtigkeit der Aussage überzeugt.

Wilhelm Weber zog seinen seidenen Schlafanzug aus und warf ihn in einen Sessel. Er war zum Mäzen geworden. Ein historischer Bauernhof war mit seiner Hilfe erhalten und renoviert worden. Das Heimatmuseum in Weinstein war sich der jährlichen großzügigen Spende sicher. Und wenn es darum ging, Herzensach zu verschönern, stieß der Bürgermeister bei ihm auf einen offenen Geldbeutel. Nur Jan van Grunten ließ sich nicht beeindrucken.

Seiner Frau zuliebe kaufte er für die Büro- und Fabrikräume, die zwischen Herzensach und Weinstein lagen, Gemälde. Er kaufte, auch wenn sie nicht seinem Geschmack entsprachen. (Er entdeckte den Kaufvorgang als einen Akt der reinen Machtausübung, wenn es um ein Objekt ging, das er nicht mochte und gar nicht haben wollte.) Sein Engagement wurde öffentlich gelobt, und man hatte ihn für die Verdienstmedaille vorgeschlagen. Ihn, einen dummen Fleischer! So dumm konnte er also gar nicht sein. Warum aber blieb die Anerkennung seiner Frau aus? Was wollte sie noch? Und konnte dieser Gutsherr nicht einmal ohne Unterton ein »Gut gemacht, Willi!« hervorbringen?

Mit fünfundfünfzig Jahren hat ein Mann etwas Glück und Zufriedenheit verdient. Genau jenen Zustand der Menschen am Ende von *Ein Herz leuchtet in der Dunkelheit*. Dieser Doktor Wolfram Eschenburg aus dem Roman war nicht klüger als er. Doktoren waren meist sogar dümmer. Eine simple Erfahrung. Da brauchte er nur Doktor Andree anzusehen. Der Landarzt war aus seiner Sicht lebensunfähig und konnte froh sein, eine Frau wie Heidelinde Wulf zu haben.

Wenn er jetzt zu seiner Frau hinunterging und einfach vor ihr niederkniete? (Ach, Sabine, der eine produziert Glühbirnen, der andere Würstchen!)

Sie würde die Harke nehmen und ihm über den Kopf schlagen. Obwohl er jeden Schritt, der sie voneinander entfernte, registriert hatte, war es ihm nicht gelungen, etwas dagegen zu unternehmen. Jede Tat war falsch. Jedes Wort zuviel. Jeder Blick verkehrt. (Ich kann deinen Hundeblick nicht mehr ertragen!) Vor rund zehn Jahren hatte Sabine die Kate am Eingang des Grundstücks für sich ausgebaut. Eines Tages zog sie dort ein, ohne daß er ihr irgendeinen der üblichen Gründe geboten hätte, ihn zu verlassen. Er war ihr treu gewesen, hatte ihr jeden Wunsch erfüllt, alles mögliche getan, um ihr zu gefallen: hatte weniger gesprochen, sich aufrechter gehalten, den Blick forschend in die Ferne gerichtet und die Haare immer sofort aus der Dusche gespült. Selbst sein sportlicher Ehrgeiz ging auf sie zurück. Ihr zuliebe hatte er Tennis und Skilaufen gelernt. Eine einzige Bemerkung von ihr, daß sie alte Männer mit Bierbauch, Hühnerbrust und schlaffen Muskeln hasse, führte zur Einrichtung eines Kraftraumes im Bungalow, in dem er sich täglich ausgiebig betätigte. Er hatte Vergnügen daran gefunden und selbst elektrische Geräte zur Herausbildung spezieller Muskeln erfunden und bauen lassen. Es nützte nichts. Je mehr er sich bemühte, Sabine zu gefallen, um so mehr begann ihre Liebe zu verblassen. Immer öfter machte sie sich sogar öffentlich über ihn lustig, kritisierte ihn, gab ihm zu verstehen, daß ihr seine Gegenwart unangenehm sei.

Wilhelm Weber kannte seine Stärken und Schwächen. Er besaß nicht die Fähigkeit, sich zu ändern. Dafür war es zu spät. Aber war er denn ein anderer Mensch gewesen, als er Sabine kennenlernte? Sie war neunzehn und er immerhin schon vierunddreißig, und seine Würstchen waren in Weinstein bereits berühmt gewesen, als Hochzeit gefeiert wurde. Nein, er hatte sich nicht verändert. Sie war es, die nach und nach erwacht war und mit immer größerer Bewußtheit ihre Umgebung beobachtete, die gelernt hatte. Aus der kleinen naiven Sabine von damals, die sich so leicht beeindrucken ließ, war eine selbständige Frau geworden. Und eine immer schönere und klügere Frau. Er hatte ihre Entwicklung bewundernd beobachtet, ohne ihr folgen zu können.

Wilhelm Weber kannte seine Stärken und Schwächen. Er war ein einfacher, ungebildeter Mensch. Er las Groschenhefte, während er auf dem Klo saß, konnte nicht über philosophische Probleme sprechen, nicht über Kunst oder Theater diskutieren.

Eine Erbsensuppe mit Speck war ihm allemal lieber als ein französisches Menü. Er vermißte nichts in seinem Leben. Aber er wußte, daß es einen Mangel gab, der Sabines Liebe verlöschen ließ. Was sie forderte, geistigen Austausch und Anregungen, konnte er nicht bieten. Er besaß nur einen stählernen Körper, Durchsetzungsvermögen und genug Raffinesse, um seine Wurstfabrik expandieren zu lassen.

Wilhelm Weber griff seinen Schlafanzug, ging nackt ins Schlafzimmer zurück, um sich den Jogginganzug überzuziehen.

Auf fast alles, auf sein gesamtes Vermögen hätte er heute noch verzichtet, wenn es geholfen hätte, die Liebe seiner Frau zurückzugewinnen. Es wäre ihm ein leichtes, noch einmal von vorn anzufangen – als Schlachtergeselle etwa, wenn Sabine es verlangen würde. Wenn sie doch bloß so etwas verlangen würde! Und mehr noch, er würde auswandern in ein fernes unzivilisiertes Land, um in einer primitiven Hütte ein neues Leben zu beginnen, wenn nur sie bei ihm wäre. (Es wäre doch gelacht, wenn er nicht überall eine Wurstfabrik aufbauen könnte!)

Wilhelm Weber kannte seine Stärken und Schwächen. Es war nicht seine Art, sich in traurigen Gedanken zu verlieren, er war ein Mensch der Tat. Richtig. Sei ein Mensch der Tat! sagte er zu sich, schob die große Glastür zur vorderen Terrasse auf und ging die Einfahrt hinunter. Alles war wie in *Ein Herz leuchtet in der Dunkelheit*: Der schlanke Körper seiner Frau bewegte sich anmutig durch die hüfthohen bunten Blumen. Ein dumpfer Schmerz zog bei diesem Anblick durch seine Brust. Sie bemerkte sein Herannahen nicht, bis er sich mit kraftvollem Schwung auf die kniehohe, weiße Mauer stellte, die den Blumengarten von der Rasenfläche abtrennte. Sie nickte ihm mit einem kaum wahrnehmbaren Lächeln zu.

»Schönen guten Morgen, Sabine!« Er erschrak über seine rauhe Stimme und räusperte sich. Der ganze Zauber verschwand.

Sie nickte nur, wandte sich ab, um nach der Gießkanne zu greifen.

»Hast du schon gefrühstückt?«

Sie hob abwehrend die Hand.

»Ich dachte nur, daß du vielleicht Lust hast, mal wieder bei ... daß wir mal wieder zusammen frühstücken könnten?«

»Willi, ich bitte dich!« Ende des Gesprächs.

»Ach Gott, Sabine, ich kann dieses Leben ohne ...«

»Willi!« Eine dunkle Drohung. »Du nervst!« Das Aus.

»Kann ich nicht irgend etwas ...«

Sie ging den Weg zwischen den Blumenbeeten zurück, wahrscheinlich, um eine Waffe zu holen.

Wenn es ihm doch nur gelänge, nur einmal noch, jenen Blick von ihr zu bekommen, den sie ihm damals geschenkt hatte, als er nach der ersten Nacht neben ihr erwacht war. Nur einmal noch dieses unbeschreibliche Glücksgefühl vorbehaltloser Liebe ... nein, er war mit viel weniger zufrieden: Ihre Hand in seinem Haar, ein zärtliches »Willi«, es hätte ihm genügt. Und dann jenes Wort hinschreiben, das auf der letzten Seite unveränderliches Glück für alle Zeiten verhieß: Ende.

Sabine hatte die Gartenarbeit eingestellt, ging demonstrativ ins Haus. Wilhelm Weber balancierte unschlüssig auf der kleinen Gartenmauer, und ein verwegener Gedanke ergriff ihn: Wie wäre es, wenn er aufhören würde, Sabine zu umschmeicheln, zu beschenken, wenn er einfach das Gegenteil tat und gewaltsam einen Zustand wiederherstellte, der doch von ihnen beiden einmal für gut und richtig befunden worden war? Und schließlich waren sie beide noch immer miteinander verheiratet. Vielleicht gefiel es ihr, wenn er seine Kraft und Macht einsetzte, um sie wiederzugewinnen? Hatte sie seine Zielstrebigkeit nicht anfangs bewundert? Plötzlich wußte Wilhelm Weber, warum die Beziehung zu seiner Frau zerbrochen war. Mit der Entwicklung Sabines hatte sich auch sein Verhalten ihr gegenüber verändert. Je mehr sie lernte, je breiter ihre Interessen wurden, um so unsicherer, zurückhaltender wurde er. Bei allem, was er tun wollte, wartete er auf Zeichen ihres Einverständnisses, statt sie wie früher einfach durch die Tat mitzureißen und zu überzeugen. Entschlossen sprang er von der Mauer herab. Alles, was er brauchte, war eine Gelegenheit, Sabine zu beweisen, daß er noch immer der alte war, der, in den sie sich damals verliebt hatte. Doch wie ließ sich das organisieren? Und würde sie nicht solche Gelegenheiten zu verhindern wissen? Sein Hochgefühl verschwand so plötzlich, wie es gekommen war.

An der Einfahrt des Grundstücks erschien Lisa. Seit acht Wochen Nachfolgerin seiner alten Haushälterin, der der tägliche Weg von Weinstein zu mühsam geworden war. Sie stieg von ihrem Rad und schob es den Weg herauf. Er hatte die Zweiundzwanzigjährige eingestellt, obwohl es ihm nicht recht war, jemanden aus dem Dorf im Haus zu haben. Das würde nur den Klatsch und Tratsch fördern. Lisa wohnte bei ihren Eltern, kam jeden Morgen, um das Frühstück zuzubereiten, das Haus in Ordnung zu bringen und die notwendigen Einkäufe zu erledigen. Am späten Nachmittag kam sie noch einmal und blieb je nach Bedarf, wenn er zum Beispiel Gäste bewirtete, auch über Nacht. Lisa war nicht besonders klug, aber hübsch, und ihre Aufmachung erinnerte ihn ein wenig an Sabine, als sie neunzehn war. Wilhelm Weber gestand sich ein, Lisa auch deshalb angestellt zu haben, um seine Frau zu beeindrucken. (Er hatte es in *Herzen im Sturm* gelesen.) Doch kein Zeichen von Eifersucht zeigte sich bei ihr. Ganz im Gegenteil, seine Frau hatte Lisa in ihr Herz geschlossen, und beide saßen oft nachmittags zum Kaffee zusammen. Wilhelm Weber erwartete deshalb, daß Lisa ihm gegenüber ebenfalls einen spöttischen Ton anschlagen würde, aber sie blieb freundlich.

Lisa grüßte ihn fröhlich, plapperte ein paar Neuigkeiten aus dem Dorfleben. Sie gingen gemeinsam zum Bungalow. Er betrachtete sie von der Seite, verglich sie mit seiner Frau, und plötzlich trafen sich ihre Augen, und sie stoppte ihren Redefluß.

»Hab ich, hab ich was Dummes gesagt?«

Er lachte. »Nein, nein.« Es war genau wie in *Ein Herz leuchtet in der Dunkelheit*!

»Sie sehen mich so an.«

»Entschuldige, ich dachte gerade an meine Frau.«

»Es ist schade, daß Sie nicht mehr zusammen sind.«

Er nickte mehrmals. Sie waren vor dem Bungalow angekommen, und Lisa stellte ihr Rad ab.

»Es tut mit leid«, sagte sie, ohne ihn anzusehen.

Er öffnete ihr die Eingangstür. »Ja, es ist traurig.«

Er blieb einen Augenblick nachdenklich stehen, und bevor er sich's versah, hatte sie ihm auf Zehenspitzen einen flüchtigen Kuß auf die Wange gedrückt und war schnell in der Küche verschwunden.

»Lisa . . .« Er ging ihr stirnrunzelnd nach. Natürlich, so mußte es sein: Sie hatte auch *Ein Herz leuchtet in der Dunkelheit* gelesen.

Er betrat die Küche. Nein, sie hatte es doch nicht gelesen. Dort ging die Geschichte anders weiter. Hier stand Lisa mit rotem Gesicht am Herd und hatte eines der langen Messer aus dem Holzblock gezogen. Sie hielt es zitternd vor sich und sah ihn ängstlich an. »Kommen Sie nicht näher!« Sie zog das Messer zurück, hielt es aber noch immer fest umklammert vor ihren Bauch. Sie sah zu Boden. »Entschuldigen Sie, es war nur, weil Sie so traurig aussahen.«

»Hast du Angst vor mir?«

Ohne eine Antwort abzuwarten, ging er auf sie zu, nahm ihr das Messer aus der Hand und strich ihr über die Schulter.

»Danke«, sagte er und löste sich von ihr. »Danke für dein Mitgefühl. Ich werde die Trennung von meiner Frau wohl nie überwinden.« (Es war ein Satz aus *Schenk mir rote Rosen.*)

Er ging hinaus und lächelte vor sich hin. Das Mädchen gefiel ihm. Das war die richtige Frau, der man zuerst die Waffe aus der Hand nehmen mußte . . . (Wie in *Der Fremde aus den Bergen.*) Er ging den Flur entlang zum hinteren Teil des großen Bungalows, vorbei an den Gästezimmern, den beiden Marmorbädern, der Sauna, bis er in den Kraftraum kam. Einen Augenblick stand er vor den glänzenden Maschinen, dann entschloß er sich, das Training ausfallen zu lassen. Hinter dem Kraftraum lag eine fensterlose Abstellkammer. Er bückte sich vor der Tür, schob ein Stück der Fußleiste zur Seite und holte aus dem eingearbeiteten Hohlraum den Sicherheitsschlüssel. Er öffnete die Tür des Abstellraums und schloß sie hinter sich. Im Dunklen tastete er nach dem Lichtschalter. Die Leuchtröhren flackerten eine Weile über den vielen Käfigen, den Stromleitungen und Meßgeräten. Wilhelm Weber beobachtete die Meerschweinchen. Warum war vor ihm niemand auf diese Idee gekommen?

Die kleinen Tiere liefen aufgeregt hin und her, nur dann, wenn die Elektronik im vorgegebenen Rhythmus einen Stromschlag durch die Käfigböden schickte, unterbrachen sie ihren Lauf und blieben mit zitternden Muskeln stehen.

8

Von der Straße fiel eine sanfte Böschung zum Dorfteich hinab. Ein gepflasterter Weg führte hinunter und umrundete den Teich. Das rückwärtige Ufer besaß eine gemauerte Einfassung aus Natursteinen. In gleichmäßigen Abständen waren drei Bänke aufgestellt. Die Anlage war neu, Bäume und Rosenbüsche frisch gepflanzt. Doch auch in ein paar Jahren würde dies kein idyllischer Platz sein, es sei denn, eine gütige Laune der Natur machte die Einwirkungen des Menschen möglichst bald zunichte. Jedes Dorf hat einen Schandfleck. Dieser wirkte armselig und ungemütlich und erinnerte ihn an die Art von Gestaltung, wie man sie in Vorstädten oft zwischen neuen großen Wohnblocks fand. Der Student beugte sich zu dem in der Mauer eingelassenem Bronzeschild herab. Es wies den für Finanzierung und Gestaltung des Dorfteichs Verantwortlichen als Wilhelm Weber aus. Immerhin bekannte sich der Schuldige. Als er wieder aufschaute, sah er den Hund neben sich. Er schnüffelte an seinen Hosenbeinen, wedelte schwach mit dem Schwanz, sah ihm dann mit den Bernsteinaugen ins Gesicht.

»Na, Trivial, wie geht es dir?«

Der Hund nickte.

Jakob setzte sich auf die Mauer und blickte den Hügel hinauf, der das Tal im Osten begrenzte. Dort, fast auf der Kuppe, stand der Fremdkörper, das weiße, flache Gebäude. Es paßte nicht zu den Fachwerkhäusern des Dorfes.

»Wem gehört das Haus da oben?« fragte er den Hund. Doch Trivial sah in eine ganz andere Richtung.

Zwar hatte die Maschine des Pastors Jakob Finns Neugier geweckt, doch wollte er diesen Rudolf Pedus nicht besuchen, ohne sich zuvor einen Überblick über das Dorf verschafft zu haben. Die kleine Gemeinde mußte über erhebliche Gelder verfügen, denn eine der beiden Straßen hatte einen rötlichen Asphaltbelag, dessen Farbe auf die der Fassaden der Fachwerkhäuser abgestimmt zu sein schien; es gab mit roten Ziegelsteinen gepflasterte Fußwege, deren Muster in Abständen ein Herz formten, und neue gußeiserne Straßenlaternen, die alten Gasleuchten nachempfunden waren. Entweder waren dies Spuren des Wettbewerbes um das schönste Dorf, oder im Hochsommer wünschte und bezahlte ein ausgeprägter Tourismus die Sehnsucht nach heiler alter Welt. Aber das Dorf wirkte leer, fast unbewohnt. Vielleicht waren auch der fruchtbare Boden rund um Herzensach und das günstige Klima Grundstein für den Reichtum der Bauern. Manchmal hatte die Finanzkraft einer Gemeinde ihren Ursprung auch in einem anliegenden Industriegebiet, doch dann hätte es im Dorf Hinweisschilder darauf geben müssen. Jakob ging in die Richtung des weißen Gebäudes auf dem Hügel. Zwischen zwei Fachwerkhäusern bekam er wieder einen Blick darauf und blieb erstaunt stehen. Das Haus besaß einen vorgebauten Säulengang, der an die Athener Akropolis erinnerte. Der flache weiße Bau hätte ein Mausoleum sein können, wenn er nicht über so viele, fast wandhohe Fenster verfügt hätte. Ein seltsamer, strahlender, glitzernder Fremdkörper, ein auf einer Wiese gelandetes Raumschiff über einem Dorf von mittelalterlichem Charme.

Er wartete einen Augenblick, aber es hob nicht ab, um im Zickzack in der Tiefe des blauen Himmels zu verschwinden. Es verharrte demonstrativ auf dem herausragenden Platz. Der Student blieb im nächsten Einschnitt zwischen zwei strohgedeckten Katen stehen. Hier begann die im leichten Rund zum Gebäude führende Auffahrt. Kein Tor, kein Schild gab einen Hinweis auf die Funktion des Bungalows oder seiner Bewohner. (Doch ein Mausoleum und alle tot!)

Das Haus war ihm, als er mit dem Förster auf der anderen Seite des Tales auf dem Berg gestanden hatte, nicht gar so häßlich und absurd erschienen. Jakob Finn überlegte, ob er die Auffahrt hinaufgehen sollte. Der asphaltierte Weg machte den Eindruck einer öffentlichen Straße. Vielleicht war es ein öffentliches Gebäude? Das Rathaus eines mit Gewalt zur Postmoderne entschlossenen Bürgermeisters? Diese Überlegung zügelte seine Neugier und führte ihn zu einem der beiden Häuser neben der Auffahrt. Die Kate erlaubte den Blick in die unmöblierten vorderen Räume. Landschaftsgemälde hingen an den weißen Wänden, zweifellos Motive aus der Umgebung Herzensachs. Die Vermutung, es handle sich um eine Galerie, bestätigte sich an der Eingangstür: Kunsthandel S. Weber. Diese Bilder waren nicht von der Art, wie sie Touristen gern als Andenken kauften. Er wunderte sich: Eine solche Galerie hätte er eher in einer Großstadt erwartet. Herzensach schien mehr Geheimnisse zu besitzen, als er ahnte.

Der Hund war ihm gefolgt, stehengeblieben, wenn auch er stehenblieb. Jetzt lief er ein Stück voraus, sah sich um, als wollte er ihn führen (und die gemeine Ansicht von hoher Intelligenz unter Beweis stellen). Die Seitenstraße bog auf die Dorfstraße zurück. Der Hund kreuzte sie achtlos. (Also doch dumm!) Unmittelbar gegenüber zweigte eine Pappelallee ab, die Auffahrt zu dem prächtigen Gutshaus. Es erschien ihm wie eine Mischung aus Burg und Lustschloß. Der weiße Mittelbau war von ganz anderem Stil als die beiden stämmigen Seitenflügel. Sie wirkten, als hätten sie das Gebäude in ihrer Mitte zu stützen.

Der Hund hatte sich an das offene Eingangsgitter gelehnt und beobachtete ihn. Jakob fragte sich, ob das hohe schmiedeeiserne Tor zu Beginn der Allee von einer Person geschlossen werden konnte. Doch es gab keine Spuren, daß es überhaupt bewegt wurde. Er betrachtete das verschnörkelte Gitterwerk. Der Hund gab ein Knurren von sich, als wollte er ihn aufhalten. Die eisernen Ranken des linken Flügels umschlossen ein V, die des rechten ein G.

Die gesamte Anlage von Gutshaus und Nebengebäuden vermittelte dem Studenten den Eindruck, als hätte der wahrscheinlich adelige Erbauer allen Grund gehabt, sich wehren und verteidigen zu müssen.

Jakob Finn überlegte, ob er die Dorfstraße weiter auswärts in Richtung Weinstein gehen sollte. Es waren noch einige Häuser zu sehen. Dahinter lagen rechter Hand die Ausläufer des Waldes, dort mußte das Forstamt sein. Doch den Förster wollte er lieber erst am Nachmittag besuchen oder, wenn die Fahrt zur Weinsteiner Werkstatt zuviel Zeit in Anspruch nahm, am nächsten Tag. Auch Trivial hatte sich schon für die andere Richtung entschieden. Der Student folgte ihm, ging zurück in Richtung Kirche. Der Hund kreuzte abermals achtlos die Straße. (Es war bis jetzt noch kein Wagen durch das Dorf gefahren.) Auf der anderen Seite lag die Tischlerei, aus deren Werkstatt das Geräusch einer Kreissäge drang. Der Hund blieb vor den Bürofenstern sitzen und wartete auf Jakob. Die Gardinen waren zurückgezogen, und im ersten Moment erkannte er das Mädchen am Schreibtisch gar nicht. Er war schon vorbei, ging noch einmal zurück, legte die Hände an die Scheibe. Es war Katharina mit zurückgebundenem Haar und einer weißen, hochgeschlossenen Bluse mit bunten Stickereien am Kragen. Das Aschenputtel hatte sich in eine strenge Schönheit verwandelt. Sie blickte auf und runzelte unwirsch die Stirn über ihren Beobachter. Er winkte, aber sie reagierte nicht, sondern blickte wieder in die Akten. Im Hintergrund bewegte sich eine Tür, jemand sah durch den Spalt ins Büro.

Trivial hatte sich unter das Fenster gesetzt. Jakob strich ihm zum ersten Mal vorsichtig über den Kopf, kraulte ihn. (Sprangen Hundeflöhe auch auf Menschen?) Als er weiterging zu dem kleinen Laden, blieb der Hund sitzen.

Das Geschäft der Frau des Wirtes war recht unauffällig in das alte Fachwerkhaus eingebaut worden. Nur der Fahrradständer mit der Zigarettenwerbung, das Lottoschild und die Eistafel kennzeichneten es. Die kleinen Schaufenster waren in die durch die Holzbalken vorgegebenen Zwischenräume eingepaßt worden. Er entdeckte in der Auslage einen schmalen, rot gebundenen Band mit dem Titel *Das Herz von Herzensach*. Als Autor war Pfarrer Rudolf Pedus angegeben. Er betrat das Geschäft im selben Moment, als Karin, die dicke Wirtstochter, es mit einem Lolly im Mund und einer Zeitschrift unter dem Arm verließ. Sie grinste ihn an, sagte: »Öde hier, was?« und war schon an ihm vorbei. Die Frau des Wirts lehnte rechts auf einer weißen Theke und las in einer Tageszeitung. Sie blickte nicht auf, grüßte nicht. Links im Raum standen drei Reihen Regale wie in einem kleinen Supermarkt. Er ging zwischen zwei Regalen mit Konserven, Schreibwaren und Putzmitteln hindurch, bevor er zur Theke zurückkam. Sie sah auf, lächelte spöttisch. Sie wußte schon, wer er war.

»Nichts gefunden?«

Er war überrascht. Im Gegensatz zu ihrem etwas aufgedunsenen Mann war sie eine herbe, magere Schönheit; das beinahe Kantige an ihr wurde durch einen Kurzhaarschnitt betont, der ihr Haar nach allen Seiten abstehen ließ. Ihre blauen Augen leuchteten belustigt.

»Ich hätte gern das Buch von Pastor Pedus.«

»Der wird sich freuen. Wieder mal ein Käufer.« Sie holte ein Exemplar aus einem Regal hinter sich.

»Verkauft es sich nicht?«

»Na, wer soll es denn kaufen?«

»Touristen, denen es hier gefällt.«

»Gibt's hier nicht. Die fahren alle durch, wenn überhaupt. Vierzig Kilometer weiter finden die bessere Bedingungen.«

»Versteh ich nicht. Mir gefällt es hier.«

»Na, dann haben wir ja einen dritten Befürworter. Sie sollten sich mit meinem Mann und dem Wurstfabrikanten zusammentun und einen Tourismusverein gründen. Auch eine Art zu sterben.«

»Der Wurstfabrikant?«

»Sagen Sie bloß, Sie haben Willi Webers Bungalow nicht gesehen?«

»Ach, der mit den griechischen Säulen. Ja, seltsam. Das Gutshaus gefällt mir besser.«

»Das gehört den van Gruntens. Jan ist jetzt Gutsherr und hält nicht viel vom Tourismus, sagt es bloß nicht. Sein Vater hat sich als Rentner nach Mallorca zurückgezogen – ist also Tourist geworden. Das sagt ja eigentlich alles, also daß er es hier nicht so toll findet.«

»Und Sie?«

»Bißchen mehr Leben hier wäre schlecht fürs Leben hier - und gut fürs Geschäft.«

Jakob gefiel die Frau. Kritischen Witz hatte er in diesem verschlafenen Ort nicht erwartet. Er zahlte die Broschüre, ging hinaus. Der Hund saß wartend vor dem Geschäft und blinzelte ihn an, als wäre alles sein Verdienst.

Im gegenüberliegenden Haus sah Jakob Finn für einen Augenblick eine weißgekleidete Gestalt hinter den glatten Gardinen. Er überquerte die Straße, um den Namen und die Bezeichnung auf dem Schild zu lesen. Es war eine Arztpraxis. Trivial sprang auf und lief mit schnellem Schritt zur Kirche, hielt plötzlich inne und sah sich um.

»Schon gut, ich komme ja.«

Der Student folgte ihm, ließ sich, an Friedhof und Kirche vorbei, bis zum Pfarrhaus führen. Vor dem Haus bog der Hund auf einen gepflasterten Weg ab, der an einem großen, gemauerten Brunnen endete. Auf der runden Mauer ein Holzgestell mit zerbrochener Winde, das einst ein Dach getragen hatte. Ein zehn, vielleicht sogar fünfzehn Meter hoher Stab ragte wie eine Antenne aus dem Brunnen heraus.

Trivial legte seine Pfoten auf die Mauer, und beide beugten sie sich in den dunklen Schacht. Eine Strickleiter hing herab. Von tief unten kam ein schabendes, blechernes Geräusch mit Nachhall.

»Pastor Pedus?«

Das Geräusch verstummte.

»Pastor Pedus?« Jakob beugte sich weit über den Rand in den Brunnen hinein.

Ein zögerndes Ja kam von unten.

»Ich bin es. Ich bin der ...«

»Ich komme«, vernahm er dumpf. Doch nichts geschah. Er wollte schon gehen, als ihm von hinten jemand auf die Schulter tippte.

»Sie wollten mich sprechen?«

Jakob fuhr herum und starrte den Mann in kariertem Hemd und blauer Latzhose an.

»Ich bin Rudolf Pedus.«

»Aber waren Sie nicht eben da unten, ich meine, im Brunnen?«

Der Pfarrer begann laut und anhaltend zu lachen; dadurch wirkte sein Gesicht noch länger, als es von Natur aus schon war. Schließlich hielt er inne und legte seine Hand auf die Schulter des Studenten.

»Ja, genau, und ich dachte schon, es wäre Gottes Stimme, die mich ruft.« Er lachte wieder. »Aber Sie sind mir auch recht.«

9

Thomas Timber öffnete die Bürotür und sah den Fremden am Fenster stehen, die Hände gegen das Glas gedrückt. Er erkannte ihn sofort. Rasch zog er die Tür zurück und beobachtete durch einen Spalt, wie der Student seiner am Schreibtisch sitzenden Pflegetochter zaghaft zuwinkte.

Der Tischlermeister ging zurück in die Werkstatt. Er hatte nicht erwartet, daß der Mann noch im Ort war. Mußte der Kerl ausgerechnet hier die Reparatur seines Wagens in Weinstein abwarten? Wahrscheinlich wohnte er im Gasthaus, weil es hier billiger war (oder der Wirt es ihm eingeredet hatte!). Nun, zwei oder drei Tage würde es Thomas Timber schon gelingen, dem Mann aus dem Weg zu gehen. Notfalls verzog er sich in seine Anglerhütte am Lichter Moor. Das fiel nicht auf, war nichts Besonderes. Mehrmals im Jahr verbrachte er mehrere Tage dort, um auszuspannen. Er lachte bei dem Gedanken. Sein Wunsch nach Ruhe wurde von allen respektiert – niemand wagte ihn in der Hütte zu stören.

Katharina Freitag hatte den Fremden am Fenster sofort bemerkt, wollte ihm aber kein Zeichen des Erkennens geben. Sie spürte, daß ihr Pflegevater sie durch die angelehnte Tür beobachtete. Doch das allein war nicht der Grund, den Studenten zu ignorieren. Jakob Finn war ihr so gleichgültig wie jeder andere Mann, solange er nicht versuchte, sich ihr zu nähern. Männer, die das taten, bekamen ihre Verachtung, ihren Haß, und wenn sie zu weit gingen, ihre Wut und ihre kräftigen Muskeln zu spüren. Eine Methode, die ihr schon während ihrer Schulzeit alle potentiellen Verehrer vom Leibe gehalten hatte. Sie bedauerte ihre Kameradinnen, die sich mit halbwüchsigen Jungen einließen, jenen Wesen, die ausschließlich von ihren Trieben beherrscht wurden und die nur an das eine denken konnten; um dieses bei einer Frau zu erreichen, waren Männer bereit, zu lügen, zu betrügen und zu töten. Viele Freundinnen besaß Katharina aufgrund ihrer Einstellung nicht. (Genaugenommen keine einzige.) Was hätte sie mit den anderen auch bereden sollen?

Deren Gespräche kreisten nur um Jungen. Diese kichernde Bande lernte es nie. Dabei war das Ergebnis, gab eines der Mädchen dem Drängen eines Jungen nach, immer das gleiche: Tränen der Enttäuschung. Wenn es so etwas wie die Liebe überhaupt gab, dachte sie, warum war das Ziel dieser Liebe dann ein so banaler, und von seiten der Männer zwanghafter sexueller Akt? Etwas war falsch an dieser Welt, und Katharina wußte, was es war: Die Liebe der Männer war eine Lüge. Sie waren willenlose Bündel ihrer Triebe und deshalb nichts wert. Beweise dafür gab es genug; so erinnerte sie sich genau, wie sie vergangenen Sommer am Lichter Moor baden gegangen war und plötzlich einen Mann im nahen Gebüsch entdeckte, der angesichts ihres halbnackten Körpers seinen Trieb befriedigte. Er hatte nicht einmal großen Wert darauf gelegt, es vor ihr zu verbergen. Ihr Ekel hielt sie davon ab, den Mann zu verprügeln. Ein anderes Mal hatte sie bei einem ihrer Spaziergänge unbemerkt drei vielleicht sechzehnjährige Jungen beobachtet, die auf dem Weg zur Schule in einem Graben hockten und dort, über das Bild einer nackten Frau gebeugt, gemeinsam das gleiche taten. Was gab es an Menschen zu bewundern, die so zwanghaft handelten, deren gesamtes Denken und Fühlen so unfrei war? Nein, sie würde sich niemals mit einem Mann einlassen. Keiner bekam eine Chance. Auch dieser Student nicht. Da konnte er noch so gut aussehen, so witzig sein und am Fenster winken und herumhampeln. Verschwinde, hier gibt es keinen Blick, geschweige denn ein freundliches Lächeln! Sei froh, daß ich dich nicht ansehe. Weißt du, sonst geht es dir wie diesem Bauernjungen, der mich im vorigen Herbst im Wald gejagt und ins Heu geworfen hat. Er hat mir die Kleider vom Leib gerissen. Und das gelang ihm nur, weil ich überrascht war von soviel Brutalität. Nur einen winzigen Moment habe ich überlegt, es unbeteiligt über mich ergehen zu lassen und ihm dann den Hals umzudrehen. Aber ich bin keine Mörderin, verstehst du? Nun, hör mir gut zu, was ich mit ihm gemacht habe: Als er seine Hosen herunterzog, bin ich zum Angriff übergegangen. Die Nase und den Arm habe ich ihm gebrochen und das linke Ohr halb abgerissen. Ich wollte gnädig sein. Wozu das Ganze nehmen? Und dieser Schwachkopf humpelt ins Dorf – jawohl, humpelte, ich habe ganz vergessen zu erwähnen, daß ich ihm das Knie ein bißchen zertrümmerte – und behauptet, er sei gestürzt. Oh, ich habe dafür gesorgt, daß jeder im Dorf die Wahrheit erfuhr. Seitdem habe ich Ruhe. Ist das klar? Und nun verschwinde vom Fenster. Und sollte irgendeiner glauben, er kann mich mit Gewalt nehmen, so erlebt er sein blaues Wunder.

Der Schatten am Fenster verschwand. Katharina blickte auf. Die Schnauze von Trivial hob sich für einen Moment über die Fensterbrüstung. Er blinzelte ihr zu wie ein Verbündeter. Dabei war er ein Rüde, aber ja sowieso ein Tier.

Sie bedauerte ihre Pflegemutter Petra Timber und verstand nicht, wieso sie den Tischlermeister geheiratet hatte. Nicht einmal der Wunsch nach einem Kind konnte hinter ihrer Entscheidung gestanden haben. Das war der einzige Grund, den sie noch akzeptierte, wenn sich eine Frau mit einem Mann einließ. Ein Baby – das wäre schon etwas. Doch zur Erfüllung solcher Wünsche gab es heutzutage andere Methoden. Bei Petra Timber war schon vor der Hochzeit bekannt gewesen, daß sie keine Kinder bekommen konnte. Was hatte sie also bewogen, Thomas Timber zu ehelichen, dessen Willen sie sich jederzeit wortlos unterzuordnen hatte? Liebe? Was für eine Liebe war das, bei der einer von beiden zu schweigen und zu leiden hatte?

Der Tischlermeister nickte seinen beiden Gesellen zu. Sie waren dabei, zwei neue Fenster für den Gutshof zu verleimen. Er dachte an sein gutgefülltes Auftragsbuch. Der Herzensacher Bau- und Möbeltischlerei war es niemals schlecht gegangen, seit seine Vorfahren 1812 hier siedelten. Sie waren mit den van Gruntens hergekommen, und sein Urahn war ursprünglich Schiffszimmerer auf einem Piratenschiff gewesen. Thomas Timber hatte nichts dagegen, der Gedanke gefiel ihm sogar. Sein Großvater hatte noch Ahnenforschung betrieben. Nach dessen Ergebnissen verlief sich die Spur der Familie Timber in Frankreich. Warum nicht, man konnte seinen Namen französisch aussprechen. Auch sein Vater, Otto Timber, der jetzt oben in seiner Dachkammer saß und wie ein Schwachsinniger vor sich hin döste, hatte versucht, alte Unterlagen zu beschaffen, um den Stammbaum zu ergänzen. Zuletzt war er auf eine

Spur in Holland gestoßen. Aber dann war er krank geworden. Kein Arzt konnte die Ursache des seltsamen Leidens mit Sicherheit benennen. Stunden verbrachte er regungslos im Lehnstuhl. Es war kein Schlaf, denn er verharrte mit offenen Augen und registrierte alles. Irgendwann kam er für Stunden oder Minuten zu sich und war dann durchaus in der Lage, sich selbst zu versorgen. Doktor Andree betreute ihn und vermutete eine Vergiftung des Gehirns durch die Lösungsmittel bestimmter Holzleime, Holzfarben oder Ätzmittel, die heute nicht mehr benutzt wurden.

Die älteren Dorfbewohner waren anderer Ansicht. Otto Timbers lebendiges Totendasein hing ihrer Meinung nach damit zusammen, daß er eine Zeitlang Särge gebaut hatte. Und jeder, der sich noch an das Begräbnis von Thomas Timbers Großvater erinnerte, war fest davon überzeugt, daß dem alten Tischler ein Fluch oder eine Gottesstrafe auferlegt worden war.

Als Otto Timbers Vater starb, hatte der alte Tischler einen besonderen Sarg haben wollen. Kein Modell aus dem Katalog des Weinsteiner Beerdigungsunternehmens hatte ihn zufriedengestellt, so daß er schließlich für seinen Vater selbst einen Sarg zu zimmern begann. Aus unerfindlichen Gründen war geschehen, was in einem solchen Fall nicht geschehen darf: Der Sarg war zu kurz geraten, die Zeit bis zur festgesetzten Beerdigung aber nicht lang genug, um einen neuen zu bauen. Über die Ursache des zu klein geratenen Sarges gab es zwei Spekulationen unter den Dorfbewohnern. Die einen behaupteten, Otto Timber habe die Größe seines Vaters einfach geschätzt. Die anderen waren der Meinung, der Tischler sei selbst in die Falle gelaufen, die er jedem neuen Lehrling stellte: ein Zollstock, dem in der Mitte fünf Zentimeter fehlten. Er ließ sie damit zu Beginn der Ausbildung etwas ausmessen, um anschließend zu befehlen, die Leiste oder das Brett fünf Zentimeter länger zu schneiden. Folgten die Lehrlinge, so paßte das Holzstück – und Otto Timbers Autorität erreichte bei ihnen die eines Magiers. Natürlich ließ der Tischler diesen speziellen Zollstock danach solange verschwinden, bis der nächste Auszubildende kam.

Was auch immer der Grund gewesen sein mag, nun galt es, die Schande des zu kurzen Sarges zu vertuschen. Otto Timber entfernte die Polsterung. Es genügte nicht; der Kopf oder die Füße seines Vaters lagen noch immer auf der Sargkante auf. In der Nacht vor der Beerdigung ging das Licht in der Tischlerei nicht aus. Nicht nur seine Familie und die Tischlergesellen, sondern das ganze Dorf kannte die Schwierigkeit und nahm Anteil. Am Morgen aber war das Problem gelöst. Wie, das erfuhr keiner. Der Sarg war unzweifelhaft derselbe, und er schien nicht verlängert worden zu sein. Er war geschlossen, vernagelt, und die Leiche des Vaters lag nach Auskunft des Tischlers darin. Die Beerdigung konnte pünktlich stattfinden.

Obwohl der erste Sarg Otto Timbers in der Ausführung verunglückt war, begann er mit einer kleinen Sargproduktion. Seine eigene Unzufriedenheit mit den Katalogmodellen hatte ihn zu dem Schluß verleitet, vielen anderen ginge es ähnlich. Sie alle würden jene Ausführung vermissen, die er für seinen Vater entwickelt hatte: einen Sarg mit seitlich heller Holzmaserung, dessen Deckeloberseite im Gegensatz dazu mit dickem schwarzem Klavierlack versehen war; Lack, der an der Unterseite des Sarges wieder auftauchte und dort in Hunderten von kleinen Stalaktiten herabzutropfen schien. Ein außerordentliches Modell, von dem Otto Timber fünf Muster für die Ausstellungsräume großer Beerdigungsinstitute herstellte, doch keinen einzigen verkaufte. Nach zwei Jahren gab er die Sargtischlerei wieder auf.

Es blieb trotz Doktor Andrees Diagnose ungewiß, ob Otto Timbers Krankheit in den Leimen und Farben der Särge ihren Ursprung hatte. Die Vertrauensärzte der Berufsgenossenschaft wollten dies in ihrem Gutachten nicht bestätigen. Jetzt gab man ihm keine lange Lebenszeit mehr. Und da er seine eigenen Mustersärge längst vernichtet hatte, war ihm leider nur ein gewöhnlicher Sarg aus dem Katalog sicher.

Sollte Otto Timber letztlich durch das Holz beziehungsweise an den Spätfolgen der Holzbearbeitung sterben, würde er einer Tradition seiner Familie folgen.

Seit der Ansiedlung im Dorf hatten die Timbers ununterbrochen im Holz gearbeitet, anfangs sogar die Herzensach gestaut, um eine Sägemühle zu betreiben. Nachdem einer der Söhne durch das von Wasserkraft angetriebene Sägeblatt eine Hand und ein zweiter den ganzen Arm verloren hatte und daran verblutet war und wenig später bei einem Überfall Räuber den Vater mit dem mächtigen Sägeblatt köpften, sprengte der dritte Sohn die Mühle. (Nach Thomas Timbers Meinung eine übereilte Handlung.)

Die Grundmauern des Sägewerks und Reste der Stauanlage sind heute noch zu finden.

Die Familie zog ins Dorf und beschäftigte sich mit der Herstellung von Fenstern und Türen, Holzfußböden sowie gelegentlich von Schränken, Tischen und Stühlen. Trotzdem zollte jede Generation dem Holz Tribut. »Die Arbeit frißt mich auf«, hatte Otto Timber jeden Freitagabend gesagt. Und tatsächlich raubte ihm die Fräsmaschine eines Tages ein Stück vom Oberschenkel. Sein Vater wiederum hatte schon als Lehrling zwei Finger in der Kreissäge gelassen. Von jedem Timber forderte der Beruf ein Stück seines Körpers. Warum nun von Otto Timber nicht auch mal das Gehirn?

Als der jetzige Tischlermeister Thomas ohne linken großen Zeh geboren wurde, fürchtete man eine Zeitlang, nun hätte sich der regelmäßige Verlust von Körperteilen in den Genen der Familie niedergeschlagen. Die anfängliche Panik wich einer seltsamen Hoffnung. Nicht die Ärzte beruhigten die besorgten Eltern, sondern folgender Gedankengang: Vielleicht war Thomas Timber ja wegen des bereits fehlenden Gliedes vor weiteren Verlusten gefeit! Bis heute hatte sich dies jedenfalls bewahrheitet.

Die Möglichkeit, diese Vererbungstheorie zu überprüfen, war – wenn nicht noch etwas Außergewöhnliches geschehen würde – leider nicht gegeben: Thomas Timber war der unterste und zugleich der Höhepunkt auf der Ahnentafel. Danach würde keiner mehr kommen.

Außer verstümmelten Vorfahren entdeckte Thomas Timber in der Ahnenreihe zwei Kunstschnitzer. Einer von ihnen war nach Bayern gegangen und dort mit seinen Heiligenfiguren zu einigem Ruhm gekommen. Diese Tradition setzte der Tischler in seiner Freizeit fort. Er kaufte eine ehemalige Anglerhütte am Lichter Moor, baute sie zu einer kleinen Schnitzwerkstatt aus und ließ niemanden mehr hinein. Nur eine einzige Arbeit, seine erste, hatten die Dorfbewohner zu Gesicht bekommen. Es war ein Relief und zeigte Jesus, wie er mit der Peitsche über die Tische der Geldverleiher schlug. Er hatte das Werk der Herzensacher Kirche gestiftet.

Thomas Timber lächelte bei dem Gedanken an das Relief. Er verharrte vor der Werkstattür und streckte vorsichtig den Kopf hinaus. Der Student war nicht mehr auf der Straße zu sehen. Der Tischler ging hinaus, um das Eckhaus herum zum Eingang der Wohnung.

Er erinnerte sich noch, mit welchen Worten der Pfarrer seine Arbeit in der Kirche eingeweiht hatte. Von »hoher künstlerischer Ausdruckskraft« hatte er gesprochen und von »ehrlicher, tiefempfundener Auseinandersetzung mit den Grundlagen unserer Religion«. Doch für ihn war das Relief nur eine Übung, eine Vorstufe zu den Werken gewesen, zu denen er sich wirklich berufen fühlte. Fast zwanghaft arbeitete er seitdem an seinen Figuren.

Der Pastor hatte ihn gefragt, wann er denn wieder einmal seine Arbeit sehen könne. Ich habe alles vernichtet, hatte er geantwortet, es war nichts, was mich wirklich befriedigte. Doch, so war es wirklich. Nichts befriedigte ihn. Die Werke zerstört zu haben war allerdings eine Lüge. Es gab einen Journalisten aus Frankfurt, der ihm regelmäßig etwas abkaufte. Niemand in Herzensach durfte davon wissen.

Der Tischler schloß die Haustür auf und hörte eine fremde Frauenstimme aus der Küche im ersten Stock dringen.

»Petra?«

»Thomas? Frau Wischberg ist hier.«

Er stieg die Treppe hinauf. Die Mutter des Wirts saß am Küchentisch.

»Tag, Luise«, sagte er, und nach einer Pause: »Die Arbeit frißt mich auf.« Er dachte, damit seinen Rückzug in die Anglerhütte vorzubereiten, doch er redete nicht weiter, denn er sah beiden Frauen an, daß sie etwas mit ihm besprechen wollten.

»Luise ist hier, weil ...«, begann seine Frau, doch Luise Wischberg unterbrach sie. »Es geht um die kleine Wohnung über der Werkstatt, die du damals für deine Eltern ausgebaut hast. Dein Vater ist ja jetzt bei euch im Haus unterm Dach – und hier auch besser untergebracht –, und die Wohnung deiner Eltern steht leer. Ich dachte, du willst die Räume vielleicht vermieten.«

»Weiß nicht«, brummte Thomas Timber.

»Es wäre nur für ein Jahr.«

»Ist aber manchmal laut da, wegen der Werkstatt drunter.«

»Ich glaube nicht, daß ihm das was ausmacht.«

»Wem?«

»Ein Student. Er will für seine Doktorarbeit Untersuchungen im Staatsforst machen. Er ist Biologe.«

»Student! Nein. Kommt nicht in Frage.« Er ahnte, um wen es ging, und wollte dessen Einzug auf jeden Fall vermeiden.

»Du bist ein Holzkopf. Das ist ein sehr ernsthafter, seriöser junger Mann, der mit Förster Franke zusammenarbeiten wird.«

»Auch das noch, der ist auch nicht von hier.«

»Ach, fremdenfeindlich! Unser Bürgermeister!« Die Mutter des Wirts fuhr zornig hoch, und Thomas Timber spürte, daß er sich mit seiner Antwort ins Abseits manövriert hatte.

»Man weiß doch, wie die Studenten heute sind.« Der Tischler glaubte damit wieder Einverständnis herzustellen.

»Thomas . . .«, wagte seine Frau vorsichtig einzuwerfen. Sie verstand die Ablehnung ihres Mannes nicht, war er doch sonst, wenn es darum ging, zusätzlich Geld zu verdienen, immer schnell bei der Sache.

»Ist das der Student, der hier schon herumlungert?« erkundigte sich der Tischler. »Ich mag den nicht.«

»Er hatte eine Autopanne . . .«

»So einer kommt mir nicht ins Haus!«

Luise Wischberg holte tief Luft. »Jetzt will ich dir mal was sagen, du alter Holzbock, deine wurmstichigen Fenster willst du überall und jedem andrehen, da schmilzt du fast vor Freundlichkeit, wenn aber einer mal deine Hilfe braucht, knallst du ihm die Tür vor der Nase zu. Wenn Herzensach ein rückständiges Dorf bleibt, dann liegt es an solchen wie dir. Man muß sich doch fragen, ob so einer der richtige Bürgermeister ist.«

Thomas Timber grinste. (Herzensach war gut, so wie es war!)

»Ich mach dir einen Vorschlag«, sagte er hinterhältig, »ganz demokratisch, ehrlich! Wenn die Mehrheit der Familie dafür ist, dann ...« Er verbiß sich das Lachen.

Luise Wischberg sah Petra Timber an, die wiederum ängstlich zu ihrem Mann aufblickte. »Wenn Thomas es nicht will ... von mir aus, also, mir wäre es ja egal.«

Der Tischlermeister lächelte spöttisch. »Nun, frag Katharina. Ganz demokratisch.«

Er wußte, seine Pflegetochter würde keinen jungen Mann im Haus dulden, und Luise Wischberg wußte es auch.

»Wenn es dir paßt, bist du Demokrat!« schimpfte sie. »Du mußt verdammt aufpassen, daß du nicht allmählich deinem Holzleim immer ähnlicher wirst.«

Ärgerlich verließ sie die Küche. Doch nach wenigen Minuten kam sie atemlos die Treppe heraufgestürzt. Sie stellte sich in die Küchentür und stemmte die Arme in die Hüften.

»Sie hat ja gesagt!« Sie betonte jedes Wort.

Fassungslos sperrte Thomas Timber den Mund auf und bekam kein Wort heraus. Seine Frau runzelte sorgenvoll die Stirn. In der beklemmenden Stille hörte man deutlich das dumpfe Dröhnen von Gottes Stimme aus Pastor Pedus' Maschine.

10

Weder seine neunundvierzig Jahre noch seinen Beruf sah man dem Pfarrer an. Er war mager und ungefähr einen Meter neunzig groß, was regelmäßig dazu führte, daß er sich im Brunnenschacht beim Bau seiner Maschine den Kopf stieß. Frische Schrammen und verkrustete Wunden zeichneten seine Stirn. Zu seiner bevorzugten Kleidung gehörten ein derbes, kariertes Hemd und eine dunkelblaue, mit Werkzeug bestückte Latzhose, wie Klempner sie tragen. »Mein Gott, Pedus«, pflegte seine Frau zu sagen, »die Hose ist dir zu weit; wenn der Wind hineinfährt und sie sich wie ein Ballon aufbläht, hängt dein dünner Körper darin wie der Klöppel in der Kirchenglocke.« Seit zwei Jahren lag seine Frau im Sterben und verlor darüber ihren Humor nicht.

Das weltliche Auftreten des Pastors hatte zu einem besonderen Verhältnis mit den Mitgliedern seiner drei Gemeinden – Herzensach, Ehrenfelde und Moorburg – geführt. Niemand überlegte lange oder formulierte vorher sorgfältig die Worte, um mit ihm zu sprechen. Man ging einfach mal schnell vorbei, holte ihn aus seinem Brunnen und sagte: »He du, Pedus, grüß Gott, und was würdest du tun: Der Bauer Semmler hat meine Frau eine alte Ziege genannt. Jetzt beklagt sie sich bei mir.«

»Hat er recht?« würde der Pastor antworten und nach einer Weile des Schweigens hinzufügen: »Sie soll selbst vorbeikommen.«

Damit wäre der Fall erledigt.

Außer diesen praktischen und anderen äußerst unkonventionellen Ratschlägen gab er oft noch Antworten, die einem Orakel glichen. Diese waren besonders beliebt, machten die Runde, und jeder versuchte sie zu interpretieren.

Die Kirchenleitung wußte um seine große Beliebtheit, kannte den Respekt, den man ihm entgegenbrachte – seine Kirchen waren voller als andere. Sie wußte von der Maschine im Brunnen, ohne dies allerdings offiziell zur Kenntnis zu nehmen. Ob man auch Trivials Unterstützung, die Kirche zu füllen, gebilligt hätte, ist eher unwahrscheinlich. Denn die Schäfchen mit Hilfe eines Hundes und eines Aberglaubens zum Gottesdienst zu locken kann auch einem Bischof nicht egal sein. Pedus störte es nicht. Sollten sie doch an die magischen Kräfte des Hundes glauben, an das Glück, das er angeblich übertrug. Der Pfarrer sah alles in tiefer Überzeugung als Gottes Werk an, predigte und verteidigte mit Eifer den wahren Glauben. (Sein Gottesbild war wohl ein vollkommen anderes als das der Kirchenbesucher.) Der Aberglaube besaß in Herzensach eine feste Burg – trotzdem oder deshalb betrachteten viele ältere Gemeindemitglieder den Pastor als Heiligen, andere fürchteten ihn wegen seiner Vorfahren. Doch bleiben wir bei den Heiligen. Sieht man sich die Geschichte dieser Männer an, so ist das felsenfeste Einstehen für den Glauben, seine missionarische Verbreitung fast immer mit geringem weltlichem Glück gekoppelt. Rudolf Pedus, wenngleich reformierter Pfarrer, hatte Vergleichbares vorzuweisen. Seiner Frau Inge war vor zwei Jahren eröffnet worden, unheilbar krank zu sein. Krebs. Ihre Lebenszeit sei nur noch kurz. Mal war von drei Tagen die Rede, dann wieder von drei Monaten. Sie klagte nicht, verweigerte zum Teil schmerzstillende Mittel und versorgte weiter den Haushalt, auch wenn ihre Krankheit sie immer wieder für Stunden ins Bett zwang. Sie ließ nicht zu, daß ihr Mann sie pflegte, sondern schickte ihn hinaus zu seiner Maschine, denn ihr Wunsch war es, die Fertigstellung des Apparates noch mitzuerleben.

Rudolf Pedus kannte jedes Gemeindemitglied, und er kannte alle mit Namen. Diesen jungen Mann kannte er nicht. Und daß sich ein Fremder ins nicht ausgeschilderte Herzensach verirrte, war ungewöhnlich.

»Sie waren noch nie in Herzensach«, sagte er, während er Jakob Finn neugierig musterte, und legte den Zeigefinger an die Nase. »Irgend etwas an Ihrem Ausdruck, Ihrer Kleidung läßt mich vermuten, Sie kommen nicht aus Weinstein, sondern haben einen weiten Weg hinter sich. Doch niemand, der zu mir kommt, muß seinen Namen und seine Herkunft nennen.« Er hob seine Hände, als wolle er ihn segnen.

Die Worte erinnerten Jakob an Sherlock Holmes. Er erwartete, daß der Pastor ihm anhand der Flecken auf seinem Hemd seinen Namen und seine Herkunft auf den Kopf zusagte. Er war noch immer verblüfft über das plötzliche Erscheinen des Pfarrers. Sie standen sich deshalb etwas zu lange wortlos gegenüber und lächelten einander an. Schließlich besann sich Jakob, stellte sich vor, beschrieb seinen Unfall und erklärte damit sein Verweilen in Herzensach.

»Diese Maschine«, fuhr er zögernd fort und wies in den Brunnen, »was ist das für ein Ding?«

Der Pastor grinste. »Wahrscheinlich wissen Sie schon, daß ich der verrückte Pedus bin und einen Apparat baue, um Gottes Stimme hörbar zu machen.«

»So ähnlich.«

»Jedes Ding auf der Erde hat drei Bedeutungen und eine unbekannte vierte. Sehen Sie sich den Baum an. Er kann Lebensretter sein, wenn Sie ihn auf der Flucht vor einem wilden Tier erklettern. Er kann ein Dach sein, das Schatten spendet oder vor Regen schützt, oder Sie können aus seinem Holz ein solches Dach bauen. Und drittens kann er Sie mit seinen Früchten ernähren.«

»Und die vierte Bedeutung?«

»Die kennt nur Gott.«

»Und Ihre Maschine hat diese Bedeutung auch? Die vierte, meine ich.«

»Ich möchte es annehmen. Warum sollte sie eine Ausnahme sein?«

»Dann bin ich gespannt, von diesen Bedeutungen, die – wie ich annehme – mit ihren Funktionen gleichzusetzen sind, zu erfahren.«

»Vorsicht«, sagte der Pastor, und sein Lächeln bekam einen diabolischen Zug, »so manche Bedeutung erweist sich als teuflisch.«

»Mit einem Mann Gottes an der Seite sollte mir nicht viel geschehen können.«

In diesem Moment kam Trivial von einem kleinen Streifzug entlang der Kirchenmauer und einer kurzen Entleerung seiner Blase zurück. Er setzte sich zu Jakob Finns Füßen.

»Und mit einem Höllenhund«, ergänzte Pastor Pedus.

Rudolf Pedus erklärte dem Studenten die Konstruktion des

Brunnens, den bereits Johann Jacob van Grunten zur Heilwasserförderung hatte graben und bohren lassen. Der obere Durchmesser von drei Metern war notwendig gewesen, um in die gewaltige Tiefe vorzustoßen. Zusätzlich hatten die Erbauer von der Straße aus einen schräg nach unten, in dreißig Meter Tiefe führenden Tunnel gegraben, um Erde und Felsgestein aus der Brunnenröhre leichter abtransportieren und Baumaterial hineinschaffen zu können. Der Schacht selbst war weitaus tiefer, denn Johann Jacob van Grunten wollte auf die mineralhaltige Wasserschicht unterhalb des Schiefergesteins stoßen. So tief sei die Röhre, behauptete der Pastor, daß man durch die Abschirmung des Sonnenlichtes von ihrem Grund aus auch am Tage die Sterne am Himmel sehe. Dies sei im übrigen einer der Anlässe für die Idee mit der Maschine gewesen. Der Brunnenschacht als Mittler zwischen Himmel und Hölle, da er die dünne Humusschicht der Erde, der alles Leben entspringe, in beide Richtungen durchstoße und darüber hinausrage. Wenn man so will, eine kommunizierende Röhre zwischen zwei Ewigkeiten. Oder noch anders: Peilstab und Membran der sich über Jahrmillionen hinweg aufbauenden Erdoberfläche.

Der Brunnen war heute vollkommen trocken. Johann Jacob van Grunten hatte die Abfüllung des Herzensacher Heilwassers nicht nur wegen des Skandals um dessen giftige Bestandteile aufgegeben, sondern vor allem, weil das Wasservorkommen erschöpft gewesen war. Da eine starke natürliche Lehmschicht zwischen Fluß und Brunnen das Eindringen von Grundwasser verhinderte, bot der Brunnen für Rudolf Pedus optimale Arbeitsbedingungen.

Der Pfarrer ging mit dem Studenten zur Straße zurück. Hier befand sich hinter einer efeubewachsenen Mauer eine aufgeklappte eiserne Falltür. Treppenstufen führten hinab. Der Hund setzte sich an den Eingang, hob den Kopf und begann zu jaulen.

»Ist ja gut, Trivial«, sagte der Pastor und streichelte ihn. »Er würde niemals hinuntergehen, und er mag es nicht, wenn ich dort hineingehe.«

Der Student sah den Hund an und zögerte. »Vielleicht hat er recht?«

Rudolf Pedus ging die ersten Stufen voraus, drehte sich um und sah Jakob Finn an. »Haben Sie Angst?«

»Ein bißchen.«

»Es zeugt von Ihrer Intelligenz.«

»Oder von meiner Dummheit, wenn ich Ihnen folge.«

Die Stufen waren von unterschiedlicher Höhe und nahmen kein Ende. Als Halt gab es an der Seite nur einen durch eiserne Ösen verlaufenden groben Strick. In großen Abständen hatte der Pastor nackte Glühlampen verlegt, die mehr blendeten, als daß sie die Treppe beleuchteten.

Früher, erklärte der Pastor, habe es wohl gar keine Stufen gegeben, sondern es sei eine schiefe Ebene gewesen, um mit Steinen und Erde beladene Wagen besser heraufziehen zu können. Vier polnische Arbeiter waren beim Bau des Brunnens durch herabstürzende Erdmassen zu Tode gekommen. Ihre Leichen sollten noch immer hinter dem Mauerwerk des Schachtes begraben liegen. Das Zischen, Kreischen und Stampfen einer dampfbetriebenen Maschine riesigen Ausmaßes hatte fast zwei Jahre lang das Herzensacher Tal erfüllt.

Anfangs hatte niemand gewußt, wonach dort gebohrt wurde. Johann Jacob van Grunten hatte sich in Schweigen gehüllt. Kurze Stollen an den Seiten des Schachtes lassen sogar vermuten, daß er ursprünglich nach etwas anderem als Wasser suchte. In einer Ausgabe des ›Weinsteiner Boten‹ aus dieser Zeit findet sich ein Artikel über einen reisenden Alchimisten, der mit folgenden Worten schließt: *»Der Redacteur möchte jedoch warnen, jenem seltsamen Manne zu glauben, der in den Wirtshäusern Gold aus den Taschen zieht und behauptet, dieses in der Herzensach gefunden zu haben. Mehrmals, beklagten sich Wirte, hätten sie von ihm nichts als eine Karte mit der Lage von Goldgestein in der Umgebung zur Begleichung der Zeche erhalten, was sich als vollkommen nutzlos herausstellte.«*

Dieser Alchimist, dessen Name nicht bekannt ist, soll gegen Entgelt auch auf den Feldern der Bauern mit einer sogenannten Goldrute auf Goldsuche gegangen sein. Es ist vorstellbar, daß auch Johann Jacob van Grunten zu seinen leichtgläubigen Opfern zählte und die Ausschachtung anfangs der Beginn eines Bergwerks war und erst zum Brunnen wurde, als der Gutsherr merkte, einem Betrüger auf den Leim gegangen zu sein, und sein Gesicht wahren wollte.

Ein Beweis für diese Behauptung könnte jenes Goldstück in der Bibliothek des Gutshauses sein, das von Johann Jacob van Grunten stammt und, wie bereits Hermann van Grunten feststellen ließ, kein Gold ist.

In Herzensach und Umgebung, dies sei noch angemerkt, wurden zu keiner Zeit Metalle oder metallische Erze gefunden. »Der Reichtum dieser Landschaft gründet auf fruchtbaren Boden und die fleißigen Hände der Bauern«, heißt es in einer Broschüre des Kreises. Amtliche Stellen sind beim Lügen schon immer besonders glaubwürdig gewesen.

Pastor Pedus hielt inne, wartete, bis der Student herankam. Von oben hörte man das langgezogene Jaulen des Hundes, das durch den Hall mal von hinten, dann wieder von vorn zu kommen schien.

»Vorsicht«, sagte der Pastor, »hier sind einige Stufen zerbrochen.« Er griff nach Jakob Finns Hand. »Ich will Sie nicht beunruhigen, aber vor dem Krieg sind hier drinnen zwei vierzehnjährige Bauernjungen verschwunden. Ich fürchte allerdings, man hat auch nicht richtig gesucht. Die Herzensacher klettern lieber auf die Spitze des Kirchturms, als daß sie einen Schritt in die Tiefe wagen.«

Rudolf Pedus führte ihn zu einer Plattform, die sich zum Brunnenschacht öffnete. Mehrere vergitterte Arbeitslampen, wie man sie auch in Autowerkstätten findet, hingen an dem groben Mauerwerk und sorgten für Helligkeit.

Jakob Finn trat an den Rand der Plattform. Eine an der Mauer befestigte eiserne Leiter führte in den dunklen Brunnenschacht hinunter. Eine Reihe breiter glänzender Bleche hing in der Mitte des Schachtes und erstreckte sich bis in die Tiefe.

»Sehen Sie, das ist meine ganze Maschine!«

»Damit wollen Sie Gottes Stimme hörbar machen?«

»Sie halten mich für verrückt?«

Der Pastor stand unmittelbar hinter ihm. Ein kleiner Stoß, und Jakob Finn würde zu denen gehören, die im Brunnenschacht verschwunden waren.

»Ich kenne Sie nicht.« Natürlich war der Mann verrückt.

»Keine Ausflüchte. Natürlich bin ich verrückt, und zugleich bin ich es nicht. Vielleicht eine typische Herzensacher Eigenschaft, seit die Piraten hier eingefallen sind. Herzensach steht auf schwankendem Boden. Wußten Sie, daß niemandem im Dorf das Land, auf dem er wohnt und arbeitet, gehört? Alle haben nur Pachtverträge über hundertneunundneunzig Jahre. In rund zwanzig Jahren laufen sie ab. Verstehen Sie, niemand ist hier sicher.«

Der Student spürte das Vergnügen des Pfarrers, ihm angst zu machen.

»Und selbst im Dunkeln kann ich erkennen –«, fuhr der Pfarrer fort, »Ihr Herz fordert Sie zum Bleiben auf. Ist es nicht so?«

»Der kleine Unfall und die Entdeckung eines geeigneten Waldes für meine Promotion halten mich hier, sonst nichts.«

Der Student drehte sich um. Die Schatten der Lampen zeichneten auf Pastor Pedus' Gesicht eine grinsende Teufelsmaske.

»Nein, nein, Sie sind aus einem anderen Grund hier. Das spüre ich genau.« Er wandte sein Gesicht ab. »Ein müdes Herz ist immer in Gefahr – dies ist einer meiner beliebten Orakelsprüche. Er gilt ganz direkt Ihnen. Also hüten Sie sich vor der Sehnsucht, sich auszuruhen. Niemals stehenbleiben. Es ist schwankender Grund. Ich meine das vollkommen ernst, so wie ein Verrückter etwas ernst meinen kann.«

Die Pastor hatte in den Brunnenschacht hineingesprochen und dabei nur noch geflüstert, doch jedes Wort war durch das Bauwerk verstärkt worden. Jakob fragte sich, ob man oben am Rand alles verstehen konnte, ob bei dieser Unterhaltung vielleicht das ganze Dorf mithörte.

»Wem gehört das Land?« fragte er.

»Den van Gruntens. Sollte es dem Gutsherrn einfallen, die Verträge nicht zu verlängern oder alles an jemanden zu verkaufen, der etwas ganz anderes aus dem Tal machen will, so ist die Existenz aller vernichtet. Oder was ist, wenn es keinen direkten Nachkommen mehr gibt. Das ganze Land würde an denjenigen fallen, der nachweisen kann, daß er aus der Familie der Grafen Weinstein stammt. So steht es in dem noch immer gültigen Vertrag. Begreifen Sie nun?«

Jakob runzelte die Stirn. »Was erzählen Sie da?«

Der Pastor lachte laut. »Nicht einmal die Kirche steht auf festem Boden. Sie glauben es nicht? Doch, doch. Und Sie kamen her und hielten Herzensach für ein Idyll. Stimmt's?«

»Ist es das nicht?«

»Nennen Sie mich ruhig einen Verrückten.«

Der Pastor wandte erneut das Gesicht ab, tauchte es ins grelle Licht einer der Lampen, und seine Züge wandelten sich wiederum, diesmal in die eines sanften Mönches, der sich sein Leben lang darum bemüht hatte, nichts als Güte auszustrahlen. Der Student ahnte, daß der Pfarrer sich dieser Wirkung bewußt war, daß er eine Rolle spielen wollte, vielleicht sogar die des zwischen den Verlockungen des Teufels und des Himmelreiches hin- und hergerissenen Doktor Faustus. Vielleicht war dies eine Prüfung, die er dem Studenten auferlegte, um dessen Glaubensfestigkeit zu ermitteln. Wahrscheinlich war alles wahr, was Rudolf Pedus erzählt hatte. Und zwischen der schwankenden Existenz der Dorfbewohner und der riesigen Maschine des Pastors gab es eine Verbindung. Vielleicht waren alle verrückt? Die Menschen, die er bisher kennengelernt hatte, konnte man ebenso als außergewöhnliche Persönlichkeiten wie als Verrückte einstufen.

»Sie fangen Schwingungen auf«, sagte der Student und wies auf die langen, den Schacht ausfüllenden Bleche.

»Jedes der Bleche ist auf eine andere Frequenz geeicht. Es kann sie auffangen und in Töne verwandeln, aber ich kann damit auch Musik erzeugen. Wenn ich jetzt die Dämpfer löse, die die Bleche halten, besteht die Möglichkeit, daß vorhandene Schwingungen innerhalb von Minuten – sagen wir, durch eine Art Kettenreaktion – einen Lärm erzeugen, der uns die Trommelfelle platzen läßt. Aber keine Angst, meistens schwingt jedes Blech nur sehr fein, und die Frequenzen ergänzen sich zu Bruchstücken von Worten oder seltsamen Melodien. Gottes Stimme.«

»Und was sagt sie Ihnen?«

»Ich weiß es nicht. Ich verstehe sie noch nicht, weil mir noch einige Frequenzen fehlen, nehme ich an. Eine vollkommen verrückte Idee, nicht wahr? Aber hübsch, das müssen Sie zugeben.«

»Könnte es nicht auch die Stimme des Teufels sein?«

»Wenn Sie den Teufel in der Erde vermuten, ja. Tun Sie das?«

»Wenn ich sehe, wozu Menschen fähig sind, gehe ich eher davon aus, daß ein Stück der Hölle und des Teufels in jedem von uns steckt.« Der Student wollte brav seine Prüfung bestehen.

»Richtig. Das ist sein Heim. Wir dürfen ihm keinen Raum geben. Aber zurück in die Realität und zu meiner Humusgitarre, denn das ist dieses Gerät auf jeden Fall auch. Ein Musikinstrument, eine Brunnenharfe, wie sie noch nie jemand gebaut hat. Lange Zeit war man bemüht, Musikinstrumente transportabel zu machen, um mit der Musik zu den Menschen gehen zu können. Dieses Bemühen grenzte die Möglichkeiten der Musik ein. Nur kleine Instrumente, nur bestimmte Töne, nur eine bestimmte Musik war möglich. Ausnahmen bildeten die Kirchenorgeln. Und sie waren immer der Beweis für die Existenz ganz anderer Töne. Heute aber hat die Mobilität der Menschen so zugenommen, daß man eigentlich riesige festinstallierte Instrumente entwickeln könnte. Vielleicht bin ich wirklich der einzige, der auf diesen Gedanken gekommen ist?«

Der Pastor zog einen der an der Wand angebrachten Hebel fester. Sie waren über Rollen mit Drahtseilen verbunden, die in den Schacht führten.

»Vielleicht«, warf der Student ein, »liegt es daran, daß man heute mit dem kleinsten Computer Töne erfinden kann, wofür man früher gigantische Instrumente gebraucht hätte.«

»Ach ja? Trotzdem fehlt diesen elektronisch erzeugten Tönen eine ganz bestimmte Dimension. Sie können den Ton einer Geige eben nicht perfekt simulieren. Nein, dieses Instrument hier ist in seinen Tönen einmalig. Es gibt nur ein Problem: Ich bin zwar sein Erbauer, aber ich kann nicht darauf spielen.«

Der Pastor erklärte ihm, daß man die Dämpfer zugleich zum Anschlagen der Bleche nutzen könne. Und daß er vorhabe, jeden dieser Klöppel über eine Funkfernbedienung von außen bewegen zu können, so daß der Musiker sich nicht dem möglicherweise schmerzenden Lärm im Schacht aussetzen müsse.

Leider entständen die Töne mit unterschiedlicher Verzögerung, und der Schacht lasse sie unkontrolliert anschwellen. Keine vorhandene Melodie eigne sich für dieses gewaltige Instrument. Der Pastor bot dem Studenten an, es auszuprobieren. Jakob Finn lehnte ab. Nie war er im Unterricht über ein paar einfache Klavierstücke hinausgekommen.

»Ich habe nicht mehr viel Zeit«, sagte der Pastor, als er den Studenten nach oben zurückführte. »Ich muß darauf spielen oder jemanden finden, der es kann. Meine Frau wünscht es sich, und sie hat nicht mehr lange zu leben.«

Das Tageslicht des Ausgangs erreichte sie. Der Pastor hielt inne. »Ich werde wieder hinuntergehen. Die beiden letzten Bleche müssen noch fixiert werden.« Er kam näher an Jakobs Gesicht, sah ihm forschend in die Augen. »Ich sehe es, und ich habe es vom ersten Augenblick unserer Begegnung an gewußt, Sie sind derjenige, der dieses Instrument spielen wird.«

Jakob schüttelte energisch den Kopf und versuchte zu lachen. »Nein, Sie täuschen sich.«

Der Pastor blieb ernst und nickte. »Sie werden nichts dagegen tun können! Nichts! Ich weiß, daß Sie darauf spielen werden, wenn die Zeit gekommen ist. Also denken Sie an mein Orakel, damit Sie am Leben bleiben.«

Der Hund empfing ihn mit einem Freudentanz, sprang an ihm hoch, warf ihn fast um und leckte sein Gesicht. »Trivial!«

11

Der Vorhang ging auf, und Jan van Grunten war in seinem Element. (Seine Eltern hatten verhindert, daß er Schauspieler wurde. Wirklich schade.) Mit ausgestreckten Armen eilte er über die Marmortreppe in die Halle hinunter, um den eben angekommenen Doktor Bernhard Andree herzlich zu begrüßen. Er ergriff die rechte Hand des Arztes und dessen linken Arm.

»Doktor, ich freue mich. Wie immer sind Sie der erste. Ich habe Ihnen einen Scherz aus Berlin mitgebracht. Kennen Sie den Unterschied zwischen einem Internisten, also Ihnen, und einem Chirurgen?«

»Ja, warten Sie ... wie war das?« Doktor Andree versuchte den Gutsherrn abzuschütteln. Er erinnerte sich an diese Scherzfrage, hatte aber die Pointe vergessen.

»Nehmen Sie mir nicht das Vergnügen! Hier die Antwort: Der Internist weiß alles, aber kann nichts. Und der Chirurg weiß nichts, aber kann alles.«

Er brach in helles, gickerndes Lachen aus. (Applaus auf offener Szene?) Doktor Andree konnte sich endlich aus Jan van Gruntens Griff befreien.

»Ja, ja, genauso war es. Ein Spruch, der mehr auf den Chirurgen zielt. Und bei denen trifft er zu.« Der Arzt erinnerte sich, daß der Witz noch weiterging, verschwieg aber die zusätzliche Pointe, daß Psychologen nichts wissen und nichts können, sondern entfernte sich aus der Reichweite des Gutsherrn. Sie gingen in die Bibliothek, setzten sich in die schweren Sessel neben dem alten Standglobus. Was jetzt kam, war Zeremonie. Seit fünf Jahren. Jeden Mittwoch. Doktor Andree zog am Schalter der Stehlampe und richtete ihren Schirm auf das Gesicht des Gutsherrn.

»Immer im Dienst?« forschte der Gutsherr wie jeden Mittwoch.

»Nun, Sie kommen selten in meine Praxis. Und ich mache mir Sorgen um Ihre Leberwerte.« Jeden Mittwoch.

»Ach, Doktor«, hätte jetzt kommen müssen, kam aber nicht, sondern:

»Sie werden es nicht glauben, aber ich habe in der letzten Woche Ihren Rat befolgt. Kaum noch Alkohol. Und erstaunlich ist: Ich vermisse ihn nicht. Heute aber kann mich niemand davon abhalten, eine besondere Flasche zu öffnen. Wir haben etwas zu feiern. Doch was, das will ich erst verraten, wenn alle unsere Freunde versammelt sind.«

Er stand auf, ging zum Kamin, in dem ein kleines Feuer brannte. Die dicken Mauern des Gutshauses wurden von der Wärme der sommerlichen Tage noch nicht durchdrungen.

Bernhard Andree war sprachlos. Ängstlich betrachtete er den Gutsherrn. Wie konnte er es nur wagen, vom Text abzuweichen!

Jan betätigte den Klingelzug zur Küche. In diesem Moment trat Johann Franke durch die Tür. Der Gutsherr eilte ihm entgegen, begrüßte den Förster ebenso herzlich wie den Arzt.

»Franke, Sie können mir glauben, ich habe in der letzten Woche häufig an Sie gedacht – und es hat mir geholfen. Erinnern Sie sich, daß Sie einmal sagten, ein großer Konferenztisch sei wie eine grasbewachsene Lichtung im Wald. Der erste, der hinübergeht, wird mit glitzernden Tautropfen an den Stiefeln belohnt.«

»Und? Waren Sie der erste, der hinüberging?«

»Nein«, der junge Gutsherr lachte übermütig. »Andere haben sich die nassen Füße geholt.« Er war sich der Wirkung seines Lachens gewiß.

Der Förster klopfte Jan auf die Schulter. »Wahrhaftig, ein Aspekt, den ich vergaß.« (Der spielte auch jede Rolle mit!)

»Und mich hat er reicher gemacht. Die Idee, mit meinem Partner Anderson eine Agentur für internationalen Tauschhandel zu eröffnen, paßt genau in die Zeit. Wir sind auf der Suche nach einem größeren Büro.«

»Gratuliere.«

Johann Franke wandte sich dem Doktor zu. Dieser ließ den kräftigen Händedruck über sich ergehen. In diesem Moment wurde Pastor Pedus von der Haushälterin hereinbegleitet.

Jan umarmte ihn. »Pedus, für jeden unserer Freunde hatte ich einen Scherz im Gepäck, für Sie nur eine betrübliche Beobachtung. Die christliche Seefahrt ist dahin. Unter den Schiffsbesatzungen haben andere Religionen die Mehrheit errungen.«

»Jeder, der untergeht, muß wissen, auf welcher Seite er wieder auftauchen will.«

»Ich habe keine andere Antwort erwartet.«

Während der Pastor die beiden anderen Gäste begrüßte, wandte sich der Gutsherr der Haushälterin zu. »Sind die Flaschen bereit?«

Sie nickte. »Dann bitte jetzt. Um die Gläser kümmere ich mich selbst.«

Er ging zu einem zwischen wandhohen Bücherregalen eingelassenen Schrank und stellte geschliffene Kristallgläser auf ein Tablett, nachdem er jedes einzelne zuvor prüfend gegen das Licht gehalten hatte. Dabei betrachtete er aus den Augenwinkeln seine Gesellschaft. Nur der Wurstfabrikant Weber fehlte in letzter Zeit. Mit ihm wäre die Gruppe, die er für die wöchentliche Aufführung seiner selbst im Gutshaus ausgesucht hatte, komplett gewesen. Es waren genau die Bewohner von Herzensach, deren Familien nicht aus dem Dorf kamen. Sie besaßen genug kritische Distanz und waren für die Stimmung in seinem Land die richtigen Seismographen. Die alteingesessenen Familien dagegen sahen in ihm eine Art Fürst, waren kritiklos und zeigten entsprechend unterwürfigen Respekt oder gar Angst.

»Wir werden etwas feiern«, sagte Jan, stellte das Tablett mit den Gläsern auf dem Tisch ab, ging langsam zum Fenster und sah hinaus. »Nur Geduld.«

Draußen in der Dämmerung saß Trivial in der Mitte der Pappelallee, sah ihn an, die Ohren gespitzt, als könne er jedes Wort verstehen.

»Manchmal denke ich, dieser Hund weiß mehr als wir alle zusammen«, sagte er mehr zu sich selbst. Der Pastor war hinter ihn getreten. »O nein. Er durchschaut uns nur. Das ist alles.«

»Genau das meine ich.« Der Ton war zu nachdenklich geraten.

Der Pastor kam ihm mit einer Pointe zu Hilfe: »Er wird uns nicht verraten.«

Die Haushälterin servierte drei Flaschen Rotwein, und die Gäste schauten verwirrt auf die Etiketten. Jan grinste übermütig. »Es ist kyrillische Schrift. Der Wein kommt von der Krim.

Man hat ihn erst jetzt eingemauert in den Kellern des Kreml entdeckt. Es ist eine Spezialabfüllung für Stalin gewesen. Fragen Sie mich nicht, wie ich ihn bekommen habe. Ich selber habe meinen Lieferanten auch nicht befragt, sonst hätte ich mich vielleicht mit dem Kauf der Hehlerei schuldig gemacht. In Berlin habe ich ihn bereits probiert, und ich muß sagen, das geknechtete Volk hat dem großen Diktator einen wahrhaft unvergleichlichen Tropfen geschenkt.« Er roch an dem Korken der bereits geöffneten Flaschen und schenkte seinen Freunden ein. Mit derselben Geschichte war es ihm gelungen, neunzigtausend Flaschen nach Frankreich zu verkaufen.

»Der Anlaß für diese Weinprobe ist ein Brief, den ich gestern erhielt. Er ist von diesem Hamburger Anwalt, der uns vor einigen Wochen einen in den USA lebenden Nachfahren der Grafen Weinstein präsentierte und dessen Ansprüche anmeldete, falls unser Haus ohne Erben bleibt. Nun schreibt er in einem neuen Brief, man könne diesen Vertrag meines Vorfahren Cornelius mit dem Grafen Weinstein annullieren, wenn man sich auf einen finanziellen Ausgleich einige.«

Er lachte. »Damit dürften wir aller unserer Sorgen enthoben sein. Wer so etwas anbietet, wird kaum nachweisen können, daß er wirklich ein Weinstein ist. Der Mann ist ein Betrüger. Meine Herren!« Er hob sein Glas. »Herzensach wird bleiben, was es ist.«

Alle vier tranken sich zu. »Auf Herzensach.« (Nebenbei: Der Wein war gut, aber nicht ganz so gut wie seine Geschichte.)

»Jan«, begann der Pastor. »Sie wissen, was die einfachste Lösung ist.«

Der Gutsherr lachte. »Ja, ja, ein Sohn, aber dazu muß ich eine Ehefrau in Kauf nehmen. Nein, ich bin wahrhaftig auf der Suche ...« Er zog die Schultern hoch und wiegte den Kopf

Überraschend ergriff der Doktor das Wort, allerdings ohne jemanden anzusehen: »Es geht auch anders. Ein Ehevertrag, der alles regelt und so weiter und so weiter.«

Jan schüttelte den Kopf. »Wir haben das schon oft diskutiert. Und ich danke euch allen. Solange die Möglichkeit besteht, jenem bestimmten Mädchen zu begegnen ... nein, ich bin sicher, daß es sie gibt ... daß sie irgendwo auf mich wartet ... Ja, die

Liebe achte ich sehr hoch. Lassen Sie mir meinen Traum, solange noch Zeit ist.« Er spürte, er hatte zu dick aufgetragen, denn die Runde schwieg. Jeder betrachtete ein Detail des Raumes, als sehe er es zum ersten Mal.

Schließlich räusperte sich der Förster. »Ich bin gewohnt, falsche Fährten von echten zu unterscheiden – und damit will ich auf den amerikanischen Weinstein zurückkommen: Was wäre, wenn der Brief nur eine Finte ist, um Sie in Sicherheit zu wiegen, während man die letzten notwendigen Dokumente herbeischafft?«

Der Gutsherr kniff die Augen zusammen, stützte den Kopf auf und ließ seine Augen die Bücherregale entlangwandern.

Der Förster hob die Flinte: »Und Ihnen, Jan, vielleicht sogar nachweist, daß Ihre Vorfahren am Tode der Weinsteins schuld sind, und Ihnen mit solcher Begründung und findigen Anwälten Herzensach entreißt.« Der Förster ließ die imaginäre Waffe sinken. »Ich gebe es nur zu bedenken.«

Jan spielte den Volltreffer. »Franke! Wenn Sie recht haben, ist er ein ebenbürtiger Gegner.« Er stand auf, fletschte die Zähne. Die Rolle gefiel ihm! Er steckte die Hände tief in die Hosentaschen und wanderte im Raum umher. Er holte ein rauhes Lachen hervor. »Zu Cornelius' Zeiten hätte es für all diese Probleme eine einfache und endgültige Lösung gegeben: ein Schiff voller wilder Gesellen – und auf nach Amerika!«

Er setzte sich wieder. »Vielleicht müssen wir wirklich mit mehr Raffinesse an die Sache herangehen. Haben wir nicht einen Fremden im Dorf? Vielleicht ist er das, der Erbe der Weinsteins? Erkundet schon seinen künftigen Besitz? Schmiedet Mordpläne? Zeichnet Baupläne! Und wird Herzensach in ein Disneyland verwandeln! Wir alle finden uns als Filmvorführer und Kartenverkäufer wieder oder stecken gar, zur Belustigung der Kinder, unter dem Anzug einer riesigen Maus. Nein, schlimmer noch: Wir müssen als Piraten verkleidet auf einer nachgebauten Kogge zehnmal täglich Überfall spielen.«

Einen Augenblick schwiegen alle. (Pastor Pedus überlegte, ob er applaudieren sollte. Da nahte der zweite Akt:)

»Das ist keine Phantasie, so geht es zu im Disneyland in Los Angeles. Ich habe selbst zugesehen. Es war trostlos.« Ein tonloses Lachen stolperte aus dem Bauch des Gutsherrn. Er trank und sah über das Glas hinweg den Pfarrer an. Er dachte an dessen Meßgeräte und an dessen Statistiken über die Stimmung der Dorfbewohner. Warum nicht ein bißchen Aufruhr schüren?

»Wissen Sie, in Berlin antwortete ich sogar auf eine Kontaktanzeige. Ein hübsches Mädchen. Doch seltsam, bereits beim ersten Treffen schwor sie mir ihre Liebe. Als sie ging, verschwand auch meine Brieftasche.«

»Gingen Sie zur Polizei?« wollte der Pfarrer wissen.

»Wo denken Sie hin.« Der Gutsherr lauerte. Wer würde als erster den Gedanken aussprechen, den er in ihre Gehirne einzupflanzen versucht hatte? Wahrscheinlich der Arzt. Er war ängstlich. Richtig:

»Mir scheint, der Fremde ist wirklich mysteriös«, sagte der Arzt. »Ich sah ihn zweimal vom Fenster aus. Ein Student mit einem teuren Wagen, den ich mir nicht leisten kann. Ich sah das Auto auf dem Abschleppwagen. Ein Unfall. Vielleicht fingiert?«

»Wer ist ihm noch begegnet?«

Der Pfarrer kratzte sich die verschorfte Stirn. »Ich sah etwas in seinen Augen. Ein ruhendes Herz. Vielleicht war es nicht das, an was ich dachte, sondern ein Zeichen für die Gewißheit, im Land seiner Ahnen zu sein. Ein Weinstein! – Und: Er sprach vom Teufel, der in jedem steckt! – Franke, haben Sie ihn nicht gefahren?«

Die Miene des Försters hatte sich verdunkelt. »Sollte ich mich so getäuscht haben? Aber jetzt, wo Sie es sagen . . . Er hat mich geschickt ausgehorcht, kaum selbst gesprochen. Ich hätte stutzig werden sollen, als er mir von seiner Doktorarbeit berichtete. Waldschadensbeobachtung – gerade bei uns, wo der Wald noch stark und unbeirrt wächst. Die wenigen biologischen Kenntnisse, mit denen er mich beeindruckte, hätte er sich schnell anlesen können.«

Alle sahen den Gutsherrn an, der dachte, wie einfach es doch war, die Menschen zu manipulieren. Er trank sein Glas aus, stand auf und ging wieder ans Fenster. Die Dämmerung hüllte die Allee ein. Es war nicht auszumachen, ob Trivial noch auf der Straße saß.

»Vielleicht sehen wir Gespenster?« (Auf zur Jagd!)

»Nein, nein«, sagte der Arzt bestimmt. »Auch der Wirt versucht, den Gast loszuwerden. Wirte haben einen sechsten Sinn, wenn sie selbst die Zeche zahlen sollen. Wie ich höre, läuft seine Mutter herum, um für den Studenten ein anderes Quartier zu finden.«

»Wir werden schon fertig mit ihm.« Der Förster stand ebenfalls auf und stellte sich ans Fenster. »Niemand von uns ist an Unruhe und Veränderung im Dorf interessiert.«

»Wir sind auf Ihrer Seite«, ergänzte der Arzt.

Der Förster drehte sich zu seinen Freunden um: »Er wird an einem der nächsten Abende bei mir sein, da will ich ihn prüfen.«

»Und wenn ich ...«, Jan kratzte sich das Kinn, »... wenn ich ihm Quartier anbiete. Dann hätte ich ihn unter Kontrolle.«

»Das eigene Verderben ins Haus holen!« Der Arzt sprang auf. »Das können Sie nicht ernsthaft wollen.«

»Beruhigen wir uns.« Pastor Pedus schenkte sich nach. »Ein Amerikaner ist er nicht! Seine Aussprache ist perfekt.«

»Er soll in Texas in einer deutschsprachigen Kolonie leben.«

»Nicht mehr in Texas. Er ist bereits in Herzensach!« warnte der Arzt. (In diesem Stück des Gutsherrn bester Mann.)

Jan ging zu dem großen Globus und schlug die flache Hand darauf. »Sie brauchen sich keine Sorgen zu machen, selbst wenn er ein Weinstein ist. Mit denen sind wir allemal fertiggeworden.« Er ließ das Ende des Satzes hilflos klingen. Schade, daß Wilhelm Weber nicht da war, der brannte doch darauf, etwas für ihn zu tun.

Er setzte sich wieder, schenkte allen nach und hob sein Glas. »Lassen Sie uns über andere Dinge sprechen.«

»Aber vielleicht sollten Sie jetzt schon die Pachtverträge verlängern. Wer immer Herr von Herzensach ist, kann an bestehenden Verträgen nicht vorbei.« Der Pastor breitete ergeben die Hände aus. Der Förster und der Arzt widersprachen ihm. Jan lächelte säuerlich. »Schon gut, mein lieber Pedus. Mein Anwalt in Berlin sitzt längst über den Entwürfen. Obwohl die Pächter noch gar nicht murren.«

»Die sind Ihnen auch selten treu ergeben«, bestätigte der

Pfarrer. »Manchmal denke ich, die moderne Zeit ist an diesem Ort vorübergegangen.«

Jan grinste. »So ein Unsinn. Schließlich schreiben wir das Jahr 1812!«

Draußen in der Halle steckte die Haushälterin drei Umschläge in die Mäntel der Gäste. »Für Dr. Bernhard Andree« stand auf dem ersten. »Möge dies ein Beitrag sein, seine Forschungen voranzutreiben.«

»Für Johann Franke«, war der zweite beschriftet. »Möge dies ein Beitrag sein, die Zuchterfolge zu vergrößern.«

Der dritte trug die Aufschrift: »Für Rudolf Pedus. Möge dies ein Beitrag sein, der das Instrument zum Klingen bringt.«

Danach öffnete die Haushälterin die große Eingangstür und trat in der Dämmerung auf die Freitreppe. Rechts, unter den erleuchteten Fenstern der Bibliothek, nahm sie Trivial wahr. Sie rief ihn. Er kam langsam heran, stieg die Stufen herauf und setzte sich neben sie. Sie strich ihm mit Daumen und Zeigefinger über die Kante seines Ohres – auf daß auch ihr die diskrete Großzügigkeit des Gutsherrn lange erhalten blieb. Soviel wußte sie: Die Landwirtschaft brachte kaum genug ein, um das Gut zu erhalten. Woher Jan soviel Geld nahm, diese Frage zu stellen verbot sich. Woher nahm er soviel Geld?

12

Der Förster trank niemals soviel, daß er nicht bei klarem Verstand blieb.

»Ein schwankender Baum reißt andere mit; ein aufrechter Wuchs gibt anderen Raum«, sagte er halblaut, um eine Kostprobe seines klaren Verstandes zu geben. Zufrieden mit dem Abend verließ er das Gutshaus. Die Pappelallee lag im schwachen Licht eines dünnen Mondes. Jan hatte sich wieder einmal als würdiger Nachfolger seines Vaters erwiesen. Nicht nur bei allen Fragen, die das Dorf betrafen, auch bei familiären Angelegenheiten holte er den Rat seiner drei Freunde ein. Mochte der Bürgermeister Reden schwingen, regiert wurde vom Gutshaus aus; und Johann Franke war einer der Minister. Seine Loyalität Jan gegenüber lag nicht in der äußerst großzügigen monatlichen Spende begründet, sondern in seiner Bewunderung für den umfassenden Intellekt und die Dynamik des jungen Mannes. Dieser Gutsherr wäre wahrhaftig ein wunderbarer Schwiegersohn. Der Förster wußte um die heimliche Liebe seiner Tochter. Und die beiden waren sich nicht unsympathisch. (Das Kitz reibt seine Decke an starken Bäumen.) Bei manchem Dorffest hatten sie miteinander gescherzt und getanzt, so daß man durchaus mehr als Freundschaft vermuten durfte. Immer wenn er im Gutshaus gewesen war, brachte der Förster Jans Grüße für die Tochter mit nach Hause. Die Zeit würde kommen, daß auch dieser van Grunten sich nicht mehr im Wind wiegte. Einmal, nach einem der Hundezüchtertreffen, hatte er den jungen Gutsherrn in Berlin gesehen. Der Durst hatte ihn nachts in eine Gaststätte getrieben. (Wo kein Wasser, wächst auch nichts.) Kaum hatte er sich gesetzt, bemerkte er, daß es sich um ein zweifelhaftes Etablissement handelte. (Wo Wasser ist, wächst auch Unkraut.) Doch schon stand der Kellner neben ihm, und im selben Augenblick entdeckte er Jan und einen etwa gleichaltrigen Mann – in Begleitung von zwei Damen, für deren Gesellschaft allem Anschein nach bezahlt worden war, denn sie gaben sich frivol, mit fast nackten Brüsten. Obszöne Gesten begleiteten ihr Gespräch. Es gelang dem Förster, unbemerkt zu bleiben und das Lokal bald darauf zu verlassen. Er verurteilte das Verhalten Jans nicht. (Ein junger Baum kann sich nach allen Seiten biegen, ohne Schaden zu nehmen.) Die Zeit arbeitete für ein braves Mädchen wie seine Tochter Claudia. Ihre achtundzwanzig Jahre sah man ihr nicht an. (Was lange im Schatten steht, blüht um so besser.) Das Blut ihrer Mutter hatte ihre Seele nicht verdorben. Ihre Mutter . . . Er versuchte den düsteren Gedanken zu verscheuchen . . . Sie war tot. Und trotz des elenden Anlasses ihres Sterbens und der Umstände seines letzten Blickes auf sie, unter der Aufsicht eines Gerichtsmediziners, war ihm ihr Gesicht sehr schön erschienen. So augenlos. Wie eine Pflanze. Aber ausgerissen mit den Wurzeln. Tot, ermordet! Vertrocknet. Kein Wasser mehr.

Von einem Unbekannten überfallen. Er hatte es nicht fassen können. Ein dummer Streit. Verdammte Eifersucht. Warum mußte sie so schön sein, daß ihm nichts anderes übrigblieb, als sie auf Schritt und Tritt zu verfolgen. All diese Kerle mit Schaum vor dem Mund. Gib zu, gib zu, daß du dich ihnen hingegeben hast! Verdammt, hätte sie an jenem Abend nicht bleiben, sich still in die Küche setzen können, bis sein Zorn, der doch gar nicht ihr galt, sondern allen, die sie anschauten, verraucht war? Dumme Gans! Wäre es nicht sein Recht gewesen, sie umzubringen? Selbst dafür zog sie einen anderen Mann vor! Aus Enttäuschung verkroch er sich. Weit weg von den Menschen, die erst begriffen, was wirkliches Leid war, wenn mit ihnen genauso brutal verfahren wurde. Doch heute fanden Leidtragende, was er damals schmerzlich vermißt hatte: Trost! Was er damals erwartet hatte, Briefe von Menschen, die mitlitten und Mut machten, das verschickte er jetzt selbst, sooft er konnte. Denn der Wald war ihm ein wahrer Freund geworden, hatte ihm gezeigt, wie man das Leben der Menschen sehen mußte, wie die Beobachtung der Natur Trost spenden und Kraft geben konnte. Das war es, was der Förster an die Menschen in den großen Städten weitergeben mußte. Und er tat es ohne Aufsehen um seine Person. Was blieb ihm anderes übrig.

Johann Franke straffte sich, zog die hochgeschlossene grüne Jacke unter dem leichten Lodenmantel glatt, begann kräftig auszuschreiten. Wie ein Atem kam die warme Luft vom Heidberg, und er roch den gesunden Schlaf des Forstes. Der Wald würde ihn niemals verraten.

Er hatte das Ende der Pappelallee erreicht. An der Toreinfahrt lag Trivial, wartete wohl auf seinen Herrn, der sich bei den Treffen im Gutshaus immer als letzter verabschiedete. Der Hund hob schnüffelnd den Kopf, stand auf und streckte sich.

»Hau ab!« zischte der Förster. Er sah die von den Laternen beleuchtete Dorfstraße entlang. Die Fenster der Häuser waren dunkel, nur in der Wirtsstube und in einem Gästezimmer darüber brannte noch Licht. Der Student! Er würde ihn einer peinlichen Befragung unterziehen.

Johann Franke drehte sich um in Richtung Forsthaus.

»Geh zurück!« befahl er Trivial, der ihm folgte.

Nach ein paar Schritten sah er rechts über den alten Häusern das Licht, das nachts niemals erlosch: kräftige Scheinwerfer, die den Säuleneingang des Weberschen Bungalows in seiner fremdartigen monumentalen Häßlichkeit taghell erstrahlen ließen. Aus der Sicht des Försters besaß der Wurstfabrikant alles und zugleich nichts. Ein Mensch, der sich wie ein Räuber schöne Dinge nahm, sich ihrer bediente, ohne ihre innersten Geheimnisse, ihre wirkliche Schönheit zu erkennen.

»Verdammter Mistköter, verschwinde!«

Johann Franke bedauerte Wilhelm Weber und begriff nicht, warum seine Tochter ihn verteidigte. Weber sieht nur Holz, pflegte er seiner Tochter zu sagen, wo andere Bäume sehen.

»Gehst du zurück!« Er trat mit dem Stiefel nach dem Hund. Trivial wich geschickt aus.

Der Förster hatte die letzte gußeiserne Laterne der Dorfstraße hinter sich gelassen und sah die Lampe vor dem Forsthaus durch die Fliederbüsche blitzen. Er überquerte die Straße und bog in den Sandweg ein.

»Elender Köter!«

Der Weg stieg leicht an und führte am Forsthaus vorbei bis zu einem kleinen Bauernhof.

»Haust du ab!«

Das Haus lag im Schatten der hohen alten Kiefern und Fichten des Waldrandes. Das Erdgeschoß war aus roten Ziegeln gemauert, doch darüber erhob sich ein hölzernes Stockwerk, das mit kleinen grünen Holzschindeln verkleidet war. Wütend riß der Förster eine lockere Latte aus dem Zaun und drehte sich damit schlagbereit um. Doch Trivial war verschwunden.

Johann Franke ging um das Haus zu seinen eigenen Hunden. Sie blieben ruhig, als er sich dem Zwinger näherte. Sie kannten seinen Schritt oder hatten durch den leichten Wind längst seine Witterung aufgenommen. Sie drängten sich schwanzwedelnd und schnüffelnd an die Gitter und versuchten seine Hände zu lecken. Er sprach ihnen beruhigend zu, nannte ihre Namen. Er sah, daß Claudia die Tiere gut versorgt hatte, und ging zum Hauseingang. Wie immer hatte seine Tochter auf ihn gewartet und sich mit einem Buch so gesetzt, daß sie den Eingang durch die Tür des Wohnzimmers im Blick hatte. Sie lächelte ihn an, nahm Jans Grüße entgegen.

»Er wird wohl so schnell nicht wieder nach Berlin fahren«, berichtete ihr Vater. »Er sagte, ihr könntet ja wie früher gelegentlich zusammen ausreiten.«

»Hat er es wirklich gesagt?«

Der Förster nickte. Sie sah ihm zweifelnd in die Augen. »Vater? Du hast vom Reiten gesprochen, nicht wahr?«

Er schwieg, zog seinen Mantel aus und knöpfte seine Jacke auf.

»Vater, ich mag es nicht, wenn du so etwas tust.«

»Du liebst ihn doch?«

Sie schlug die Augen nieder. »Ja, das weißt du.«

»Darf mir das Glück meiner Tochter nicht am Herzen liegen?«

Sie umschlang ihn mit beiden Armen. »Du weißt, was mich wirklich glücklich machen würde. Vielleicht sollte ich für dich auf Brautschau gehen.«

»Einem alten Baum pflanzt man nichts in den Schatten, da gedeiht nichts.«

Sie entdeckte das Gesicht des Hundes an der dunklen Fensterscheibe. »Trivial.«

»Und doch ist es wahr.«

»Ich meine den Hund.« Sie ließ ihn los, begleitete ihn durch das mit Geweihen und kleinen ausgestopften Jagdtrophäen geschmückte Wohnzimmer bis zu seinem Sessel am Kamin, auf den ein mächtiger Eberkopf herabschaute. Der bittere Keim des Mißverständnisses folgte ihnen.

»Mit fünfzig ist man nicht alt.«

»Ach, Claudia, ich habe die große Liebe meines Lebens schon gehabt. Jetzt laß mir den Wald und meine Hunde als Partner. Beide brauchen mich, und ich brauche sie. Das ist mehr, als manch anderer sagen kann.«

Er setzte sich stöhnend. Sie hockte sich zu seinen Füßen und legte ihren Kopf auf seine Knie.

»Und ich? Ich zähle nicht?«

Er strich ihr über das dunkle, kräftige Haar.

»Was wäre ich ohne dich? Erinnerst du dich an die Sage von den ruhelos wandernden Bäumen? Durch dich habe ich meinen Platz gefunden. Nun finde du deinen.«

Sie blickte mißtrauisch zu ihm auf. »Hör auf damit! Du weißt, was ich meine.«

»Natürlich, und du reitest mit ihm aus.«

»Er liebt mich nicht.«

»Du liebst ihn. Alles andere wird kommen. Denn er kennt dich nicht – nicht wie ich dich kenne.«

»Versprich mir, zu keiner Hundeausstellung mehr zu fahren.«

»Versprich du mir, mit ihm auszureiten.«

Sie nickte heftig, legte ihren Kopf wieder auf seine Knie. Einen Augenblick war nichts zu hören als das Ticken der großen alten Standuhr. Draußen schlug ein Hund an, verstummte aber gleich wieder. Vielleicht ist ihm die Kehle durchgebissen worden, dachte sie. Die beiden Besuche fielen ihr ein. Doch von Sabine Weber konnte sie kaum erzählen.

»Ein Fremder war hier«, sagte sie. »Du warst kaum gegangen, da kam er. Jakob Finn, ein Student. Er sagte, du kennst ihn.«

Der Förster nickte. »Du hast ihn reingelassen.«

»Ja. Er zeigte mir seine weiße Pfote und erzählte mir sein ganzes Leben. Er ist nett.«

Der Förster runzelte die Stirn. »Es kann sein, daß ich mich täusche, aber vielleicht stimmt nichts von dem, was er dir gesagt hat.«

Erschrocken hob sie den Kopf und blickte ihren Vater an. »Was ist mit ihm?«

»Ich bin mir noch nicht sicher, was er wirklich will.«

»Er war offen und lustig. Warum sollte er lügen? Er erzählte mir von seiner Arbeit und sagte, er hoffe auf die Zusammenarbeit mit dir.«

»Ich weiß es nicht, aber wir sollten vorsichtig sein. Hat er dich noch nach irgend etwas anderem gefragt?«

»Er interessierte sich für die van Gruntens.«

»Aha. Nun, du wirst ihm kaum etwas sagen können, was nicht allgemein bekannt ist.«

»Vater, was ist? Was gibt es für ein Geheimnis?«

»Er muß nicht der sein, für den er sich ausgibt. Aber noch ist alles eine vage Vermutung, nichts, was man herumtragen und aussäen könnte. Geduld, mein Kind.«

Der Förster stützte sich auf die Sessellehnen und kam hoch. »Verzeih mir, aber ich geh zu Bett. Die Forstarbeiter sind früh bestellt.«

Sie gab ihm einen Kuß auf die bärtige Wange und ließ ihn gehen. Er stieg die Treppe hinauf, sie griff zum Buch, las aber nicht, sondern lauschte auf die Geräusche ihres Vaters. Nach einer Weile stand sie auf, schlich die Treppe hinauf und legte das Ohr an die Zimmertür ihres Vaters. Zufrieden ging sie auf Zehenspitzen zurück, löschte das Licht im Haus und zog eine Jacke über. Geräuschlos öffnete sie die Haustür und schloß sie hinter sich. Sie sprang über den Sandweg, kletterte über ein Gatter und lief querfeldein. Atemlos erreichte sie die dunkle Seite des Bungalows und klopfte an eine der großen unbeleuchteten Scheiben. Die Glastür wurde aufgeschoben, und kräftige Arme umfingen das Mädchen, dessen Busen sich vom schnellen Atem hob.

»Ich bin gelaufen.«

»Hat er noch so lange seine Briefe geschrieben?«

»Nein, er ist so spät gekommen. Er war bei Jan.«

»Ach ja, diese langweiligen Abende im Gutshaus.«

Sie schmiegte sich an ihn.

»Mein kleines Reh.« Seine Hände strichen über ihre Schultern, wanderten den schlanken Hals hinauf und umfingen ihren Kopf. Er küßte sie.

»Den ganzen Tag stand mir dein zuckender weißer Leib vor Augen. Komm.«

Er führte sie durch den dunklen Raum. Auch im Flur und in allen anderen Räumen waren die Lichter gelöscht. Nur im Kraftraum beleuchtete eine kleine Lampe ein elektronisches Schaltgerät. Hastig zogen sie sich aus. Sie legte sich auf eine der lederbezogenen Trainingsbänke. Er kniete vor ihr nieder und schloß die Elektroden an ihren Füßen an.

13

Jakob Finn war nicht mit dem Abschleppwagen nach Weinstein gefahren, sondern hatte nur mit der Werkstatt telefoniert. Erst am nächsten Morgen nahm er den Bus in die Kreisstadt, um den vorliegenden Kostenanschlag zu besprechen.

Drei bis vier Tage würde die Reparatur seines Wagens samt den notwendigen Lackierarbeiten dauern. Nachdem in der Werkstatt alles geregelt war, machte er einen Spaziergang durch Weinstein. Die kleine Stadt besaß eine sehr alte, teilweise sorgfältig restaurierte Innenstadt, der man aber mittels Fußgängerzone jede Eigenheit genommen hatte. Etwa tausend Städte wollten an dieser Stelle mit Weinstein verwechselt werden. Nur weil die Häuser im Norden der Stadt einen Berg bis zur alten Burgruine hinaufkletterten, reduzierte sich die Zahl der konkurrierenden Städtchen um rund die Hälfte. Als die Burg noch keine Ruine gewesen war, hatten die Grafen Weinstein darin residiert. Die Reste des Turms waren von fast jedem Punkt des Ortes aus zu sehen. Überall verleiten Burgruinen dazu, ein Freilichttheater einzurichten, um in den Sommermonaten arbeitslose Musiker oder Schauspieler den Touristen zum Fraß vorzuwerfen. In Weinstein sollte eine Reihe klassischer Konzerte stattfinden, wie Plakate stolz in der gesamten Stadt verkündeten.

In einer Buchhandlung entdeckte Jakob eine Karte des Gebietes um Herzensach, in die auch alle durch das von ihm ausgesuchte Waldstück führenden Wege eingezeichnet waren. Er blätterte zwei Reiseführer der Gegend um Weinstein durch. Im ersten kam Herzensach überhaupt nicht vor. Im zweiten war ein Wanderweg von Weinstein zum Heidberg beschrieben. Die Wanderer wurden mit folgenden zwei Zeilen abgeschreckt: *Herzensach, Krs. Weinstein, 87 Einw., 16 km südl. v. Weinstein, am gleichn. Fluß, einf. Gasth., 6 Do.-Zi.*

Er ließ die Reiseführer liegen und fand in einem unteren Regal eine kleine Broschüre mit dem Titel *1200 Jahre Weinstein*. Der Umschlag war schon etwas verblichen, aber im Stichwortverzeichnis wurde auf Herzensach verwiesen. Auf Seite achtundachtzig las er verwundert: *»Aus Dankbarkeit für die Errettung seiner Tochter aus Seenot durch den holländischen Kapitän Cornelius van Grunten schenkte der Graf 1762 dem Holländer die kleine Gemeinde Herzensach und die anliegenden Ländereien.«*

Er dachte an das Büchlein des Pastors, vor allem an dessen ganz andere Schilderung des Vorganges, und fragte den jungen Buchhändler nach dieser Ausgabe. Der Buchhändler zuckte mit den Achseln. Er kenne es wohl, doch es lohne sich nicht, es zu führen. Herzensach werde von Touristen kaum frequentiert und liege zu weit abseits der üblichen Wege.

Jakob konfrontierte ihn mit den beiden Versionen der Geschichte, aber der junge Mann kannte sie nicht. Er berichtete dem Studenten, er habe erst vor einem Jahr die Buchhandlung übernommen, die total heruntergewirtschaftet gewesen sei, seine Frau müsse noch nebenbei arbeiten, Heimatkunde sei nicht seine starke Seite, der Wasserrohrbruch im Lager verheerend, und hier sei nicht einmal mit den üblichen Bestsellern ein Geschäft zu machen, weil Weinstein sich anscheinend zur lesefreien Zone erklärt habe. Er habe noch nicht einmal den übernommenen Bestand im Reisebuch-Bereich sichten können. Er wisse auch nicht, was sich in dem vor drei Tagen angekommenen Paket der Verlagsauslieferung befinde. Überhaupt komme er zu nichts. Er fiel etwas in sich zusammen, beugte sich über die Broschüre, die Jakob gefunden hatte, und schüttelte den Kopf über deren Alter. Der Buchhändler verwies ihn schließlich mit ausgestrecktem Arm an das nahegelegene Heimatmuseum. Es habe einen sehr guten Ruf – und er keine Zeit mehr.

Jakob Finn war der einzige Besucher des Museums. Er traf auf einen kleinen, auskunftsfreudigen alten Mann. Karl Metzger, pensionierter Postbeamter. Er führte das Weinsteiner Heimatmuseum bereits im fünfzehnten Jahr. Die ursprünglich private Sammlung seines Vorgängers samt dem fast dreihundert Jahre alten Kaufmannshaus war nach dessen Tod der Stadt geschenkt worden. Karl Metzger hatte im Gemeindearchiv gestöbert und auf diese Weise die Zahl der Ausstellungsstücke verdoppelt. Mit kleinem Etat, unermüdlichem Einsatz und gründlichem

Wissen war es ihm gelungen, ein Museum zu installieren, das – wie er mit Zeitungsberichten belegen konnte – als beispielhaft galt und so manchem Historiker mit verläßlichen Auskünften dienen konnte.

Der Museumsleiter freute sich über das große Interesse des Studenten, denn die meisten Besucher kamen nur, um das spektakuläre Modell des Weinsteiner Schlosses zu sehen. Zwei Handwerker hatten die Burg in ihrer Freizeit in zehnjähriger Arbeit gebaut und dem Museum geschenkt. (Wieder einmal darf hier dementiert werden, daß sie das Modell aus Streichhölzern gefertigt hatten.) Die Seitenteile des zwei Meter tiefen und ebenso breiten Holzmodells ließen sich elektrisch öffnen und gaben den Blick frei auf das Innenleben der Burg. Auf Knopfdruck konnten die Besucher Licht in jedem der dreiunddreißig Zimmer machen. Jedes Zimmer zeigte weitgehend die Ausstattung vor dem Brand von 1840, denn kurz vorher hatte ein Zeichner im Auftrag des Grafen auf der Burg gearbeitet. Das verheerende Feuer, bei dem der Graf ums Leben kam, war durch Brandstiftung ausgebrochen. Die Täter konnten nicht ermittelt werden, aber man vermutete sie in bestimmten Republikaner-Kreisen.

Auch der Brandnacht galt das Interesse der Museumsbesucher. Sie war in einem riesigen, schauerlich dramatischen Ölgemälde festgehalten, mit dem brennenden Grafen auf der Spitze des Turms. Die Postkarte mit der Abbildung dieses Gemäldes stand in der Beliebtheit auf Platz eins. (Auf Platz zwei findet sich »Weinstein – Marktbrunnen«: eine Blondine in sehr kurzen Hosen auf dem alten Brunnen in der Fußgängerzone. Platz drei: »Weinstein – Burgruine« – dieselbe Blondine in nicht ganz so knappen Hosen auf der Burgmauer.)

Was das Bild der brennenden Burg nicht zeigte: Der gräflichen Familie war durch das Feuer der Weg nach draußen versperrt. Sie flüchtete auf den Turm. Von dort oben ließ der Graf seine Frau und seinen Sohn mit einem Seil herab. Er selbst konnte sich nicht mehr retten und soll, als ihn das Feuer erreichte, mit einem Flammenschweif direkt in den Himmel aufgestiegen sein. Etliche zeitgenössische Brandbeobachter bezeugten das übereinstimmend. Das jährliche Weinsteiner Feuerwerk erinnert an dieses Ereignis. Dann bieten die Gastwirtschaften auch einen Cocktail namens »Brennender Graf« an, und in der Stadthalle findet der »Flammenball« statt. Vergangenes Jahr hatte ein Händler großen Erfolg mit dem Verkauf kleiner flammenförmiger Anstecker, auf denen stand: »Laß mich deine Flamme sein.« Das Thema ist kommerziell keineswegs ausgereizt. Nur das Theaterstück »Der brennende Graf«, von Volksschullehrer Hermann Albers in klassischen Versen gedichtet, war eine Pleite. Es wurde nur ein einziges Mal aufgeführt. In den fünf Akten wird der heimliche Liebhaber der Gräfin zum Brandstifter erklärt und der Graf zu einem Bösewicht, der den Tod verdient hat. Den Weinsteinern gefiel das nicht. Mochte der Graf auch ein harter und selbstherrlicher Mensch gewesen sein, der seiner Frau allen Anlaß gegeben hatte, sich einen Liebhaber zu nehmen, in der Erinnerung wollten ihn seine Weinsteiner als gütigen Landesherrn verehren.

Karl Metzger war während seines Vortrags immer in Bewegung, führte den Studenten in sein kleines Büro, bot ihm Kaffee an und lachte laut, als Jakob Finn ihm von den beiden unterschiedlichen Geschichten um Herzensach berichtete. Dabei schüttelte er sich so, daß sein dichtes graues Haar nach allen Seiten flog, ihm seine Lesebrille von der Nase rutschte und Schuppen auf seine Schultern herabschneiten. Er schob seine Brille wieder zurecht, sah Jakob über den Gläserrand an; seine Augen blitzten vor Vergnügen, etwas aufklären zu können.

»Wissen Sie, eine Zeitlang haben die van Gruntens alles darangesetzt, die Piratengeschichte vergessen zu machen. Etwa zwanzig Jahre lang, von 1910 bis 1930, versuchten sie, eine neue Geschichte über den Ursprung ihres Besitzes zu verbreiten. Damals besaßen sie eine Bank in Berlin, und dazu paßte es nicht, durch einen Piratenakt zu Geld gekommen zu sein. Sehen Sie, selbst heute fällt noch mancher Autor auf diese Fälschung herein. Allerdings ist die Broschüre *1200 Jahre Weinstein* vor neunzehn Jahren von einer Agentur hergestellt worden. Da war ich noch braver Postbeamter. Ich dachte, sie sei längst vergriffen. Heute haben die van Gruntens absolut nichts gegen die Veröffentlichung ihrer Herkunft. Sie sind sogar stolz darauf. Ich kenne den alten Hermann gut und auch den jungen Jan.«

Karl Metzger sprang auf, eilte zu einem Regal und nahm einen großen Karton herunter. »Wenn Sie sich für Herzensach interessieren, habe ich hier etwas für Sie – ein paar Stücke, die einen seltsamen Sachverhalt wiedergeben. Leider können wir ja nicht alles ausstellen, und gerade Herzensach kommt ein wenig zu kurz.«

Er öffnete die Schachtel mit den alten Dokumenten, drehte sie so, daß Jakob mitlesen konnte. Doch die Urkunden waren zum Teil vergilbt, gebrochen und die Handschriften oft für einen ungeübten Leser nicht zu entziffern. Karl Metzger zeigte mit dem Finger auf die wichtigen Stellen und las sie vor. Als er bemerkte, daß Jakob die Bedeutung der Texte nicht erkannte, faßte er für ihn zusammen: »Ich bin natürlich kein Rechtswissenschaftler, aber meiner Meinung nach hat Herzensach bei seiner Übertragung auf die van Gruntens als autonomes Gebiet besondere Rechte erhalten, die möglicherweise bis heute unberührt geblieben sind. Bei der Eingliederung des gräflichen Gebietes in das Deutsche Reich ist die Unabhängigkeit von Herzensach übersehen worden. Ein Formfehler, meine ich. Doch danach wäre es noch heute möglich, das kleine Dorf zu einem Freistaat à la Monaco, Liechtenstein oder Andorra zu erklären. Verstehen Sie, mit einem eigenen Recht. Eine Steueroase oder, wenn Sie so wollen, Fluchtburg für Reiche und Verbrecher. Und Jan van Grunten wäre der König von allem.«

Er lachte übermütig. »Wenn man sich das mal vorstellt. Aber daran kann wohl niemand ernsthaft interessiert sein.«

»Wissen das der Gutsherr und die Leute in Herzensach?«

»Ich glaube kaum. Ich habe es selbst erst vor ein paar Wochen herausgefunden. Möglicherweise irre ich mich ja auch. Wenn mein Etat etwas größer wäre, würde ich glatt ein Gutachten in Auftrag geben. Nur aus historischem Interesse, keineswegs um einen Staat namens Herzensach zu gründen.«

Karl Metzger spendierte zum Kaffee eine Tüte Kekse. Die Krümel prasselten auf Plastikhüllen, rollten über Dokumente und regneten auf ihn selbst herab. Er hatte Vergnügen daran, mit ausholenden Bewegungen und sprühenden Lippen all die Geschichten über Herzensach zu erzählen, die Pastor Pedus in seinem Büchlein nicht für erwähnenswert gehalten hatte (und die es auch nicht waren). Zwischendurch wurden Schachteln herbeigeschleppt, Kaffeeflecken von Briefen entfernt und heruntergefallene Kekse zertreten.

Es war bereits Nachmittag, als Jakob Finn wieder im Bus nach Herzensach saß. Er breitete seine neue Karte aus und überprüfte ihre Genauigkeit an dem, was er im Vorbeifahren sah. Als sie an Wilhelm Webers Wurstfabrik vorbeikamen, entdeckte er, wie aktuell die Karte war. Ein Anbau, der kaum zwei Jahre alt sein konnte, war bereits eingezeichnet. Etwa einen Kilometer vor Herzensach bat er den Busfahrer zu halten. Der Fahrer zog verwundert die Brauen hoch, denn es gab kein Haus weit und breit. Jakob erklärte lächelnd, er wolle nach Herzensach, aber ihm sei nach einem Waldspaziergang.

Die Tür öffnete sich zischend, Jakob sprang hinaus in die Sonne und sah dem Bus nach, der die Straße hinab bis zur nördlichen Brücke der Herzensach rollte. Erst jetzt verebbte das Geräusch des Motors, und Jakob war eingehüllt ins Summen der Bienen und Fliegen, übermütige Gezwitscher der Vögel, leichte Rauschen der Bäume und gelegentliche Knarren der Äste. In der Ferne begann ein Specht zu klopfen. Eine Mücke stach ihn in den Nacken. Jakob atmete durch und lächelte, der Förster hatte recht, dies waren die Geräusche und Ereignisse, die den Lauf der Welt bestimmen sollten. Jetzt wunderte er sich, daß er es so lange in der Stadt ausgehalten hatte. Aber dieser zappelige alte Museumsleiter, der wie ein Kobold hin- und hersprang, um mit dem einen oder anderen Dokument seinen Vortrag zu ergänzen, hatte ihn fasziniert. Dieser Mann hatte sich seit seiner Pensionierung vom Postbeamten zum begeisterten Forscher entwickelt.

Jakob Finn bog in einen Forstweg ein, der laut Karte zum Heidberg hinaufführte. Nach rund fünfhundert Metern aber war der Weg, kurz nachdem er von einem anderen gekreuzt worden war, durch die Einzäunung einer Schonung versperrt. Jakob bog in Richtung Herzensach ab. Bald mußte das Gebiet beginnen, das er untersuchen wollte. Der Student setzte sich auf einen breiten Baumstumpf und schlug die Karte auf. Er fand den Weg und suchte nach Merkmalen, die ihm helfen würden, seinen Wald abzugrenzen. Er war so sehr in die Karte vertieft, daß er nicht bemerkte, wie sich ihm jemand vorsichtig näherte. Erst als über den Kartenrand hinweg Füße und Beine in sein Gesichtsfeld kamen, fuhr er erschrocken hoch.

»Verlaufen?« fragte sie spöttisch.

»Katharina! Ich habe Sie nicht kommen hören.«

Sie trug wieder die weite, ausgefranste Hose, einen Strick als Gürtel und ein löcheriges Hemd. »Na ja, als Waldmensch . . .« (Keine Beleidigungen, sonst haut sie wieder ab!)

»Ich habe Sie schon eine Weile beobachtet. Sie bewegen sich im Wald wie . . .« (Keine Beleidigungen, er ist nämlich ganz nett.)

»Ich . . . ich hatte eigentlich auch gar nicht vor, im Wald . . .«

»Das sieht man.« Sie zog die Mundwinkel herab und betrachtete kopfschüttelnd seinen dunklen Anzug.

»Aber verlaufen habe ich mich nicht.« Er zeigte ihr die Karte und tippte auf den Punkt, an dem sie sich befanden.

Sie sah nicht hin, brummte nur. »Egal.« Sie schien zu lauschen.

Jakob faltete die Karte zusammen. »Gut, daß ich Sie treffe . . .«

»Halten Sie den Mund!« Sie hob die Hand und ließ sie in der Luft stehen, während sie den Kopf drehte, als höre sie etwas Bestimmtes.

Er wartete, bis sie die Hand sinken ließ.

»Ich muß mich bei Ihnen bedanken«, begann er leise. Sie sah ihn mürrisch an.

»Die Mutter des Wirtes erzählte, ich hätte es Ihrer Fürsprache zu verdanken, daß ich die Wohnung über der Werkstatt beziehen kann.« Er ärgerte sich, daß es so förmlich klang.

Sie antwortete nicht, sondern ging in die Knie, um einen Käfer zu beobachten, der einen langen Grashalm entlangkletterte, bis dieser durch das Gewicht zu Boden gezogen wurde. Er fiel auf den Rücken und begann heftig mit den Beinen zu zappeln. Sie gab ihm mit dem Finger einen Stoß, so daß er auf die Füße kam und eilig davonlief. (Was wollte sie ihm damit sagen?)

Sie erhob sich und stieß schnaubend die Luft aus. »Ich wollte nur meinen Vater ärgern.«

»Ihren Vater? Ich habe in dem Buch von Pastor Pedus Ihre Geschichte gelesen.«

»Gut, er ist nicht mein Vater.« Sie sah ihn wütend an, dann fuhr sie ärgerlich fort: »Dieses blöde Buch! Vollkommen übertrieben und rührselig. Da steht: Ich hätte geweint und geschrien, und erst als der Pfarrer mich aufhob und in die Kirche trug, hätte ich angesichts des Kreuzes gelächelt. So etwas kann nur ein Pfarrer schreiben.«

»Glauben Sie nicht an Gott?«

Sie sah ihn genervt an. »Die Gretchenfrage, ha!«

Er sah es als Chance: »So weit ist es wohl kaum zwischen uns.«

Für sie war es die Möglichkeit einer Zurechtweisung: »Und wird es auch niemals werden!«

Wie konnte er das wiedergutmachen? »Ich hoffe, wir kommen trotzdem miteinander aus.«

Katharinas Abwehr reizte Jakob, sie zu provozieren, doch er hielt an sich, denn er spürte, er würde schnell über das Ziel hinausschießen und sie verärgern.

Sie wandte sich zum Gehen. »Mein Gott ist ein anderer als der aller anderen.«

»Das könnte von Pastor Pedus sein.«

»Sie fangen an zu nerven.« Ihr Miene wurde feindselig. Dann strich sie sich Haarsträhnen aus dem Gesicht und musterte ihn schweigend von oben bis unten; plötzlich verzog sich ihr Gesicht zu einem Grinsen.

»Sie sehen aus wie ein Idiot in Ihrem Anzug. Italienisches Design? Laufen Sie immer so rum? Was sind das für Schuhe? Wie nennt man die? Budapester?«

»Vielleicht sollten wir tauschen. Es macht keinen Unterschied. Was ist das für ein Design?« Es sollte eine Anspielung auf ihre ausgefranste Hose sein, aber er sah sofort, daß sie es ganz anders auffaßte, denn ihr Blick verfinsterte sich abermals. »Natürlich, klar, ich soll mich ausziehen.«

»Hören Sie zu«, beeilte er sich, sie zu besänftigen, »ich habe keinerlei Absichten Ihnen gegenüber. Und wenn Sie wollen, schwöre ich das.« Es war gelogen. Wie sie dort stand in ihrer Wut, hätte er sie am liebsten umarmt, um ihr zu zeigen, daß er nicht so schlecht war, wie sie von ihm und wahrscheinlich von aller Welt dachte. Doch er ahnte, daß er damit genau das Gegenteil bewirken würde. Moment – wenn man mit dem Gegenteil das Gegenteil bewirkte ...

»Am besten gehen Sie nach rechts und ich nach links, so besteht keine Gefahr, daß wir uns heute noch einmal begegnen. Leben Sie wohl.«

Ohne sich umzusehen, ging er den Weg entlang und klemmte sich die Karte zusammen mit der Weinsteiner Broschüre unter den Arm. Kurz darauf hörte er Schritte hinter sich. Sie holte ihn ein, hielt mit ihm Schritt und schwieg. Er verbarg seine Freude, zeigte sich gleichgültig.

Nach einer Weile sagte sie: »Ich zeige Ihnen jetzt was, damit Sie nicht wie ein Trampel durch den Wald laufen und alle Tiere verscheuchen.«

Sie bog zwischen zwei Bäumen ab, und er folgte ihr, mußte sich vor Ästen ducken und durch das Unterholz schlagen. Sie bog die Zweige mit Absicht zurück, so daß sie ihm ins Gesicht schlugen. Er war sicher, es hätte auch einen bequemeren Weg gegeben. Schließlich standen sie vor einem Dornengebüsch. Sie hielt an, legte den Finger auf den Mund, prüfte die Windrichtung, dann zwängte sie sich durch die Dornen. Jakob blieb mit seiner Kleidung hängen. Ihr Grinsen war reine Schadenfreude. Plötzlich ging sie auf allen vieren und schob sich unter ein Gebüsch. Sie winkte ihn neben sich und legte den Finger auf den Mund. Er kroch hinter ihr her. Vor ihnen brach der sandige Boden steil ab und öffnete sich zu einer Mulde. Seitlich befand sich ein Fuchsbau, in dessen Eingang zwischen niedrigem Gesträuch vier kleine Füchse spielten. Sie jagten sich, fielen übereinander her und rauften miteinander.

Katharina sah Jakob an. Zum ersten Mal hatte sie ein vollkommen argloses Lächeln auf den Lippen. Sie sahen dem übermütigen Treiben zu, bis ein Geräusch die Tiere in die Höhle flüchten ließ.

Als sie zurück auf dem Weg waren, lachte Katharina über sein verändertes Aussehen. Sie zupfte schadenfroh an seinem Jackett und tupfte mit den Finger auf die Kratzer an seinen Händen und Wangen. »So sehen Sie schon besser aus«, kicherte sie.

»Aber ich muß sagen, es hat sich gelohnt.« Er stimmte in ihr Lachen ein, lachte über seinen Anzug (italienisches Design!) und über seine Schuhe (Budapester!). »Nächste Woche hole ich passende Kleidung aus Hamburg nach. Ich hoffe, Sie zeigen mir dann die anderen Geheimnisse des Waldes.«

»Nein«, sagte sie, und ihr Gesicht nahm den abweisenden Ausdruck wieder an. »Dies war eine Ausnahme. Bilden Sie sich nicht ein, ich wäre Ihnen irgendwie freundlich gesinnt.«

»Schon gut.«

Sie beschleunigte ihren Schritt und bog in einen abwärts führenden Weg zum Dorf ein.

Er ließ sie vorgehen. »Trotzdem: danke.«

Als die ersten Häuser in Sicht kamen, holte er sie ein. »Darf ich Sie etwas fragen?«

Sie kniff die Lippen zusammen und sah nicht zu ihm.

»Wie gesagt, ich will nichts von Ihnen, außer daß wir vielleicht Freunde ... nein, auch das nicht ... daß wir einfach gute Nachbarn werden. Das soll mir genügen.«

Er bekam einen mißtrauischen Blick.

»Was ist es, was Sie an Männern nicht mögen?«

»Ich hasse sie.«

»Was hassen Sie an ihnen?«

»Alles.«

Er begriff, daß sie nicht über ihre Einstellung sprechen wollte, doch plötzlich ergänzte sie: »Vor allem hasse ich es, wenn ein Idiot wie Sie daherkommt und glaubt, er könne meine Meinung ändern.«

Sie waren hinter dem Gutshaus an die Herzensach gekommen. Es gab keine Brücke. Katharina sprang über die im Fluß liegenden Steine und rannte auf der anderen Seite davon.

Er sah ihr nach und setzte sich ins Gras. Er fühlte eine seltene Schwere in seiner Brust. Jetzt wußte er sicher, er liebte dieses Mädchen, aber er wußte auch um die Vergeblichkeit seiner Sehnsucht. Wenigstens im Augenblick.

Nach einer Weile schüttelte er seine Gedanken ab und versuchte wie sie über die Steine zu springen. In der Mitte rutschte er ab, fiel ins Wasser. Er schlug lang hin und richtete sich schnell wieder auf. Es war nicht tief. Als er auf dem glitschigen Untergrund Halt fand, ging es ihm nur bis zu den Oberschenkeln. Er watete zu einer flacheren Stelle und kletterte auf einen Felsbrocken. Er war vollkommen naß. Das Wasser lief an ihm herunter. Er sah zum Ufer. Trivial hockte auf der Kuppe der Böschung. Er betrachte Jakob aufmerksam von oben herab, dann kratzte er sich und schien zu grinsen.

14

Der Wirt hinkte durch die leere Gaststube, stützte sich auf seinem Weg mehrmals an Stuhllehnen ab. Hinter dem Tresen lehnte er sich gegen die Wand (genau an der etwas abgeschabten Stelle), um seine schwachen Kniegelenke ein wenig zu entlasten. Seine Mutter stand schweigend hinter den Zapfhähnen und goß die beiden vorbereiteten Bierkrüge voll, wischte mit einem Lappen über ein Tablett und stellte sie darauf.

»Soll ich?« fragte sie und faßte das Tablett an beiden Seiten.

»Laß nur, es geht schon.« Peter Wischberg nahm es ihr aus den Händen. Er stemmte die Hüfte gegen die Wand, um seinen schweren Körper im Gleichgewicht zu halten, stieß sich ab und hinkte den Gang hinter dem Tresen entlang. Gefährlich schwankend durchquerte er die Gaststube, kam bis zur Tür des Hinterzimmers, bevor ein Glas zu rutschen begann. Er stellte das Tablett auf einem Tisch ab und öffnete die Tür. In kleinen Schritten, womit er die mangelnde Belastbarkeit des Beines mit dem zerstörten Knie besser ausgleichen konnte, brachte er seinem Gast das Bier und funkelte ihn an.

»Verdammt, warum müssen wir uns hier hinten vor aller Welt verkriechen? Jeder weiß um mein Projekt.«

»Ich habe es dir doch schon erklärt. Ich will nicht, daß dieser Fremde mich im Augenblick sieht. Vielleicht ist es einer von den Grünen, die Gründe suchen, deinen Plan zum Scheitern zu bringen. Er schnüffelt herum! Diese selbsternannten Naturschützer holen immer Spezialisten von auswärts.«

Der Wirt lachte den Tischler aus. »Und du holst dir den Vogel ins Nest!«

»So habe ich ihn unter Kontrolle. Vielleicht gelingt es mir, in seinen Unterlagen zu schnüffeln. Dann wissen wir, woran wir sind.« Er glaubte nicht, daß der Student zu den Naturschützern gehörte, hatte aber eine Erklärung gebraucht, warum er an ihn vermietet hatte. Die Rechtfertigung, den vermeintlichen Feind im eigenen Haus am besten kontrollieren zu können, war genial. Seine Niederlage, von der Familie überstimmt worden zu sein, wollte er dem Wirt gegenüber nicht zugeben.

»Unsinn alles«, polterte der Wirt. »Das Lichter Moor ist nichts Besonderes. So etwas gibt es hier alle fünf Kilometer. Außerdem, wir wollen es ja erhalten, wie es ist, wenigstens teilweise. Das macht schließlich auch die Attraktivität der Ferienhaussiedlung aus.« Der Wirt schob seinen eigenen Bierkrug über den Tisch und stemmte sich an der Tischkante entlang bis zu seinem Stuhl. Es ärgerte ihn, daß man sich fürs Geldverdienen heutzutage rechtfertigen mußte. Früher genügte es zu sagen, daß eine Sache Gewinn brachte, und sie war gut.

»Es geht gar nicht um die Ökogeschichte«, sagte der Tischler. »Am Steinersee haben sie hundertfünfzig Ferienhäuser zugelassen und dafür den Wald gerodet. Nächstes Jahr sollen noch einmal fünfzig dazukommen. In der Kreisverwaltung heißt es, den Grünen sei im geheimen und als Ausgleich das Lichter Moor als Naturschutzgebiet versprochen worden. Das ist Politik.«

Der Wirt setzte sich stöhnend. »Wenn du Angst hast, deine Aufträge vom Kreis zu verlieren, weil du für mich die Ferienhäuser bauen sollst, dann laß es bleiben. Die Dänen liefern uns alles fertig und preiswerter.«

Der Tischler fuhr hoch und beugte sich vor, als wolle er sein Gegenüber am Kragen fassen, doch gleich darauf ließ er sich mit leeren Händen zurücksinken. »Du weißt genau, daß sie billiges, frisches Holz nehmen. Ein Winter nur, und die Wände sind verzogen. Kein Fenster, keine Tür schließt mehr richtig. Dann geht das Theater los. Reklamier du mal in Dänemark. Bis da einer kommt, sind deine Ferienhäuser unbewohnbar. Ich bin vor Ort, mein Lieber.«

Der Wirt lächelte. Er kannte die theatralischen Gesten des Tischlers. Thomas Timber breitete die Grundrißpläne der Ferienhäuser aus. »Außerdem kann ich jetzt im Preis mithalten. Eine kleine Änderung nur: Wir bauen die Duschkabine so, daß man sie von der Küche aus betritt. Wir sparen Material, und schon stimmt der Preis.«

Der Wirt nickte, darauf hatte er gewartet. Er beugte sich über die Pläne und fuhr mit dem Finger die Linien nach.

Vor einigen Jahren hatte Peter Wischberg sich in die Idee verrannt, am Lichter Moor eine Ferienhaussiedlung zu bauen, und den Wurstfabrikanten Wilhelm Weber dafür als möglichen Finanzier gewonnen. (Kurz darauf wurde ihm von seiner Frau das Knie zertrümmert. Ein intelligenter Mensch hätte einen Zusammenhang hergestellt.) Der Besitzer des Grundstückes, die Familie van Grunten, sträubte sich. Hermann van Grunten fürchtete die Veränderungen, die mit dem Tourismus im Dorf einhergehen würden, und Jan van Grunten weigerte sich, einen auch nur auf fünf Jahre befristeten Pachtvertrag zu vergeben. Der Wirt verkleinerte seine Pläne im Laufe der Zeit. War es anfangs um hundert Häuser gegangen, so waren es jetzt nur noch fünfzehn.

Das neueste Hindernis auf dem Weg zum blühenden Ferienort war die Veröffentlichung des Tourismusförderungsgutachtens des Kreises. Von der Verwaltung in Auftrag gegeben, von einem anonymen Sponsor bezahlt. Herzensach war die Förderungswürdigkeit vollkommen abgesprochen worden. Alle im Dorf sahen die Sache nun endgültig für erledigt an, nur der Wirt nicht.

(Wirt: »Ich lebe von Gästen. Ihr nicht!«

Gast: »Wir sind deine Gäste.«

Wirt: »Es ist mein Geld, das ich in das Projekt stecke.«

Gast: »Es war mal unser Geld.«

Zwischenruf: »Nehmen wir es ihm weg!«)

Peter Wischberg schob die Pläne zurück. »Gut, und wie ist der Preis jetzt?«

»Ist genau wie bei den Dänen. Auf den Pfennig.« Der Tischlermeister zog einen Umschlag aus dem Jackett und überreichte ihn dem Wirt. »Da ist die Kalkulation und mein neues Angebot.«

Die beiden Männer hoben ihre Gläser, prosteten einander zu und tranken.

»Jetzt ist alles komplett.« Der Wirt wischte sich den Mund. »Jetzt muß Willi ran. Der hat sowieso nichts zu tun als vorzufinanzieren, während ich die Arbeit habe. Soll der mal beim Gutsherrn und seinen politischen Freunden vorstellig werden, damit der Kreistag sich damit befaßt. Zur Feier des Tages könnten wir ein Schlückchen Heilwasser . . .«

»Nee, laß mal.«

»Soll ich dir wieder eine Flasche mitgeben? Mußt nur aufpassen, daß nicht jemand anderes versehentlich daraus trinkt. Die Leute sind unvorsichtig geworden.«

Der Tischlermeister hob abwehrend die Hand und grinste. »Wem sagst du das. Früher gab es das bei dir nicht außer Haus!«

Der Wirt runzelte die Stirn.

»Ich verkaufe nur. Bin ich dafür verantwortlich . . .«

»Irgendwie schon.«

»Jetzt kommst du auch noch.«

»Die Leute rennen mit den Flaschen durch die Gegend.«

Der Wirt zupfte an seinem Kinnbart und kniff die Augen zusammen. »Es ist nichts passiert.«

»Es ist nichts passiert. Es ist nichts passiert. Es ist nichts passiert.«

Die dicke Tochter des Wirts stand mit einer dicken Scheibe Brot in der Tür. »Oma fragt, ob ihr noch was wollt.«

»Verschwinde.« Peter Wischberg versuchte sie mit einer Handbewegung zu verscheuchen.

Sie blieb grinsend in der Tür stehen, biß in das Brot, etwas Marmelade tropfte heraus.

»Was willst du noch?«

Sie kaute zu Ende, schluckte und bohrte mit einem Finger zwischen den Zähnen. »Oma will dann gehen.«

»Sag ihr, ich komme.«

Karin blieb weiter in der Tür stehen und grinste. Sie freute sich, wenn sie ihren Vater wütend machen konnte.

»Ich sagte, ich komme gleich«, brüllte er.

»Oma geht aber schon.«

»Himmel!« Der Wirt fuhr hoch, knickte mit dem beschädigten Knie ein, fluchte und warf einen Stapel Bierfilze nach seiner Tochter, die nicht aufhörte zu grinsen. Mit sechzehn kannte sie nicht nur alle Geheimnisse ihres Vaters (sie beobachtete ihn regelmäßig duch das Schlüsselloch der Badezimmertür), sondern wußte auch, daß sie ihn nicht fürchten mußte, und hatte beschlossen, ihn zu verachten.

»Ich geh dann zu Mami.« Sie drehte sich um und stolzierte hocherhobenen Hauptes davon. Sie kannte auch alle Geheimnisse ihrer Mutter (sie beobachtete sie regelmäßig durch das Schlüsselloch der Badezimmertür) und überlegte noch, ob sie ihr die gleiche Verachtung entgegenbringen sollte.

Der Tischler nahm hastig einen Schluck aus seinem Bierkrug, faltete die Pläne zusammen, steckte sie in einen Umschlag und übergab ihn dem Wirt. »Kann ich hinten raus?« fragte er und wies auf die zweite Tür des Raums.

»Nun bleib doch noch. Meine Güte, drehen denn heute alle durch? Meinetwegen, nimm die Hintertür. Sie ist abgeschlossen, aber der Schlüssel hängt daneben, schließ hinter dir ab und wirf ihn durch den Briefkastenschlitz der Tür.«

Der Tischler stand auf. »Also dann bis Sonntag.«

Er öffnete die Tür, ging einen spärlich beleuchteten Gang entlang, vorbei an einem mit Kisten und Kartons gefüllten Lagerraum und an dem Raum, in dem der Wirt die Herzensacher Liköre mischte, abfüllte und immer wieder versuchte, sie außerhalb des Orts zu verkaufen. Aus seiner Sicht war dies eine klägliche Bemühung des Wirts, die keine Zukunft hatte.

Er fand den Schlüssel für die rückwärtige Tür, ging hinaus und verschloß sie wieder. Im Hof betrachtete er einen Augenblick die Wand, an der das Knie des Wirts zerschmettert worden war, und grinste in sich hinein. An der Ausfahrt zur Dorfstraße blieb er kurz stehen und streckte vorsichtig den Kopf hinaus. Zwar war die Begegnung mit dem Fremden unausweichlich, doch wollte er sie so lange wie möglich hinauszögern. Er fürchtete sich vor dem Augenblick des Erkennens, wenn sich der Gesichtsausdruck erhellt, die Erinnerung die Augenbrauen hochzieht und den Mund leicht öffnet. Es sollte noch ein wenig Zeit vergehen. Erinnerungen verloren ihre Plastizität, sie verschwammen und zogen sich selbst in Zweifel.

Thomas Timber betrat die leere Straße und spürte, daß etwas unter seiner Sohle klebte. Er stützte sich an der Hauswand ab, hob den Schuh. Es war Hundekot. Er streifte die Sohle an der Kante des Bürgersteigs mehrmals ab. Als er wieder aufblickte, überquerte ein nasser Mann die Straße. Das Haar hing ihm in Strähnen über die Stirn. Wasser tropfte aus seinem ramponierten Anzug. Er lächelte hilflos.

»Bin in den Bach gefallen«, sagte er entschuldigend und breitete die Arme aus.

Der Tischler hatte sich nicht mehr rühren, geschweige denn atmen können. »Tag«, preßte er schließlich heraus und löste damit den Bann. Er wandte sich ruckartig ab und ging mit schnellen Schritten zur Tischlerei. Er wagte nicht, sich umzudrehen.

Jakob Finn zupfte an seinem Anzug. Der Stoff seines Hemdes und seiner Unterwäsche klebte auf der Haut. Er hatte versucht, allen auszuweichen. Sein Zustand war ihm peinlich. Doch um in das Fremdenzimmer zu gelangen, hatte er an dem Mann vorbei müssen. Er wußte nicht, wer das war, der sich da die Schuhe am Bordstein schabte – nur, daß er den Mann schon einmal gesehen hatte. Aber es fiel ihm nicht ein, wo, wann und in welchem Zusammenhang.

15

Jürgen Vietel hob den Kopf und lauschte, ob sich Schritte näherten. Er legte das Buch über Sexualität und Grausamkeit in die unterste Schublade seines Schreibtischs zurück. Vor einigen Tagen hatte er es aus der Bibliothek des Gutshauses geholt. Jan würde den Band kaum vermissen.

Auf der Schreibtischplatte lag alles bereit, was er für ein Gespräch mit dem Gutsherrn brauchte: Journale, Listen über Reparaturen und notwendige Investitionen sowie ein Zettel mit Stichworten für seinen Vortrag. Der Verwalter erhob sich, um den korrekten Sitz seiner Kleidung zu überprüfen. Er trug mit Vorliebe englische Anzüge, im Sommer einen khakifarbenen Dreß, bestehend aus kurzen Hosen und einem gegürteten Jakkett. Dazu ein blaues Hemd mit gelbschwarz gestreifter Krawatte. Er ordnete die Bleistifte auf dem Schreibtisch, rückte das Telefon ein Stück nach links und den kleinen Silberrahmen mit dem Bild seines Bruders ein Stück nach rechts. Wo mochte sein Bruder Dieter jetzt sein? Vor fast neun Jahren hatte er ihn zum letzten Mal gesehen. Dann vergebens vor dem Gefängnistor auf ihn gewartet. Er war schon zwei Tage früher entlassen worden. Doch bei der hinterlegten Adresse, einer kleinen Pension, war Dieter Vietel nie angekommen. Seit neun Jahren war er verschwunden. Kein Brief, keine Karte, kein Anruf. Jürgen Vietel wußte, sein Bruder stellte ihn auf die Probe. Er liebte ihn noch immer. Eines Tages würde er auftauchen, unerwartet. Wie damals. Gemeinsam hatten sie den kleinen elterlichen Hof bewirtschaftet, bis zu jenem schrecklichen Tag, als Dieter in seiner Wut alles zerstörte. Erst brannte die Scheune, dann die Ställe, schließlich das Haus. Jürgen hatte die Mutter, seit dem Tod ihres Mannes war sie an den Rollstuhl gefesselt, aus dem brennenden Haus herausgebracht, an den Straßenrand geschoben und versucht, die Kühe und Kälber zu retten, den Schweinen einen Fluchtweg zu schaffen. Doch als er endlich Zeit fand, sich um seine Mutter zu kümmern, hatte sie tot in ihrem Rollstuhl gehangen. Das faltige Gesicht ganz heiß von den Flammen.

Die Mutter hatte gewußt, wie es um ihre beiden Söhne stand, es klaglos hingenommen, nie darüber sprechen wollen und weggeschaut, wenn die beiden einander küßten und zärtlich umarmten.

Jürgen Vietel trat ans Fenster des kleinen Verwalterbüros und sah hinaus. Ganz vorn am Eingang des Gutes trottete Trivial mit gesenktem Kopf vorbei.

Wenn es ihm möglich wäre, diesen Abend vor vierzehn Jahren ungeschehen zu machen, er würde jedes Opfer bringen. Er knirschte mit den Zähnen. Was hatte ihn bloß getrieben, in die Stadt zu fahren und dann auch noch diesen hübschen rotblonden Jungen, den er dort kennengelernt hatte, mit nach Hause zu nehmen? (Warum mußte es so hübsche Menschen geben?) Er war davon ausgegangen, daß sein Bruder erst am nächsten Tag von einer Reise zurückkam. (Dieses leuchtende Rotblond auf seinem Kopfkissen!) Doch Dieter kam mitten in der Nacht. Jürgen Vietel krümmte sich. (Was war aus diesem hübschen Jungen geworden?)

Dieter hatte die Tat seiner rasenden Eifersucht büßen müssen. Vor Gericht hielt man ihm auch den Tod der Mutter vor. Vergebens hatte Jürgen alle Schuld auf sich nehmen wollen. Doch das Gericht verfuhr nach anderen Kriterien. Seine Strafe war es, straflos auszugehen. Er war schuld und durfte nicht büßen und konnte beim Bruder keine Verzeihung erwirken. Er war schuld. Für ein flüchtiges Abenteuer hatte er Dieters Liebe aufs Spiel gesetzt. (Rotblond! Doch, doch, am ganzen Körper. Und diese unglaublich blasse Haut!) Noch heute war jede Beziehung, die er an manchen Wochenenden in den einschlägigen Lokalen der Stadt einzugehen versuchte, davon überschattet. Immer häufiger blieb ihm mit seinen neunundvierzig Jahren nichts anderes übrig, als für ein bißchen Liebe zu bezahlen. (Kennt ihr so einen kleinen Rotblonden? Nicht? Schade.)

Er war schuld. Wie schwer war es für Menschen seiner Prägung, einen Partner zu finden – und er hatte alles für eine Nacht geheimnisvoller rotblonder Leidenschaften aufs Spiel gesetzt. Er war schuld. Noch heute plagten ihn lange, schlaflose Nächte, mit nichts als den Bildern jener Nacht vor Augen. Wieder und wieder. (Rot . . .)

Jürgen Vietel stützte sich schwer auf die Fensterbank. Mit wässerigen Augen beobachtete er den Hund, der zurückkam, sich ausführlich an einer der Torsäulen rieb und anschließend niederließ. Er sah den Gutsherrn (im attraktiven Reitdreß) die Freitreppe hinaufspringen. (Ach, wie elastisch!)

Der Verwalter schüttelte den Kopf, um die Erinnerung und die aufkommenden geheimen Wünsche zu verscheuchen. Er stieß sich vom Fenster ab, straffte sich und tastete mit der Hand nach dem korrekten Sitz seiner Krawatte. Er nahm seine Unterlagen vom Schreibtisch und ging festen Schrittes hinaus, den Flur entlang bis in die Halle. Er blieb stehen und sah an sich hinunter. Er liebte den Anblick seiner roten Schuhe auf dem blassen Marmor.

Der junge Gutsherr wußte, was er an seinem Verwalter hatte. Auf Jürgen Vietel konnte er sich in jeder Beziehung verlassen: mit ihm erlebte man keine bösen Überraschungen. Sein Vater hatte ihn eingestellt, obwohl er von dessen Vorleben und Vorlieben wußte. Und Jürgen Vietel dankte es mit unermüdlichem Einsatz, präzisen Abrechnungen und selbständigen Entscheidungen, die der Gutsherr nicht besser hätte treffen können. Jan wußte, wäre Jürgen Vietel nicht, er könnte kaum so viel Zeit in Berlin verbringen. Still und zufrieden nickend hörte er von seinem Schreibtisch aus den Bericht des Verwalters in der Bibliothek. Sie beide wußten, mit der Landwirtschaft konnte im Verhältnis zum Aufwand, vor allem durch das zahlreiche festangestellte Personal, kaum Gewinn gemacht werden. Aber das hatte Tradition: Wer aus einer der alten Familien des Dorfes stammte und keine Arbeit fand, wurde vom Gutshaus beschäftigt. Wenn nötig, bekam er auch eine Unterkunft. Seit des Piraten Zeiten war dies so gewesen und hatte zu einer starken Dorfgemeinschaft geführt. Jan wollte, solange es nicht dringend notwendig war, daran nichts ändern. Schließlich besaßen die Einheimischen kein eigenes Land, sondern nur Pachtverträge. Es hieß, sie hätten deshalb Hendrik van Grunten dieses Fürsorgezugeständnis abgerungen. Außer einem Hinweis in der Familienchronik gab es nichts Schriftliches darüber.

Jan wußte, unter solchen Umständen zu wirtschaften war

für seinen Verwalter nicht immer leicht. Und hätte er nicht die Gewinne aus seiner Berliner Firma in das Gut eingebracht, es wäre kaum möglich gewesen, in moderne Maschinen zu investieren.

Der Verwalter hatte die Bestandsaufnahme beendet und kam zu den in absehbarer Zeit anstehenden Entscheidungen. Jan spürte an Jürgen Vietels Gestik und dessen Sprechpausen, daß er etwas Besonderes vorhatte. Und tatsächlich eröffnete er ihm, daß er beabsichtige, ein Drittel der landwirtschaftlichen Fläche nicht mehr zu bearbeiten. Der Gutsherr hob verwundert die Brauen. Der Verwalter wies anhand einer ausführlichen Berechnung nach, daß die staatliche Stillegungsprämie mehr einbrachte und wirtschaftlicher war als die Nutzung der Felder.

Der Gutsherr sprang auf, er trug noch immer seine Reitkleider, lachte, ging zu seinem Verwalter und schlug ihm auf die Schulter.

»Jürgen, Ihre Art zu rechnen gefällt mir. Wenn ich daran denke, wie Sie über den Preis des neuen Mähdreschers verhandelt haben, muß ich heute noch lachen. Der arme Händler war Ihnen kaum gewachsen. Am Ende stotterte er und nickte zu allem. Ich bewundere Sie.«

Er sah den Verwalter lächelnd an und ließ das Lob eine Zeitlang im Raum stehen. (»Die Pause, jenes kleine kostbare Nichts, ist das Geheimnis jeder Wirkung.« Karl Schierhorn: *Die Kunst der Überzeugung*, Leipzig 1912, Bd. 1, 3. Kap., Bibliothek van Grunten, Regal 2, Etage 5, links.) »Nur ein Problem gibt es dabei. Womit beschäftigen wir unsere Arbeiter? Aber wahrscheinlich haben Sie das auch schon bedacht.«

Jürgen Vietel nickte, sein Gesicht hatte sich vor Eifer gerötet. »Wir beginnen in diesem Sommer mit dem Bau von Gewächshäusern. Wir werden Gemüse . . .«

Jan unterbrach ihn mit einem fröhlichen Lachen. »Ich wußte es! Jürgen, Sie haben freie Hand. Tun Sie, was Sie für richtig halten. Sie glauben nicht, wie froh ich bin, Sie als Verwalter zu haben. Ich glaube, Sie haben mir noch nie eine schlechte Nachricht gebracht.«

»Leider gibt es aber eine betrübliche Mitteilung«, bremste

Jürgen Vietel den Überschwang seines Gutsherrn. »Unsere alte Haushälterin.«

»Maria? Was ist mit ihr?«

»Sie liegt in ihrer Dachkammer, kann kaum noch aufstehen. Ich denke, es wäre besser, sie auf ihre letzten Tage in ein Pflegeheim zu bringen. Das kostet natürlich Geld – doch nicht so viel wie ...«

»Nein, Jürgen, aufs Geld soll es mir nicht ankommen.« Jan ging nachdenklich hinter seinen Schreibtisch zurück. »Ich denke, Maria hat es verdient, da zu bleiben, wo sie sich wohlfühlt. Wenn Sie das alte Mädchen jetzt verpflanzen, geht es jämmerlich zugrunde.« Er versuchte, sein Gesicht in der Scheibe des Gläserschrankes zu sehen. Er kam sich unendlich jung vor. »Wir geben ihr mein ehemaliges Zimmer im Erdgeschoß, damit wir sie leichter pflegen können. Und Doktor Andree ist nicht weit, er kann regelmäßig nach ihr sehen. Ich gehe heute nachmittag hinauf und bespreche alles mit ihr.«

»Ihr Vater hätte nicht anders entschieden.« Der Verwalter stand auf, alles Notwendige war besprochen, doch der Gutsherr hielt ihn zurück.

»Ich habe noch etwas für Sie. Vorhin auf dem Hof sah ich Ihren Wagen. Er ist schon recht alt, nicht wahr?«

»Nun ja ...«

»Ich bekam in Berlin einen nagelneuen Mercedes als Ausgleich von einem säumigen Zahler. (Nicht ohne Androhung von Gewalt.) Erlauben Sie mir, Ihnen diesen zu schenken, als Dank für Ihre Leistung und Treue.«

»Das ist doch ... aber ...« Jürgen Vietel spürte eine aufsteigende Hitze.

»Nein, keine Widerrede, Sie müssen ihn annehmen. Und entsprechend den höheren laufenden Kosten stocken wir Ihr Gehalt auf.«

Jan zwinkerte dem sprachlosen Verwalter zu und ging forschen Schrittes hinaus. An der Tür drehte er sich um. »Nun kommen Sie schon, Manuela hat auf der Terrasse für uns einen kleinen Mittagsimbiß serviert.« In solchen Momenten sehnte er sich manchmal nach direkter verbaler Bestätigung – »Bin ich nicht wunderbar?«

Manuela Kotschik erwartete die beiden in der Halle und führte sie nach hinten auf die überdachte Terrasse. Ein Büfett mit kaltem Rehbraten, Lachs verschiedener Zubereitungsweise, Kaviar, Parmaschinken auf Melone, eingelegten Zucchini, gebratenen Auberginen, Salaten und einer französischen Käseplatte war angerichtet. Werner, Manuelas Mann, stand hinter dem Tisch und öffnete eine Champagnerflasche. Mit einer obszönen Bewegung, die niemand sah.

Jan hatte nur wenig gegessen und sich bald zu einem kleinen Waldspaziergang verabschiedet. Er wechselte die hohen Stiefel gegen leichte Wanderschuhe, tauschte seine Reitkleidung gegen bequeme Jeans, ein weich fallendes weißes Hemd und eine lokker über die Schulter gelegte braune Wildlederjacke. Er fuhr sich mit den Fingern durch die Haare, um jegliche Frisur zu zerstören, verließ das Gutshaus über die Terrasse und ging hinunter zur Herzensach. Mühelos fand er die aus dem glitzernden Wasser ragenden Steine, die er schon seit seiner Kindheit kannte, und sprang sicher hinüber. Er blieb am Waldrand, bis er eine Gruppe alter Eichen erreichte. Hier bog er in den dichten Laubwald ein, einem schmalen aufwärtsführenden Pfad folgend. In Gedanken verglich er die Geschäfte in Berlin mit der Verwaltung des Gutshofes. Wie einfach, aber auch wie mühsam lagen die Dinge hier in Herzensach. Der Landwirt mußte Geduld haben und die Natur auf seiner Seite, um einen kleinen Gewinn zu erzielen. Welch Gefühl der Ohnmacht stellte sich ein, wenn der Regen im Frühjahr ausblieb oder gar, wenn er zur falschen Zeit kam, die Ernte vernichtete, wenn ein Virus die Schweine dahinraffte oder Bakterien die Melkanlagen eroberten. Wie anders war es, wenn er mit seinem Partner Gustav Anderson in seinem Berliner Büro saß, da kamen die fetten Angebote von selbst: eine ausgediente Werkzeugmaschine aus der Ukraine, wem konnte man sie vermitteln? Ein industriell rückständiger afrikanischer Staat war bald gefunden, für den sie von Interesse war. Was kümmerte es, ob die da unten damit zurechtkamen. Er kaufte und verkaufte nur. Und bei diesem Geschäft hatten sie neuerdings auch die Naturgewalten auf ihrer Seite: eine Ladung Schrott schwamm über das Chinesische

Meer, schnell gekauft, verladen und hoch versichert. Tatsächlich sank der Kahn beim nächsten Sturm.

»Wie habe ich das gemacht?« kam Anderson grinsend ins Büro. Er hatte eine Reederei in Indonesien gekauft mit drei Schiffen, die nicht mehr lange schwimmen würden. »Man muß selbst aus Unglück und Dummheit Kapital schlagen!«

Dieser bewundernswerte Gustav Anderson mit dem schwedischen Paß hatte recht, wenn er sagte, jede Hochkultur sei an ihrem Bildungssystem beziehungsweise der wachsenden Klugheit ihrer Mitglieder zugrunde gegangen. Es braucht Dumme in einem Land, viele Dumme, die Felder beackern, an Maschinen stehen, denen man abkaufen kann, was sie erarbeitet haben, und die für ihr Geld wertlosere Dinge kaufen. Erst wenn du dem auch etwas verkaufen kannst, dem du etwas abgekauft hast, wird dein Gewinn maximal sein, das war Gustav Andersons Wahlspruch. Sein schwedischer Akzent machte jedes Geschäft so ehrlich. Geschäfte. Betrüger und betrogene Betrüger. Was für ein Leben, in dem eine Sekunde über Sieg oder Niederlage entschied. Was für ein Leben, in dem man nach Gesetzeslücken suchte. Was für ein Leben, in dem alles einen Preis hatte. Rauschhafte Raubzüge waren das. Nachts in Berlin. Ergib dich, denn ich kann dich bezahlen. Er konnte bezahlen, was immer man verlangte. Die Geschäfte gingen gut, so gut, daß ihm der Überblick fehlte. Gustav Anderson machte das schon. Denn sein Partner lebte nur für den Moment des geschäftlichen Triumphes.

Seine Vorfahren hatten nach dem Gold auf den Feldern vergebens gesucht. Nein, das Gut war bloß ein Spielzeug, eine Insel, auf der er arglos ausruhen konnte. Die harte Brandung der Welt da draußen schlug gegen ihre Felsen und konnte sie nicht erschüttern. Oder doch? Kündete sich durch das Erscheinen des vermeintlichen Weinstein-Erben nicht nur das Ende der Zuflucht, sondern auch das seines unbeschwerten Lebens an? Ein Sohn mußte her! Auch den mußte man doch kaufen können, ohne eine Frau in Kauf zu nehmen. Warum sollte er das kleine Problem nicht so lösen, wie es sein Partner Gustav Anderson machen würde?

Er war den Berg zur Hälfte hinaufgestiegen, jetzt blieb er stehen und sah auf seine Uhr, vergewisserte sich, daß er nicht zu früh kommen würde. Der Wald wurde lichter. Der Pfad verlief sich. Ein breiter Graben trennte einen jungen Birkenhain ab. Jan lauschte. Ein Windstoß fuhr in die oberen Zweige der Birken, für einen Augenblick schwieg die Vogelschar, und das helle Rauschen der sonnendurchfluteten Baumkronen, das leise Knarren einiger Stämme war alles, was er vernahm. Er unterdrückte ein übermütiges Grinsen, sprang über den Graben und betrat vorsichtig das Birkenwäldchen. Er bemühte sich, geräuschlos zu gehen, keinen Ast zu verbiegen, keinen trockenen Zweig zum Knacken zu bringen. Bald sah er, wie sich die dünnen Bäumchen zu einer mit dichtem hohem Gras bewachsenen Lichtung öffneten. Ein Stück roter Stoff leuchtete mit den Frühlingsblumen auf der Wiese um die Wette. Jan bückte sich, schlich heran. Mit einem gewaltigen Sprung war er bei der im Gras liegenden Frau und hielt ihre Arme fest.

»Ergebt Euch!«

Doch dann zog er sich verwundert zurück. »Was für ein Fang – so schön, so weich, so duftend – verzeiht mir – ich gebe Euch die Freiheit, laßt mich für Euch sterben.«

»Mein kleiner Pirat.« Die Frau umfing ihn. Er küßte sie wild, bis sie sich lachend freimachte. »Oh, was habe ich diese Überfälle vermißt. Komm, besiege mich ganz!«

Dorothee, die ihrem Mann das Knie zerschmettert hatte, Dorothee, Mutter einer dicken, verfressenen sechzehnjährigen Tochter, Besitzerin eines langweiligen Ladens, welcher täglich von 12 Uhr 30 bis 15 Uhr 30 geschlossen hatte, öffnete das Band ihres roten Kleides von 12 Uhr 30 bis 15 Uhr 30.

16

Zum wiederholten Mal hatte Jakob Finn erstaunt beobachtet, wie am Vormittag die Wolken über Herzensach aufrissen und über dem Dorf ein rundes blaues Loch bildeten. Er konnte sich nicht erklären, was für Aufwinde hier herrschten, aber die Wolkenbildung schien einem System zu folgen, zumal gegen Mittag nur noch ein perfekter Kreis kleiner länglicher Wolken über den Hügeln zurückblieb, der wie ein Heiligenschein das Dorf umgab. Als er das Gasthaus verließ, machte er die Mutter des Wirtes darauf aufmerksam. Sie lachte, gratulierte ihm zu seiner Beobachtungsgabe und erklärte achselzuckend, das sei oft so.

Gleich hinter dem Haus des Arztes bog er in den Feldweg zum Fluß ein und balancierte diesmal schon etwas geübter über die Steine im Wasser. Er wollte noch einmal vom Heidberg aus sein Beobachtungsgebiet eingrenzen. Die Landkarte aus Weinstein, so hatte er festgestellt, war für seine Zwecke doch nicht genau genug. Er hoffte, der Förster würde präzisere Karten besitzen. Die meisten Waldwege waren terrassenförmig angelegt und verliefen parallel zur Herzensach, nur eine Schneise führte direkt den Berg hinauf und erlaubte ihm, wenn er zurückschaute, den Blick auf den Fluß und einen Teil des Gutshauses. Doch wenig später verließ er den Weg, er war ihm zu steil, zu kraftzehrend. Die Geschichte von der Ermordung des schwachsinnigen Carl durch seinen Vater Hubertus van Grunten im Jahre 1912 lenkte ihn zum Ort des Geschehens, der alten Eiche. Vom Aufstieg leicht in Schweiß geraten, setzte er sich in deren Schatten zwischen das gewaltige Wurzelwerk. Er sah hinauf in das Laub des mächtigen Baumes und versuchte sich zu vergegenwärtigen, welche Zeiten und historischen Ereignisse sie schon überdauert hatte. In Pastor Pedus' Büchlein war die Geschichte um den Tod des achtjährigen Carl van Grunten die kunstvollste gewesen, aus der Sicht und Gedankenwelt des Jungen heraus geschrieben und den Schluß nahelegend, daß der Vater den Sohn wohl absichtlich erschossen hatte. Und als Moral der Geschichte hatte Rudolf Pedus einen Nachsatz angefügt, in dem er auf den Tod des Vaters, zwei Jahre später und ebenfalls durch eine Kugel, hinweist.

Jakob fragte sich, ob der Pastor noch immer der Chronist des Dorfes war und ob es heute überhaupt Ereignisse gab, die es wert waren, notiert zu werden. Aber wer weiß, vielleicht wurde er selbst gerade unter der Feder von Rudolf Pedus zur literarischen Figur: »Als der schwere schwarze Wagen ins Schleudern geriet und Jakob Finn hinter dem Steuer aus seinem Sekundenschlaf hochschreckte, ahnte er bereits ...«

So könnte seine Geschichte beginnen, doch wie würde sie enden? Mit der Erfüllung seiner gerade erwachten und unmöglichen Liebe?

Der Aufstieg und die Sonnenstrahlen taten ihre Wirkung. Jakob fühlte die wohlige Schläfrigkeit und überließ sich ihr. Das Leben im Wald hatte den Studenten akzeptiert, wenn auch teilweise notgedrungen wie etwa der Marienkäfer, der in einer Falte auf der Jackenrückseite saß. (Sich totstellen ist wirklich keine Lösung!) Die hektischen Warnrufe der Vögel waren verstummt oder wieder in ihre typischen kleinen Melodien übergegangen, Kaninchen wagten wieder, ihre Ohren über die Grashalme zu erheben, eine Gruppe Rehe überquerte gar nicht weit entfernt den Weg zur alten Eiche, und das Eichhörnchen, das sich angesichts des Studenten die ganze Zeit in eine Astgabel des alten Baumes geduckt hatte, floh nun die Rückseite des Stammes hinunter. Der Marienkäfer in des Wanderers Jackenfalte schlug die falsche Richtung ein und verlor sein Leben.

Jakobs kurzer Traum war von Angst und Entsetzen geprägt. (Zur Strafe?!) Unmöglich war es ihm, seinen Wagen abzubremsen. Er war zu schnell, oder das Bremspedal war nur eine Attrappe. Jemand stand in der Mitte der Straße, versuchte ihn noch mit erhobenen Händen zu warnen. Erst glaubte er, es sei ein Polizist, doch dann erkannte er den Förster, der hektisch winkte und nicht zur Seite ging. Jakob gelang es gerade noch, ihm auszuweichen, wobei er das Gefühl hatte, ihn doch gestreift und umgeworfen zu haben, aber es war ihm unmöglich, den Kopf zu drehen und zurückzusehen. Es ging nicht. Auch der Seitenspiegel war vollkommen blind. Dann sah er, wovor ihn der Förster hatte warnen wollen: Eine junge Frau lag, an Händen und Füßen gefesselt, auf der Fahrbahn. Sie versuchte mit den armseligen, sich krümmenden Bewegungen eines Wurms über den Asphalt zu kriechen, um sich an den Straßenrand zu retten. Jakob hatte keine Chance, ihr auszuweichen, er mußte sie überfahren. Er schloß die Augen, wartete auf die Erschütterung, wenn die Räder über den Körper rollen würden, doch nichts geschah. Plötzlich war er nicht mehr im Auto, sondern stand daneben und sah zu, wie die Leiche des Mädchens von kräftigen Händen an den Straßenrand gezerrt wurde. Man wollte sie heimlich verscharren. Erst jetzt identifizierte er das Mädchen. Es war Katharina! Sie hatte ein blutloses schwarzes Einschußloch auf der Stirn und trug ein rotes Kleid ...

Vor Schreck hatte er die Augen geöffnet, fuhr hoch und sah das rote Kleid durch die Bäume leuchten. Eine Frau bewegte sich nicht weit von ihm durch den Wald. Er rieb sich die Augen. Es mußte die Frau des Wirtes sein, denn sie hatte schon heute morgen, als er bei ihr die Zeitung kaufte, dieses leuchtend rote und sommerlich weite Kleid getragen. Es hatte sie fröhlicher und jünger erscheinen lassen als an den Tagen zuvor.

Jakob sank zurück zwischen die Wurzeln der Eiche. Was hatten solche Träume zu bedeuten? (Ziemlich einfach: 1. Fahr vorsichtig! 2. Überfahre keine Förster! 3. Überfahre keine gefesselten Frauen!)

Er wurde nicht richtig wach, schlief aber auch nicht mehr ein, da er fürchtete, der Traum käme wieder, und zugleich packte ihn die Neugier, was Dorothee Wischberg im Wald suchte, denn ihr Schritt war, wie ihm jetzt nachträglich auffiel, nicht der einer Spaziergängerin gewesen, sondern hatte etwas Eiliges, Heimliches an sich gehabt. Er stützte sich auf die Wurzeln, wartete, bis sein mangelhaft durchblutetes rechtes Bein zu kribbeln anfing. Jetzt verstand er, warum er im Traum nicht hatte bremsen können. Doch warum war es Katharina (war sie es?), die er überfuhr?

Er streckte sich. Sein erwachendes Bein ließ es jetzt zu, vorsichtig aufzutreten. Dorothee Wischberg war nicht mehr zu sehen. Ein sandiger Holzabfuhrweg trennte ein junges Birkenwäldchen von einer alten Kiefernaufzucht ab. Während die hohen Nadelbäume von typischer Kahlschlagwirtschaft zeugten, waren die Birken sicher nicht planvoll angelegt worden, sondern hatten sich selbst ausgesät. Der van Gruntensche Forst war wohl unterschiedlichsten Bewirtschaftungsideen ausgesetzt gewesen, und heute überließ man ihn weitgehend sich selbst. Plötzlich entdeckte Jakob wieder ein Stück des roten Kleides. In dem jungen Birkenhain gab es eine Lichtung mit hohem weichem Gras, dort hatte sie sich in die Sonne gelegt. Der Student kehrte auf den Weg zurück und suchte eine Stelle, von der aus er ihr Gesicht genau erkennen konnte. Es war wirklich die Frau des Wirtes. Jakob rutschte neben dem Weg in eine Senke und kam sich plötzlich wie ein Voyeur vor (uh, wenn ihn jemand beobachtete, wie er jemanden beobachtete!). Vielleicht war dies Dorothee Wischbergs üblicher Platz zum Sonnenbaden – einsam und versteckt genug war er, um alle Kleider abzulegen. Er kletterte schnell wieder auf den Weg und schlug die Richtung zum Heidberg ein. Doch ein lauter Ausruf ließ ihn halten, sich noch einmal umdrehen und einen Blick zwischen den dünnen Birken hindurch suchen. Dorothee Wischberg war nicht mehr allein. Ein blonder Mann in einer braunen Wildlederjacke hatte sich über sie gebeugt. Sie kam ihm entgegen, küßte ihn, dann sanken beide in das tiefe Gras zurück. Der Student kannte den Mann nicht. Er entfernte sich schnell und leise.

Natürlich gab es auch in einem so idyllischen Dorf wie Herzensach heimliche Liebschaften, Seitensprünge und verbotene Leidenschaften, Karies und Prostitution. Für einen Städter verbindet sich das Landleben oft mit Gesundheit und mangelnder Gelegenheit, dachte Jakob. Wahrscheinlich war es hier nicht anders als in großen Städten, vielleicht kam alles Negative in der Relation sogar häufiger vor. Für einen Moment stand ihm wieder jenes seltsame Ereignis vor Augen, das er beim Betreten des Dorfes erlebt hatte. Doch inzwischen war er der Meinung, seine Erinnerung bestände aus einer Mischung von Traum und Wirklichkeit. Wie auch immer, er hatte nicht vor, sich in das Leben der Dorfbewohner einzumischen, schon gar nicht wollte er ihre Geheimnisse ausspionieren. Die einzige, über die er gern mehr, nein, alles gewußt hätte, war Katharina. Der Gedanke an das hübsche, aber mißgestimmte Findelkind beflügelte ihn. Er stieg kraftvoll den Heidberg hinauf und verlangsamte seine Schritte erst, als er spürte, daß ihm Schweißtropfen über die Wangen liefen. Wahrscheinlich roch er jetzt unter den Armen. Von der Bergkuppe aus versuchte er mit Hilfe seiner Karte das Gebiet zu bestimmen, doch es gelang ihm nicht zu seiner Zufriedenheit, und er beschloß, den Rückweg mit einem Besuch bei Förster Franke zu verbinden. Er wanderte nach Norden durch den Staatsforst, bog nach Osten ab, so daß er an der Straße nach Weinstein herauskam. Er überquerte sie, um weiter durch den Wald hindurch das Forstamt zu erreichen. Als er hinunterstieg und an die Herzensach kam, bemerkte er, daß er sich verschätzt hatte. Er war schon zu weit gelaufen. Auf der gegenüberliegenden Seite des Flusses lagen Weiden und Felder. Er suchte einen Weg über die Herzensach, doch sie war in diesem Abschnitt wohl einmal gestaut worden und daher viel zu breit und zu tief. Er stieß am Flußufer auf die Grundmauern eines Gebäudes und wußte plötzlich, wo er war. Hier hatte die Sägemühle gestanden, in der die gruselige Geschichte aus des Pastors Buch spielte: Die Söhne des alten Tischlers hatten ihrem Vater alles Geld gestohlen und ihm den Kopf mit seiner von einem Wasserrad betriebenen Säge abgeschnitten. Danach hatten sie behauptet, es wären Räuber gewesen.

Jakob folgte dem Fluß, der in den Wald zurückführte, und fand dort, wo die Ufer einander näher kamen, einen primitiven Holzsteg. Er war sich sicher, daß der daran anschließende schmale, an vielen Stellen überwucherte Pfad zum Forstamt führte.

Bevor er das Haus sah, hatten ihn die Hunde im Zwinger gewittert und durch heftiges Gebell angekündigt. Er ging am Gartenzaun entlang, aber bevor er die Eingangstür erreichte, kam Claudia aus dem Garten. Sie streckte ihm lachend die Hand entgegen: »Oh, alle sprechen von Ihnen. Als ich Sie gestern abend sah, wußte ich nicht, daß Sie berühmt sind.«

»Ich wußte es auch nicht.«

»Vielleicht sollte ich Sie um ein Autogramm bitten?«

»Was redet man denn über mich?«

Claudia sah zum Haus, als vermute sie ungebetene Zuhörer,

dann ergriff sie seine Hand (wie weich sie war) und zog ihn verschwörerisch mit sich. »Kommen Sie mit, ich will noch einmal nach unserer Ricke sehen.«

Sie führte ihn tief in den Garten, vorbei an den Hundezwingern, deren aufgeregte Insassen sie mit einem scharfen Wort (wie hart sie sein konnte) zum Schweigen brachte, bis zum Waldrand. Hier war ein kleines Gehege mit einem hüfthohen Zaun abgetrennt, dessen Tor zum Wald offen stand. Sie sah Jakob an, als hätte sie ein Geschenk für ihn und als platze sie vor Neugier auf seine Reaktion. Sie legte den Finger auf die Lippen und lauschte. Dann stieß sie einen zarten Pfiff aus. Nach einer Weile raschelte es im Unterholz, und plötzlich stand ein Reh im Tor des Geheges; langsam kam es näher, zögerte, als es Jakob sah. Claudia streckte ihre Hand aus, und das Tier stakste heran, um sich die Leckereien, ein paar junge Möhren, zu holen. Claudia streichelte das Reh vorsichtig, dann beugte sie sich herab und umarmte es. Jakob betrachtete die das Reh liebkosende Försterstochter. Das Bild kannte er. Er erinnerte sich, daß der Förster ihr Alter genannt hatte, etwa dreißig, doch sie wirkte, als sei sie kaum über zwanzig. (Das Umarmen von Rehen verjüngt ungemein.) Das Gesicht unter der schwarzen Pagenfrisur war glatt, ebenmäßig und vollkommen symmetrisch, und die Augen waren fast so groß und dunkel wie die des Rehes. (Das Umarmen von Rehen macht eine Frau ungemein liebenswert.)

»Wir haben es großgezogen«, erklärte sie. »Es ist uns nie gelungen, es richtig auszuwildern. Es kommt immer wieder, und im Winter verläßt es den Garten oft gar nicht.« (Das Umarmen von Rehen hat etwas ungemein Erotisches.)

Das Tier ließ sich jetzt auch von Jakob streicheln. »Könnte ihm die geringe Scheu vor Menschen nicht zum Verhängnis werden?« Er wußte selbst nicht, wie er das meinte, wollte nur irgend etwas sagen, um den Kitsch und die Klammersätze aus der Situation zu nehmen. Sie sah ihn überrascht an, und für einen Moment befürchtete er, es sei der fragende Blick, mit dem man einschätzt, ob es jemand mit Rehen treibt oder nicht. Doch dann stöhnte sie: »O ja, es verursacht mir Albträume. Ich habe solche Angst, daß es überfahren wird, so wie seine

Mutter.« Sie löste sich von dem Tier. »Aber was soll ich machen? Ich kann es doch nicht einsperren.«

Das Reh stupste Claudia an, sie lachte, gab ihm einen leichten Klaps und zeigte ihre leeren Hände. »Ich habe nichts mehr für dich.«

Das Tier senkte den Kopf, schnupperte am Gras, beobachtete aber genau, was Claudia tat.

»Was redet man über mich?« fragte der Student.

Sie wiegte den Kopf, schließlich sah sie ihm in die Augen. »Ich möchte, daß Sie mir eine ehrliche Antwort geben.« Sie war ein Reh.

Jakob hob die Augenbrauen.

»Es heißt, Sie könnten ein Erbe der Weinsteins sein.« Ein schönes Reh.

»Was?« Jakob starrte sie mit offenem Mund an.

»Ja, Sie sollen mit der Familie der ehemaligen Grafen verwandt sein. Und aus diesem Grund hier sein.« So scheu.

»Wer sagt so etwas?« Er hatte keine jungen Möhren bei sich.

Sie hob die Schultern und stakste zu ihm heran. Jakob fragte sich, was geschehen würde, wenn sie das schützende Forsthaus verließ. Im Haus, das durch hohe Holunderbüsche verborgen war, öffnete sich quietschend ein Fenster. Sie roch nach Wildnis, nach Moos und Beeren. Der Förster rief den Namen seiner Tochter. Sie senkte die Stimme. »Machen Sie sich auf eine Prüfung gefaßt. Mein Vater glaubt, sie könnten ein Weinstein sein.«

»Und was glauben Sie?« Er hätte sie gern gestreichelt.

Sie schwieg, führte ihn zum Haus zurück. Vor dem Eingang blieb er stehen und hielt sie fest. »Ich will eine Antwort!«

Ihre großen dunklen Augen. Aber kein Fell. Kein Fell!

Sie kam dicht zu ihm heran, sah ihn traurig an, dann schüttelte sie den Kopf, umschlang seinen Hals und küßte ihn leidenschaftlich. Es überraschte ihn. War er das Reh?

17

Rudolf Pedus stand unbeweglich im Flur des Pfarrhauses und überlegte, welches Werkzeug ihm heute morgen gefehlt hatte. Er hatte sich vorgenommen, es nachmittags aus dem Haus mit in den Brunnen zu nehmen. Es fiel ihm nicht mehr ein. Es herrschte ein Augenblick vollkommener Stille. Selbst von draußen, vom Dorf kam kein Laut. Er lauschte. Er hatte ein leises Rufen gehört. Das Geräusch seines Atems? Ein himmlisches Wesen? Es wiederholte sich und alarmierte ihn.

»Inge?« Seine Frau schlief für gewöhnlich um diese Zeit. Alles blieb ruhig, nur ein Kratzen kam von der verschlossenen Eingangstür. Er öffnete sie, und Trivial stürzte mit einem Satz ins Haus, stürmte, ohne ihn zu beachten, vorbei und hastete die Treppe hinauf. Im ersten Stock stieß er ein kurzes Jaulen aus.

Der Pastor folgte so schnell wie möglich und fand seine Frau ohnmächtig auf dem Boden vor der Schlafzimmertür. Der Hund lag neben ihr und leckte ihre Hand. Rudolf Pedus griff ihr unter die Schulter, hob ihren Oberkörper an, und sie öffnete die Augen.

»Es geht schon wieder«, sagte sie. »Es war nur . . .«

»Du sollst dich doch schonen.«

»Es waren die Klöße.«

Er hob die Frau hoch, stieß die Schlafzimmertür mit dem Fuß auf und trug sie auf das Bett.

»Es ist die Krankheit und waren nicht die Klöße.« Er forschte einen Augenblick irritiert diesem Satz nach. War es ein Zitat?

Er strich seiner Frau über die Stirn. Kalter Schweiß. Als sie vor zwei Jahren die schreckliche Diagnose erfahren hatten, da gab es für sie keinen Zweifel: Den Möglichkeiten der modernen Medizin wollte sie sich nicht ausliefern. Die Chance einer Heilung war so gering, daß sie es vorzog, in Ruhe zu sterben. Man hatte ihr drei Monate gegeben, dann noch einmal drei. Das erste Jahr war vergangen, und die Ärzte standen wieder vor ihrem Bett. »Noch drei Wochen!« hatte der Arzt aus Weinstein geflüstert. »Drei Monate«, hatte Doktor Andree sie beruhigt. Nun waren es schon zwei Jahre. Zwar wurden die Schmerzmittel stärker, die Dosis höher, doch sie konnte sich noch immer selbständig bewegen und den kleinen Haushalt führen. Die meiste Zeit aber verbrachte sie auf ihrer Lieblingsbank hinter der Kirche, den Blick auf den Heidberg genießend und eine Decke über den Knien. Sie wußte, daß man dies von einer Sterbenden erwartete. Die Krankheit sah man ihr kaum an. Aber Rudolf Pedus fand, sie sei schöner geworden. Sie übte an ihrem Ausdruck, versuchte ihrem Gesicht ein überirdisches Strahlen zu verleihen und zeigte selten den Schmerz, den sie trotz der Arzneien ab und zu fühlte. Ihre Liebe galt allen Fernsehserien und -filmen, in denen Sterbende im Mittelpunkt standen.

»Ich hole Doktor Andree.«

Sie hielt ihn fest. »Nein.«

Wenn es schlimmer werden sollte, stand Bernhard Andree mit Morphiumspritzen bereit. Er hatte Inge Pedus unterstützt, sich keiner Krebstherapie zu unterziehen. Sie mochte ihn trotzdem nicht.

»Inge!«

Die Frau des Pastors lächelte, hob ihre Hand und strich ihrem Mann die Haare aus dem Gesicht. »Ich danke dir. Bitte hol mir nur die Medizin aus der Küche und etwas Wasser.«

Er nickte. Trivial hatte sich neben das Bett gesetzt und – wie es sich gehört – seine Schnauze der Kranken über die Bettdecke hinweg zugestreckt.

»Paß auf sie auf«, sagte der Pastor und stieg die Treppe hinunter. Er versuchte zu weinen, doch es gelang ihm nicht. Er ärgerte sich darüber. Mit Tränen in den Augen, aber mit einem fröhlichen Gesicht machte man Kranken Hoffnung auf das Jenseits. Er glaubte fest daran. Seine Frau zweifelte. Schon damals, als er ihr auf der Universität begegnet war, hatte sie ab und zu mit Ironie auf seine christliche Überzeugung reagiert:

»Ach, Gott?«

Es hatte ihn herausgefordert. Und deshalb waren sie sich nähergekommen. Wie viele Abende, Nächte, Tage hatten sie nicht diskutiert? Nie war sie ganz überzeugt gewesen. Nur die Notwendigkeit des Glaubens hatte sie eingesehen.

»Fürs einfache Volk.«

Er hatte ihr Arroganz vorgeworfen und sie trotzdem oder gerade deshalb geheiratet. Sie war sein Widerpart, holte ihn lachend zurück auf die Erde und führte ihn in Versuchung. Sie war es, die seinen Glauben so erdverbunden wachsen ließ, weil sie nichts von Gott erwartete. Gottes Hilfe sah sie als mögliche Belohnung an, nachdem man selbst bereits alle Anstrengungen unternommen hatte und gar keine Hilfe mehr benötigte.

Wie entsetzlich war es nun für ihn, diesen kleinen Teufel, diese tatkräftige Frau zu verlieren. Wenn er jemals einen Grund gehabt hätte, an seinem Gott zu zweifeln, dann jetzt. Doch gerade jetzt durfte er vor seiner Frau kein Schwanken zeigen.

In der Küche stützte er sich auf die Fensterbank. Noch immer keine Tränen. Er sah hinüber zu dem Bauernhof, der direkt neben der Kirche lag. Er ballte die Hand und drohte hinüber. Noch nie hatte sich einer aus der Familie bei ihm blicken lassen. Es waren angeblich die Faulsten des Dorfes und dabei keineswegs die Ärmsten. Aber sie gehörten zu denen, die sich am hartnäckigsten seinen Missionsversuchen widersetzten. Sicher, die Kirche war voll am Sonntag, voller als anderswo, aber was waren das für Christen?

Inge hatte ihn nach ihrer Heirat gedrängt, nach Herzensach zu gehen. Hier, hatte sie beim ersten Besuch gesagt, wohnen lauter Heiden. Du wirst sie bekehren müssen, oder sie bringen dich um!

Er wußte nicht, ob er die Dörfler wirklich bekehrt hatte, aber sie hatten ihn nicht umgebracht. Es waren seltsame Menschen, sie arbeiteten wenig, und manchmal schien es ihm, als kämen sie nur zur Kirche, um sich zu treffen und dabei geheime Zeichen eines teuflischen Bundes auszutauschen. Warum standen sie noch so lange nach dem Gottesdienst vor der Kirche, erzählten sich in knappen, rauhen Worten Geschichten, die immer mit einem bösen Lachen endeten? Obwohl sie zu ihm kamen, seinen Rat suchten, hatte er es schwergehabt, ihr Vertrauen zu erwerben. Richtig sicher konnte er sich dessen nicht sein. Er blieb ein Fremder unter ihnen.

Er löste sich von der Fensterbank, nahm die eckige braune Flasche mit dem Schmerzmittel, ein Glas Mineralwasser und brachte beides langsam nach oben.

Er erinnerte sich, wie ihn der einäugige Bischof Lenz kopfschüttelnd angesehen hatte. Sie mochten sich beide, der junge Pastor (noch glühend) und der alte einäugige Glaubensmann. Pedus hätte es ausnutzen können, um eine bessere Stelle zu bekommen. Doch er hatte nur den einen Wunsch geäußert. Lenz hatte bei der Erwähnung des Namens Herzensach überrascht seine Hand gehoben und an der schwarzen Augenklappe gezupft. Erst lange nach dem Tod des Bischofs, Pedus war schon fast zehn Jahre in Herzensach, verstand er plötzlich diese Geste. In der Zeitung war er auf einen Artikel gestoßen, der das Verhalten des Bischofs erklärte. Der ›Weinsteiner Bote‹ druckte einmal wöchentlich die Rubrik »Unsere Heimat«. In einem verschnörkelt gerahmten Kasten wurden historische Ereignisse oder Anekdoten aus dem Weinsteiner Gebiet erzählt, die in der Regel den Namen eines Geländes, Weges oder Berges erklärten. Die Rubrik war an diesem Tage mit »Das Auge des Bischofs« überschrieben. Rudolf Pedus las mit wachsendem Erstaunen, daß der kleine Teich neben dem Lichter Moor im Volksmund diesen Namen trug, obwohl er auf Landkarten überhaupt nicht bezeichnet oder gar nicht abgebildet war. Noch größer war die Überraschung des Pastors, als er erfuhr, von welchem Bischof die Rede war: *». . . Es ist heute nicht mehr bekannt, warum Bischof Walter Lenz Herzensach besuchte und welche Probleme er mit seinem Pfarrer Gregor Westerwelle zu besprechen hatte, doch ihr Weg führte sie hinunter zum großen See des Lichter Moores und von dort zu einem kleinen Teich. Hier müssen sie sich, vermutlich in ein Gespräch vertieft, niedergelassen haben. Der Angler am Rande des Teiches hatte sie vermutlich nicht bemerkt. Sein Name ist zwar bekannt, soll hier aber nicht genannt werden, weil alles ein unglücklicher Zufall war. Der Angler holte mit seinem Gerät zum Schwung aus, die dünne Angelleine fuhr durch die Luft, und der kleine Widerhaken verfing sich im Auge des Bischofs . . .«*

Rudolf Pedus hatte den Artikel ausgeschnitten und lange mit sich gekämpft, ob er der Sache weiter nachgehen sollte. Schließlich stand er aber im Archiv des ›Weinsteiner Boten‹ über die großen Sammelordner gebeugt und wurde fündig: Otto Timber, der Vater des heutigen Tischlers, war der Übeltäter gewesen. Er beteuerte seine Ahnungslosigkeit und seine Unschuld in dem Artikel, der kurz nach Verlust des Auges veröffentlicht worden war.

Zweifellos hatte ihm der Bischof nichts von diesem Vorfall erzählt, damit Pedus unvoreingenommen sein Amt antrat. Recht hatte der einäugige Lenz getan, denn hätte der Pfarrer von diesem Unglück gewußt, wer weiß, ob die Entscheidung wirklich für Herzensach ausgefallen wäre, denn schon der tödliche Unfall seines Vorgängers Gregor Westerwelle war kein Willkommensgruß: Die ganze Gemeinde hatte zugesehen, wie der alte Pfarrer nach einer Predigt die Kanzeltreppe hinunterstürzte und sich das Genick brach.

Rudolf Pedus fand es seltsam, daß ihm keiner der Dorfbewohner vom Auge des Bischofs erzählt hatte, doch seine Frau überzeugte ihn davon, daß wohl alle Gemeindemitglieder angenommen hätten, er wisse von diesem Ereignis, so wie er auch vom Unfall (Unfall?) seines Vorgängers wußte.

Seine Frau lag mit kraftlos herabhängenden Armen im Bett. Er richtete sie auf und gab ihr das Glas mit dem Wasser zu halten.

»Wieviel Tropfen?« fragte er beim Öffnen der Medizinflasche.

»Achtzehn«, flüsterte sie, dann: »Zwanzig.« Schließlich noch leiser: »Vierundzwanzig.«

Er wußte, das war die maximale Menge und so viel, daß sie unter den zahlreichen Nebenwirkungen leiden mußte. Er zählte die Tropfen ins Mineralwasser hinein, und sie trank zügig. Danach war sie atemlos und hielt seine Hand fest.

Nach einer Weile sagte sie: »Du mußt etwas tun. Sie werden ihn umbringen.«

Er hob die Brauen.

»Den Fremden, den Studenten.«

»Ich bitte dich, Inge.«

»Du weißt es! Seit zwanzig Jahren weigerst du dich, die Wahrheit zu sehen.«

Er löste ihre Hand von seiner, strich ihr über die Stirn. Sie hatte kein Fieber.

»Es ist gut«, sagte er. Fieber oder nicht!

Sie versuchte sich aufzurichten. »Du weigerst dich, deine täglichen Ahnungen zur Gewißheit werden zu lassen. Dabei haben sie es bei dir doch auch versucht ...«

Sie verstummte stöhnend. Natürlich war er außergewöhnlich vielen Unfällen ausgesetzt gewesen. Doch keiner davon war ein Mordversuch gewesen (oder doch?), wie ihm seine Frau ständig zu beweisen suchte. Er konnte es nicht zugeben, aber seine Sicherheit führte er auch noch auf seine Herkunft zurück. Doch darüber zu diskutieren war ihm unangenehm. Ein Aberglaube.

»Rudolf, ich bitte dich«, sie nahm noch einmal alle Kraft zusammen. »Sag Wilhelm Weber, Bernhard Andree, Förster Franke Bescheid und auch Petra, auch sie ist nicht von hier. Ihr wißt doch, was hier los ist. Ihr seid die Zugereisten. Ihr könnt etwas tun! Ihr müßt es verhindern.«

Sie sank in die Kissen zurück und schloß die Augen. Der Hund erhob sich, schaffte es, ihre Hand mit seiner Schnauze anzustupsen. Sie sah ihn an.

»Ja, ich weiß.« Sie strich ihm über den Kopf. Dann blickte sie wieder zu ihrem Mann. »Er weiß es auch, und ich habe Trivial gesagt, er soll auf den Fremden aufpassen. Aber Trivial ist alt, und so ein Hund ist schnell mal abgelenkt.«

Der Hund schnaufte und runzelte die Stirn.

»Alles wird gut«, sagte der Pfarrer lächelnd. »Du mußt dir keine Sorgen machen.« (Doch Fieber!)

»Ich mach mir Sorgen, auch um dich. Wenn du doch nur sehen könntest, was ich sehe.«

»Ich werde aufpassen.«

»Versprichst du mir das?«

Er nickte. Sie schloß die Augen. Der Pastor streichelte ihre Hände. Der Schmerz verließ ihren Körper, und der Schlaf kam.

Trivial runzelte noch immer die Stirn.

18

Jakob Finn dachte an den Abend im Haus des Försters zurück. Er hatte die Form einer doppelten Prüfung angenommen. Da war die unerwartet verschlossene Miene des Försters, seine mißtrauischen Fragen. Doch Jakob war keine Antwort schuldig geblieben, und aus seiner Sicht hatte er diesen Test glänzend bestanden. Claudias Prüfung hatte er wohl ebenfalls bestanden. Und wer weiß, wie der Abend ausgegangen wäre, hätte der Förster sich zurückgezogen oder seiner Tochter erlaubt – wie sie es wünschte –, den Studenten noch ein Stück zu begleiten.

Bei diesem Gedanken war Jakob froh, daß der Abend nur mit einem leichten Kuß auf die Wange beendet worden war. Denn nun erinnerte er sich an jenen ersten Augenblick seiner Begegnung mit der Pflegetochter des Tischlers, als sie aus dem Wald heraus auf die Straße getreten war, an ihren unfreundlichen Blick aus den zusammengekniffenen Augen, an ihre mürrischen Antworten, an ihr abweisendes Verhalten, das ihm nichts anderes schien als die natürliche Vorsicht des Dörflers vor Fremden. Ein Mädchen, das jeden Charme, jede Offenheit vermissen ließ, das sich nachlässig kleidete, schmutzig war – und doch hatte er sie vom ersten Augenblick an geliebt, ohne sich dessen bewußt zu sein. Seit dem Abend mit Claudia war er sich seiner Gefühle sicher.

Er verließ das Gasthaus und ging zur Tischlerei. Er sah durch das Bürofenster, aber Katharina saß nicht an ihrem Schreibtisch. Er ging das Gebäude entlang, bog um die Ecke in die Cornelius-van-Grunten-Straße ein und klingelte am Eingang der Privatwohnung. Nichts rührte sich. Er drückte die Tür auf. Eine schmale Treppe führte unmittelbar dahinter steil nach oben. Eine Frauenstimme rief, er solle heraufkommen.

Als Jakob Katharinas Pflegemutter nun zum ersten Mal gegenüberstand, glaubte er, eine Ähnlichkeit zwischen beiden zu entdecken, hätte aber nicht mit Sicherheit sagen können, worin sie bestand. Vielleicht war es nur die Gestik und Mimik, durch die sie sich unbewußt einander angeglichen hatten. Petra Timber wußte sofort, wer er war, und begrüßte ihn sehr herzlich.

Er mußte sich an den Küchentisch setzen. Sie lachte ihn offen an und bemühte sich, ihm etwas anzubieten. Er lehnte alle Getränkeangebote ab. Sie begriff: »Sie wollen die Wohnung sehen? Natürlich.« Sie zog die Schürze über den Kopf und legte sie über die Lehne eines Küchenstuhls. »Einen Augenblick, ich hole den Schlüssel.«

Sie verließ die Küche, kam noch einmal zurück. »Sie können eigentlich schon vorgehen. Der Eingang ist neben der Tischlerei. Dort, wo es auch zum Büro geht. Nur die Treppe hinauf.« Sie überprüfte mit beiden Händen den Sitz ihrer Frisur, einer kurzen Dauerwelle. »Ich muß nämlich schnell noch mal nach meinem Schwiegervater sehen, bevor ich das Haus verlasse. Er wohnt unter dem Dach und ist krank«, fügte sie erklärend hinzu. »Ich gehe nie weg, ohne nach ihm zu sehen.«

Jakob erhob sich, nickte.

»Ich komme nach«, versicherte sie.

Der Student stieg die schmale Treppe wieder hinunter und trat auf die Straße. Er vermutete, daß es einen zweiten Weg zur Wohnung des Tischlers gab, möglicherweise durch die Werkstatt oder über den Hof. Denn diese Treppe wirkte eher wie ein Notausgang, und das alte Gebäude machte den Eindruck, als sei es oft umgebaut worden. Er ging an dem offenstehenden Tor der Werkstatt vorbei. Einer der Gesellen belud einen Transporter mit Türblättern. Vor dem Fenster zum Büro verlangsamte er seinen Schritt. Katharina war über den Schreibtisch gebeugt und sah nicht auf. Sie hatte ihr Haar streng zurückgebunden, trug ein hochgeschlossenes hellblaues Männerhemd und eine blaue Hose. Die beiden nicht recht zueinander passenden Farben hatte sie bestimmt mit Bedacht ausgewählt. Bloß nicht attraktiv wirken! »Es nützt dir nichts«, murmelte Jakob. Er ging weiter bis zu der Tür neben dem Büro und wartete.

Petra Timber kam, klapperte mit dem Schlüssel und ging voraus. Die Haustür führte in ein modernes Treppenhaus mit Steinstufen und Eisengeländer. Die Tischlersfrau stieg vor ihm die Treppe hinauf. Jakob hielt einen Augenblick im Erdgeschoß vor der Tür mit der Aufschrift »Büro« inne. Er hörte dahinter Katharinas Stimme, ohne die Worte zu verstehen. Wie immer die Wohnung oben aussah, er würde sie nehmen. Katharina so nah zu sein, ihr vielleicht täglich zu begegnen, dafür hätte er jedes Zimmer blind gemietet. Nicht einmal Fenster müßte es haben. Andere Aussichten benötigte er nicht.

»Es wird ein wenig staubig sein. Mein Schwiegervater hat bis vor einem halben Jahr darin gewohnt, dann haben wir ihn in die Dachkammer über unserer Wohnung verfrachtet. Er konnte sich nicht mehr allein versorgen.« Die Frau des Tischlers wartete auf dem Treppenabsatz. Sie sah ihn lauschen. »Das mit dem Lärm aus der Werkstatt ist nicht so schlimm. Man hört es kaum. Außerdem ist ja das Büro darunter. Nur unter dem Schlafzimmer beginnt die Werkstatt. Aber nachts wird ja nicht gearbeitet.« Sie lachte verlegen, als hätte sie einen Fehler gemacht. Er stieg zu ihr hinauf, winkte mit der Hand, als würde ihm Lärm nichts ausmachen.

Hinter der Wohnungstür lag ein sehr kurzer Flur mit einem Einbauschrank an der Seite. Ohne Abtrennung öffnete sich der Gang zu einer großen, lichtdurchfluteten Wohnküche. Ein Dachfenster zeigte zum Hof, zwei weitere wiesen zur Straße, aber ihre Schrägung erlaubte nicht den Blick nach unten, sondern nur auf das gegenüberliegende Arzthaus. Jakob sah, wie sich die Gardine im Behandlungsraum schwach bewegte. Er trat zurück in den Raum. Die Küche war mit hellen, gedrechselten Möbeln ausgestattet: die Tapete, kleine blasse Rosenranken auf weißem Grund, paßte perfekt dazu. Alles wirkte neu und sauber – wie aus einem Versandkatalog für Bauernküchen. Petra Timber lehnte als perfektes Hausfrauenmodell an der Küchenzeile, als wolle sie für das Foto in dem Katalog posieren.

»Ich dachte immer«, sagte er, »ein Tischler auf dem Land würde seine Möbel selber machen.«

Sie lachte nur verlegen.

»Aber das ist ein Vorurteil der Städter, was?« ergänzte er.

»Mein Mann macht ... also schnitzt so Figuren in seiner Freizeit. Am Lichter Moor hat er sich dafür eine Werkstatt ... In der Kirche hängt etwas von ihm. Aber Möbel – nein.«

Sie ging an ihm vorbei und öffnete die Tür zum Schlafzimmer, schnupperte und öffnete ein Fenster. Der Einrichtungsstil setzte sich fort. Die Tapete war hier weiß mit einer kaum sichtbaren geprägten Blätterstruktur.

»Mein Mann wollte ja nicht, daß Sie die Wohnung mieten.«

»Warum?«

»Ach ... Manchmal ist er so.«

»Es gefällt mir sehr gut. Ich nehme sie auf jeden Fall.«

Er drückte, weil er glaubte, sie erwarte es, auf die Matratze des Bettes.

»Ihre Tochter ...« Er stoppte, weil ihm aufging, wie dumm es war, angesichts der Matratzenprüfung von ihrer Pflegetochter zu sprechen.

Sie ging nicht darauf ein: »Es ist alles drin. Geschirr und so. Nur die Bettwäsche fehlt. Ich kann Ihnen natürlich für den Anfang welche leihen. Sie sind nicht verheiratet?«

»Ich bringe mir alles aus Hamburg ...« Er grinste. Ihre Frage war erst jetzt in sein Bewußtsein gedrungen. »Nein, bin ich nicht«, sagte er schnell und fügte ironisch hinzu: »Ist es wegen des Damenbesuchs ...?«

Petra Timber zuckte mit den Schultern. »Nur so, man weiß ja gern, mit wem man unter einem Dach wohnt.« Sie rückte die beiden Stühle unter dem Fenster zurecht, sah in die Schränke und prüfte mit dem Finger den Staubbelag auf dem Türrahmen.

Er hatte die Matratzenprüfung beendet. »Ihre Tochter ...«

»Ja?« Sie blieb stehen und sah ihn an.

»Ich meine ... wie soll ich es sagen ... Katharina ist ein sehr eigensinniges Mädchen, nicht wahr?« Er wollte lachen, aber ihr Blick verbot es ihm.

»Ach, machen Sie sich nichts daraus.« Sie schien zu wissen, wie Katharina mit ihm umgegangen war. »Sie macht sich bloß nichts aus Männern. Sonst ist sie ... ganz ...«

»Vielleicht hat sie schlechte Erfahrungen gemacht?«

»Ach, besser spät als zu früh.«

»Die schlechten Erfahrungen?«

Sie begann wieder den Raum zu inspizieren. »Nein, überhaupt.«

»Was?«

»Ach, Sie wissen schon: Männer!«

»Oh, es tut mir leid.«

»Sie können ja nichts dafür.«

»Doch. Ich bin einer.«

Sie sah ihn erstaunt an, als würde sie dies zum ersten Mal bemerken. »Mögen Sie Katharina?« fragte sie ungläubig.

Er ging zurück in die Küche. »Ja, ich mag sie.« Er wußte, daß die Mutter der Pflegetochter von dieser Unterhaltung erzählen würde, und war sich der Wirkung auf Katharina nicht gewiß. Die Mutter sah ihn noch immer verblüfft an. Vielleicht wäre ein gelogenes Nein besser gewesen.

»Ich habe die Geschichte über sie gelesen.« Er setzte sich auf die Eckbank an den Tisch.

»Ach, der Pastor.«

»Wieso, stimmt es nicht, daß sie an einem Freitag in einem Weidenkorb voller Moos, Äpfeln und Tannenzweigen vor der Kirche gelegen hat?«

»Nein, so ein Quatsch. Das heißt – ich war nicht dabei. Doch, doch. Es wird schon so gewesen sein.« Sie wurde plötzlich geschäftig, ging auf die Knie und räumte in den unteren Küchenschränken herum.

»Und daß er das weinende Baby in die Kirche getragen und daß es angesichts . . .«

»Ach, ich weiß nicht. Ich war damals noch nicht in Herzensach. Wissen Sie, ich bin eine Fremde. Ich komme aus Weinstein.«

»Aber daß man nie herausgefunden hat, wer ihre Mutter oder ihr Vater ist. Das ist doch seltsam. Ich meine, daß ein Kind gerade hier vor der Kirche ausgesetzt wird. Ob das nicht eine Bedeutung hat?«

»Ach Gott, das sind doch inzwischen uralte Geschichten. Die wollen Sie doch nicht wieder aufwärmen.« Sie hatte begonnen, die unteren Schränke auszuräumen. Sie stellte die Töpfe übereinander auf den Fußboden. »Damit tun Sie Katharina keinen Gefallen.« Sie sah ihn nicht an.

»Es ist ihr egal?«

»Ja, ja.«

»Und Sie? Haben Sie nie nachgeforscht?«

»Wozu?«

»Reizt es denn niemanden im Ort, dieses Geheimnis herauszubekommen?«

»Was wollen Sie? Was soll das?« Sie sah ihn etwas mißmutig an.

»Als ich diese Geschichte in dem Büchlein von Pastor Pedus las, dachte ich, die Mutter hat sie hier abgesetzt, weil wahrscheinlich der Vater von hier ist. Das ist doch logisch?«

Sie hatte alle Töpfe auf den Boden gestellt. »Ich dachte es mir. Es fehlt eine Pfanne. Ich habe sie wohl mit in unsere Wohnung genommen. Es war noch eine kleine Pfanne da. Wissen Sie, so für ein Ei. Kann man doch gut gebrauchen, wenn man allein ist. Oder essen Sie keine Eier?«

»Wissen Sie, was ich glaube, die Mutter war nicht von hier – ihre Schwangerschaft wäre aufgefallen –, aber sie muß sich hier gut ausgekannt haben. In so einem kleinen Dorf hätte doch sonst jemand bemerkt, wie sie mit dem Baby in einem Korb zur Kirche geht und es dort absetzt.«

Sie stellte die Töpfe zurück, ein Deckel fiel ihr aus der Hand, rollte über den Boden. »Das interessiert doch alles niemanden mehr. Essen Sie jetzt Eier, oder nicht?«

Er bückte sich, hob den Deckel auf und hielt ihn fest, als sie ebenfalls danach griff. »Sie wissen, wer die Mutter ist, nicht wahr?«

Sie war erschrocken. Ihre Augen zuckten an ihm vorbei. »Nein, nein ... nein.«

Wieder einmal hatte Jakob Finn das deutliche Gefühl, in Herzensach, in dieser Ansammlung gepflegter Fachwerkhäuser, diesem Idyll, nicht nur ein Dorf wie jedes andere vorgefunden zu haben, sondern auch eine Ansammlung von Verabredungen, worüber man sprechen konnte und worüber man zu schweigen hatte. Ein sorgsam im Lauf der Zeit gewobenes Gespinst machte es den Bewohnern möglich, miteinander oder unmittelbar nebeneinander zu leben und Probleme auszusparen. Aus reinem Selbstschutz mußten die Dorfbewohner Fremde ablehnen, sie waren eine Gefahr für den Bestand der kleinen Gemeinschaft. Ein Fremder kannte das Geflecht unausgesprochener Vereinbarungen nicht. Möglicherweise mußte man hier aufgewachsen sein, um Grenzen, Gefahren und ungeschriebene Gesetze zu erkennen. Ein Fremder blieb ein Fremder, er konnte mit einer einzigen falschen Frage tatsächlich alles in Frage stellen.

Sie knieten auf dem Boden und hielten beide den Topfdeckel fest, als wäre er das Geheimnis von Herzensach. Jakob lächelte hilflos.

»Ich bin fremd hier.« Er ließ den Deckel los. »Ich will nichts falsch machen.«

»Ich bin auch fremd hier.«

Sie sahen einander an und lachten. »Stimmt«, sagte er. »Da habe ich eine Frage: Wie lebt es sich hier?«

Sie hob die Schultern.

Jakob setzte sich wieder und sah der Tischlersfrau zu, wie sie die Töpfe in die Schränke zurückräumte. Sie schloß die Türen und setzte sich ihm gegenüber.

»Sind Sie . . . sind Sie deshalb gekommen?« Sie schüttelte den Kopf. »Nein, nicht wahr?«

»Was?«

»Wegen . . . ich meine, wegen Katharinas Herkunft.«

»Was würden Sie sagen, wenn ich ja sage?«

»Nein.«

»Es ist auch nicht wahr.« Er lachte, um ihr die Furcht aus den Augen zu treiben. Der Zweifel blieb.

Sie nahm den Schlüssel aus ihrer Schürzentasche und legte ihn auf den Tisch. »Sie kommen jetzt wohl allein zurecht.«

»Ja, danke.« Er erhob sich und brachte sie zur Tür.

Sie drehte sich nicht noch einmal um, verabschiedete sich nicht. Draußen, auf dem Treppenabsatz, blieb sie einen Augenblick stehen, als überlegte sie, ihm noch etwas zu sagen, doch dann eilte sie schnell und mit zusammengepreßten Lippen die Treppe hinunter.

Der Student setzte sich wieder an den Küchentisch und stützte seinen Kopf in beide Hände. Es schien ihm offensichtlich, die Frau wußte, wer Katharinas Mutter, und vielleicht auch, wer der Vater war, und sie hatte Angst, daß er es herauszufinden versuchte. Er stand auf und lauschte, ob von unten etwas zu hören war. Etwas knarrte. Vielleicht eine Tür? Der Gedanke, daß Katharina jetzt genau unter ihm saß, beflügelte ihn.

Er öffnete ein Dachfenster und lehnte sich so weit hinaus, bis er über die Dachkante hinweg die Straße sehen konnte. Es war schwierig, aber es ging. Die Dorfstraße war leer. Anschließend verließ er die Wohnung, zögerte vor der Bürotür, öffnete sie schließlich und trat ein.

Katharina war allein, saß am Schreibtisch und blätterte in einem Ordner.

»Ich wollte nur guten Tag sagen.«

Sie blickte auf, verzog säuerlich den Mund.

»Tag.« Sie senkte den Kopf wieder in ihre Akte.

»Ich bin sozusagen jetzt oben eingezogen. Mir fehlen nur noch meine Sachen aus Hamburg. Wir sind also Nachbarn.«

Ihr Schweigen war ein Hinauswurf. Er blieb, und sie sagte: »Aha.«

»Katharina, ich dachte nur, wenn wir ...« Er wußte es sofort, alles war verkehrt.

»Nein!« So scharf und endgültig, daß er grinsen mußte.

Sie stand auf, stellte den Ordner ins Regal, drehte sich zu ihm herum. Ihre blauen Augen waren wie zwei glasklare gefrorene Seen. Er hielt ihrem Blick stand, versuchte es mit neutraler Freundlichkeit, kam einen Schritt näher. Vielleicht eine geschäftsmäßig klingende Einladung?

»Sie sollten nur wissen, daß ich Ihnen dankbar bin und ... daß ich Sie gern mag. Ich würde gern ...«

Ansatzlos hatte sie zugeschlagen. Verblüfft fühlte er dem Schlag auf seiner Wange nach. Ein leichtes Brennen, das vielleicht aber auch davon kam, daß ihm das Blut ins Gesicht schoß.

»Kommen Sie mir niemals zu nahe«, zischte sie. Es brachte ihn vollkommen aus der Fassung.

Er stotterte: »Aber ... ich ... warum ...« Es war ihm unmöglich, einen vernünftigen Satz zu formulieren.

Aus der Werkstatt wurde Katharinas Name gerufen. Die Tür zur Werkstatt öffnete sich.

»Katharina, ich ... was zum Teufel ...?«

Jakob kannte den Mann im Türrahmen.

Es mußte der Tischlermeister sein. Das lange Kinn, die kleinen Augen. Er hatte den Mann vor dem Gasthof gesehen, wie er versucht hatte, sich die Schuhe zu säubern. Und er hatte ihn davor schon einmal gesehen. Und in diesem Augenblick erinnerte er sich ganz genau. Er wußte, wo und wann es gewesen war. Und er wußte, daß auch der Mann es wußte. Sie starrten einander an. Zu lange.

19

»Willi, ich bitte dich, was ist das wieder für eine Idee!« Jan stand in seiner Bibliothek und hielt die Skizze eines Brunnens mit spitzen Fingern in die Höhe.

»Was willst du, es ist wunderschön. Eine Grafikerin hat diesen Entwurf angefertigt. Sie ist eine echte Künstlerin.« Beleidigt zog sich der Wurstfabrikant tiefer in den Sessel zurück.

»Nun schmoll nicht, du weißt, ich habe dir bis jetzt jeden Wunsch erfüllt.«

»Ja, wenn ich ihn bezahlt habe.«

Der Gutsherr überhörte den Einwand. »Du durftest deinen griechischen Bungalow bauen.«

»Ich wollte eine Pyramide.«

»Und den Dorfteich durftest du auch herrichten lassen.«

»Ich wollte den Dorfteich in Wurstform, das wurde mir nicht erlaubt.«

Der Gutsherr lachte. »Du würdest am liebsten das gesamte Dorf in Wurstform bringen.«

»Da. Du nimmst mich nicht ernst.«

»Doch.«

Wilhelm Weber kam ein wenig aus der Deckung hervor: »Dann laß mich wenigstens diesen Brunnen aufstellen. Die Verkehrsinsel vor der Friedenseiche eignet sich hervorragend. Die ist noch frei, da steht noch nichts.«

Der Gutsherr lachte noch immer. »Ein Schwein, aus dessen hochgereckter Schnauze eine Wasserfontäne kommt.«

»Und selbst das ist ein Kompromiß«, ärgerte sich der Fabrikant. »Ursprünglich hatte das Schwein eine Wurst in der hochgereckten Schnauze. Die habe ich freiwillig weggelassen.«

Der Gutsherr versuchte seinen Freund zu besänftigen. »Aber Willi, es ist ein Brunnen für Herzensach, und was hat das alles mit Herzensach zu tun?«

»Viele im Dorf züchten Schweine!« kam es noch immer schmollend aus dem Sessel.

»Komm, Willi, sag was wirklich dahintersteckt. Ich kenne dich doch.«

Der Schlachter stieg aus dem schweren Sessel, holte sich den Entwurf und blickte begeistert darauf. »Schön, wunderschön. Ein wahres Kunstwerk. Wir könnten über das Schwein hinweg noch einen schmiedeeisernen Bogen aus lauter Herzen machen. Was meinst du, das gäbe doch eine Verbindung zu Herzensach.«

»Sicher. Oder wir lassen ein Herz über eine Brücke aus Schweinen springen.« Jan lachte.

Wilhelm Weber sah ihn böse über den Rand des Entwurfes hinweg an. »Ich sag's ja, du nimmst mich nicht ernst. Ich versuche einfach nur, ein guter Mensch zu sein.«

»Willi!« drohte Jan. »Sag die Wahrheit.«

Wilhelm Weber ließ den Entwurf fallen. »Ja, ja, ja, ist ja schon gut. Himmel, ich habe eine neue Wurstsorte aus reinem Schweinefleisch entworfen. Sie soll ›Herzensacher Herzhafte‹ heißen. Und auf der Banderole ist genau das gleiche fröhliche Schwein abgebildet. Es ist meine Idee. Ich mache damit unser Dorf berühmt. Du siehst, ich tue was für Herzensach – nun sag, was tut Herzensach für mich?«

Jan wiegte den Kopf. Seit sie hier siedelten, hatten seine Familie und alle Dorfbewohner dafür gesorgt, daß der Name des Dorfes aus der Landschaft und weitgehend aus den Landkarten verschwand – und nun wollte dieser Schlachter einen Markennamen daraus machen. »Willi, du bist entsetzlich altmodisch und ein unverbesserlicher Dickkopf. Da gibt es eine Untersuchung des Kreises, bei der der Name Herzensach ganz schlecht abschneidet, aber du benennst eine Wurstsorte danach.«

»Blöde Untersuchung. Ich vertraue meinem Gefühl. Das hat mich nie in die Irre geführt.«

»Dann prüf dein Gefühl noch einmal. Begriffe mit Herz, wie zum Beispiel herzhaft, sind vollkommen aus der Mode. Die Jugend verbindet damit sterbenslangweilige Gefühlsduselei, Romantik wie zu Großmutters Zeiten. Was die Leute heute wollen, ist Erotik und Sex nach dem Motto: knackiger Spaß. Deine neue Wurst sollte ›knack mich, beiß mich, friß mich auf‹ heißen. Ich muß dir den Brunnen schon aus marketingtechnischen Gründen verbieten. Deine Wurstsorte wird ein Flop.«

Wilhelm Weber hatte nachdenklich beide Hände erhoben.

»Halt mal, halt mal, wie war das? Reiß mich, knack mich ...? Das ist gut, das ist wirklich gut. Kannst du das aufschreiben? Wie war das? Friß mich ...«

»Was kriege ich dafür?«

»Zehn Prozent, na, sagen wir, fünf oder besser zweieinhalb. Verdammt, ich muß meine Leute mal auf Trab bringen. So etwas fällt denen nie ein!«

Er stand auf, hob die Zeichnung des Brunnens vom Boden auf, betrachtete sie wieder. »Schade ist es schon. Wirklich schade.«

Jan kicherte erneut. »Verzeih mir, Willi. Ich mach dir einen Vorschlag. Nimm nur das Schwein vom Brunnen und setze es in die Mitte des Dorfteiches, sagen wir, so halb unter Wasser, und laß es dort seine Fontäne blasen.«

»Meinst du das im Ernst, oder ist das wieder ein Witz auf meine Kosten?«

Der Gutsherr nickte heftig. »Doch, doch, da ist es gut.«

»Und im Maul ... die Wurst ...?«

»Bitte nicht. Das nicht. Sonst kann alles so bleiben.«

Wilhelm Weber rieb sich die Hände. »Großartig. Ich habe nämlich bereits ein Modell in der realen Größe aus Ton anfertigen lassen.«

»Ich dachte mir, daß du es schon fast fertig hast.«

»Ich hätte es sonst bei mir in die Auffahrt stellen müssen.« Er stimmte in das Lachen des Gutsherrn ein. »Ich weiß, daß mich manche hier sowieso schon Schweinewilli nennen.«

Die Tür öffnete sich, und die Haushälterin schob einen Wagen mit Kaffee, Tee und Gebäck herein. Sie setzten sich beide an den niedrigen Tisch neben dem großen Globus, ließen sich von Manuela Kotschik bedienen und nahmen ihr Gespräch erst wieder auf, nachdem sie den Raum verlassen hatte.

»Warum kommst du nicht öfter zu unserer Runde mittwochs abends?« fragte Jan.

»Willst du mich wirklich dabeihaben?«

»Ja, ehrlich.«

»Aber dieser Pfarrer mit seiner Maschine ist doch ein Verrückter, was hast du an seiner Gesellschaft?«

»Er ist in Ordnung.«

»Und Doktor Andree! Wußtest du, daß er sich frisch geschlachtete Schweineteile bei mir holt? Nicht zum Essen!«

»Komm, Willi, das sind Ausflüchte.«

»Und der Förster geht mir auf den Geist. Ständig kommt er mit seinen idiotischen Vergleichen vom Wald. Wenn du mich fragst, versteckt der sich hier vor der Welt oder was weiß ich wem. Ach nein.«

Jan schmunzelte. »Und du? Was machen deine Experimente?«

»Das ist ganz was anderes. Ich beziehe mich auf eine seriöse Untersuchung aus den USA. Da ist es an Frauen mit Cellulitis erprobt. Muskelreizung durch Elektrizität führt zu geringerem Fettansatz. Wenn es mir gelingt, das für die Schweinezüchtung zu nutzen . . . das wäre eine Sensation.«

Der Gutsherr wies mit dem Zeigefinger auf seinen Gast. »Und du hältst die anderen für verrückt?«

»Warum wohnen sie sonst in diesem Ort?«

»Du wohnst selbst hier.«

»Aber ich gehöre nicht dazu. Keiner akzeptiert mich.«

»Nein. Ich hätte dich gern wieder in unserem Mittwochskabinett dabei. Das sagt doch wohl alles.«

»Kommt denn Timber noch, der Bürgermeister?«

»Manchmal.«

»Der sitzt lieber in seiner Hütte am See, was? Weißt du, was mir an dem nicht gefällt – wie der den Weibern hinterherguckt. Der hat sie immer schon mit den Augen ausgezogen, bevor sie guten Tag gesagt haben. Kein Wunder, daß seine Pflegetochter die Männer haßt.«

Jan drohte dem Fabrikanten lächelnd mit dem Zeigefinger. »Willi, vorsichtig. Glaubst du wirklich, ich weiß nicht, was hier im Dorf vor sich geht? Glaubst du, ich wüßte nichts von deinen nächtlichen Besuchern?«

Wilhelm Weber sah ihn mißtrauisch an. »Was weißt du?«

»Alles.«

»Dann sag mir, was der Arzt mit der Schweinehaut macht.«

»Blutwurst.«

»Unsinn.«

»Ich sage dem Förster ja auch nicht, was du mit seiner Tochter machst.«

»Sie ist alt genug.«

»Warum dann so heimlich?«

»Aus Rücksicht auf den Alten.«

»Er ist so alt wie du.«

»Ja, eben drum!«

»Ist es nicht mehr aus Rücksicht auf deine Frau?«

Wilhelm Webers Gesicht verfinsterte sich. »Das eine hat mit dem andern nichts zu tun.«

Jan schwieg, knabberte Gebäck und trank Tee.

Der Wurstfabrikant fühlte sich sichtlich unwohl. Wenn der Gutsherr schon sein Geheimnis kannte, würde seine Frau vielleicht auch davon wissen. Ob Claudia geplaudert hatte? Unvorstellbar.

»Da ist ein Fremder im Dorf«, unterbrach Jan seine Gedanken.

»Ja, ich weiß. Ein Student.«

»Kennst du ihn?«

»Nein.«

»Du könntest mir einen Gefallen tun, lad ihn ein, versuch ein bißchen über ihn herauszubekommen. Wie auch immer.«

»Wie auch immer?«

»Ja, du hast freie Hand.«

»Was vermutest du?«

»Er könnte ein Weinstein sein.«

Der Schlachter fuhr hoch. »Was? Deine Vorfahren haben die doch alle um die Ecke . . .«

»Willi. Bitte!«

»Schon gut. Jetzt verstehe ich, was du mit freier Hand meinst.«

Wilhelm Weber schwieg einen Augenblick, dann ging ein Grinsen über sein Gesicht. »Ein Weinstein, so, so. Dann wird es höchste Zeit für Nachkommen, was?«

»Ich weiß, ich bin – sagen wir mal – auf der Suche nach einer Lösung.«

»Das dürfte doch nicht so schwer sein.«

»Ich wollte noch nicht heiraten.«

»Eine Frage des Geldes. Ein simpler Vertrag, dann kommt das Kind, niemand zwingt dich, mit der Mutter zusammenzuleben.«

»Dasselbe hat mir mein Anwalt, etwas diskreter, auch vorgeschlagen. Vielleicht ist es die beste Lösung, wenn man seine Freiheit behalten will.«

Wilhelm Weber stand auf. »Such dir ein häßliches Mädchen. Die machen keine Probleme. Ich würde eine vom Land nehmen.«

Der Gutsherr nickte. »Daran habe ich auch schon gedacht.«

Der Fleischfabrikant hob zum Abschied die Hand. »Wenn ich dir dabei irgendwie helfen kann?«

»Eher nicht. Aber nimm dir mal den Studenten vor. Das genügt.«

»Verlaß dich auf mich.«

Jan brachte Wilhelm Weber zur Tür, verabschiedete ihn herzlich und kehrte nachdenklich in die Bibliothek zurück. Vielleicht sollte er wirklich ein Mädchen aus dem Dorf auswählen. Er hatte das Gefühl, daß sie eher bereit waren, gegen eine Abfindung eine Ehe einzugehen, die nach Geburt eines Sohnes wieder aufgelöst wurde. Ohne Heirat mußte sein Sohn nicht unbedingt als legitimer Nachfolger anerkannt werden. Jedenfalls hatte der Anwalt Bedenken.

Warum nicht ein häßliches Mädchen? Willi hatte recht, eines, das sonst keiner wollte. Und eines aus Herzensach! Es würde sich auf alles einlassen und seine Autorität fraglos anerkennen. Manch ein Mädchen aus dem Dorf sähe es sicher sogar als Ehre an, für andere wäre wiederum das Geld die Chance, sich vom dörflichen Leben zu befreien. Am besten wäre eins, für das sich ohnehin kein anderer Mann interessierte. Im Geist ging er alle einheimischen Töchter durch. Keine von ihnen war mit seinen Berliner Freundinnen zu vergleichen. Die Großstädterinnen hätten sich kaum auf einen solchen Vertrag eingelassen, und wenn doch, dann gegen sehr viel mehr Geld, als er auszugeben bereit war. Außerdem konnte er sich keine als Mutter vorstellen, sie waren wunderbare Geliebte, aber sicher vollkommen überforderte Mütter. Nein, ein einfaches Mädchen aus der Umgebung von Herzensach war besser geeignet. Und Schönheit war eher ein Nachteil. Er hatte nicht vor, sich in die Mutter seines Erben zu verlieben. Plötzlich stand ihm die Pflegetochter des Bürgermeisters vor Augen. Das Findelkind! Katharina. Sie war vom Tischler nicht einmal adoptiert worden. Wer war ihr Vormund? Egal, sie mußte schon volljährig sein. So würde es wenigstens keine Probleme mit Eltern oder Verwandten geben. Kein Mann interessierte sich für sie. Und wenn er richtig informiert war, dann suchte sie eine Möglichkeit, dem dörflichen Milieu zu entfliehen. Mit dem Geld, das er ihr bieten würde, könnte sie unabhängig werden. Er erinnerte sich an ihr Aussehen als Zehnjährige – aber jetzt? War sie unter ihrer wilden Mähne und ihrem jungenhaften Aufzug nicht sogar ganz ansehnlich? Auch gut.

Jan rieb sich die Hände. Katharina war genau die Richtige. Er wußte auch schon, wie er sie überzeugen würde.

Die Haushälterin hatte bereits zweimal an die Bibliothekstür geklopft, ohne Antwort zu erhalten, jetzt öffnete sie sie entschlossen.

Sie sah Jan reglos am Fenster stehen. Sie räusperte sich laut. »Entschuldigen Sie, aber . . .«

Der Gutsherr fuhr aufgeschreckt herum.

»Ich hatte geklopft, aber . . .« Sie fürchtete eine Geste, die im Widerspruch zu seinen Worten stehen würde.

»Schon gut, ich war etwas in Gedanken.«

»Draußen ist ein junger Mann, der Sie sprechen möchte. Er hat keine Karte. Er sagt, sein Name sei Jakob Finn.«

Jan runzelte die Stirn.

Manuela Kotschik hob die Schultern. »Ich glaube, das ist der fremde Student.«

Der Student war überrascht. Er erkannte den heimlichen Liebhaber von Dorothee Wischberg. Und den Gutsherrn hatte er sich als einen grimmigen und wesentlich älteren Mann von bäuerlichem Aussehen vorgestellt. Dieser Jan van Grunten schien eher in seinem Alter zu sein. Er hätte von seiner Erscheinung, seiner Lebendigkeit her auch ein Studienkollege aus Hamburg sein können. Er war ihm sofort sympathisch, und es war ihm unangenehm, bereits ein Geheimnis des Gutsbesitzers zu kennen.

»Ich dachte, ich mache meinen Antrittsbesuch«, sagte Jakob.

Etwas theatralisch war ihm der Gutsherr quer durch den großen Raum entgegengekommen und schüttelte ihm kräftig die Hand.

»Sie sind *das* Gesprächsthema im Dorf«, sagte er lächelnd. »Ich hätte Sie polizeilich vorführen lassen, wenn Sie nicht freiwillig gekommen wären – so neugierig bin ich.« Der Gutsherr zeigte auf die freien Sessel. »Ich bin gespannt, ob eines der Gerüchte der Wahrheit entspricht.«

Sie setzten sich.

»Oh, gibt es bereits Gerüchte? Dann hätte ich vielleicht eher kommen müssen.«

Der Gutsherr lachte. Jakob bewunderte sein Gebiß. »So schnell kann niemand hier sein, daß ihn nicht unterwegs bereits ein Gerücht überholt hätte.«

Die Haushälterin servierte ein weiteres Gedeck, und Jakob erzählte, was ihn ins Dorf gebracht und dort gehalten hatte. Der Gutsherr stellte kurze Fragen, die sein Interesse bekundeten und zeigten, daß er sich im Metier des Studenten ein wenig auskannte. Jakob bewunderte seine Eloquenz.

»Und entspreche ich dem, was man über mich erzählt?« fragte Jakob, als er geendet hatte.

»Ja und nein. Man erzählte, Sie seien mit den Weinsteins verwandt?«

»Den Grafen Weinstein? Ich dachte, diese Familie gibt es seit dem Brand von 1842 nicht mehr. Der Graf hatte sich nicht retten können, und sein kleiner Sohn ist kurz darauf ertrunken.« Jakob freute sich, daß er seine neuen Kenntnisse anbringen konnte.

»Da sehen Sie, was von Gerüchten übrigbleibt. Aber man sagte mir, Sie kommen aus den USA.«

»Meine Mutter war Amerikanerin, mein Vater Deutscher, und meine Eltern haben bis zu ihrem Tod in Florida gelebt. Ich habe nicht viel von ihnen gehabt, denn sie schickten mich schon mit zehn Jahren auf ein deutsches Internat.«

»Nun, ich hörte, es gäbe in den Staaten noch Nachfahren der Weinsteins. Das wäre natürlich sehr interessant für unsere Heimatforscher.«

»Tut mir leid, ich gehöre bestimmt nicht dazu. Auf eine adelige Vergangenheit wären meine Eltern, besonders meine Mutter als Amerikanerin, sicher sehr stolz gewesen, und ich hätte es erfahren. Aber wie ich gehört habe, sind Sie der Nachfahre eines berüchtigten Piraten.«

»Sehe ich so aus?« Er beugte sich etwas vor, stützte eine Hand in die Hüfte und die andere auf das Knie.

»Ja und nein. Obwohl – wenn Burt Lancaster den roten Korsaren verkörpern konnte, dann kann ich mir Sie durchaus auch in einem solchen Film vorstellen. Und zweifellos wird man Ihnen die Rolle des Helden geben, der über das Böse siegt.«

»Da sehen Sie, was dieses liebliche Tal aus unserer Familie gemacht hat, friedliebende Menschen, denen man nicht einmal mehr ein böses Rollenspiel zutraut.«

»Ich nehme an, daß bereits Ihre Vorfahren den Frieden suchten, indem sie sich von der See abwandten und an diesem idyllischen Flecken siedelten.«

Jan lächelte und nickte. »Ich bin mir da nicht so sicher«, sagte er langsam. Er lehnte sich nachdenklich zurück, richtete sich aber gleich wieder auf und sah auf seine Uhr.

Jakob Finn deutete die Zeichen und verabschiedete sich. Für einen unangemeldeten Besuch war er lange genug geblieben. Länger, als er vorgehabt hatte, denn dieser Jan van Grunten hatte ihm gefallen. Doch, als Pirat auf der Leinwand, das würde passen. Aber er konnte sich den Gutsherrn auch als Manager eines Wirtschaftsunternehmens vorstellen. Ganz bestimmt leitete er sein Gut nach modernen ökonomischen und ökologischen Prinzipien.

Auf der Pappelallee gesellte sich Trivial zu ihm, schnupperte an seinem Hosenbein und machte den Eindruck, als wüßte er alles und als ermüde es ihn. Jakob drehte sich um, der Gutsherr stand am Fenster, sah ihm nach. Sie winkten einander zu.

Jan wandte sich vom Fenster ab und biß die Lippen aufeinander. Zu offensichtlich hatte sein Besucher zu erkennen gegeben, daß er ein Weinstein war, hatte ihn in Andeutungen herausgefordert. Wieso kannte dieser Student, kaum angekommen, sich sonst in der Geschichte der Weinsteins und der van Gruntens so gut aus? Und dann diese Anspielung auf den Film. Jan setzte sich an seinen Schreibtisch, stützte die Arme auf und nahm den Kopf in beide Hände.

»Er wußte genau, um was es zwischen uns geht«, murmelte er. »Aber er wird keine Chance bekommen.« Er griff zum Telefon, zog es heran und wählte die Nummer seines Geschäftspartners in Berlin.

»Gustav? Ja. – Hast du noch die Leute aus Dingistan an der Hand? Gut. Ich glaube, den Rest sollten wir nicht am Telefon besprechen. Ich komme nächste Woche für ein, zwei Tage nach Berlin. Ich wollte mich nur vergewissern. Nein, ich kann noch nichts sagen. Was? Welches Schiff? Du machst das schon.«

Er legte auf, ging pfeifend in die Halle, und Katharina fiel ihm wieder ein. Man mußte das Problem von beiden Seiten angehen! Und zwar sofort. Er brauchte noch ein paar Informationen über das häßliche Entlein. Er lief den Gang entlang bis zur Küche und rieß die Tür auf.

»Kotschik!« rief er fröhlich nach seiner Haushälterin. »Wen oder was werden wir heute abend verspeisen?«

Die Haushälterin drehte sich nach ihm um. Sie hielt ein Beil und eine Ente ohne Kopf in der Hand.

20

Katharina wollte sich ekeln. Sie musterte ihre Pflegemutter, die am Herd stand, um den Teller des Tischlers mit Gulasch, Kartoffeln und Gemüse aufzufüllen. Der unter der Schürze sichtbare gelbe Rock spannte sich über ihren Hüften, ließ ihren ganzen Körper dick und unförmig wirken.

»Warum trägst du diesen Rock?« fragte Katharina abfällig. Petra Timber sah überrascht und etwas hilflos an sich herab. Sie antwortete nicht, denn in diesem Moment rückte der Zeiger der in eine geschnitzte Wolfsfigur eingelassenen Uhr über dem Herd auf zwölf Uhr dreißig. Ihr Mann kam zur Küchentür herein, setzte sich, und sie schob ihm den gefüllten Teller hin.

Dann nahm sie Katharinas Teller.

»Kein Fleisch!« sagte Katharina. Thomas Timber blickte auf, wollte etwas sagen, verkniff es sich und begann seine Kartoffeln mit der Gabel zu zerquetschen und mit Soße, Fleisch und Gemüse zu einem Brei zu mischen. Katharina sah nicht hin. Es war ekelhaft.

Schweigend saßen alle drei über ihren Teller gebeugt, bis der Tischler sich räusperte und einen Blick seiner Pflegetochter auffing.

»Machst du heute nachmittag noch die Rechnungen?« sagte er.

»Nein.«

»Du könntest ruhig mal mehr Interesse für das Geschäft ...«

»Ich habe nachmittags frei.«

»Ich möchte auch mal nachmittags frei haben!«

»Dann nimm dir doch frei.«

»Katharina!« warf sich die Mutter selbstlos dazwischen.

Katharina schüttelte unwirsch den Kopf. »Wir haben vereinbart, daß ich nur vormittags arbeite. Die Rechnungen können auch morgen geschrieben werden.«

Der Tischler schob wütend seinen Teller von sich und stand auf.

»Ich wollte dich eigentlich allmählich als Teilhaberin ins Geschäft aufnehmen, aber wenn die Dame nicht will ...«

Katharina stieß verächtlich die Luft aus.

Der Tischlermeister polterte die Treppe hinunter.

»Willst du keinen Nachtisch?« rief seine Frau. »Karamelpudding!« Sie wußte, daß er brüllen würde: Mir ist der Appetit vergangen!

»Mir ist der Appetit vergangen«, brüllte er.

Petra Timber setzte sich neben ihre Tochter und versuchte ihr in die Augen zu sehen.

»Ich weiß ja, daß er ein alter Starrkopf ist, aber du mußt doch auch einmal an deine Zukunft denken.«

Sie legte einen Arm um ihre Pflegetochter. »Was willst du denn später machen?« Sie hätte gern ein bißchen geweint, über ihren Mann, über Katharina und über ihr Leben oder über irgend etwas anderes.

Katharina schüttelte ihre Mutter ab und stand auf. »Einen Tischler heiraten? So einen?« Ihr Daumen wippte nach unten. Luft! Sie ging auf ihr Zimmer, um sich für ihren Streifzug umzuziehen. Sie wußte, es war zwecklos, ihrer Pflegemutter die Wahrheit über Thomas Timber zu erzählen, daß er jedem Rockzipfel hinterherschaute, in der Werkstatt zotige Witze riß und mit dummen Sprüchen seine Verachtung für Frauen zum Ausdruck brachte. Sie würde bloß weinen.

Petra Timber blieb eine Weile traurig am Tisch sitzen, schließlich erhob sie sich schwerfällig, betrachtete ihren Rock und strich darüber. »Ich weiß gar nicht, was sie hat«, murmelte sie. »Ist doch schick.«

»Ein paar Kilo zuviel«, sagte eine schnarrende Stimme.

»Otto!« Entgeistert drehte sie sich zu ihrem Schwiegervater um, der sich am Türrahmen festhielt. »Wie bist du heruntergekommen?«

Er salutierte andeutungsweise und kam dabei gefährlich ins Schwanken. »Wenn es gilt, unseren Führer zu begrüßen!«

Petra Timber sprang auf und hielt ihn fest.

»Ich muß die Orden und Ausweise ausgraben, laß mich.« Er wehrte sich gegen ihren Griff. »Ich bin der einzige, der weiß, wo sie liegen.«

Sie faßte ihn um die Schulter und stieg langsam mit ihm die Treppe hinauf. »Ich mach das schon«, beruhigte sie ihn.

»Die Fahne, Kind, hast du die Fahne auf dem Gutshaus gesehen? Er ruft uns zu den Waffen.«

»Ja, ja.«

Er begann plötzlich zu weinen. »Das Signal. Es ist das Signal. Du mußt es den anderen sagen.«

»Alles wird gut.«

Sie brachte ihn ins Dachgeschoß und drückte ihn in seinen Sessel. Er schloß die Augen, schniefte ein paarmal und schlief ein. Sie ging zum Fenster und sah hinüber zum Gutshaus. Alles war wie immer. Auf dem Flachdach des linken Anbaus gab es einen Mast, aber eine Fahne hatte dort noch nie gehangen. Sie wollte sich schon abwenden, als sie eine Bewegung wahrnahm. Jemand hockte auf dem Dach mit einem Fernrohr vor den Augen. Jetzt erhob sich die Person kurz, wechselte den Platz und sah hinüber zum Lichter Moor.

Katharina wanderte zügig aus dem Dorf hinaus, überquerte die südliche Brücke und bog dahinter zum Lichter Moor ab. Trivial war ihr bis zur Herzensach gefolgt, hatte aber ihre düstere Stimmung bemerkt und kehrtgemacht, da sie offensichtlich seines Trostes nicht bedurfte. Katharina teilte die Zweige der niedrigen Büsche, bis sie an das Ufer des Sees kam. Einen Augenblick setzte sie sich, beobachtete mit finsterer Miene die dichtbewachsene Uferlandschaft, dann riß sie sich Hemd und Hose vom Körper, sprang in das kalte Wasser und tauchte unter. Sie kam wieder hoch, watete zum Ufer. Die Wut auf ihren Pflegevater war geblieben. In letzter Zeit hatte er ihr oft zugesetzt und verlangt, sie solle nach und nach einen Teil seiner Aufgaben übernehmen.

Katharina wußte zwar nicht, was sie wollte, aber die Tischlerei wollte sie nicht. Und schon gar nicht wollte sie ihrem Pflegevater die Gelegenheit verschaffen, sich mehr seinem Hobby widmen zu können. Sie grinste bei dem Gedanken an seine Hütte, die hier ganz in der Nähe stand. Eine Idee nahm Gestalt an. Vielleicht konnte sie etwas zerstören. Sie versuchte sich ihre Sachen eilig über den noch nassen Körper zu ziehen. Der Stoff klebte auf der Haut. Es ging nicht. Sie fluchte, rieb sich mit ihrem Hemd und der Hose trocken und zog die Sachen dann, zerknittert und naß wie sie waren, an.

Die Hütte war groß. Bestimmt besaß sie zwei Räume oder mehr. Katharina hatte sie nie von innen gesehen. Das Hobby des Tischlers interessierte sie nicht. Außerdem hatte sich Thomas Timber jeden Besuch verbeten. Die Hütte stand auf einem kleinen aufgeschütteten Hügel, als hätten die Erbauer sie vor Hochwasser schützen wollen. Doch der Pegel der Herzensach stieg selbst im Frühjahr kaum einmal um mehr als einen halben Meter, und hier am See verteilte sich das Wasser, so daß der Höhenunterschied noch geringer war. Die Aufschüttung und das im großen Umkreis von Gebüsch freigeschlagene Gelände wirkten eher, als wären sie das Produkt einer Verteidigungsmaßnahme. Jeder, der sich näherte, konnte rechtzeitig gesehen werden. Katharina sammelte Steine und Äste und versuchte damit die Tür der Hütte oder einen der Fensterläden zu öffnen. Doch alles war stabiler, als sie gedacht hatte. Die Tür zu öffnen gab sie schnell auf. Das Holz war nur Dekoration, darunter bestand die Tür aus einer Metallplatte mit drei Sicherheitsschlössern. An einer Ritze zwischen zwei Fensterläden setzte sie einen Ast an, stemmte sich dagegen. Der Laden bewegte sich kaum. Schließlich schlug sie ohne Rücksicht auf den Lärm, den sie verursachte, mit einem großen Stein dagegen, bis eine der Latten brach. Der Laden ließ sich zwar nicht öffnen, aber sie sah durch die Bruchstelle das dahinterliegende eiserne Gitter. Die Hütte war eine Festung. Wahrscheinlich würde es nicht einmal gelingen, sie in Brand zu setzen. Überall war Metall unter dem Holz.

Sie ging zum Seeufer hinunter, kam mit einer Handvoll sandigem Schlamm zurück und versuchte ihn in die Sicherheitsschlösser der Tür zu drücken, doch ihre Wut hatte sich gelegt. Sie ließ die Hände herabhängen, wischte sie an der Hose ab und begann über sich selbst zu lachen, über ihre zerknitterte, schmutzige Kleidung.

Sie marschierte zurück, überquerte die Straße und wanderte an einem Weizenfeld entlang hinauf zum Wald. Ihre Stimmung hatte sich gebessert. Sie lachte über ein Kaninchen. Es hatte sie nicht gewittert und drückte sich nun gelähmt vor Angst an den Boden. Sie klatschte in die Hände, und das Tier sprang auf, überschlug sich fast und rannte in das Feld hinein. Es schien ihr jetzt absurd, so viel Wind um einen so lächerlichen Mann wie Thomas Timber gemacht zu haben. Es lohnte sich nicht einmal, sich in Gedanken mit ihm zu beschäftigen.

Katharina kannte die Geräusche des Waldes. Sie blieb stehen und lauschte. Die Vögel hatten ihre Warnrufe eingestellt. Es konnte nur bedeuten, daß noch jemand im Wald war, wahrscheinlich auf demselben Weg. Doch als sich die Schneise vor ihr öffnete, war niemand zu sehen. Sie bog zu einer Lichtung ab, auf der sie sich oft niederließ, um unter einem Baum zu schlafen. Sie sah ihn nicht, aber sie wußte, daß bereits jemand da war. Sie hatte keine Angst, blieb stehen und betrachtete Baum für Baum am Rand der Lichtung. Dann sah sie ihn. Er saß schlecht verborgen auf dem untersten Ast einer großen Eiche und ließ die Beine baumeln. Sie ging näher.

»Hallo«, sagte er.

Katharina erkannte ihn. Es war sein Wald.

»Als Kind«, sagte er, »bin ich oft hierhergekommen und auf diesen Baum geklettert. Ich wollte unbedingt wissen, ob ich es noch kann. Und vor allem, ob sich das Gefühl von damals einstellt.«

Katharina stand jetzt genau unter ihm. »Und ist es so?«

Er schüttelte den Kopf. »Nein, ich muß mich damit abfinden, daß ich erwachsen bin. Nicht gut.«

Jan machte sich bereit herabzuspringen, und Katharina trat zur Seite. Er löste sich von dem Ast, kam mit einem kleinen Schmerzenslaut auf und setzte sich sofort.

»Haben Sie sich verletzt?«

»Nein, ich bin nur ein bißchen mit dem Fuß umgeknickt.« Er massierte das Gelenk, dann blickte er sie an. »Früher haben wir du zueinander gesagt. Ich kann mich gut an unsere gemeinsamen Waldspaziergänge erinnern.«

»Da war ich acht oder zehn Jahre alt.«

»Was sollte sich geändert haben?« Er bot ihr mit einer Geste an, sich neben ihn zu setzen.

»Alles«, sagte sie, sie blieb stehen.

»Weißt du, was das Schöne an unseren Spaziergängen war? Damals hast du mir vertraut, und ich war ganz stolz auf dein Vertrauen. Es war so vorbehaltlos. Ich nahm mir vor, dich niemals zu enttäuschen. Mehr noch. Ich nahm mir damals vor, wie ein großer Bruder auf dich zu achten.«

»Ich brauche niemanden, der auf mich aufpaßt.«

»Ja, das habe ich bemerkt, und ich finde es gut. Es gefällt mir.«

Er stützte sich auf die Hände und zog sich rückwärts an den Stamm des Baumes heran, um sich dagegenzulehnen. Sie erinnerte sich an die Streifzüge mit ihm, und ein Lied fiel ihr ein:

Den Bauern gehört die Erde
Den Piraten gehören die Meere
Den Räubern gehören die Wälder
Dem Kaufmann gehören die Gelder

Bei den weiteren Strophen war es immer darum gegangen, die Begriffe zu vertauschen. Es gab auch einen Refrain, aber sie wußte ihn nicht mehr. Sie hatten damals viel miteinander gelacht.

»Wie ist es nun mit dem Du?« fragte er.

Sie nickte und hockte sich auf die Erde.

»Es gibt noch etwas, was ich an dir bewundere. Du versuchst ein eigenständiges Leben zu führen. Dagegen sind die anderen Mädchen aus dem Dorf eine Schar schnatternder Gänse – nur hinter Männern her. Am Ende werden sie geschlachtet.«

Sie wollte einwerfen, daß er einer der Männer sei, die für das Verhalten der Frauen mitverantwortlich seien, doch er hob die Hand. »Ich darf das sagen«, fuhr er fort, »weil ich mir nichts aus Frauen mache – so wie du dir nichts aus Männern machst.«

Sie runzelte die Stirn. War er homosexuell? Das hatte sie nicht erwartet. Wie verhielten sich die gegenüber Frauen?

Er lächelte und nickte. »Ich sage dir das alles nur, weil du die einzige im Dorf bist, der ich das überhaupt sagen kann. Ich denke, du verstehst mich. Und ich habe gewissermaßen jetzt vorbehaltloses Vertrauen zu dir, so wie du damals zu mir.«

Verwundert betrachtete sie ihn. Waren alle Schwulen so? Wieso vertraute er ihr ein solches Geheimnis an? Sie hatte ihn in den letzten Jahren nur wenig und dann von weitem gesehen. Als sein Vater abtrat und ihm das Gut überließ, war für die Herzensacher ein großes Fest ausgerichtet worden. Sie hatte sich geweigert, dorthin zu gehen. Unvermeidlich war, daß sie den Klatsch über ihn mitbekam. In Berlin solle er ein wildes Leben führen – sie hatte dabei immer an junge Frauen gedacht. Es waren Männer! Eigentlich kannte sie das Phänomen Homosexualität nur aus dem Fernsehen. Sie erinnerte sich, wie sie als Kind zu ihm aufgeblickt hatte, weil er auf alle Fragen eine Antwort wußte. Er war zehn oder fünfzehn Jahre älter als sie und war ihr damals sehr erwachsen vorgekommen.

Jetzt meinte sie zu spüren, daß er derjenige war, der ein Problem und keine Antwort besaß. (Wie machten sie es miteinander?) Sie rutschte zu ihm heran an den Stamm und lächelte. (Wie interessant, ein echter Schwuler!)

Er schüttelte den Kopf. »Schon komisch, daß ich dich gerade jetzt treffe«, sagte er. »Aber ich bin froh darüber.« Er strich mit der flachen Hand über das Moos zu seinen Füßen. (Eine schwule Bewegung?) »Ich weiß nicht, wie ich es sagen soll, aber ich glaube, du bist die einzige Frau, die meine Neigung versteht, ohne den Ehrgeiz zu entwickeln, mich bekehren zu wollen.« Er lachte hilflos und bohrte mit dem Finger im Waldboden.

»Weißt du, es ist schon seltsam mit den Frauen . . .«

Er schien ihren Rat zu wollen, es machte sie stolz, aber es verunsicherte sie auch. »Ach ja?«

»Ich habe im Grunde keine Ahnung, aber . . .« Er schüttelte den Kopf. »Ich möchte dir etwas erzählen. Ich weiß nicht, wem ich es sonst sagen soll. Ich glaube, wenn du mir zuhörst, ich glaube, das hilft mir schon.«

Er lächelte sie fragend an, und sie nickte ihm zu. Während er ihr von den Bedingungen des Vertrages zwischen den Weinsteiner Grafen und seiner Familie berichtete, hatte sie das Gefühl, einem Bruder zuzuhören. Sie verstand seine Gefühle, und sie begriff sein Problem, das er nun als besonders drängend darstellte, weil der Student, höchstwahrscheinlich ein Erbe der Weinsteins, im Dorf aufgetaucht sei und nur darauf warte, das gesamte Dorf und die Ländereien wieder an sich zu nehmen.

»Möglicherweise bringt er mich sogar um«, sagte Jan mit einem Lachen.

Katharina behielt ihre Begegnung mit dem Studenten für

sich. Sie bezweifelte, daß er ein Weinstein war und von ihm irgendeine Gefahr für Jan ausging. Sie hatte ihn absichtlich besonders schroff behandelt, denn sie war sich bewußt geworden, daß er ihr Bild von den Männern ins Wanken bringen konnte. Mehrmals war sie in Versuchung geraten, ganz normal mit ihm zu sprechen. Sie hatte sich sogar dabei ertappt, ihn sympathisch zu finden. Jetzt war sie froh, ihm mit der Ohrfeige eine eindeutige Abfuhr erteilt zu haben.

»Warum heiratest du nicht pro forma und ...«

»Nein.« Er ließ sie nicht zu Ende sprechen, sondern schilderte, welche Verpflichtungen er mit einer solchen Ehe einzugehen befürchtete. »Nein, was ich brauche, ist eine Frau, die garantiert nicht mit mir zusammenleben will. Die einfach nur ein Kind bekommt. Dafür wäre ich bereit, viel zu bezahlen, so daß sie für den Rest ihres Lebens ausgesorgt hätte. Sie bräuchte sich keine Sorgen um die Zukunft zu machen. Aber, bitte, keine Ehefrau.«

Er sah sie verlegen von der Seite an: »Katharina, eigentlich müßte es jemand wie du sein.« Er lachte, als hätte er einen guten Witz gemacht.

Sie hielt ihm die Hand auf den Mund. »Hör auf!«

Er verstummte und las in ihren Augen. »Du? ... Nein.«

Sie nickte. »Warum nicht?«

Er schüttelte den Kopf. »So war das nicht gemeint.«

»Laß mich darüber nachdenken.«

Er erhob sich, schüttelte seine Hosenbeine. Er beugte sich noch mal herab und gab ihr die Hand. »Ich weiß, daß du mir helfen willst, aber du sollst es dir wirklich gut überlegen, denn ich werde mich nicht ändern – für nichts und niemanden.«

Sie nickte und blieb sitzen.

»Nein, Katharina, nein«, sagte er scharf, als solle sie sich ein für allemal diese Idee aus dem Kopf schlagen. Doch sie sah durch ihn hindurch. Es schien ihr eine gute Lösung für ihr weiteres Leben. Nein, es war sogar genau das Ereignis, auf das sie gewartet hatte, ohne es zu wissen. Sie würde die Unabhängigkeit bekommen, die sie sich wünschte. Niemand konnte ihr dann noch Vorschriften machen. Sie wäre auf einen Schlag frei ...

Ein Kind. Warum nicht. Es würde eine Amme, eine Erzieherin bekommen. Ein Kind. Na und? Wenn sie wollte, konnte sie es auch selbst aufziehen. Natürlich mußte sie dazu einiges vorbereiten. Schließlich hatte sie sich vor kurzem ganz anders entschieden.

Sie sah Jan nach. Er ging langsam davon, blieb stehen und rief: »Ich möchte nicht, daß du das für mich tust.«

Doch es bestätigte sie nur in ihrem Plan. Und sie fühlte, dies war der Augenblick, in dem sich das Leben vollkommen änderte. Wie viele Menschen warteten auf solch eine Chance? Sie konnte, sie mußte sie ergreifen.

Sie stand auf, lehnte sich gegen den Stamm der Eiche. »Ich will«, sagte sie leise und sah Jan nach. (Schwul!) Er trat zwischen die Bäume, drehte sich um und winkte ihr noch einmal zu, bevor er im dichten Wald verschwand. (Schwul!)

»Ich will«, sagte sie.

21

War es so? Das Idyll Herzensach (war es eins?) hatte ihn innerhalb dreier Tage mit einer besonders schnell wachsenden Kletterrose (seiner eigenen blühenden Begeisterung) umrankt und gefangengenommen. Nun hatte die Kletterpflanze Dornen ausgebildet, und einige der Stacheln hatten sich in seine Haut gebohrt, hatten verhindert, daß er einschlief – wie Dornröschen.

Er wußte nicht, ob es Katharinas Ohrfeige, der Blick des Tischlermeisters oder die Begegnung mit Jan van Grunten gewesen war, was ihn in jene Wirklichkeit zurückversetzt hatte, aus der er gekommen war. Man wollte ihn nicht, lehnte ihn ab, war ihm feindlich gesinnt. Auch der Gutsherr. Erst im nachhinein wurde ihm bewußt, daß er einer Theateraufführung beigewohnt hatte. Der Mann war nicht echt.

Schon gestern hätte er seinen Wagen in Weinstein abholen können, hatte es aber hinausgeschoben, weil er ihn scheinbar nicht benötigte. Er war auch nicht echt gewesen. Beide, der Gutsherr und er, waren sie Zitate aus einem Buch, Figuren aus einem Film. Theater. Selbstvergessen. Zurück in die Wirklichkeit der Schläge und Feindseligkeiten und Fahrpläne. Er stand an der Bushaltestelle nach Weinstein, studierte die Abfahrtzeiten und war in Gedanken bereits in Hamburg. Vier Tage hatte er in den fotorealistischen Kulissen eines Bühnenstücks geschlafen. Wach auf, du Dummkopf, hatte er sich an diesem Morgen gesagt, du träumst. Dieses Dorf war so häßlich, rückständig, öde, verschimmelt wie alle anderen, seine Bewohner verbohrt, einfältig und, wie nicht anders zu erwarten bei einem perversen Bürgermeister, voller idiotischer Macken. Katharinas trotzige Art hatte ihn herausgefordert. Ein Spiel. Was sollte er sich mit ihr abgeben? Schluß. In Hamburg gab es genug Frauen, die interessanter waren.

Jakob Finn lächelte grimmig, fast wäre es diesem Mädchen gelungen, aus ihm einen Dummkopf zu machen. Nein, Herzensach war nur noch Objekt wissenschaftlichen Interesses, man beugte sich mit einem Vergrößerungsglas darüber und beobachtete das putzige Krabbeln. Und wenn man Vergnügen daran hatte, stieß man einen der Käfer an, damit er auf den Rükken fiel. Schon interessant, daß sie sich von allein nicht umdrehen können. Notieren wir das mal! Vielleicht würde es ihm gelingen, die Dauer seines Aufenthalts zu reduzieren. Vielleicht genügte es, alle vierzehn Tage oder einmal im Monat die Messungen und Beobachtungen vorzunehmen? Jemand stieß ihn am Knie. Er sah herab. Der Hund war herangetrottet, hatte sich gesetzt und an sein Bein gelehnt. Der Student fuhr ihm kraulend zwischen die Ohren.

»Falls du sie siehst, sag ihr, sie ist mir egal.«

Trivial drehte den Kopf zur Seite, als verweigere er die Annahme der Nachricht. Nach einer Weile drehte er den Kopf zurück und sah ihm direkt in die Augen.

»Doch, doch, so ist es«, bestätigte Jakob. »Guck mich nicht so an. Sie will mich nicht.«

Ein offener Wagen näherte sich der Bushaltestelle, bog in die Haltebucht und hielt vor Jakob. Eine blonde Frau lachte ihn an.

»Nach Weinstein?«

Jakob nickte. Sie spürte, daß er in seinem Gedächtnis nach ihr forschte.

»Ich bin Sabine Weber, die Frau von dem da oben.« Sie deutete mit dem Kopf in Richtung des Bungalows. »Wir sind uns noch nicht begegnet. Steigen Sie ein.«

Er kletterte in den Wagen, und sie fuhr mit quietschenden Reifen los, so daß es ihn in die Polster drückte. Sie lachte und erzählte, daß sie ihn schon beobachtet habe und aufgrund des Dorfklatsches alles über ihn wisse, Dinge, die er möglicherweise nicht einmal selbst über sich wisse.

Er berichtete, daß er die Bilder in ihrer Galerie durch die Fenster gesehen und sich über ein Geschäft dieser Art hier am Ort gewundert habe.

»Ich habe noch eine Galerie in Weinstein, das ist das Hauptgeschäft. Aber ehrlich gesagt, ich verstehe gar nichts von Kunst.«

»Wie können Sie dann Bilder verkaufen?«

»Eben nur deshalb.« Sie lachte übermütig und lud ihn ein, mit in die Galerie zu kommen.

»Ich verstehe auch nichts von Kunst«, gab er zu bedenken.

»Dann sind wir schon drei. Ich bin nämlich mit Heidelinde Wulf verabredet, der Malerin aller dieser Bilder, die Sie gesehen haben. Sie behauptet auch, nichts von Kunst zu verstehen.«

»Wie kann sie dann malen?«

»Eben nur deshalb.«

Der Student lachte. »Wahrscheinlich haben Sie recht.«

»Sie ist nicht die einzige Künstlerin in Herzensach.«

»Es gibt noch mehr Maler?«

»Nein, Schriftsteller.«

»Meinen Sie den Pastor?«

Sie lachte und schüttelte den Kopf.

»Wer ist es? Kenne ich ihn?«

»Unser Förster.«

»Ich kenne ihn, aber er hat mir nichts davon erzählt.«

»Er schreibt Briefe. Trostbriefe.«

Sie lachte über seinen Gesichtsausdruck und beeilte sich zu erklären: »Immer wenn er von einem Unglücksfall hört, von einem Todesfall, genaugenommen von einem Mord, dann schreibt er den Hinterbliebenen Trostbriefe. Sie werden in einer Zeitschrift veröffentlicht, und es gibt ein kleines Büchlein davon. Allerdings unter dem Namen Frank Johann!«

»Und so etwas lesen die Leute.«

»Die Leute im Dorf wissen das nicht. Unser Förster mag es nicht, wenn man von seiner Schreibarbeit erfährt. Man muß eine Zeitlang hier leben, um in die Geheimnisse des Dorfes einzudringen.«

»Ja, was ist zum Beispiel mit der Herkunft dieser Katharina?«

»Katharina?« Sie sah ihn fragend an, und er glaubte erklären und beschreiben zu müssen, wer das Mädchen sei. Sie hörte schweigend zu, verlangsamte das Tempo, hielt schließlich in einem Waldstück neben der Straße an und drehte sich ihm zu.

»Sie lieben sie, nicht wahr?«

»Was?« War seine Beschreibung schwärmerisch ausgefallen? »Nein – nein, nein.«

Sie beobachtete ihn schweigend, verzog den Mund, als wollte sie lachen. »Na, dann nicht.«

Er spürte, daß sie ihm nicht glaubte.

»Sie ist mir einfach nur aufgefallen.«

»Vielleicht ist das Geheimnis um Katharina nicht sosehr ihre Herkunft – sondern etwas anderes. Aber im Grund weiß ich auch nichts Genaues. Ich komme nicht aus Herzensach. Obwohl ich mich verbiege, um dazuzugehören. Mein Mann hat mich, ich muß damals geistig verwirrt gewesen sein, hierhergebracht. Noch größerer geistiger Verwirrung ist es zuzurechnen, daß ich ihn geheiratet habe. Ganz zu schweigen von dem totalen Schwachsinn, immer noch nicht geschieden zu sein.«

Sie lachte und fuhr wieder an. »In Herzensach verliert man nicht sein Herz, sondern seinen Verstand.«

»Nicht schlecht. Das habe ich vorhin auch gedacht.«

Sie beschleunigte und schickte ihm einen belustigten Seitenblick zu. Und plötzlich hatte er das Gefühl, daß auch sie eine Rolle spielte. Das Stück hieß vielleicht: Die frustrierte Ehefrau voller Charme und Witz und der ahnungslose Student landen in einem Motel.

»Haben Sie sich nicht auch schon gefragt, was der Name des Ortes zu bedeuten hat?«

»Nein.«

Sie hob warnend einen Finger. »Dunkle Leidenschaften!«

»Ich dachte es mir fast.« Sicher kam gleich ein einsames Motel an der Straße.

»Ich würde Sie gern über alle Geheimnisse des Ortes ausfragen, aber ich weiß nicht, wo ich beginnen soll.«

»Dann könnte ich noch so schnell fahren, wir würden uns keinen Meter von Herzensach entfernen.«

Sie trat das Gaspedal durch. »Sie sollten mir nicht trauen. Ich weiß nichts. Und ich würde Ihnen auch nichts verraten. Außerdem: Ich bin eine Fremde im Ort, und aus meinem Mund klingt alles fremd, was für die Ureinwohner normal ist. Mein Tip: Gehen Sie sonntags in den Gasthof!«

»Man hat mich davor gewarnt. Was geschieht dort?«

»Oder bleiben Sie nachts wach und beobachten Sie, wer sich von Haus zu Haus schleicht.«

»Ich fürchte, ich habe, ohne es zu wollen, eine heimliche Verbindung beobachtet.«

»Erzählen Sie mir lieber nichts davon. Ich müßte alles weitererzählen.«

Er schüttelte den Kopf. »Ich bin diskret.«

»Aber wenn Sie in Ruhe leben wollen, dann folgen Sie niemandem und suchen Sie sich ein Quartier in einem anderen Ort. Vor allem verlieben Sie sich nicht in eines der Mädchen aus dem Dorf. Aber ich fürchte, meine Warnung kommt zu spät.«

»Was würde mit mir geschehen?«

Sie hatten Weinstein erreicht. Sie sah ihn nicht an und gab keine Antwort, sondern konzentrierte sich auf die Fahrt durch die engen Gassen. Schließlich parkte sie in einem Hinterhof und stieg aus.

»Wie komme ich zu meiner Werkstatt?«

»Kommen Sie mit. Ich stelle Sie der Frau vor, die wie keine andere an jenem Tuch webt, das wie ein Vorhang alles in Herzensach vor fremden Augen verbirgt. Vielleicht haben Sie Glück, und sie läßt Sie dahinterschauen.«

Sabine Weber ließ Jakobs Einwand, endlich zur Autowerkstatt gehen zu wollen, nicht gelten, führte ihn durch einen Torweg in die Haupteinkaufsstraße und dort in ein kleines Haus mit zwei Läden – einer Boutique und einer Galerie. Beide gehörten ihr.

Heidelinde Wulf saß zwischen ihren an den Wänden hängenden und stehenden Werken in der Galerie. Sie war eine außerordentlich schöne Frau mit einem ebenmäßigen Gesicht, das zwischen den bunten Bildern wie eine Ikone aus einem Stummfilm wirkte. Jakob hätte jedes Motiv dieser bis zu einem Quadratmeter großen Landschaftsbilder in der Natur um Herzensach wiederfinden können. Manchmal waren sogar Teile des Dorfes zu sehen. Sabine Weber stellte ihn vor und überließ ihn ihrer Freundin Heide, als hätte sie ihr ein Geschenk mitgebracht. Wie ähnlich die beiden Frauen einander plötzlich waren. (Vielleicht doch aus einem alten Film.) Dann verschwand sie, um in ihre Boutique zu gehen. So plötzlich mit der Malerin alleingelassen, spürte der Student seine Verlegenheit, sagte, er wäre sehr neugierig auf die Künstlerin gewesen und ob sie denn Herzensach für so friedlich halte, wie ihre Bilder es zum Ausdruck brächten. Er hatte vor, ein paar freundliche Worte zu wechseln, sich bald darauf zu entschuldigen und sein Auto abzuholen. Doch die Frau des Arztes antwortete ihm nicht, sie musterte ihn mit einem spöttischen Lächeln (Metropolis? Caligari?) von oben bis unten, so daß er sich noch unwohler fühlte.

Er suchte schon nach einer Formulierung, die es ihm schnell ermöglichen würde zu gehen, da begann sie zu sprechen.

»Sie wissen sicher nicht, daß ich eine geborene Herzensacherin bin.« Es kam langsam und bedächtig wie eine Warnung. (Nosferatu?) Er schüttelte den Kopf.

»Ich bin dort aufgewachsen bei meinem Großvater, der lieber einen Enkel gehabt hätte. Mein Vater hat es nicht ausgehalten und ist kurz nach meiner Geburt davon. Ich mußte bleiben, später bin ich ihm nach. Und ich bin zurückgekommen. Ich habe einen Mann mit nach Herzensach gebracht, der dort gebraucht wurde. Es war eine Art Pflicht. Verstehen Sie?« (King Kong und die weiße Frau?) Mit Abscheu nahm sie eines ihrer gerahmten Bilder auf und hielt es ihm vor das Gesicht. Und da begriff er plötzlich, was das Besondere an diesen Bildern war; er hatte es schon damals gespürt, als er sie durch die Fensterscheiben hindurch angesehen hatte, und nun konnte er es formulieren: Diese Bilder waren voller Wut und zugleich voller Liebe. Sie waren der Versuch, sich etwas zur Heimat zu machen, aus dem man eigentlich fliehen wollte. Sie war eine Gefangene dieser Landschaften, sie haßte sie und liebte sie und konnte sich nicht davon befreien. Ihre Gemälde waren Hilfeschreie, Peitschenhiebe und Liebeserklärungen. Seine Entdeckung machte ihn sprachlos.

Sie faßte ihn am Arm, und er ließ sich willenlos die gewundene Treppe hinunter in den Keller führen, wo sie ihm andere Bilder zu zeigen versprach. Doch unten stieß sie ihn in die Dunkelheit hinein, riß seinem Hemd mit einem Ruck die Knöpfe ab, griff in seine Hose und drängte ihn gegen eine Wand.

Er hatte sein zerrissenes Hemd unter der Jacke verborgen, war zur Werkstatt gehetzt und hatte seinen Wagen ausgelöst. Weg von hier! Raus aus diesem Horrorfilm! Nach Hamburg. Erst auf der Autobahn war er ruhiger geworden, hatte das Ereignis noch einmal an sich vorüberziehen lassen. Was hatte die Hexe von ihm gewollt? Nicht das, was er gedacht hatte. Es war fast, als hätte sie sein Geheimnis gekannt. Dieser gezielte Griff nach seinem Geschlecht. Er hatte entdeckt, was sich hinter ihrer Malerei verbarg. Und sie hatte gewußt, wie man sich seiner mit Gewalt bediente. Eine Hexe. Weg von hier! Nach Hamburg. Er beschleunigte, hatte den Wagen fast schon auf Höchstgeschwindigkeit gebracht. Sie hatte es gewußt, aber nichts getan. Doch ein Zufall? Die Narben! Vielleicht hatten seine Narben alles verraten. Ihr spöttisches Lächeln. Sie hatte es gewußt, als er hereinkam. Frauen sehen es doch. Aber sie hatte nichts gewollt. Ihre Finger waren hervorgeschnellt, und die Nägel hatten vier rote Streifen auf seinem Bauch hinterlassen, in denen das Blut perlte. Sie hatte ihn nur kennzeichnen wollen. Er war ihr Opfer.

Bloß weg! Nach Hamburg. Nie wieder nach Herzensach. Er trat auf das Gaspedal.

Was für eine Szene! Kein Film. Kein Spaß mehr. Noch jetzt schnürte es ihm die Kehle zu, drückte seine Brust zusammen. Dieses Dorf war verrucht, voller perverser Leidenschaften, Sexus und Gewalt. Alles Hexen. Wer weiß, ob nicht insgeheim blutige Kulte ausgeübt wurden, teuflische Kreise gezogen. Weg von alldem! Nach Hamburg. Nie mehr zurück. Kein Wunder, daß Katharina sich mit allen Mitteln ihrer Haut wehren mußte. Eine Ausfahrt kam. Er bremste ab. War sie Opfer oder Täterin? Wenn er einfach zurückfuhr und sie mitnahm? Ohne jeden Anspruch. Ihr einfach die Chance zu fliehen gab? Er fuhr langsam von der Autobahn herunter. Er mußte etwas tun! Nein, sie war alt genug, um für sich selbst zu sorgen. Er kreuzte die Landstraße und fuhr auf der anderen Seite die Auffahrt zur Autobahn wieder hinauf. Nein, der Entschluß stand fest: Nie wieder nach Herzensach. Es war genug der Erniedrigung. Nach Hamburg.

An der nächsten Raststätte parkte er, betrachtete seinen Bauch; wenn er Pech hatte, würden sich die Wunden entzünden. Er versteckte sie unter seinem Hemd und schloß die Jacke darüber. Die Frau des Fabrikanten mußte gewußt haben, was die Malerin mit ihm machen würde. Doch, von Anfang an. In der Erinnerung las er es ihren Augen ab. Sie hatte ihn als Opfer ausgewählt und der Malerin zugeführt. Er stieg aus und ging die geparkten Wagen entlang zur Raststätte. Plötzlich drehte er sich irritiert um. War er eben am Wagen des Försters vorbeigegangen? Es war das Auto von Johann Franke! Vorsichtig näherte er sich den großen Fensterscheiben des Restaurants. Tatsächlich saß der Förster an einem der Tische und trank ein Glas Wasser. Was machte der hier?

Jakob eilte zurück, auch den Förster wollte er nicht mehr sehen. Er fühlte sich von ihm betrogen. Warum hatte er ihm nichts von seinen Trostbriefen erzählt? Warum sollte er? Nein, Johann Franke war vielleicht der einzige anständige Mensch in Herzensach. Trotzdem wollte er sich jetzt nicht vor ihm rechtfertigen, warum er Herzensach für immer verließ. Er stieg in seinen Wagen und fuhr weiter. Nach ein paar Kilometern spürte er, daß er, ohne es zu wollen, langsamer wurde. Das Gaspedal widersetzte sich ihm. Er dachte an die Tochter des Försters. Wie sanftmütig, wie verständnisvoll war sie gewesen. Wenn er jetzt zurückfuhr, würde der Vater nicht dasein. Sie war allein ... oder saß mit Katharina zusammen und beide lachten ... lachten über ihn. Diesen Trottel! Und dann kam auch noch Heidelinde Wulf zur Tür herein. Soll ich euch mal was erzählen? Alle drei kreischten auf. Nach Hamburg. Nie mehr Herzensach. Nie mehr. Ein Wald fand sich überall.

22

Jede Haushälterin im Gutshof wußte um das Geheimnis des Gebäudes, doch keine hatte es je ihrer Nachfolgerin verraten (schließlich gehörte es sich nicht), sondern es dieser überlassen, es selbst zu entdecken. Manuela Kotschik hatte es bereits nach vier Jahren Dienst herausgefunden. Es dauerte allerdings ein weiteres Jahr, bis sie jede Stelle im Haus kannte, an der es möglich war. (Natürlich tat sie es nicht.) Das Netz von genau bestimmbaren Punkten, von wo aus man Gespräche mithören konnte, zog sich durch das ganze Gebäude. Man konnte lauschen, ohne die üblichen verräterischen Haltungen einnehmen zu müssen, indem man etwa das Ohr an die Wand preßt oder sich zum Schlüsselloch bückt. Wollte man wissen, was in der Bibliothek besprochen wurde, so öffnete man im darüberliegenden Zimmer die unteren Türen eines Einbauschranks, und jedes Wort, sogar ein geflüstertes, war klar und deutlich zu verstehen. (So etwas würde sie nicht tun.) In der Eingangshalle gab es einen bestimmten Platz, an dem sich die Gespräche aus dem Speisesaal deutlich wiederfanden. Trat man jedoch nur einen halben Schritt zur Seite, war nichts mehr zu vernehmen. (Unbeabsichtigt hörte sie manchmal mit.)

Manuela Kotschik vermutete, es hänge mit der Luftheizung zusammen. Ein System gemauerter Schächte durchzog das Haus. Vom Keller aus wurde über sie heiße Luft in alle Räume geleitet. Der Architekt war ursprünglich Orgelbauer in Frankreich gewesen, bis er von der Kirche exkommuniziert wurde und sich Hendrik van Gruntens Piraten anschloß. Er entwarf – so ging es aus der Familienchronik hervor – nicht nur den Wehrturm, sondern auch das 1829 erbaute Gutshaus. Und er besaß mit Sicherheit besondere Kenntnisse der Akustik. Auch die später angebauten Flügel verfügten über diese Mithöreinrichtung. Johann Jacob van Grunten hatte für die beiden schmucklosen Anbauten einen Architekten von weither geholt. Er selbst kannte wohl das Geheimnis des Gutshauses und wollte es auf den Neubau übertragen lassen. Ob alle folgenden Gutsherrn in diese Technik des Lauschens eingeweiht waren, wagte die Haushälterin zu bezweifeln. Jedenfalls hatte sie niemals Jan an einem dieser Punkte überrascht. Und sie selbst war nicht interessiert, ihre Entdeckung mitzuteilen. Nicht einmal ihrem Mann hatte sie es verraten. Und selbstverständlich würde sie niemals von ihrem Wissen, das sie auf diese Weise systematisch von ihrer Herrschaft erlangte, Gebrauch machen. Der Gutsherr konnte sich ihrer absoluten Loyalität gewiß sein. Allerdings war sie auch bisher nicht in Versuchung geraten, da sie nichts von großer Bedeutung erfahren hatte.

Nun aber stellten die am vergangenen Abend (zufällig!) belauschten Gespräche sie auf eine harte Probe.

»Was ist mit dir los?« schimpfte ihr Mann. Er war seiner Frau in den vergangenen Jahren aus dem Weg gegangen, trotzdem bemerkte er jetzt ihre Unruhe. Er erwartete keine Antwort und schliff, ohne abzusetzen, am Rand eines alten Tontopfes sein Fleischmesser. Das Metall über den rauhen, gebrannten Ton zu ziehen war noch immer die bessere Art, es so scharf wie ein Rasiermesser zu machen, als der moderne Schleifbock in der Schmiede. Und es war eine sehr befriedigende Tätigkeit, eine Art Meditation. Manuela zuckte zusammen und bemerkte erst jetzt, daß aus der Pfanne, die sie über dem Feuer hielt, schwarzer Rauch aufstieg.

»Werner, du machst mich ganz nervös«, schimpfte sie. Sie war froh, daß er seiner Wege ging und doch immer da war. Er brummte nur und prüfte die Klingen seiner Messer mit dem Daumen, legte sie in die Schublade und zog sich aus der Küche zurück. Die Haushälterin kühlte die Pfanne, legte sie zur Seite und sah zum Fenster hinaus in den Garten.

Gestern abend hatte sie sehr spät noch einen Imbiß zubereiten müssen. Überraschend war der Rechtsanwalt der Familie gekommen. Die Küchenhilfe war schon gegangen. Sie war lange in der Küche und dann mit dem Servieren der Platten und der Getränke beschäftigt gewesen und hatte keine Gelegenheit gefunden zu lauschen. (Wollte ja auch gar nicht lauschen.) Doch der Gast blieb noch bis weit nach Mitternacht. Die beiden Männer hatten das Problem, den Anlaß ihres Treffens, in der Bibliothek von allen Seiten beleuchtet. Was Manuela Kotschik erfuhr (sie hatte es wirklich nicht gewollt), konnte sie niemandem mitteilen. Es beschäftigte sie so sehr, daß sie zeitweilig ihre Umgebung nicht mehr wahrnahm. Schuld an diesem Zustand war wohl auch ihre Schlaflosigkeit in der vergangenen Nacht. Sie war aufgestanden und im dünnen Nachthemd durch das dunkle Haus in die Küche getappt, um sich etwas zu trinken zu holen. Ein schwaches Geräusch hatte sie alarmiert. Sie war nicht die einzige im Haus, die nicht schlief. Auch Jan war noch wach. Und an jener Stelle (sie kreuzte sie zufällig), von der aus man fast jedes in seinem Schlafzimmer gesprochene Wort vernehmen konnte, hatte sie zu zittern begonnen, vor Kälte und Aufregung zugleich. Und weil sie nach einer Weile glaubte, das ganze Haus habe im selben Rhythmus zu zittern begonnen, war sie zurück ins Bett geflüchtet und hatte sich unter den Kissen vergraben, bis sie keine Luft mehr bekam.

Es war nicht die unbekannte Frauenstimme gewesen, die sie so sehr in Aufregung versetzt hatte. Nächtlicher Damenbesuch bei Jan kam gelegentlich vor. (Sie wollte nicht wissen, wer es war.) Sie wußte immer, wer es war. Nein, daß er mit dieser Frau im Bett lag und seine Heirat mit einer anderen besprach! Eine Ungeheuerlichkeit. Und erst in diesem Moment verstand sie die Unterredung mit dem Anwalt in voller Tragweite. Es war um das Aufsetzen eines betrügerischen Ehevertrags gegangen. Die Frau, die Jan heiraten wollte, war aus Manuela Kotschiks Sicht zwar vollkommen ungeeignet, doch daß sie von vornherein betrogen werden sollte, brachte ihr die Sympathie der Haushälterin ein. Zum ersten Mal war sie im Zweifel, ob sie dieses heimlich erworbene Wissen nicht doch weitergeben mußte. Nein. Und doch mußte die zukünftige Ehefrau des Gutsherrn auf irgendeine Weise gewarnt werden. Es gab Gesetze, die über Jans Recht standen, absolute Treue zu verlangen.

Manuela Kotschik hatte noch Zeit, bis die Vorbereitungen für das Mittagessen getroffen werden mußten. Der Gutsherr bestand mittags nicht auf warmem Essen, sondern begnügte sich mit kalten Speisen, besonders wenn sie die Qualität italienischer Antipasti besaßen. Die Haushälterin streifte ihre Schürze ab und ging in den Garten. Es erschien ihr unmöglich, allein eine Lösung zu finden. Ihr Bedürnis, mit jemandem zu sprechen, wurde immer drängender. Aber was konnte sie schon sagen? Mit wem sollte sie sprechen? Sie betrat den kleinen, abgegrenzten Gemüse- und Kräutergarten, bückte sich ab und zu, um Unkraut zu zupfen. Der Pastor fiel ihr ein. Ihm konnte sie vertrauen. Sie erhob sich, strich sich die Haare aus dem Gesicht, betrachtete ihr Kleid. Es war zu auffällig, wenn sie im Alltagskleid zur Kirche ging. Das tat sie nie. Es war geradezu verräterisch. Sie überlegte, hinten an der Herzensach entlang zur Kirche zu gehen. Es würde wie ein Heranschleichen wirken. Wenn jemand sie sah, was würde er denken? Sie mußte es wagen. Langsam und unauffällig würde sie hinunter zum Fluß gehen.

Sie stieg über den Kaninchenzaun des Gemüsegartens, ging die Beete mit den Frühjahrsblumen entlang, kam zu den Rosensträuchern und zu dem runden Teich. Sie setzte sich auf die Einfassung und tauchte ihre Hand ins Wasser. Ein Fisch näherte sich vorsichtig. Plötzlich stieß er vor, versuchte in ihre Fingerspitzen zu beißen. Sie zog die Hand erschrocken heraus.

Es war vollkommener Unsinn, mit dem Pfarrer zu sprechen. Was konnte er anderes tun, als ihr zuhören? Er war ein Fremder. Er würde ihre Vermutungen für übertrieben halten und sie zu beruhigen versuchen. Was wußte er von der Seele der Herzensacher? Er war ein Fremder. Einem Fremden durfte man nicht vertrauen.

Sie stand auf, ging ziellos durch den Garten und sah zum Haus, ob man sie beobachtete. Plötzlich wußte sie, mit wem sie alles besprechen konnte. Es gab eine Person, die alles über die van Gruntens wußte, die Herzensacherin war. Ihr konnte sie sich restlos anvertrauen. Sie würde den Zwiespalt verstehen. Eilig ging sie zum Haus zurück, betrat es durch den Kücheneingang, wischte sich die Hände im Vorbeigehen an einem Küchenhandtuch ab, durchquerte die Eingangshalle mit raschen Schritten und stieg in den obersten Stock hinauf.

Maria Glaser saß in Nachthemd und Bademantel am Fenster in ihrem Lehnstuhl. Ihre Beine waren bandagiert.

»Maria! Du solltest doch unbedingt im Bett bleiben!«

Maria schüttelte den Kopf. »Kommt ihr mich holen?«

»Nein, dein Zimmer ist noch nicht fertig.«

»Ich finde es nicht richtig, im Erdgeschoß zu wohnen. Es gehört sich nicht.«

»Aber wir alle wollen es. Auch der Gutsherr.« Manuela holte eine Wolldecke vom Schrank und legte sie sorgfältig über die Beine der alten Haushälterin, zog sich einen Hocker heran und setzte sich. Sie verfolgte den Blick der Alten aus dem Gaubenfenster hinaus, bis hinüber zum Waldrand, wo das Dach des Forsthauses zu sehen war.

»Maria, du weißt, daß wir uns alle Sorgen machen«, begann Manuela langsam.

»Ach«, wehrte Maria ab, »ich bin alt, was ist schon dabei.«

»Nein, ich meine, um Jan. Wir alle wollen, daß er heiratet.«

»Das ist wahr, wenn ich das noch erleben könnte, das wäre schön.«

»Ich glaube, es wird bald soweit sein. Das heißt, ich weiß es natürlich gar nicht. Du verstehst, wir wissen ja nichts. Es steht kurz bevor.«

»Wirklich? Ich habe nichts bemerkt.«

»Doch, doch. Es ist nur . . . es gibt ein Problem, und, o Gott, es weiß niemand – es darf niemand wissen –, und ich brauche deinen Rat.«

Maria lachte. »Wahrscheinlich ist sie schon schwanger. Was? Nun sag es schon! Ha, wie ich Jan kenne, will er die Garantie, daß sie ein Kind bekommen kann. Er ist ein schlauer kleiner Bursche, aber nicht wirklich böse. Nur manchmal. Ihr müßt das Brautkleid einfach etwas weiter machen. Man wird es schon nicht sehen. Oje! Hoffentlich paßt mir noch mein Festtagskleid, ich habe es so lange nicht getragen. Hoffentlich haben es nicht die Motten . . .«

Sie schwieg plötzlich und betrachtete die ernste Miene ihrer Nachfolgerin. »Was ist? Was hast du? Er heiratet endlich, damit wird alles gut! Glaub mir, es ist bei allen van Gruntens so gewesen. Sie heirateten und wurden friedlich. Sanfte Lämmer. Auch dieser böse Junge wird gut werden. Glaub mir, es ist immer so gewesen. Wer ist das Mädchen? Wo hat er sie geraubt?«

»Du darfst mit niemandem darüber sprechen, Maria, bis man

es dir offiziell mitteilt«, sagte Manuela besorgt. »Mir wird ganz schlecht, weil ich es dir sage.«

»Meine Liebe, ich habe schon geschwiegen, als du noch in der Milch geschwommen bist, und ich schweige heute noch über alles, was ich hier im Haus erfahren habe. Du weißt, was das bedeutet. Was man hier alles erfährt. Es ist unsere Aufgabe zu schweigen. Deine auch. Es ist nicht leicht, wem sagst du das. Aber wer das Schweigen bricht, der soll verdammt sein. Nun sag schon, wer ist es?« Die Alte lehnte sich vor und legte ihre Hand auf die Schulter ihrer Nachfolgerin.

Manuela ergriff die Hand. »Das Problem ist, daß ich glaube, es soll gar keine richtige Ehe sein, nur eine auf dem Papier.«

Die Alte lachte auf. »Natürlich geht es nur um den Erben. Darum ist es immer gegangen. Mach dir keine Sorgen. Hauptsache, eine Frau kommt ins Haus. Er heiratet! Wunderbar!«

»Aber das Mädchen, sie denkt ... sie weiß es nicht ... Es ist doch Betrug. Verstehst du?«

Maria Glaser lächelte und schloß die Augen. »Wunderbar. Ach, bin ich froh. Ich hatte schon geglaubt ... Du weißt nicht, wie wichtig mir das ist.«

Es schien, als wollte die Alte in ihrem Sessel einschlafen.

»Aber es darf nicht sein.«

»Laß deinen Herrn nur machen«, flüsterte Maria. Sie legte den Kopf zurück, und ihre Stimme wurde tonlos: »Was bin ich froh und glücklich. Du hättest mir keine bessere Nachricht bringen können.« Ihre Hand entzog sich Manuelas Fingern und fiel in ihren Schoß.

»Aber, Maria, sie ist ... sie ist vollkommen ungeeignet.«

»Ach.« Die Alte seufzte zufrieden. Ihre Augen öffnete sie nicht. »Sind wir das am Anfang nicht alle? Ungeeignet.«

»Es ist Katharina.«

Die Alte zuckte zusammen. »Kathar ...« Ihre Lippen bewegten sich weiter, aber Manuela Kotschik verstand kein Wort.

»Maria! Was ist?« Sie erhob sich und neigte ihr Ohr dicht an Marias Lippen.

»Maria! Was ist?«

Die alte Haushälterin öffnete endlich wieder die Augen,

starrte sie an und sank langsam in ihrem Sessel zusammen. Manuela nahm sie bei den Schultern, schüttelte sie. »Maria!«

Sie griff nach der schlaffen Hand. Es war kein Puls zu fühlen.

23

»Ich weiß gar nicht, warum Sie das jetzt so düster schildern, mein lieber Freund. Ich kenne Herzensach. Es liegt im Kreis Weinstein. Ein sehr interessantes Gebiet für Biologen – und nicht nur für die. Auch Archäologen finden dort ein reiches Betätigungsfeld. Dieser Wald ist für Ihre Arbeit hervorragend geeignet. Aber Sie berichten mir, als handle es sich um den Stadtpark, und machen ein Gesicht, als wären Sie dort ausgeraubt worden.«

Selten hatte Jakob Finn seinen Doktorvater, Professor Walter Perner, so vergnügt erlebt. (Doch genau! Es ist jener Professor, der vor einigen Jahren die wesentlich jüngere Fernsehsprecherin Katia Vieth geheiratet hat, die mit einem Selbstmordversuch ihre Einschaltquoten um hundert Prozent steigern konnte. Sie haben die Geschichte bestimmt gelesen!) Jakob war ihm auf dem Flur des Biologischen Instituts begegnet, wollte eigentlich gar nicht mit ihm sprechen, fühlte sich nicht vorbereitet. Perner hatte ihm auf die Schulter geschlagen, ihn mit sich gezogen, und Jakob war um einen Bericht nicht herumgekommen. Er hatte sich Mühe gegeben, die Landschaft um Herzensach als wenig geeignet hinzustellen, konnte er doch nicht ahnen, daß der Professor gerade diesen Wald kannte.

»Und woher, ich meine, wieso kennen Sie Herzensach?« fragte er eingeschüchtert.

»Sie kennen mein Hobby, die Hunderassen. In Herzensach lebten bis ins vorige Jahrzehnt hinein einige der letzten Shark-Terrier, eine leider inzwischen wohl ausgestorbene Rasse, dabei besaß sie außerordentliche Merkmale. Stellen Sie sich einen Irish-Terrier vor, aber mit etwa doppelt so breitem Rücken und einem vollkommen nackten Bauch.« Er unterstützte seine Aussage mit einer Geste, als wöge er ein solches Tier mit beiden Händen. Jakob hatte keine Vorstellung. »Die Züchter fördern die Gestalt oft noch durch eine Rasur seitlich des Bauches. Ursprünglich fanden sie als Schiffshunde Verwendung, ihr breiter Gang machte sie seefest. Der nackte Bauch, aber das ist ein Scherz, soll entstanden sein, weil die Hunde ständig Ausschau hielten und dabei mit dem Bauch über der Reling hingen. Man nannte sie auch ›Boat devils‹. Man fürchtete diese wilden Teufel, weil sie ihre Schiffe bis zum Tod verteidigten. Ein Hund wie ein Seemann, ein Draufgänger, aber auch . . .«

Die Aufmerksamkeit des Studenten ließ nach. Wenn der Professor sich einmal auf sein Lieblingsthema Hunde einließ, sprang er von einer Rasse zur anderen und hörte so schnell nicht wieder auf. Jakob dachte an Trivial, doch der war kein Terrier, eher ein irischer Wolfshund, allerdings mit kürzerem Fell. Mit Sicherheit gehörte er keiner Rasse an, sondern war eine bunte, intelligente Mischung, und wenn man dem Ausdruck seiner klaren Augen trauen durfte, reagierte er wie ein Mensch. Im nachhinein hatte Jakob das Gefühl, der Hund habe ihn während der Tage in Herzensach bewacht. Der Pfarrer schien ihm weniger der Herr des Hundes gewesen zu sein als vielmehr dessen Ernährer. Wenn dem Hund jemand etwas hatte befehlen können, war es Katharina gewesen. Er sah ihre schmale Hand zwischen den Ohren des Hundes und wünschte sich, sie hätte ihn einmal auf diese Weise berührt . . .

». . . so wie wir es ja vom Border-Terrier kennen, einer Rasse mit – im Gegensatz zum Shark-Terrier – wesentlich längeren Beinen, die angeblich früher mit Räubern übers Land zog. Man sagt, Robin Hood habe einen gehabt. Und das erinnert mich an den Boston-Terrier, man kann sagen, der Nationalhund Amerikas. Bis zum Zweiten Weltkrieg war es die verbreitetste Hunderasse in den Vereinigten Staaten. Vielleicht weil die Tiere überhaupt nicht haarten. Typisch, ein Hund, der nicht haart!« Der Professor lachte. »Vielleicht auch noch einer, der nicht pißt und nicht scheißt!« Er lachte erneut, dann sah er den Studenten irritiert an. »Haben Sie etwas gesagt?«

»Nein, aber wo haben Sie diese Hunde in Herzensach gesehen?«

»Ich stieß auf die Rasse durch eine Annonce. Ein Pärchen wurde zum Verkauf angeboten. Daraufhin suchte ich eine Beschreibung der Shark-Terrier und ein Foto für mein Archiv. Doch in keinem Rasselexikon waren sie abgebildet, weil sie dort bereits als ausgestorben galten. Das reizte mich so sehr, daß ich hinfuhr . . . Haben Sie etwa welche gesehen?«

»Nein, ich glaube nicht. Ich habe nur den Förster als Hundezüchter kennengelernt. Aber ich glaube, er beschäftigt sich nur mit Schäferhunden. Deutschen.« Jakob dachte an die Tochter des Försters. Ihre Berührung zum Abschied kam ihm plötzlich wie die bei einem Hund vor. Ja, alle hatten ihn wie einen Hund behandelt. Er lachte, und der Professor sah ihn irritiert an.

»Der Förster? Kenne ich den? Nein, es war bei einem Bauern. Ich könnte Ihnen die Adresse heraussuchen, denn sicher habe ich sie irgendwo notiert. Vielleicht hat er noch Shark-Terrier. Das würde mich interessieren. Wann fahren Sie wieder hin?«

Jakob überlegte, ob er dem Professor gestehen sollte, daß er nie wieder nach Herzensach zurückfahren wollte. (Nie wieder Hund sein!) Doch er hielt es für klüger, ihn erst damit zu konfrontieren, wenn er ein neues Waldgebiet für seine Untersuchungen gefunden hatte.

»Ich gebe kurz Laut, bevor ich fahre.«

»Wie bitte?«

»Ich meine, ich melde mich bei Ihnen.«

»Gut, es gibt übrigens gerade eine Jagdhundausstellung in Hamburg. Sehen Sie sich die mal an. Die ist hochinteressant.«

Es gelang ihm, sich zu verabschieden, bevor der Biologe seinen Vortrag über Hunderassen und Bellfrequenzen fortsetzte und ohne – was Jakob noch mehr gefürchtet hatte – auf das Waldgebiet in Herzensach festgelegt worden zu sein. Seinen ursprünglichen Plan, in der Mensa zu essen, ließ er jetzt fallen, die zufällige Begegnung mit dem Professor hatte ihm die Laune verdorben, so daß er keinen Bedarf mehr hatte, mit neugierigen Kommilitonen zusammenzutreffen. (Hechelnde Hunde!)

Er verließ das Universitätsgelände, ging zur Alster hinunter, um dort bei einem Italiener zu essen, bei dem er bestimmt keinen seiner Bekannten treffen würde. Es war teuer dort. Hamburg war kalt, und der Wind fuhr ihm unter die Jacke. Er fror. In Herzensach hatten die Hügel die Wärme gestaut und nur einen sanften Wind zugelassen. Er betrat das Restaurant und fand zwischen den leitenden Angestellten der umliegenden Firmen und ihren Geschäftspartnern einen freien Tisch am Fenster. Er beobachtete die in dicke Pullover und gelbe Jacken eingepackten Segler auf dem Wasser. Ihre Versuche, den kleinen scharfkantigen Wellen auszuweichen und den tückischen Fallwinden beizukommen, erschienen ihm sinnlos. Der Kellner brachte die Karte, und er wußte, er würde zuviel essen und zuviel trinken, nur um ein kleines Wohlgefühl herzustellen.

Er vertiefte sich in den Weißwein und die Vorspeise, wurde jedoch durch einen Ausruf aufgeschreckt, der aus seinem Vornamen bestand, aber klang, als wäre eine neue, äußerst putzige Hunderasse entdeckt worden. Er kam nicht auf den Namen des Mädchens, erinnerte sich nur, es auf einer Skireise kennengelernt zu haben. Obwohl sie ein rundliches Gesicht hatte, trug sie sehr kurze Haare. Sie war überhaupt etwas pummelig, kaschierte dies aber durch elegante dunkle und weite Kleidung und dadurch, daß sie ständig mit dem ganzen Körper in Bewegung war.

»Ich bin Marion, kennst du mich nicht mehr?« Sie boxte ihm leicht gegen die Schulter.

Er hechelte pflichtgemäß: »Doch, du bist die Schneekönigin.«

»Lädst du mich ein?«

Er nickte. Sie setzte sich, trank von seinem Wein, bestellte eine Vorspeise und erzählte, daß sie zur Zeit halbtags in der Verwaltung eines Chemie-Unternehmens arbeite.

»In der Vorstandsetage«, flüsterte sie und sah sich um, ob einer ihrer Chefs anwesend war. »Alles entsetzlich öde Langweiler. Und die Frauen – o Gott! Die sprechen nicht, die quietschen nur.«

»Warum haben die dich eingestellt?«

»Ehrlich, das frage ich mich auch. Wahrscheinlich, weil sie jemanden brauchen, der die Arbeit macht.« Sie lachte, langte über den Tisch, griff ihm um den Hals. (Kein Halsband!) »Was machst du für ein trauriges Gesicht?« Sie ließ ihn wieder los. (Kein Fell!) Er versuchte zu lächeln und erinnerte sich, daß er sie auf einem Skifest geküßt hatte. In dem dunklen Flur des Gasthauses war sie ihm plötzlich um den Hals gefallen und mit ihrer Zunge tief in ihn eingedrungen. Es hatte ihm gefallen, aber er war ihr im Lauf der Nacht nicht wiederbegegnet, weil er sich mit ein paar Freunden auf eine Wette eingelassen hatte, wer von ihnen sich nackt im Schnee rollen würde. (Wie die jungen Hunde!)

Sie hatte begonnen, ihr Leben anhand von komischen Ereignissen und Begegnungen mit seltsamen und verrückten Leuten zu schildern. Sie redete ununterbrochen. Es amüsierte ihn. Ihr Essen kam, es hielt sie nicht ab, weiterzuerzählen. Er verlor immer wieder die Konzentration und folgte nur noch dem Auf und Ab ihrer Stimme und dem Wiegen ihres Oberkörpers. Es gefiel ihm. Er lächelte sie an, als wäre sie in der Sendung »Mein lustigstes Erlebnis« auf der Mattscheibe seines Fernsehers erschienen. Weit weg und doch ganz nah. Die dünnen brennenden Tentakel der Wirklichkeit zogen sich langsam zurück. Er würde wahrscheinlich umfallen, wenn sie keinen Halt mehr boten. Plötzlich war Stille.

»Was?« sagte er.

»Nerv ich dich?«

»Nein, ich hör dir gern zu.«

Er lachte, hob die leere Weinflasche an. »Ich glaube, ich bin betrunken.«

»Dann ist es besser, ich passe auf dich auf.«

Er winkte dem Kellner. Er hätte sich am liebsten unter dem Fenster zu Füßen der warmen Heizung zusammengerollt. (Doch ein Hund!) Es dauerte unendlich lange, bis die Rechnung kam und seine Kreditkarte bearbeitet wurde. Marion plapperte immer fröhlich weiter. Bevor er es ablehnen konnte, standen zwei Sambucca als Geste des Hauses auf dem Tisch. Sie prosteten einander zu.

Als er endlich aufstand, schwankte er. Draußen im Wind fror er sofort wieder und ließ es sich gefallen, daß Marion ihn umarmte und zum Taxistand schob. Es war nur eine kurze Fahrt bis zu ihrer Wohnung in Eppendorf. Er genoß Marions mütterliche Vorsorge. Jemand mußte die Verantwortung für ihn übernehmen. Sie zog ihn aus, legte ihn ins Bett, deckte ihn zu. Er rollte sich wie ein Hund zusammen. Er fror noch immer. Sie steckte ihm ein Heizkissen unter die Decke. Er war fast eingeschlafen, als er spürte, daß sie zu ihm kroch. Ihr heißer Atem tat ihm gut, ihr üppiges weiches Fleisch war angenehm. Er zog sie auf sich rauf, um nicht mehr zu frieren. Es waren die Momente, in denen er sein Gebrechen liebte. Er konnte alles. Auf Knopfdruck. (Wie ein Hund?) Nur die Begeisterung fehlte. Er stand auf, schwankte ins Bad. Er spürte, wie sein Körper zitterte. Er tröpfelte etwas Eau de toilette auf seinen Penis. Es brannte ein bißchen und half. Als er sein Gesicht im Spiegel sah, erkannte er, daß er mit allen Mitteln versuchte, nicht unglücklich zu sein.

24

Der Fliegenpeter schlug triumphierend mit der Klatsche auf die Theke.

»Er ist nicht mehr hier. Ich habe ihn rausgeschmissen, weil ich gleich wußte, daß was nicht mit ihm stimmt.«

Er feuerte eine Reihe von kurzen Schlägen über eine größere Fläche der Theke ab, erwischte auch zwei, bevor sich das Geschwader wieder in der Luft befand. Er schob die beiden bewußtlosen Fliegen mit der Kante der Klatsche zusammen, um sie mit einem weiteren Schlag gemeinsam endgültig zu erledigen, doch als er ausholte, katapultierte sich eine davon in die Luft, flog auf ihn zu, prallte mitten auf sein linkes Auge und fiel von dort herab auf den Fußboden, in den sicheren Raum unterhalb eines Lattenrostes. Der Angriff war kein Zufall. Der hohen Trefferquote entsprach die ausgefeilte Technik der Fliegen, die sie im Kampf mit ihrem Erzfeind entwickelt hatten. Beide Seiten hatten die jahrelangen Auseinandersetzungen genutzt, um mehr Geschick und neue Taktiken zu entwickeln. Peter Wischberg stand kurz vor der Patentierung seiner Fliegenklatsche mit Nachwippfederung. Doch jetzt schwankte er überrascht zurück, hielt sich mit beiden Händen am Gläserschrank fest, blinzelte heftig mit den Augen und rieb sich schließlich das linke Auge mit der Faust. Als er endlich wieder kampfbereit zur Theke vorrückte, war von der zweiten betäubten Fliege nichts mehr zu sehen.

»Und wo ist er hin?« fragte Wilhelm Weber. Langsam verlor er die Geduld mit dem Wirt.

Peter Wischberg stemmte die Arme in die Hüften, kniff das rechte Auge zu und betrachtete den Wurstfabrikanten mit dem leicht geröteten linken Auge, um dessen Sehkraft zu prüfen. »Ich hoffe, nach meinen eindeutigen Worten läßt er sich hier nicht mehr blicken und . . .«

Eine schneidende Stimme unterbrach ihn: »Du hast ihn also vertrieben? Daß ich nicht lache!« Die Mutter des Wirts hatte die Durchreiche zur Küche geöffnet und ihren Kopf in die Gaststube gesteckt. »Ich! Ich habe dem jungen Mann empfohlen, sich woanders einzuquartieren.«

»Und wo ist er?«

»Er wohnt beim Tischler.«

Wilhelm Weber verließ grußlos die Gaststube. Draußen öffnete er seine Faust und betrachtete die Fliege, die er von der Theke genommen hatte. Sie erholte sich zusehends, machte ein paar Schritte, strich sich über die Flügel und startete. Er beobachtete, wie sie aufstieg und eine Zeitlang ziellos kreuzte, bis sie gradlinig durch die geöffnete Tür in die Gaststube zurückflog.

»Du hattest deine Chance«, murmelte er. »Aber ich verstehe dich.«

Und dieser Idiot wollte eine Ferienhaussiedlung am Lichter Moor bauen? Zum Glück hatte er ihm die Finanzierung nicht fest zugesagt. Dieser Wirt war ein Mensch, der nicht anders konnte als permanent ... zu lügen. Nein, das war der falsche Ausdruck. Die Wirklichkeit zu verdrehen. Das traf es eher, denn er schien in dem Augenblick, wenn er etwas aussprach, von der Wahrheit seiner Worte überzeugt zu sein. Kein Wunder, daß seine Frau versucht hatte, ihn umzubringen.

Vor der Tischlerei bestiegen die beiden Gesellen den Transporter. Der Motor heulte auf, und der Wagen schlingerte mit quietschenden Reifen von der Auffahrt auf die Straße, wo er abrupt abgebremst wurde. Die Tür öffnete sich weit, und der Fahrer sprang mit angezogenem linkem Bein heraus. Er fluchte laut, hielt sich mit einer Hand am Führerhaus fest und betrachtete seine Schuhsohle. Er zog einen Schraubenzieher aus der Seitentasche seines Overalls und kratzte damit den Kot von seinem Schuh ab.

Wilhelm Weber betrat die Tischlerei durch die große, angelehnte Doppeltür. Auch der Tischlermeister gehörte nicht zu den Leuten, deren Nähe er freiwillig suchte. Mit Problemen, die den Tischler in seiner Eigenschaft als Bürgermeister betroffen hätten, ging er lieber zum Gutsherrn. Bei Jan wußte er, woran er war: Eine Hand wusch die andere. Verlangte er etwas, mußte er etwas anderes erfüllen. Für das Aufstellen seines Schweinebrunnens – wenn auch im Dorfteich – mußte er die Sache mit dem Studenten erledigen. Und Jan befahl nicht, er bot nur an. Es geschah selten, daß er seinem Wunsch so direkt wie beim letzten Mal Nachdruck verlieh, indem er andeutete, daß er die Geheimnisse des weißen Bungalows kannte. Wilhelm Weber fragte sich, wie Jan in den Besitz solcher Informationen kam.

Das Kreischen der Kreissäge erfüllte die Werkstatt. Der Tischlermeister stand davor und führte einen großen Holzblock immer wieder an das Sägeblatt heran, bis dieser eine annähernd runde Form annahm.

Der Schlachter trat hinter ihn und brüllte gegen die Säge an. Thomas Timber zuckte zusammen, stieß den Holzblock von sich und drehte sich wütend um.

»Bist du verrückt, mich so zu erschrecken. Ich könnte mir die Hand dabei absägen.« Er drückte einen Schalter und wartete, bis die Säge stillstand.

»Was willst du?«

»Was wird denn das?« Wilhelm Weber nickte Richtung Holzblock.

»Geht dich nichts an. Brauch ich zum Schnitzen. Scheißholz.« Er zog den Block heran und strich darüber. »Viel zu frisch. Es gibt einfach kein altes, abgelagertes Holz mehr. Letztes Jahr habe ich einen Balken aus dem Teich bei der ehemaligen Sägemühle gefischt. Der lag da garantiert hundert Jahre im Wasser. Wenn der mal durchgetrocknet ist: So etwas ist optimal.«

Er nahm den Holzblock, wickelte ihn in ein Stück Stoff ein und legte das Bündel neben die Bürotür. Wilhelm Weber folgte ihm.

»Wo ist der Student?«

»Weiß ich doch nicht.«

»Du warst doch geldgierig genug, um an ihn zu vermieten.«

»Hehehe!« Der Tischler drohte ihm mit dem Finger. »Das war anders. Meine eigene Familie hat mich über den Tisch gezogen. Mir blieb nichts anderes übrig.«

»Wo wohnt er?«

»Hier oben drüber, in der ehemaligen Wohnung meiner Eltern. Immerhin hab ich ihn auf diese Weise unter Kontrolle.«

»Ist er da?«

»Nee.«

»Hast du einen Schlüssel?«

Der Tischler nickte. »Selbstverständlich.«

»Dann laß uns hochgehen.«

Der Tischler grinste. »Ich war schon oben. Da findest du nichts.«

»Kommt darauf an, was man sucht. Pornohefte?«

»Halt's Maul.« Der Tischler lief rot an.

»Ist das nicht deine Spezialität?«

Thomas Timber spuckte vor dem Schlachter aus. »Fühl dich ja nicht so sicher in deiner Villa.«

»Ach, was willst du? Mich umbringen?«

»Schon gut«, brummte der Tischler, stampfte aus der Werkstatt und zog einen Schlüssel aus der Hosentasche.

Obwohl die beiden Feinde nicht nur die wenigen Kleidungsstücke des Studenten abklopften, sondern auch Schränke von der Wand abrückten, Matratzen anhoben und Schubladen herauszogen, um ihre Unterseite zu betrachten, war die Untersuchung kurz und vor allem ergebnislos. Die Aufzeichnungen, die sie fanden, betrafen den Wald. Einteilungen, Beschreibungen, Bestandsaufnahmen. Ein Briefkuvert enthielt ein Empfehlungsschreiben, in dem ein Professor die Person, die von dem Studenten in Anspruch genommen werden würde, bat, diesem behilflich zu sein.

Schließlich setzten sich beide an den Küchentisch der Wohnung und sahen einander schweigend an. Die gemeinsame Tätigkeit hatte ihren gegenseitigen Groll etwas besänftigt.

»Er ist schlau«, sagte der Schlachter. »Nichts verrät ihn.«

»Er ist dumm«, sagte der Tischler. »Er mietet die Höhle des Löwen.«

Sie lachten beide. Dann sagte der Tischler: »Du kennst dich doch mit Elektrik aus.«

»Wer sagt das?«

»Meine Frau.«

Wilhelm Weber sprang auf, und um seiner überraschten Reaktion einen Sinn zu geben, bückte er sich und befühlte die Unterseite des Stuhls, auf dem er gesessen hatte. Es war trotzdem sinnlos. Aus den Augenwinkeln versuchte er, die Mimik des Tischlers zu studieren. Wußte der etwas? »Was sagt sie denn?«

»Weiß ich nicht. Wahrscheinlich hat sie mal gesehen, wie du was mit der Elektrik gemacht hast.«

Weber zählte die Kacheln hinter der Küchenzeile, bevor er antwortete. »Ach ja, richtig.« Er gab seiner Stimme einen gelangweilten Ton. »Ich hab mal die Lampe am Hauseingang repariert, da kam sie gerade zufällig vorbei. Wie kommst du jetzt darauf?«

Der Tischler stand auf und ging zur Küchenzeile. »Ich gucke mir gerade den Wasserhahn an, da hängt doch so ein kleiner Elektroboiler dran. Hier unten im Schrank.« Er öffnete den Unterschrank und bückte sich. »Manchmal hört man doch, daß die kaputtgehen und die Leute einen Schlag kriegen, wenn sie das Wasser anstellen. Ist mancher schon tot umgefallen.«

Wilhelm Weber kam näher. »Ich kenne Leute, die werden ganz lebendig davon.«

»Zuerst ja, aber dann plötzlich nicht mehr. Was meinst du?«

»Hast du Werkzeug?«

»Sicher.«

Der Schlachter kroch mit dem Kopf in den Unterschrank. »Es müßte wie ein Einbaufehler aussehen, der sich erst nach langer Zeit ausgewirkt hat – sagen wir mal durch eine gewisse Bewegung des Gerätes oder des Anschlusses.« Er klopfte gegen die Verkleidung des Boilers. »Ich brauche einen Schraubenzieher, eine Kabelzange und ...«, er rüttelte an den Wasserleitungen, »... und einen Satz Maulschlüssel!«

»Deine Stimme klingt schon, als käme sie aus einem Grab«, grinste der Tischler.

25

Es war nicht einfach gewesen, sich von Marion zu verabschieden. Sie wußte, daß sie sich nicht wiedersehen würden, und hatte geweint. Weil ihn gerade diese Reaktion in Hochstimmung versetzte, fühlte er sich doppelt schuldig.

Seine Stimmung blieb, und er verbrachte den Vormittag auf die ihm angenehmste Weise: in einem Café in der Nähe des Hauptbahnhofs, umgeben von Zeitungen. Er überflog Berichte von Überfällen auf Tankstellen, Einbrüchen in Juweliergeschäfte, Vergewaltigungen in Barmbek, überfahrenen Kindern in Wandsbek, Brandstiftungen in Altona und Schlägereien vor einer Disko in Eppendorf, einem Fenstersturz in Bergedorf und einer Messerstecherei in einem Lokal auf St. Pauli. Ein rätselhafter Mord füllte die Schlagzeilen. Am vergangenen Abend war eine Hausfrau auf ihrem Nachhauseweg an der Alster in Spionagemanier – aus großer Entfernung – mit einem Gewehr, wahrscheinlich mit Zielfernrohr, erschossen worden. Nicht weit von dem Restaurant entfernt, in dem er gegessen hatte. Ein Boulevardblatt hatte die Gelegenheit genutzt und eine neue Serie gestartet: Hamburgs rätselhafte Morde. Das friedliche Herzensach war weit entfernt, bis er erneut umblätterte und Förster Franke sah. Kaum zu fassen, aber es war eindeutig. Er war hinter einem kleinen Mädchen zu sehen, das fünf Welpen in seinen Armen hielt. Unter dem Foto ein Bericht von der Hundeausstellung. In dem Artikel kam der Förster nicht vor. Doch Jakob hatte plötzlich kein Vergnügen mehr daran, Zeitung zu lesen. Er wußte anhand der Überschriften, was in jedem Bericht stand. Alles schien ihm schon bekannt, als wären die Artikel Wiederholungen wie die Filme im Fernsehen. Man sah die ersten Bilder, und schon fiel einem der Schluß ein. Von da an herrschte Langeweile.

Er ließ die Zeitung sinken. Was hatte ihn an Herzensach so fasziniert und zugleich verunsichert? Jeder der Menschen dort war ihm bekannt vorgekommen, doch je mehr er sich den einzelnen näherte, um so weniger entsprachen sie seinen Erwartungen. Vielleicht ließ sich sein Problem auf folgende Weise definieren: Er kam nicht mehr mit richtigen Menschen zurecht. Er vermochte nur noch auf Klischees zu reagieren. Die Welt war zu kompliziert für ihn. Wahrscheinlich eine Überforderung des Gehirns. Tausende der kleinen grauen Zellen waren abgestorben. Seine Möglichkeiten eingeengt. Er war krank. Alles war vollkommen normal, nur er begriff es nicht mehr. Er erinnerte sich an die Warnung eines Psychologen vor den Spätfolgen des Flugzeugabsturzes. Was hatten die mit ihm gemacht? War nicht nur seine Sexualität künstlich, sondern auch sein Gehirn ein Implantat? Nein ... oder ... Er spürte das Bedürfnis, über seine Erlebnisse in Herzensach zu sprechen. Konnte er seinen Erinnerungen noch trauen? Und wer würde ihm zuhören?

Sein einziger Freund war ein paar Jahre älter als er, und seit er beim Fernsehen arbeitete, hatte er kaum noch Zeit für ihn gehabt. Er rief ihn trotzdem an.

»Andreas? Ich bin es, Jakob.«

»Jakob, Mensch, das ist ja toll, daß du anrufst. Ich hab jetzt grad leider keine Zeit, kann ich dich ... warte mal.« Er sprach zu jemandem im Hintergrund. Jakob wartete ziemlich lange, wollte schon auflegen, als Andreas den Hörer wieder aufnahm. »Hallo ...« Er schien nicht mehr zu wissen, wer dran war. So war es: »Äh, wer ...?«

»Ich bin es.«

»Ja, also ...«

»Ich bin es, Jakob.«

»Jakob, verdammt, ich bin in Schwierigkeiten, ich kann jetzt überhaupt nicht ...«

»Schon gut, ist auch nicht so wichtig. Ich melde mich demnächst noch mal.« Er wollte auflegen. Doch plötzlich brüllte sein Freund: »Jakob, du bist es! Du bist meine Rettung! Wo bist du? Ich werde mich wie ein Vampir auf dich stürzen! Wir müssen uns sofort sehen!«

Andreas kam zu ihm in die Wohnung. Es war Mittag, aber er roch schon nach Alkohol. Er war blaß, seine Augen gerötet. Sein Körper war ein Schwamm. Er warf sich in einen Sessel, rutschte mit gespreizten Beinen tief hinein und gab an, total erledigt zu sein und alles hinschmeißen zu wollen.

Jakob spürte, daß er keine Chance hatte, seine Geschichte zu erzählen, sondern sich die eines gebrochenen Fernsehredakteurs anhören mußte.

»Erinnerst du dich an meine Sendung ›Besuch bei Bello‹? Mein Einstieg, das weißt du doch?«

»War das die mit dem Hund? Ich muß ehrlich sagen, ich hab sie nur einmal gesehen.«

»Vierundzwanzig Folgen. In ganz Europa verkauft. Läuft zur Zeit noch in Spanien und Holland. Jede Woche haben wir zwanzig Minuten über den Welpen berichtet, bis er groß war. Das war der Hammer.«

»Na, prima.«

»Dachte ich auch und machte ›Besuch bei Bollmann‹. Kennst du das?«

Jakob schüttelte den Kopf.

»Jede Woche berichteten wir zwanzig Minuten lang, was bei Bollmanns auf dem Bauernhof in dieser Woche passiert war. War Klasse, wurde aber nach dreißig Folgen gestoppt, dabei hatten wir noch nicht mal den Winter. Und weißt du, mit welcher Begründung? Der Bauer, der sagte nichts, nur immer: Jo. Oder: Muß ja. Ich habe dann mit ihm alte Bauernregeln gepaukt, aber der brachte alles durcheinander.«

Unverzagt berichtete Andreas von seinen Pleiten. Einer Serie, bei der das Aufwachsen eines Ferkels beobachtet wurde. Es kam zu Probeaufnahmen, aber nicht zur Sendung, weil die Filme zu oft im Stall und nicht in grüner Landschaft spielten. Der Vorschlag, das Heranwachsen eines Kalbes auf einer saftigen Weide mit der Kamera zu begleiten, wurde schon als Konzept abgelehnt, es kämen zu wenig Menschen darin vor.

»Ein Fohlen«, sagte Jakob.

»Abgelehnt. Es steht jede Woche nur herum und gibt keinen Ton von sich.«

»Ein Huhn.«

»Genau, das wöchentlich ein Ei legt! Aber in welcher Umgebung? Wir brauchen großartige Natur. Und ein kleines Mädchen.«

»Ein Huhn, das wöchentlich ein Ei legt, im Wandel der Jahreszeiten. Und von einem kleinen Mädchen gepflegt wird.«

»Und der Bezug zum Alltag der Menschen?«

»Ein Huhn, das wöchentlich ein Ei legt, sprechen kann und die Ereignisse im englischen Königshaus im Wandel der Jahreszeiten kommentiert. Und von einem kleinen Mädchen gepflegt wird.«

Ein mittlerer Lachkrampf ließ Andreas aus seinem Sessel rutschen. Er stand auf, ging glucksend im Zimmer umher. Dann versteckte er sein Gesicht hinter seinen Händen. »Im Ernst, was ich brauche, sind Abläufe in der Natur, die sich wöchentlich dokumentieren lassen. Und da brauche ich deine Hilfe.«

»Ameisen.«

Andreas prustete los.

»Da werden auch Eier gelegt – von der Königin«, ergänzte Jakob.

Andreas hielt sich kichernd den Bauch. »Und der Wandel der Jahreszeiten?«

»Die Kamera folgt den Ameisen bei ihrem Weg durch Wald und Flur.«

»Und ab und zu tritt mal ein kleines Mädchen auf eine drauf.« Andreas warf sich kichernd in seinen Sessel. Auch Jakob krümmte sich vor Lachen.

»Ich gebe es auf, ich kündige«, sagte Andreas schließlich atemlos. Jakob schüttelte den Kopf. »Nein, ich habe was für dich. Jetzt nicht lachen. Es heißt: Förster Frankes Waldspaziergänge im Wandel der Jahreszeiten.«

Er erzählte ihm, was er über den Förster wußte, und beschrieb dessen Eigenart, Vorgänge in der Natur mit dem Leben der Menschen in Beziehung zu setzen.

»Und das Tollste: Dem Förster folgt bei seinem Weg durch den Wald ein zahmes Reh.«

»Du machst Witze.«

»Nein, das ist reine Wahrheit.«

Andreas sprang auf. »Der Mann ist Gold wert. Und dich mache ich, als Honorar, für die Idee in der Serie zum Berater.«

»Das heißt, ich hoffe, es ist alles Realität«, sagte Jakob leise zu sich selbst. Alles, was um ihn herum geschah, entfernte ihn nicht von Herzensach, sondern brachte ihn in das kleine Dorf zurück. Doch schienen seine Gedanken nicht von Zuneigung bestimmt, sondern von Rache, denn den Förster dem Medium Fernsehen auszuliefern, konnte nicht nur auf den Mann, sondern auf den ganzen Ort eine zerstörerische Wirkung haben. Er zweifelte nicht am Erfolg einer wöchentlichen Sendung mit Johann Franke. Diese Mischung aus Naturkundler und Seelentröster in Gestalt eines Försters rief den Geist längst vergangener Tage wach und besaß damit alles, was man brauchte, um sie populär zu machen. Ein Mann, der mit einem Reh durch den Wald in die Wohnstuben ging, traf schon ins Herz. Doch er würde auch zu Tränen rühren, wenn er vor einer Eiche stehenblieb und dem Mann zu Hause auf dem Sofa mit all seinen kleinen häßlichen Problemen sagen würde: »Dieser Baum ist wie dein Leben! Dieser Baum bist du!«

Durfte Jakob das alles auslösen? Heerscharen begeisterter Zuschauer, die mit Bussen anreisten, durch Herzensach trampelten, den Wald eroberten und alles vertrieben, was Stille und Einsamkeit zum Leben benötigte. Wer die Natur wirklich liebte, würde dort nichts mehr verloren haben. War das auch seine Rache an Katharina?

Andreas ging in den Flur, um seine Jacke vom Haken zu nehmen. »Was ist?« rief er. »Laß uns losfahren. Nach Herzensach und den Mann unter Vertrag nehmen.«

»Komm zurück, der Mann ist hier. In Hamburg.«

Um die kleinliche Rache des zurückgewiesenen Liebhabers auszuüben, brauchte er nicht einmal nach Herzensach zu fahren. Katharina, nicht mehr lange, und du wirst keinen ruhigen Waldweg mehr finden. Deine Füchse werden auswandern. Sie sind schon so gut wie tot!

»Wo ist dieser Förster?«

»Auf der Hundeausstellung.«

Er sah Katharina, wie er sie das erste Mal gesehen hatte, wie sie mit Trivial aus dem Wald trat. Er wußte, daß er sie noch immer liebte, und plötzlich wußte er auch, daß er nichts, aber auch gar nichts von dem getan hatte, was er hätte tun können, um die Liebe des Mädchens zu gewinnen!

Mit der Arroganz des Städters hatte er erwartet, daß sie zu ihm aufblicken würde, daß sie ihn lieben würde, wenn er nur das kleinste Signal gab.

Hatte er nicht geglaubt, jedes Mädchen aus einem kleinen Dorf müßte doch in ihm die Chance sehen, die langweilige Heimat zu verlassen, und würde sich deshalb um seine Aufmerksamkeit bemühen?

Was für ein Dummkopf war er!

Er mußte nach Herzensach – so schnell wie möglich!

26

In der Küche saßen seine Töchter Anne und Katja beim Mittagessen und ließen sich von Wilhelmina bedienen. Die fast siebzigjährige Haushälterin, Tochter eines Bauern aus Herzensach, war schon bei seinem Vorgänger beschäftigt gewesen. Er verbot es sich, darüber nachzudenken, ob sie die nächtliche Fürsorge auch bei dem vorigen Arzt betrieben hatte. Sie sah ihn fragend an, und er winkte ab.

»Danke, Mienchen, das Frühstück war so reichhaltig, ich laß das Mittagessen ausfallen und mache einen Spaziergang.«

Er verließ das Haus durch den Hinterausgang. Das Bild des Gartens wurde durch eine Reihe alter Apfelbäume der unterschiedlichsten Sorten bestimmt. Die Schaukel war aus dem Keller geholt worden und hing an einem Baum. Doktor Bernhard Andree wollte schon wütend kehrtmachen, um von der Haushälterin zu verlangen, sie an anderer Stelle anzubringen, als ihm einfiel, daß wahrscheinlich niemandem außer ihm bewußt war, daß die Schaukel an dem Todesbaum hing. In diesem Geäst war es vor sechzehn Jahren geschehen. Sein Vorgänger, Doktor Friedhelm Falter, hatte zum Apfelpflücken die Leiter bestiegen und war, weil sie nicht lang genug war, weiter auf die Äste hinaufgeklettert. Ziemlich weit oben mußte er dann abgerutscht und so unglücklich gestürzt sein, daß er sich mit dem Kopf in einer Astgabel verfing und ihm der Halswirbel brach. Wie einen Erhängten hatte man ihn aus dem Baum geholt.

Bernhard Andree hatte seiner Familie verboten, eine Leiter zu benutzen. Sie sollten nur die Äpfel ernten, die sie mit der Hand erreichen konnten, oder den Baum schütteln. (Als wenn er seiner Frau etwas hätte verbieten können.) Doch die anfängliche Begeisterung für die eigenen Äpfel hatte sich sowieso gelegt. Die meisten Sorten waren sehr sauer. Außer der Haushälterin war inzwischen niemand mehr besonders an der Apfelernte interessiert. Und Wilhelmina stieg schon lange nicht mehr auf eine Leiter. Die wenigen Äpfel, die sie benötigte, um ihr Apfelmus zu kochen, las sie vom Boden auf.

Der Arzt begutachtete die Stricke der Schaukel und ihre Befestigung an dem starken Ast. Er zog an ihnen und setzte sich zur Probe auf das Holzbrett. Die Prüfung fiel zu seiner Zufriedenheit aus. Und wenn selbst Mienchen nicht mehr wußte, welche Bedeutung dieser Baum hatte, dann sollte die Schaukel dort hängen bleiben. Mit seinem Aberglauben würde er sich nur wieder dem Spott seiner Frau aussetzen. Er schloß das Gartentor auf, durch das man auf den Feldweg kam, der zur Herzensach führte. Obwohl es sehr niedrig war, bestand er darauf, daß es abgeschlossen wurde. Als seine Frau ihn noch begleitet hatte, war er diesen Weg oft und gern gegangen, doch seit Jahren führte sie ein von ihm unabhängiges Leben. Sie hatte sich zum Malen ein Atelier in einer Kate am Eingang des Weberschen Grundstückes eingerichtet und schlief oft dort oder bei ihrer Freundin Sabine Weber. Alles, was er befürchtet hatte, war eingetreten, Heidelinde liebte ihn nicht mehr, und er verlor das Vergnügen an seinem Beruf. Es fiel ihm immer schwerer, seine Sprechstunden abzuhalten. Seine Patienten machten ihm angst. Schon immer war es ihm schwergefallen, ihnen in die Augen zu sehen, und so hatte er ihnen das Ohr zugewandt. Er wußte, was sie deshalb über ihn sprachen. Doch nun stellte er fest, daß es ihm nicht nur mit seinen Patienten so ging. Alle Menschen machten ihm angst. Jederzeit. Auch die nächtliche Arbeit der Haushälterin machte ihm angst, obwohl sie zu seiner Befriedigung verlief. Er ahnte, Wilhelmina wollte ihn für seine Frau entschädigen. Sogar vor seinen Kindern fürchtete er sich. Und im Grunde war er sich sicher, eines Tages von jemandem grundlos umgebracht zu werden.

Die einzige Freude verschaffte ihm seine Arbeit im Labor. Niemand durfte hinein. Dort unten im Haus war er sicher, auch wenn seine Forschungsarbeit seit Jahren keine Fortschritte machte. Irgendwann würde ihm der Durchbruch gelingen. Schade, daß die Herzensacher nur selten große Wunden hatten. Bei wirklich schweren Unfällen riefen sie den Rettungswagen aus Weinstein oder fuhren in die dortige Klinik.

Ganz still in dem Kellerlabor zu sitzen und sich bewußt zu machen, daß es unter der Erde lag und keine Fenster hatte, also beinahe hermetisch von der Außenwelt abgeschlossen war, das bereitete ihm ein letztes Vergnügen. Dort unten fühlte er sich manchmal nahezu unbeschwert und konnte ein ganz zartes, kleines Glücksgefühl pflegen.

Doch an diesem Tag, nach der morgendlichen Sprechstunde, hatte sich seiner ein so starkes Gefühl der Unruhe und der Ungewißheit bemächtigt, daß er glaubte, nur durch körperliche Bewegung wieder ins Gleichgewicht zu kommen.

Die Herzensach glitzerte im Sonnenlicht. Er ging, so schnell es der schmale Pfad am Ufer erlaubte, an ihr entlang. In der Senke des Flusses war es besonders warm. Zahllose Insekten schwirrten über dem glitzernden und zwischen den Kieseln plätschernden Wasser. Ein Vogelpaar nutzte eine flache Stelle, um darin abwechselnd übermütig zu baden und mit funkelnden Wassertropfen um sich zu werfen. Doktor Andree hielt an, um die Vögel nicht zu verscheuchen, beugte sich herab und tauchte eine Hand in den Fluß. Zwei Stichlinge flohen vor ihm ins tiefe Wasser. Wieder übermannte ihn eine seiner Angstphantasien, er fürchtete, daß sich jemand von hinten nähern, ihm mit einem Ast über den Kopf schlagen und ins Wasser stoßen könnte. Vorsichtig sah er sich um, doch es war niemand da. Er zog seine Hand aus dem Fluß. Das Wasser war überraschend kalt. Seine Patienten mit den Pigmentstörungen auf den Schulterblättern fielen ihm ein. Jetzt waren es schon fünf mit den gleichen Symptomen. Eigentlich hätte er sie an einen Hautarzt nach Weinstein überweisen müssen, aber er war sich sicher, sie würden dort nicht hingehen. Andererseits zweifelte er, ob es sich nicht um altersbedingte, normale Veränderungen des Hautbildes handelte oder ob die Flecken nicht schon immer vorhanden gewesen waren, erblich bedingt vielleicht, ein genetischer Defekt, schließlich heirateten die Herzensacher fast ausschließlich untereinander. Und manchmal traute er einfach seinen Augen nicht. Vielleicht war er der einzige, der die Flecken sah?

Langsam wanderte er weiter; auf Höhe der Kirche wandte er sich von der Herzensach ab, überquerte das zwischen Fluß und Friedhof liegende Brachland und ging an der Friedhofsmauer entlang, bis das Haus des Pastors zu sehen war. Das Bild entsprach seiner Erwartung: Rudolf Pedus saß auf der Bank hinter dem Haus und lächelte ihm freundlich entgegen. Wenn er jemals im Leben einen Freund besessen hatte, dann war es der Pfarrer. Ausgerechnet hier, in einem solchen Ort, umgeben von Feinden, hatte er einen Menschen getroffen, der ihm wie kein anderer sympathisch war. Und nur seine Furcht, den Freund zu verlieren, verhinderte, daß er sich ihm völlig offenbarte, obwohl er immer mehr Ähnlichkeit zwischen sich und ihm entdeckte.

Der Pastor erhob sich, ging dem Arzt zwei Schritte entgegen und streckte beide Hände aus. Die Männer umfaßten sich an den Unterarmen, und ein Beobachter hätte für einen Moment glauben können, sie wollten in dieser Haltung miteinander tanzen. Sie setzten sich zurück auf die Bank.

»Was bin ich froh, dich zu sehen«, sagte der Arzt. »An manchen Tagen spüre ich nichts als Unheil in der Luft.«

»Da bist du bei einem Pfarrer an der richtigen Stelle, um Trost zu finden.«

Der Arzt lächelte. »Und was sagst du einem, dem alles und jedes angst macht?«

»Wieviel Angst muß Jesus Christus gehabt haben?«

»Zu Recht hat er sich gefürchtet. Man wollte ihn umbringen.«

»Fürchtest du das gleiche?«

Der Arzt schüttelte den Kopf, obwohl er lieber genickt hätte. Der Pastor warf ihm einen Blick zu, als wüßte er auch so Bescheid.

»Vielleicht ist es nur, daß sich unsere kleine Welt wandelt. Manchmal spürt man die sonst kaum merklichen Veränderungen auch hier in diesem Tal. Ein Mensch stirbt – ein Fremder kommt –, und das löst bei uns bereits Verunsicherung aus.«

»Was immer Maria Glaser in der Sekunde ihres Todes gesehen haben mag, es muß sie erschreckt haben. Und keiner vom Gutshaus hat es gewagt, die Lider über diesen Blick zu schließen.«

»Du willst doch nicht etwa behaupten, sie sei keines natürlichen Todes gestorben?«

»Sagen wir es mal so: Ist das Entsetzen über das Leben eine normale Todesart?«

»Du hast recht. Sie kam schon öfter zu mir in die Kirche und wünschte sich zu sterben. Aber sie wollte die Hochzeit ihres geliebten Jan noch erleben. Nun muß sie von oben zusehen.«

»Jan heiratet?« Der Arzt beugte sich überrascht vor.

»Natürlich. Ich schließe das aus unserem letzten Abend im Gutshaus. Er wird sich beeilen. Und ich fürchte, es wird keine ...«

»... besonders christliche Angelegenheit?« ergänzte der Arzt.

Der Pfarrer lachte. »Du kennst unseren Gönner so gut wie ich. Wir haben einen Freund in ihm; das verpflichtet, besonderes Verständnis aufzubringen.«

Sie schwiegen beide, sahen über die Felder und den Wald und betrachteten die Formen der vielen kleinen Wolken, die bewegungslos am Himmel standen. Rudolf Pedus hob den Arm. »Siehst du die dort, die hat das Profil vom Wirt.«

Bernhard Andree lachte, doch plötzlich verstummte er, denn nach und nach entdeckte er die Köpfe der Herzensacher am Himmel und wußte, daß man sie belauschte.

»Man duldet uns nur, solange wir nützlich sind«, flüsterte er. Er wollte aufstehen und schreien. Aber es gab niemanden, zu dem er hätte laufen können, niemanden, der ihm Schutz gewährte. Seine Kinder stießen ihm im Traum lange Nadeln ins Fleisch. Und auch in den weichen, ausgebreiteten Armen Wilhelminas erwartete er die verborgene Kastrationsschere. Gegen seinen Willen flossen ihm Tränen aus den Augen. Er begann zu schluchzen.

Rudolf Pedus nahm seinen Freund in den Arm.

»Früher«, begann der Arzt stockend, »habe ich darüber nachgedacht, Mörder zu werden. Ich dachte, dann hätte ich keine Angst mehr – vor nichts und niemandem.«

Er sah dem Pfarrer in die Augen. »Mörder haben doch keine Angst, nicht wahr?«

27

Sie wollte nicht abnehmen. Sie sah zum Telefon, lehnte sich zurück und fuhr langsam mit dem Finger über ihren nackten Arm, hoch bis zur Kante des kurzen Ärmels ihres Hemdes. Es war eine eindeutige Bewegung. Sie bedeutete, ich werde den Hörer nicht abheben. Aber das Klingeln wollte nicht verstummen. Eine andere Geste mußte her. Sie beugte sich vor und nahm ab. Sie dachte nicht daran zu sprechen. Sie hielt den Hörer in Armlänge von sich und hörte, wie darin ihr Namen von einer ganz kleinen, dünnen Stimme ausgesprochen wurde.

»Claudia?«

Sie hob die Brauen und ließ die Stimme an sich herankommen.

»Claudia? Ich bin es, Jakob ... Ist da jemand?«

Sie legte die Stirn in Falten.

»Jakob Finn. He, hallo. Hört mich jemand?«

Sie schnaufte. Ausgerechnet jetzt dieser Anruf.

»Claudia? Ich rufe im Auftrag deines Vaters an.«

»Hat er, ist er ...«

»Claudia, was ist los?«

»Ist ihm etwas passiert?« Es klang zu hoffnungsvoll.

»Nein, nein. Er kommt zwei Tage später. Und ich bin schuld daran. Ich habe ihn einem Freund beim Fernsehen empfohlen. Ich glaube, sie wollen Probeaufnahmen machen.«

»Ich verstehe überhaupt nicht, wovon du sprichst.«

»Oh! Ich dachte, er hätte dich vielleicht gestern angerufen und informiert.«

»Nein, ich weiß von nichts.«

»Uh! Na ja, es geht um eine Fernsehserie. Immer so zehn bis zwanzig Minuten, einmal in der Woche. Aber das steht noch nicht so richtig fest. Dein Vater tritt darin auf, geht durch den Wald und erzählt seine Sachen. Du weißt schon, die Vergleiche von der Natur mit dem Leben des Menschen. – Bist du noch da?«

»Ja, ja, aber ehrlich gesagt, weiß ich immer noch nicht ...« Sie schaltete um: »Wann kommst du zurück?«

Er konnte nicht folgen: »Ich?«

»Wenn du mir sagst, wann du kommst, bin ich schon in deiner Wohnung und warte auf dich.«

»Hör mal, Claudia, das solltest du nicht tun. Ich ...«

»Wann fährst du los?«

»Claudia, bitte ... ich ... versteh mich nicht falsch, du bist eine wunderbare ...«

»Bis bald«, hauchte sie und gab dem Hörer einen Kuß. Dann legte sie auf. Sie hatte genau gespürt, was er sagen wollte, und hatte es verhindern müssen.

»Er war es, nicht wahr?« sagte die Frau hinter ihr.

»Ja.«

»Gut gemacht. Sieh mich an!«

»Ich hasse das.« (Eigentlich: Ich hasse dich!) Claudia wollte die Frau nicht ansehen.

»Du sollst mich ansehen!«

»Am Telefon ist das am schlimmsten. Das mag ich überhaupt nicht.« (Ich seh dich nicht an!)

»Du sollst mich ansehen! Was wollte er?« Die Frau kam heran und packte sie unter dem Kinn. »Was wollte er?«

Claudia schloß die Augen. »Mir ausrichten, daß Vater später kommt. Sie machen eine ... eine Fernsehsendung, oder so etwas, mit ihm. Was weiß ich.«

Die Frau ließ sie los und brach in schrilles Lachen aus. Sie ließ sich in einen Sessel fallen und warf den Kopf zurück. Claudia blinzelte. Aus dem offenen Mund der Malerin kam ein triumphierendes Lachen, scharf abgegrenzte Laute. Es war sinnlos, Heidelinde Wulf in diesem Moment den Hals durchzuschneiden. Er war zu dick. Heidelinde holte Luft. »Unser Förster, ein Fernsehstar ...« Sie stieß noch ein wenig giftige Luft aus der Nase.

Claudia wedelte mit der Hand und spürte, daß sie ihren Vater nicht ewig würde beschützen können. Darum ging es auch gar nicht.

»Es ist ja schon gut«, sagte sie. »Ich versuche es ja. Aber kann sein, daß es nicht klappt. Ich kann nichts versprechen. Es war schon neulich so, daß ich nicht sehr weit gekommen bin.«

Heidelinde Wulf schickte ihr einen unbarmherzigen Blick.

»Ich verlasse mich auf dich, Kindchen.« Sie stand auf, strich ihren Rock glatt und ging zur Tür.

»Aber, aber dafür, dafür . . .« stotterte Claudia. Sie wollte eine Gegenleistung und ging hinter der Malerin her. Draußen griff sie nach einem Ärmel von Heidelinde Wulfs Kostüm. Sie wollte nicht falsch verstanden werden. Sie wollte den Studenten wirklich! Und dafür war sie bereit, ihn zu verraten. Irgendwie ging das nicht zusammen.

»Ist ja gut, mein Kleines. Ist ja gut. Wenn alles so läuft, wie ich es mir vorstelle, brauche ich dich da oben nicht mehr.« Sie deutete in Richtung des Bungalows. »Die Neue macht ihre Sache gut.«

»Ach, das . . . das geht eigentlich.« Sie überlegte, wie sie es sagen könnte. Die Malerin wartete nicht, stieg in ihren Wagen, startete ihn und fuhr los, ohne sich umzusehen. Claudia ging rückwärts ins Haus zurück. In der Küche stützte sie sich schwer auf den Tisch. Nach früheren Besuchen der Malerin hatte sie sich jeweils im Bad vor den Spiegel gestellt und geweint. Ein schönes Bild, wenn die Tränen über ihre Wangen perlten. Dann hatte sie sich wunderbar gefühlt.

Wenn sie sich die richtigen Fragen über ihr Leben stellte, konnte sie bestimmt weinen – und das passende Märchen finden. »Bin ich das wirklich alles meinem Vater schuldig, weil er selbst so viel Schuld auf sich geladen hat?« murmelte sie leise. Es war aus »Rapunzel«. Sie setzte nach: »Wenn man um der Liebe willen Falsches tat, ist dann nicht auch die Liebe falsch?« König Drosselbart schüttelte sich. »Ich betrüge alle Menschen um mich herum.« Frau Holle ging ins Bad vor den Spiegel. »Eines Tages wird Gold zu Pech werden. Alles Licht, das ich zu besitzen glaube, wird Dunkelheit sein. Jedes gegebene Lächeln, jeder Kuß wird zurückkehren. Unbenutzt – als Maske, wertlos.« Es kamen noch immer keine Tränen. Alles paßte noch nicht zusammen. »Nicht einmal meine Erinnerungen werde ich behalten dürfen, wenn ich überleben will. Aber was für ein Leben wird das sein? Stumm und blind gegen jeden. Ich armes Mädchen! Wie hat das alles nur geschehen können? Wäre es nicht besser, das Leben zu beenden?« Wieder »Rapunzel«, aber darin war der Prinz blind geworden. Alles falsch.

Sie eilte in die Küche, holte das kleine scharfe Messer, mit dem sie, bevor Heidelinde Wulf kam, noch das Gemüse geschnitten hatte, steckte es in ihre Rocktasche und lief hinaus in den Garten. Sie rannte bis zum Gehege am Wald, doch das Reh war nicht da, an dessen Hals sie sich hatte schmiegen wollen, um endlich weinen zu können. Sie sank auf die Knie, barg ihren Kopf in den Armen und schluckte trocken. »Sterben«, sagte Fundevogel.

Unbemerkt trat das Reh heran, drückte seine Schnauze an ihr Ohr und spielte mit. Claudia hob flehend die Arme, umschlang den seidigen Hals des Tieres. Wie auf einem Bild von Ludwig Richter. »Hilf mir«, sagte sie schluchzend, und endlich strömten die Tränen. Doch plötzlich zuckte sie ungläubig zurück, denn erst jetzt wurde ihr das Flüstern des Rehes bewußt. Deutlich hatte das Tier gesagt: *Komm, Gretel!*

Mit halboffenem Mund starrte sie das Reh an, suchte nach einer Regung, einem Licht in den dunklen Tiefen seiner Augen. Aber das Tier drehte sich plötzlich auf der Stelle und ging langsam auf den Wald zu, blieb stehen, sah sich um und ging erst weiter, als Claudia sich erhob und ihm zögernd folgte.

Immer weiter führte sie das Reh, zwischen den hohen Kiefern hindurch zur Herzensach, über den Fluß und den Buchenwald hinauf. Keinen Laut vernahm Claudia, kein Rascheln von Blättern, kein Knacken von Zweigen, kein Vogel sang, kein Wind rauschte. Immer dichter standen die Bäume, immer undurchdringlicher für das Sonnenlicht wurde das Blätterdach. Ihr Herz krampfte sich zusammen, und immer wieder sah sie an sich herab, ob sie vielleicht schon tot wäre und ihre Arme, ihr Kleid voller Blut. Aus welchem Märchen war das? Würde ihr eigener Vater hinter einem Baum hervortreten, um ihr Herz und Leber aus dem Leib zu schneiden wie in »Schneewittchen«? War das die Strafe, daß sie ihn schützte und zugleich verriet? Aber es gab keine Stiefmutter!

Das Reh, das immer wieder geduldig zwischen den Bäumen auf sie gewartet hatte, war plötzlich verschwunden. Sie wollte es rufen, doch ihre Stimme war vollkommen tonlos. Zugleich wußte sie, es würde nicht zurückkehren, denn sie erkannte, wohin sie geführt worden war. Zwischen den Blättern sah Claudia die großen flachen Steintafeln leuchten. Das Reh hatte sie zum »Grab des Riesen« gebracht.

Über Form und Zweck der drei behauenen Steinplatten wußte niemand etwas Genaues zu sagen. Auch die Wissenschaftler, die es zuletzt Ende des vorigen Jahrhunderts untersuchten, konnten nur das Alter der Anlage bestimmen. Vielleicht gab es einen Zusammenhang zwischen dem »Grab des Riesen« und dem Steinkreis auf dem Heidberg? Deutete man die Form der Steinplatten als Pfeil, so zeigte er auf den Heidberg. Aber auch diese Verbindung brachte einen nicht weiter. Wie immer, wenn das Rätselhafte eines Fundes nicht zu entschlüsseln war, wenn es mit nichts verglichen oder in Beziehung gesetzt werden konnte, um wenigstens eine spektakuläre Forschungsarbeit entstehen zu lassen, starb das Interesse der Wissenschaftler sehr schnell. Der Ort fiel einer seltsamen Verschwiegenheit anheim. Kein Prospekt, kein Buch, keine Wanderkarte setzte ihm ein Zeichen. Nicht einmal die Menschen, die von ihm wußten, statteten ihn mit mysteriösen oder blutrünstigen Phantasien aus. Kein Wanderer berichtete von nächtlichen Irrlichtern, von Hexentreffen oder Begegnungen mit Gespenstern. Man berichtete überhaupt nicht. Daß ein Platz so sprachlos machte, hätte wieder verdächtig stimmen müssen, wenn nicht genau die gleiche Sprachlosigkeit es verhinderte.

Claudia bog das Gebüsch zur Seite, betrat die Lichtung, und auf einmal stürzten alle Geräusche des Waldes wieder auf sie ein. Als sie mit vierzehn Jahren nach Herzensach gekommen war, hatte sie diese Steinplatten als Ersatz für die Grabstelle ihrer Mutter angenommen. Die ersten Jahre war sie oft hierhergekommen, hatte gebetet und mit Selbstauslöser ein Foto davon gemacht und auf diese Weise tatsächlich Trost gefunden.

Sie näherte sich langsam den Steinen, und plötzlich erkannte sie die Bedeutung des Platzes. Es war der Ort der Wahrheit. Hier durfte, hier mußte konsequent zu Ende gedacht und ausgesprochen werden, was andernorts nicht erlaubt war oder bestraft wurde. Hier konnte man laut sagen, wofür man woanders sein Ansehen, seinen Verstand oder sein Leben verlor. Endlich war sie in ihrem eigenen Märchen:

Sie legte sich flach auf einen der schmalen Steine, spürte seine Kraft, alles in sich aufzunehmen und zu bewahren. Das kleine Messer fiel ihr aus der Tasche, rollte herab und verschwand in einer kleinen Höhlung unter dem Stein. Sie schob den Kopf über den Rand, tastete danach. Sie wußte, was kam. Sie fühlte seine Schneide und zugleich den Schmerz. Sie hob die Hand, betrachtete das Blut, das an dem kleinen Schnitt einen Tropfen bildete, der schließlich herabfiel und als rote, glänzende Perle auf dem satten Grün des Mooses liegenblieb. Sie ließ es dunkler um sich werden, als lösche jemand langsam das Licht, gleichzeitig fühlte sie sich schwerelos. Sie war kurz davor, den Titel für ihr eigenes Märchen zu finden. Die rote Perle lag noch immer im Moos. Das ist das Zeichen, dachte sie. Es war nicht ihr eigenes Leben, um das es ging. Und laut sagte sie: »Ich werde töten müssen, was ich liebe!« Nein, das war eine Geschichte aus der Bibel! Das kam davon, wenn man wie ein Opfer auf dem Altar lag.

Sie spürte das Zittern des Steines, klammerte sich daran, bis jemand mit hechelndem Atem sagte: »Du hast einen Wunsch frei.«

Nur einen, dachte sie, waren es nicht immer drei, die erfüllt wurden? Warum nicht drei?

»Du brauchst nur einen.«

Sie wußte, daß die Stimme recht hatte; wenn man mit Bedacht wählte, genügte die Erfüllung eines einzigen Wunsches. Nur die Dummköpfe in den traditionellen Märchen brauchten drei, und selbst die genügten ihnen meist nicht, weil sie sie übereilt aussprachen und einen Wunsch mit dem nächsten zu korrigieren versuchten, so daß sie am Ende vor dem Nichts standen oder sich sogar ins Unglück gestürzt hatten.

»Wenn es soweit ist, nenne meinen Namen und den Wunsch.«

Deinen Namen? Wie ist dein Name? Mühsam hob sie den Kopf, um zu sehen, wer mit ihr sprach.

»Du?«

Sie richtete sich überrascht auf. Das war ganz und gar unmöglich.

Er nickte bedächtig mit dem Kopf, dann ließ er sich stöhnend nieder und legte ihr seine feuchte Schnauze in die Hand.

Nein, das war ganz schlecht.

28

»Dieser Baum«, sagte der Förster und legte seine Hand auf den virtuellen Stamm, »dieser Baum stirbt. Ich schätze, er ist rund zweihundert Jahre alt geworden, und es wird zwei bis drei Jahre dauern, bis wirklich kein Leben mehr in ihm ist.« Er löste sich von dem Baum. Die Kamera fuhr zurück. »Doch sehen Sie genau hin, wie er stirbt: langsam und im Kreise seiner Familie. Doch auch diesen friedlichen Tod gönnen wir Menschen ihm nicht. Sobald die Anzeichen seiner Krankheit zu deutlich werden, kommen die Männer mit den Sägen und bereiten ihm ein vorzeitiges Ende. Warum? Können wir nicht mehr zusehen, wie jemand stirbt? Oder ist es unser schlechtes Gewissen? Wir sind schließlich mit unseren Abgasen schuld an seinem Tod. Aus den Augen – aus dem Sinn?«

Der Monitor wurde nach einem abschließenden Lichtblitz schwarz. Andreas verkroch sich in seinem Sessel. »Was ist schlecht daran? Sag es mir.«

Jakob stand auf. »Du bist der Fachmann.«

»Sie wollen es nicht. Ich begreife das nicht. Ich bin erledigt.« Er sank noch weiter in sich zusammen.

»Dir wird etwas anderes einfallen.« Jakob hatte keine Geduld mehr mit seinem Freund.

Andreas sah ihn an. »Du willst gehen, nicht wahr? Ich bringe dich raus.«

Sie stiegen die Treppe des Studios zum Ausgang hinunter.

»Ich muß nach Herzensach. Ich halte es nicht mehr aus.« Jakob hatte seinem Freund alles über seine komplizierte Beziehung und die unerwiderte Liebe zu Katharina erzählt.

»Hast du ihr geschrieben, wie ich es dir geraten habe?«

»Ach, Andreas, ich kann nicht. Ich habe es wirklich probiert. Mein Papierkorb ist voller Briefanfänge.« Schon mit den Formen der Anrede hatte er mehrere Seiten verbraucht.

»Na ja, du mußt es wissen. Ich wünsche dir Glück ...« Sie waren beim Ausgang angekommen. Jakob legte einen Arm auf Andreas' Schulter.

»Dir wird etwas Neues einfallen.«

»Die kündigen mir.«

»Ist der Förster noch im Haus?«

»Sitzt in der Kantine. Wahrscheinlich beim Jägerschnitzel.«

Die Freunde umarmten einander. Jakob verließ das Gebäude, trat auf den Hof des Geländes, ging an einem geöffneten Studio vorbei, in dem der Aufbau für eine Sportschau mit Zuschauertribünen stand, und erreichte die Kantine. Schon von außen versuchte er durch die Fenster den Förster auszumachen. Es gelang nicht. Förster gingen in Studiokantinen unter. Besonders wenn die Komparsen von »Meine Heimat, meine Melodien« gerade Pause hatten. Er fand ihn in einer Ecke. Er rührte nachdenklich in einer Tasse Kaffee. Er trug eine Jägerkleidung aus dem Fundus.

»Jakob!« Er hob erfreut die Brauen und wies mit der Hand auf einen freien Stuhl. »Ich bin froh, daß es nichts wird. Herzensach ist wirklich eine Zuflucht, und die soll es bleiben. Es kommt mir sogar wie eine Insel vor.«

Ein Aufnahmeleiter ging händeklatschend durch die Gänge zwischen den Tischen. »Auf, auf! Es geht weiter!« Die Trachtenmädchen protestierten schwach. Er kam auch zu Johann Franke. »Das gilt auch für Sie.«

Der Förster sah auf und schüttelte lächelnd den Kopf. Der Aufnahmeleiter war schon vorbei. Erst jetzt bemerkte Johann Franke, daß sich Jakob nicht zu ihm gesetzt hatte. »Bitte, setzen Sie sich doch.«

»Ich bin nur gekommen, mich zu verabschieden.«

Johann Franke stand auf.

»Sie wollen zurück? Nach Herzensach?«

Jakob nickte heftig.

Der Förster sah ihm prüfend in die Augen. »Es ist nicht nur Ihre Arbeit?« forschte er.

Jakob schüttelte den Kopf und grinste. »Sagen wir mal: Ich glaube, es geht um mein Leben . . .« Er reichte dem Förster die Hand.

»Dann wünsche ich Ihnen, daß Sie die richtige Entscheidung treffen.« Er amüsierte sich. »Sagen wir es mal so: Ich nehme an, Sie fahren nicht wegen meiner Tochter zurück.«

Jakob nickte. Das Gespräch begann unangenehm zu werden.

»Grüßen Sie meine Tochter. Ich komme bald.«

»Katharina, ich möchte, daß du weißt, daß ich dich liebe und daß ich alles tun werde ... ach Mist!« Seit einer halben Stunde befand sich Jakob Finn auf der Autobahn und formulierte Sätze, die er Katharina sagen wollte. Doch alles, was ihm einfiel, klang entweder seltsam steif und förmlich oder war romantisch verkitscht. Bei solchen Worten würde sie ihn einfach stehenlassen und mit Trivial davongehen. Beide mit hocherhobenen Nasen. Dabei war es doch ganz einfach. Er mußte ihr nur sagen, daß er eigentlich gar keine Frau lieben konnte, das heißt, eigentlich schon, also ganz bestimmt sogar, nur war er in seinen Möglichkeiten einer Frau ähnlicher als einem Mann. Das galt es zu sagen.

»Katharina, bitte, hör mir zu. Ich verlange nichts. Ich quäle mich seit Tagen und möchte dir sagen ...« Oje, Katharina verschwand zwischen den Bäumen, und seine blöden Sätze hatten sich auch noch gereimt. Es mußte alles ganz anders sein. Aber wie? Vielleicht so: »Katharina, ich will dir nur sagen, daß ich die Männer, die du nicht magst, auch nicht mag, weil ...«

Jakob stöhnte auf. Genau solche verzwickten Sätze, die kein vernünftiges, sondern nur ein stotterndes Ende fanden, würde er wohl loslassen. Seine Lächerlichkeit war vorprogrammiert. Katharinas spöttisches Lachen dröhnte ihm schon im Ohr. Und selbst Trivial drehte den Kopf zur Seite, als hätte er ein Stinktier vor sich. Was sollte er bloß tun? Und wenn er sich einen Fürsprecher suchte? Es mußte doch jemanden im Dorf geben, dem er seine Liebe zu Katharina gestehen konnte und der für ihn den Boden vorbereitete. Die geeignetste Person war zweifellos Claudia. Doch sie war womöglich selbst in ihn verliebt. Ein Problem, das er auch dringend zu lösen hatte. Wen gab es noch? Wenn er zu dem Gutsherrn ging? Die Geschichte mit dem Weinstein-Nachfahren mußte sich doch nun in Luft aufgelöst haben. Alle im Dorf akzeptierten ihn, mehr noch: Sie ordneten sich ihm unter. Dieser Jan van Grunten hatte nicht nur die Position eines kleinen Königs, er spielte sie auch aus. Vielleicht mußte er sowieso seine Erlaubnis zu jeder Eheschließung geben. Eheschließung? Wollte er Katharina heiraten? Ja, das war es doch:

»Liebe Katharina, ich will dich heiraten!«

Er lachte laut. Nein, so ging es auch nicht. Wenn er schon einen Heiratsantrag machen wollte, hatte er vorher noch etwas anderes zu gestehen: Dann mußte er unbedingt von seinem Unfall erzählen, sonst hätte sie falsche Erwartungen, falsche Vermutungen, falsche ... Vielleicht ein wenig verschlüsselt, etwa so:

»Meine Liebe zu dir ist bedingungslos. Du kannst tun und lassen, was du willst. Du kannst mich auf der Stelle heiraten oder mich in des Pastors Brunnen stoßen. Du hast keine Verpflichtungen. Ich verlange nichts, ich kann gar nichts verlangen, weil mein Verlangen ... Ich gebe dir alle Freiheiten, nur laß mich dir täglich sagen, daß ich dich liebe. Es soll mir genug sein. Ich will mich wie ein Hund zu deinen Füßen ...«

Jakob spürte, daß ihn die eigene Rührung überwältigte. So ein Quatsch. Alles war zu pathetisch, vollkommen unpassend für eine Frau wie Katharina. Warum hatte er keine Erfahrungen mit diesem Typ? Weil er noch nie einem solchen Mädchen begegnet war. Weil er sie wie keine zuvor liebte. Weil er zum ersten Mal richtig liebte. Weil er sich noch nie einer Frau offenbart hatte. Jetzt war dieser Moment gekommen. Er würde es nicht fertigbringen. Und wenn sie ihn auslachte?

Vielleicht war die Idee, einen Fürsprecher vorzuschicken, doch die richtige. Es war zu wichtig, um ein falsches Wort zu riskieren. Und wenn sie nein sagte, kam er ohne weitere große Verletzungen davon. Der Förster könnte sein Fürsprecher sein. Jakob überlegte, wie der Förster zu Werke gehen würde. Ein Waldspaziergang natürlich. Er hörte schon Katharina über die Vergleiche des Försters lachen. Die Bienen und die Blüten ... Nein, der Förster kam nicht in Frage. Der Pfarrer? Wie würde der es beginnen? Gab es in der Bibel Gleichnisse, die für solche Fälle herangezogen werden konnten? Jakob kannte sich nicht genug aus. Adam und Eva waren ungeeignet, weil sie nur aus seiner Rippe war. Das würde Katharina nicht akzeptieren. Und außerdem: Galt der Pfarrer bei ihr nicht als verrückt? Hatte sie sich nicht abschätzig über den Bau seiner Maschine im Brunnen geäußert? Nein, der Pfarrer war für diese Aufgabe ein unsicherer Kandidat! Die Pflegeeltern eigneten sich auch nicht. Den

Tischler mochte er nicht, und die Frau ... Ihre Einflußnahme würde Katharina nur daran erinnern, daß die beiden bisher über ihr Leben bestimmt hatten. Sie war einundzwanzig und die Vormundschaft erledigt. Es blieb der Gutsherr. Jan van Grunten war der einzige, dem er es zutraute, entsprechend vorsichtig zu Werke zu gehen. Er besaß die richtige Mischung aus überlieferter Autorität und Modernität.

Jakob rechnete aus, wann er im Dorf ankommen würde. Konnte er dem Gutsherrn nach Einbruch der Dunkelheit noch einen Besuch abstatten? Wie förmlich war man im Gutshaus? Er erhöhte die Geschwindigkeit und wußte, es war aussichtslos. Selbst wenn er eine halbe Stunde früher ankam, war es eigentlich zu spät für einen Besuch. Er konnte natürlich von der nächsten Raststätte aus anrufen und sich anmelden. Und was, wenn der Gutsherr Besuch hatte? Eine entsetzliche Vorstellung drängte sich ihm auf. Heidelinde Wulf mit schrillem Lachen über den Gutsherrn gebeugt. »Und jetzt zeige ich dir, wie ich es bei ihm gemacht habe.«

Jakob wurde heiß, er drehte die Scheibe herunter und setzte sich dem Fahrtwind aus. Was waren das alles für dumme Gedanken: einen Fürsprecher! Hatte er jemals so etwas nötig gehabt. Und wie altmodisch! Was mußte Katharina von ihm denken, wenn sie es erfuhr? Würde sich nicht alles gegen ihn kehren? Was war das für ein Unsinn mit dem Heiratsantrag! Katharina war eine junge Frau, die noch nicht im geringsten an so etwas dachte; sie würde sich totlachen.

Er war ein Idiot. Ein verdammter Hornochse. Ein Irrer. Was tat er da? Er benahm sich wie ein Stoffel aus dem letzten Jahrhundert. Verdammt, es würde ihm doch wohl noch möglich sein, einem Mädchen seine Liebe zu zeigen. Und wenn es ihn abwies, würde er in den Wald gehen und sich erschießen. Aus. Vorbei, du Idiot! Unvorstellbar, daß sie ihn abwies, wenn er es nur richtig machte: »Katharina, ich danke dir für deine Ohrfeige, seitdem weiß ich, daß ich in dich verliebt bin.«

Er lachte grimmig. Alles falsch. Unsinn. Vielleicht wollte er nur erneut geschlagen werden, vielleicht hatte sie etwas in ihm geweckt, das einander bedingte: Sex und Gewalt. Vielleicht waren alle Frauen und alle Männer im Dorf so veranlagt? Sprach seine Erfahrung nicht dafür? Was hatte er dann dort zu suchen? Nichts, du Idiot, aber auch gar nichts!

»Katharina, ich bin zurückgekommen, weil ich dir das Angebot machen möchte, das Dorf zu verlassen. Ich habe genug Geld, um dir zu helfen. Ich will keine Ansprüche daraus ableiten. Aber eines solltest du wissen: Ich liebe dich!«

Nicht schlecht.

Nein, so ein Quatsch: die klassische Retterrolle. Ein schöner Traum aus dem Kino. Da konnte er gleich hoffen, daß bei seiner Rückkehr die Tischlerei brannte, Flammen aus dem Haus schlugen, Katharina im Nachthemd hilfeschreiend am Fenster stand und er die aus dem ersten Stock Springende mit bloßen Armen auffing.

»Mein Retter!«

»Heirate mich.«

»Ja.«

Einige Kilometer lang trauerte Jakob dieser Lösung nach. Es war die beste, die einzige mit spontanem Happy-End.

Oder so: Der Vater mit dem Gewehr. »Du hast Schande über unsere Familie gebracht!«

»Halt!« Jakob sprang aus dem Gebüsch, stellte sich zwischen Katharina und ihren Pflegevater. »Ich – ich werde sie heiraten!« Er fing die Ohnmächtige auf.

Ach, nie schrieb das Leben Geschichten. Das Leben bestand nur aus Straßen, und in jedem Auto ein einsamer Mensch.

Langsam versank die Sonne hinter dem Horizont, und als zum ersten Mal Weinstein auf einem Wegweiser angezeigt wurde, hatte ihn sein Realitätssinn wieder eingeholt. Zusammengesunken saß er hinter dem Steuer, kaute auf der Unterlippe und probierte neue Versionen, Katharina seine Liebe und sein Gebrechen zu gestehen. Er wußte, er würde das noch die ganze Nacht tun, nur wenige Meter von Katharina entfernt, schlaflos in seinem Bett über der Tischlerei.

Er bog von der Autobahn ab und konzentrierte sich auf die dunkle Strecke. Einmal war er schon auf dieser Straße in einen Sekundenschlaf gefallen, das sollte ihm nicht wieder passieren. Sicher erreichte er die Brücke über die Herzensach, bog um die Kurve, als die Scheinwerfer ein schwarzes Bündel am rechten

Straßenrand erfaßten. Er stieg auf die Bremse, legte den Rückwärtsgang ein und fuhr so weit zurück, bis die Scheinwerfer offenbarten, was er vermutet hatte. Da lag ein Mensch. Er stieg aus. Der Mann schlief, nein, er war betrunken. Jakob zog ihm die Flasche aus dem Arm. Er roch daran. Doch es war kein Alkohol. Er tauchte den Finger hinein. Es schmeckte wie Wasser. Der Mann trug die Kleidung eines Bauern. Jakob beugte sich über sein Gesicht, schnupperte, lauschte den Atemzügen des Mannes und schob dessen Augenlid hoch.

Der Mann war nicht betrunken.

29

Dorothee Wischberg bückte sich und entfernte in der Dämmerung mit einem Papiertuch den feuchten Fleck, den Trivials Schnauze auf der Scheibe der Ladentür hinterlassen hatte. Er mußte sie durch die Scheibe lange angestarrt haben, bis sie es bemerkt hatte. Sie glaubte nun, er habe ihr damit ein Zeichen geben wollen, vielleicht so wie damals vor sieben Jahren, als er ihr – im wahrsten Sinne des Wortes – den letzten Anstoß gegeben hatte und sie in den Wagen gestiegen war, um ihren Mann zu bestrafen und ihr Leben zu verändern. Seitdem achtete sie auf die Zeichen, die ihr der Hund gab. Heute hatte sie Trivial nicht sofort bemerkt, doch als sie aufblickte und hinausging, hatte sich der Hund umgedreht und war verschwunden.

»Was für ein reizender Hintern, wenn du dich bückst, dann . . .«

Erschrocken fuhr sie hoch. Ihr Mann hatte sich herangeschlichen und grinste sie an.

»Halt's Maul!« fauchte sie und ging mit schnellen Schritten in den Laden. Hinkend folgte er ihr, kam gerade noch mit durch die Tür.

»Was willst du?« Sie mochte es nicht, wenn er zu ihr kam. Auch er vermied normalerweise die direkte Begegnung. Sie tauschten die notwendigen Nachrichten über ihre Tochter aus. Die schlief bei der Mutter, aß und lebte aber im Gasthof.

»Ich will was einkaufen.« Er tat so, als wäre er ein normaler Kunde.

»Ich habe schon geschlossen.«

»Sicher.« Er wußte wie jeder im Ort, daß ihr die vorgeschriebenen Öffnungszeiten egal waren. Nur die Mittagspause hielt sie streng ein.

Sie ging nach hinten, um das Licht für den Laden und die Schaufenster einzuschalten, stellte sich dann hinter die kleine Theke mit der Kasse und blätterte in der dort aufgeschlagenen Zeitschrift. Ihr Mann stöberte zwischen den Selbstbedienungsregalen. »Du bist mir zu teuer«, brummte er von dort.

»Du hast zwei Möglichkeiten, meinen Laden zu verlassen ...«

»Ich weiß.« Er kam grinsend und mit erhobenen Händen hinter den Regalen vor. »Entweder ganz schnell oder als Leiche, stimmt's?«

»So ungefähr.«

Er ging an dem Zeitschriftenständer entlang und betrachtete die Titelseiten. Dann wandte er sich um, humpelte mit zwei großen Schritten zum Verkaufstresen und stützte sich darauf.

»Ich will wissen, was oben vorgeht.« Er kaute auf seiner Unterlippe, so daß sein Spitzbart sich rhythmisch spreizte und hob. Da der Gasthof nicht unbedingt das Zentrum des dörflichen Lebens war, mußte der Wirt sich die Informationen aus unterschiedlichen Quellen besorgen. Aus seiner Sicht gab es nur drei Bewohner im Dorf, die über alles Bescheid wußten: seine Frau, die Frau des Arztes und der Hund Trivial.

»Woher soll ich das wissen.« Dorothee Wischberg blickte von ihrer Zeitschrift auf.

Sie maßen sich mit den Augen. Der Wirt gab auf. »Ich weiß, daß ich nicht wissen soll, was ein paar andere durchaus wissen, aber ich muß dir sagen, daß ich es weiß. Also?«

»Wenn du schon alles weißt, was willst du dann wissen?« Sie blätterte wieder.

»Du weißt, wie ich es meine.«

Dorothee Wischbergs Ehe war ein Irrtum und ihre Schwangerschaft vorausgegangen. Sie hatte es ertragen. Doch vor sieben Jahren lernte sie ihren Mann hassen. Er betrog sie eines Nachts und machte dies auf eine so verachtenswerte Weise, die sie ihm niemals verzeihen konnte und die einen Teil seines Charakters offenbarte, den sie vorher nicht hatte sehen wollen oder können.

Aus ihrer Sicht hatte alles mit dem zunehmenden Körpergewicht ihres Mannes begonnen. Sie war nicht schuldlos daran, weil sie anfangs seinen übermäßigen Appetit gefördert und sich ihm sexuell erst verweigert hatte, als sein Bauch es nicht mehr möglich machte, auf normale Weise zusammenzusein. Voller Ekel erinnerte sie sich genau an jenen Sommerabend, als sie mit zwei anderen Pärchen, alle aus dem Gasthof kommend und leicht betrunken, die Hügel hinaufgezogen waren. Sie wollten sich an einem Schäfer aus Ehrenfelde rächen und seine Schafe aus der Umzäunung treiben. Doch dann hatten sie sich im Stroh der Schäferhütte gebalgt, bis jedes Pärchen sich nur noch miteinander beschäftigte. Ihr Mann hatte mit ihr schlafen wollen, und weil sie sich wehrte, war er zu einem Schaf gegangen, hatte es niedergeworfen, an den Beinen gefesselt und zur allgemeinen Belustigung bestiegen. Sie war erschrocken davongelaufen, mußte aber noch hören, wie er das Tier mit ihrem Namen anfeuerte.

Sie war in den Gasthof gelaufen und hatte sich bis zum Morgen in einem der Gästezimmer verbarrikadiert. Auch am nächsten Tag war ihre Wut auf ihren Mann nicht abgeklungen. Von der Straße aus hatte sie ihn im Hof wirtschaften gesehen und gezittert vor Zorn. In diesem Moment war Trivial vorbeigekommen. Er stieß sie an, schubste sie in Richtung ihres Wagens. Mit Vollgas war sie auf den Hof gefahren und hatte ihren Mann mit der Stoßstange an die Wand gedrückt. Blind vor Wut hatte sie immer weiter Gas gegeben, bis jemand sie aus dem Wagen zerrte. Sie hatte ihren Mann umbringen wollen. Aber es war ihr nicht gelungen.

Sie haßte ihn nach wie vor, aber das Gefühl, ihm schaden zu müssen, verschwand. Aus Rücksicht auf ihn versuchte sie sogar ihr Verhältnis zu Jan geheimzuhalten. Nach jenem »Unfall« war sie ins Gutshaus zitiert worden und hatte alles vor Jans Vater beichten müssen. Er beschloß, sie nicht zu bestrafen und das zerschmetterte Bein ihres Mann auch für ihn Strafe genug sein zu lassen. Jan hatte sie danach nach Hause begleitet, ihr die Perspektive der Trennung und der Selbständigkeit aufgezeigt. Von diesem Tage an wuchs die Beziehung zwischen ihnen, wurde zum Abenteuer. Sie hatte nicht erwartet, daß es über so viele Jahre hinweg anhalten, geschweige denn ein Geheimnis bleiben würde.

»Er wird heiraten, mehr weiß ich auch nicht.«

Sie hatte gewußt, daß sie nicht die einzige Frau in Jans Leben war, zu keiner Zeit an bevorzugter Stelle stand. Er selbst hatte ihr von den anderen Frauen erzählt. Namen nannte er nie. Abgesehen von seinen Berliner Freundinnen gab es noch eine Frau aus dem Dorf, die wie sie manchmal des Nachts ins Gutshaus schlich und unter Jans Decke kroch. Sie wußte nicht, wer es war. Er machte auch kein Hehl daraus, daß er irgendwann ein ganz anderes Mädchen heiraten würde, um einen legitimen Nachkommen zu zeugen. Das machte ihre Beziehung zu dem Gutsherrn auf eigene Weise ehrlich.

Der Wirt grinste breit und zufrieden. »Wunderbar. Endlich heiratet er. Wer ist es?«

Dorothee Wischberg hob die Schultern. »Jemand aus dem Dorf.«

»Wird ja immer besser! Wer?«

»Ich weiß es nicht.«

Der Wirt runzelte die Stirn. »Was heißt das?«

»Daß ich es nicht weiß«, brüllte sie.

Er stand mit offenem Mund vor ihr und begriff nicht, was sie sagte. Sie klappte die Zeitschrift zusammen und legte sie ins Regal zurück.

Ihr Mann schloß den Mund und runzelte wieder die Stirn. »Du willst es mir nicht sagen, nicht wahr?«

Sie sah in sein von Alkohol und fettem Essen gezeichnetes Gesicht, und das Blut schoß ihr in den Kopf. Sie wußte plötzlich, warum sie ihm aus dem Weg gegangen war. Sie wußte, daß sie sich nicht mehr zähmen konnte, daß sie jetzt mit allem, was sie greifen konnte, auf ihn einschlagen und einstechen würde und daß er keinen Schutz hatte, außer der Blindheit ihrer Wut.

Er sah allmählich ein, was er für unmöglich gehalten hatte, nämlich daß seine Frau nicht wußte, wer die Auserwählte des Gutsherrn war, und registrierte gleichzeitig, daß in ihr etwas vorging, was seine Flucht dringend notwendig machte. Bevor er die Ausgangstür erreichte, streckte sie ihn mit einem Schlag des Grußkartenständers nieder.

Vielleicht wäre Dorothee Wischbergs Wut mit diesem Schlag verraucht gewesen, wenn ihr Mann nicht nach vorn gefallen wäre und versucht hätte, sich mit den Händen abstützend, wieder hochzukommen. Diese Stellung erinnerte sie so sehr an seine Begattung des Schafes, daß sie mit aller Kraft am Zeitschriftenregal zerrte, um es aus dem Gleichgewicht zu bringen und über ihm zusammenstürzen zu lassen.

Atemlos stand sie da, hörte das Wimmern ihres Mannes unter dem Regal. Sie nahm die Bewegung wahr, wie er sich von der Last zu befreien versuchte und es nicht schaffte, und das schien ihr so, als würde das Regal ihren Mann begatten – eine gerechte Strafe. Ihre Wut war wie weggeblasen, und das Chaos im Eingang ihres Laden löste nun bei ihr ein hysterisches Lachen aus. Sie lachte weiter, selbst als der Student die Ladentür aufstieß und mit erschrockenem Gesicht stehenblieb.

Sie lachte und sah zu, wie Jakob Finn die unter dem Regal herausragenden Arme des Wirtes entdeckte, an ihnen zog. Sie lachte noch immer, als er das Regal aufstellte, den Wirt von den Zeitungen und Zeitschriften befreite und ihm auf die Beine half.

Erst als beide Männer sie anstarrten, ging ihr Lachen in ein Glucksen über und erstarb.

Peter Wischberg humpelte stöhnend ein paar Schritte zur Seite und faßte sich ans Kreuz, aber er schien nicht ernsthaft verletzt zu sein.

»Was ist passiert?« fragte Jakob Finn.

»Der Gutsherr wird heiraten«, sagte der Wirt, ergriff jetzt seinerseits den runden Grußkartenständer und versuchte sich damit auf seine Frau zu stürzen.

Die Antwort verwirrte Jakob Finn so sehr, daß er nicht einschritt. Doch Dorothee Wischberg hatte das Unheil kommen sehen und war der plumpen Bewegung ihres Mannes ausgewichen. Und während er über das Drahtgestell fiel, fragte sie, als wäre nichts geschehen, den Studenten: »Sie wünschen?«

»Ich brauche Ihre Hilfe!«

Peter Wischberg kam hoch und drückte sich mit schmerzverzerrtem Gesicht die Hände gegen die Brust.

»Ich bringe dich um«, sagte er langsam zu seiner Frau. Sie zeigte nach draußen, als wäre die Straße der geeignete Platz dafür.

Dem Studenten gelang es, beider Aufmerksamkeit zu erhalten. »In der Kurve am Dorfeingang liegt ein Mann.« Als beide ihn fragend ansahen, ergänzte er: »Er ist weder betrunken noch verletzt. Ich weiß nicht, was er hat.«

Zu dritt eilten sie die inzwischen vollkommen dunkle Dorfstraße hinunter. Die Wolken flohen vor ihnen, rissen kurz auf, um dem Mond Gelegenheit für ein kaltes und hastiges Signal zu geben. Eine Windbö bürstete die Baumwipfel. Dann standen sie über den Mann gebeugt. Der Wirt lächelte hilflos, setzte zu einer Erklärung an, aber seine Frau nahm ihm das Wort, erklärte, es handle sich um eine seltene Form der Katatonie, eine Art Trance, genetisch bedingt, nur hier im Ort anzutreffen, er solle sich keine Sorgen machen, sie und ihr Mann würden sich um alles kümmern.

Sie schickten ihn weg. Er schwankte einen Augenblick, als wäre er ein vom Wind bewegter Baum, dann ging er. Er glaubte ihr nicht.

30

Jakob erwachte und vermißte das Geräusch, das ihn gestern lange am Einschlafen gehindert hatte. Es war vollkommen still im Raum. Zahllose große Fliegen waren am Abend in der Dachwohnung umhergeschwirrt, und es war ihm nicht gelungen, sie durch das Fenster zu verscheuchen. Jetzt waren sie alle fort. Aber vielleicht saßen sie nur bewegungslos in den Falten der Bettwäsche, auf den Lampen und Wänden. Wenn er sich bewegte, aufstand, würden sie alle gleichzeitig wieder zu fliegen beginnen. Er hob den Kopf, aber alles blieb ruhig. Er ließ den Blick suchend über Decke und Wände gleiten. Es waren keine Fliegen da. Er richtete sich auf, wollte gerade seine Beine aus dem Bett schwingen – da sah er sie. Er zuckte zurück. Sie lagen tot über den Fußboden verstreut. Entweder war dies ihr letzter Lebenstag gewesen, und sie waren in diesem Bewußtsein noch einmal mit aller Lust geflogen, oder es lag Gift in der Luft, etwas, das schon gestern abend ihre Sinne so weit verwirrt hatte, daß sie nicht mehr aus dem Fenster hinausfanden. Jakob schnupperte, doch so kurz nach dem Erwachen konnte er noch keine Gerüche differenziert wahrnehmen. (Eine kleine Auswahl der zur Verfügung stehenden Stoffe in unterschiedlicher Konzentration: PCP, Lindan, Formaldehyd sowie Aldehyde, Schwefelverbindungen, Ammoniak und ein wenig Parathion, Blei und Zink.) Mit den nackten Füßen schob er die toten Fliegen zur Seite und stand auf. Er überlegte, ob es einen Zusammenhang gab zwischen den Insekten und dem verwirrten Vater des Tischlers, der zuletzt diese Räume bewohnt hatte. Wer weiß, mit welchen Holzschutzmitteln Thomas Timber arbeitete. Waren darin früher nicht Gifte gewesen, die das Nervensystem des Menschen angriffen? Auf dem Land arbeitete man möglicherweise noch heute damit. Er öffnete alle Fenster so weit, bis er einen leichten Durchzug spürte.

Er beschloß, im Gasthaus zu frühstücken, wusch sich schnell, zog sich an und ging hinunter. Vor der Bürotür lauschte er, aber alles war noch still. Zwar begannen die

Tischlergesellen ihre Arbeit sicher gegen sieben Uhr, aber das Büro war bestimmt noch nicht so früh besetzt.

Die Mutter des Wirts schickte gerade ihre dicke Enkeltochter mit schwerer Tasche und einem halben Marmeladenbrot zwischen den Lippen zur Schule. (»Kann ich nicht heute zu Hause bleiben? Mir geht es gar nicht gut!«) Jakob setzte sich an den Tisch, an dem sie allem Anschein nach selbst gefrühstückt hatte. Luise Wischberg ging lächelnd an ihm vorbei in die Küche, kam aber gleich darauf mit einem Tablett zurück, auf dem eine Tasse Kaffee und ein großer Teller, randvoll mit Rüherei und Schinken, standen, und stellte es vor ihm ab.

»Ist doch recht? War gerade fertig.«

»Toll.«

»Brot?«

»Muß nicht.«

Sie setzte sich ihm gegenüber, zog die Zeitung heran, schlug sie aber nicht auf. Er aß, und sie sah ihm zu. Es bereitete ihr offensichtlich großes Vergnügen, Menschen beim Essen zuzusehen. Das war eine Erklärung für das Gewicht ihres Sohnes und ihrer Enkelin.

»Was gibt es Neues?« fragte er mit vollem Mund.

»Mir erzählt man nichts.«

»Warum?«

»Ich fraternisiere angeblich mit dem Feind.«

Er lachte. »Wer ist der Feind?«

»Sie!«

»Ich?«

»Ja. Und da ich mich in Wirklichkeit gar nicht mit dem Feind verbrüdere, kann ich Ihnen auch nicht das wenige erzählen, was ich weiß.«

»Und was ist das?«

»Auf dem Gutshof gibt es einen Todesfall, die alte Haushälterin, Maria Glaser. Tja, war auch schon alt und krank. Und dann: der junge Gutsherr. Er wird heiraten! Nun ist die Frage, wieviel Abstand legt der Anstand zwischen die beiden Ereignisse? Was meinen Sie?«

»Gibt es sonst einen Aufstand?«

»Ich dachte, es gibt eine Regel.«

»Keine Ahnung. Wer ist denn die Glückliche?«

»Keine Ahnung. Vielleicht ist nur der Ahnungslose glücklich.«

Jakob lachte, und etwas Ei fiel ihm von der Lippe. »Wollen Sie damit sagen, man weiß von der Heirat, aber nicht, wer verheiratet wird?«

»Da sehen Sie, was von der ganzen Information zu halten ist.«

Er legte die Gabel zur Seite und wischte sich mit einer Serviette über den Mund. Er hatte mehr als genug gegessen. Die von Luise Wischberg versorgten Personen sollten ihm Warnung sein.

»Wie würden Sie einem Menschen sagen, daß Sie ihn lieben?« Im selben Moment wußte er, es war die falsche Fragestellung.

»So überschwenglich brauchen Sie sich für das Essen nicht zu bedanken.«

»Nein, nein, ich meine: Ich liebe ein Mädchen und weiß nicht, wie ich es ihm sagen soll.«

Sie sah ihn prüfend an. »Sie meinen, das Mädchen weiß nichts davon?«

»Ja.«

»Dann vergessen Sie es.«

»Warum?«

»Was Sie vorhaben, ist etwa folgendes: Sie wollen einem Mädchen, das Sie offensichtlich nicht liebt, sagen, daß Sie es lieben. Was soll dabei herauskommen? Ich sage es Ihnen: ein Trottel und ein Mädchen, das diesen Trottel für einen Obertrottel hält.«

Er schüttelte den Kopf. »Nein, nein.« Er wollte sich ihre Logik nicht zu eigen machen. »Ich muß es ihr sagen!«

Sie wippte nach vorn und stieß mißbilligend einen Urwaldlaut aus: »Uh!«

Er setzte nach: »Ich werde es jetzt gleich tun.«

Luise Wischberg sprang entsetzt auf. »Sie ist hier aus dem Ort! Sind Sie wahnsinnig! Flüchten Sie, fahren Sie fort, so schnell, so weit Sie können, und kommen Sie nie mehr zurück. Wissen Sie denn nicht, wo Sie hier sind?«

Jakob sah die ehrlich erregte Frau verblüfft an. Sie beruhigte sich, legte den Kopf schräg und fragte: »Ist sie hier geboren?«

»Nein.«

Sie stieß erleichtert die Luft aus und sank auf ihren Stuhl zurück, doch plötzlich kehrte die Anspannung in ihren Körper zurück, und sie runzelte die Stirn. Offensichtlich schien sie in Gedanken alle Mädchen, die in Frage kamen, durchzugehen.

»Wenn es die eine nicht ist, muß es die andere sein, oder ...«, murmelte sie. »Sie würden es mir nicht sagen?«

Er biß die Lippen aufeinander.

»Gut so«, sagte sie. »Nur der Ahnungslose ist glücklich. Das hatten wir schon mal.« Sie räumte die Teller zusammen und stand auf.

Er zog seine Geldbörse hervor, aber sie schüttelte energisch den Kopf. »Machen Sie schon, daß Sie rauskommen. Und viel Glück!«

Sie wartete mit dem Tablett in der Hand, bis er aufstand und ging.

Sie war nicht im Büro. Er betrat die Werkstatt. Die beiden Gesellen verleimten einen Kasten und setzten Schraubzwingen an.

»Ist Katharina ...«

»Hat frei.«

»Und wo ...«

»Keine Ahnung.«

»Der Meister?«

»Heute nicht da. Montag wieder.«

Jakob hob ergeben die Hand (wie einfach Kommunikation sein konnte!), verließ die Werkstatt, ging ums Haus und klingelte am Privateingang. Nichts rührte sich. Die Tür war verschlossen. Schade, mit ihrer Pflegemutter hätte er gern gesprochen. Vielleicht besaß sie einen Schlüssel zu Katharinas Menschenfeindlichkeit. Vielleicht kannte sie die Ursache? Andererseits konnte sich ein möglicher Bund mit Petra Timber auch negativ auswirken. Nein, er hatte sich doch gestern entschieden; er wollte es allein bewerkstelligen, Katharinas Vertrauen und ihre Liebe zu gewinnen. Das war das Rezept.

Der Eingebung folgend, daß man vom Bungalow des Wurstfabrikanten den besten Blick auf das Dorf haben müsse und er Katharina von dort leicht entdecken könne, ging er die Cornelius-van-Grunten-Straße entlang. Vor der Kate an der linken Seite der Auffahrt zu Wilhelm Webers Bungalow sah er den offenen Wagen Sabine Webers stehen. Er wollte ihr nicht und ganz besonders nicht ihrer Freundin, der Frau des Arztes, der Malerin, der Sadistin noch einmal begegnen. Er war gewarnt und würde sich ihr nie wieder ausliefern. Es gelang ihm, über das Erlebnis im Keller der Galerie zu lächeln. Die Malerin würde es kaum noch einmal probieren, sich ihm zu nähern. Wahrscheinlich wußte jeder im Dorf von ihrer perversen Art. Aber möglicherweise war ihr die Begegnung jetzt genauso unangenehm. Die ganz kleine Angst im hintersten Winkel seines Bewußtseins war sicher vollkommen unbegründet. Er beschleunigte seinen Schritt, kam aber gerade in dem Moment zur Kate, als Sabine Weber mit einem großen, flachen Paket, wahrscheinlich einem verpackten Bild, heraustrat und ihn freundlich grüßte.

»Hallo, ich dachte, Sie wären gar nicht mehr hier.« Sie ging vorüber, stellte das Paket auf den Rücksitz des offenen Cabrios, drehte sich um und lehnte sich gegen das Auto, indem sie die Hände hinter sich auf das Blech stützte und lächelnd ihren Oberkörper zurückbog. Mit ihrem weiten gelben Kleid und dem großen Ausschnitt sah sie aus wie ein Model, das für ein Auto warb. Jakob war stehengeblieben, machte einen Schritt zurück, um eine größere Distanz zwischen sich und sie zu legen. Ihre Haltung erschien ihm wie ein unsittliches Angebot. Mit einer winzigen Bewegung schwenkte sie ihren Oberkörper zur Seite und wieder zurück und lenkte ihn ab.

Wieder eine Falle. Heidelinde Wulf war hinter ihn getreten, zog seinen Kopf zurück und kam mit ihrem Gesicht gefährlich nahe.

»Au!« Er wand sich unter dem festen Griff in seinem Haarschopf.

Er befürchtete schon, die Malerin würde ihre Zähne in seinen Hals schlagen oder ihm ein Ohr oder die Nase abbeißen, als sie ihn ebenso abrupt losließ, wie sie zugegriffen hatte. Er stolperte auf die Mitte der Straße.

»Es tut mir leid, wenn ich Sie erschreckt habe«, sagte sie mit gespielt hilflosem Lächeln. »Verzeihen Sie mir, aber Sie haben mir auch einen Schreck eingejagt. Ich dachte, Sie hätten hier nichts mehr zu suchen. Was machen Sie hier?«

Sie wartete keine Antwort ab, sondern stieg zu ihrer Freundin ins Auto. Die beiden fuhren davon, ohne sich umzusehen. Jakob rieb sich die Kopfhaut und spuckte wütend hinter dem Wagen her. Hexen!

Er ging zum Bungalow hinauf. Wer ein solches Haus baute, das mit seinen Säulen, den bis zum Boden reichenden Fenstern, seinem blendenden Weiß sowie seiner Lage einen Gegenpol zum Gutshaus bildete, mußte einer der wichtigsten Männer des Dorfes sein. Ein Mann des Geldes, des Rationalen, ein Mann der modernen Zeit (wenngleich er ohne jeden Geschmack zu sein schien, betrachtete man den Stil seines Hauses). Aber vielleicht der wahre Herrscher hier.

»Wilhelm Weber ist ein Dinosaurier unserer Zunft«, so hatte die ›Fleischzeitung‹ (Kundenzeitschrift des fleischverarbeitenden und fleischvertreibenden Gewerbes) in einem kleinen Porträt des Wurstfabrikanten diesen gekennzeichnet und den Satz in einer Weise fortgesetzt, die nur innerhalb dieser Zeitungsredaktion nicht als Stilblüte empfunden wurde: »denn sein Ziel ist es, Schlachtkörper so zu hegen und zu pflegen wie sich selbst.«

Schuld an diesem Vergleich war ein Interview mit Wilhelm Weber, in dem er nicht nur gezeigt hatte, wie gründlich seine Kenntnisse über Förderung und Wachstum gesunden Muskelfleisches waren, sondern auch immer wieder auf sein Hobby, das Bodybuilding, hingewiesen hatte. Den Abbildungen und Beschreibungen in der ›Fleischzeitung‹ war zu entnehmen, daß es sich bei Wilhelm Weber nicht nur um einen ungewöhnlich tatkräftigen Unternehmer, sondern auch um einen sehr starken, muskulösen Mann handelte, der seine Kräfte und seine Körperlichkeit durchaus auch im Privat- und Geschäftsleben einzusetzen wußte.

Jakob Finn war dieser Artikel nie zu Gesicht gekommen. Ohne also derart gewarnt zu sein, läutetet er am Eingang des Bungalows. Eine ganze Weile geschah nichts, bis sich das kleine

Fenster neben der Tür öffnete, ein junges Mädchen den Kopf herausstreckte und sagte: »Ich kann den Schlüssel nicht finden. Wollen Sie zu Herrn Weber? Sie sind doch der Student, nicht wahr?«

Jakob lachte über ihre offensichtliche Verwirrung und bejahte ihre Fragen.

»Gehen Sie einfach links um das Haus herum«, sagte sie. »Herr Weber ist im Kraftraum. Sie finden es bestimmt. Gehen Sie einfach hinein.«

Jakob nickte. »Wer sind Sie?« fragte er.

Sie erschrak. »Huch! Ich?«

»Ja.«

»Ich mache den Haushalt. Ich bin Lisa.«

Sie zog den Kopf zurück und schloß das Fenster. Jakob lachte über die Situation, über die Hilflosigkeit und das Staunen des Mädchens, das wahrscheinlich zum ersten Mal von einem Besucher gefragt worden war, wer es sei. Diese Begegnung vertrieb den Rest an Mißvergnügen, den der Überfall der Frauen hinterlassen hatte.

Er ging um den Bungalow herum, vorbei an den großen Glasfenstern. Alle Vorhänge waren geschlossen. Erst an der Rückseite fand er ein offenes Schiebefenster. Die Sonne und das Weiß der Mauern hatten ihn geblendet, doch sah er in dem Raum ein paar Chromstangen blitzen. Er war richtig.

»Hallo?«

Es kam keine Antwort. Unter weiterem Rufen ging er hinein und versuchte sich an die Dunkelheit zu gewöhnen. Plötzlich wurde er von hinten gepackt, herumgedreht und auf eine gepolsterte Liege geworfen. Bevor er an irgendeine Gegenwehr denken konnte (bevor er überhaupt denken konnte), hatten sich eiserne Klammern um seine Fußgelenke geschlossen und wurden seine Hände unter die schmale Liege gezerrt und zusammengebunden.

31

Er war stehengeblieben und sah sie zweifelnd an. (Der Falsche.)

»Doch, es ist so«, bestätigte sie. »Die Beziehung zwischen einem Mann und einer Frau kann sehr einfach sein; wenn man Liebe und Gefühl außen vor läßt, kann alles leidenschaftslos geregelt werden.« Sie beugte sich zu ihm herunter und nahm seinen Kopf in beide Hände. »Begreif doch, jeder Moment unseres Zusammenseins und unser Ziel, alles ist vertraglich geregelt. Ein Vertrag, der keinem zum Nachteil gereicht, einer, der auch unter Geschäftsleuten Bestand hätte. Es kann mir wirklich nichts passieren. Ganz im Gegenteil. Es ist wie ein neues Leben.« (Das Falsche.)

Sie richtete sich wieder auf. Trivial schüttelte den Kopf. Katharina hatte den Vertragsentwurf des Anwalts mit Genugtuung studiert. Alle ihre Bedenken waren in den vergangenen beiden Tagen ausgeräumt worden, und jeder ihrer Einwände hatte in dem Vertrag seinen Niederschlag gefunden. Nur Trivial schien nicht zufrieden. Er ahnte wohl, daß er in dem neuen Leben keine so große Rolle mehr spielen würde.

Selbst Katharinas Befürchtung, so lange Kinder bekommen zu müssen, bis ein Sohn geboren wurde, hatte sich zerstreut. Präzedenzurteile zeigten, daß unter dem Begriff »leiblicher Erbe«, wie er im Vertrag des Piraten mit dem Grafen Weinstein stand, auch Töchter zu verstehen waren. Auch Jan hatte diese Nachricht mit besonderer Erleichterung aufgenommen und ihr amüsiert von den Ängsten seiner Vorfahren berichtet, keinen Sohn zu bekommen. Angeblich soll Caspar van Grunten Anfang 1840 einen französischen Arzt und einen englischen Magier engagiert haben, die beide nur dafür zuständig waren, daß seine Frau nach neun Jahren Ehe endlich schwanger wurde und mit Sicherheit einen Sohn gebar. Der Sohn, der mit magischer Hilfe gezeugt wurde, Johann Jacob, hatte rund dreißig Jahre später ähnliche Mühe, einen männlichen Nachfahren zu zeugen. Ein Gerücht unterstellte ihm, er hätte eine erstgeborene Tochter gehabt, sie Verwandten in Holland übergeben oder vielleicht sogar getötet.

»Verstehst du: ein neues Leben. Die Chance, die ganze klebrige Tischlerei hinter mir zu lassen.«

Trivial nickte ohne Überzeugung und begleitete Katharina zum Gutshaus. Katharina versuchte sich zu erinnern, wann sie das letzte Mal die Pappelallee entlanggegangen war. Die Vorgänge auf dem Gut, die Feste, zu denen auch die Dorfbewohner eingeladen wurden, interessierten sie schon lange nicht mehr. Jan war aus ihrem Leben und ihrem Bewußtsein verschwunden, lange bevor er die Nachfolge seines Vaters antrat. Es mußte sieben, acht oder mehr Jahre her sein, daß sie diesen Weg gegangen war, wahrscheinlich um eine läppische Rechnung ihres Pflegevaters zu überbringen. Thomas Timber hatte sie schon früh für die Tischlerei zu interessieren versucht. Als Kind bastelte sie mit Holz, sägte Tiere aus, zimmerte Puppenstuben, klebte Blumen aus Hobelspänen, baute Schiffe und half bei den richtigen Tischlerarbeiten. Es gab keinen genauen Zeitpunkt, an dem ihre Sympathie für Thomas Timber in Ablehnung umgeschlagen war. Sie hatte noch, wie erwartet, mit einer Tischlerlehre begonnen. Die Auseinandersetzungen waren heftiger geworden. Im zweiten Lehrjahr hatte sie im Streit mit ihrem Pflegevater alles hingeworfen. Sie wollte weg, weg von ihrem Pflegevater, ihrem Vormund, dessen Anblick, Gesten und dessen Art zu reden sie bereits reizten. Sie wollte weg aus Herzensach. Doch der Tischler ließ sie nicht gehen. Sie mußte bleiben. Und sie blieb zu ihren Bedingungen, absolvierte die Handelsschule in Weinstein mit dem Ziel, danach in einer größeren Stadt Arbeit und Wohnung zu finden. Es ging nicht. Das Gehalt einer Anfängerin im Büro reichte für den Lebensunterhalt und eine Wohnung nicht. Außerdem bestand Thomas Timber auf seinem – erst mit ihrem einundzwanzigsten Lebensjahr endenden – Recht, als Vormund bestimmen zu können, wo sie lebte. Er wollte sie nicht gehen lassen. Sie sollte in der Tischlerei arbeiten. Die beiden standen einander unversöhnlich gegenüber. Sein Zugeständnis war schließlich ihre Halbtagsbeschäftigung im Büro.

Katharina blieb und wartete auf ihren einundzwanzigsten Geburtstag und auf eine Chance, gehen zu können.

»Du bist ein Mann«, sagte sie zu Trivial. »Außerdem ein

Hund. Du verstehst das nicht.« Er war ein paar Meter vorausgelaufen, blieb jetzt stehen und drehte den Kopf zurück.

»Ja, ja, ist ja gut. Ich habe gesagt, ich würde mich niemals mit einem Mann einlassen. Ich weiß.« Sie wurde allmählich ärgerlich über seinen vorwurfsvollen Blick. Natürlich hatte er recht. Sie hatte sich niemals mit einem Mann einlassen wollen. Dieser Inbegriff der Erniedrigung war nun der Weg zu Geld und Freiheit, zu dem Leben, das sie sich immer gewünscht hatte – ohne Männer.

»Begreifst du, es ist nur möglich, weil er die Verbindung genausowenig will wie ich. Es ist ein reines Zweckbündnis für eine kurze Zeit. Was ich an der Beziehung zwischen Männern und Frauen hasse, wird nicht stattfinden: keine Intimität, verbunden mit Brutalität oder unbeherrschter Leidenschaft – ein sachlich vorgenommener Zeugungsakt genügt.«

Er hatte ihr aufmerksam zugehört, doch nun war es Zeit, sich hinter dem Ohr zu kratzen. Sie schüttelte den Kopf. »Ach, das begreifst du doch nie, du bist ein Hund und genauso ein willenloses Bündel deiner Triebe – obwohl ... Hast du eigentlich Kinder?«

Niemals hatte sie in die gleiche Zwangslage wie ihre eigene Mutter kommen wollen und deshalb für sich ein eigenes Kind ausgeschlossen. Wie verzweifelt mußte ihre Mutter über das ungewollte Baby gewesen sein, daß sie es vor einer Kirchentür aussetzte? Was für ein herzloser Mann mußte ihr Vater gewesen sein, daß er die Not der Mutter nicht bemerkte, ihr nicht beistand? Aber von einem Mann war wohl nichts anderes zu erwarten.

Nun würde Katharina selbst ein Kind bekommen müssen. Es war die Bedingung für das neue Leben. Aber alles war von vornherein geregelt, wie es bei ihrer Mutter hätte geregelt sein müssen. Sie besaß die Freiheit, das Kind aufzuziehen, die Mutterrolle zu übernehmen oder nicht. Wie immer sie sich entschied, dem Kind würde es gutgehen und an nichts fehlen. Noch tendierte sie zur Freiheit. Aber selbst wenn sie die Mutterrolle annahm, was würde das für ein empfindsamer und rücksichtsvoller Vater sein!

»Das mußt du zugeben, er ist ein idealer Vater.«

Zögernd hatte Jan eingewilligt. Sie hatte sein Zögern als Ausdruck seiner Rücksichtnahme interpretiert. Er achtete sie und wollte ihre Freundschaft – nicht ihre biologischen Möglichkeiten als Frau, nicht ihre Dienste. Seine Einwilligung meinte sie ihm geradezu abringen zu müssen. Es überzeugte sie um so mehr.

Der Vertrag war entworfen, und alles schien einzig nach ihren Wünschen formuliert. Sie bekam bei einer Schwangerschaft bereits so viel Geld, daß sie fast von den Zinsen leben konnte. Nach der Geburt war noch einmal dieselbe Summe fällig. Und die Gelder waren durch Bankbürgschaften abgesichert. Natürlich war das schriftliche Eheversprechen Jans nichts wert. So etwas ließ sich nicht vertraglich regeln. Wichtiger: Alle, außer ihr, waren zu vollkommenem Stillschweigen verpflichtet. So konnte sie bestimmen, wieviel und was die Öffentlichkeit erfahren sollte. Nichts würde dem Zufall oder dem Willen anderer überlassen sein. Es war ein Vertrag, der sie nicht einengte, sondern ihr Freiheiten brachte, die sie nie besessen hatte.

Katharina fuhr mit der Hand über Trivials Rücken. »Dich werde ich allerdings vermissen!« Er drängte sich an ihre Beine. Sie betrachtete das Gutshaus. Der Vertrag gab ihr das Recht, ab der Unterzeichnung dort zu wohnen. Die Möglichkeit, von einem Tag auf den anderen den Einflußbereich des Tischlers zu verlassen, verschaffte ihr Genugtuung. Wo würde man sie unterbringen? Nein, das war falsch gedacht. In welchen Räumen würde sie verlangen zu wohnen? So war es richtig! Sie betrachtete die Fenster und mußte sich eingestehen, daß sie nur bei wenigen wußte, welche Räume sich dahinter verbargen. Waren überhaupt alle Zimmer bewohnbar?

Sie hielt inne, verließ die Mitte der Pappelallee und lehnte sich gegen einen der Bäume. Sie war auf dem Weg, den Vertrag zu unterschreiben, und mit einem Mal wurde sie unsicher. Was wußte sie über die Vorgänge im Gutshaus? Was wußte sie über Jan? Es war wenig. Als Kinder hatten sie miteinander gespielt. Nein, er war kein Kind mehr gewesen. Er war fünfzehn Jahre älter als sie – oder waren es sogar mehr Jahre? Nicht einmal sein genaues Alter kannte sie. Er war mit ihr oft spazierengegangen, wie es ein großer Bruder tat. Warum hatte er das getan? Was hatte er davon gehabt, als Zwanzigjähriger mit einem dummen kleinen Mädchen an der Hand durch den Wald zu gehen? Bisher war sie von seinem Wohlwollen überzeugt gewesen – aber was, wenn er gar keine guten Absichten hatte? Wenn es doch nur um Betrug ging?

»Verdammt«, sagte sie und hockte sich zu Füßen der Pappel vor Trivial nieder. »Ich wollte eigentlich deinen Rat! Wen soll ich sonst fragen?«

Trivial setzte sich und drehte den Kopf in Richtung Gutshaus.

»Du bist dagegen, nicht wahr?«

Vielleicht mußte mehr Zeit vergehen, vielleicht war es notwendig, mit größerem innerem Abstand Wort für Wort der Vereinbarung noch einmal zu lesen und dabei jedem eine negative Bedeutung zu geben. Aber hatte sie das nicht schon getan? Jeder Satz war gedreht und gewendet worden, daraufhin geprüft, welchen Sinn er für Jan und welchen er für sie hatte. Und doch hatte sie etwas übersehen: Was war, wenn der Vertrag in böser Absicht formuliert, wenn er die Grundlage eines Verbrechens sein sollte?

Sie lehnte sich an den Stamm des Baumes und sah an ihm hinauf in den Himmel. Sollte sie umkehren? Vielleicht war es ein Fehler gewesen, niemanden einzuweihen. Vielleicht hätte sie wenigstens den Pastor um Rat fragen sollen. Sie lachte. Rudolf Pedus wäre mit einem solchen Vertrag ganz und gar nicht einverstanden gewesen. Für ihn mußte die Liebe die Grundlage allen Handelns sein. Daß man gerade sie ausließ, um zu sicheren Vereinbarungen zu kommen, würde er niemals begreifen. Nein, es gab niemanden, der ihr hätte raten können, denn es gab niemanden, der sie wirklich kannte. Das war gut so. Daß es jemanden geben könnte, der alles über sie wußte, war für sie eine entsetzliche Vorstellung. Nein, sie hatte keinen Rat nötig. Sie wollte die Verantwortung für sich selbst nicht teilen.

Sie allein wußte, was für sie gut und richtig war.

Und dies war der richtige Weg!

Trivial wedelte plötzlich mit dem Schwanz und stupste mit seiner kalten Schnauze gegen ihr nacktes Knie. Er stand auf, drehte sich einmal um sich selbst und lief voraus, schnappte einen Zweig vom Wegrand, kam damit zurück und legte ihn vor ihr ab.

Sie lachte. »Du willst bloß spielen!«

Trivial begleitete sie mit dem Zweig im Maul bis zu der mit weißem Kies bestreuten Auffahrt. Sie kraulte ihm den Kopf und sah in seine bernsteinfarbenen Augen. Sie beugte sich herab und flüsterte ihm ins Ohr: »Ich weiß schon, was du sagen willst. Manchmal soll man nur an sich selbst denken. An das eigene Vergnügen.« Sie klopfte seinen Hals und richtete sich wieder auf. Trivial ließ den Stock fallen, trottete bis zum Rand des Rasens und ließ sich dort seufzend nieder.

Jürgen Vietel kam eilig aus dem Haus, sprang die Treppen herunter. Er nickte ihr zu.

»Wo ist Jan?« fragte sie.

»Er sattelt gerade ab.«

»Sagen Sie ihm, daß ich auf ihn warte?«

Der Verwalter wies einladend ins Haus und wollte davoneilen, hielt aber in der Bewegung inne, runzelte die Stirn und sah sie fragend an: »Katharina?«

»Ja.«

Sie lächelte über seine Verwunderung und betrat die Eingangshalle. Die Tür zur Bibliothek stand offen, und sie hörte Geschirr klappern. Manuela Kotschik deckte an dem kleinen Tisch ein Frühstück für zwei, sie bemerkte Katharina nicht.

»Guten Tag.«

Die Haushälterin fuhr erschrocken herum. »Oh, Sie sind es.« Sie starrte Katharina mit offenem Mund an, dann faßte sie sich. »Ich ... ich habe Sie gar nicht kommen hören – und gar nicht erkannt. Entschuldigung.« Sie lachte verlegen.

»Ich bin mit Jan verabredet.«

»Ja, ich weiß, ich habe für Sie mitgedeckt. Er wird wohl gleich kommen.« Sie ordnete die Tassen und Teller, obwohl alles bereits korrekt aufgedeckt war, und sah immer wieder mit einem Seitenblick zu Katharina, die sich ans Fenster gestellt hatte. Draußen richtete sich Trivial auf und spitzte die Ohren.

Als die Haushälterin zum dritten Mal um den Tisch ging

und die Messer und Löffel ausrichtete, war es für Katharina offensichtlich, daß sie etwas auf dem Herzen hatte. Plötzlich machte sie einen zögernden Schritt auf das Mädchen zu. »Es ... Sie können sich ruhig schon setzen.«

»Danke.« Katharina blieb stehen.

»Ich ...«, die Haushälterin verstummte, ihr Kopf zuckte zur Tür. In der Halle waren die Schritte Jans zu hören. Manuela Kotschik zog sich eilig zurück, drückte sich am Gutsherrn vorbei und schloß hinter ihm die Bibliothekstür.

»Katharina?« Die Überraschung stand ihm im Gesicht. Er blieb einen Augenblick hilflos stehen, dann beugte er sich vor. »Katharina?« Zögernd ging er auf sie zu, dann hellte sich sein Gesicht auf. »Wie ist das möglich?«

»Was?« Katharina löste sich vom Fenster. Es gefiel ihr, wieviel Überraschung sie bei allen auslöste. Trivial war der einzige, der gleichmütig reagiert hatte.

»Du hast dich verändert.« Er betrachtete sie bewundernd. »Dein Haar ...«

»Ich habe es zurückgebunden.« Zum ersten Mal seit Jahren hatte sie ihr Gesicht nicht hinter den Fransen ihres Haares und dem Stirnband versteckt. Zum ersten Mal hatte sie die weiten Hosen, die hochgeschlossenen Hemden abgelegt und ein Baumwollkleid aus dem Schrank herausgeholt. Es bestand aus einem knapp geschnittenen Oberteil mit einem runden Ausschnitt und einem weiten Rock. Sie besaß es schon lange. Es war ihr um die Taille fast ein wenig zu eng geworden. Sie spürte selbst, wie sich mit dem Kleid ihre Haltung veränderte.

»Ich hatte ganz vergessen, wie schön du bist.« Jan goß ihr Kaffee ein. »Setz dich doch.«

Da er den Blick nicht von ihr abwenden konnte, griff er blind nach der Tasse, stieß sie um, und Kaffee ergoß sich über den Tisch. Sie lachte ihn aus.

»Himmel, du bringst mich ganz durcheinander.«

Sie half ihm, die Flüssigkeit mit einer Serviette aufzuwischen. Schließlich ließ er sich in einen Sessel fallen und betrachtete sie kopfschüttelnd. »Wie kann das sein? Eine solche Verwandlung?«

»Ändert es etwas?«

»Nein – nein, nein, nein.« Er richtete sich im Sessel auf.

»Ich bin gekommen, um zu unterschreiben.«

»Gut.«

»Ich habe nur noch eine einzige Bedingung.«

»Alles, was du willst.«

»Der Vertrag soll erst in zehn Tagen in Kraft treten.«

Er nickte. »Sicher.«

Er beugte sich vor, nahm den Brötchenkorb und bot ihn ihr an. »Laß uns etwas essen, dann fahren wir zur Unterschrift nach Weinstein zum Notar.«

Er sah ihr ins Gesicht und schüttelte lange den Kopf, dann griff er nach ihrer Hand.

»Wer bist du, Katharina?«

Die Frage war ihr unangenehm. Durch die Fenster des Gutshauses drang Trivials langgezogenes Heulen.

32

Der Mann in dem Jogginganzug schloß das Fenster und zog die Gardine zu. Dann schob er sie mit dem Daumen einen Spaltbreit auf und schaute reglos hinaus. Wahrscheinlich versuchte er herauszufinden, ob der Student allein gekommen war.

»Was soll das? Machen Sie mich sofort wieder los!« (Eine Protestnote ohne Wirkung.) Jakob betrachtete seine Fußfesseln. Es waren gepolsterte Metallklammern, wie sie sonst benutzt wurden, um sich an einer Reckstange mit den Füßen einzuhängen.

Diese waren allerdings an den Rahmen der Liege geschweißt. Den einfachen Spannverschluß hätte er leicht öffnen können, wären ihm nicht die Hände unter der Liege zusammengebunden worden.

»He, hören Sie, was soll das?«

Er hatte Mühe, seine Fesselung ernst zu nehmen. Sie schmerzte nicht und ließ ihm Spielraum. Die gesamte Situation erschien ihm nicht bedrohlich. Am liebsten hätte er laut gelacht. Doch das war unpassend. Wilhelm Weber wollte ihn wahrscheinlich nur auf seine Art beeindrucken, mit Kraft und Geschicklichkeit, so wie es Jan van Grunten auf der anderen Seite des Dorfes mit seinem Wesen und seinen Worten getan hatte. Es war eine Demonstration von Macht.

»Sie wissen, wer ich bin?« fragte der Mann, ohne den Blick vom Fenster zu nehmen.

»Im Kino sind Verbrecher immer maskiert. Denn wenn das Opfer seinen Peiniger wiedererkennen würde, muß es umgebracht werden.«

Weber lachte und drehte sich um. »Wir sind hier in Herzensach, da läuft es umgekehrt. Wenn das Opfer seinen Peiniger nicht erkennt, muß es umgebracht werden.«

»Sie wollen Furcht verbreiten?«

»Man lacht über mich, und man fürchtet mich.«

»Das widerspricht sich nicht. Es kennzeichnet viele absolute Herrscher.«

Weber runzelte die Stirn. »Ist das so?« Er kam näher. »Sie

haben recht.« Er knetete sich das Kinn. »Und was ist dann mit einem Herrscher, über den man nicht lacht?«

»Hören Sie zu. Ich würde unser Gespräch gern im Sitzen und ohne Fesseln fortführen.«

Wilhelm Weber schüttelte den Kopf. »Ihre Antwort!«

»Das Volk lacht über Herrscher, die selbst nicht lachen können. Wenn der Herrscher selbst lacht, hat das Volk meist nichts mehr zu lachen.«

Der Wurstfabrikant dachte nach, dann lachte er. »Sie sind ein kluger Kopf, was? Wer sind Sie?«

»Das wissen Sie doch.«

»Ich will es von Ihnen hören, warum Sie hier sind.«

»Man hält mich gefangen.« Jakob zerrte an seinen Fesseln. (In einer Comedy-Serie hätte es für diesen Spruch einen Lacher gegeben.)

Weber hatte keinen Humor. »Was wollen Sie hier?«

»Ich bin mir nicht mehr so sicher. Ich glaube, als ich den Ort zum ersten Mal sah, war es der Wunsch nach einem einfachen, überschaubaren Leben. Wie in einem richtigen Heimatroman. Ich war wohl geradezu süchtig nach Menschen, die darin normalerweise eine Rolle spielen – nach einem Förster, einem Gutsherrn, einem Pastor, einem Findelkind und natürlich auch nach einer Person wie Ihnen. Doch von Anfang an war da ein Störfaktor, und nun läßt meine Sucht nach. Nichts ist, wie es sein soll. Die Realität verursacht schmerzliche Entzugserscheinungen. Die Träume werden zu Albträumen. Ich stehe also vor der Entscheidung, mich dem Wahnsinn oder dem Zynismus hinzugeben. Was meinen Sie?«

Jakob war inzwischen davon überzeugt, daß ihn nicht nur die Eignung des Heidbergwaldes für seine Arbeit von der Weiterfahrt abgehalten hatte, sondern eine Reihe von Bildern, die ihm ein anderes Leben versprochen hatten. Jetzt schien es ihm, als habe schon von Anfang an Katharinas Erscheinung in seinem Unterbewußtsein gewirkt. Doch von seiner Liebe wollte er nichts verraten.

»Ich glaube, Sie sind sich über Ihre Lage nicht im klaren.« Wilhelm Weber durchquerte den Raum bis zur Eingangstür. Bisher hatten nur wenige der Leuchtstoffröhren gebrannt, jetzt schaltete er das volle Deckenlicht ein. Der Raum war mit einem großen Wandspiegel ausgestattet. Die Einrichtung entsprach der eines professionellen Fitneßstudios: zwei mannshohe Geräte mit Zugseilen und Gewichten, eine Sprossenwand, ein Laufband, zwei Ergometer, eine Bank mit Hanteln in verschiedenen Größen und kleinere elektrische Schalttafeln auf Rollen, deren Bedeutung Jakob nicht kannte.

Langsam kam Weber zurück, blieb vor Jakob stehen und rieb sich das Kinn. »Ich will Ihnen was sagen: Kein Fremder bleibt in diesem Dorf freiwillig. Die Dorfbewohner tun alles, um jeden abzuschrecken. Und alles, was ich Ihrer verworrenen Rede entnehme, ist, man hat es auch bei Ihnen getan. Warum sind Sie noch hier? Was meinen Sie, warum es in Herzensach nicht den geringsten Tourismus gibt? Wissen Sie, daß in der ganzen Gegend kein Bauer Feriengäste aufnimmt, wie es sonst überall in den Nachbargemeinden üblich ist? Seit zweihundert Jahren ist niemand mehr in dieses Dorf gezogen. Und wenn doch, dann hat man ihn umgebracht.« Er unterbrach sich selbst durch ein kurzes Lachen. »Man muß den Pastor und den Arzt natürlich ausnehmen, obwohl ... selbst die sterben hier normalerweise nicht eines natürlichen Todes. Nein, noch nie ist hier ein Fremder länger als eine Nacht geblieben, aber Sie sind noch hier. Sie müssen einen Grund haben, sich nicht verscheuchen zu lassen. Und ich will ihn wissen.«

Jakob hob seinen Oberkörper, soweit es möglich war. »Binden Sie mich los!«

Der Schlachter schüttelte den Kopf. »Ich denke lieber darüber nach, wie ich Sie quälen kann.«

Jakob überlegte, was er über Wilhelm Weber wußte. Es war nicht viel. Die Mutter des Wirts hatte ihn mit Klatsch versorgt.

»Und warum sind Sie noch hier?« sagte Jakob. »Sie sind doch auch ein Fremder, wenn ich recht informiert bin?«

»Aha! Informiert ist er!« Wilhelm Weber lächelte grimmig, dann zog er das Oberteil seines Trainingsanzuges langsam über den Kopf. Er war nackt darunter. Und es war eine Drohung. »Sie haben recht, ich bin ein Fremder, und wäre ich es nicht, wären Sie kaum in dieser Lage. Ich werde hier als Bündnispartner auf Zeit geduldet. Als Fleischlieferant. Als Geldgeber.« (Er verkniff sich: als Clown. Als Arsch. Als gehörnter Ehemann.) »Ich habe also gewisse Pflichten zu erfüllen. So wie jetzt an Ihnen!«

Weber zog seine Hose aus und drehte sich zu einem Wandspiegel um. »Ich habe die Pflicht, aus Ihnen die Wahrheit herauszubekommen. Sehen Sie sich meine Muskeln an. Ich werde es buchstäblich aus Ihnen herauspressen, woher Sie kommen. Damit Sie auch korrekt gestehen können, sage ich Ihnen vorher, was Sie zu sagen haben: Ich bin ein Nachfahre der Grafen Weinstein, und ich bin hierhergekommen, um meine Ansprüche auf Herzensach anzumelden. Das ist alles. Sie brauchen also nur diesen Satz zu wiederholen, und ich beende die Prozedur. Sagen Sie mir vorher Bescheid, wenn Sie gestehen wollen, damit ich einen Zeugen dazuholen kann.«

Wilhelm Weber zog nun auch seine Unterhose aus und griff nach einer Ölflasche, die vor dem Spiegel stand. Jakob dachte, daß der glatte, durchtrainierte Körper eigentlich nicht zu dem faltigen Gesicht des etwa Fünfzigjährigen paßte. (Nur der schimmelgraue Hodensack machte eine Ausnahme.)

»Aber das ist alles kompletter Unsinn«, protestierte er, »ich kann das nicht gestehen, weil ich es nicht bin.«

»Das ist mir egal. Ich tue nur meine Pflicht und habe Ihnen einen Weg gezeigt, wie Sie sich meine Behandlung ersparen können.«

»Aber was nützt Ihnen das?«

»Ich habe dann getan, was man von mir erwartet.«

Weber hatte sich vor ihm aufgebaut, an seinem Geschlecht gezupft, seine Brusthaare glattgestrichen und ein Stirnband über den Kopf gezogen. »Es ist mir vollkommen egal, wer Sie wirklich sind.«

»Aber wer ist es, der das von Ihnen erwartet. Der Gutsherr?«

Weber antwortete nicht. Er begann langsam und gründlich von den Füßen her seinen muskulösen Körper einzuölen, nicht ohne dabei den Studenten immer wieder zu fixieren.

Jakob sah ihm zu. »Da Sie mir Ihren Auftraggeber nicht nennen, nehme ich an, Sie wollen mich wenigstens am Leben lassen.« (So wie im Kino!)

Der Schlachter arbeitete schweigend an seinem Körper. Jakob bemerkte, wie die Nacktheit eines Menschen, das Symbol für seine Schutzlosigkeit, seine Verletzlichkeit, seine Unterwerfung und seine Friedfertigkeit, eine vollkommen gegenteilige Bedeutung bekommen konnte. Der Mann demonstrierte seine Gewaltbereitschaft. Der süßliche Geruch des Öls erreichte ihn. Weber hatte sich bis zum Schritt eingeölt (sein Hodensack bekam ein Gesicht), richtete sich auf und behandelte ausführlich sein im Gegensatz zu den üppig sprießenden Brusthaaren rasiertes Geschlecht. Vielleicht war es auch die Diskrepanz zwischen dem jugendlichen Rumpf und dem alten Gesicht, die den Studenten beunruhigte. Niemals zuvor hatte er den Körper eines Menschen als so bedrohlich empfunden. Er ließ den Kopf auf das Polster der Liege sinken und drehte ihn zur anderen Seite. Er wollte dem Schlachter nicht mehr zusehen. Es schien ihm ein Mittel, sich von seiner Furcht zu befreien. Er dachte, es wäre vielleicht auch gut, einfach darauf loszureden und damit nicht mehr aufzuhören. Etwa so: »Ich weiß nicht, was das alles soll, ich verstehe das nicht. Ich bin, wer ich bin. Ich habe es Ihnen gesagt. Es ist doch Unsinn, wenn ich Ihnen etwas gestehe, was nicht wahr ist. Und Ihnen ist es auch egal, wer ich bin, also, was soll das? Warum sollte ich sagen, ich wäre mit den Grafen Weinstein verwandt? Wenn Sie wollen, bin ich es eben. Aber bitte, was soll Ihnen das nützen? Und was nützt mir das? Es kommt mir so vor, als müßten Sie mich, wenn ich das gestehe, erst recht umbringen ... falls Sie das vorhaben. Aber wozu? Was soll das alles? Ich warne Sie, ich habe unten beim Frühstück im Gasthof gesagt, wo ich bin ... daß ich hier bin ...« Jakob lachte. »Es hört sich wirklich an, als hätte ich Angst, nicht wahr? Sie haben also Ihr Ziel erreicht.« Das Geständnis seiner Angst verminderte sie. Doch auch jetzt bekam er außer dem durch das Reiben und Kneten der Haut verursachten Geräusch keine Antwort. Er versuchte sich eine Vorstellung davon zu machen, was der Wurstfabrikant mit ihm vorhatte. Er erinnerte sich an Folterspezialisten aus zahllosen alten Agentenfilmen – an Zahnärzte, Elektriker, Chemiker mit Säuren, Knochenbrecher, Chirurgen mit Skalpellen, Männer mit Motorsägen, Elektro- und Rasiermessern –, aber nie hatte er davon gehört, daß jemand mit bloßen Händen gefoltert worden war.

»Nun hören Sie doch. Was haben Sie vor? Sie brauchen es nicht zu tun. Es ist ja gut. Ich sage Ihnen, was Sie wollen. Hören Sie, ich gestehe alles. Meinetwegen, bin ich eben ein Weinstein.«

Weber rührte es nicht.

»Hallo! Hören Sie! Ich bin ein Weinstein!«

Jetzt hielt er in seiner Massage inne. »So nicht.« Er stellte sich vor dem Wandspiegel auf und ließ seine Muskeln spielen. Nacheinander bewegte er jeden einzelnen durch eine knappe Bewegung oder Haltungsänderung. Manchmal erschien Jakob das An- und Abschwellen wie eine fortlaufende Bewegung, als krieche etwas unter Webers Haut entlang.

»Man hätte mich spätestens mit fünfundzwanzig schlachten sollen«, sagte Weber, winkelte den linken Arm an und prüfte mit der rechten Hand die Festigkeit des Bizeps. »Jetzt ist alles viel zu zäh.«

»Haben Sie nicht gehört, ich gestehe alles! Ich bin ein Weinstein. Ich bin ein Weinstein.« Jakob sang es fast. »Was ist nun? Muß ich erst schreien, damit alle hören, daß Sie Ihre Aufgabe erfüllt haben?«

Die junge Haushälterin fiel ihm ein. Doch von ihr war wohl kaum Hilfe zu erwarten. Sie hatte ihn in die Falle geschickt. Vom Bungalow bis zum Dorf drang wahrscheinlich kein Laut, selbst wenn das Schiebefenster offen gewesen wäre. Plötzlich war es ganz still im Raum. Jakob drehte den Kopf. Weber stand genau neben der Liege und beugte sich leicht über ihn.

»Kennen Sie meine Frau?«

»Ich ... ja.«

»Sie ist von hier. Die Leute hier sind vollkommen mitleidslos. Begreifen Sie, es ist, als würde ihnen ein Glied fehlen. Sagen wir, der Mitleidsknochen. Sie werden ohne Mitleidsknochen geboren. Verstehen Sie?« Er streckte seine Hände aus und spreizte sie über Jakobs Körper. Der Student hielt die Luft an, bei der ersten Berührung würde er entweder lachen oder schreien. Vielleicht war es eine Foltermethode, die auf Kitzeln beruhte?

»Sie sind also ein Weinstein?«

»Sicher.«

»Gut.«

Die Tür öffnete sich. Lisa, die Haushälterin, steckte mit hilflosem Stirnrunzeln den Kopf herein, dann folgte eine Hand, auf der sie ein Funktelefon präsentierte. »Ich konnte nicht ...«

»Schon gut.« Weber ging auf sie zu, nahm ihr das Telefon aus der Hand. »Messen Sie den Druck, und legen Sie ihm die Elektroden an die Oberschenkel.«

Er hielt das Funktelefon ans Ohr und ging hinaus.

Lisa kam langsam näher. »Sie haben ja noch Ihre Hose an.« Sie ging um ihn herum. »Wie soll ich denn da ...?«

»Binden Sie mich los, schnell!«

»Was?«

»Sie sollen mich losbinden. Er hat mich gefesselt!«

»Ja, ja, das macht er immer so.«

»Sie verstehen nicht, ich werde von ihm gefangengehalten. Machen Sie mich los!«

Sie lachte. »Was geben Sie mir dafür?«

»Verdammt, das ist kein Spiel!«

Sie holte aus ihrer Schürzentasche ein Küchenmesser und griff nach dem Stoff seiner Hose. »So geht's am besten.«

»Was machen Sie, hören Sie auf!«

Sie hob den Stoff und stach das Messer hinein und schlitzte so an beiden Oberschenkeln die Hose auf. Dann schob sie eine der fahrbaren elektrischen Schalttafeln heran, zog ein kleines Gerät mit einer Schlauchverbindung heraus. »Es tut nicht weh. Sie müssen Ihre Muskeln ganz entspannen. Ich muß nur den Druck messen, damit wir später feststellen können, wieviel es gebracht hat.«

»Was ist das? Sind hier denn alle verrückt?«

»Das ist etwas ganz Modernes. Der Innendruck Ihres Beines wird mit Luft gemessen. Also da ist so ein kurzer Luftdruckstrahl, der ist auf die Haut gerichtet, und der Widerstand, auf den er trifft, der wird hier angezeigt. Also, wenn Sie sich nicht entspannen wollen, kann man das auch im angespannten Zustand machen. Man muß dann nur die Vergleichsmessung auch im angespannten Zustand machen.«

Jakob sah ihr sprachlos zu. Sie nahm die Messung vor und trug die Daten auf einem Papier ein, das auf den Meßgeräten unter einer Klammer befestigt war. Dann klebte sie zwei Elektroden, die ebenfalls mit den Meßgeräten verbunden waren, an die Innenseite seiner Oberschenkel, sicherte sie mit einem elastischen Band. »Sie brauchen wirklich keine Angst zu haben, es ist nur ein ganz schwacher Strom. Er bewegt Ihre Muskeln.«

»Mein Gott, was soll das?«

»Wissen Sie es nicht? Ich dachte, er hätte es Ihnen erklärt. Es geht einfach darum, das Muskelfleisch aufzubauen und die Bildung von Fettschichten zu verhindern. Es gehört natürlich eine bestimmte Ernährung dazu. Wir müßten Sie noch umstellen. Bei der Schlachtreife, nach sechs Monaten, wäre dann das Verhältnis von Muskelfleisch zu Fettgewebe so günstig, als hätten wir Sie die ganze Zeit im Freien gehalten. Verstehen Sie, als wären Sie die ganze Zeit auf der Weide herumgelaufen.«

Sie drehte an einem Knopf auf der Schalttafel, und Jakob registrierte, wie die Muskeln seiner Oberschenkel zu zucken begannen. Sie betrachtete ihn zufrieden.

Weber öffnete die Tür, kam aber nicht herein. Er hatte ein Hemd über seinen nackten Körper gezogen und knöpfte es zu. »Ich muß sofort ins Büro«, rief er.

»Ich bin gleich fertig.«

»Laß dir Zeit.« Weber verschwand.

»Er ist ganz nett«, erklärte Lisa. »Am Anfang habe ich natürlich gedacht, er ist ein Schwein, obwohl ich ihn mochte. Aber natürlich ist er keiner von uns.«

Sie legte ihre Hände auf seine Schenkel und prüfte die Bewegung seiner Muskeln. »Ich könnte es noch ein wenig stärker einstellen.« Sie rutschte mit den flachen Händen hin und her. »Findest du nicht, daß es Spaß macht? Ich finde, es macht Spaß.«

Dann schwang sie sich auf ihn und legte ihren Kopf auf seine Brust. Sie schloß die Augen.

»Ich spüre es«, sagte sie.

»Wollen Sie etwa so einschlafen«, protestierte Jakob. »Sie sind mir zu schwer. Es tut weh.«

»Psst.«

Er versuchte sie abzuschütteln, aber es gelang nicht. Erst als sie den Schlag mit der Bratpfanne auf den Hinterkopf erhielt, rutschte sie zu Boden. Überrascht von der Wirkung, betrachtete

Rudolf Pedus die Pfanne. »Oh, Entschuldigung, ich wußte nicht, daß es so einfach ist. Ich wußte auch gar nicht, was ich nehmen sollte. Die Pfanne stand auf der Herdplatte. Mir ist nichts anderes eingefallen, was ich tun könnte. Ich glaube aber, Lisa ist ziemlich stark oder ...« Er ließ die Pfanne fallen und beugte sich zu dem Mädchen herab. »Was habe ich getan?« Er fühlte ihren Puls. »O Gott, hoffentlich ist sie nicht tot. Aber was sollte ich tun? Sie sind mein Zeuge, ich hatte doch keine Zeit zu diskutieren, nicht wahr?«

33

Es war soweit: Die Welt begann sich zu spalten. Manuela Kotschik hatte es schon immer befürchtet. Alles war eindeutig, solange beide Teile wie im Puzzle ineinanderpaßten. Himmel und Erde, Menschen und Tiere, Natur und Technik, Gott und der Teufel. Brachen die Teile auseinander, so war jedes für sich bedeutungslos, namenlos, nicht mehr zu erkennen.

Sie spürte das Vibrieren des Handlaufs und blieb mitten auf der Treppe stehen. Ihre Hand zuckte vom Geländer zurück. Sie preßte sich angstvoll gegen die Wand und fühlte das Zittern des Hauses um so deutlicher.

Genauso hatte sie es erwartet. Die Gebäude mußten zerfallen. Jedes Haus war ein Kompromiß zwischen jahrmillionenalten, der Erde entliehenen Bestandteilen und menschlicher Erfindungskraft. Jedes Gebäude war eine Verabredung, die jetzt aufgelöst wurde. Ein leichter Schwindel packte sie. Sie sah zu den Seilen im Lichtschacht, an deren Ende, unten in der Halle, die große gußeiserne Lampe hing. Sie waren plötzlich nicht mehr da. Sollte alles lautlos verschwinden, sich vor ihren Augen auflösen? In ihrer Vorstellung war das Auseinanderbrechen mit Lärm und Geschrei verbunden. Oder begann auch der Mensch zu zerbrechen? Funktionierten die Sinne nicht mehr, weil sich Empfindung von Erfahrung trennte? War die Lampe schon gefallen, das Haus am Einstürzen, ohne daß sie es bemerkt hatte? War ihr Gehör nicht mehr in der Lage, Geräusche zu erkennen? Sie wollte die Hände vor das Gesicht schlagen, aber im selben Moment waren die Seile der Lampe wieder da. Sie brauchte nur den Kopf ein wenig zu neigen, und ganze Teile des Treppengeländers verschwanden. Hob sie den Kopf, stand alles wieder am Platz. Sie stöhnte. Es war soweit: Die Dinge spalteten sich. Die Wirklichkeit begann sich aufzulösen. Jetzt begriff sie, daß es damals in Babylon genauso gewesen sein mußte. Die Menschen verloren den Bezug zur Realität. Immer hatte sie erwartet, daß es so beginnen würde, daß man sie eines Tages ansprach, aber sie nicht mehr verstand, was man von ihr verlangte, daß sie die Worte und Gesten nicht mehr begriff. Im Traum war es schon manchmal geschehen. Und auch vorhin, als der Partner des Gutsherrn, dieser Gustav Anderson, aus Berlin anrief, hatte sie es erlebt. Jan war mit Katharina nach Weinstein gefahren, und Anderson versuchte ihr zu erklären, worum es ging. Aber sie verstand es nicht, bejahte nur mechanisch, weil sie spürte, er erwartete es. Ein Schiff sei untergegangen, hatte er lachend gesagt. Die »Kala Wang« aus Jakarta. Ein Schiff des Gutsherrn. Wieso hatte er sich darüber gefreut? Man lachte nicht, wenn ein Schiff verlorenging. Oder tat man das doch? Sie hatte es plötzlich nicht mehr gewußt. Sie hatte gesagt, sie würde es ausrichten, und hatte dabei auch ein bißchen gelacht, weil man das wohl tun mußte, wenn ein Schiff untergegangen war. Doch da hatte Anderson verstimmt reagiert, nur knapp ein Fax angekündigt und aufgelegt.

In Babylon mußte es ähnlich begonnen haben. Man verstand einander nicht mehr. Zuerst lösten sich Gesten und Worte voneinander. Und schließlich erkannten die Menschen einander nicht mehr. Jeder wurde jedermanns Feind.

Schon seit einer Woche bemerkte sie die Veränderungen. Seit sie das Gespräch zwischen dem Gutsherrn und einer Frau in seinem Schlafzimmer belauscht hatte. Nichts paßte mehr zueinander. Das war nicht der Jan, den sie kannte, aber es war seine Stimme. Da hatte er seine Hochzeit mit Katharina angekündigt, aber die Heirat war nur ein Vorwand, um ihr das Geld wieder wegzunehmen, das er ihr geben wollte. Sie hatte das nicht verstanden, sosehr sie sich auch bemühte. Jetzt schien er Katharina wirklich heiraten zu wollen ... aber das war wohl kaum noch die Wirklichkeit. Alles geschah nur in ihrem Kopf. Jeder Mensch wurde zu einer Insel. Unerreichbar für den anderen. Bei ihr ging es schneller, weil sie um die Dinge wußte, die geschahen. Sie war froh, daß sie Katharina nicht danach gefragt hatte. Es war nur ihre Phantasie. Denn wer war Katharina? Ein Findelkind, keine Mutter, keinen Vater! Woher kam sie? Niemand aus dem Dorf würde ein solches Mädchen heiraten, nicht in Herzensach. Niemand würde hier ein Mädchen zur Frau nehmen, von dem man nichts wußte, schon gar nicht ein van Grunten. Wie gut, daß sie nicht gefragt hatte, Katharina hätte sie wahrscheinlich verständnislos angeguckt oder für verrückt erklärt. Denn sie wußte noch nicht, was mit der Welt geschah.

Manuela Kotschik setzte sich auf die Treppenstufen. Sie schloß die Augen und umklammerte ihren Oberkörper mit den Armen. Und wenn es gar nicht mit der ganzen Welt, sondern nur mit ihr geschah? Begann so der Wahnsinn? Wurde sie geisteskrank? Würde man sie fesseln müssen und schreiend abtransportieren? Nein, eher würde sie sich vom Dach des Gutshauses stürzen, als sich in eine Irrenanstalt bringen lassen. Sie suchte mit den Händen Halt am Haus. Sie umklammerte die hölzerne Stufe, auf der sie saß. Sie würde sich gegen den Wahnsinn wehren. Sie brauchte ein Ziel, das Aktivität von ihr verlangte. Jenes praktische Denken ergriff sie wieder, mit dem sie ihre tägliche Arbeit verrichtete. Damit gelang es ihr immer, die Gedanken über die Wahrheit zu unterdrücken. Sie war geübt im Erfinden sogenannter rationaler Begründungen für alle Erscheinungen.

Das Haus vibrierte nicht mehr. Sie öffnete die Augen, betrachtete ihre Umgebung, wandte den Kopf in alle Richtungen, alles blieb sichtbar. Sie rutschte zum Geländer und schlug mit der Faust dagegen, anschließend legte sie die Finger leicht auf das Holz. Das war eine Erklärung: Wenn man die Treppe hinaufging, lösten die Schritte eine leichte Erschütterung aus, die sich auf den Handlauf übertrug. So sollte es gewesen sein.

Aber was war mit der Auflösung der Umgebung? Wurde sie vielleicht blind? Sie wußte nicht, wie es ist, wenn man den grauen Star oder eine andere Augenkrankheit bekam. Aber sie erinnerte sich an eine der Landarbeiterfrauen, die davon gesprochen hatte, bei Migräneanfällen nicht mehr richtig sehen zu können. Höchstwahrscheinlich war es einfach die Überlastung. Der Jahresputz, der vor zwei Wochen begonnen hatte und bei dem alle Zimmer, auch die unbewohnten, von oben bis unten gesäubert wurden, hatte sie angestrengt. Da half es eben auch nicht, daß sie wie jedes Jahr zusätzlich zwei Frauen engagiert hatte.

Sie erhob sich langsam, immer darauf gefaßt, daß etwas Unerwartetes geschehen, irgend etwas verschwinden würde. Nichts dergleichen geschah. Sie stieg die letzten Stufen zur Dachkammer hinauf. Sie war nicht abergläubisch, aber die Ursache ihrer Verwirrung darin zu sehen, daß die alte Haushälterin noch immer in ihrer Kammer lag und nicht unter der Erde, war verführerisch. Zwar hatte man sie bereits in einen Sarg gelegt und diesen geschlossen, doch wenn ein Toter nicht schnell genug unter die Erde kam, mußte Ungewöhnliches geschehen. Vielleicht war es die Rache der alten Haushälterin ... ihre Seele ... ein wenig mußte sich Manuela Kotschik am Tod von Maria Glaser schuldig fühlen. Das war ein guter Gedanke. Und dieses Gefühl, da sei etwas, was sie zu erledigen habe, trieb sie in die Dachkammer. Normalerweise wurde bis zur Beerdigung gewartet, bevor man die persönliche Hinterlassenschaft durchsah. Aber Erben gab es nicht. Und nun dauerte alles viel zu lange, und das nur, weil Maria Glaser als gebürtige Herzensacherin Anspruch darauf hatte, auf dem hiesigen kleinen Friedhof bestattet zu werden. Die Friedhofsarbeiter und Sargträger mußten in Weinstein engagiert werden, und auf dem dortigen Friedhof herrschte zur Zeit Hochbetrieb. Die Weinsteiner, dachte Manuela Kotschik, waren schon immer sehr empfindlich und starben schnell, schneller als anderswo. Herzensacher würden die mit einer Beerdigung verbundenen Arbeiten niemals selbst vornehmen. Das gehörte sich nicht. Aber es gehörte sich auch nicht, eine Leiche so lange im Haus zu haben. Wahrscheinlich krabbelten schon die Maden darin. Leichte Übelkeit ergriff sie.

Manuela Kotschik unterdrückte ihre Angst und öffnete die Kammer. Der Sarg neben dem Bett ließ nicht mehr viel Platz. Sie zwängte sich vorbei, zog das angelehnte Dachfenster etwas weiter auf, und im selben Augenblick fragte sie sich, warum man die Tote nicht auf einer Rutsche aus dem Fenster gekippt hatte. Das Bild des fallenden Körpers stand ihr deutlich und selbstverständlich vor Augen, aber zugleich schüttelte sie sich bei diesem Gedanken vor Entsetzen. Früher wäre ihr so etwas überhaupt nicht in den Sinn gekommen. Es hatte auch wenig Gelegenheit gegeben. Seit sie im Gutshaus lebte, waren erst zwei Menschen gestorben. An die erste Beerdigung erinnerte sie sich kaum noch. Es war einer der Verwalter gewesen, der vor über dreißig Jahren – sie war gerade erst als Küchenhilfe eingestellt worden – von einem winterlichen Ausritt nicht zurückkehrte. Der Sturz vom Pferd auf den hartgefrorenen Boden hatte ihm den Schädel gespalten. Sie hatte die Leiche nicht gesehen. Der zweite Tote, sah man einmal von den Landarbeitern in den Vorderhäusern ab, war Jans Großvater, Friedrich van Grunten, gewesen. Daran konnte sie sich allerdings noch gut erinnern. Zwei Tage bevor der Siebenundsiebzigjährige im Schlaf an Erbrochenem erstickte, war seine Frau Berenice, die von ihm getrennt in Holland lebte, zu Besuch gekommen. Friedrich hatte seine Frau gar nicht eingeladen, und als sie eintraf, nicht empfangen wollen. Bis zum Abend war er ihr aus dem Weg gegangen. Doch am nächsten Morgen hatten die beiden sich einen lautstarken Streit geliefert und schon am Vormittag zu trinken begonnen. Gegen Mittag waren sie schon hemmungslos betrunken, lachten und stritten sich zugleich und jagten einander durchs Haus. Sohn und Enkelsohn beruhigten alle Anwesenden und suchten selbst das Weite. Sie fuhren zu Jans Mutter nach Berlin, die dort eine Stadtwohnung für die Familie einrichtete.

Das Personal zog sich in die Küche zurück und verbarrikadierte die Tür, denn die Älteren unter ihnen kannten die Alkoholexzesse der beiden Alten aus früheren Zeiten. Obwohl die beiden Streitenden sogar mit den mittelalterlichen Waffen aus dem Speisesaal aufeinander losgingen, waren sie doch zu betrunken, um einander etwas anzutun. Zwischendurch brachen sie immer wieder in Lachanfälle aus und gefährdeten bei wiederaufflammendem Kampf nur jene, die ihnen zufällig in den Weg kamen. Nach einer langen Zeit der Stille hatte Manuela sich schließlich durchs Haus geschlichen, um ein wenig aufzuräumen. Die fünfundsechzigjährige Berenice hatte sie schlafend im Speisezimmer auf dem Tisch entdeckt. Von Friedrich war nichts zu sehen gewesen, so daß sie annahm, er sei hinausgegangen, um bei einem Spaziergang einen klaren Kopf zu bekommen. Manuela hatte die Tür zum Speisesaal geschlossen und allen Bediensteten Bescheid gesagt. Leise versuchten sie nun, im Haus wieder Ordnung zu schaffen. Viele Gläser, Flaschen, ein paar Stühle und ein Gemälde, das Porträt Friedrichs als junger Mann, waren zu Bruch gegangen.

Vielleicht wäre Jans Großvater zu retten gewesen, hätte man

ihn zu diesem Zeitpunkt entdeckt. Die Annahme, er mache einen Spaziergang, wurde bestärkt, weil er im Haus nicht zu finden war. Erst nach einigen Stunden begann man sich Sorgen zu machen. Man zählte die Pferde im Stall, durchsuchte den Garten, schickte jemanden zum Gasthof. Alles ohne Ergebnis.

Schließlich weckte man vorsichtig Berenice, die noch immer schnarchend auf dem Speisetisch lag. Nach einigen Minuten des Fluchens schwenkte sie die Beine vom Tisch, um darauf schwankend sitzen zu bleiben. Blöde betrachtete sie das Personal, bis sie schließlich die an sie gerichtete Frage verstand. Sie grinste und hob das Tischtuch. Friedrich lag mit blauem, aufgeblähtem Gesicht in seinem Erbrochenen. Berenice begriff die entsetzten Gesichter des umstehenden Personals nicht, bis sie selbst hinabsah. Niemand wollte den Versuch unternehmen, Friedrich wiederzubeleben. Wahrscheinlich war er auch schon zu lange tot. Berenice begann zu schluchzen und dann zu lachen und brachte damit zum Ausdruck, was alle fühlten: Erleichterung, in Zukunft nicht mehr Friedrichs Launen ausgesetzt zu sein.

Es war eine fröhliche Beerdigung gewesen.

Die Haushälterin hatte den Schrank ihrer toten Vorgängerin geöffnet. Viel hinterließ sie nicht: drei Kleider, Schürzen, zwei schwarze Röcke, einige weiße Blusen – alle schon sehr alt –, zwei Pullover, in denen die Motten saßen; in einer Schublade altmodische Unterwäsche, Mieder, die sie wahrscheinlich noch als junges Mädchen getragen hatte. Dann eine Schublade mit Fotos. Die meisten der abgebildeten Personen kannte Manuela Kotschik nicht. Ein Foto im silbernen Rahmen von Jan, als er etwa sechzehn Jahre alt war, mit einer Widmung für Maria zum Geburtstag. Ein Album mit Ansichtskarten. Es waren nicht viele – mehr hatte sie im Lauf ihres Lebens nicht erhalten. Die meisten waren Urlaubsgrüße der van Gruntens an ihre Haushälterin. In einer weiteren Schublade lag ein schwerer, in ein Leinentuch eingewickelter Gegenstand. Es war eine große, mattschwarze Pistole – zweifellos geladen und funktionsfähig. Manuela Kotschik kniff die Lippen zusammen, sah zu dem Sarg und nickte mit dem Kopf. Wie sie erwartet hatte, schien es eine verborgene Seite der Toten gegeben zu haben. Unter der Waffe kam ein in Leder gebundenes Tagebuch mit einem kleinen Schloß zutage.

Die Hände der Haushälterin zitterten, als sie es zu öffnen versuchte. Zweifellos war sie einem Geheimnis auf der Spur, das nicht nur die Pistole erklärte. Das Tagebuch widerstand ihren Versuchen, die Lasche mit dem eingearbeiteten Schloß einfach aufzureißen. Ein Schlüssel war in keiner der hastig durchwühlten Schubladen zu finden. Manuela Kotschik nahm die Zahnbürste vom Waschtisch und schob sie als Hebel unter das kleine Schloß. Das Buch öffnete sich und fiel ihr aus der Hand. Sie kniete sich auf den Boden und schlug es auf. »Maria Glaser« und »Mein Tagebuch« stand handgeschrieben auf der ersten Seite. Sie blätterte um, blätterte weiter und weiter und begriff nicht, was dort stand. In sauberer, kindlicher Handschrift hatte die alte Haushälterin mit Zahl, Name des Tages, Monat und Jahr jeden Tag ihres Lebens notiert. Hintereinander, Zeile für Zeile, Seite für Seite hatte sie täglich das jeweils aktuelle Datum hineingeschrieben. Keine anderen Eintragungen. Der Schrift nach zu urteilen, hatte sie mit neun oder zehn Jahren begonnen, hatte damals die bereits seit ihrer Geburt vergangenen Tage nachgetragen und das Buch dann bis zum Datum ihres Todes fortgeführt. Ihre Handschrift hatte sich nur wenig verändert.

Manuela Kotschik ließ das Tagebuch enttäuscht sinken. In diesen Aufzeichnungen gab es nichts zu entdecken. Plötzlich schämte sie sich, weil sie es aufgebrochen hatte. Sie legte es in die Schublade zurück, verschloß den Schrank und schlich sich wie eine Diebin mit Herzklopfen ins Erdgeschoß zurück. Sie beeilte sich, in die Küche zu kommen, um notwendige Arbeiten zu entdecken. Aber die Tagebucheintragungen gingen ihr nicht aus dem Kopf. Das Büro des Verwalters stand offen. Jürgen Vietel stand am Faxgerät und zog gerade eine Seite heraus. Sie steckte den Kopf durch die Tür.

»Ist es von dem Schiff?«

»Ja. Ein Zeitungsartikel, der darüber berichtet.«

»Ich wußte gar nicht, daß er Schiffe besitzt.«

Der Verwalter lachte kurz. »Ich begreife das auch nicht, aber er hat im letzten Jahr eine Reederei in Indonesien gekauft, die mit ziemlichen Schrottfrachtern durch die Südsee fährt. Ich dachte, es ginge um ein kompliziertes Steuer- oder Subventionsmodell. Na ja, es geht uns nichts an.« Der Verwalter gab ihr das Fax. »Legen Sie es in die Bibliothek auf seinen Schreibtisch?«

Sie nickte. Da war noch jemand, der die Vorgänge nicht begriff. Es tröstete sie nicht. Sie nahm ihm das Fax aus der Hand und ging. Es war eine nur kurze Meldung. Der Untergang des Schiffes war ungeklärt. Man hatte nur Wrackteile gefunden.

Sie schob das Papier halb unter den Tischkalender, so daß der Gutsherr es sofort sehen würde. Auf dem Kalender war jedem Tag ein leeres Rechteck zugeordnet, und plötzlich glaubte sie, daß die Schrift in Maria Glasers Tagebuch eine endlose Schlange aus kleinen Ziffern gewesen war, so klein, daß man sie mit bloßem Auge nicht erkennen konnte.

Manuela Kotschik trat an die Fenster der Bibliothek und sah die Allee hinunter zur Straße. Maria Glaser mußte ihr Leben lang gezählt haben. Für einen Augenblick wurde am Portal zum Gutshof der Pastor sichtbar. Er schien den Studenten vor sich herzuschieben. Plötzlich begriff sie die Bedeutung des Tagebuchs. Maria Glaser hatte jeden Tag möglich gemacht: Indem sie ihn notierte, hatte sie ihn wie eine Perle auf eine endlose Schnur gereiht. Sie hatte die Welt zusammengehalten.

34

»Was mache ich da!« Rudolf Pedus tastete nach der Halsschlagader des Mädchens, steckte den kleinen Finger in eines ihrer Ohren, zog ihn heraus und betrachtete ihn.

»Wenn da Blut dran ist, dann hat sie einen Schädelbruch«, erklärte er, als würde er tagtäglich Menschen mit Bratpfannen auf den Kopf schlagen. Schließlich zog er noch prüfend ein Augenlid hoch.

Lisa war nur betäubt.

Er griff in die Tasche ihrer Küchenschürze und zog das Messer heraus. »Dachte ich es mir doch. Es gibt kaum jemanden im Dorf, der ohne Waffe herumläuft.« Er kroch unter die Liege und begann Jakobs Fesseln durchzuschneiden. »Es ist erstaunlich, wie die Herzensacher bewaffnet sind. Zwei, drei Gewehre, Pistolen, Säbel haben sie alle in ihren Schränken und Truhen.«

Jakobs Fesseln lösten sich. »Und wie ist es mit Kanonen?«

»Selten.« Der Pastor kam unter der Liege hervor.

Jakob beugte sich vor, um den Spannverschluß der Fußklammern zu öffnen, und kletterte von der Liege herab.

»Es gibt zwei Fragen, die Sie mir beantworten müssen.«

Der Pfarrer rümpfte die Nase. »Auch ein Pfarrer zweifelt manchmal am Glauben. Lassen Sie uns lieber schnell von hier verschwinden.«

»Nein, so meine ich das nicht.«

Rudolf Pedus blickte auf Lisa herab. »Ich möchte nicht mehr hiersein, wenn sie aufwacht.« Er nahm Jakob am Arm und schob ihn vor sich her durch das Haus bis zum Ausgang.

»Woher wußten Sie, daß ich hier bin?« fragte Jakob.

»Ich wußte es nicht. Ich sah Sie beim Tischler um die Ecke biegen, aber da waren Sie nicht. Ich stieg einfach zum Bungalow hinauf. Es war so ein Gefühl.«

»Jedenfalls haben Sie mich gerettet.«

»Ich habe selten Gelegenheit, jemanden vom Kreuz zu schneiden.«

»Ich weiß nicht, was dieser Schlachter vorhatte. Aber vielleicht hätte er mich umgebracht. Wissen Sie, was er von mir wollte?«

»Ersparen Sie mir Details von Perversionen.«

»Nein, ich sollte gestehen, ich sei ein Weinstein.«

»Nehmen Sie es ihm nicht übel. Er denkt ein wenig einfach. Die Befürchtung, ein Nachkomme der Weinsteins könne auftauchen und das Tal in Besitz nehmen, weil der Gutsherr keinen Erben hat, ist Unsinn. In den letzten zweihundert Jahren haben die van Gruntens alle Weinsteins um die Ecke gebracht, trotzdem geraten sie bei jedem Gerücht, es könnte noch einen geben, in Panik. Es ist das schlechte Gewissen.«

»Aber was hat Wilhelm Weber damit zu tun?«

»Er will dem Dorf und besonders dem Gutsherrn nur einen Gefallen tun. Er denkt, Jan würde dann seine Frau zu ihm zurückschicken.«

»Kann er das?«

»Er kann's befehlen. Sie ist eine geborene Herzensacherin. Und die tun, was der Gutsherr sagt.«

»Im Ernst?«

»Sie verstehen wenig von den Dorfbewohnern.«

»Immerhin versteh ich schon, daß man Herzensach besser nicht mit einem Idyll verwechselt.«

Sie hatten die Straße erreicht, und Jakob blieb stehen. »Ich danke Ihnen, daß Sie mich gerettet haben.«

»Sie können sich revanchieren. Ich brauche Ihre Hilfe. Kommen Sie mit.«

»Kann ich noch bei der Tischlerei hineinschauen? Ich suche Katharina.«

Der Pastor lachte. »Katharina sucht man nicht, die findet man.«

»Wozu brauchen Sie meine Hilfe?«

»Im Brunnen. Es ist etwas im Brunnen, was ich nicht allein schaffe.« Plötzlich holte er Lisas Messer aus der Jackentasche und drückte es dem Studenten in den Rücken.

»Es tut mir leid, aber ich habe keine Zeit, auf Sie zu warten. Kommen Sie zur Kirche.«

»Aber, was soll ich ...« Jakob schüttelte den Kopf. Ein Kirchenmann bedrohte ihn mit einem Messer. Er konnte eine solche Handlung unmöglich ernst nehmen und blieb stehen. »Ich glaube nicht ...« Er stieß einen leichten Schrei aus. Der Pfarrer hatte zugestochen. Zwar hatte das Messer nur seine Haut geritzt, doch das genügte, den Studenten zu überzeugen.

»Was soll ich tun?«

»Sie sollen jetzt sofort die Maschine im Brunnen spielen.«

»Das heißt, Ihre Frau ...«

Der Pastor nickte. »Es muß jetzt sein.«

»Aber Sie wissen, ich kann doch gar nicht ...«

»Es gibt keine andere Möglichkeit mehr. Sie stirbt. Und ich glaube, Sie können es.«

Jakob versuchte Rudolf Pedus zu überzeugen, daß er freiwillig mitkommen und sein Bestes auf dem seltsamen Instrument geben würde, doch der Pastor vertraute nur dem Messer im Rücken des Studenten. Er verbarg es geschickt im Ärmel seiner Jacke und trieb ihn so in Richtung Kirche vor sich her. Sie begegneten niemandem, und Jakob war sich auch nicht mehr sicher, ob man ihm helfen würde, wenn er darum bat. Andererseits hatte er ehrlich vor, in den Brunnen zu steigen und zu spielen. Der Pfarrer mußte völlig verzweifelt sein, wenn er zu solchen Mitteln griff, um seiner sterbenden Frau ihren letzten Wunsch zu erfüllen. Vielleicht würde es Jakob ja sogar gelingen, den Blechen im Schacht eine Melodie zu entlocken. Der Student sah zum Gasthaus hinüber, ob man sie vielleicht beobachtete. Der Pfarrer verstärkte seinen Druck.

»Weitergehen!«

»Schon gut.«

»Sie haben es wahrscheinlich nicht bemerkt, aber seit Sie im Dorf sind, haben sich die Dinge beschleunigt.«

»Wie meinen Sie das?«

»Alles geschieht schneller. Plötzlich begegne ich Menschen, deren Augen hin- und herzucken, deren Atem heftiger, kürzer wird. Dörfler, die sonst bei der Begegnung für einen kleinen Schwatz stehenbleiben, wechseln nur noch einen kurzen Gruß. Andere, die einander grüßten, heben nur noch flüchtig die Hand. Ich selbst spreche mit größerem Tempo, spüre plötzlich Ungeduld. Und wenn man genau hinsieht, wächst das Korn auf den Feldern, das Gras auf den Weiden schneller. Das ist nicht gut.«

Jakob lächelte. »Das liegt an mir?«

»Sicher. Ich wußte vorher nicht, welche Gefahr von einem Fremden wirklich ausgeht. Aber dies ist eine. Er beschleunigt alle Vorgänge. Die Bauern kommen zu mir und sprechen schneller. Atemlos berichten sie mir von den absurden und schrecklichen Vorgängen hinter den Mauern ihrer Häuser. Aber dadurch habe ich auch gemerkt, daß sie meinen Rat gar nicht wollen. Stellen Sie sich das vor, über all die Jahre hinweg habe ich geglaubt, die Bauern wollten meinen Rat!« Er lachte, und Jakob sah sich nach ihm um. Rudolf Pedus standen Tränen in den Augen.

»Was ist los mit Ihnen?« (Andere Fragen stellten sich nicht?)

»Es war alles umsonst.« (Die Antwort auf alle Fragen!)

Der Pfarrer hatte das Messer sinken lassen.

»Sie sollten diese perversen und entsetzlichen Geschichten einmal hören, die man mir erzählt. Wahrscheinlich würden Sie mich auslachen, weil ich nicht schon viel früher gemerkt habe, was die Bauern wirklich von mir wollen.« Er schüttelte den Kopf. »Die wollen mir angst machen. Das ist alles. Ich soll mich so sehr vor ihnen fürchten, daß ich flüchte. Ich konnte meinen Vorgänger damals nicht nach seinen Erfahrungen fragen. Vielleicht hatten sie ihn umgebracht, damit er mir nichts erzählen konnte. Wer weiß ...« Er sah den Studenten traurig an.

»Vergessen Sie Ihr Messer nicht.« Er hob die Hand des Pastors mit dem Messer wieder in die Höhe.

»Oh, danke.«

»Es ist mir ein Vergnügen, von einem Geistlichen mit einem Messer bedroht zu werden.«

»Sie halten mich für verrückt, was? Ich bin es nicht. Ich fange nur an, die Dinge in einem anderen Licht zu sehen, und das ist auch eine Folge Ihres Hierseins. Ein Fremder verändert die Blickwinkel. Dies ist vielleicht eine noch größere Gefahr für eine so kleine Gemeinschaft. Man kann die Abläufe wieder verlangsamen, aber wenn Sie einmal das Geheimnis eines Vexierbildes entdeckt haben, sehen Sie es immer.«

Sie hatten den Einstieg in den Brunnen erreicht. Der Pfarrer öffnete den schweren Riegel der beiden eisernen Türen und schwang sie auf. Jakob hätte jetzt flüchten können, doch Rudolf Pedus tat ihm leid. Der bevorstehende Tod seiner Frau schien den Mann Gottes an allem zweifeln zu lassen. Jakob wollte diese Brunnenorgel spielen – so gut wie nur möglich. Er ging voran, schaltete die spärliche Beleuchtung ein, hielt sich an dem als Geländer dienenden Seil fest und tappte die Treppen hinunter, ohne darauf zu achten, ob der Pfarrer folgte. Doch Rudolf Pedus war hinter ihm. Unten auf der kleinen Plattform, die sich zum Brunnenschacht öffnete, erklärte er, daß noch immer ein Blech fehle, sonst alle Hebel aber mit bestimmten Tönen belegt seien – wie bei jedem Piano beginne es links mit den tiefen Tönen, dann ginge es die Tonleiter hinauf. Es sei allerdings kaum möglich, wie bei einem Klavier Akkorde zu spielen, da man beide Hände für das Ziehen eines Hebels brauche. Auch gebe es keine Möglichkeit, den Ton zu dämpfen oder zu stoppen.

»Mir fallen nur Kinderlieder ein.« Es schien ihm unpassend für eine Sterbende.

Der Pfarrer hörte ihm nicht zu, bat ihn, noch auszuharren, er würde hinaufgehen, um erst noch das Fenster im Zimmer seiner Frau zu öffnen, und ihm dann, wenn es soweit wäre, oben vom Brunnenrand zurufen.

Jakob setzte sich auf die Treppenstufen und wartete. Er ging sein Repertoire durch, all die Lieder und Musikstücke, die er sich als kleiner Junge auf dem Klavier hatte aneignen müssen. Es war nichts Geeignetes dabei.

Als er nach einer halben Stunde noch kein Zeichen bekam, stieg er nach oben. Zu seiner Überraschung war der Ausgang geschlossen und verriegelt. (Dieser Trottel von Pfarrer!) Er rüttelte an den eisernen Türflügeln. Er war abermals gefangen, doch aus einem Brunnen sollte es gelingen herauszukommen. Jakob ging zurück und suchte das Werkzeug, das früher reichlich herumgelegen hatte. Es war nicht mehr da. Rudolf Pedus hatte peinlich aufgeräumt. Jakob sah in dem Brunnenschacht nach oben. Auch die Seile und Leitern waren verschwunden und die Mauern zu glatt, um daran nach oben zu klettern. Nur der Weg nach unten, mittels der eingemauerten Eisenleiter, war frei. Er überlegte, daß der Pfarrer unmöglich sein gesamtes Werkzeug weggeschafft haben konnte. Es mußte irgendwo im Brunnen lagern. Wenn er ein Brecheisen oder eine Metallsäge fand, konnte er vielleicht damit die Tür öffnen. Notfalls gab es vielleicht auch Haken, die er in die Brunnenwand schlagen konnte, um wie ein Bergsteiger nach oben zu klettern. Er erinnerte sich, daß der Pastor etwas von seitlichen Gängen unten im Brunnen erzählt hatte. Vielleicht bewahrte er dort sein Werkzeug und Leitern (Leichen?) oder Gerüste auf?

Er kletterte hinab, doch je tiefer er kam, um so dunkler wurde es. Die in den Schacht gehängten Bleche verdeckten das von oben kommende Licht. Bald konnte er sich nur noch vorsichtig hinabtasten, schließlich hangelten seine Füße ins Leere. Die Leiter war zu Ende und kein Grund zu erkennen. Im Umkreis der Leiter tastete er jeweils mit einer Hand die Wand ab. Nichts – nur glatte Mauern. Aber es mußte irgendwie weitergehen. Waren nicht zwei Jungen im Brunnen verschollen? Er ließ seine Füße baumeln, hangelte sich weiter nach unten, in der Hoffnung, seine Füße würden Grund finden. Schließlich hing er an der letzten Sprosse, doch seine Fußspitzen fanden keinen Halt. Plötzlich hatte er das deutliche Gefühl, als griffe jemand nach seinen Beinen. Obwohl er sich einredete, es sei wahrscheinlich ein Seil, das irgendwo herabhing und ihn berührt hatte, packte ihn die Furcht. Er spürte, wie ihn seine Kräfte verließen. Nur mit großer Mühe gelang es ihm, sich allein mit den Armen so weit an der Leiter hinaufzuziehen, bis er sich mit den Knien zwischen den Sprossen abstützen konnte. Auch die plötzliche Vorstellung, der Brunnen sei vielleicht weitere fünfzig Meter tief, hatte ihm den Angstschweiß auf die Stirn getrieben.

Er stieg hastig hinauf zu der Plattform, lehnte sich gegen die Wand und beruhigte seinen Atem. Immerhin konnte er sich in seinem Gefängnis bemerkbar machen. Er brauchte nur die Bleche ertönen zu lassen. Ob allerdings jemand käme, um ihm aus dem Brunnen zu helfen? Wahrscheinlich erst, wenn er stundenlang Lärm machte und die Bauern deshalb nicht einschlafen konnten. Er sah zur Uhr, es war Mittagszeit. Es war unsinnig, in Panik zu geraten. Er war noch nicht einmal eine Stunde hier unten. Und der Pfarrer hatte die Tür nur abgeschlossen, weil er in Sorge war, daß Jakob es sich anders überlegen und nicht spielen würde. Rudolf Pedus war der einzige, der ihm von Anfang an mit Offenheit und Freundlichkeit entgegengekommen war. Wenn er jemandem vertrauen konnte, dann ihm.

Jakob würde warten. Er setzte sich auf die Treppe, machte es sich so bequem wie möglich, schlief sogar kurz ein. Doch als er auf die Uhr blickte, war es bereits Abend.

Er stand auf, schüttelte seine vom Schlaf auf den Treppenstufen steifen Glieder. Es war unmöglich, daß ihn der Pfarrer vergessen hatte. Irgend etwas mußte geschehen sein, das ihn abhielt zurückzukehren. Vielleicht war seine Frau bereits gestorben, als er ins Haus ging. Jakobs Spiel auf den Blechen also nicht mehr notwendig. Und in seiner Trauer hatte Rudolf Pedus nicht mehr an den Studenten gedacht. So mußte es sein. Jakob würde sich bemerkbar machen. Er zog am ersten Hebel. Er rührte sich nicht. Er hängte sich an den nächsten. Nichts geschah. Keiner der Hebel ließ sich bewegen.

Die Maschine war nicht funktionstüchtig.

Der Brunnen war ein Gefängnis. Nichts anderes.

35

Seit Tagen spürte Thomas Timber, wie die Wut größer wurde. Zuerst hatte sie sich nur gelegentlich unter seine Gedanken gemischt, ohne ihm selbst aufzufallen. Dann hatte sie immer häufiger begonnen, seine Redeweise einzufärben, ihr jenen allzu bekannten und zugleich fremden Klang zu geben. Reagierte jemand auf die gleiche Weise, so verschaffte es ihm eine kurze Befriedigung. Schreckten die Menschen vor seinem barschen Ton zurück, so tat es ihm sofort leid. Doch seine Worte im Zaum zu halten gelang ihm nicht. Die Wut blockierte einen Teil seines Gehirns, und sie wuchs weiter. Schon morgens erwachte er mit ihr. Schärfte sie am Frühstückstisch an seiner Frau. Irgend etwas fand sich immer, was ihm nicht gefiel. Die Wut ließ seine Augen schmal werden. Sie schien auch die Form seines Körpers zu verändern. Seine übliche Kleidung paßte sich morgens vor dem Spiegel nicht mehr an, hing unwillig an ihm herab und beulte an Stellen, die sie sonst umschmeichelte.

Wenn sie wuchs, spürte Thomas Timber die Wut so konkret, als wäre sie eine große, harte Geschwulst in seinem Körper. Manchmal drückte sie ihm auf die Kehle, so daß er heftig schlucken oder ein Stück altes, hartes Brot essen mußte, um sie wieder freizubekommen.

Angefangen hatte alles mit dem Studenten. Dann war die Wut auf den Wirt, seine Gesellen, Katharina und seine Frau dazugekommen. Alle hatten sich auf eine provozierende Weise verhalten.

Wenn man die Wut nicht eindämmte, wenn das nicht gelang, dann züngelte sie in grauen Flammen, grau wie der jahrealte Dachbodenstaub, mit roten, heißen Rändern aus dem Haar. Flammen, die nicht verbrannten, sondern so scharf waren, daß sie schmerzlos ins Fleisch schnitten.

Bestimmt sah man es auch schon seinem Gang an!

Thomas Timber fluchte vor sich hin, als er auf das Bauernhaus zuging, dort drinnen würde er weitere Nahrung für seine Wut finden.

Das Fachwerkhaus hatte einen schiefen vorgebauten Windfang aus Holz. Thomas Timber blieb stehen und versuchte sich vor der Außentür zu beruhigen. Er betrachtete den eisernen Kotabstreifer, der neben der Tür aus dem Boden ragte. Um Zeit zu gewinnen, schabte er seine Stiefel daran ab. Überrascht registrierte er, daß etwas zwischen Hacke und Sohle klebte, sich kaum löste. Es stank. Er fluchte, ging zum Weg zurück, um es an einem Grasbüschel abzustreifen. Es gelang nicht ganz. Er drehte die Stiefel auf dem Schotter hin und her, stampfte schließlich wütend auf, stürmte in das Haus, polterte den Flur entlang bis in die Küche und rief laut: »Marie!«

Der Wirt saß in der Küche, hatte sich gerade ein dickes Stück Schinken abgeschnitten, das noch wie eine Zunge aus seinem Mund heraushing, und seine Beine weit unter dem Tisch ausgestreckt. Er zuckte zusammen, versuchte die Schinkenscheibe hinunterzuwürgen. Beim zweiten Ruf sank sein Kopf zwischen die Schulterblätter.

»Marie Bonnet!«

Beim Anblick Peter Wischbergs hoben sich die Brauen des Tischlers, um sich gleich darauf zusammenzuziehen. »Du! Was machst du hier?«

Der Wirt begann zu stottern, spuckte den Schinken aus und versuchte hochzukommen. (Der halbdurchgekaute Schinken krümmte sich wie ein Tier auf seinem Hosenbein.) Thomas Timber stützte sich mit den Fäusten auf dem Tisch ab und neigte sich vor, als wolle er sich in der nächsten Sekunde auf Peter Wischberg stürzen.

»Wo ist Marie?« brüllte der Tischler, und Peter Wischberg rutschte vor Schreck wieder unter den Tisch, dabei hatte er es fast geschafft gehabt, eine aufrechte Sitzhaltung einzunehmen.

»Himmel! Was ist los mit dir?« endlich hatte der Wirt seine Stimme wieder. Sie war voller Speck.

»Was ist los? Was ist los? Du ahnungsloser Idiot bist doch an allem schuld. Wo ist Marie?«

»Ich, aber ich stelle es nur her, ich meine, wenn der, also wenn der zuviel davon . . .«

»Halt's Maul. Es fing schon damit an, daß du den Studenten . . .« Der Tischler bremste sich. Schließlich beherbergte er jetzt selbst den Studenten, auch wenn der Wirt ihm zuerst Unterkunft geboten hatte. Er schlug mit der Faust auf den Tisch. »Wo ist Marie?«

Peter Wischberg gelang es endlich, sich im Stuhl hochzuziehen. »Die anderen sind da drinnen.« Er zeigte mit dem fettigen Daumen auf eine Kammertür. »Marie ist draußen.« Er drehte den anderen Daumen (ebenso fettig) in Richtung der Tür zum Garten.

»Du bleibst, bis ich wiederkomme!« befahl der Tischler. »Ich habe noch ein Wörtchen mit dir zu reden.«

Die junge Bauersfrau erwartete den Tischler mit einem breiten Grinsen. Sie stand hinter einer Reihe von Johannisbeersträuchern. Dann duckte sie sich und lief gebückt in Richtung Stall.

»Marie! Hör auf damit!« Der Tischler versuchte ihr den Weg abzuschneiden, doch Marie verschwand mit einem spitzen Schrei im Stall. Thomas Timber setzte ihr nach, erreichte sie, packte sie am Arm und drückte ihr die Hand auf den Mund.

»Bist du wahnsinnig«, fauchte er. »Das Haus ist voller Leute.« Vorsichtig gab er ihren Mund frei.

»Küß mich, tu mir weh, bestraf mich«, hauchte sie.

»Es ist jetzt nicht die Zeit für unsere Spielchen.«

»Vielleicht wacht er ja nie wieder auf.« Marie schmiegte sich an den Tischler.

»Schluß jetzt.« Er stieß sie zurück. »Weiß irgend jemand etwas von uns?«

Sie schüttelte den Kopf. »Komm.« Sie deutete nach oben auf den Zwischenboden, von dem Stroh herabhing.

»Du spinnst wohl.« Er funkelte sie wütend an, wandte sich ab und verließ den Stall. Er marschierte in die Küche zurück und trat, ohne den am Küchenfenster lehnenden Wirt eines Blickes zu würdigen, in die Kammer ein.

Zwei Nachbarn standen um das Lager des noch immer bewußtlosen Bauern. Sie schienen es mit einem ätherischen Öl versucht zu haben, denn es roch nach einer Mischung aus Minze und Kampfer. Die beiden machten ihrem Bürgermeister Platz.

»Seit wann ist das so?« fragte Thomas Timber und beugte

sich über den Bauern, dessen Gesicht zu seiner Überraschung nicht bleich, sondern ziemlich rot war.

»Gestern. Seit gestern. Der Student hat ihn gefunden.«

Der Tischler heulte auf. »Auch das noch. Langsam wird er wirklich zum Problem.« Er berührte die Gesichtshaut des Ohnmächtigen. »Was habt ihr mit ihm gemacht?«

»Das Übliche.«

»Was?«

»Zuerst an den Füßen aufgehängt. Es hat nichts gebracht, und vorhin das Öl auf das Gesicht getropft.«

»Und davon ist sein Kopf so rot?«

»Man muß das Öl drauftropfen und dann mit der flachen Hand in die Haut einschlagen. Weißt du doch.«

Thomas Timber richtete sich auf. »Was ist mit Doktor Andree?«

»Er ist nicht eingeweiht.«

»Aber wenn er nicht wieder aufwacht?«

»Wer soll das entscheiden?«

»Ich. Wenn er bis heute abend nicht wach ist, holt den Arzt.« Der Tischler wußte, daß ihn die Herzensacher zwar zum Bürgermeister gewählt hatten, aber daß er bei ihnen keine Autorität besaß, wenn es um Angelegenheiten ging, die nur das Dorf und seine Bewohner betrafen. (Manchmal sprach er von sich selbst als Außenminister.) Im Grunde war ihre Wahl nur deshalb auf ihn gefallen, weil der Gutsherr diese Position nicht selbst besetzen wollte und weil Hermann van Grunten ihn vorgeschlagen hatte.

Die beiden Nachbarn sahen ihren Bürgermeister zweifelnd an. »Sollten wir nicht besser dem Gutsherrn . . . wenigstens Bescheid sagen?«

Der Tischler hatte diesen Einwand erwartet.

»Wie blöd seid ihr eigentlich. Haben wir nicht genug Ärger? Wenn ihr den Zorn des Gutsherrn auch noch spüren wollt, dann tut es. Und was kann der schon machen?«

Wütend drehte er sich um, kam aber noch einmal zurück, um den Bewußtlosen zu betrachten. »Dieser Idiot, am besten wäre, er würde sterben.«

»Lieber nicht, dann würde der Arzt erst recht blöde Fragen

stellen. Marie hat nämlich schon ... Hier!« Einer der Nachbarn zog die Bettdecke vom Körper des Ohnmächtigen. Sein Unterkörper war nackt.

»Marie hat ihn mit einer Nadel gestochen. Verstehst du, damit er aufwacht. Nicht so tief, aber überall an den Schenkeln, am Hintern. Da sind die Einstiche. Wir mußten ihr die Nadel wegnehmen. Sie hörte gar nicht wieder auf.«

Der Tischler stöhnte. »O nein! Verdammt noch mal. Hättet ihr das nicht verhindern können?«

»Wir hielten es anfangs für eine gute Idee.«

Thomas Timber spürte das Wachsen seiner Wut. Sie wuchs so schnell, so heftig, daß sie ihn zerreißen oder verbrennen würde, wenn er nicht sofort etwas tat. Er rannte aus der Kammer, packte im Vorbeigehen den Wirt am Arm, zerrte ihn aus der Küche nach vorn auf den Hof. Er sah sich um, es war niemand zu sehen, und holte tief Luft, bevor er losbrüllte: »Du Hornochse, du weißt ganz genau, daß das Zeug die Gaststätte nicht verlassen darf, aber deine Gier, immer mehr Geld mit den eigenen Leuten zu machen, hat nun dazu geführt, daß Bonnet in die Kiste springt. Ich werde dafür stimmen, dich den Würmern vorzuwerfen. Du bist nichts wert, du bist Abschaum, Dreck ...« Die Luft war ihm ausgegangen, und erst jetzt bemerkte er, daß er den Wirt am Hemdkragen gepackt, geschüttelt und gewürgt hatte. Er ließ ihn los; Peter Wischberg stolperte und fiel zu Boden. Thomas Timber gab ihm einen Tritt und marschierte davon. Doch seine Wut besänftigte sich nicht, drang im Gegenteil in jede einzelne Muskelfaser und ließ Arme und Beine vibrieren. Nur mit schwerer Arbeit würde Thomas Timber seinen zitternden Körper beruhigen können. Er schlug den Weg zu seiner Hütte am Lichter Moor ein. Vor Tagen hatte er ein großes altes Stück Holz, so groß wie keins zuvor, dort deponiert, um es bei Gelegenheit zu bearbeiten. Heute würde er beginnen, die grobe Form herauszuschlagen. Er würde bis zur Erschöpfung daran arbeiten. Sollte der alte Bonnet doch sterben. Warum goß er sich zuviel hinter die Binde. Er war alt genug, um zu wissen, was passieren konnte. Sollte der Idiot doch sterben. Er war alt genug. Viel zu alt für seine junge Frau. Marie, die so gern spielte. Doch wenn der alte Bonnet starb, mußte sich Thomas Timber um Marie kümmern. Seine Aufgabe war es, dem Gutsherrn einen jungen Mann aus dem Dorf vorzuschlagen, den dieser daraufhin als Verwalter des Bonnet-Hofes bestimmte. Was wurde dann mit ihm und Marie? Diese dumme Gans hatte doch glatt versucht, ihren bewußtlosen Mann abzustechen. Und in ihrem Übermut hätte sie ihn vorhin fast verraten!

Timbers Wut, die sich fast schon auf dem Rückzug befand, bekam neue Kraft, schoß aus der Brust den Hals hinauf ins Gehirn. Eroberte neue Gefilde. Blockierte heimlich eine gewisse motorische Steuerung.

Er schloß seine Hütte auf, öffnete die Fensterklappen von außen und klemmte sich dabei den linken Daumen, so daß er in ein Wutgeheul ausbrach und vor Schmerz zu tanzen begann. Den Daumennagel würde er verlieren. (Paß doch auf, du gehst zu weit.) Er ging in die Hütte und hielt den Finger einige Minuten in kaltes Wasser, dabei betrachtete er den riesigen Klotz. Er wußte, was daraus werden sollte. Die obere Seite war schräg, er würde sie als erstes absägen. Das müßte die kleine elektrische Handkreissäge gerade noch schaffen. Er stellte die Säge an, wuchtete den Klotz auf seine Werkbank, doch als er die Säge ansetzte, rollte der Klotz nach vorn. Er fluchte, versuchte ihn zu halten. Aber in seiner Wut machte er alles falsch. (Alles richtig.) Entsetzt starrte er auf die große Wunde an seiner linken Hand. Dort, wo einst sein Daumen gesessen hatte, schoß das Blut befreit in einer Fontäne heraus. (Das habe ich nicht gewollt.)

36

Wenn er von seinem Absturz sprach, stellte er seine Rettung gern als zweite Geburt dar, indem er (lachend) beschrieb, wie man seinen blutigen Körper vorsichtig aus dem zertrümmerten Bauch der Maschine zog. Doch in Wahrheit hatte sich alles ganz anders abgespielt. Für die Wahrheit schämte er sich.

Sein Überleben verdankte er dem Zufall, aus dem Flugzeug geschleudert worden zu sein. Er erinnerte sich nicht daran, zu diesem Zeitpunkt mußte die Ohnmacht bereits eingesetzt haben. Wahrscheinlich war sein Aufprall durch junge Bäume und Buschwerk gemildert worden. (Soll ich nicht lieber ein paar Witze erzählen?) Als er wenig später zu sich kam, hätte er vielleicht noch andere retten können, denn da war das Feuer noch nicht ausgebrochen. Doch der Anblick des vielen Blutes auf seiner zerfetzten Kleidung hatte ihm einen Schock versetzt. Er hatte sich nicht mehr rühren können und geglaubt, wenn er sich bewege, rissen die Gliedmaßen ab oder sein Rückgrat breche endgültig durch. (Stellt euch das mal vor, das habe ich wirklich gedacht!) Starr vor Angst hatte er auf dem Rücken gelegen und nicht einmal gewagt, den Kopf so weit zu drehen, daß er die Ursache des Prasselns und Knisterns erkennen konnte. Der Kopf hätte ihm ja abfallen können. Wenn es ihm damals nur gelungen wäre, diese Panik zu überwinden, vielleicht hätte er seine Eltern retten können. Vielleicht hatten sie noch gelebt. An dieser Schuld trug er, da nützte es nichts, daß man ihm später versicherte, zu jenem Zeitpunkt seien alle, die im Flugzeug verblieben waren, bereits tot gewesen. Woher konnten sie das so genau wissen? Nie wieder, so hatte er sich geschworen, wollte er in Panik verfallen, und er hatte sich darin geübt, den Anblick von Blut zu ertragen. Denn das war das schlimmste gewesen. Das viele Blut. Sein eigenes. Vielleicht wäre sogar seine eigene Verletzung ohne Spätfolgen geblieben, hätte er sich wenigstens selbst helfen können. So aber hatte er starr dagelegen, war abermals in Ohnmacht gefallen und daraus erst erwacht, als ihn jemand über den Boden zog. Menschen aus dem Wald, Indios hatten um ihn herumgestanden und ihn angestarrt. Sie waren so hilflos wie er. Plötzlich hatte er die Wärme gespürt und zuerst angenommen, daß es das warme Blut auf seiner Haut sei. Doch die Flugzeugtrümmer standen in Flammen, und die Indios zogen ihn weiter von der Absturzstelle weg. Er war noch immer starr vor Angst gewesen, gelähmt von der Vorstellung, eine seiner Gliedmaßen würde zurückbleiben. Erneut war die Ohnmacht gekommen. Grundlos, wie er heute wußte. Und weil das Bewußtsein ihn immer wieder verließ, hatte er angenommen, es hätte Tage gedauert, bis die Rettungsmannschaft kam. Es waren nur sechs Stunden gewesen. (Nie wieder in Panik verfallen.) Selbst im Krankenhaus war die Furcht um sein eigenes Leben noch so groß gewesen, daß der Tod seiner Eltern gar keinen Raum in seinem Denken gewann. Nie wieder in Panik verfallen, hatte er sich geschworen. Seine Verletzungen mochten für das Selbstbewußtsein eines Mannes erschreckende Folgen haben, aber sie waren zu keinem Zeitpunkt lebensgefährlich oder so schwer gewesen, daß er nicht hätte aufstehen, sich selbst versorgen und helfen können. Vielleicht wäre es ihm gelungen, andere zu retten? Was wußten die Ärzte schon vom Moment der Katastrophe? Er war überzeugt, seine Eltern hatten noch gelebt. Waren nur unfähig gewesen, sich zu befreien. Gefesselt von den Sicherheitsgurten. Und dann verbrannt. Wie konnte jemand, der nicht dabei war, behaupten, sie seien tot gewesen? Er hatte gelebt und vor lauter Angst zu sterben nichts getan. (Nie wieder Panik! Schon gar nicht, wenn es nur um das eigene Leben ging. Schon gar nicht vor Dunkelheit und einem alten, als Gefängnis dienenden Brunnenschacht. Ist das klar jetzt?!)

Jakob Finn tastete die Stahlseile ab, die von den Hebeln zu den Blechen führten. Er spürte ihnen mit den Fingern nach, über Rollen, um den Mauerrand herum in den dunklen Brunnenschacht hinein. Dann hatte er den großen hölzernen Hebel in der Hand, der die Seile arretierte. Er begriff nicht, warum der Pfarrer die Vorrichtung nicht gelöst hatte, wenn er auf dem Gerät hatte spielen sollen. Das gesamte Verhalten des Pfarrers erschien ihm jetzt seltsam. Vielleicht war es Rudolf Pedus gar nicht darum gegangen, »Die Stimme Gottes« in Bewegung zu setzen, sondern nur darum, ihn gefangenzunehmen? Vielleicht machte es ihm einfach Spaß, jemanden in seinem Brunnen einzusperren. (Eine Geschichte von Stephen King?) Oder sollte es eine Strafe sein? Vielleicht waren alle im Dorf dabei, verrückt zu werden? Eine infektiöse Krankheit. (Wer schrieb solche Geschichten? Boris Vian?) Was war mit dem Bauern, der in der Dunkelheit völlig weggetreten am Straßenrand gelegen hatte? (Gustav Meyrink?) Was hatten der Wirt und seine Frau darüber erzählt, um ihn zu beruhigen? Eine genetisch bedingte Ursache? (Science-fiction? P. K. Dick?) Jakob lachte auf. Wenn die Menschen hier eine Erbkrankheit hatten, wie es sonst nur in von der Außenwelt abgeschotteten Alpentälern vorkam (wie hieß die Autorin von *Heidi*?), dann machte sie die Dorfbewohner in erster Linie aggressiv. Wilhelm Weber hatte sich ihm gegenüber schließlich auch kaum wie ein normaler Mensch verhalten. (Genau wie bei Richard Brautigan – haargenau!) Dagegen war der Pastor ein friedlicher Mensch. Möglicherweise wollte ihn Rudolf Pedus von etwas fernhalten. (Vielleicht doch eher John Fante?!) Von Katharina? Unsinn, der Pfarrer wußte nichts von seinen Wünschen. Und doch blieb das Gefühl, Rudolf Pedus habe ihn in Sicherheit bringen wollen. (Doch bloß Karl May.) Vor Katharina? Zweifellos gab es eine Reihe von Herzensachern, die ihm nicht freundlich gesinnt waren, die Aggressivität an den Tag gelegt hatten. Doch Katharina zählte er, trotz ihres schlagkräftigen Ausfalles gegen ihn, nicht dazu. Der Schlachter, seine Frau, die Frau des Arztes waren ihm feindlich gesinnt. (Irgendein Krimi von . . .?) Und wenn er es recht bedachte, konnte unter Umständen von dem Wirt und dem Gutsherrn Gefahr ausgehen. Doch die wenigen Menschen aus dem Tal, denen er begegnet war, hatten ihn freundlich aufgenommen. Im selben Moment wußte er, daß es nicht so war. Nein, sie hatten sich alle reserviert verhalten, selbst der Förster. Auch hinter dem Liebesbedürfnis seiner Tochter hatte etwas gelauert, etwas, was Jakob nicht in Worte kleiden konnte. Selbst bei der Mutter des Wirts, die ihn so offen mit dem Dorfklatsch versorgte, hatte Spott mitgeklungen, als erzähle sie alles einem, der doch bald gehängt würde. (Keine Geschichte – bloß Realität!)

Jakob lachte über seine absurden Phantasien im Dunkel der

Brunnenanlage. Nur keine Panik. Er legte den Arretierhebel um und spürte dabei, daß er ziemlich locker saß. Er zog ihn heraus und brachte ihn in die Nähe des elektrischen Lichts beim Treppenaufgang. Der Hebel hatte die Form eines Ankers. Wenn er ihn mit einem Seil daran nach oben über den Brunnenrand werfen könnte, würde er sich vielleicht verhaken, und er konnte daran hinaufklettern. (Trick aus einem alten Zorro-Film. Noch schwarzweiß.) Wie hatte er das nur übersehen können, es gab alles, um aus dem Brunnen herauszuklettern. Es gab ein Seil, das lang genug war. Es diente als Treppengeländer und ließ sich aufknoten. In kurzer Zeit hatte Jakob einen Wurfanker gebaut. Das einzige Problem war der geringe Platz. Er konnte nicht weit ausholen. Doch alles ging ganz einfach: Der Anker verfing sich an einem vereinzelten Steigeisen in etwa halber Höhe. Dort fand Jakob Halt in einer Nische der Mauer. Der Raum genügte, um kräftig auszuholen und den Anker nach oben zu werfen. Schon beim zweiten Wurf verfing er sich außerhalb des Brunnens. Trotzdem benötigte Jakob viel Kraft, um sich hochzuziehen; als er am Brunnenrand anlangte, zitterten ihm die Armmuskeln, und er ließ sich erschöpft auf die Erde fallen. Kaltes Mondlicht strich zwischen den Wolken über die Erde. Vom Pfarrhaus blinkte die Türlaterne. Er sah sich um und entdeckte erschrocken, daß der Anker von der Wurzel eines kleinen Busches gehalten wurde, die fast durchgescheuert war. Doch im selben Moment amüsierte es ihn, an einem solch seidenen Faden gehangen zu haben.

Ein kühler Wind war aufgekommen, ließ die Bäume rauschen. Jakob fror, betrachtete seine von Lisa aufgeschlitzte Hose und überlegte einen Augenblick, sie zu wechseln, doch dann entschied er sich, zuerst ins Pfarrhaus zu gehen. Es mußte eine vernünftige Erklärung für das Verhalten des Pfarrers geben. Er stand auf, klopfte seine Kleidung ab. Jakob war überzeugt, Rudolf Pedus hatte ihn schützen wollen. Aber wovor? Vor dem Schlachter und dessen Haushälterin? Vor denen fürchtete er sich nicht. Jetzt war er gewarnt und würde sich nicht wieder überrumpeln lassen. Und das Mißverständnis, er sei ein Weinstein, würde sich schließlich auch klären lassen. Langsam ging er auf das Pfarrhaus zu.

Sicher, alle diese Vorgänge waren nicht geeignet, daß er sich länger als notwendig hier aufhielt. Einen Wald für seine Untersuchung fand er wirklich auch woanders. Aber ohne Katharina würde er nicht gehen. Keine Frage!

Nur im ersten Stock des Pfarrhauses brannte hinter den Fenstern Licht. Die Tür war offen. Er trat in den Flur und lauschte. Es war nichts zu hören. Er rief ein paarmal nach dem Pfarrer. Keine Antwort. Er stieg geräuschvoll die Treppe hinauf. Oben angekommen, rief er erneut. Aus einer der angelehnten Zimmertüren drang Licht.

»Nun kommen Sie schon«, antwortete ungeduldig eine Frauenstimme.

Jakob öffnete die Tür. Die Frau des Pastors saß aufrecht im Bett und lächelte ihn an. »Ich weiß, wer Sie sind. Kommen Sie herein.« Sie deutete auf einen Stuhl neben sich. »Mein Mann hat mir von Ihnen erzählt. Er hat große Hoffnung in Sie gesetzt, daß Sie das Instrument spielen können.« (Sie starb nicht?)

»Wo ist er?« Jakob setzte sich und versuchte seine zerschnittenen Hosenbeine zu verbergen. Doch Inge Pedus hatte sie längst bemerkt. »Was ist passiert?« (Sie war viel zu lebendig!)

Er berichtete, daß er im Brunnenschacht gefangen gewesen war, ihr Mann habe ihn ohne böse Absicht in die mißliche Lage gebracht. Sie wurde ernst und schwieg einen Augenblick.

»Er hat Sie eingesperrt, nicht wahr?« Sie lachte. »Wahrscheinlich mit der Begründung, für mich zu spielen.« Sie betrachtete ihn belustigt. »Und Sie haben sich befreit?«

Er nickte.

»Ich wundere mich die ganzen Tage schon über seine Aktivitäten. Würden Sie mir etwas versprechen?« Sie drehte ihm ihren Oberkörper zu und stöhnte dabei. »Sie wissen, daß ich bald sterbe?« (Also doch!)

Er nickte.

Sie lachte. »Genaugenommen sterbe ich schon seit Jahren. Ich kann mich gar nicht mehr daran erinnern, wann es angefangen hat. Und Sie?«

»Früher mal, im Moment nicht.«

»Versprechen Sie mir zu spielen, wenn es bei mir soweit ist,

Sie in der Nähe sind, der Eingang zum Brunnen gerade offen ist und es keine großen Umstände macht?«

»Ich kann auf dem Ding nicht spielen.«

»Das macht nichts. Es klingt sowieso furchtbar.«

»Warum soll ich dann spielen?«

»Es fällt mir dann leichter, die Ohren für immer zu schließen.«

Jakob lachte. »So habe ich das noch nie gesehen.«

»Meine Augen sind schon für immer geschlossen. Ich bin blind.«

»Oh, Entschuldigung.«

»Es stimmt nicht. Es war nur ein Witz.« Sie amüsierte sich über ihn. »Ein typischer Herzensacher Scherz. Wissen Sie, warum wir hier noch leben?« (Sie war wirklich viel zu lebendig. Gefährlich lebendig?)

»Ich würde mal sagen, weil es Ihnen hier gefällt.«

»Jetzt machen Sie Scherze ... Wir leben noch, weil alle Angst vor meinem Mann haben. Kennen Sie Michael Pedus?«

Jakob schüttelte den Kopf.

»Er war ein berüchtigter Folterknecht des Zaren. Er schlitzte seine Opfer vom Geschlecht bis zum Hals langsam auf. Haben Sie schon mal von Peter Pedus gehört? Auch nicht? Er war ein Gehilfe von Denis Papin. Den kennen Sie aber?«

Jakob hob die Schultern.

»Denis Papin ist der Erfinder des Unterseebootes. Im Jahr 1691 hat er es erfolgreich in der Fulda tauchen lassen. Er wollte es ursprünglich schon ein Jahr früher tun, doch sein Gehilfe Peter Pedus hatte das erste Boot geklaut und kaperte damit auf der Ostsee Schiffe. Er tauchte nachts neben ihnen auf, schlich sich an Bord, und raten Sie mal, was er mit der Besatzung machte. Richtig, er schlitzte sie auf. Der Länge nach. Von unten nach oben. Möchten Sie noch mehr Vorfahren meines Mannes kennenlernen? Zum Beispiel Jacques Pedus, den Henker Ludwigs XVI. oder Pinkus Pedus, genannt ›der Pole‹, der Ende des letzten Jahrhunderts in Berlin reihenweise Mädchen aufschlitzte?«

»Danke, nein.« Jakob sah ihren Blick auf seine aufgeschlitzte Hose. »Das war er nicht«, beeilte er sich, sie zu beschwichtigen.

»Verstehen Sie nun? Wenn ich jetzt ein Messer unter der Bettdecke hervorhole und Sie aufschlitze – jeder würde es für völlig normal halten!«

Jakob lachte. Er wollte ihr nicht glauben. Sie sah, daß er an ihrem Verstand zweifelte.

»Sie haben recht. Es ist alles nicht wahr. Da drüben finden Sie den Beweis. Holen Sie das Buch?«

Auf einem Regal lag ein großes, in schwarzes Leder gebundenes Buch mit in Silber geprägter Aufschrift »Das Pedus-Schwert«. Es war die Chronik der Familie Pedus von 1604 bis Anfang dieses Jahrhunderts. In jedem Zweig der Familie hatte es in jeder Generation einen gemeinen Verbrecher und skrupellosen Mörder gegeben. Jeder von ihnen hatte vor seinem Tod das Pedus-Schwert an den nächsten weitergegeben, der dann ebenfalls zum Mörder wurde.

Jakob überflog die Geschichten und betrachtete die grafische Darstellung des Stammbaums. Das Buch war vor zwanzig Jahren in einem angesehenen Verlag erschienen.

»Dann ist es doch wahr!«

»Nein. Es ist eine Fälschung. Mein Mann hat es hergestellt. Es gibt nur drei Exemplare dieses Buches. Eines hat die Familie van Grunten bekommen, eines liegt im Wirtshaus – für alle. Verstehen Sie, es ist unsere Lebensversicherung.«

Jakob schüttelte verunsichert den Kopf. Er wußte nicht, ob er der Frau glauben sollte.

»Gehen Sie jetzt«, drängte sie. »Sie sind schutzlos. Schleichen Sie zurück zum Brunnen und verstecken Sie sich darin. Es ist das beste.«

Jakob stand auf und schob den Vorhang des Fensters etwas zurück. Auf der Straße ging eine Frau mit großen Schritten vorbei. Als sie in den Lichtkegel einer Laterne trat, glaubte er Katharina zu erkennen.

»Verschwinden Sie, bevor Sie begreifen, was ich Ihnen erzählt habe!«

37

Lisas Wut über den verlorenen Gefangenen war groß. So groß, daß sie sich schließlich nicht anders zu helfen wußte, als einen Schmerz dagegenzusetzen. Sie überlegte, sich selbst erneut mit einer Bratpfanne auf den Kopf zu schlagen – was einmal sehr weh getan hatte, würde es auch ein zweites Mal tun, doch sie wollte nicht noch mal in Ohnmacht fallen, also hockte sie sich auf den Küchenboden und ritzte sich mit dem Küchenmesser ein blutiges Kreuz auf jedes Knie. Der Wutkrampf in ihrem Kopf löste sich, und es gelang ihr, einen Plan zu fassen. Es gab nur einen Weg: Sie mußte den Studenten umbringen. Und wenn ihr das nicht gelang, mußte sie Wilhelm Weber umbringen. Und wenn ihr das nicht gelang, mußte sie Sabine Weber umbringen. Die war schließlich an allem schuld. Auf jede Mark, die Lisa von Wilhelm Weber bekam, legte seine Frau noch eine darauf.

»Es gibt nur eine Möglichkeit, nicht überrollt zu werden, man muß die Lawine sein«, hatte ihre Mutter ihr eingeprägt. Jedes Jahr hatte der Hausputz mit diesem Satz begonnen. Sie und die Mutter waren die einzigen in der Familie, die richtig arbeiteten. Sie hatten einen Bauernhof, aber nur wenige Schafe und ein paar Ochsen auf der Weide. Niemand bestellte das viele Land. Manchmal kamen Bauern aus Ehrenfelde, mähten das Gras und nahmen es gegen geringes Entgelt mit. Der Vater tat nichts. »Das Land nährt nur die zweite Hand«, pflegte ihr Vater zu sagen. Das verstand sie heute noch nicht. Manchmal verschwand er für ein paar Tage und kam mit Geld zurück. Dann gingen sie zusammen in Weinstein einkaufen. Jeder bekam etwas Neues. Die Mutter ein buntes Kleid, der faule Bruder ein Funktelefon und Lisa ein Messer. Sie liebte Messer.

Zwei große Schränke voll besaß sie schon. Schränke, die der Tischler extra angefertigt hatte, mit flachen Schubladen, in denen jedes Messer seine gepolsterte Mulde besaß. Es waren wohl schon über zweitausend Exemplare. Es gab so viele verschiedene und historisch bedeutsame Stücke, daß sie ihr ganzes Leben lang sammeln konnte, ohne jemals an ein Ende zu kommen. (Haben Sie jemals überlegt, wie Brutus' Messer ausgesehen hat und wo es hingekommen ist?)

Sie beobachtete das an ihren Knien herunterlaufende Blut, bis es gerann. In einem Knie schien generell nicht viel Blut zu sein, zu wenig, um bis auf den Fußboden zu laufen, doch die geronnenen Bahnen gaben für eine Kniebemalung, wie man sie zu einem Mord trug, ein gutes Bild ab.

Natürlich mußte man sich bemalen. Es war nicht zur Tarnung. Man wurde jemand anderes. Niemand konnte einer Bemalung ansehen, wer herausschaute. Sie würde sich ausziehen und ganz und gar bemalen. Sie durchsuchte die Küche, das Bad, das Schlafzimmer nach Farben, mit denen sie sich bemalen konnte.

(Die Farbe Weiß:) Einmal war der Vater in Eile nach Hause gekommen und gleich darauf zum Arzt gegangen. Als er von dort zurückkam, mußten ihn zwei Männer stützen, denn ein Bein war in Gips. Er hatte sich in seinen Sessel gesetzt und Lisa aufgefordert, den Gips zu bemalen. Später waren Polizisten gekommen, um den Gips zu bewundern. Sie wollten wissen, wann und wie es denn passiert sei. Danach hatte der Vater den Gips kaputtgemacht, obwohl er so schön bemalt war.

Damals hatte er sie mit einem Sprichwort beruhigt, das sie schon lange kannte, aber zum ersten Mal verstand: Unter der Rinde ist jeder Baum ein Mast.

Wenn man sich wirklich verändern wollte, genügte es nicht, sich anders zu kleiden, man mußte dichter heran an das Fleisch und seine Farbe wechseln.

Es war nicht viel, was sie fand. Schuhcreme, ein paar Spraydosen, einen alten Schminkkoffer, den Sabine Weber zurückgelassen hatte. Das meiste darin war verbraucht oder hart. Es würde genügen. Sie hatte Zeit.

(Die Farbe Braun:) Sie zog sich in Wilhelm Webers Schlafzimmer aus und breitete ihre Unterwäsche und ihr Kleid sorgfältig auf seinem Bett aus, strich alles glatt und legte vorsichtig die Bettdecke darüber. Die Schuhe brachte sie in die Küche. Schuhe waren überhaupt das Verdächtigste. Schuhe konnten einen verraten, wenn man sie zu sehr liebte. Sie schob sie in den Backofen und stellte die Automatik auf »Rinderbraten«. Das einzige, was sie früher wirklich geliebt hatte, war eine Puppe ohne Kopf gewesen. Mit acht oder neun Jahren war es ihr Lieblingsspielzeug gewesen. »Komm, wir gehen deinen Kopf suchen«, hatte sie immer zu ihr gesagt, bevor sie in den Wald ging. Natürlich war der Kopf dort nicht zu finden. Sie hatte ihn ja selbst am Dorfteich vergraben. »Kopf suchen« war ein schönes Spiel, wenn man acht Jahre alt war. Man konnte es jeden Tag wieder spielen. Es war nie zu Ende.

(Die Farbe Rot:) Sie nahm einen Stapel alter Zeitungen und ging in den Kraftraum. Mit den Zeitungen legte sie den Boden vor dem Wandspiegel aus. Man sollte später keine Farbflecke finden. Sie musterte ihren nackten Körper und wußte sofort, was daran nicht stimmte. Es waren die Haare, die mußten spurlos verschwinden. Am besten, man fand jemanden, der sie aß. Aber den gab es nicht, es sei denn, man konnte jemanden mit der Pistole an der Schläfe dazu zwingen. Sie ging zurück ins Bad, schnitt sich alle Haare ab und rasierte sich in der Badewanne mit Wilhelm Webers Rasierern. Am Ende sammelte sie die Haare aus dem Abfluß und brachte sie hinter den Bungalow. Mit einem Messer öffnete sie einen Maulwurfshügel auf der Wiese, stopfte ihre Haare hinein und schüttete ihn wieder auf, bis er fast die ursprüngliche Form zurückerhielt. Sie bedauerte, daß Haare nachwuchsen, sonst würde dieser kleine Erdhügel ein wunderbares Geheimnis beinhalten, und man hätte »Haare suchen« spielen können. Doch dieser Einfall brachte sie auf eine andere wunderbare Idee. Nein, eine notwendige Idee, wenn sie bedachte, daß sie vielleicht nicht zurückkehren konnte. Eine Art Rückversicherung. Sie ging ins Wohnzimmer, hob die schwere Glasplatte des Couchtisches von ihrem Gestell, legte sie auf den Teppichboden. Aus dem Gymnastikraum rollte sie eine der großen Scheibenhanteln heran. Sie nahm sie auseinander, legte die Stange unter die Mitte der Scheibe und schlug mit einem der Gewichte auf das Glas. Die Scheibe zersprang zwar nicht in der Mitte, sondern in drei Teile, doch eines von ihnen gab eine lange, wunderschön gezackte Schneide ab. Sie steckte die Hantel wieder zusammen, rollte sie an die Außentür. Sie schob die Tür auf und probierte, wie man sich mit dem Fuß an der Hantel verfing, wenn man von außen kam, und wie weit man stürzen würde. Dort, wo man etwa mit dem Hals sein würde, wenn man die Größe Wilhelm Webers hatte, dort richtete sie mittels Sofakissen die Scheibe mit der scharfen Kante nach oben auf. Zufrieden betrachtete sie ihr Werk. Natürlich gab es Unwägbarkeiten, doch wie er auch fallen würde, irgendwie mußte er auf die gläserne Schneide treffen. Der Plan ging natürlich nur auf, wenn sie die Vordertür von innen verriegelte, so daß er durchs Wohnzimmer hineinging – das konnte sie arrangieren –, und wenn er erst in der Dunkelheit nach Hause kam – darauf konnte sie nur hoffen. Immerhin hatte sie ihr Bestes getan. Sie ging zurück in den Gymnastikraum, stellte sich vor den Spiegel und entschied sich, mit schwarzer Schuhcreme zu beginnen. Sie färbte sich die Füße, dann die Ohren. Einmal hatte ihr Vater ein richtiges Ohr mit nach Hause gebracht. Es war jemandem bei einer Schlägerei abgerissen worden. Sie hatten es alle zusammen betrachtet und gelacht. Der Vater hatte es in eine Schublade gepackt. Immer wenn sie gemeinsam lachen wollten, holte er es hervor.

(Die Farbe Blau:) Sie betrachtete sich im Spiegel. Die schwarzen Ohren gefielen ihr, und sie probierte einen dünnen Schrei dazu. (Maigrün.) Es paßte zusammen. Jetzt kam das Blau aus der Spraydose. Ein schönes Blau, nicht so wie der Himmel. Ein Blau, das aus der Erde kam. Sie verwendete es für Streifen auf ihren Bauch und für die Pobacken. Doch dann fiel ihr ein, daß es eine wunderbare Grundierung sei, und sie besprühte ihrem gesamten Rumpf damit. Es dauerte lange, bis es trocken genug war, um wieder mit schwarzer Schuhcreme und flüssiger Silberbronze aus einer kleinen Dose und einem alten Lippenstift darauf zu arbeiten. Der Lippenstift war schnell alle. Gelb wäre gut gewesen, aber sie hatte keines. Es ging auch so.

Nach und nach geschah, was sie vorausgesehen hatte. Es war im Spiegel genau zu beobachten: Ihr Körper wurde langsam unsichtbar. Bald schwebten Kopf, Arme und Beine wie zusammenhanglos im Raum, und wenn sie deren Treiben zu lange zusah, konnte sie die Bewegungen kaum noch koordinieren. Aber das war gut, wenn die Glieder nicht mehr perfekt gehorchten, gute Gehilfen mußten eigenständig handeln können. Sie brauchten keine Bemalung. Wenn alles gutging, färbten sie sich mit dem Blut ihrer Opfer.

Sie konzentrierte sich auf die Veränderung ihres Gesichtes. Ihr Bruder hatte ihr gesagt, sie sei hübsch, und war zu ihr ins Bett gekommen. Sie hatte ihm dafür in die Hand gestochen. Sie ging nie ohne Messer ins Bett. Am Morgen war nicht nur sein Blut auf dem Bettlaken gewesen, sondern auch ihres. Zum ersten Mal. Die Mutter hatte sich gefreut und sie in den Arm genommen. Gutes Blut war immer ein Grund, sich zu freuen.

Für die Stirn kam nur Silber in Frage. Die restlichen Partien hatten keine Vorlieben. Jede Farbe kam dran, alle ordneten sich zu einem Vorhang aus gewundenen Linien, die an tote Schlangen erinnerten und hinter denen sie hervorschaute. Niemand konnte sie erkennen. Alles würde gelingen.

Sie ging in die Küche, suchte sich ein großes Messer aus und befestigte es mit Klebeband auf ihrem Oberschenkel. Sie war bereit.

Sie verriegelte die Vordertür und verließ über das Wohnzimmer den Bungalow. Sie ging die Auffahrt hinunter und bemerkte plötzlich, daß die blaue Farbe an einigen Stellen rissig wurde, ein wenig abblätterte. Darunter konnte man sie erkennen, und die Dämmerung kam zu langsam, um sie zu verbergen. Sie würde sich beeilen müssen. Doch je schneller sie ging, um so mehr kleine blaue Flocken fielen von ihrem Körper. Wie hatte sie nur erwarten können, unbegrenzt Zeit für ihre Aufgabe zu haben? Sie erreichte das Haus des Tischlers, kletterte geschickt am Regenrohr hinauf. Jetzt kam ihr ein Spiel zugute, das sie mit ihrem Vater schon als kleines Mädchen gemacht hatte. Sie waren durch das Dorf gegangen, und bei jedem Haus mußte sie ihm sagen, wie sie unbemerkt hineinkäme. Für jede richtige Antwort hatte sie ein Geldstück erhalten.

Bei ihrer Klettertour blickte sie in die Küche der Timbers, doch niemand war zu sehen. Auf dem Dach schaute sie in die Wohnung des Großvaters. Er sah sie an, lachte und winkte ihr mit beiden Händen zu. Sie wußte, er war der einzige, der sie trotz der Bemalung erkennen konnte. Aber er würde sie nicht verraten. Lisa erhob sich und balancierte auf dem Dachfirst vom Wohnhaus zur Werkstatt, bis sie oberhalb der Dachfenster stand, die zur Wohnung des Studenten gehörten. Sie kletterte auf allen vieren über die Ziegel. Eines der Fenster war zum Lüften einen Spaltbreit geöffnet. Sie zog es ganz auf. Doch als sie sich hineinschwang, löste sich ein Dachziegel, rutschte bis zur Kante und stürzte über die Regenrinne hinunter, fiel am Bürofenster vorbei.

Petra Timber nahm den Schatten am Fenster wahr, brachte ihn aber nicht mit dem scheppernden Geräusch in Verbindung, das gleich darauf folgte. Die Frau des Tischlers hob den Kopf, stand ganz still. Sie hatte den abgeschnittenen Daumen ihres Mannes in den Sägespänen der Werkstatt nicht gefunden. Jetzt wurde ihr bewußt, wie unsinnig es war, ihn in der Ablage des Büros zu suchen. Sie ließ den Ordner mit der Aufschrift »D – F« fallen. Überhaupt, war die Zeit nicht längst abgelaufen, in der die Ärzte das Glied wieder annähen konnten? Minutenlang stand sie still und wußte nicht mehr, wo sie noch suchen sollte. Dann kam das zweite seltsame Geräusch. Es war, als wäre in der Wohnung über ihr ein Schrank umgefallen. Sie holte den Ersatzschlüssel aus der Schreibtischschublade und stieg zur Wohnung des Studenten hinauf. Warum hatte sie nicht gleich daran gedacht? Deutete nicht alles darauf hin, daß er in das Dorf gekommen war, um den Daumen ihres Mannes zu stehlen? Waren es nicht immer Fremde gewesen, die schuld hatten am Verlust von Gliedmaßen in der Tischlerfamilie? Sie bemühte sich gar nicht erst, leise zu sein. Sie öffnete die Tür und trat in die Küche. Nur einen Augenblick sah sie verwirrt auf den Körper eines ihr unbekannten und fast vollkommen bemalten Mädchens, der schlaff auf dem Boden lag. Der Wasserhahn in der Küchenspüle tropfte, und das Dachfenster war weit geöffnet. Was für ein lächerlicher Versuch, sie von der Reinheit seiner Seele zu überzeugen. Sie durchschaute den Studenten. Er hatte das unbekannte Mädchen getötet und war nun dabei, über das Dach zu fliehen. Jetzt mußte sie handeln. Sie würde zurück in die Wohnung gehen, Thomas Timbers Gewehr aus dem Schrank nehmen, es laden und diesen verdammten Studenten vom Dach schießen. So wie es sich gehörte. Sollte der Wasserhahn doch tropfen.

38

»Katharina, bitte, bleib stehen!«

Sie hatte ihn gehört, war ihm weit voraus, wollte nicht warten und verschwand aus dem Lichtkegel der letzten Straßenlaterne am Dorfausgang in der Dunkelheit. Er setzte zu einem Spurt an, auch sie schien schneller zu werden, schließlich holte er sie atemlos ein.

»Ich habe keine Zeit«, sagte sie, »ich muß den Daumen finden. Ich denke, ich weiß genau, wo er ist.«

»Sicher. Den Daumen.« Jakob schöpfte Luft und lachte. Sie funkelte ihn böse an, so daß er erschrak. »Wo willst du hin?« fragte er hilflos.

Sie hielt inne, sah ihn an und schien darüber nachzudenken, was ihre Worte bei ihm bewirkt hatten, und verzog kurz ihren Mund zu einem Grinsen.

Jakob überlegte, was so anders an ihr war. Es lag nicht nur an ihrem überraschenden Aufzug. Sie sah gut aus in dem Kleid. Es war mehr: Ihre gesamte Haltung war anders. Obwohl sie ein paar Zentimeter kleiner war als er, schien sie gewachsen zu sein. Ihr Blick traf ihn von oben. Jakob überlegte, ob allein das Kleid dafür gesorgt hatte. (Ein Gedanke nahm Gestalt an, den er sich nicht eingestehen mochte: Wie entstand Liebe. Fragezeichen.)

»Was willst du?« fragte sie.

»Dir bei der Daumensuche helfen.«

Sie lachten beide. Dann erklärte sie, daß ihr Pflegevater sich den Daumen abgeschnitten habe, und sie ahne, wo er zu finden sei.

Jetzt verstand er ihre Eile, obwohl sie kein besonderes Mitleid zeigte. »Könnten ihn die Ärzte wieder annähen?«

»Ich denke schon.« Sie erzählte, Thomas Timber sei verletzt nach Hause gekommen. Er sei jetzt beim Arzt, werde aber wohl ins Krankenhaus nach Weinstein gebracht. Katharina habe gar nicht abgewartet, sondern sich gesagt, es sei das beste, den Daumen zu suchen.

Jakob bot sich an, das Auto zu holen, doch sie behauptete,

die Hütte des Pflegevaters am Lichter Moor könne man sowieso nur zu Fuß erreichen.

Sie gingen ziemlich schnell, und Jakob kämpfte mit sich, ob es wohl ein guter Zeitpunkt sei, sich zu offenbaren. Sicher war ihr jetzt der Daumen des Pflegevaters wichtiger als seine, Jakobs, Liebe, trotzdem wollte er wenigstens einen Versuch wagen. Er erzählte ihr von seinen Hamburger Erlebnissen mit dem Förster und spürte an ihren Fragen, daß sie sich durchaus von dem fehlenden Daumen ablenken ließ. (Um auf den uneingestandenen Gedanken zurückzukommen: Wenn Triebe auf Widerstand stoßen, wird Liebe daraus. Fragezeichen.)

»Claudia hat immer Angst um ihren Vater, seit Jahren versucht sie zu verhindern, daß er in die Großstädte zu den Hundeausstellungen fährt. Sein Hobby. Aber Claudia befürchtet immer, es geschieht ein Unglück, wenn er das Dorf verläßt«, kommentierte sie.

»Sie hat ja auch ihre Mutter auf schreckliche Weise verloren.«

»Sie glaubt, überall herrsche Mord und Totschlag, nur hier wäre es sicher.«

»Und ist Herzensach kein sicherer Ort?« fragte er und versuchte, ihr Gesicht in der Dunkelheit zu sehen.

»Hier wird man auch umgebracht – ganz langsam. Im Laufe von siebzig, achtzig Jahren.« Sie zog verächtlich die Mundwinkel herab.

»Ich dachte mir schon, daß man hier gefoltert wird, und wollte, als ich nach Hamburg fuhr, eigentlich nicht zurückkehren.«

Sie überquerten die Brücke über die Herzensach und wechselten die Straßenseite. Katharina fragte nicht, warum er denn zurückgekommen sei.

»Du wirst es mir nicht glauben, aber ich bin deinetwegen zurückgekommen.«

Katharina lachte. »Ich dachte, ich hätte dich vertrieben.«

»Nein, dazu bedürfte es mehr.«

»Dann bleib stehen, ich schlage noch einmal mit aller Kraft zu. Vielleicht gelingt es mir dann.«

»Ich bin zurückgekommen, weil ich immer an dich denken mußte.«

»Oje, ich muß wirklich zuschlagen. Du bist lange genug im Dorf, um von allen Seiten erfahren zu haben, daß ich Männer nicht besonders mag.«

»Ja, schon.« Er ging langsamer, wollte sie dazu bewegen, einen Augenblick stehenzubleiben. Aber sie legte eher noch einen Schritt zu. »Es war mein Gefühl, daß auch du Herzensach am liebsten verlassen würdest.« (Ein weiterer Teil des heimlichen Gedankens: Steht die Länge des ersten Sexualverkehrs im umgekehrten Verhältnis zur Länge des Widerstandes der Frau. Fragezeichen.)

Sie stieß die Luft scharf aus und bog von der Straße ab. Der Weg – er lag auf einem Damm und führte auf einen jungen Birkenwald zu – war so breit, daß man ihn gut und gern mit dem Auto hätte befahren können, doch nach einer scharfen Biegung kam ein Schlagbaum mit einem Schloß. Jakob wünschte sich, ihr Gesicht in der Dunkelheit besser sehen zu können und daß sie ihre Träume von einem anderen Leben schildern würde, aber sie schwieg.

»Ich meine, du willst doch auch weg.«

Er war etwas zurückgefallen und mußte sich beeilen, sie wieder einzuholen. »Was hält dich hier?«

Sie antwortete immer noch nicht.

»Ich bin zurückgekommen, um dir zu helfen.«

Sie blieb abrupt stehen. »Was willst du?« Sie war voller Mißtrauen. Das Mondlicht auf ihrem Gesicht machte es eher noch schlimmer. Jakobs Kopf sank mutlos zwischen seine Schultern. Er wußte schon, daß er stottern würde, ehe er es ihr gestehen konnte. »Ich, ich, ich ...« Er spürte seine Hilflosigkeit und wurde plötzlich wütend: »Verdammt, kann man denn dir nicht sagen, daß man dich mag?« (In diesem Augenblick verbot ihm der heimliche Gedanke, von Liebe zu sprechen.)

»Schrei mich nicht an!«

»Es tut mir leid, ich hatte das Gefühl, du würdest mich sonst nicht verstehen.«

Sie gingen weiter.

»Sicher, die dummen Frauen verstehen nicht, was Männer wollen, deshalb müssen sie angebrüllt werden.« Katharina kletterte von dem Dammweg hinab und folgte einem Trampelpfad.

»Ich verstehe genau, was Männer wollen. Ich sehe es ihren Blicken an. Und um ihr Ziel zu erreichen, versuchen sie die Frauen abhängig zu machen, sie sich zu verpflichten.« Sie drehte sich um. »Verschwinde. Ich brauche deine Hilfe weder hier noch um Herzensach zu verlassen.«

»Du magst recht haben bei den Männern, die du kennst. Ich helfe dir, ohne etwas zu wollen.«

»Selbstverständlich«, sagte sie ironisch und eilte weiter.

»Wie kann ich dich davon überzeugen?« sagte er kraftlos. Wenn er noch eine Chance haben wollte, mußte er es völlig anders probieren. Und plötzlich wußte er, daß alles ganz einfach war. Er wußte, was er wirklich wollte, und er mußte es nur sagen:

»Katharina, ich bitte dich, meine Frau zu werden.«

Es war ein Heiratsantrag in der Dunkelheit einer kühlen und windigen Nacht, auf einem Pfad inmitten eines jungen Moorwaldes, an ein mürrisches Mädchen gerichtet, das mit großen Schritten vorauseilte, um den abgeschnittenen Daumen seines Pflegevaters zu suchen, damit man ihn wieder annähe. Es war ein vollkommen ungeeigneter Platz und eine unmögliche Situation; wenn sie sich jetzt umdrehen würde, um ihm eine Ohrfeige zu geben, würde er sich nicht wundern, aber er hatte es sagen müssen, weil er sich dies und nichts anderes wahrhaftig wünschte. (So werden uneingestandene Gedanken in die Flucht geschlagen!) Es konnte nicht falsch sein, seine Liebe auf eine konsequente Weise zu gestehen, die ihr seine Aufrichtigkeit vermitteln mußte. Jakob war überzeugt, wenn es etwas gab, das die sich im Kreis drehende Diskussion um die Gemeinheit der Männer in ihrem Verhältnis zu Frauen durchbrach, dann war das ein ehrlicher Heiratsantrag. (Gepaart mit der Sehnsucht nach einem einfachen, überschaubaren Leben. Fragezeichen.)

Katharina schwieg lange und hastete weiter, dann lachte sie kurz auf. Das war alles.

»Ich meine es wirklich ernst. Ich liebe dich.« Es kam etwas atemlos, weil er sie wieder einzuholen versuchte.

Das Wäldchen öffnete sich. Eine Wiese führte bis ans Wasser des Lichter Moores. Das Mondlicht ließ den See glitzern. (Wer hätte etwas anderes erwartet?) In der Mitte der Freifläche, auf einem kleinen Hügel, stand eine schwarze Holzhütte.

»Und jetzt wirst du wahrscheinlich gleich über mich herfallen, weil du glaubst, mit diesen Worten das Recht dazu erworben zu haben.« Sie trat einen Schritt zur Seite, als wolle sie die Flucht vor ihm ergreifen. Jakob schüttelte den Kopf. Es machte keinen Sinn, ihr zu erklären, daß er niemals etwas gegen ihren Willen tun würde. Sie glaubte ihm einfach nicht.

Sie rannte auf die Hütte zu. Die Tür an der Seite schwang im Wind hin und her. Auch die Fensterläden standen offen. »Er hat nicht abgeschlossen. Es muß also hier passiert sein!«

»Hat er nicht gesagt, wo es passiert ist?«

»Ich habe gar nicht mit ihm gesprochen.«

Sie betrat die Hütte, suchte ein Licht. Sie stieß gegen etwas und fluchte. Jakob folgte ihr vorsichtig und tastete sich an der Wand entlang. Er hatte Angst, auf den Daumen zu treten. Das Mondlicht war schwach, strahlte nur auf eine Werkbank. Katharina entdeckte eine Tischlampe darauf. Sie schaltete sie ein, schob sie nach vorn, so daß sie den mit Spänen bedeckten Boden beleuchtete. Es waren Blutspuren zu sehen. Sie kniete sich nieder und durchkämmte die Späne mit ihren Fingern. Er bewunderte ihre Furchtlosigkeit. Für ihn war der Gedanke, den abgeschnittenen Daumen zu finden, eine Horrorvorstellung. Es würde ihn Überwindung kosten, ihn anzufassen.

»Ich hab ihn.« Sie hob etwas triumphierend in die Höhe, in dem Jakob allerdings keinen Daumen erkannte. Sie rannte damit hinaus, und er folgte ihr. Doch sie lief nicht zurück, sondern hinunter zum Wasser.

»Wo willst du hin?« Er blieb bei der Hütte stehen.

Ihre Gestalt hob sich gegen den See ganz klar ab. Sie wirkte sehr dünn und zerbrechlich. Ihre Kleidung erschien gegen das leuchtende Wasser fast durchsichtig. Ein wenig hatte sie recht, seine Sehnsucht, sie zu berühren, war stark, sehr stark. (Jetzt ist mal Schluß mit den heimlichen Gedanken!)

»Was machst du?« rief er.

Sie hob den Arm und schleuderte den Daumen weit in den

See hinaus. Er sah das Wasser aufspritzen, konnte aber nicht erkennen, ob der Daumen schwamm oder versank.

Jetzt verstand er ihr Verhalten. Sie hatte nie vorgehabt, das Glied zurückzubringen. Sie haßte ihren Vater und wollte verhindern, daß man ihm den Daumen wieder annähte. Sie wollte ihn bestrafen. Sie hockte sich auf den schmalen Strand.

Jakob ging zurück in die Hütte, um zu sehen, wie das Unglück passiert war. Jetzt fand er den Schalter für die Deckenbeleuchtung. Die Leuchtstoffröhren zuckten mehrmals und ließen schließlich mit schmerzender Helligkeit eine Reihe von Plastiken erkennen. Jakob ging an ihnen mit wachsendem Erstaunen entlang, dann sprang er zurück, löschte alle Lichter. Vielleicht war das, was er da gesehen hatte, Kunst. Er wußte es nicht, aber er wußte, er mußte verhindern, daß Katharina die Arbeiten des Tischlers sah. Doch gerade als er die Tür zu verschließen suchte, stand das Mädchen hinter ihm.

»Ich will sehen, was er darin immer gemacht hat.«

»Laß uns lieber zurückgehen.«

»Ich will das sehen. Er hat mir nie gesagt, was er hier macht.«

»Ach, du weißt es doch.«

Jakob stellte sich vor die Tür. »Warum hast du seinen Daumen in den See geworfen?«

»Weißt du, was ein Tischler ohne Daumen wert ist?«

»Nein.«

»Für fast alle Werkzeuge braucht man vor allem den Daumen.«

Sie schob ihn zur Seite, öffnete die Tür. »Warum hast du das Licht schon ausgemacht?«

»Katharina, es ist besser, du guckst dir das nicht an. Ich bitte dich, tu es nicht!«

Sie fand den Schalter für die Leuchtstoffröhren. Schweigend ging sie an der Galerie von Plastiken entlang, betrachtete die Reihe der überdimensionierten polierten Penisse, die groben Frauentorsos – meist nur Bauch und Oberschenkel mit deutlich herausgearbeiteten Geschlechtsteilen. Dann kam sie zu den großen formlosen Holzteilen, die sich aufklappen ließen. In ihrem Inneren fügten sich männliche und weibliche

Geschlechtsteile ineinander. Sie öffnete alle, dann sah sie finster zu Jakob.

»Da«, sagte sie, »da siehst du, was du unter Liebe verstehst!« Sie wandte sich ab und stieß ihn an der Tür zur Seite. »Und ich sollte ihm seinen Daumen zurückbringen? Ha!«

39

Keine Kunst, nein. Das war wohl doch keine Kunst. (Nicht mal Liebe zur Kunst. Oder?) Zu sehr brachte der Produzent dieser Plastiken seinen Genitalfetischismus zum Ausdruck. Das Unglück des Tischlers schien sich zu verdoppeln. Die offenstehende Hütte offenbarte seine Perversität, von der die Dorfbewohner wohl keine Ahnung hatten, sonst wäre Thomas Timber kaum ihr Bürgermeister, dachte Jakob.

Er war zurückgeblieben, um die Hütte zu verschließen (Schadensbegrenzung für den Tischler?), doch er fand keinen Schlüssel. Dagegen fesselte etwas anderes seine Aufmerksamkeit. Im hinteren Teil der Hütte, einem Raum mit Bett und gemütlicher Sitzecke, lagen Fotos auf dem Tisch, die offensichtlich Timbers Plastiken unter anderem Namen zeigten. Stahmo Brimte nannte er sich. Jakob erkannte sofort, daß der Tischler die Buchstaben seines Namens für das Pseudonym verwendet hatte. An den Bildern hing ein Textentwurf, der die Pornographie zur Kunst erklären wollte: »*. . . mit seinen handwerklich präzisen, detailverliebten Annäherungen an gesellschaftliche Tabuzonen reduziert Brimte die menschlichen Antriebskräfte auf ihren Ursprung. Mit der Reduktion auf das Geschlecht werden Brimtes Plastiken zu geschundenen Ikonen der Konsumzeit. Mit dem scheinbaren Idyll der Pornographie produziert er Betrachter-Irritationen und übt damit radikale Kritik an unserem Umgang mit Sex als Konsum und hält uns den Spiegel eigener Verantwortlichkeit vor.*

Selten ist es einem Künstler mittels simpler Provokation und perfekter Technik gelungen, die bewußte Abwesenheit von Kunst als das eigentlich Künstlerische darzustellen und uns damit etwas aus der Frühzeit der Kunstgeschichte zurückzubringen, dessen Verlust wir noch nicht bemerkt hatten. Die nur noch imaginär erscheinende Kunst wird zur Fata Morgana in einer von Funktionalität (Trieb – Sex – Konsum) bestimmten Zeit.

Stahmo Brimtes zurückgezogene Arbeits- und Lebensweise steht im Einklang mit seiner Kunst. Die Anonymität ist es, die seinem Werk dient, eben geradewegs – samt klassischem Mate-

rial – vom Aspekt der Provokation direkt zum unbekannten Urmenschen in der Höhle von Lascaux, zu einer bildhauerischen Annihilation führt. Bewußt will, ja muß Brimte hinter dem Werk zurückstehen ...«

Vielleicht handelte es sich doch um Kunst? Jakob war irritiert. Was immer es war, Katharinas Meinung über Männer hatte es nur bestärkt. Es war keine Kunst. Jakob wußte es genau, denn er hatte den Tischler selbst in einer verdächtigen Situation erlebt. Es gab genug Journalisten, die für ein paar Mark bereit waren, alles zu verbiegen und zu Kunst zu erklären. Diese Gebilde stellten die Ausgeburten eines perversen Gehirns dar. Keine Kunst. Ein Handwerker, zweifellos ein Handwerker, mit nichts als abartigem Sex im Kopf. Unterlag er jetzt jenen Irritationen, von denen im Text die Rede gewesen war? Also doch Kunst. Nein. Keine Kunst. Wer weiß, wie Katharina in ihrer Kindheit und als Jugendliche unter den Phantasien des Tischlers hatte leiden müssen? Ihre Männerfeindlichkeit konnte nur ein Produkt ihrer Erziehung sein. Hier war des Rätsels Lösung zu suchen. Keine Kunst. Und wer weiß, welche Erinnerungen diese Plastiken in ihr geweckt hatten? Ihre Worte vorhin erschienen ihm nun bedrohlich, als wollte sie ihrem Pflegevater weitere Gliedmaßen abschneiden. Kein Kunststück. Er mußte sie daran hindern, sich durch unüberlegte Handlungen ins Unglück zu stürzen. Und zugleich mußte er einen Weg finden, ihr zu zeigen, daß nicht alle Männer so waren wie ihr Pflegevater. Eine Kunst.

Vielleicht war es an der Zeit, ihr sein Schicksal zu offenbaren, ihr all das zu gestehen, was er aus Furcht niemandem, nicht einmal seinen besten Freunden offenbart hatte. (Schicksal, mein Gott, Schicksal?) Viele wußten zwar, daß er einen Flugzeugabsturz in Südamerika überlebt hatte. Was dort wirklich mit ihm geschehen war, wie sehr es sein Leben verändert, ihn geradezu zu einem vollkommen anderen Menschen gemacht hatte, der sich nur unter der alten, geflickten Haut verbarg, wagte er oft nicht einmal sich selbst einzugestehen. (Wahrheit, mein Gott, Wahrheit?) Katharina allerdings müßte es überzeugen. Er war ihr ähnlicher, als sie ahnte.

Warum hatte er sie allein gehen lassen? Hastig schloß er Fensterläden und Tür und eilte Katharina nach. Am Waldrand hielt er inne und betrachtete irritiert den Boden zwischen den Birken, war sich nicht sicher, ob ihm nur das Mondlicht einen Weg vorgaukelte. Er rief sie, ohne Antwort zu bekommen. Der Weg verlor sich zwischen den enger stehenden Bäumen, aber er sah den Damm des Fahrweges. Er zwängte sich durch das Gestrüpp und lief wieder schneller. Als er an der Straße anlangte, die Lichter des Dorfes schimmern sah, wurde ihm bewußt, daß Katharina wahrscheinlich einen anderen Weg genommen hatte, möglicherweise verzweifelt unten am See saß, um über alles nachzudenken, was sie in der Hütte gesehen hatte. (Was für ein schönes Bild!) Er wollte umkehren, bis er sich klarmachte, daß die mutlose Katharina am See nur eines seiner Wunschbilder war, in dem er sich ihr endlich nähern, sich neben sie setzen und tröstend den Arm um ihre Schulter legen konnte.

Der Lichtkegel eines Wagens erfaßte ihn von hinten. Der Fahrer bremste ab. Jakob drehte sich um, wurde geblendet und konnte nichts erkennen. Knirschend kam der Wagen neben Jakob zum Stehen. Ein Mann öffnete die Wagentür, stieg aus.

»Entschuldigung«, sagte er über das Wagendach hinweg, »ich suche einen Ort namens Herzensach.«

Es schien niemand aus dem Dorf zu sein. Selbst in der Dunkelheit registrierte Jakob, daß der etwa fünfzigjährige Mann außerordentlich gut gekleidet war und eine gepflegte braune Gesichtshaut besaß, wie man sie nur auf der Sonnenbank bekam.

»Sie haben es so gut wie erreicht. Es ist das nächste Dorf.«

Der Mann lehnte sich mit beiden Ellbogen auf das Wagendach und lächelte Jakob an. »Wohnen Sie dort? Finden Sie es nicht seltsam, daß es so gut wie keine Wegweiser mit dem Namen dieses Dorfes gibt?«

»Ist das so?«

»O ja, Sie sind also nicht von hier.« Er lächelte breit über seinen Trick, etwas über Jakob herausgefunden zu haben, und zeigte eine Reihe tadelloser Zähne. »An der letzten Wegkreuzung gab es ein Schild mit dem Hinweis auf Weinstein. Ich glaube, es waren noch sechzehn Kilometer. Kein Schild nach

Herzensach! Finden Sie das nicht seltsam? Ich besitze sogar einen Autoatlas, in dem das Dorf nicht verzeichnet ist. Es scheint mir der richtige Ort, um sich zu verbergen. Kennen Sie die Leute dort?«

»Kaum. Eigentlich gar nicht.«

»Ich suche jemanden.«

»Wie heißt er?«

»Ach, er benutzt vielleicht einen anderen Namen.«

»Wie soll ich Ihnen helfen?«

»Sehen Sie mich an: die Ähnlichkeit!« Der Mann hob sein Gesicht, drehte es leicht hin und her. Die Bewegungen brachten Jakob darauf, daß der Mann Model oder Schauspieler sein mußte – jedenfalls wirkten sie sehr geziert.

Jakob schüttelte den Kopf. »Das Mondlicht«, sagte er und hob entschuldigend die Arme.

»Immerhin geben Sie zu, die Dorfbewohner zu kennen.«

»Ein paar.«

»Sehen Sie auf den Rücksitz des Wagens. Ich habe ihn mitgenommen, weil er noch mehr Ähnlichkeit mit meinem Bruder hat als ich.«

»Sie suchen Ihren Bruder?«

Jakob beugte sich herab. Das spärliche Licht im Wagen beleuchtete einen jungen schlafenden Mann. Er war angeschnallt und sein Kopf nach vorn gesunken. Jakob kam wieder hoch. »Ich weiß nicht . . .«

»Er arbeitet auf einem großen Gut.«

»Van Grunten!«

»Ja, genau. Könnten Sie es mir zeigen?«

»Sicher.«

»Steigen Sie ein.«

Jakob wollte die Vordertür öffnen, doch der Mann winkte ab. »Nein, nein!« Er lachte überschwenglich »Vorn ist es zu gefährlich. Ich bin schwul, und ich könnte versehentlich statt nach dem Schaltknüppel nach Ihrem Knie greifen. Wollen Sie das?«

»Ich verstehe mich zu wehren.«

»Schade. Das war ein Angebot.«

Jakob nahm auf dem Beifahrersitz Platz, neben einem Schlafenden zu sitzen war ihm unangenehm. »Fahren Sie in das Dorf hinein und an der Kirche vorbei.«

Der Mann starrte auf die Schlitze in den Hosenbeinen. »Reizende Mode, und Sie haben wirklich keine Angst, neben mir zu sitzen?«

Jakob bedeckte seine bloßen Beine mit den Händen. Der Fahrer startete den Wagen.

»Verzeihen Sie, daß ich mich noch nicht vorgestellt habe, mein Name ist Dieter Vietel.« Er streckte ihm die Hand hin. »Wenn Sie zugreifen, ziehe ich Sie zu mir heran und küsse Sie.« Es klang wie ein Scherz, Jakob hob abwehrend die Hand. »Dann lieber nicht.« Er nannte seinen eigenen Namen.

»Sie sind ein hübscher Junge. Sie hätten wirklich hinten einsteigen sollen. Der da ...« Er zeigte mit dem Daumen nach hinten. »Der kann Ihnen nichts mehr tun. Er ist tot.«

Jakob lachte.

»Er ist wirklich tot«, bekräftigte der Fahrer. Jakob sah sich um. Der junge Mann hing so schlaff im Sicherheitsgurt, daß er durchaus tot sein konnte. Wahrscheinlich spielte er mit.

»Sicher«, sagte Jakob lächelnd, »eindeutig tot!«

Der Fahrer wechselte das Thema. »Mein Bruder, Jürgen Vietel, ist Verwalter auf dem Gut. Kennen Sie ihn?«

»Ach, der. Ja, ich habe ihn schon mal gesehen. Ich wußte nicht, wie er heißt.« Jakob sah sich noch einmal um. Der Junge auf der Rückbank sah tatsächlich wie tot aus.

Sie fuhren langsam durch das Dorf. Der Gasthof war noch hell erleuchtet. Vor dem Eingang stand eine Gruppe von Männern. Wahrscheinlich war Samstag der Tag, an dem man sich in der Wirtschaft traf. Der Fahrer stieg auf die Bremse und hupte. Aus der Hofeinfahrt des Gasthofs schob sich langsam ein unbeleuchteter Lastwagen. Jakob runzelte überrascht die Stirn. Was war hier los?

»Selbstverständlich fährt man in einem Ort, den es nicht gibt, ohne Licht«, sagte der Fahrer. »Das ist Herzensach!« Er grinste Jakob an.

Sie fuhren vorbei, erreichten die Einfahrt zum Gutshof. Jakob hatte das Gefühl, als würde sich der Fahrer auskennen und hätte ihn als Führer gar nicht nötig. Er wies auf das erleuchtete Gebäude am Ende der Allee und wollte aussteigen. »Das Gut.«

Dieter Vietel hielt ihn zurück. »Wissen Sie, daß mein Bruder auch schwul ist?«

»Nein, so gut . . .«

»Der Junge da hinten ist ein Geschenk für ihn.«

»Aha.« Jakob öffnete die Tür.

»Was meinen Sie, wird er meinem Bruder gefallen?«

Jakob drehte sich abermals um. »Sicher . . .«

Etwas stimmte mit dem Mann nicht, seine Glieder waren seltsam verrenkt. Der Fahrer lachte. »Er ist wirklich tot. Ein wunderbares Geschenk, nicht wahr? Sie könnten mir helfen, ihn hineinzutragen. Bleiben Sie doch!«

Jakob war ausgestiegen und schloß langsam die Autotür. Er beugte sich herab, um ein weiteres Mal hineinzusehen. Vielleicht war alles ein Traum.

Der Fahrer lachte breit und rief: »Sie müssen die Tür fester schließen. Sie ist nicht zu.«

Die Leiche auf dem Rücksitz blieb eine Leiche. Er öffnete die Tür noch einmal und schlug sie zu. Der Wagen rollte an, bog in die Allee ein. Der Kopf der Leiche war über die Rückenlehne nach hinten geklappt.

Jakob blieb fassungslos stehen. Dieser Tag war voller Überraschungen gewesen, und seine Nerven waren überreizt, kein Wunder, daß er einen guten Schauspieler am Ende für eine echte Leiche hielt. Es wurde Zeit, daß er in seine Wohnung kam und ein wenig schlief. (Und Katharina?)

»Ich bin müde.«

(Und Katharina?)

»Sie ist morgen auch noch da.« Er gähnte.

»Wie lange habe ich eigentlich nichts mehr gegessen?«

Er betrat die Straße, um zur Tischlerei hinüberzugehen, und blieb in der Mitte verwundert stehen.

40

Es gab keinen erkennbaren Grund für die sich immer mehr füllende Gaststube, keine besonderen Vorkommnisse wie einen Brand oder ein anderes Unglück – sah man einmal vom Unfall des Bürgermeisters ab –, nichts machte es notwendig, sich auszutauschen, um auf diese Weise Ursachen und Auswirkungen auf den einzelnen und das Dorf zu ermitteln. Der Verlust eines linken Daumens war zu unbedeutend, in seiner Wirkung zu individuell. Selbst wenn es der Daumen des Bürgermeisters war.

Es war ein gewöhnlicher Samstagabend, an dem die Älteren eher zu Hause blieben und den Fernseher einschalteten und die Jüngeren nach Weinstein fuhren, um ins Kino zu gehen oder in eine Kneipe, die ihnen mehr entsprach als der alte Dorfgasthof. Auch die beiden Weinsteiner Diskotheken verfehlten auf den einen oder andern Teil der Herzensacher Jugendlichen ihre Wirkung nicht. Hier bot sich immer einmal die Gelegenheit, sich an einer Prügelei zu beteiligen.

Im Herzensacher Gasthof herrschte sonntags der größte Betrieb. Es gab eine Gruppe, die sich in etwa immer gleicher Besetzung nach dem Kirchgang hier traf – und am Abend tagte der Heilwasserkreis im Hinterzimmer. Fünfzehn Bauern gehörten ihm an, von denen die meisten regelmäßig teilnahmen. Angeblich diskutierte die Gruppe darüber, ob der alte Brunnen reaktiviert oder ein neuer gebaut werden solle, um die Mineralwasserproduktion wieder ins Leben zu rufen. Doch jeder im Dorf wußte, dies war nur ein Alibi. Wer zu diesem Kreis hinzukommen wollte, mußte gebürtiger Herzensacher sein und sich um eine Einladung bemühen.

Unter der Woche, einschließlich samstags, wurde der Gasthof recht unterschiedlich besucht, aber mehr als sechs Gäste fanden sich abends kaum ein. Dies läßt sich so genau sagen, weil der Wirt im Auftrag des Pastors darüber Buch führte. Eine Abmachung, die es schon seit fast zwanzig Jahren gab und von Rudolf Pedus mit der Begründung eingeführt worden war, ein Frühwarnsystem zu installieren, ob der Teufel in Gestalt übermäßigen Alkoholgenusses ins Dorf Einzug hielt. (Pedus bestreitet heute, dies gesagt zu haben, sondern behauptet, er hätte von sozialen Studien gesprochen.) Und vor dem Teufel hatte man in Herzensach mehr Furcht als Liebe zu Gott.

An diesem Samstag waren gegen zwanzig Uhr bereits sieben Gäste versammelt. Fassungslos beobachtete der Wirt, wie sich innerhalb der nächsten beiden Stunden die Zahl mehr als verdoppelte und sogar Mitglieder der Heilwasserrunde kamen und ihr Hinterzimmer besetzten. Doch der Zustrom ging auch nach zweiundzwanzig Uhr noch weiter. Seit drei Jahren war die Gastwirtschaft nicht mehr so voll gewesen, sah man einmal von den beiden Beerdigungsfeiern ab. Peter Wischberg hatte alle Hände voll zu tun, zumal auch noch zwei spezielle Lieferanten ausgerechnet an diesem Abend ihr Material loswerden wollten und mit einem Lastwagen in den Hinterhof fuhren. Er holte seine Mutter, damit sie das Bier zapfte, und öffnete die Hintertür zum Lagerraum. Doch er überwachte das Ausladen nicht, man würde am nächsten Tag begutachten, zählen und abrechnen, die beiden sollten nur am Schluß die Tür wieder fest schließen.

Die Neugier trieb den Wirt eilig in die Gaststube zurück. Seinen Gästen gegenüber ließ er sich jedoch seine Verwunderung über den Andrang nicht anmerken. Er dachte, es sei besser, so zu tun, als wäre die Gaststube jeden Abend so gefüllt, um damit die seltenen Gäste anzureizen, häufiger zu kommen. Gleichzeitig versuchte er an allen Tischen, bei allen Gesprächen ein Ohr zu haben, denn noch immer hatte er das Gefühl, es gebe einen Anlaß für das Gedränge, den er nicht mitbekommen habe. Doch soweit er die Gespräche registrierte, handelten sie von unterschiedlichen, aber ihm bekannten Themen.

Die Neuigkeiten machten die Runde: Die Geschichte des verlorenen Daumens wurde mit einer Mischung aus Mitleid und Schadenfreude kolportiert (Fraktion: Wozu brauchen wir überhaupt einen Bürgermeister?), auf den Tod Maria Glasers trank man Schnaps (Fraktion: Mehr Gründe für Schnäpse!), über Wilhelm Webers Schwein im Dorfteich wurde gewitzelt. An mehreren Tischen hielt man die damit möglicherweise einhergehende Attraktivität des Dorfes für schädlich (Fraktion: Fremde raus aus Herzensach!). An diesem Punkt hielt es der

Wirt für angebracht, einzugreifen und eine kurze Rede für den Tourismus (Ein-Mann-Fraktion) und den damit einhergehenden Reichtum für Herzensach zu halten. Er konnte sie nicht zu Ende bringen, denn seine Gäste unterbrachen ihn mit Zwischenrufen, er wolle ja nur für sich selber sorgen und von ihnen unabhängig werden, er sei undankbar und wolle Streit und Zwietracht unter die Bevölkerung säen. In einem Augenblick vollkommener Stille stand einer der Einheimischen auf und forderte, den Studenten nicht länger zu dulden, da der Fremde an aller Unruhe schuld sei.

Viele nickten, doch es wurde kein weiteres gemeinsames Thema daraus; an den Tischen entzündeten sich unterschiedlichste Gespräche, zumal weitere seltene Gäste gekommen waren, unter ihnen Jürgen Vietel, den der Wirt noch nie bei sich gesehen hatte. Er wollte den Gutsverwalter als hochinteressante Informationsquelle sofort bevorzugt behandeln und ihm einen Platz an der Theke freimachen, doch Jürgen Vietel winkte ab und setzte sich zu zweien seiner Arbeiter. Denen war es offensichtlich unangenehm, bis sich der Verwalter mit einem obszönen Witz gemein machte.

Da einige Herzensacher sogar Essen bestellten, scheuchte Luise Wischberg ihre Enkeltochter vom geliebten Fernseher. Die Sechzehnjährige bezog mit professionellen, aber mürrischen Bewegungen Stellung hinter dem Zapfhahn, wischte dabei mit ihren dicken, nackten Armen Bier- und Wasserpfützen von den Messingplatten, als wäre ihre Haut die Gummileiste eines Fensterreinigers. Die Mutter des Wirts ging in die Küche, bereitete Würstchen, halbe Hähnchen und Schinkenbrote.

Peter Wischberg ließ sich trotz seiner Behinderung die Bedienung der Gäste nicht nehmen, mit vollem Tablett hinkte er durch das Lokal, setzte sich dabei immer wieder an einen der Tische, um am Gespräch teilzunehmen oder um ihm neuen Schwung zu verleihen. Daß viele Gespräche verstummten oder das Thema gewechselt wurde, weil er sich dazusetzte, bemerkte er nicht. Mit Eifer und allmählich sich rötendem Kopf versah er die Rolle, die er für die seine hielt.

Die Gruppe im Hinterzimmer war inzwischen fast vollzählig. Man verschloß die Tür zum Gastraum und verlangte von

Peter Wischberg, das Heilwasser zu servieren. Dieser hob irritiert die Brauen, denn gerade heute hatten ihn, angesichts des in Trance Gefallenen, einige gemaßregelt, er gehe zu großzügig damit um und es sei doch dem Sonntagabend vorbehalten. Aber er war nicht der Mann, der protestierte, wenn er Geld verdienen konnte. Zwar hatte die Runde im Hinterzimmer zu seines Vaters Zeit eine Art Monopol auf den Ausschank besessen, doch Peter Wischberg verkaufte das Heilwasser schon immer allen, tags und nachts und auch außer Haus. Schließlich wußte jeder, der es verlangte, was es war, und deshalb, so glaubte der Wirt, könne man ihn nicht haftbar machen. Bisher hatten auch nur der Förster und der Pastor gegen den Verkauf protestiert, wobei man die beiden, ebenso wie den Arzt, über die eigentliche Zusammensetzung im unklaren gelassen hatte. Förster und Pfarrer glaubten, es handle sich um schwarzgebrannten Schnaps mit gefährlich hohem Alkoholgehalt. Der Arzt war sogar der Überzeugung, es handle sich nur um unreines Wasser aus dem Tiefbrunnen, weil der Gutsherr ihm gegenüber einmal von Voodoozauber gesprochen hatte. (Er wußte sehr wohl, was es war.) Alle Heilwassertrinker fürchteten, diese drei Ortsfremden würden den Genuß des Wassers energisch bekämpfen, wenn man ihnen die Wahrheit sagte. Der Wirt lächelte bei dem Gedanken, daß jemand die Mischung des Heilwassers verraten könnte. Ende der siebziger Jahre war ein Bauernsohn tot aus dem Lichter Moor gezogen worden. Peter Wischberg hatte ihn gut gekannt, war mit ihm zur Schule gegangen. Selbstmord hieß es offiziell, doch die Runde im Hinterzimmer betonte immer wieder drohend, er habe eine Flasche Heilwasser einem Studenten in Hannover zur Analyse geschickt, und dafür gebe es nur eine Strafe. Peter Wischberg zweifelte an dieser Version, aber sie wirkte.

Das Geheimnis des Heilwassers blieb eines, dabei war es banal.

Der Wirt ging zu seiner Mutter in die Küche. »Hinten wollen sie Heilwasser.« Er öffnete den Deckel des Topfes, vor dem sie stand, und betrachtete die im Wasser kreisenden Würstchen. »Schon warm?«

Luise Wischberg nickte. Blitzschnell griff er mit zwei Fingern in das heiße Wasser, schnappte eines der Würstchen (Webers?) und steckte es sich zwischen die Zähne, wobei er die Lippen nach außen wölbte, um sich nicht zu verbrennen.

Die Mutter hob die Hand, um einen möglichen Schlag anzudeuten. »Jetzt hab ich eines zu wenig!«

»Hol neue aus dem Lager und bring das Heilwasser mit.«

»Es ist nicht mehr genug da, nur noch zwei Flaschen.«

»Dann mach neues!«

»Und wer macht das Essen?«

»Dann gibt es nichts zu essen. Ich sage draußen, daß die Küche schließt.«

Die Mutter schüttelte den Kopf. »Laß nur. Ich schaffe das schon. Ich bringe denen das Wasser.«

Hastig stopfte sich der Wirt das Würstchen in den Mund. Kauend ging er zurück. Der Lärmpegel in der Gaststube war gestiegen, aber alle waren friedlich. Peter Wischberg stützte sich auf der Theke ab und sah zufrieden in die Runde. Er überschlug, daß fast ein Viertel der Dorfbewohner anwesend war. Aus allen alten Familien hatte sich mindestens einer eingefunden. Seltsam, daß sich im Lauf der Zeit die Bevölkerung im Tal nur unwesentlich vergrößert hatte. Selbst im vergangenen Jahrhundert, als man rundherum in den Dörfern noch zehn, zwölf Kinder bekam, waren in den Herzensacher Familien in der Regel nur zwei geboren worden. Es gab keine Abwanderer, und sehr selten versuchte jemand von außerhalb in das Dorf zu ziehen. Bei dieser begrenzten Gemeinschaft blieben für einen Wirt die Verdienstmöglichkeiten ohne große Steigerung. Aus dem Stimmengewirr hörte Peter Wischberg das Wort Ferienhaussiedlung heraus. Es kam vom Bäcker. Der Wirt zog sich an der Theke hoch und ging langsam auf den Tisch zu, um sich in das Gespräch einzuschalten.

»Der Ferienpark Bergsee hat Probleme«, hörte er.

»Der ist auch viel zu groß«, mischte er sich ein.

»Ich spreche nicht von deinem idiotischen Plan. Die wollen den schließen, wegen der zahllosen Einbrüche. Jedes Jahr können die ihre Fernseher erneuern. Jetzt werden sogar die Wasserhähne und Heißwasserboiler abgeschraubt.«

Einige lachten.

»Genau das würde hier nicht passieren.« Der Wirt grinste triumphierend.

»Eben. Begreifst du nicht, was das heißt?« Der Bäcker griff sich mit beiden Händen an den Kopf.

»Natürlich. Die Leute würden sich hier sicher fühlen.«

»Du Idiot. Das Ergebnis wäre, daß Fremde hier siedeln wollen. Vorher aber, mein Lieber, würde die Polizei sich fragen, warum hier so etwas nicht geschieht? Das ist nämlich genauso verdächtig, als wenn es geschieht. Es ist noch viel verdächtiger. Und dann möchte ich dich mal sehen!«

Der Wirt schüttelte den Kopf. »So ein kompletter Blödsinn.« Er wandte sich ab. »Du hast nur Angst, daß jemand deine Tochter betatscht.«

Der Bäcker sprang auf, hielt ihn fest. »Du weißt, daß wir nicht ohne Grund etwas gegen Fremde haben«, schrie er. Leiser setzte er fort: »Ich weiß es aus meiner Filiale in Weinstein: Fremde sind Feinde. Sie wollen, daß du ihr Brot backst und ihr Brot ißt. Sie versuchen dich zu betrügen, zu unterdrücken, dich ihrer Lebensart untertan zu machen. Und die willst du ins eigene Boot holen? Dann kannst du gleich nach einer Polizeistation in Herzensach rufen!« Der Bäcker ließ von ihm ab und setzte sich wieder. Sein Ausbruch aber hatte genügt, die meisten Gäste verstummen zu lassen.

»Er hat recht!« ergänzte jemand.

»Warum soll ich einem Schwein mit dem Messer hinterherlaufen, wenn es auch zu mir kommt«, sagte der Wirt und hinkte zur Theke zurück. »So sieht es doch aus!«

»Ein Schwein im Garten zerstört die Gemüsebeete«, setzte ein Bauer dagegen.

»Dann sperrt man es eben in den Stall«, giftete der Wirt zurück.

An einem Tisch im hinteren Teil der Gaststube erhob sich einer mit rotem Gesicht. »Wer schlachtet denn die Schweine? Du etwa? Du frißt doch nur den Schinken. Die Arbeit machen wir – na ja, oder sagen wir mal: andere. Aber unsere Sicherheit ist es, hier im Dorf unter uns zu bleiben. Wenn dir das nicht gefällt, kannst du ja gehen.« Er setzte sich wieder. »So einfach ist das!«

Alle drehten sich zum Wirt um, der hob ergeben die Arme. »Schon gut. Schon gut.«

Er hangelte sich an der Theke entlang zu dem Schrank mit den Herzensacher Likören. »Ich geb einen aus.«

Seine Gäste wandten sich von ihm ab, nahmen ihre Gespräche wesentlich leiser wieder auf, aber ihre Augen hatten sich verengt. Der Wirt spürte die Spannung und tat das Falsche. Er beeilte sich, die Likörflaschen aus dem gläsernen Schrank zu holen und auf der Theke zusammen mit Likörgläsern aufzustellen. »Zur freien Auswahl!« rief er fröhlich.

Es war das Stichwort für einen seiner Gäste (Fraktion: Verschweigt Herzensach!), erregt aufzuspringen. »Damit hat es doch angefangen, mit deiner Dummheit, diese Liköre herzustellen, und dem Versuch, sie überall zu verkaufen. Zum Glück bist du auch dazu zu blöd. Da steht doch der Name Herzensach darauf! Vielleicht sollte man dir den Verstand mal ins Gehirn prügeln!« Der Mann war vorgesprungen und riß einen Teil der Likörflaschen von der Theke. Ein zweiter hatte sich dem Glasschrank genähert, hob plötzlich seinen schweren Schuh und rammte ihn gegen die Scheibe; als sie nicht zerbrach, nahm er einen Stuhl und schlug damit auf den Schrank ein. Weitere Gäste waren aufgesprungen, schimpften auf den Unverstand des Wirts und machten sich über den Likörschrank her.

Während die Flaschen ausliefen, das Glas und die Holzleisten unter den Füßen zersplitterten, die Beleuchtung Funken sprühte und verlosch und die krönende Messinggußschrift zerbrach, drückte der Wirt sich blaß und mit angstvoll geöffnetem Mund an die Tür zur Küche. Ohnmächtig mußte er mitansehen, wie sein ganzer Stolz in Trümmer fiel. Immer mehr Gäste beteiligten sich an der Zerstörung des wertvollen Schrankes, wurden dabei von den anderen angefeuert, bis nur noch ein flacher Haufen aus Glas und Holzsplittern neben der Theke übrigblieb, aus dem klebriger Saft tropfte, und die Akteure erschöpft innehielten.

Zwar hatte es einige Gäste wie Jürgen Vietel oder den Bäcker gegeben, die halbherzig gegen die Zerstörung protestiert, schließlich aber schadenfroh zugesehen hatten. In dem sich anschließenden Augenblick völliger Stille erkannte der Wirt, daß unweigerlich ein weiterer Ausbruch von Wut folgen würde, und in seiner Verzweiflung versuchte er, die Menge von sich abzulenken. Tränen standen ihm in den Augen, und er war kaum Herr seiner Stimme, er schnappte nach Luft und schrie schrill: »Der Student . . .!«

Eigentlich hatte er sagen wollen, der Student sei an allem schuld, doch die Stimme versagte ihm, auch seine Knie hielten ihn nicht mehr aufrecht. Er sank an der Küchentür zu Boden, ihm wurde es schwarz vor Augen, und so sah er nicht mehr, wie einige sein Stichwort aufgriffen und hinauseilten und Jürgen Vietel sie vergebens zurückzuhalten versuchte.

41

In dem Augenblick, als Jakob Finn sich vom Wagen abwandte, um die Straße zu überqueren, begann die Luft vor seinen Augen zu flirren, so wie sie an einem heißen Sommertag flimmernd über dem Asphalt einer Straße liegt, obwohl es Nacht, kühl und windig war und das Mondlicht jetzt kaum noch durch die Wolken drang. Er wollte an eine Sinnestäuschung glauben, an eine Überanstrengung seiner übermüdeten Augen, doch er konnte es nicht. Schlagartig wurde ihm die Ahnung zur Gewißheit, daß etwas mit dem Dorf oder seinen Bewohnern absolut nicht stimmte. Auf der anderen Straßenseite erwartete ihn Trivial, hob seine Lefzen und schien ihn anzuknurren. Eine Täuschung. Jakob ging zu ihm, strich ihm über den Kopf.

Möglicherweise gab es so etwas wie magnetische Kräfte, die sich in diesem Tal konzentrierten oder kreuzten, geheimnisvolle Ströme, die Ursache waren für die Luftbewegung und für das Benehmen der Bewohner.

Der Hund sah ihn an, als zweifle er an seinem Verstand.

Dann waren der Überfall des Wurstfabrikanten, die Gefangennahme durch den Pfarrer ebenso wie das Schnitzwerk des Tischlers, Katharinas Benehmen sowie das der Malerin und der Försterstochter selbstverständliche Folge geheimnisvoller Einflußnahme auf die Gehirne der Bewohner. Konnte man in den Ereignissen nicht sogar eine gemeinsame Richtung erkennen?

Der Hund kommentierte Jakobs Gedanken, indem er überdrüssig die Augen zukniff. Der Student schüttelte den Kopf. Mit dieser Erkenntnis konnte er nicht schlafen gehen und auf einen neuen, glücklicheren Tag hoffen. Er mußte Katharina finden und versuchen, sie so schnell wie möglich aus dem Dorf zu bringen.

Trivial wurde es zuviel. Er gähnte vernehmlich, rempelte Jakob an, streckte sich und trottete in Richtung Gasthaus.

Jakob war am Eingang zu seiner Wohnung vorbeigegangen und versuchte nun, in die Fenster der Gastwirtschaft zu blikken, doch selbst wenn er sich auf die Zehen stellte oder hochsprang, gelang es ihm nicht.

Er hatte nicht den Mut hineinzugehen. Er sah Trivial zu, der sein Hinterteil an der rauhen Hausmauer scheuerte, dann kehrtmachte und im Hof des Gasthauses verschwand.

Vielleicht konnte man an einer Hintertür lauschen? Er folgte dem Hund, konnte ihn aber nicht mehr entdecken. Er rief ihn leise, ohne Erfolg, schwang sich auf die Laderampe und drückte gegen eine Tür. Sie gab nach. In dem dunklen Flur kam ihm der Gedanke, daß er sich so in größere Gefahr begab, als wenn er durch die Vordertür kommend auf seine Feinde gestoßen wäre. Ein Geräusch versperrte ihm den Rückweg. Am Ende des Flures wurde eine Tür geöffnet, und Jakob sprang auf der Flucht vor dem Lichtschein in einen offenen Seitenraum. Er tastete sich an einem Stapel Kartons entlang und versteckte sich dahinter. Er lauschte mit klopfendem Herzen, doch die Schritte kamen nicht bis zu ihm. Sie führten in einen der anderen Räume, kamen schnell wieder heraus und gingen zurück. Jakob wartete einen Augenblick, legte sich für den Fall der Entdeckung die Entschuldigung zurecht, er suche nur den Hund. Nicht sehr glaubwürdig.

Durch alle Türen, die zur Gaststube führten, war ein leises Stimmengewirr zu hören. Vorsichtig wagte er sich aus seinem Versteck. Er hatte sich an das spärliche Licht gewöhnt, das von einer Hoflaterne durch die Milchglasscheibe eines schmalen, vergitterten Fensters fiel. Er entzifferte die Aufschriften der Kartons. Es waren elektrische Geräte, Fernseher, Videos, Musikanlagen darin. Wahrscheinlich handelte der Wirt oder seine Frau nebenbei damit. Er lachte stumm. Vielleicht war das alles gestohlen? Er trat wieder in den Flur, wollte zurück in den Hof, doch auch die Tür des angrenzenden Raumes stand offen. Die Verlockung war zu groß, hier noch einen Blick hineinzuwerfen. Eine Lampe mit grünem Schirm brannte über einem Arbeitstisch mit verchromten Geräten. Regale mit Flaschen, Gläsern, Etiketten und einem Destilliergerät an den Wänden. Fässer und große Plastikkanister standen im Raum und ein Gerät, mit dem man wohl Flaschen abfüllte und verschloß. Jakob nahm einige der Etiketten und hielt sie ins Licht. Sie gehörten zu den Likörflaschen, die er schon in der Gaststube bewundert hatte. Allerdings gab es hier Spezialitäten, die in dem Likörschrank nicht gestanden hatten: ein Pilz- und ein Tannenlikör. Wahrscheinlich ziemlich bitter und nur als Digestif zu trinken. Noch seltsamer: Es gab ein Etikett für Schinkenlikör. Entweder waren diese Sorten von so ungewöhnlichem Geschmack, daß sie niemand gekauft hatte, oder sie stellten eine Neuentwicklung des Wirtes dar. Erneut war die Tür zu hören, und Jakob ärgerte sich, daß er nicht längst verschwunden war. Das war die Strafe für seine Neugier: Jeder Fluchtweg war ihm versperrt. Er sprang hinter ein paar große Kanister, gerade rechtzeitig, denn die Mutter des Wirtes kam mit einem kleinen Korb herein, den sie auf dem Arbeitstisch abstellte. Sie holte Pilze heraus und legte sie auf ein Brett. Wenn sie hier zu arbeiten begann, würde sie ihn bald bemerken, denn die Kanister boten wenig Dekkung. Er mußte versuchen, sich hinauszuschleichen. Oder einfach loslaufen, auch wenn es Lärm machte. Er mußte nur schnell sein. Sie schaltete ein Gerät ein, das einen hohen, sirrenden Ton von sich gab. Das war seine Chance, das Geräusch würde seine Schritte übertönen. Er schlich sich zur Tür, ohne Luise Wischbergs Rücken aus den Augen zu lassen. Doch im Türrahmen blieb er fassungslos stehen. Er war dabei, die Vorbereitungen für einen Mord zu beobachten. Luise Wischberg schnitt Fliegenpilze in kleine Stücke und warf sie in eine Zentrifuge, an deren Seite der bräunliche, giftige Saft in ein Glas lief.

»Was machen Sie da?« fragte er.

Luise Wischberg fuhr herum, faßte sich an die Brust. »Wie können Sie mich so erschrecken! Haben Sie kein Herz?«

»Doch, leider . . .«

»Dann sollten Sie mit fremden Herzen nicht so leichtfertig umgehen.«

»Und was machen Sie?« Er wies auf die Pilze.

»Wie?«

»Was!«

»Was, was?« Sie begriff nicht, was er wollte, doch plötzlich lachte sie. »Ach so!«

Er überlegte, wen sie töten wollte. Es kam nur ihr eigener Sohn in Frage. »Es lohnt sich nicht«, sagte er. »Es ist keine Lösung.«

»Sie haben recht. Deshalb würde ich es auch nie selbst trinken.« Sie wandte sich wieder dem Arbeitstisch zu, warf weitere Pilzstücke in die Zentrifuge. »Übrigens, jetzt, wo Sie es gesehen haben, müßte ich Sie zwingen, auch davon zu trinken.«

»Ach, wie wollen Sie das tun?«

»Indem ich eine großkalibrige Waffe aus der Küchenschürze ziehe und gegen Ihre Stirn halte.«

Er zuckte zurück. »Eine Leiche genügt Ihnen nicht?«

Sie lachte und schüttelte den Kopf. »Ich habe noch keinen umgebracht.« Sie schnitt weitere Fliegenpilze klein.

»Aber Sie sind dabei.«

»Wenn Sie sich zur Verfügung stellen würden. Ich täte den Bewohnern einen Gefallen.«

»Die wollen mich tot sehen?«

»Mit Vergnügen.«

Sie füllte den Saft in einen Meßbecher, goß eine bestimmte Menge in eine Flasche, maß eine andere Flüssigkeit ab, mischte sie grob mit zwei weiteren Flüssigkeiten aus den Kanistern und füllte die Flasche auf. Sie drückte mit einer Hebelmaschine einen Korken hinein und spannte die Flasche in eine Maschine. Sie betätigte einen Schalter, und die Flasche wurde herumgewirbelt.

»Warum machen Sie das?«

»Nun, wenn es sich absetzt, wird's gefährlich.«

»Und wen wollen Sie damit ermorden?«

»Oh, ich dachte, Sie wüßten, was es ist.«

»Was ist es?«

Sie erklärte es ihm. Er runzelte die Stirn, und sie fragte: »Noch mal?«

»Es ist . . .« Jakob begriff nur langsam, daß es nur ein spezielles Getränk war.

Sie ließ eine weitere Flasche rotieren. Und schüttelte über die Begriffsstutzigkeit des Studenten den Kopf. »Es ist das Heilwasser!«

»Das Heil . . .«

»Genau, das Heil. Und nun gehen Sie schnell. Sie haben nichts gesehen, und ich habe Sie nicht gesehen.«

»Ist das die Wirkung?«

Sie lachte. Und erst jetzt verstand er vollständig, was in diesem Raum vorging. Er erinnerte sich nun an die Heilwassergeschichte im Büchlein des Pastors. Und er wußte, was mit dem Mann geschehen war, den er in der Kurve aufgefunden hatte. Eine Muskarin-Trance. (Verdammt, bin ich blöd!) Der Fliegenpilzextrakt war also schon 1880 nicht zufällig in die damals noch aus Keramik bestehenden Flaschen geraten – und bis heute hatte sich diese lebensgefährliche Tradition im Dorf gehalten.

»Wer trinkt das?«

»Wer das fragt, ertrinkt.« Sie stellte die Maschine ab. »Den letzten, der diese Frage gestellt hat, haben sie tot aus dem Lichter Moor gefischt.«

Sie schob ihn mit beiden Händen hinaus. »Wie sind Sie hereingekommen?«

»Durch Zufall.«

»Den kenne ich nicht.«

»Die Tür war offen. Und was sind das für Geräte in den Kartons in dem anderen Raum?«

Sie ließ kraftlos die Arme hängen. »Haben Sie auch den Haken an der Decke gesehen?«

»Nein.«

»Gehen Sie hinein, und hängen Sie sich daran auf. Wenn ich zurückkomme, sind Sie tot. Ist das klar? Es ist die beste Lösung für alle.«

Sie nahm die Flaschen unter den Arm und ging.

Jakob lehnte sich gegen die Wand. Ob es nur eine kleine Gruppe war, die von dem Heilwasser wußte, oder alle im Dorf? Trank jeder davon? Auch Katharina? Er versuchte sich zu erinnern, wie die Wirkung von Muskarin in seinen Lehrbüchern beschrieben war. Führte es nicht zu Übererregung und einer Art Herzinfarkt? Eine Frage der Dosierung? Der Fliegenpilzextrakt konnte nicht das einzige Geheimnis des Heilwassers sein. Wahrscheinlich war noch anderes darin. Vielleicht sollte er eine Flasche mitnehmen und von Freunden analysieren lassen. Andererseits schien es dringend geboten, schnell und unbemerkt zu verschwinden. Ob Luise Wischberg ihn verraten würde?

Plötzlich schwoll der Lärm an. Vielleicht eine Prügelei. Es

hörte sich so an, als ginge etwas zu Bruch. Jakob schlich bis zur Tür, öffnete sie ein wenig. Sie führte in die Küche, in deren Mitte ein großer Herd stand. Luise Wischberg lehnte auf der Anrichte vor der Durchreiche. In der Gaststube schien man Stühle und Tische zu zerschlagen und aufeinander loszugehen. Vielleicht eine Wirkung des Heilwassergenusses. Er duckte sich, umrundete die Kochinsel, so daß er von der Durchreiche aus nicht gesehen werden konnte. Bei Luise Wischberg angekommen, hob er vorsichtig seinen Kopf über die Kante des Brettes.

»Sind Sie verrückt?« zischte sie.

»Was ist los?«

»Nichts. Man zertrümmert die Einrichtung.«

»Das Heilwasser?«

Sie schüttelte den Kopf.

Jakob nahm zwei Töpfe von der Spüle, stellte sie vor die Öffnung zur Gaststube und ging, zwischen beiden hindurchlugend, dahinter in Deckung. Mehrere Gäste waren dabei, mit wütenden Gesichtern die Likörvitrine zu zerschlagen. Es war schon nicht mehr viel davon übrig. Der Wirt war nicht zu sehen.

»Warum machen die das?«

»Die wollen nur meinen Sohn bestrafen.«

»Aber warum?«

»Wenn die aufhören, werden sie sich wieder auf ihren eigentlichen Feind besinnen. Und das sind Sie!«

»Ich?«

»Runter!« befahl Luise Wischberg und drückte mit der flachen Hand gewaltsam seinen Kopf unter die Brettkante. In diesem Moment hielten die Männer in ihrer Zerstörungswut inne.

»Los, verschwinde«, zischte die Mutter des Wirtes.

»Schon gut.«

»Steig in dein Auto und fahr, so weit du kannst.«

Sie drängte ihn mit ihrem Körper zurück. »Und komm so schnell nicht wieder her.«

»Aber ...«

»Versuch einfach mal, nur zu überleben.«

»Ich ...«

»Schlag dir das Mädchen aus dem Kopf.«

In der Gaststube herrschte plötzlich vollkommene Ruhe. Dann hörte er die weinerliche Stimme des Wirtes: »Der Student . . .«

Sollte die Wut wirklich ihm gelten? Er duckte sich noch tiefer und verließ auf allen vieren die Küche. Luise Wischberg hatte es gewußt. Aber warum war das so? Was hatte sich gegen ihn aufgestaut? Er war sich keiner Schuld bewußt. Welche Gerüchte hatten zu seiner Verurteilung geführt? Oder war es wirklich nur grundloser Haß auf alles Fremde? Wie auch immer, er floh den dunklen Flur entlang, sprang draußen von der Rampe und hetzte dicht an der Hausmauer entlang zur Straße. Es war niemand zu sehen. Er sprang hinüber zur anderen Seite und versuchte von den Stufen der Bäckerei aus in die Fenster der Gaststube zu sehen. Vielleicht hatten die sich ja schon beruhigt. Es mußte doch auch ein paar besonnene Männer darunter geben. In diesem Augenblick öffnete sich die Tür der Gastwirtschaft. Er duckte sich, schlich um die Hausmauer in die Einfahrt zur Backstube. Von der Straße kamen laute Rufe. Hatten die ihn gesehen? Das Nachbarhaus gehörte dem Arzt; wenn es ihm gelang, dessen Garten ungesehen zu durchqueren, konnte er über den kleinen dahinterliegenden Feldweg in Höhe seiner Wohnung auf die Straße stoßen.

Von der Gastwirtschaft kamen immer mehr laute Stimmen. Anscheinend versammelte man sich davor. Jakob kletterte über den Jägerzaun in den Garten des Arztes. Plötzlich hörte er dicht hinter sich eine Stimme: »Ich glaube, er war hier!«

42

»Ich irre mich doch nicht«, sagte der Pfarrer.

Der Arzt stand von seinem Schreibtisch auf und ging zum Fenster. »Ich weiß es doch nicht.« Draußen herrschte Finsternis. (Man sollte ihr Fieber messen können.) Einen Stock höher saß seine Frau und wartete auf Auskunft, was der Pastor um die späte Stunde gewollt hatte. (Heidelinde, ich bitte dich, eine Konsultation, natürlich.) Er würde ihr etwas von Rheuma erzählen. Das bekam der Freund von der vielen Arbeit im feuchten Brunnen. Das mußte sie doch einsehen. Doch er wußte, sie würde ihm kein Wort glauben. Sie glaubte ihm nie. Jedenfalls tat sie so.

Rudolf Pedus rutschte unruhig auf dem Kunstledersitz des Stahlrohrstuhls hin und her. (Vermox oder Pantelmin gegen Parasiten verordnen?) »Vor drei Jahren war es genauso. Es begann damit, daß sich auf dem Gutshof einer der Landarbeiter die Forke in den Fuß stach. Erinnerst du dich? Es gehört eine Selbstverletzung dazu. Ich habe es dir schon so oft erklärt.«

»Aber ein abgeschnittenes Glied ...« Mit Bedauern dachte Bernhard Andree an die Verletzung des Tischlers vom Nachmittag. Er hatte sich zwingen müssen, die Wunde nicht selbst zu vernähen. Er wußte, er hätte es besser gekonnt als die Chirurgen in Weinstein. Aber einem Landarzt hätte man das übelgenommen. Außerdem bestand ja noch die Chance, den Daumen zu finden und wieder anzunähen. Damit war er wirklich überfordert. Aber nähen, nähen konnte er besser als jeder andere. (Holen Sie Doktor Andree! Koste es, was es wolle!)

»Damals«, fuhr Rudolf Pedus fort, »zogen Dorfbewohner von der Kneipe bis zur Abzweigung nach Ehrenfelde und fingen den Landmaschinenvertreter in seinem Wagen ab. Sie prügelten ihn krankenhausreif. Ich weiß es, du weißt es, alle wissen es, auch wenn nachher im Polizeibericht etwas von unbekannten Tätern stand.«

»Ja, ja, ich weiß, ich weiß, aber ...« Der Arzt wandte sich ab, doch der Pfarrer gab keine Ruhe: »Er starb sechs Monate später.«

Bernhard Andree sah aus dem Fenster, den Kopf in die Hände gestützt. »Was willst du von mir?« Er war nun mal kein sehr mutiger Mensch (Ein Arzt! Ist ein Arzt im Saal?), sonst wäre sein ganzes Leben anders verlaufen. Wahrscheinlich hätte er nicht einmal Heidelinde geheiratet, aber für einen Menschen wie ihn war es so praktisch gewesen, eine starke Frau zu haben, auf deren Entscheidungen man sich verlassen konnte. (Nebenwirkungen?)

»Und wieder drei Jahre zuvor, erinnerst du dich noch, da . . .«

»Ist ja gut.«

»Und vor neun Jahren der Brand und vor zwölf Jahren der Tote in der Scheune – vierundvierzig Messerstiche. Und vor fünfzehn Jahren – du warst gerade hergekommen, erinnerst du dich an die Leiche im Moor? Ertrunken? Selbstmord?« Der Pfarrer lachte künstlich. »Du weißt es selbst am besten. Und drei Jahre, bevor du kamst? Glaubst du wirklich, dein Vorgänger hat sich . . .«

»Ist ja gut, ist ja gut.« Bernhard Andree hielt sich die Ohren zu. (Ob die Verordnung von Psychopharmaka therapeutisch zweckmäßig . . .) Drei Jahre, nachdem sie nach Herzensach gezogen waren, hatte seine Frau gänzlich die Herrschaft über sein Leben übernommen, indem sie ihn dazu brachte, in den Totenschein jenes Jungen aus dem See eine Todesursache zu schreiben, von der er ganz und gar nicht überzeugt war. Jetzt war es unmöglich, daß er sich befreite und seine Entscheidungen wieder selbst traf. Es gibt Dinge, die lassen sich nicht rückgängig machen. (Es tut mir leid, aber der Patient ist tot.)

Rudolf Pedus schwieg, bis der Arzt die Hände herunternahm, sich umdrehte und seinem Freund zum ersten Mal in die Augen schaute. »Aber es muß nicht stimmen.«

Der Pfarrer fuhr hoch: »Immer ist es zu früh, sichere Aussagen zu machen, und wenn man endlich sichere Aussagen machen kann, ist es zu spät.«

Der Arzt spürte, daß er lachen mußte. Es wurde ein schrilles Kichern, das er am Ende verschluckte. Es war ihm unangenehm, daß die Angst manchmal solche unkontrollierbaren Reaktionen hervorrief. (Die Einnahme von Haldol wäre über kurze Zeit vertretbar.) Sein Freund sah ihn besorgt an, als hätten sie die Rollen getauscht und der Pfarrer wäre zum Arzt geworden.

»Du selbst berichtest mir von seltsamen Beobachtungen, sich häufenden weißen Flecken auf den Schultern. Was war es noch vor drei Jahren?«

»Blaue Zungen«, sagte der Arzt leise. »Aber vielleicht habe ich mich geirrt. Jetzt kommt es mir jedenfalls so vor.«

»Damals warst du ganz aufgeregt.«

»Du mußt auch einem Arzt Irrtümer zugestehen.«

»Und davor?«

»Die ... die Bläschen ... aber ...« Er spürte, daß er sich nicht erinnern wollte.

»Siehst du!«

»Ich kann dir nicht helfen. Meine Frau ...« (Die Nebenwirkung!)

»Ich will nur wissen, ob du bereit bist, das Schlimmste zu verhindern. Ich habe den Studenten schon vorsichtshalber im Brunnen eingesperrt ...«

»Du hast was?« Der Arzt versammelte hilflose Falten auf seiner Stirn. Ob sein Freund vielleicht verrückt geworden war – und gefährlich?

»So eine Art Sicherheitsverwahrung. Es kann also nicht viel passieren.«

»Und du irrst dich wirklich nicht?« Der Arzt dachte daran, den Pfarrer loszuwerden. Der Freund hatte ebenso wie viele andere seiner Patienten völlig den Boden unter den Füßen verloren. Keine normalen Reaktionen mehr. (Kein Puls mehr! Wir verlieren ihn. Doktor!) Und je länger er blieb, um so schwieriger war es, Heidelinde eine belanglose Geschichte aufzutischen. »Dann solltest du vielleicht zu Jan gehen.«

»Genau das werde ich jetzt tun. Dich bitte ich nur, die Augen offenzuhalten, einfach bereit zu sein.« Dann ergänzte er: »Wir müssen zusammenhalten.«

Der Arzt nickte. Sein Freund machte ihm wirklich angst. Und das war neu. Er brachte ihn zur Tür und versuchte ihm nicht zu nahe zu kommen. (Schwester, bringen Sie den Patienten auf die Isolierstation.) Entsetzen ergriff ihn, vielleicht wurden die Menschen im Dorf von einem geheimnisvollen Virus heimgesucht. Ein Virus, das sie alle verrückt machte. Gleich darauf beruhigte er sich selbst damit, daß eine solche Idee eines wissenschaftlich arbeitenden Arztes nicht würdig sei. Überhaupt, wovor sollte er Angst haben? Außerdem war da noch seine Frau. (Heide, bitte übernimm die Nebenwirkungen!) Er straffte sich, gab Pedus so kräftig die Hand, daß die Finger knackten. Er wartete an der Tür, bis der Pfarrer auf der Straße war. Er würde Stärke beweisen. Langsam hob er die rechte Hand mit dem Schweiß des Pastors und leckte sie ab. (Ein Arzt mußte so etwas manchmal tun!) Ein Virus! Er lächelte über seine Ängste und begann zu zittern.

Rudolf Pedus stand unschlüssig vor dem Haus des Arztes. Der Freund war kein zuverlässiger Helfer, aber das hatte er vorher gewußt. Doch in dieser Situation galt es, sich der Solidarität aller zu versichern. Er würde jetzt gleich zum Gutsherrn, anschließend zum Förster und zuletzt zu Wilhelm Weber gehen. Er überlegte, ob er zuvor dem Studenten in seinem Gefängnis etwas zu essen und eine Wolldecke bringen sollte. Dann mußte er ihm erklären, worum es ging. Während er noch darüber nachdachte, hatten zwei Männer kurz nacheinander den Gasthof auf der gegenüberliegenden Straßenseite betreten. Diese Beobachtung machte es dringlicher, mit dem Gutsherrn zu sprechen. Diesmal würde er ihn überzeugen können. Vor drei Jahren war sein Versuch gescheitert. Jan, damals erst seit zwei Jahren Chef des Gutes, hatte sich nicht entschließen können, etwas zu unternehmen. Doch seit dieser Zeit hatte er ihm an mehreren Abenden im Gutshaus seine Theorien erläutern können. Zwar hatten Jan, Bernhard Andree und Johann Franke mit nachsichtigem Lächeln angedeutet, daß sie nicht bereit waren, alles so ernst zu nehmen, wie er es sich wünschte, doch in friedlichen Zeiten mißachtet man gern die ersten Boten des Krieges. Diesmal mußte Jan auf ihn hören. Die Zeichen waren eindeutig.

Der Pastor nahm den Feldweg, stieg über einen Zaun und ging quer über Weiden und einen Acker den Lichtern des Gutshauses entgegen. Morgen war Sonntag. Wenn es bis dahin nicht zu spät war, wollte er noch in der Nacht seine Predigt ändern.

Vielleicht gelang es ihm diesmal, der Gemeinde ins Gewissen zu reden. Er würde es versuchen, obwohl er zweifelte, daß der alle drei Jahre sich wiederholende und in einer Gewalttat gipfelnde Prozeß ins Bewußtsein der einfachen Dörfler drang. Sie wußten nicht, was sie taten.

Er stolperte in der Dunkelheit und fiel auf die Erde. Er raffte sich auf, tastete nach seinen Aufzeichnungen in der Seitentasche seines Jacketts. Im Gutshaus erloschen einige Lichter. Er mußte sich beeilen. Für einen unangemeldeten Besuch war es schon spät genug. Aber der Gutsherr besaß die größte Autorität, allein er hatte die Macht, auf die Dorfbewohner besänftigend einzuwirken. Oft hatte der Pastor beobachten können, wie alle Jan ohne Widerspruch gehorchten und nicht einmal den Ansatz zur Diskussion machten. Dabei befahl der Gutsherr nie, sondern kleidete seine Wünsche in diplomatische Worte.

Rudolf Pedus ließ die Klingel beiseite und schlug den Klopfer hart gegen die Tür des Gutshauses. Er schien ihm seinem Anliegen angemessener. Manuela Kotschik öffnete ihm, und ihre Augen wanderten erstaunt auf seiner Kleidung von oben nach unten. Der Pfarrer sah an sich herab und bemerkte erst jetzt, daß seine Jacke und Hose noch voller Erde waren. Widerwillig und mit gerümpfter Nase ließ die Haushälterin ihn in die Halle. Sorgenvoll beobachtete sie, wie er sich notdürftig abklopfte und Sand auf den Marmorboden rieselte.

»Ist Jan ... ich muß ihn sofort sprechen!«

»Er hat Besuch.« Ihr Blick blieb an seinen lehmigen Schuhen haften.

Dem Pfarrer wurde ungemütlich. »Es ist schon gut. Ich gehe noch einmal raus, mache mich sauber und komme wieder herein. Bitte informieren Sie inzwischen den Gutsherrn.«

»Es ist eine gute Idee, daß Sie hinausgehen wollen. Aber wollen Sie wirklich noch mal hereinkommen? Er hat Besuch!« Sie zog den Mund gespielt zu einem breiten, hilflosen Grinsen.

»Aber ... es ist wichtig!« Der Pastor registrierte die ungewohnte Aufsässigkeit der Haushälterin. Charakterveränderungen. Wieder so ein Zeichen!

Die Tür zur Bibliothek öffnete sich, und Jan blickte in die

Halle. »Ein Besuch um diese Zeit? Es muß etwas Wichtiges sein.« Er öffnete die Tür ganz und kam mit ausgestreckter Hand auf den Pfarrer zu. »Mein lieber Pedus, Sie sind willkommen, zumal Ihnen die Sorgen so deutlich ins Gesicht – und auf die Kleidung – geschrieben stehen.« Er winkte der Haushälterin generös mit der flachen Hand, ein Zeichen, daß er sich allein um den Gast kümmern werde.

»Kommen Sie herein.« Rudolf Pedus ließ sich von dem Darsteller des Gutsherrn in die Bibliothek führen. Theater. Ärgerlich registrierte er, wie er in Gedanken auf den Ton des Gutsherrn einging. Nein, er wollte sachlich, extrem nüchtern erscheinen.

»Ich habe Ihnen immer wieder von meinen Statistiken erzählt, die ich seit ...« Er hielt inne. Erstens war es ein ungeschickter Anfang, und zweitens bemerkte er erst jetzt Katharina. Er entschuldigte sich und gab ihr die Hand.

»Ihre Statistiken, mein lieber Pedus? Laut Statistik trinken Sie Rotwein?« fragte der Gutsherr.

Was hatte Katharina um diese Zeit im Gutshaus zu schaffen? Rudolf Pedus betrachtete sie. Sie war ungewöhnlich gekleidet. War sie geschminkt? Der Gutsherr schwenkte die Flasche vor seinem Gesicht.

»Danke. Heute nicht. Mir geht es nur darum, etwas loszuwerden, das auf gefährliche Weise kumuliert.« (Oje, was war das für eine dumme Ausdrucksweise?)

»Ihre Statistiken.« Jan wies auf einen Sessel.

»Ja ... ich ...« Der Gutsherr wollte ihn offensichtlich aus dem Konzept bringen.

»Ihre Statistiken sollten Ihnen sagen, daß dies Ihr Lieblingsplatz ist, da Sie ihn bisher – ich schätze einmal – mit einer Wahrscheinlichkeit von achtundneunzig Prozent eingenommen haben.«

Rudolf Pedus spürte Jans Ironie und seinen wachsenden Ärger darüber. Das war die Strafe, wenn man ohne Entschuldigung in eine Gesellschaft hereinplatzte. Er würde genauso reagieren. Noch einmal kam ihm die Frage, was sein Findelkind und Jan miteinander zu tun hatten. Er verschob sie auf später. Er setzte sich und wartete, bis er beider Aufmerksamkeit hatte.

Da Katharina noch nichts von seinen Untersuchungen wußte, begann er ganz vorn. Er erzählte, wie er vom ersten Tag seines Aufenthaltes in Herzensach an alle möglichen Daten gesammelt hatte. Wie er auf den Gedanken gekommen war, über die üblichen meteorologischen Messungen hinauszugehen, um ganz andere Zusammenhänge zu ermitteln. Unter anderem verzeichnete er täglich den Wasserstand, die Temperatur und Strömungsgeschwindigkeit der Herzensach, die elektrische Leitfähigkeit der Luft und ihren Stickstoffgehalt; er notierte alle drei Tage das Wachstum der üblichen Getreidesorten sowie die wöchentliche Menge des Brotverkaufs in der Bäckerei, täglich die Zahl der Gäste im Gasthof nach zwanzig Uhr und, mittels zweier Bewegungsmelder, alle Autos, die durchs Dorf fuhren, sowie alle Fußgänger, die an der Kirche vorbeigingen. Ein Meßgerät auf dem Dach des Pfarrhauses lieferte Daten über die täglichen Helligkeitsschwankungen, ein anderes ermittelte die Veränderungen des magnetischen Nordpols. Er führte auch Buch über die Zahl der Ratsuchenden bei ihm, über die der Patienten in der Sprechstunde des Arztes, über die tägliche Stimmung und Aktivität von sechs Testpersonen, Population der Blutegel im Dorfteich und natürlich über Hochzeiten und Geburten, Unfälle und Sterbefälle. Alle Daten wurden auf ein gemeinsames Kurvendiagramm übertragen, so daß über die Jahre hinweg alles in Beziehung zueinander gesetzt werden konnte. Dadurch konnte der Pastor nicht nur scheinbar so selbstverständliche Aussagen machen wie etwa die, daß der Brotverbrauch in Abhängigkeit zur Temperatur stand, sondern auch so ungewöhnliche wie die, daß sich bei abnehmender Intensität des magnetischen Nordpols die Blutegelpopulation vergrößerte.

Katharina schien von seinen Beobachtungen fasziniert, während der Gutsherr eher Langeweile zum Ausdruck brachte. Er polierte sein Weinglas mit einem Zipfel seines Polohemdes.

Pedus konnte nicht mehr sitzen. Er stand auf und ging durch den Raum. Er berichtete jetzt, wie ihm nach einiger Zeit aufgefallen war, daß er aufgrund der Messungen menschliches, insbesondere kollektives Verhalten vorhersagen konnte. Sehr schnell zeigte sich, daß viele Daten immer dann deutliche Abweichungen aufwiesen, wenn es zu ungewöhnlichen Vorfällen im Dorf kam. Rudolf Pedus hielt seine Kurven in die Höhe und deutete auf den dreijährigen Rhythmus von Gewalttaten und die davor in die Höhe schießenden und in die Tiefe fallenden Meßergebnisse. Er war am Ende seines Vortrages. Jan lächelte amüsiert. Auf Katharinas Gesicht zeigte sich Fassungslosigkeit und ein wenig Furcht.

»Und nun«, Rudolf Pedus senkte seine Stimme, »ist genau dieser Punkt erreicht. Wahrscheinlich heute oder morgen, spätestens übermorgen wird etwas geschehen.« Er machte eine kurze Pause. »Ich weiß nicht, was es sein wird, aber es wird Blut fließen, vielleicht Tod und Verderben bringen«, schoß er über sein Ziel hinaus.

Jan betrachtete Katharina, dann lächelte er, stand auf, steckte die Hände tief in die Taschen und trat hinter seinen Sesel. »Gestatten Sie mir, daß ich einige Zweifel einwerfe. Wenn Ihre Zahlen stimmen – und ich bin davon überzeugt –, dann fehlen einige wichtige Parameter. Zum Beispiel stand jedesmal eine Hochzeit bevor. Diesmal fehlt sie. Aber weiter: Nach Ihrer Statistik hat es immer in den achtundvierzig Stunden vor der Gewalttat einen Todesfall gegeben. Meine gute alte Haushälterin ist schon länger tot, allerdings noch nicht unter der Erde.«

»Es sind zwei von vierzehn Daten, die uns noch fehlen, ich bitte Sie! Außerdem: Es sind vielleicht Daten, die wir nur noch nicht kennen.«

»Mag sein.« Jan sah wieder zu Katharina, und Rudolf Pedus wußte schon, daß er nun seine Daten ins Lächerliche ziehen würde.

»Sie halten mich für einen Spinner?« kam der Pastor dem Gutsherrn zuvor.

»Nein, absolut nicht. Sie handeln aus Sorge um unser Dorf.«

»Dann tun Sie etwas?«

Jan schüttelte langsam den Kopf. »Sie müssen zugeben, daß einige Ihrer Daten und Datenverbindungen eine surreale Qualität haben.« Er grinste und hob abwehrend die Hände, als Pedus etwas entgegnen wollte. »Es gibt Daten, die ich vermisse. Und ich frage mich, ob wir sie nicht zur Abrundung des Gesamtbildes benötigen. Zwar haben Sie die Stellung des Mondes berücksichtigt, aber was ist mit den Planeten? Und ebenso wichtig: Was ist mit der Sprunghöhe der Frösche zu den verschiedenen Zeiten? Und dann: Wenn ich fünf kleine Knochen aus etwa dreißig Zentimeter Höhe auf den Boden fallen lasse ...« Er beendete seinen Satz nicht, sondern brach in Lachen aus, fing sich dann: »Entschuldigung, Pedus, aber klingt das alles nicht ein wenig nach Hokuspokus? Sie haben oft angedeutet, wir seien alle Heiden, steckt nicht auch in Ihnen der Aberglaube?«

Rudolf Pedus hatte das Gefühl, daß der Gutsherr sich nur über ihn lustig machte, um Katharina zu beeindrucken. Doch diese schickte Jan einen eher empörten Blick.

»Forschung«, sagte der Pfarrer, und er versuchte seiner Stimme einen gelangweilten Ton zu geben, »besteht oft nur darin, eine Vielzahl von Daten zu sammeln und Beziehungen herzustellen. Ich tue nichts anderes.«

»Wissenschaftler«, entgegnete der Gutsherr im gleichen Ton, »haben am Anfang eine These, und sie bestimmt die Art der zu sammelnden Daten.«

»Aber ...«, sagte Katharina, und Jan nickte ihr zu, ließ sie aber nicht aussprechen. »Du hast recht«, sagte er und drehte sich wieder Rudolf Pedus zu. »Was verlangen Sie? Was soll ich tun?«

Der Pfarrer schüttelte den Kopf. »Ich weiß es nicht. Aber wenn jemand etwas verhindern kann, dann sind Sie es.« Der Pfarrer war wütend. Es gelang ihm kaum, an sich zu halten. Am liebsten wäre er aufgestanden und wortlos gegangen.

Jan umrundete seinen Sessel. »So, so. Ich soll etwas verhindern, von dem wir aber noch nicht wissen, was es ist.«

Der Pfarrer packte seine Papiere zusammen. »Ich weiß, daß es kommt.«

Es klopfte, und Manuela Kotschik stand mit weitgeöffneten Augen in der Tür. »Entschuldigen Sie, aber ich dachte ... ich dachte ... ich sollte es Ihnen sagen.« Sie faßte sich an die Stirn, und leise fuhr sie fort: »Ich weiß gar nicht mehr ... ich weiß nicht mehr ... ich weiß nichts mehr.« Sie schwankte.

Die drei sprangen auf und führten sie zu einem Sessel. Jan goß ihr ein Glas Weinbrand ein und hielt es ihr hin, aber sie wehrte ab.

»Was ist passiert?« fragte Katharina.

Die Haushälterin wollte sich erheben, aber Jan drückte sie zurück. »Erzählen Sie.«

»Nein, nein, es ist nichts passiert ... Es war nicht wirklich ... Es kann alles nur in meiner Phantasie ... vielleicht werde ich verrückt?«

Sie schaute den Pfarrer flehend an. Er nahm ihre Hände. »Es gibt nur eine Möglichkeit, es herauszufinden.«

Sie nickte. »Ich öffnete die Tür. Ich hatte einen Wagen gehört. Draußen stand ein Mann. Er hatte einen zweiten Mann über der Schulter liegen. Er fragte nach Herrn Vietel. Ich sagte, er sei nicht da. Er ist ja in den Gasthof gegangen. Der Fremde sagte, er hätte ein Geschenk für ihn. Es wäre die Leiche, die er über der Schulter trug. Er wollte ihm eine Leiche schenken ... Verstehen Sie? Er trug einen Toten! Ich glaube, das habe ich nicht wirklich erlebt. Es ist nur ... meine Einbildung.«

»Sehen wir uns die Leiche einfach an!«

»Nein, nein. Er hat sie ja wieder mitgenommen ... Sehen Sie, so etwas kann doch nicht wahr sein. Bitte, sagen Sie mir, daß ich geträumt habe, daß es nicht wahr ist ...«

Manuela Kotschik begann zu weinen.

Katharina war aufgesprungen und zum Fenster geeilt. »Da fährt ein Wagen auf der Allee zur Straße hinauf.«

43

Jakob Finn hatte sich in der Dunkelheit zwischen die Büsche im Garten des Arztes geduckt und wagte nicht, sich zu bewegen. Er sah seine Verfolger am Zaun entlanggehen, hörte sie an den Türen der Backstube rütteln und sah sie wieder zurückkommen. Dann hörte er nur noch ihre Stimmen. Wahrscheinlich standen sie in der Einfahrt und beratschlagten, was zu tun sei.

Er begriff nicht, was in der Gastwirtschaft vorgegangen war. Wieso versuchte man ihn zum Sündenbock zu machen? Wenn ihn die Einheimischen erwischten, würden sie ihn verprügeln und sich auf kein Gespräch einlassen. Nachdem der Pfarrer ausfiel, der Förster sich vielleicht noch in Hamburg aufhielt, gab es nur noch einen sicheren Ort für ihn, und das war das Gutshaus. Andererseits glaubte man dort vielleicht noch, er sei ein Weinstein. Vorsichtig schlich er gebückt am Haus der Arztes entlang. Diesen Bernhard Andree konnte er überhaupt nicht einschätzen, aber aufgrund der Attacke seiner Frau ging er ihm wohl auch besser aus dem Weg. Nur in noch größerer Not würde er sich an ihn wenden, denn immerhin besaßen Ärzte in einem Dorf Autorität und waren meist rational denkende Menschen. (Aber bei dieser Frau?)

Wo sollte er hin? Wenn ihn die Einheimischen wirklich fangen wollten, würden sie bestimmt vor seiner Wohnung beim Tischler auf ihn warten. Wahrscheinlich stand auch jemand Wache bei seinem Wagen. Also doch den Gutshof als Fluchtburg wählen? (Macht auf, ich bin Graf Weinstein!) Ein bißchen weit. Das Nächstliegende war, beim Arzt an der Hintertür zu klopfen. Er duckte sich unter ein erleuchtetes Fenster, blickte dann von der Seite hinein. Die Küche. Niemand darin. Er sah an der Hauswand hinauf, auch im oberen Stock brannte Licht. Immerhin waren wohl alle zu Hause. Die Frau würde sich kaum etwas gegen ihn erlauben können angesichts ihres Ehemannes und der Kinder. Sie mußte eher fürchten, daß er sie verriet. Nein, die Szene im Keller der Galerie war auch für ihn zu peinlich gewesen, um sie zu erzählen. Sie wußte das. Sie brauchte sich nicht zu fürchten.

Jakob schlich bis zur Hintertür. Wohnte nicht noch jemand im Haus? Eine Arzthelferin? Was hatte Luise Wischberg ihm erzählt? Jetzt ärgerte er sich, daß er ihr nicht immer zugehört hatte.

Es war das beste, im Haus des Arztes um Schutz zu bitten, denn wer weiß, ob es ihm gelang, unbehelligt über die Straße oder bis zum Gutshof zu kommen. Vielleicht wußte der Arzt, was die Wut der Dorfbewohner erzeugt hatte, und vielleicht gelang es ihm, sie zu besänftigen. Auf ihren Arzt mußten sie doch hören! Und wer weiß, ob die Malerin überhaupt im Haus war. Lebten die nicht getrennt? Wenn er ihr begegnete, mußte er ihr nur zu verstehen geben, daß er nichts verraten würde. Er klopfte zaghaft an die Hintertür und wußte sofort, daß es niemand hören konnte. Er ging zurück zum Küchenfenster. Es schien ihm besser, sich dort bemerkbar zu machen. Doch bevor er die Hand hob, kam ihm seine Angst kindisch vor. Er litt unter Verfolgungswahn! Welchen Grund sollten die Herzensacher haben, ihm etwas anzutun? Er war doch in der Lage, alle Mißverständnisse aufzuklären. Und mit ein paar Betrunkenen würde er noch fertig. Mindestens konnte er sich ihnen entziehen. So unsportlich war er nicht. Ein Geräusch im Haus. Jemand kam in die Küche. Jakob drückte sich an die Seite des Fensters. Es war eine alte Frau in einem langen weißen, altmodischen Nachthemd. Er hatte sie noch nie gesehen. Vielleicht die Mutter oder eine Haushälterin. Sie hob das Nachthemd, kratzte sich an dem nackten und glatten Bauch und ging zum Kühlschrank, öffnete ihn, nahm eine Flasche Saft heraus und setzte die Flasche direkt an die Lippen. Langsam nahm sie den Kopf zurück und trank. Plötzlich zuckte sie, begann zu husten, und der rote Saft lief ihr über das Kinn, tropfte auf das Nachthemd. Sie stellte die Flasche weg und wankte fluchend zur Spüle unter dem Fenster. Jakob zog den Kopf ein und drehte sich ab. Er ging zur anderen Seite des Gartens. Der Jägerzaun war hier niedriger. Er wollte gerade hinübersteigen, als er eine flüsternde Stimme hörte. Dann entdeckte er die beiden auf dem Boden sitzenden Gestalten, eine davon lehnte am Zaun. Beide hatten ihre Hände in der Hose des anderen. Alle gerade unterdrückten Ängste waren wieder da. Das waren Wachtposten. Er floh zurück, klopfte gegen die Hintertür und drückte die Klinke nieder. Die Tür war offen. Er ging hinein und zog sie leise hinter sich zu, lehnte sich gegen die Wand und beruhigte sich. Es gab überhaupt keinen Grund, Ängste zu entwickeln oder in Panik zu verfallen. Es war ein schwules Pärchen gewesen, das sich versteckt hatte. Mit einer Atemübung brachte er sich unter Kontrolle. Dann sah er sich um. Er befand sich in einem nüchternen Gang mit blanken Holzdielen. Jeder Schritt konnte sie zum Knarren bringen. Der schmale Flur führte auf eine Treppe zu. Jakob konnte hier reglos warten, bis sich draußen alles beruhigt hatte. (Doch Angst?) Er ging bis zur Treppe und lauschte ins Haus hinein. Alles war ruhig. Rechts ging es weiter zur Küche. Auch von der alten Frau war nichts mehr zu hören. Die Räume links von ihm trugen alle Beschriftungen: Empfang, Wartezimmer, Behandlungsraum 1 und 2. Er könnte rufen und behaupten, er habe Schmerzen. Ein Notfall. (Natürlich: Angst!) Der Arzt würde ihm trotz der späten Stunde eine Untersuchung nicht verweigern können. Nebenbei könnte er ihn befragen. In der Zwischenzeit würden die draußen ihre Jagd aufgeben. Es ging doch wirklich nur darum, sich für kurze Zeit in Sicherheit zu bringen. Er wollte sich gerade bemerkbar machen, als oben eine Tür geöffnet wurde. (Panik!)

»Was glaubst du eigentlich, wer ich bin?« ließ sich die wütende Stimme der Arztfrau vernehmen.

Ein unverständliches Brummen antwortete ihr.

»Und was glaubst du, wer du bist!« setzte sie mit größerer Lautstärke nach. Jakob war wie gelähmt.

»Und vor allem«, brüllte sie, »was glaubst du, wo du bist!«

Damit schien alles gesagt. Heidelinde Wulf näherte sich der Treppe. Jakob flüchtete zur Tür mit der Aufschrift »Empfang«. Seine Schuhe knarrten und knirschten.

»Mienchen, bist du das da unten?« Sie schien sich über das Geländer zu beugen. Jakobs Herz setzte aus. »Geh sofort wieder ins Bett!« bellte sie. Sie lauschte. Jakob hörte ihren Atem, als stände sie schon neben ihm. »Und wenn du glaubst, ich wüßte nicht genau, daß du zu meinem Mann ins Bett schleichst, dann hast du dich geschnitten.«

Jakob drückte auf die Türklinke und betete, daß sie keinen

Laut von sich gab. Wen meinte die Giftspritze? Die alte Frau, die er in der Küche gesehen hatte?

»Du solltest dich schämen in deinem Alter.« Die Malerin lachte. »Na, nun komm schon herauf. Du hast doch wie immer alles belauscht. Ich habe nichts dagegen. Kriech zu ihm ins Bett. Mach ihm, wozu eine normale Frau keine Geduld mehr hat.« Sie kicherte böse.

Jakob schoß der Schweiß aus allen Poren. Wenn die Alte nicht schwerhörig war, tauchte sie möglicherweise jetzt auf. Er drückte sich in das dunkle Empfangszimmer und legte sein Ohr gegen das Holz der Tür. Alles, was er hörte, war sein flatterndes Herz. Er atmete tief. Was er soeben erfahren hatte, war undenkbar. Der Arzt mußte Anfang vierzig sein, die Frau in der Küche war mindestens siebzig. Die beiden sollten ein Verhältnis haben? Ein Irrtum, wie alles an diesem Tag. Lauter Irrtümer. Jetzt stieg jemand langsam die Treppe herunter – oder war es hinauf? Das Tempo sprach mehr für treppauf. Vielleicht war es die alte Frau? In was für eine unmögliche Situation war er jetzt wieder geraten? Wenn ihn jemand bemerkte, war er geliefert. Heidelinde Wulf traute er zu, daß sie ihn kaltlächelnd umbrachte, damit er das Geheimnis des Arzthauses nicht ausplaudern konnte. Er mußte hier verschwinden, so schnell wie möglich. Alles, was man ihm da draußen antun wollte, war im Vergleich dazu harmlos. Die Malerin würde ihn foltern. Wahrscheinlich besaß sie im Keller eine Streckbank, mindestens Daumenschrauben oder gar eine eiserne Jungfrau. Er sah sich um. Aus dem Fenster zu flüchten würde zuviel Lärm machen. Wahrscheinlich war das Holz vom Winter noch feucht und würde beim Öffnen quietschen. Er mußte auf dem Weg zurück, auf dem er gekommen war. Er zog seine Schuhe aus, verließ vorsichtig den Raum, schlich bis zur Treppe. Doch am Ende des Flures öffnete sich knarrend eine Tür. (Hilfe!) Jakob sah nur eine Chance: in den Keller hinunter! (Folterkeller!) Jemand kam von oben. (Das Ende!) Der Kellergang war vollkommen dunkel, aber noch jemand war hier unten. Er hörte in der Nähe ein Schluchzen. (Doch ein Folterkeller und in Betrieb!) Er hatte keine Chance, er konnte nicht zurück. Jemand stand oben am Treppenaufgang und atmete schwer. Er tastete sich den Gang entlang, bekam eine halb offenstehende Metalltür zu fassen. Er lauschte. Das Schluchzen war jetzt hinter ihm. War er daran vorbeigegangen? Er zog die Tür auf; in der Dunkelheit waren nur mehrere kleine rote Lämpchen zu erkennen. Wahrscheinlich die Heizungsanlage, eine Tiefkühltruhe oder ein elektrischer Stuhl. Egal, in manchen Kellern gab es Fenster und damit Fluchtwege. Er lauschte noch einmal in den Gang, dann zog er die Tür hinter sich zu. Sie schnappte ein, und erst jetzt bemerkte er, daß sie keine Klinke, sondern nur einen Knauf besaß, sich wohl nur mit einem Schlüssel öffnen ließ.

»Der Lichtschalter ist links«, sagte eine Männerstimme. Jakob wartete auf die erlösende Ohnmacht. Als sie nicht kam, drehte er sich um. Es war nichts zu sehen; er suchte den Schalter.

Als die Leuchtstoffröhren ihr Zucken aufgaben und gleichmäßig strahlten, erkannte er den Arzt. Er saß auf einem Stuhl und stach sich eine Spritze in den Arm.

»Ich mache es immer im Dunkeln. Sie lachen, aber ich finde, ein guter Arzt sollte die Venen auch im Dunkeln finden.«

Jakob lachte nicht, er wußte nicht, ob er sich überhaupt noch bewegen konnte. Es mußte ein Traum sein!

»Wissen Sie, die Vervollkommnung ärztlicher Techniken für die unterschiedlichsten Notfälle ist ganz wichtig, um sich im entscheidenden Moment auch adäquat verhalten zu können.« Er saugte etwas Blut ab, winkelte den Arm an und legte die Spritze zur Seite.

»Vielleicht brauche ich diese Woche mein Blut nicht untersuchen zu lassen, sondern Sie können mir sagen, ob sie mich vergiften will.«

Jakob bewegte ein Bein, machte einen halben Schritt wie Doktor Frankensteins Monster. »Wer will Sie vergiften?«

»Meine Frau. Waren Sie nicht gerade auf dem Weg zu ihr?«

»Ich?« Jakob sank erleichtert etwas in sich zusammen.

»Ja, oder warum haben Sie Ihre Schuhe in der Hand?«

»Oh, nein. Das ist Zufall.« Er zuckte unmotiviert mit den Armen.

»Sie können es ruhig gestehen, ihr Liebhaber zu sein. Meine Frau und ich, wir leben zwar in einem Haus, aber getrennt. Ich kann also gar nichts dagegen haben.«

Jakob hatte den lähmenden Schrecken endlich überwunden und versuchte zu erklären, warum er in das Haus gekommen war; dabei sah er sich in dem Kellerraum um. Es war ein Labor, vollkommen weiß gekachelt und ausgestattet mit einer Reihe von blitzenden Geräten sowie den typischen Stahlschränken mit Glastüren. Die Lichter, die er gesehen hatte, gehörten zu zwei großen Kühlschränken. Wahrscheinlich machte der Arzt die meisten Laboruntersuchungen für seine Patienten selbst. Doktor Bernhard Andree hatte inzwischen sein Blut in mehrere Reagenzgläser verteilt. Er schob sie allerdings zurück und sah den Studenten zum ersten Mal richtig an. Jakob bemerkte, daß dem Doktor Tränen über die Wangen liefen.

»Es tut mir leid, wenn ich Sie irgendwie gestört habe. Ich werde sofort wieder gehen.«

»Das Verrückte ist«, schluchzte Doktor Andree, »ich liebe sie trotzdem. Und ich würde alles tun, um sie zurückzugewinnen.«

»Ihre Frau?«

»Wissen Sie, sie hält mich für einen Schlappschwanz, einen Angsthasen. Und ich fürchte, sie hat recht. Aber immer wenn sie mich beschimpft und fertigmacht, dann finde ich sie besonders begehrenswert. Verstehen Sie?«

Jakob wußte nicht, was er dazu hätte sagen sollen. Zu solchen Geständnissen schwieg man am besten.

Der Arzt wischte sich mit dem Handrücken die Tränen ab. »Wie schön wäre es doch, wenn meine Frau mir das Blut abnehmen wollte – oder wenigstens Lust hätte, mich ab und zu mit einer Injektionsnadel zu stechen. Viel mehr will ich doch gar nicht.« Der Arzt wandte sich ab, erneut liefen ihm Tränen übers Gesicht. »Verstehen Sie, wie furchtbar es für mich ist, sehen zu müssen, wie sie andere quält und schlägt, aber für mich nur Mißachtung übrig hat.«

»Das tut mir leid.« Jakob begann der Arzt suspekt zu werden, er sah sich nach einem Schlüssel für die Tür um. Die Geständnisse des Mannes waren ihm zu intim und dessen Leidenschaft zu fremd, um darauf einzugehen. Und er hatte genug davon, ungebeten in weitere Geheimnisse eingeweiht zu werden. »Würden Sie mir bitte die Tür ...«

»Es hatte so schön begonnen. In den ersten Jahren unserer Ehe haben wir immer die Rollen getauscht. Sie war der Arzt und operierte mich. Richtig mit ein bißchen Blut.« Er lächelte glücklich und machte sich an einem der Schränke zu schaffen.

Jakob blieb vorsichtshalber an der Tür stehen.

»Das wichtigste im Leben ist, jemanden zu finden, der sauber ist, der keine Krankheiten hat und einen nur in solch einem Maße verletzt, daß es noch schön ist. Die meisten gehen zu weit oder machen gar nichts.«

Jakobs Urteil über den Arzt stand fest. Es war nach Wilhelm Weber, Rudolf Pedus und Dieter Vietel ein weiterer Verrückter in seiner heutigen Sammlung, dessen Einfluß er sich so schnell wie möglich entziehen mußte.

»Ja, Sie haben sicher recht. Könnten Sie mich bitte hinauslassen?«

»Ich habe Sie aufgehalten, das tut mir leid.«

Am meisten irritierte Jakob, daß der Arzt ihm nicht in die Augen sah. »Nein, nein.«

»Ich langweile Sie mit meinen Geschichten?«

»Nein, ich muß nur gehen.«

»Oh, ja, natürlich. Einen Moment.« Der Arzt öffnete einen weiteren Schrank und nahm etwas heraus, dann kam er auf ihn zu. Jakob trat zur Seite, um ihm Platz zu machen. Im gleichen Moment spürte er den Einstich. Der Arzt sprang zurück und beobachtete ihn ängstlich aus sicherer Entfernung.

»Was haben Sie getan? Was ist das?«

»Es ist nicht gefährlich. Keine Angst.«

»Sind Sie verrückt?«

»Ich konnte Sie mir doch nicht entgehen lassen.«

»Was haben Sie mir gespritzt?«

»Och ... äh ...«

Jakob spürte seine Glieder schwer werden.

44

Eine meteorologisch ungewöhnliche Nacht. Doch niemandem fiel es auf. Selbst der Pfarrer würde erst am nächsten Morgen auf den Diagrammen seiner Instrumente ablesen, daß sich gegen Mitternacht der Wind vollständig gelegt hatte und die Temperatur innerhalb einer Stunde um fünf Grad gestiegen war.

Es war eine ungewöhnlich betriebsame Nacht. In der Gaststätte hatte sich nach der Zertrümmerung des verhaßten Likörschrankes bei einigen die Reue gemeldet. Sie bestellten zur Wiedergutmachung Lokalrunden. (Kein Likör!) Der Kreis im Hinterzimmer dachte ebenfalls nicht daran, ins Bett zu gehen, da das übliche Quantum Heilwasser nur schleppend zur Verfügung stand. Aus der Gruppe, die den Studenten suchte, kamen einzelne immer wieder in die Gaststube, um zu trinken, manche blieben, andere schlossen sich neu an. Einige hatten vergessen, was sie suchten. Andere suchten das Vergessen.

Der Pfarrer entdeckte erschrocken das Verschwinden seines Gefangenen. Er suchte den gesamten Brunnen ab und drang dabei einige Meter weiter als bisherige Forscher in einen halb eingestürzten Seitenstollen vor. (Keine Leichen!) Schließlich entdeckte er das herabhängende Seil und rekonstruierte, wie sich der Student befreit hatte. Er verließ den Brunnen, rannte durch das Dorf und stellte mit Entsetzen fest, daß noch andere auf der Suche nach Jakob Finn waren. Seine Befürchtung war eingetroffen. Gern hätte er jetzt den Gutsherrn triumphierend informiert, doch es gab Wichtigeres zu tun. Er eilte nach Hause, schlich in das Zimmer seiner sich schlafend stellenden Frau und holte ihren Revolver aus der Schublade. Schon vor einigen Monaten hatte er entdeckt, daß sie sich eine Schußwaffe besorgt hatte. Er nahm an, sie wollte sich damit töten, wenn ihre Schmerzen unerträglich würden. Bis jetzt war nicht der richtige Zeitpunkt gewesen, mit ihr darüber zu reden. Deshalb hatte er einfach die Patronen entfernt und in einem alten Zuckertopf in der Küche versteckt. Er verließ das Schlafzimmer, um die Waffe zu laden, und bemerkte nicht, daß seine Frau die Augen kurz öffnete und lächelte. Sie hatte ihren Mann schon auf der Suche nach der Waffe erwartet. Nicht für sich selbst, sondern für diesen Fall hatte sie die Waffe besorgt.

Der Pastor durchsuchte den Küchenschrank, doch er fand die Zuckerdose nicht. Er dachte nicht darüber nach, sondern nahm es als ein Zeichen. Er wollte ja selbst im Notfall gar nicht wirklich schießen. Der Anblick einer Waffe mußte Drohung genug sein, um die Verrückten auf der nächtlichen Dorfstraße von ihrem Vorhaben abzubringen. Er steckte die Waffe in den Hosenbund, zog sie dann noch einmal heraus, um sie genauer zu betrachten. Die Patronen befanden sich in der Trommel! Er rieb sich die Stirn, wollte sich auf einen Küchenstuhl setzen, um darüber nachzudenken, wie das hatte geschehen können, als draußen ein Schuß fiel. Er rannte hinaus. Keine der nächstliegenden nächtlichen Gestalten – ein Betrunkener, der sich in den Dorfteich übergab, zwei lallend Streitende vor der Friedenseiche – wußte, wer geschossen hatte. Er ging zum Gasthof. Zwei Hitzköpfe waren vor die Tür getreten, um sich zu würgen. Der Schuß sei von der Tischlerei gekommen, meinten sie. Der Pastor schloß sich einer im Laufschritt vorbeikommenden Gruppe an, die den Studenten suchte und ihn am Lichter Moor vermutete. Einer von ihnen behauptete plötzlich, der Student habe sich beim Überklettern des Tores zum Gutshof verfangen. Dort hänge er jetzt hilflos, und man müsse ihn nur herunterholen. (Wie einen Apfel!) Die Gruppe machte fast militärisch auf dem Absatz kehrt und begann durcheinanderzulaufen und übereinanderzufallen. Der Pastor lief an der Seite mit, obwohl er sich fragte, wieso man über ein Tor klettern müsse, das doch immer offenstand. Aber er war wohl der einzige, der diesen Gedanken hatte.

Überall im Dorf brannte noch Licht in den Häusern. Niemand wollte in dieser Nacht schlafen gehen. Alle spürten das Besondere dieses Abends und warteten auf den Höhepunkt. Weit nach Mitternacht wurden in den Häusern noch gelierter Kohl, halbe gezuckerte Hähnchen, saure Blutsuppe und andere Spezialitäten gegessen, die sonst nur an Festtagen auf den Tisch kamen. Allesamt Spezialitäten, die über Herzensach hinaus keine Verbreitung gefunden hatten, hier aber seit ewigen Zeiten genossen wurden.

Junge Paare gingen noch Arm in Arm spazieren mit der Begründung, am Lichter Moor würde einer der blutroten Sonnenuntergänge elektrisch wiederholt, wie sie an besonders warmen Sommerabenden zu beobachten waren. (Es war noch Frühling!) Wenn man Glück hatte, würde man anschließend Glühwürmchen fliegen oder Irrlichter im Moorwald flackern sehen (wie im Spätsommer) oder den Tischler in seiner Hütte auf Holz schlagen hören (wie immer).

In einigen Häusern besann man sich auf die beliebten Herzensacher Spiele und warf mit Messern auf eine an der Wohnzimmertür hängende Wurst. Seit alters legte jede Herzensacherin bei ihrer Mitgift Wert auf Messer, die gut in der Hand lagen. Spitz und scharf und möglichst zweischneidig mußten sie sein, wenn sie sich für das Wurstspiel eignen sollten. Dazu wurden bei herkömmlichen Messern die Klingen ausgetauscht und die Griffe aufgebohrt und mit Blei gefüllt. Zu jedem Essen wurden sie wie ganz normale Tafelmesser vorgelegt und so manches Mal, um etwa der Begeisterung über ein besonders schmackhaftes Gericht Ausdruck zu verleihen, am Ende auf den Türpfosten geworfen. Wehe, sie blieben nicht stecken! Die Hausfrau konnte dies als Beleidigung empfinden.

Beim Wurstspiel galt es, den Faden zu treffen, an dem die Wurst hing, und zugleich mit einem Sprung die abgeschnittene Wurst zu fangen. Nur wenn beides gelang, war man Sieger. Die meisten sprangen vergebens oder, wenn sie noch mehr Pech hatten, fingen nicht die Wurst, sondern das herabfallende Messer. Viele Herzensacher Spiele verursachten Schmerzen oder etwas Ähnliches – auf jeden Fall hatten sie etwas Blutiges.

Auch in der Dachkammer im Haus des Tischlers brannte noch eine Lampe. Sie hatte statt eines Schalters einen Bewegungsmelder. Der Alte saß nicht in seinem Sessel, sondern kniete vor einer Truhe, durchwühlte sie fluchend und mit einer Beweglichkeit, die er nach Auskunft des Arztes eigentlich gar nicht mehr besaß. Der hölzerne Kasten barg die Prothesensammlung aller seiner Vorfahren. Er nahm ein komplettes Holzbein heraus, einen hölzernen Unterarm, eine Hand aus Kunststoff, ein weiches, seltsam geformtes Teil, von dem nur noch er wußte, daß es als Ersatz für eine im Krieg verlorene

Hinterbacke gedient hatte. Schließlich fand er auch einen uralten Handhaken und eine grobgeschnitzte Stelze für einen verlorenen Unterschenkel. Einen einzelnen Daumen aber fand er nicht, obwohl er der festen Überzeugung war, so etwas hätte es in der Familie schon gegeben. Otto Timber sah enttäuscht auf den leeren Grund der Truhe, und plötzlich überkam ihn wieder seine Starrheit. Er hörte und sah seine Umgebung, aber es war ihm nicht möglich, darauf zu reagieren. Die hölzerne Stelze fiel ihm aus der Hand, sein Denken setzte aus, schickte einen letzten Blitz, und er zuckte noch einmal mit den Gliedern wie ein abgeschalteter Roboter. Dann kippte er langsam und steif wie eine Puppe leicht nach vorn gegen die Truhe. Der Deckel knarrte und fiel ihm auf den Kopf. Es nützte nichts. Das Licht ging nach drei Minuten aus.

Es dauerte nur zwanzig Minuten, bis wieder Leben und Licht in die Dachkammer kam. Es gelang dem alten Tischler, langsam den Arm zu heben, um den Deckel hochzuschieben und sich die Beule am Kopf zu reiben. Beim Blick auf die Prothesen fiel ihm wieder ein, was er gesucht hatte. Gut, wenn es keinen Daumen gab, so mußte er einen besorgen. Ächzend stand er auf und fürchtete, es nicht bis zu seinem Sessel zu schaffen. Steifbeinig näherte er sich ihm, hob vor dem Sessel die Arme und stieß mit den Fäusten gegen die Vertäfelung der schrägen Wand. Eine der Holzplatten schwang auf. Otto Timbers Arm verschwand in der dunklen Höhlung und kam mit einem alten Säbel in der Hand zurück. Er lachte befreit. Es gab genug Daumen auf der Welt, die man sich nur zu holen brauchte. Er würde seinem Sohn einen neuen, besseren Daumen aussuchen. Der Säbel schien dem alten Tischler Kraft zu verleihen. Er öffnete seine Dachkammer und ging festen Schrittes die Treppe hinunter. Etwas, das er nach Auskunft des Arztes gar nicht mehr konnte.

Petra Timber saß auf der Fensterbank des geöffneten Küchenfensters, das Gewehr auf dem Schoß. Sie hatte alle Lichter gelöscht. Gerade jetzt, wo sie deutlich wie nie spürte, daß es um ihr Leben ging, war ihr Mann nicht da. Immer schon hatte sie ihre Existenz in Herzensach als bedroht angesehen und Thomas Timber als einzige Sicherheit. Alle drei Jahre wiederholte und verstärkte sich dieses Gefühl. Doch nun war es übermächtig geworden, und seit dem Leichenfund in der Wohnung des Studenten wußte sie, wer sie umbringen sollte. Natürlich hatte man einen Fremden engagiert. Man wollte sich nicht die Finger schmutzig machen. Aber sie war nicht wehrlos, sie hatte sich das Gewehr vom Wohnzimmerschrank geholt, es ausgepackt und durchgeladen. Jedes Jahr war sie damit heimlich in den Wald gegangen, um den Umgang mit der Waffe zu üben. Sie beugte sich aus dem Fenster. Sie hatte einen guten Blick über die Stelle, wo sich Dorfstraße und Cornelius-van-Grunten-Straße kreuzten. Beim nächsten Mal würde sie den Studenten treffen. Vor kurzem hatte sie ihn im Visier gehabt. Er war mit seinem Wagen vom Gutshof gekommen. Vor dem Tor war er ausgestiegen. Sie hatte gezögert zu schießen, weil sie sich nicht sicher war. Doch als er die Leiche aus dem Wagen holte, sich über die Schulter warf, da war sie sicher gewesen und hatte geschossen. Was für ein Glück für den Studenten, denn die Kugel war nur in die Leiche gedrungen. Der zweite Schuß ging ganz daneben. Ihre Hände hatten zu sehr gezittert.

Plötzlich hörte sie jemanden die Treppe im Haus heruntergehen. Wahrscheinlich war der Student über das Dach in ihre Wohnung eingestiegen. Sie richtete das Gewehr auf die Tür. Sollte er nur kommen! Doch die Schritte gingen vorbei, weiter nach unten. Wie gut, daß sie alle Lichter gelöscht hatte, so mußte der Student denken, sie sei nicht zu Hause. Triumphierend schwenkte sie die Waffe aus dem Fenster, richtete sie auf die Haustür. Er sollte nur kommen, diesmal würde sie nicht zögern. Sie bemerkte das Zittern des Laufes und stemmte sich mit dem Rücken gegen den Fensterrahmen. Unten wurde die Haustür vorsichtig geöffnet. Etwas schob sich heraus. Das Licht fing sich darin. Es war eine lange, blitzende Klinge. Er wollte sie also in Stücke hacken! Sie schoß und wußte im selben Augenblick, daß es nicht der Student war, der dort mit einem Schrei die Hausmauer entlangstürmte und dahinter verschwand. Der Gestalt nach mußte es ihr Schwiegervater gewesen sein. Zum Glück hatte sie ihn wohl nicht getroffen. Es war ihr unmöglich, ihm nachzugehen. Denn diese strategisch so wichtige Position aufzugeben, wäre ihr wie eine Kapitulation erschienen.

Dieter Vietel hatte mit seiner Last den Gasthof erreicht. Er lachte bei dem Gedanken an die beiden Schüsse. Er konnte es den Einwohnern nicht verdenken, wenn sie auf jemanden zielten, der mit einem Toten auf der Schulter durch das Dorf spazierte. Jetzt hatte der Junge, dessen Namen Dieter gar nicht kannte, eine Kugel im Körper und damit eine besser nachvollziehbare Todesursache. Auf der Party, von der er kam, hatte man den Grund seines plötzlichen Ablebens nicht erkennen können. Er war einfach stumm zusammengebrochen. Mitten im Gespräch. Zuerst hatten alle an einen Scherz geglaubt. Doch er kam nicht wieder hoch. Keiner der Gäste ließ sich wegen des Toten die Stimmung verderben. Man schob den Jungen in eine Abstellkammer und feierte weiter. Noch bevor der Arzt gekommen war, hatte Dieter die Idee gehabt, mit der Leiche seinen Bruder zu überraschen, und sie gestohlen. Er folgte einer bestechenden Logik: Ein Toter war das einzige Geschenk, mit dem er zugleich Rache üben konnte. Das Geschenk würde seinen Bruder in Schwierigkeiten bringen und am Ende ihn selbst wieder ins Gefängnis. Aber warum nicht? Vielleicht gelang es ihm diesmal, hinter Gittern alles richtig zu machen. Zwar kamen ihm nun, nach dem langen Transport, Zweifel an der Folgerichtigkeit seiner Gedanken, was er aber nur auf den sinkenden Alkoholgehalt seines Blutes zurückführte. Dem konnte abgeholfen werden. Mit der Leiche auf der Schulter durchquerte er die Gaststätte. Seinen Bruder entdeckte er nicht. Die Gäste starrten ihn an und verstummten nach und nach völlig. Er setzte den Toten auf den nächstbesten Stuhl und bestellte an der Theke Bier und ein kleines Glas mit sechzigprozentigem Alkohol. Danach drehte er sich um und grinste in die sprachlose Menge.

»Das ist der Falsche!« sagte einer und deutete auf die Leiche. Es löste die Erstarrung der Menge. Einige kamen näher, um dem Toten ins Gesicht zu sehen. Der Wirt stellte dem Fremden das Bier hin und schickte seinen Zeigefinger hinterher. »Du kannst hier trinken, soviel du willst, aber den da schaffst du raus. So was gibt's bei mir nicht!«

»Nur über deine Leiche, was?« wieherte ein Thekennachbar.

»Schon gut. Ich bringe ihn solange vor die Tür.«

Dieter Vietel ließ sich einen Strick geben, band den Toten auf dem Stuhl fest und setzte ihn draußen vor der Tür ab.

»Gute Werbung«, sagte er, als er wieder hereinkam.

45

Der Gutshof war keine Insel. Zwar bemerkte man nichts von der nächtlichen Unruhe im Dorf, doch auch hier wichen die Bewohner und Besucher von ihren Gewohnheiten ab. Niemand schlief. Katharina trank Alkohol. Ausnahmsweise. Ein zweites Glas Wein in Gegenwart eines Mannes. Aber der Übermut leichter Trunkenheit stellte sich nicht wie sonst ein. Sie stand am Fenster der Bibliothek und sah die Lichter im Dorf. Nichts war wie sonst. Sie hatte eine Verunsicherung im Verhalten des Personals gespürt und eine ungewohnte Aggressivität bei Jan van Grunten. Vielleicht war alles wie immer, nur sie selbst nicht?

Sie schüttelte den Kopf, und die Stimme des Gutsherrn riß sie aus ihren Gedanken.

»Was gefällt dir nicht?«

(Die Welt spaltete sich.)

»Wußtest du, was der Tischler in seiner Hütte am See macht?«

Die Produkte des Tischlers hatten sie nicht überrascht, sie paßten zu diesem Mann, der in der Werkstatt keine Gelegenheit ausließ, eine Zote anzubringen. Verblüfft dagegen war sie über das Geständnis des Studenten gewesen. Er liebte sie.

»Ich denke, er angelt«, sagte Jan. Er trank Alkohol. Ausnahmsweise. Eine zweite Flasche in Gegenwart einer Frau, die sich ihm noch nicht ergeben würde. Der Übermut leichter Trunkenheit hatte sich längst eingestellt. Er unterdrückte sie.

»Nein«, sagte sie und versuchte sich an die Worte des Studenten zu erinnern. Es war unmöglich, daß er sie liebte. Hatte sie nicht von Anfang an alles getan, um ihn abzuschrecken?

»Stimmt«, sagte der Gutsherr nachdenklich. Sein Bild von Katharina hatte sich von einem Tag auf den anderen verändert. Woran lag es, daß er sie jetzt bewunderte? »Sag nichts, ich bekomme es heraus. Er ... er schnitzt. Nicht wahr?«

»Ja.« Der Student hatte ihr sogar einen Heiratsantrag gemacht. »Ja. In der Kirche ...«

»... gibt es ein Relief von ihm. Ich hatte es vergessen.« Er hatte einfach vergessen, wie hübsch Katharina war.

»Du wirst es nicht glauben ...« Eigentlich war es unmöglich, daß der Student sie liebte. Sie war mit ihm noch ärger umgesprungen als mit anderen Männern, weil er ihr von Anfang an sympathisch gewesen war. Im Grunde fürchtete sie sich vor ihm – vor seiner Zuneigung. ». . . was er jetzt macht.«

»Ich habe keine Ahnung.« Jan überlegte, ob und wie es ihm gelingen könnte, Katharinas Liebe zu gewinnen.

»Es ist schwer zu beschreiben.« Katharina versuchte herauszufinden, welche Gefühle sie gegenüber dem Studenten hegte. »Es ist . . . Pornographie.«

Der Gutsherr lachte. »Ist er nicht ein typischer Herzensacher!«

»Ich will nicht hoffen, daß alle so sind.« Der Student war nicht so wie alle anderen Männer. Sein Liebesgeständnis hatte etwas Unbeholfenes, Ehrliches an sich gehabt.

Der Gutsherr stand auf und ging mit seinem Weinglas im Raum umher. »Ich meine damit, alle hier murkeln und werkeln an etwas, das sie geheimhalten. Das ist typisch für Herzensach.« Jan überlegte, ob er seine Rolle als Homosexueller aufgeben sollte, auch wenn er es damit geschafft hatte, daß Katharina den Vertrag unterschrieb. Er konnte sich schließlich als bisexuell hinstellen. Es könnte funktionieren. Vielleicht packte sie ja der Ehrgeiz, ihn ganz zu bekehren.

»Ich glaube, du machst dir falsche Vorstellungen.« Katharina berichtete ihm von den obszönen Plastiken, ohne sie im Detail zu beschreiben. Sie erinnerte sich an Jakob Finns Gesicht in der Hütte. Er war über die Schnitzereien erschrockener gewesen als sie selbst.

Jan schüttelte den Kopf. »Katharina, die einzige Art, damit umzugehen, ist, darüber zu lachen. Wenn du beginnst, einen Menschen wie den Tischler ernst zu nehmen, dann müßtest du dich doch mit seinen Werken wirklich auseinandersetzen. Das kannst du nicht verlangen.«

Es überzeugte Katharina, doch ein neuer Gedanke hielt sie zurück, ihm zuzustimmen: »Wenn alle Herzensacher ein solches Geheimnis haben, welches ist dann deines?« Vom reinen Herzen des Studenten war sie überzeugt.

Jan lächelte, zeigte auf die Uhr. »Ich selbst bin es. Es ist nach Mitternacht, und ich kann es offenbaren. Ich bin ein Vampir und lebe seit zweihundert Jahren in diesem Schloß. Nun weißt du, warum ich dich eingeladen habe, in einem unserer Gästezimmer zu übernachten.« Und wenn er einfach über sie herfiel?

Katharina war nicht bereit, auf seinen Scherz einzugehen. »Lenk nicht ab. Ich bin sicher, auch du hältst etwas geheim. Habe ich nicht ein Recht, es zu erfahren?«

Er faltete die Hände und stützte sein Kinn darauf. »Ich überlege, was ich dir erzählen kann. Natürlich wissen die Menschen hier wenig von meinem Leben und meiner Firma in Berlin. Aber ehrlich gesagt, es ist banal und ohne Dramatik. Im Grunde bist du das Geheimnis meines Lebens. Das ist die Wahrheit.« (Ich liebe dich!) Er öffnete seine Hände und hielt ihr ergeben die Handflächen hin.

»Es stimmt, es ist auch mein Geheimnis. Mein zweites bereits.« Sie lachte. (Ich liebe dich nicht!) »Bin ich vielleicht eine typische Herzensacherin? Manchmal glaube ich, Petra weiß genau, woher ich komme, wer meine Mutter, mein Vater ist.«

»Ist es nicht wunderbar, nicht zu wissen, von wem man abstammt, also ganz und gar nur das zu sein, was man aus sich macht?« Er versuchte sich Katharina unbekleidet vorzustellen.

»Zumindest bin ich froh, daß der Tischler nicht mein Vater ist. Und du leidest darunter, ein van Grunten zu sein?« Sie sah an sich herunter und überprüfte den korrekten Sitz ihres Kleides. Sie fühlte sich jetzt unwohl darin und hätte lieber ihre Hose getragen.

Jan legte die Stirn in Falten. Es hatte keinen Sinn, aus der Rolle zu fallen. Er ging zum Kamin und lehnte sich auf den Sims. »Du kannst froh sein, niemand hier ist so frei wie du. Du kennst doch die Geschichte von Herzensach – aber du kennst nur einen Teil. Ich habe die alte Familienchronik gelesen. Es ist wahr, was manche behaupten. Herzensach hatte, bevor meine Familie hier siedelte, doppelt so viele Einwohner. Meine Urahnen kamen mit einer wilden Horde hierher und brachten alle um. Die Bauern wurden getötet und ihre Häuser übernommen. Lange Zeit zogen die neuen Siedler noch von hier aus als raubende Horde durch das Land. Bei einigen Herzensachern frage ich mich heute noch, wovon sie eigentlich leben oder warum sie so reich sind.« (Er wußte es ganz genau!) »Jede Familie hier im

Ort kann ihre Geschichte auf einen Piraten zurückführen. Ist dir niemals aufgefallen, wie sie heißen? Die meisten haben französische, spanische und holländische Nachnamen. Sie haben es alle noch im Blut. Es sind schlechte Bauern. Nur gut, wenn es darum geht, zu lügen und zu betrügen.«

»Dann könnte der Pfarrer recht haben?«

»Ach was! Natürlich geht man im Dorf einer Prügelei nicht aus dem Weg. Doch was der Pfarrer prophezeit, ist bloß ein Wunschtraum. Vielleicht weil er selbst an der Angel seines Blutes hängt. Einer seiner Vorfahren war ein Folterknecht.«

Er lachte kurz, ging zurück zum Tisch und schenkte sich nach. »Als ich sechzehn war, gab mein Vater mir die Familienchronik zum ersten Mal zum Lesen. Du kannst mir glauben, ich war erschrocken über alles und zugleich fasziniert. Was für eine Welt, in der sich jeder nehmen konnte, was ihm gefiel. Gold, Ländereien, Frauen.« Er trank das Glas in einem Zug aus und spürte, daß er dabei war, sich vom Gutsherrn in einen Piraten zu verwandeln. Er suchte einen anderen Text. »Und weißt du, was ich mit der Chronik gemacht habe? Ich habe sie vor zwei Jahren, beim Anbau des Pferdestalles, heimlich des Nachts in die Grundmauer eingelassen. Weg damit, bloß weg damit, habe ich gedacht.« Er lachte hilflos und ließ sich wieder in seinen Sessel fallen. »Eine kindische Tat, nicht wahr? Denn nichts wird dadurch ungeschehen.«

Er sank in sich zusammen und wartete auf ihre Reaktion. Tat er ihr leid? Warum kam sie nicht zu ihm, legte tröstend eine Hand auf seine Schulter?

(Die Welt spaltete sich nicht.)

Katharina löste sich vom Fenster. Er tat ihr leid. Sie überlegte, ob sie zu ihm gehen und ihm tröstend eine Hand auf seine Schulter legen sollte. Statt dessen setzte sie sich und schüttelte den Kopf. »Es war gut, eine symbolische Tat, ein Versuch, sich zu befreien. Es gibt glückliche Völker, bei denen das funktioniert.« Sie dachte, daß sie genauso gehandelt hätte.

»Nein. Ich fürchte, es war etwas ganz anderes. Erst jetzt wird es mir bewußt: Es war die Vernichtung von Beweismaterial oder das Vergraben eines Schatzes. Wie auch immer, es war genau das, was ein Pirat tun würde.«

Katharina hielt nichts von der Theorie des freibeuterischen Erbgutes. »Einen Piraten habe ich mir aber immer anders vorgestellt. Wilder, brutaler. Mindestens ein Macho muß er sein. Ich glaube, da fehlt dir zum Glück einiges.«

»Vielleicht bin ich nur in deiner Gegenwart ein guter Mensch? Du verwandelst mich. Und schon bin ich einer dieser Langweiler, denen man nichts Böses zutraut?«

Katharina gefiel das Gespräch nicht mehr, und die Intensität seines Blickes irritierte sie. Jan war ihr oft zu zweideutig. Der Student ging ihr nicht mehr aus dem Kopf. Sie ärgerte sich, daß sie ihn allein zurückgelassen hatte.

Sie hatte das Angebot, in einem der Gästezimmer zu übernachten, angenommen, und nun überlegte sie, wie sie sich am geschicktesten zurückzog. Wie konnte sie am besten Müdigkeit andeuten, die nicht vorhanden war? Plötzlich lachte sie laut über ihren Gedanken. Sie war schon dabei, ihr Benehmen und Denken vermeintlichen Gutsherren-Konventionen anzupassen.

Jans Gesicht zeigte Verunsicherung.

»Es ist nichts«, sagte sie schnell. »Ich will nur schlafen gehen.«

Er sprang auf. »Ich bringe dich nach oben. Frau Kotschik schläft möglicherweise schon. Ich hoffe, die Mädchen haben alles hergerichtet.«

Er ging voraus. In der Halle hörte sie ein schabendes Geräusch. Es schien von draußen zu kommen. Sie blieb stehen. Jan sah sich um, und sie legte den Finger an den Mund.

»Ein Tier«, sagte er. »Ein Igel vielleicht.«

Sie schüttelte den Kopf und ging zur Tür.

»Nicht! Warte.« Jan wollte sie zurückhalten, aber sie hatte schon den Riegel zurückgeschoben und streckte den Kopf hinaus. Jemand kletterte an der Hausmauer empor, nutzte geschickt die unregelmäßige Beschaffenheit der aus Feldsteinen errichteten Wand.

»Hallo, was machen Sie da?!«

»Oh, Mist«, antwortete die Gestalt in dem dunklen Trainingsanzug. Sie verharrte, drehte dann den blonden Kopf mit der Kurzhaarfrisur nach unten ins Licht der Laterne über dem Eingang.

»Frau Wischberg?«

Katharina sah fragend Jan an. Er grinste und hob die Schultern. »Ich habe keine Ahnung.«

Dorothee Wischberg kletterte langsam zurück, sprang den letzten Meter ins Gras. Dann wischte sie sich die Hände an der Hose ab und kam auf den Treppenabsatz herauf.

»Nun hat man mich erwischt.«

Katharina wartete darauf, daß Jan etwas sagen würde, doch er schwieg, lächelte, verschränkte die Arme und strich sich über den Mund.

»Was, was haben Sie da gemacht?« fragte Katharina.

»Das mache ich immer«, antwortete Dorothee Wischberg. Katharina blickte irritiert zwischen ihr und dem Gutsherrn hin und her.

»Also gut, ich glaube, ich muß es erklären. Es ist so. Ich mache das schon seit vier Jahren . . .«

»Gehen wir hinein«, unterbrach sie der Gutsherr. Es schien ihn zu amüsieren.

»Wissen Sie«, wandte sich die Wirtsfrau an Katharina, »zuerst war es eine Schnapsidee, ob ich es schaffe, nachts am Gutshaus emporzuklettern, über das Dach zu laufen und auf der anderen Seite wieder hinunterzukraxeln. Ich bin damals gerade in den Alpenverein eingetreten. Sie wissen ja, daß ich oft im Sommer in den Bergen klettere.«

»Nein, wußte ich nicht.« Katharina hatte Dorothee Wischberg noch nie bei irgendeiner sportlichen Betätigung gesehen.

»Ach, ich dachte, das wüßte jeder. Na ja, und dann ist es eine richtige Manie geworden. Sind Sie schon mal am Gutshaus hochgeklettert?«

»Oje, nein.«

Der Gutsherr hatte sie in die Bibliothek zurückgeführt und reichte Dorothee Wischberg ein Glas Wein.

»Sie sollten es unbedingt versuchen. Sie glauben gar nicht, was das für ein erregendes Gefühl ist. Ich bedauere alle Menschen, die noch nie eine Hauswand hinaufgeklettert sind.« Die Worte waren an Katharina gerichtet, aber sie sah dabei dem Gutsherrn in die Augen. »Ich hatte geglaubt, alle würden schon schlafen. Ich wollte nicht stören.«

»Und Sie sind bei Ihren Touren niemals an einem offenen Fenster vorbeigekommen und vielleicht hineingeklettert?« Jan sprach mit ihr, als wäre sie ein kleines Kind.

»Wie oft machen Sie das denn?« Katharina war über Dorothee Wischbergs Unverfrorenheit empört, und zugleich ärgerte sie sich über Jan, weil ihn die Sache zu belustigen schien.

»Immer wenn ich Lust dazu verspüre«, antwortete die Wirtsfrau. Sie lächelte Jan an. Dann drehte sie sich zu Katharina um. Es war eine Bewegung, als befände sie sich auf einem Ball, trüge ein Abendkleid und nicht einen Trainingsanzug. »Verstehen Sie, es ist wie ein Zwang. Ich kann nicht anders.«

Sie ließ sich auf der Armlehne eines Sessels nieder und schlug die Beine übereinander. »Aber bedauern Sie mich nicht. Ich bin ein Mensch, der alles tut, was ihm Spaß macht, ohne dabei auf die Konventionen zu achten.« Sie hatte etwas Verschwörerisches in der Stimme, als wolle sie ein geheimnisvolles Doppelleben andeuten: Tagsüber stand sie als unscheinbare Verkäuferin in ihrem Laden, und nachts stieg sie als Spinnenfrau im Trainingsanzug über die Häuser. Sie lehnte sich zurück und lächelte wieder Jan an. Der Gutsherr hob drohend seinen Zeigefinger.

»Sie haben meine Fragen nach den offenen Fenstern noch nicht beantwortet.«

Jans Lächeln gefiel Katharina nicht. Auch das Verhalten von Dorothee Wischberg empfand sie als unangemessen. Die Frau bewegte sich im Gutshaus, als wäre sie hier zu Hause.

»Es ist wahr, ich finde meist ein offenes Schlafzimmerfenster. Und ich muß gestehen, ich steige immer hinein, lege mich in die Betten, gehe später aber wieder, ohne etwas zu stehlen. Es ist mir noch nie gelungen, von dem etwas mitzunehmen, was mir wirklich wertvoll erschien.«

Jan lachte und schüttelte den Kopf. »Eine schöne Einbrecherin!«

»Wollen Sie mich nun verhaften?« Sie streckte die Arme vor, als erwarte sie, daß man ihr Handschellen anlege. »Vielleicht in den Kerker werfen? Nicht?«

Sie trank ihr Glas aus und ging mit federnden Schritten zur Tür. »Dann gehe ich wohl besser.« Sie verbeugte sich im

Rückwärtsgehen leicht vor Jan und winkte Katharina zu. »Ich finde hinaus.«

Sie schloß die Tür hinter sich.

»Willst du ihr nicht verbieten ... ich meine, die klettert doch möglicherweise einfach weiter ...« Katharina begriff nicht, warum er die Fassadenkletterin einfach so gehen ließ.

Jan lachte laut. »Ich finde es einfach nur komisch. Ist es nicht vollkommen irre?«

»Aber du mußt damit rechnen, daß sie dir nachts ins Fenster hineinsieht.«

»Eine erstaunliche Frau, nicht wahr?«

»Wenn ich bedenke, daß ich jetzt schlafen gehe, und sie klettert draußen herum und sieht mir dabei zu ...«

»Schließ einfach die Vorhänge.«

»Ich finde das unmöglich«, empörte sich Katharina. »Ich versteh nicht, was daran lustig ist.« Sie verließ die Bibliothek, und Jan folgte ihr. Er führte sie durch das Haus in den ersten Stock und präsentierte ihr alles, als würde er eine Gruppe Touristen durch ein Schloß führen. Vorbei an der Ahnengalerie im Flur, wobei er jeden Vorfahren mit seinem Beinamen vorstellte. Doch Katharina erheiterte es nicht. An der Tür zu dem für sie hergerichteten Gästezimmer verabschiedete er sich mit der Bemerkung, sie solle sich nichts daraus machen, wenn in der Nacht Heerscharen von Dorfbewohnern über das Haus klettern würden. Die Begegnung mit Dorothee Wischberg schien ihn in geradezu alberne Stimmung versetzt zu haben. Sie ließ ihn einfach stehen.

Das Gästezimmer war groß, ausgestattet mit einem breiten Himmelbett. Frau Kotschik hatte es aufgeschlagen und ein besticktes Nachthemd bereitgelegt, das wahrscheinlich ebenso eine Antiquität war wie Schrank, Schreibtisch und Gestühl des Zimmers.

Katharina löschte das Licht, bis auf die kleine Lampe am Nachttisch, und verharrte lauschend. Draußen war ein schabendes Geräusch zu hören, als klettere wieder jemand die Hauswand hinauf. Sie ging zum Fenster, öffnete es und beugte sich hinaus. Es war niemand zu sehen. Aber ein Fenster in ihrem Stockwerk war geöffnet, und sie hörte leise Stimmen, ohne sie identifizieren zu können. Sie sah zum Dorf hinüber. Noch immer brannte in vielen Häusern Licht, und von weither drang Trivials Heulen durch die Nacht. Sie schloß das Fenster, und das Geräusch war wieder da. Es kam aus dem Inneren des Hauses. Sie ging zur Tür, öffnete sie und erschrak. Manuela Kotschik stand davor, sah sie flehend an, rang die Hände. Nach ein paar Sekunden gab sie sich einen Ruck, nahm Katharina am Arm und drückte sie in den Raum hinein. Sie schloß die Tür hinter sich und legte die Finger an den Mund. »Ich werde noch wahnsinnig«, flüsterte sie. »Was soll ich denn bloß tun?« Sie kam ganz nah an Katharina heran; sie roch nach Knoblauch. »Ich glaube, ich bin schuld am Tod von Maria Glaser. Es hängt alles zusammen. Aber vielleicht irre ich mich auch. Sie dürfen es niemandem sagen. Wenn es der Gutsherr erfährt. Es ist unmöglich, was ich tu. Ich darf doch nicht mit Ihnen sprechen. Ich weiß das. Ich bitte Sie, nehmen Sie mich nicht ernst. Es ist alles nicht wahr, aber ich habe es genau gehört. Ich weiß ja nicht, worum es geht, aber trauen Sie niemandem. Ich kenne Sie doch auch schon als ganz kleines Mädchen. Erinnern Sie sich, wie Sie in die Küche kamen? Manchmal habe ich extra Wackelpudding gemacht, weil ich wußte, daß Sie kamen. Sie müssen aufpassen, bitte, versprechen Sie mir das. Man ist Ihnen nicht wohlgesinnt. Ich habe das nicht gesagt. Es ist eine Heimtücke. Bitte, sehen Sie sich vor. Man will Ihnen alles nehmen. Verstehen Sie, ich kann es nicht anders sagen. Ich verstehe es doch selbst nicht. Bitte sagen Sie, daß ich nichts gesagt habe.«

Sie ließ Katharina los, ging zur Tür, legte das Ohr ans Holz, drückte dabei zitternd die Hände gegeneinander, als versuchte sie in höchster Not zu beten. Sie ging, ohne sich umzusehen und ohne ein Geräusch zu machen.

Katharina wußte, daß sie trotz der späten Stunde nicht würde schlafen können. Sie erinnerte sich nicht, jemals in der Küche des Gutshauses Wackelpudding bekommen zu haben. Die Frau war verrückt, nicht normal, schizophren. Sonst redete sie gar nichts, und jetzt kam wie ein Wasserfall lauter Unsinn und Widersprüchliches aus ihr heraus. Aber auch das paßte zu diesem Tag, der ihr festgefügtes Bild von ihrer Umgebung ins Wanken gebracht hatte. Nichts und niemand schien das zu sein, was sie geglaubt hatte. Auch Jan nicht. Sie legte sich auf das Bett, breitete die Arme aus und betrachtete den dunkelgelben Stoffhimmel. Er besaß ein verschlungenes Muster aus braunen, tiefroten und dunklen blauen Farben. Sowenig sich die Farben auch voneinander trennten, ergaben sie mal eine positive und dann wieder eine negative Form. Plötzlich verwandelte sich das Muster am Rand in eine Reihe kleiner Totenköpfe mit zwei Knochen darunter. Vor dem Einschlafen hatte sie sich früher oft ein großes, übers Wasser gleitendes Segelschiff vorgestellt, an dessen Ruder sie stand. Jetzt erschien es ihr, als wäre das selbstgezimmerte Schiff schon immer heimlich von Piraten besetzt gewesen. Und nun zogen sie hinter ihrem Rücken die Fahne mit dem Totenkopf am Heck in die Höhe. Katharina drehte sich zur Seite, rollte sich zusammen und verspürte eine kaum zu bändigende Sehnsucht nach Trivial. Ihre Hand in seinem Fell.

46

Er fühlte sich fast schwerelos und von einem unbändigen Lachreiz erfüllt, doch er konnte sich nicht rühren, nicht einmal den Mund verziehen oder die Augen bewegen. Es war gut so. Ein wirklich angenehmer Zustand.

Sein Blickwinkel blieb immer gleich. Das war beruhigend. Seine Augen zeigten ihm einen Ausschnitt des leeren Labors: die Metallschränke, die Kühltruhen, den Metalltisch mit den Ablaufrinnen in der Mitte des Raumes. Ein schönes Bild. Die Ränder zerflossen etwas. Auch gut.

Der Arzt war gegangen. Das hatte ihn traurig gemacht. Das mußte jeden Menschen traurig machen. Jakob hätte nicht sagen können, wie lange das her war. Er besaß kein Zeitgefühl. Das war in Ordnung. Das brauchte er nicht. Und alle unwichtigen Gedanken flohen. Er hätte sie nicht einfangen können. Sie waren wie Staubpartikel in einem Sonnenstrahl. Fanden sich irgendwann unter den Betten ein. Als flauschige Kugeln. Lustig. Überflüssig.

Jetzt fiel ihm wieder ein, was der Arzt gesagt hatte: Er müsse sich oben abmelden. Wo oben? Bei Gott? Wer war da oben? Das war komisch. Sehr komisch. Kitzelig. Schade, es gelang ihm nicht zu lachen.

Ein anderes Gefühl. Welches? Er konnte sich freuen. Er freute sich auf die Arbeit im Labor. Genau, er erinnerte sich, sie wollten gemeinsam im Labor arbeiten. Aber jetzt würde er erst einmal eine Pause machen. Sein Gehirn verlangte nach einer Pause. Richtig prima, daß er es einfach so abschalten konnte.

Bernhard Andree schüttelte ihn an der Schulter, schaltete ihn wieder ein. Dieser Mann mit den schönen großen Ohren war ein wunderbarer Mensch und sicher auch ein ganz ausgezeichneter Arzt. Er hätte ihm gern geholfen, aber soviel Beweglichkeit besaß er nicht. So mußte der Arzt alles allein machen. Ihm das Hemd aufknöpfen, die Arme herausziehen, die Hose aufmachen und die Beine herausheben. Die kaputte Hose brauchte er sowieso nicht mehr. Es war wirklich freundlich von dem Doktor, eine kostenlose Untersuchung durchzuführen. Ob es ihm gutgehe? Aber natürlich. Überrascht bemerkte Jakob, daß er nicken und seine Augen wieder bewegen konnte. Jetzt gelang es ihm sogar, ganz gedehnt ja zu sagen. Dieser Arzt war wirklich wunderbar. Und ausgerechnet ihm, Jakob Finn, sollte die Ehre widerfahren, diesem Wissenschaftler für seine Experimente zu dienen. Jakob genoß es, den Arzt zu beobachten, wollte ihm jeden Wunsch von den Augen ablesen und versuchte genau zuzuhören, um sich richtig zu verhalten. Doch nicht immer begriff er sofort, was der Doktor wollte. Er schämte sich, denn es war so einfach. Der Arzt verlangte wirklich nicht viel von ihm. Er bedauerte es, als die Untersuchung zu Ende war und Doktor Andree sich von ihm abwandte. Einen Augenblick fürchtete er, ihn erzürnt zu haben. Er wollte ein gutes Versuchsobjekt sein. Aber der Doktor öffnete nur eine Kühltruhe und nahm ein Stück Fleisch heraus. Er wollte ihm eines seiner Experimente zeigen. Jakob zwang sich, ganz genau zuzuhören und zuzusehen, damit er später, wenn er an die Reihe kam, nichts falsch machte.

»Ja, ja«, sagte er jetzt schon flüssiger.

»Verstehen Sie mich? Es ist wichtig.«

»Ja, ja.«

»Es ist sehr wichtig, daß Sie alles genau verstehen und sich wohl fühlen.«

»Ja, ja.«

»Damit Sie auch einverstanden sind.«

»Ja, ja.«

»Früher hatte ich einen Hund. Er war zu klein. Sie verstehen, daß ich ihm die Stimmbänder durchtrennen mußte.«

»Ja, ja.«

»Ich glaube, ich habe ihn ungefähr zwanzigmal operiert. Aber es war natürlich nur ein kleines Tier. Er hat nicht soviel ausgehalten, deshalb hole ich mir das Fleisch aus der Fabrik von Wilhelm Weber. Hier können Sie genau sehen, wie ich vorgehe.«

»Ja, ja.«

»Ich mache einen Schnitt, bis alle Haut- und Fettschichten

durchtrennt sind, und anschließend nähe ich es wieder zusammen. Sehen Sie sich diese Naht an!«

»Ja, ja.«

»Ich habe das selbst entwickelt. Ich produziere die Fäden selbst. Es ist mein Geheimnis, woraus sie bestehen. Und jetzt schauen Sie auf die Nähtechnik. Ist das nicht erstaunlich?«

»Ja, ja.« Es war wunderbar.

»Noch begreifen es die Chirurgen nicht. Sie wollen meine Technik nicht. Ich habe an die Fachzeitschriften geschrieben. Ich habe mich bei allen möglichen Kongressen als Vortragsredner angemeldet. Aber ...«

»Ja, ja.« Jakob war begeistert. Es war eine perfekte, verblüffende Arbeit. Es drängte ihn, sich selbst zur Verfügung zu stellen. Doch der Arzt senkte plötzlich den Kopf. War er traurig? Hatte Jakob ihn verstimmt? Hoffentlich nicht. Der Doktor sprach weiter, aber sah ihn nicht an. Wollte er ihn nicht mehr als Versuchsobjekt?

»Ich darf nicht zu diesen Kongressen fahren. Es ist absurd, aber ich gestehe, die großen Städte machen mir angst. Sie wollen mich nicht. Keine Zeitschrift hat meine Aufsätze veröffentlicht. Ich bin gefangen, hier in diesem Dorf. Das muß man sich mal vorstellen. Ein Gefangener!« Er schwieg einen Augenblick und legte seine Stirn in Falten.

»Ja, ja.« Jakob versuchte ihn aufzumuntern und voranzutreiben. »Ja, ja.«

»Aber vielleicht ist das gut so. Es ist gefährlich in den Städten. Sie müßten einmal meinen Freund, den Förster, hören. Sie kennen ihn doch? Johann Franke. Er fährt immer wieder in die Städte. Und mit was für entsetzlichen Nachrichten kommt er zurück. Immer weiß er von grundlosen Morden zu berichten. Auch harmlose Wissenschaftler werden ermordet. Erstochen. Erschlagen. Erschossen. Erwürgt. Entsetzlichen Taten. So etwas geschieht immer, ständig. Ich weiß genau, wenn ich das Dorf verlasse, passiert es mir. Johann Franke ist da anders. Der ist vollkommen anders. Aber wenn man Waffen zu bedienen weiß, macht das vielleicht mutig, man fühlt sich sicherer. Er kann schießen. Im Grunde tue ich genau das Gegenteil. Ich nähe. O nein, Johann Franke schießt nicht nur, er näht auch. Er spendet den Opfern Trost, also eher den Hinterbliebenen, das ist auch eine Art zu nähen, Wunden zu verschließen. Finden Sie nicht?«

Jakob hatte ihm nicht folgen können. Er war sprachlos und stieß nur einen stumpfen Laut aus, als hätte man ihm in den Bauch geboxt.

Der Doktor strich nachdenklich über das Stück gefrorenes Schweinefleisch und sah ihn freundlich an.

»Beim Nähen ist es schon etwas Besonderes, wenn man ein lebendes Objekt hat. Da zeigt sich erst, was die Technik wert ist. Es soll ja schneller zusammenwachsen. Das ist ja der Sinn. Man darf ihn nicht aus den Augen verlieren. Den Sinn.« Er lachte vergnügt. »Nicht nur, weil ich es dann schneller wieder aufschneiden kann, um eine neue Naht zu machen.«

Bernhard Andree hielt ihm das Fleisch mit der Naht unter die Augen. »Manche Leute würden den Unterschied zwischen meiner Nähweise und der groben vieler Chirurgen gar nicht sehen. Aber wer einmal operiert worden ist, der würde meine Technik schätzen. Und wissen Sie, wie ich darauf gekommen bin? Es ist eigentlich ein Witz: Ich habe immer eine kindliche Angst gehabt – ich sage es mal ganz direkt –, daß mein Körper platzt, also an irgendeiner Stelle aufreißt. Es kommt wohl von meinen Träumen. Darin ist es nämlich oft geschehen. Das ist nicht gut. Deshalb habe ich mich für das Nähen so sehr interessiert. Ich mußte mich ja auf irgendeine Weise vorbereiten. Dann erkannte ich, was für ein ungeheures Vergnügen es mir bereitete, mit einer Nadel in Fleisch zu stechen und einen Faden hindurchzuziehen. Doch, wenn diese, ich gestehe, etwas absurde Neigung nicht gewesen wäre, hätte ich niemals meine revolutionäre Technik entwickeln können. So kann eine simple Angst, ein schlechter Traum die Menschheit vorwärtsbringen. Ich will damit nur sagen, man sieht es einem Landarzt nicht unbedingt an, über welche Fähigkeiten er wirklich verfügt.«

»Ja, ja.«

»Ich erzähle Ihnen das alles nur, damit Sie sich vollkommen sicher fühlen. Nachdem ich Sie aufgeschnitten habe, wird alles schneller und besser zusammenwachsen. Sie werden überrascht sein, wie ausgezeichnet es heilt, fast vollkommen narbenlos.«

»Ja, ja.« Jakob hatte begierig zugehört, doch nun dauerte es ihm zu lange. Er wurde immer ungeduldiger. Er sehnte sich nach der Berührung mit dem Skalpell. Der Doktor sollte endlich mit der Operation beginnen. Er riß den Mund weit auf, um mal ein anderes Wort zu formulieren; vor Anstrengung traten ihm die Augen etwas hervor, und ein Schütteln ging durch seinen Körper, aber es gelang ihm, das Wort deutlich zu artikulieren: »Anfangen!«

Der Doktor lächelte milde. »Ich mußte Ihnen das alles erzählen. Es ist Vorschrift, damit Sie die Risiken einschätzen können – auch wenn Sie freiwillig zu mir kommen und sich selbstlos als Proband zur Verfügung stellen, muß ich Sie doch aufklären.«

»Ja, ja.«

»Kommen Sie, können Sie schon aufstehen? Ich sehe, es geht nicht. Ich helfe Ihnen.«

Der Arzt griff ihm unter die Achseln, führte ihn rückwärts bis zum Tisch, wobei Jakob vergebens versuchte, seine Beine zu bewegen. Er konnte sie nur schleifen lassen. Zum Glück schaffte es der Doktor ganz allein, ihn auf den Tisch zu heben. Jakob schämte sich, weil er ihm gar keine Hilfe war. Es gelang ihm nicht einmal, sich in die richtige Position zu legen. Der Doktor mußte ihn noch schieben und an ihm ziehen. Aber er tat es freundlich und mit viel Geduld.

»Oh, jetzt habe ich ein paar Fragen vergessen.« Doktor Andree lächelte gütig auf ihn herab. »Haben Sie Verwandte, die Sie vermissen könnten?«

»Ehn . . . ein.« Ein schwieriges Wort.

»Und weiß jemand, daß Sie hier bei mir sind?«

Jakob schüttelte den Kopf. Es ging – ganz langsam.

»Hat Sie niemand gesehen?«

»Ja, ja.«

»Wie sind Sie hereingekommen? Hat Mienchen Sie hereingelassen?«

Das Gesicht des Arztes verdüsterte sich.

». . . ein, nein . . . ür . . . Tür.« Das Sprechen strengte ihn an.

»Es ist gut. Ich werde Ihnen die Fragen so stellen, daß Sie nur mit Ja oder Nein antworten müssen.«

»Sie sind durch die Hintertür gekommen?«

»Ja.«

»Wollten Sie etwas Bestimmtes im Haus?«

»Nein.«

»War jemand bei Ihnen?«

»Nein.«

»War jemand in der Nähe?«

»Ja.«

»Hat er Sie geschickt?«

»Nein.«

»Waren Sie auf der Flucht.«

»Ja.«

»Aber derjenige oder die Leute, vor denen Sie sich verstekken, wissen die, daß Sie hier sind?«

»Nein, nein.«

Der Arzt schwieg, überlegte quälend lange, und Jakob versuchte nach seiner Hand zu greifen. Es war doch die Wahrheit. Er konnte doch nur die Wahrheit sagen.

»Nehmen Sie es mir nicht übel, aber ich möchte mich doch vergewissern.« Der Doktor wandte sich von ihm ab. Jakob bekam Angst, wieder von ihm verlassen zu werden. »Nein, ni ... cht!« Panik stieg in ihm auf. Der Doktor durfte ihn jetzt nicht verlassen. Er würde vielleicht nicht mehr brauchbar sein, wenn er zurückkam. Vielleicht würde Doktor Andree es sich auch anders überlegen.

»Nein, nein – schnei – den – jet – zt!« Es konnte doch so viel dazwischenkommen.

Der Arzt nickte ihm freundlich zu, klopfte ihm mit der Hand auf die Brust. »Ich komme gleich zurück.«

47

Der Pfarrer brüllte bereits auf dem Weg zur Kanzel. »Glaubt ihr, Gott hat die Welt zu unserem Vergnügen erfunden? Nein, er hat sie zu *seinem* Vergnügen erfunden! Und wißt ihr wohl, was das letzte Mal passierte, als die Erde ihm kein Vergnügen mehr bereitete? Nein?« Er spürte, wie ihm ein kleiner Wurm von der Lunge aus in die Kehle kletterte, und versuchte ihn mit einem kurzen, scharfen Husten zu erschrecken.

Seine Gemeinde hatte verunsichert die Kirche betreten. Jetzt scharrten sie mit den Füßen, rutschten unruhig auf den Bänken hin und her. Alles war anders als sonst. Der Pastor war wütend. Es wurden keine Lieder angezeigt, es gab gar keine Gesangbücher, keine Orgelmusik.

Rudolf Pedus war oben auf seiner Kanzel angelangt. Er musterte die Versammlung. Leider fehlten viele und gerade auch jene, die er heute gern gesehen hätte. Zur Unterstützung. Der Gutsherr kam sowieso nie, aber wo blieben die Freunde? Wo war der Arzt? Und war der Förster nicht auch am frühen Morgen zurückgekehrt? Warum waren sie nicht gekommen? Spürten sie nicht, um was es ging? Nun, er würde es allein schaffen. Er mußte es schaffen, sonst würde es zu Mord und Totschlag kommen. Er bleckte die Zähne. Der Wurm war noch da, kroch am Ausgang der Luftröhre herum. Der Pfarrer knurrte: »Ihr habt die Wahl, entweder zu ersaufen oder zu den letzten Menschen zu gehören, die mit auf die Arche dürfen. So war es jedenfalls das letzte Mal. Ihr wißt es genau!«

Die rund vierzig Kirchenbesucher duckten sich unter der Wut des Pastors. Immer wenn Rudolf Pedus die Geschichte von der Sintflut und der Arche hervorholte, konnte er sich ungeteilter Aufmerksamkeit sicher sein. Es war eine der Bibelstellen, die den Herzensachern besonders einleuchteten. Und der Pastor hatte eine gewisse Meisterschaft in der Ausschmückung der Details erreicht. Der Sturm peitschte die eiskalten Wassermassen, Eisregen durchschlug jede rettende Planke, die Wellen brachen in der Finsternis über den Sündern zusammen. Doch an der dramatischsten Stelle seiner Schilderung vollführte seine

Stimme einen steilen Tonanstieg und brach ab. Tonlos folgten noch zwei, drei Worte, dann verschloß sich seine Kehle. Und während er nach Luft rang, begann die Gemeinde unruhig zu werden, regte sich Unwille. Brüchig und schwach kehrte seine Stimme zurück, gewann mit dem Untergang der Welt neue, unverhoffte Kraft. Eine Wasserwüste legte sich als Leichentuch über die Erde. Speichel sprühte von seinen Lippen.

Doch seine Schäfchen, die sich sonst vor jedem Tropfen Nässe fürchteten, waren unzufrieden, muckten auf. Der Pastor spürte die Abneigung gegen seine Schilderung sofort. Es war ein Brummen über den Köpfen der Gemeinde, dem sich ein Zischen beimischte, und schließlich, zum Erstaunen aller, erhob sich einer und sagte klar und deutlich:

»Die Bibel, Pedus, was da drin steht, also das wissen wir doch heute, kann man ja überall in den Zeitschriften lesen, das ist doch gar nicht alles wahr. Also, ich meine, es ist doch nur ein bißchen wahr, oder so.«

Einige duckten sich jetzt erst recht aus Furcht vor dem Pfarrer, aber andere reckten sich stolz, nickten zustimmend. Der Mann blieb stehen, und Pedus' Gesicht überzog sich langsam mit einem breiten Grinsen. Er war vorbereitet. Er war gut vorbereitet. Schon lange, denn all die Jahre hatte er darauf gewartet, daß einer aufstand und widersprach, und nun war es geschehen. Es hatte nur an diesem Sonntag passieren können – nach einer unruhigen Nacht und nach einem unordentlichen Beginn des siebten Wochentages, denn noch immer saß einer der Betrunkenen vor dem Gasthof auf einem Stuhl. Nicht einmal als die Glocken zu läuten begonnen hatten, war er aus seinem Suff erwacht. Und noch immer harrte seit gestern abend eine Gruppe im Gasthof aus und zechte weiter. Und zum ersten Mal seit vielen Jahren hatte sich Trivial nicht zum Gottesdienst eingefunden. Sonst schnüffelte er zu Beginn vor der Kirche die Straße auf und ab und setzte sich schließlich vor das Portal. Der Pastor war durch seine Messungen gewarnt. In aller Frühe hatte er die Instrumente abgelesen. Alle Anzeichen deuteten auf einen Ausbruch heidnischer Gewalt. Und nun fehlte auch noch Trivial.

Knurrend beugte er sich über die Brüstung der Kanzel, doch

wieder krabbelte die Lungenmade in seiner Kehle herum, verhakte sich in den Stimmbändern. »Ich freue mich, daß es dir vollkommen egal ist, ob die Bibel wahr ist oder nicht«, brüllte er mit tiefer Stimme, doch schon der nächste Satz klang wie das Krächzen eines Raben: »Darin sind wir uns einig. Aber durch welches Buch sollen wir sie ersetzen? Ich meine, welches Buch sagt uns, wie wir mit unseren Nachbarn, mit unserer Familie zusammenleben sollen – oder wie wir zum Beispiel einen Fremden behandeln sollen. Oder wie man am besten mit Dieben, Mördern oder Huren umgeht.«

Der Pastor stieg mit einem langen Räuspern langsam von seiner Kanzel herunter. »Welches Buch hilft uns da weiter? Hä? Sollen wir gleich ein Märchenbuch nehmen, deiner Meinung nach, was?« tönte es mit glockenheller Mädchenstimme, und weiter im Baß: »Wenn wir in Not geraten, empfiehlt es uns zum Beispiel, unsere Kinder im Wald auszusetzen. Bei einer Hexe. Wie praktisch. Oder vielleicht ein Gesetzbuch statt der Bibel? Sicher, da steht ja drin, wie man mit einem mißratenen Sohn verfährt.« Der Rest war nur noch gehaucht. Bellend hustete er den Gemaßregelten an, der keine Anstalten machte, sich wieder zu setzen. Pedus versuchte ihn mit eiskaltem Blick aus seinem hochroten Hustengesicht dazu zu zwingen. »Du Dummkopf«, schnauzte er stimmbrüchig, »du kannst über den Ursprung der Bibel denken, wie du willst. Aber die Rolle, die sie in unserem Leben spielt, kannst du nicht in Frage stellen!« Auch wenn es vom ursprünglichen Konzept seiner Predigt wegführte, sponn Rudolf Pedus diesen neuen Faden weiter. Er hoffte, die Herzensacher die nächsten Tage gegenüber sich selbst und vor allem gegenüber Fremden friedlich zu stimmen, indem er sie über Regelungen des Zusammenlebens belehrte. Doch ein anderer nutzte die kleine Husten- und Räusperpause, um ihn zu unterbrechen.

»Wenn wir schon mal dabei sind, Pedus, dann sag mir mal, warum ein Mörder, der seine Tat bereut, in den Himmel kommt, aber ein Dieb, der, statt zu bereuen, das gestohlene Geld der Kirche spendet, in der Hölle schmort.«

Pedus stutzte, verstand nicht, worauf der Bauer hinauswollte. Es machte ihn noch wütender. »Was willst du«, schrie er ungewollt im Falsett, »mir von der Ungerechtigkeit der Welt erzählen und damit jede weitere Ungerechtigkeit entschuldigen? Wo willst du denn anfangen, die Welt zu ändern, wenn nicht bei dir?« Jetzt mußte die Made herausgehustet werden, wie auch immer. Er wandte sich ab, hustete, spuckte und scheuerte mit rauhem Atem und viel Speichel seine Luftröhre aus. Als er sich wieder umdrehte, stand auch der zweite noch trotzig in seiner Bank. Der Pfarrer spürte noch immer ein Kribbeln in der Kehle und den Stachel des Widerstandes in der Menge. Doch beides trieb ihn zur Höchstleistung an. Er fand eine kräftige Stimme und einfache und großartige Worte dafür, daß Mord nur Mord gebiert, daß Raub nur Raub zeugt und Diebe auch nur wieder bestohlen werden. Seine ursprüngliche Predigt war vergessen, diese war besser und wirkungsvoller. Plötzlich bemerkte er, daß noch einer aufgestanden war. Er ignorierte ihn, denn bei diesem wichtigen Gedankengang, daß nur der beschenkt werde, der auch zu den Schenkenden gehöre, wollte er sich nicht unterbrechen lassen. Doch dann stand eine Frau auf, und ihre helle Stimme übertönte ihn. Es sei ja einzusehen, wenn ein Dieb befürchten müsse, bestohlen zu werden. So eine Tat sei folgerichtig, und man könne sich darauf einrichten, sich davor schützen und damit leben. Aber wo sei denn die Logik, wenn jemand freiwillig etwas abgebe, daß er dann angeblich auch etwas geschenkt bekomme? Das sei doch Unsinn. Von wem solle denn etwas kommen? Und sie frage ja nur, weil dem, der gibt, auch meist noch der Rest gestohlen wird. So sei die Regel. Der Pastor spürte ein neues Verhängnis in seiner Stimme. Auch diese Frau setzte sich nicht mehr und hörte sich mit verkniffenem Mund die leidenschaftliche Antwort des Pastors an. Er sprach von Kälte und Wärme, die man geben könne, und jeder wisse, es komme genau das auch zurück. Er bewies es mit einem Beispiel von Liebenden, doch plötzlich war er nicht mehr er selbst. Er war aus sich herausgetreten und beobachtete sich. Er sah, wie er mit großer Gestik durch den Mittelgang seiner Kirche ging, hörte sich von Liebe, Sehnsucht und Erlösung in der geifernden Tonart einer alten gebückten Frau reden, ohne noch zu erkennen, welchen Zusammenhang die Worte wirklich besaßen und warum sie in dieser Reihenfolge aus seinem Mund kamen. Und was bedeuteten seine theatralisch erhobenen Hände? Er überließ sich erneut einem klärenden Hustengewitter.

Immer mehr seiner Zuhörer standen auf, beugten sich vor und zeigten ihm ihre breite Stirn. Er sah an ihnen vorbei, hörte nicht auf ihr dumpfes Murren, wischte ihre Fragen mit Gesten beiseite und erhöhte, trotz der Enge seiner Kehle, seine Lautstärke. Es solle sich ja keiner hervorwagen, es sei denn, er wolle geschoren werden. Jetzt gelang es ihm, seine neuen Tonlagen und verwitterten Stimmbänder perfekt einzusetzen. Er stach, knurrte, schnitt, raspelte, fauchte, sprühte Feuer und stieß dunkle Wolken aus. Er eröffnete zwischen den Reihen der Kirchenbänke dunkle Abgründe, sprang über sie hinweg, öffnete die Fenster für schlammige Sturzfluten und schwamm auf ihrer Oberfläche zur Kanzel zurück. Von dorther schickte er Donner und heulende Stürme, ließ Blitze aus seinen Fäusten zukken, um sie im nächsten Moment zu öffnen und kleine bunte zwitschernde Vögel gegen den in allen Farben schimmernden Himmel flattern zu lassen. Er legte Teppiche von duftenden Blumenwiesen aus, riß sie mit einer Handbewegung auf, damit der braune Dung darunter hervorquellen konnte. Kleinere Kinder weinten, doch die Erwachsenen erhoben sich, einer nach dem anderen, standen stumm und mit verbissenen Gesichtern in ihren Bänken, wußten, daß sie sich notfalls gegenseitig an die Masten binden konnten, um Gott und den von Pastor Pedus entfesselten Gewalten zu trotzen. Sie hakten sich beieinander ein, bildeten einen festen Wall, der nicht wankte, weil er die Höhe der Flut kannte, weil er wußte, daß kein Orkan ewig anhält, daß auch dem Pastor einmal die Luft ausgehen würde. Rudolf Pedus sah die fest miteinander verhakte dunkle Masse von oben. Alle standen jetzt aufrecht, standen wie eine Mauer und schickten feindselige Blicke zur Kanzel hoch. Rudolf Pedus sah aber auch kleine Löcher, zarte Risse, da würde er jetzt den Meißel ansetzen, um zum letzten gewaltigen Schlag auszuholen: Ich bin es, der euch bricht! Er pflanzte ein winziges Stück Stille, sammelte noch einmal alle Kraft. Doch das kurze Atemholen genügte, und für Pedus war alles verloren. Scharfer Schleim schoß ihm die Speiseröhre hinauf. Der Magen verweigerte die weitere Annahme von abgehustetem Müll. Tränen traten ihm in die Augen.

»Dann beweis uns deinen Gott!« Die Aufforderung, von einem dünnen Mann zielsicher in die kleine Lücke gesteckt, sprengte die Versammlung. Alle wandten sich ab, redeten durcheinander und verließen langsam die Bänke.

Pedus spürte, daß Rudolf seine Beobachtungsposition aufgab, in seinen Körper zurückkehrte, und die Made in seiner Luftröhre schnitt ihm endgültig das Wort ab, trieb ihm nur weiter, immer weiter das Wasser in die Augen. Kein Lied, kein Amen beendete diesen Gottesdienst, sondern die dumme Provokation eines Heiden, der auf dem Nachhauseweg jeder schwarzen Katze, die von links kam, aus dem Wege gehen würde. Aber vielleicht war noch nicht alles verloren. Am Kirchentor staute sich die Menge. Die Vorderen stemmten sich mit breitem Rücken gegen die Nachdrängenden. Etwas war anders, verhinderte, daß die Menschen ins Freie traten.

Rudolf Pedus quetschte sich das Wasser aus den Augen und aus dem Gesicht, hob seinen Talar, stürmte die Kanzel hinunter und verließ die Kirche durch die kleine Seitentür. Draußen atmete er tief und befreit, dann rannte er nach vorn. Und sah das Wunder.

Unschlüssig, verwirrt und mit großen Augen standen die Herzensacher auf der kleinen Plattform vor dem Ausgang, als hätte jemand ein unsichtbares Seil gespannt. Als wären sie Kühe hinter einem Elektrozaun.

Pedus verschränkte zufrieden die Arme, das mußte Gottes Strafe sein. ER ließ sie nicht mehr aus der Kirche! Wie wunderbar. Doch ein Zweifel kam, denn er erinnerte sich an einen Film, in dem Ähnliches geschehen war. (Wie hieß der noch ... Der Regisseur war ...?)

Immer voller wurde die Plattform. Sie faßte nicht alle, die aus der Kirche herauswollten. Sie drängten sich eng aneinander, stießen und schubsten einander, schimpften verhalten. Brummten wie ein Hornissenschwarm, der seinen Feind nicht fand. Ratlosigkeit rauchte aus der schwankenden Menge. Einer, jener dünne, der mit seiner frechen Bemerkung das jähe Ende hervorgebracht hatte, stürzte von der Kante der Plattform und landete vor den Füßen des Pastors. Er stand auf, klopfte sich ab.

»Es ist ja nur des Vergnügens wegen«, murmelte er und sah den Pfarrer unterwürfig an. »Gott hat sein Vergnügen gehabt. Kann er nicht mal wegschauen, damit wir das unsere bekommen?«

Jetzt erkannte Rudolf Pedus an den ins Leere gehenden Gesten der durch ein unsichtbares Band Festgehaltenen, warum sie sich nicht von der Plattform herabtrauten, und beschloß, es für sich auszunutzen. »Und wenn ihr dem Studenten etwas antut, wird Trivial niemals wiederkommen!« bellte er. Es war das Amen. Er drehte sich um und ging ins Pfarrhaus. Hustete noch einmal kräftig in seine Hände und entdeckte entsetzt eine kleine Made im glibberigen Schleim auf seiner Handfläche. (O Gott, es war doch nur ein Vergleich!)

Die Unruhe der Menge vor der Kirche steigerte sich noch. Keiner wagte den Platz zu verlassen, ohne Trivials Ohren berührt zu haben. Warum kam er nicht? Warum saß er nicht an seinem Platz? Ob er ihnen wirklich zürnte? Ob er vielleicht Gott war? Oder der Teufel? Ein Engel oder ein Höllenhund? Wenn einer alles über sie wußte, wenn einer alle ihre Geheimnisse kannte, so war es Trivial. Einem Menschen hätten sie soviel Einblick in ihr Leben niemals erlaubt, eher hätten sie ihn umgebracht. Trivial war der Teufel, nur der konnte sich ihnen entziehen, und mit dem mußte man sich dringender versöhnen als mit den Mächten des Guten. Gott konnte vergeben, man mußte ihn nur darum bitten. Aber wie besänftigte man die Wut des Teufels? Dafür gab es kein Rezept.

Immer enger wurde es auf dem steinernen Vorplatz, und mancher kam sich vor wie auf einem Floß im vor Haien kochenden Meer. Das Glück hatte sie verlassen. Die gierigen Raubfische zeigten ihren Schlund. Eine Frau schrie, weil sie glaubte, die Plattform neige sich. Alle klammerten sich angstvoll aneinander und jammerten und weinten.

48

Das erste, was er wahrnahm, war die Kälte, dann hörte er die Kirchenglocken, und schließlich stellte sich unbändiger Hunger ein. (Zweimal gebratenes Fleisch mit Bambussprossen, nein, Lammsuflaki mit gedünstetem ... nein, Spaghetti mit Öl und Knoblauch und vorweg ... nein, einfach nur frisches, warmes Brot und einen großen Becher Milch!)

Für einen Moment wunderte er sich, daß er nackt auf einem Tisch lag. Sollte er zubereitet und gekocht werden? Schließlich erkannte er den Operationstisch und fror bei der Berührung des Metalls. Er setzte sich auf, und erst jetzt fiel ihm ein, was der Arzt mit ihm vorgehabt hatte. Erschrocken kontrollierte er seinen Körper. Es gab jedoch keinen Schnitt in seiner Haut, keine frischvernähte Wunde. Leichter Schwindel packte ihn, und er hielt sich mit den Händen am Tisch fest. Seine Kleider lagen neben dem Stuhl in der Nähe der Tür auf dem Boden. Schwankend und mit ausgebreiteten Armen ging er auf die Tür zu. Sie war aus Metall, hatte keine Klinke, nur einen Knauf und ein Sicherheitsschloß. Die bekam er nicht auf. Gab es ein Fenster? Wieso hatte er die Kirchenglocken gehört? Plötzlich spürte er seinen Magen nach oben drängen, leichte Übelkeit überkam ihn, und für einen kurzen Moment gehorchten ihm seine Beine nicht.

Er fand sich auf dem Boden liegend wieder. Er kroch zu dem Stuhl an der Tür und zog sich im Sitzen an. Er hatte Schwierigkeiten, in die Hosenbeine zu kommen, und riß dabei den aufgeschlitzten Stoff noch etwas weiter auf. Er mußte zu Kräften kommen, sonst würde es ihm nicht gelingen, aus dem Labor zu entkommen. Er entdeckte einen Mikrowellenherd, nahm ihn als Zeichen, daß es im Raum etwas Eßbares geben mußte. Er stand vorsichtig auf und durchsuchte alle Schränke und Schubladen, doch nur die Tiefkühltruhen enthielten Nahrung, Schweinefleisch, aufgeschnitten und vernäht. Sein Hunger hatte ihn so sehr in der Gewalt, daß er ein kleines mageres Stück auswählte. Nur einen kurzen Augenblick überlegte er, ob er die Naht vorher aufschneiden sollte, dann legte er das Stück, so wie es war, in die Mikrowelle und schaltete sie ein. Der Speichel lief ihm im Mund zusammen, und fast überkam ihn wieder eine Ohnmacht. Er legte sich für ein paar Sekunden flach auf den gekachelten Boden. Danach machte er sich auf die Suche nach einer verborgenen Fensteröffnung. Er sah sogar hinter die Schränke, um zugestellte Öffnungen zu finden. Es gab kein Fenster, nur einen Lüftungsschacht. Hinter dessen Gitter waren ein Ventilator und ein Filter zu sehen. Selbst wenn es ihm gelang, alles zu entfernen, war der Mauerdurchbruch möglicherweise zu eng, um hindurchzukriechen. Vielleicht aber würde man seine Rufe draußen hören. Er betrachtete die Befestigung des Gitters: Schrauben. Ein Versuch war es wert. Er suchte Werkzeug und entdeckte in einer Schublade eine mehrseitige Namenliste. Es waren die Dorfbewohner. Hinter jedem Namen zwei Spalten für eine Strichliste. Es war eine Kopie. Der obere Rand mit der Bezeichnung der Spalten fehlte. Jakob konnte sich nicht vorstellen, was der Arzt auf einer solchen Liste registrierte, außer der Häufigkeit der Konsultationen. Oder war es eine wiederkehrende Krankheit? Er spürte, wie er die Konzentration verlor und zu träumen begann. (Eine endlose Reihe von Krankenwagen mit blitzendem Blaulicht auf der Landstraße nach Weinstein.)

Er schüttelte sich zurück in das Kellerlabor, öffnete einen der Metallschränke und fand Operationsbesteck, Scheren, Zangen, Haken in vielen Formen und Skalpelle und zuletzt ein abgebrochenes Messer, oder war es ein Knochenmeißel, vielleicht auch Teil eines Gerätes, um die Rippen für einen Eingriff zu spreizen. Seine flache Spitze paßte in die Schlitze der Schrauben und war stabil genug, um sie zu drehen. Wieder überkam ihn eine Schwäche. Er mußte sich auf den Boden setzen. Was hatte dieser Arzt mit ihm gemacht? Er erinnerte sich an die Spritze. Ein Mittel, das seinen Willen vollkommen verändert haben mußte. Ein wenig von dieser Sehnsucht, sich in die Hände des Arztes zu begeben, war noch da. Der Mann war ein Wissenschaftler, der hier in diesem kleinen abgeschiedenen Dorf angeblich eine revolutionäre Technik entwickelt hatte. Ein bewundernswerter Arzt. Aber vielleicht stimmte das gar nicht? Vielleicht hatte Doktor Bernhard Andree ihn belogen? Vielleicht belog der

Arzt sich selbst? Der Hunger übermannte ihn mit dem Klingelzeichen des Mikrowellenherdes. Er schleppte sich zu dem kleinen Gerät und öffnete die Klappe. Es duftete gut. Hastig trennte er mit einem Skalpell die Haut und die Fettschicht mit der vernähten Wunde ab, führte das heiße Fleisch gierig an die Lippen und riß es mit den Zähnen auseinander, verbrannte sich fast den Mund dabei. Es schmeckte fad, aber er würgte es in großen Stücken hinunter, um seinen Magen zu betäuben. Nachdem er alles verschlungen hatte, wurde ihm übel. Er beugte sich über das Becken neben dem Labortisch und erbrach sich. Er ekelte sich vor sich selbst, weil er das Fleisch gegessen hatte. Schließlich konnte es schon vor dem Einfrieren zu alt gewesen sein. Wer wußte denn, wie lange der Arzt es schon aufbewahrte, immer wieder auftaute, aufschnitt, um neue Wunden herzustellen, zu vernähen, und es dann wieder einfror, wieder auftaute, aufschnitt, vernähte ...? Jakob würgte noch mal, anschließend spülte er sich gründlich den Mund. Er mußte hier raus, so schnell wie möglich. Er nahm noch einmal den gesamten Raum in Augenschein, und dabei kam ihm die Idee, daß sich unter dem aufgeschraubten Türknopf vielleicht die ursprüngliche Klinkenmechanik befand. Sein Schraubmesser paßte. Er drehte zwei der vier Schrauben heraus und mußte eine Pause machen, weil seine Hände völlig kraftlos wurden. Wenig später entfernte er die restlichen Schrauben, nahm den Türknopf ab. Es war, wie er vermutet hatte. Mit einem passenden Vierkant oder ähnlichem würde sich die Tür öffnen lassen – vorausgesetzt, sie war nicht zusätzlich abgeschlossen. Mit dem Messer und einer der Operationszangen gelang es ihm, den Mechanismus zu drehen. Die Tür sprang auf. Wieder erfaßte ihn eine Welle der Schwäche. Mit weichen Knien betrat er den Kellergang. Er brauchte etwas zu essen. (Kohlrouladen mit ... nein, Kartoffelklöße ... nein, Bratheringe mit Bratkartoffeln ... Pfannkuchen, genau, Pfannkuchen mit Preiselbeeren!)

Leichte Übelkeit überkam ihn. Er brauchte etwas zu essen, dringend. (Bauernfrühstück mit Gewürzgurken ... nein, Giros mit Pommes frites ... nein, Kartoffelmus mit Birnen und Speck ...?)

Ob er es überhaupt noch schaffen würde? Sein Magen schaukelte an der Speiseröhre wie eine eiserne Kugel an der Kette. (Einfach nur ein Stück trockenes altes Brot mit etwas klarem Wasser, bitte . . .)

Das nächste Mal würde er vorsichtiger sein, leichte Dinge, kleine Mengen und langsam essen. Es war zu lange her, daß er seinem Magen etwas gegönnt hatte, und die Medikamente des Arztes schienen sich zusätzlich auf seinen Verdauungstrakt auszuwirken. Er ging bis zur Treppe. Im Haus war es ruhig. Der Gedanke, in die Küche des Hauses zu gehen und dort Berge von frischen, dampfenden Brotlaiben vorzufinden, etwas Milch aus dem Wasserhahn zu zapfen, ließ ihm das Wasser im Mund zusammenlaufen. Er vergaß alle Vorsicht, stieg in normaler Gangart die Treppe hinauf und ging direkt in die Küche. Es war niemand darin. Er öffnete den Kühlschrank, nahm eine Milchflasche heraus, griff sich einen Becher vom Wandregal und goß sich ein. Er trank die kalte Flüssigkeit in kleinen Schlucken und sah sich dabei nach Brot um. Es befand sich in einem Korb und war mit einem Tuch abgedeckt. Er riß mit den Zähnen kleine Stücke ab und kaute sie lange.

»Wer – was?« Die alte Frau war hereingekommen und starrte ihn ungläubig an. »Sie, Sie sind der . . .«

»Wer?« Jakob brach gelassen ein weiteres Stück Brot ab und trank einen Schluck Milch. »Na, wer bin ich?«

»Ich schreie!«

»Warum?«

»Ich schreie, wenn Sie mir was tun!«

»Ich tue Ihnen nichts.«

»Warum nicht?«

»Warum sollte ich?« Das Essen tat Jakob gut. Er behielt es bei sich, und es gab ihm das sichere Gefühl, daß ihm nichts geschehen werde, solange er nur aß.

»Ich schreie!«

»Meinetwegen.«

»Ich schreie wirklich.«

»Ich kann es nicht verhindern.« Das Brot war nicht mehr frisch, schmeckte aber nach allen Köstlichkeiten, die ihm gerade in den Sinn kamen.

»Sie sind doch der, den alle suchen?«

»Bin ich das?«
»Ich schreie!«
»Bin ich gefährlich?«
»Ich schreie wirklich!«
»Was soll ich denn getan haben?«
»Wenn Sie mich anfassen, schreie ich!«
»Ist ja gut.« Langsam gewann er den Eindruck, als wollte die alte Frau ihn provozieren, sie anzufassen – und er war sicher, sie würde dann nicht schreien.
»Ich schreie gleich!«
»Sicher.« Er aß ruhig weiter und trank seine Milch aus.
»Ich warne Sie, ich schreie!«
»Was kann ich dagegen tun?«
»Sie müssen mir den Mund zuhalten!«
»Ach so.«
»Jetzt schreie ich!«
»Moment. Ich mache Ihnen einen Vorschlag. Warten Sie bis heute abend. Ich komme dann zurück, halte Ihnen den Mund zu und fessle Sie – was immer Sie wollen. Einverstanden?«
Die Frau runzelte die Stirn, wich zurück, drückte sich gegen die Wand. »Ich schreie!«
»Klar.«
Er verließ die Küche, ging zur Hintertür. Er war satt, hatte keine Angst mehr, und ihm fiel die kopierte Namenliste aus dem Labor ein. Was hatte sie zu bedeuten? Irgend etwas stimmte mit den Dorfbewohnern nicht, vielleicht waren sie alle krank? Vielleicht war es eine Vorsichtsmaßnahme, daß es kaum Wegweiser nach Herzensach gab? Vielleicht war das Dorf eine einzige Quarantänestation oder der Großversuch eines Arzneimittelunternehmens mit einem neuen Psychopharmakon? In den armen Ländern der Erde sollte es angeblich solch großangelegte Versuche geben. Ohne die Menschen darüber zu unterrichten, wurde ihnen mit dem Trinkwasser ein Mittel für Unfruchtbarkeit verabreicht. Warum sollte es solche Experimente nicht auch hier geben? Und ein irrer Dorfarzt wußte und überwachte alles. Ja, genau. Wahrscheinlich handelte es sich bei Herzensach um eine Art offene Anstalt für Geistesgestörte.
Die Liste!

Jakob überlegte, ob sich das Original vielleicht in den Praxisräumen befand. Er würde sich noch fünf Minuten geben. Er hatte keine Angst, dem Arzt zu begegnen. Er würde ihn einfach niederschlagen. Er fühlte sich wieder kräftig genug. Er ging zurück, öffnete die Tür zur Anmeldung der Arztpraxis. Er durchquerte den Raum. Eine weitere Tür führte in das Wartezimmer. Von dort betrat er erneut den Flur. Gegenüber befand sich der Behandlungsraum mit dem Schreibtisch des Arztes. Auch hier war niemand. Er ging zum Fenster, sah durch die Gardine auf die leere Straße. Nur vor dem Gasthaus saß jemand in der Sonne auf einem Stuhl. Wahrscheinlich hielt er Wache. Jakob lächelte, sein Selbstbewußtsein war zurückgekehrt. Er fürchtete sich nicht mehr vor den Dorfbewohnern.

Er wandte sich dem Schreibtisch zu und öffnete die oberste Schublade. Er wühlte zwischen Zetteln, Ärztemustern, Schlüsseln. Er nahm sich eine Schublade nach der anderen vor, doch die Liste fand er nicht. Er hielt inne und dachte nach. Wenn der Arzt darauf wirklich wichtige Beobachtungen notierte, war sie vermutlich unter Verschluß. Er öffnete alle Wandschränke, fand schließlich ein verschlossenes Fach, probierte die Schlüssel aus der Schublade, einer paßte. Es waren handschriftliche Notizen des Arztes darin, für Jakob kaum zu entziffern. Außerdem eine Polaroidkamera, einige Fachbücher mit Lesezeichen und an den Rand geschriebenen Anmerkungen. Dann fand er eine Mappe mit Fotos, die der Arzt von seinen Patienten gemacht hatte. Er hatte bei verschiedenen Patienten die gleichen Symptome dokumentiert: weiße Hautflecken auf den Schultern. Auf dem unteren Rand der Fotos standen jeweils Namen und Datum. Es waren Fotos aus der vergangenen Woche. Also doch eine Epidemie. Endlich entdeckte er in einem blauen Pappumschlag das Original der Liste. Die Strichlisten waren mit »Begegnungen« und »Augenkontakte« überschrieben. Jakob begriff nicht, was der Arzt damit beweisen wollte. Er erinnerte sich aber, daß Doktor Andree seinem Blick ausgewichen war. Immer. Der Mann war verrückt. Eine zweite Mappe mit Polaroidfotos fiel ihm in die Hände. Es waren Aufnahmen von verwundeten Patienten. Er erkannte einen Bauern, den Pastor mit blutender Stirn, weinende Kinder mit aufgeschlagenen

Knien. Und Katharina! Sie war es als kleines Mädchen. Vielleicht im Alter von zehn Jahren, lachend, mit einer Wunde auf dem Handrücken. Sie war schon damals ein schönes Kind, aber noch mit blasser Haut und tiefliegenden Augen. Ihr Anblick stach ihm in die Brust. Er würde sie jetzt sofort aufsuchen und mit ihr das Dorf verlassen, und wenn er sie dazu zwingen mußte. Die Tür des Behandlungsraumes schwang auf. Die Alte stürmte mit einem Eimer und Putzmitteln herein.

»Sie!« Vor Schreck fiel ihr der Eimer aus der Hand. »Ich schreie!«

»Natürlich.« Er schob alle Unterlagen in das Fach zurück und verschloß den Schrank.

»Ich schreie!« Sie ließ ihn vorbei.

»Ich gehe dann.« Er sah sich um.

»Ich schreie wirklich!«

»Sicher.«

Sie gab auf, bückte sich, um den Eimer aufzuheben. Die Bluse zog sich aus ihrem Rock. Nackte Haut quoll heraus, zeigte die Spuren einer alten vernähten Operationsnarbe.

49

Eine neue Schreckensvision: Er wurde innerlich von Maden zerfressen. Vielleicht kam sein Tod schneller als der seiner Frau? Unsinn, diese kleinen weißen Maden fielen im Frühjahr von den Bäumen.

Der Pfarrer ging nicht ins Haus, um seinen Talar abzulegen. Mochten ihn die Maden auffressen, ein paar Dinge waren noch zu erledigen!

Die ungläubige Meute schwankte noch immer auf dem Platz vor der Kirche. Rudolf Pedus hatte wichtigere Dinge zu tun, als sich um ein paar Hysteriker zu kümmern, die ohne die Zeremonie ihres Aberglaubens den Kirchenvorplatz nicht verlassen wollten. Trivial war ein Hund, und Hunde taten eben manchmal, was sie wollten. Und wer weiß, ob es dieses hellsichtige Tier (mit mehr Verstand als mancher seiner Verehrer) nicht vorgezogen hatte, Herzensach an Tagen wie diesen zu verlassen. (Guter Hund! Braver Hund!)

Wie auch immer, es gab für den Pastor anderes zu bedenken. Er hatte fest damit gerechnet, daß Petra Timber zum Gottesdienst erscheinen würde. Denn nach allem, was er gesehen hatte, mußte die Tischlersfrau ihr Schweigen brechen. Das Geheimnis der Herkunft Katharinas mußte gelöst werden. Denn wenn er mit seiner Vermutung richtig lag, galt es, ein Unglück zu verhindern.

Der Pfarrer ging zur Straße und spürte den Revolver in seinem Hosenbund. Er fragte sich, ob sich die Waffe unter seinem Talar abzeichnete. Aber vielleicht war es gut, wenn seine widerspenstige Gemeinde bemerkte, daß er nicht schutzlos war. Seine nächtliche Suche nach dem Studenten, um ihn vor dem Mob zu beschützen, war ergebnislos verlaufen. Aber auch die andere Seite hatte keinen Erfolg gehabt. Jakob Finn blieb verschwunden. Der Pfarrer hatte sich deshalb am Morgen entschlossen, die Waffe weiterhin zu tragen. Die Kontrolle nur einiger weniger Meßgeräte hatte schließlich auch für den Sonntag höchste Gefahr signalisiert.

Der Betrunkene saß noch immer vor der Gasthaustür. Rudolf Pedus überquerte die Straße, um ihn mit einer Drohung von Hölle und Verdammnis aufzuschrecken. Er erreichte ihn, blieb stehen und donnerte ein »Grüß Gott«. Der Mann rührte sich nicht, und der Pastor entdeckte, daß er auf dem Stuhl festgebunden war. Dann sah er die trockene Wunde an der Stelle, wo normalerweise der rechte Daumen sitzt, und für einen Moment befürchtete er, es sei der Tischler. Er rüttelte ihn, hob seinen auf die Brust gefallenen Kopf und sah ihm ins Gesicht. Der Mann war ein Fremder und offensichtlich schon lange tot.

»He, das ist meiner«, lallte eine Stimme aus dem Eingang des Gasthauses. »Den brauch ich noch!«

Der Betrunkene hielt sich an der Tür fest; aus dem Raum hinter ihm drangen Rauchschwaden, Stimmengewirr und der Geruch nach Bier und Urin.

»Den kannst du nicht haben, das ist meiner. Den brauch ich noch als Geschenk. Verstehst du?« formulierte der Mann mühsam (unter bequemer Auslassung zahlreicher Laute, die hier der Verständlichkeit halber wieder eingefügt wurden).

»Wer sind Sie? Ich kenne Sie nicht.«

»Ich kenn dich auch nicht. Jetzt kennen wir schon jeder einen, der einen nicht kennt. Und ich kenne sogar zwei. Den da kenne ich auch nicht.« Er wies auf die Leiche. »Aber den muß ich noch abliefern.« Er rülpste. »In der Hölle!« Er lachte.

»Ich fürchte, Sie sind bereits in der Hölle angekommen«, sagte der Pastor lächelnd.

»Dann müssen Sie der Teufel sein.«

Das freche Grinsen provozierte Rudolf Pedus, und er griff nach hinten, unter seinen Talar.

»So ist es«, sagte er und richtete den Revolver auf den Fremden. »Deshalb werde ich dich jetzt mitnehmen!«

»Halt! He! Moment. Das war nur ein Witz!« Er taumelte erschrocken zurück.

»Amen«, sagte der Pfarrer, steckte den Revolver zurück und ging weiter. Diese Leiche sollte im Augenblick nicht seine Sorge sein. Er würde später aufräumen. Er freute sich an dem Bild, wie der Betrunkene in der Kneipe erzählte, ein Pastor hätte mit einem Revolver auf ihn gezielt. (»Der Teufel im Talar, wenn ich es doch sage!«)

Es gab viel aufzuräumen. Aus dem Eingang zum Büro des Tischlers ragte ein Bein mit einem Stiefel. Der Student war es nicht. Sollte es sich um die nächste Leiche handeln? Hatten die Dorfbewohner in dieser Nacht so sehr gewütet? Das wäre das erste Mal, daß mehr als ein Toter zurückblieb. Er schwankte einen Moment, ob er sich darum kümmern sollte, dann kam ihm der schreckliche Gedanke, daß man die Wohnung des Studenten gestürmt, dieser sich verteidigt hatte und sich nun im Treppenhaus – wie vor einer Burgmauer – die Leichen stapelten. Er öffnete die Tür und erkannte nun den im Eingang liegenden Mann. Es war Otto Timber, der ihn mit weitaufgerissenen Augen anstarrte. Er lebte, befand sich aber in seinem Zustand der Starre. Der Pfarrer sprang über ihn hinweg, stolperte fast über den Säbel und hastete die Treppe hinauf. Seine Befürchtungen verstärkten sich, als er die offene Wohnungstür bemerkte.

»Hallo!« rief er laut. »Lebt da noch jemand?«

Er stieß die Tür auf, beachtete die bemalte Frauenleiche in der Küche kaum, sondern stürmte bis ins Schlafzimmer. Erleichtert kehrte er zurück. Der Student schien sich gerettet zu haben. Er setzte sich einen Moment auf die Küchenbank, bis sich sein jagendes (madenzerfressenes?) Herz beruhigte. Dann kniete er sich neben die Frau, drehte den Körper herum. Es dauerte einige Zeit, bis er sie erkannte. Er untersuchte den Körper, um festzustellen, wie sie gestorben war, konnte es sich aber nicht erklären. Ob der Student daran schuld war? Nachdem er Jakob Finn befreit hatte, war Lisa wahrscheinlich der Gedanke gekommen, ihn wieder einzufangen. Sie hatte sich in seine Wohnung geschlichen und vielleicht hier gewartet. (Klingt logisch!) Doch dann waren die Einheimischen gekommen, hatten sie statt des Studenten vorgefunden und angenommen, sie sei seine Geliebte. Wenn sich eine Frau dem Feind hingab, wurde sie nackt ausgezogen, bemalt und mußte den Giftbecher leeren. (Klingt logisch!) Möglicherweise war es so geschehen. Er würde das später klären.

Den alten Tischler im Hauseingang wollte er so nicht liegenlassen. Er zog ihn bis an die Treppenstufen heran, brachte ihn in die Stellung eines Sitzenden, schüttelte ihn und rief ihn mit seinem Namen an. Er hätte ihn gern mitgenommen. Otto Timber jedoch starrte ihn nur stumm an, regte sich nicht. Der Pfarrer gab es auf, versuchte ihm eine möglichst bequeme Lage zu geben und verließ ihn. Doch draußen auf der Straße bekam er ein schlechtes Gewissen. Wer weiß, ob der Alte nicht gestürzt war, sich etwas gebrochen hatte. Er konnte ihn nicht zurücklassen. Er lief schräg über die Straße zum Arzt. Die Tür war verschlossen. Er klingelte, machte einen Schritt zurück, um die Fenster des Hauses zu beobachten. Tatsächlich bewegte sich oben eine Gardine, das Gesicht des Arztes zeigte sich.

»Ich brauche dich«, rief der Pfarrer. Der Arzt drehte ihm das Ohr zu und legte eine Hand dahinter.

»Komm runter«, schrie der Pastor. In diesem Moment öffnete sich die Tür, die Haushälterin schaute heraus. »Ich konnte leider nicht in die Kirche kommen, Herr Pfarrer. Es gab soviel zu tun im ganzen Haus. Es hilft mir ja keiner.«

»Schon gut, ich will nur den Doktor sprechen.«

»Oje, der ist nicht gut zu sprechen heute.«

Sie ließ ihn herein. Er ging ins Haus bis zur Treppe. Auf dem oberen Absatz stand Doktor Andree und sah ängstlich auf ihn herab. »Ich kann nicht . . . meine Frau . . .«

»Drüben, vor dem Büro des Tischlers, liegt der alte Timber. Du solltest ihn dir mal ansehen.«

»Ich . . . ich soll das Haus verlassen?«

Der Pfarrer schnaufte und verbot sich, von den beiden Leichen zu sprechen. »Es ist alles ruhig, alles vorbei. Du kannst gefahrlos hinübergehen.«

»Ich weiß nicht recht.«

»Ich komme mit.«

»Hat er wenigstens offene Wunden?«

»Nein.«

»Ach, nicht? Mienchen, meine Tasche!«

Sie verließen das Haus, und der Arzt blieb dicht hinter ihm, als wolle er ihn zur Deckung vor Scharfschützen benutzen.

»Hast du den Studenten gesehen?« fragte Rudolf Pedus.

»Nicht direkt.«

»Wieso?«

Den Arzt lockte die Frage nicht hinter dem Pfarrer hervor,

sondern er näherte sich von hinten dessen Ohr. »Ich habe ihn bei mir im Keller versteckt. Er hat sich allerdings eine, äh zwei . . . nein, drei Verletzungen zugezogen. Ich mußte ihn nähen.«

»Dann ist er ja bei dir richtig. Behalte ihn mindestens bis Montag. Für den Studenten scheint es mir draußen noch nicht sicher zu sein.«

Sie erreichten Otto Timber, als dieser sich gerade stöhnend am Treppengeländer hochzog. Er war bei vollem Bewußtsein und klarem Verstand. Doktor Bernhard Andree untersuchte ihn, doch dem alten Tischler ging es gut. Sie brachten ihn nach draußen.

»Du kannst gehen«, sagte der Pfarrer zum Arzt. »Es sei denn, du willst dir noch die Leiche von Lisa in der Wohnung des Studenten ansehen oder den Toten, der vor dem Gasthaus auf dem Stuhl sitzt. Ich bringe inzwischen den alten Timber nach Hause.«

Der Arzt drückte ängstlich den Kopf zwischen die Schulterblätter. »Später!« Er huschte gebückt zurück in sein Haus. Der Pfarrer lächelte. Jeder andere hätte die beiden erwähnten Toten für einen makabren Witz gehalten, nur der Arzt glaubte solche Nachrichten sofort.

»Gehen wir.« Er nahm Otto Timber unter den Arm.

»Mein Säbel!«

»Ich hole ihn.« Er holte den Säbel und steckte ihn dem Alten durch den Gürtel. Otto Timber straffte sich. »Sie glauben gar nicht, Exzellenz, wie viele Menschen heutzutage keinen brauchbaren Daumen mehr haben!«

Der Alte war wohl wieder in einer Scheinwelt gefangen. »Exzellenz? Ich bin ein einfacher Pastor.«

»Auch einem Pastor sollte das auffallen. Denn wenn man mal einen Daumen braucht, findet man keinen vernünftigen. Man sollte einen Vorrat anlegen.«

Rudolf Pedus ahnte einen Zusammenhang mit der daumenlosen Leiche vor dem Wirtshaus.

»Haben Sie versucht, für Ihren Sohn einen neuen Daumen zu besorgen?«

Der Alte blieb stehen, salutierte. »Exzellenz, ich vertraue Ihnen etwas an. Tragen Sie Sorge dafür, daß mein Sohn das so schnell wie möglich erhält. Ich rechne mit Ihnen!« Er nahm die Hand herunter, griff in sein Hemd und holte einen in ein Taschentuch gewickelten Gegenstand hervor. Er reichte ihn dem Pastor.

»Sicher. Aber zuerst bringe ich Sie nach Hause.« Er befühlte das Tuch, steckte es ein und drängte den Alten weiter. Otto Timber war zufrieden und ließ sich ohne Widerstand um die Ecke und zur Wohnung hinaufführen. Im ersten Stock betraten sie die Küche. Das Fenster war weit geöffnet, darunter, auf der Bank, lag Petra Timber, und vor ihr auf den Holzdielen lag ein Jagdgewehr. Der Pfarrer beugte sich über sie. Erleichtert stellte er fest, daß sie nur schlief.

»Petra!«

Sie fuhr hoch und starrte die beiden an. Es dauerte einige Sekunden, bis sie sich faßte und wußte, was geschehen war. Sie sprang auf und ging zum Wasserhahn. »Ich mache wohl besser einen Kaffee.« Sie begann hektisch am Herd zu hantieren, Töpfe hin- und herzuschieben, mit Geschirr zu klappern und Besteck zu sortieren.

Der Pfarrer ließ den Alten auf die Sitzbank nieder, schob ihn so an die Mauer, daß er bei einer plötzlichen Ohnmacht nicht herunterfallen konnte. »Der Sieg ist unser, meine Tochter, trotz schweren Beschusses haben wir die Schlacht gewonnen«, sagte Otto Timber. Er sank etwas zusammen, kam noch einmal hoch: »Der Schatz ist in unseren Händen und schon unterwegs zum Zimmermann, damit er uns neue Schiffe bauen kann!«

Die Kaffeemaschine begann zu schnorcheln. Petra Timber rückte den Tisch vor die Bank, zog einen Stuhl heran und legte das Gewehr auf den Tisch. »Was ist geschehen? Was habe ich nur getan? Ich wollte es nicht.« Sie setzte sich und versteckte ihr Gesicht hinter den Händen. »Ich hatte solche Angst.«

Der Pfarrer legte eine Hand auf ihre Schulter. »Alles wird gut.«

»Mein armer Mann.«

»Wo ist Katharina?«

»Und ohne Daumen!« Sie nahm die Hände vom Gesicht. »Katharina? Ist sie tot?« Petra Timber heulte los.

»Aus der Daumen, aus dem Sinn!« brüllte der Alte.

»Nein. Beruhige dich.« Der Pastor schüttelte die Tischlersfrau.

»Aber ich habe geschossen.«

»Jeder Schuß ein Ruß«, quakte der Alte.

»Auf wen?«

»Auf den Studenten.«

»Was essen die Studenten?« meldete sich der Alte.

»Er ist in Sicherheit.«

»Er lebt?«

»Nur verletzt. Keine Sorge.« Pedus wartete, bis sich Petra Timber beruhigte, doch der Alte fuhr brüllend dazwischen: »Je größer die Wunde, je eher vor die Hunde!«

Petra Timber wurde erneut von heftigem Schluchzen geschüttelt.

»Er hatte auch einen Hund«, fuhr Otto Timber mehr zu sich selbst fort. »Heil Hund!«

Rudolf Pedus stand auf. »Ich bringe deinen Schwiegervater nach oben. Er nervt. Bleib hier und beruhige dich inzwischen.«

Der Alte ließ sich widerspruchslos hochziehen und die Treppe hinaufschieben. »Alle großen Menschen hatten einen Hund. Nur Napoleon nicht. Ha, der war ja auch klein.« Otto Timber redete mit sich selbst. Der Pfarrer setzte ihn in seinem Zimmer in den Lehnstuhl. Der Alte stöhnte, riß die Augen auf und versank in seine Starre. Rudolf Pedus stutzte, vielleicht war etwas an diesem Sessel, das die Bewegungslosigkeit des Alten auslöste? Doch darum würde er sich demnächst kümmern. Es gab viel aufzuräumen. Eins nach dem anderen. Er stieg wieder hinunter. Petra Timber hatte inzwischen geblümte Tassen und Teller aufgedeckt, Papierservietten gefaltet, Blumen aufgestellt und eine Platte mit zwei Sorten selbstgebackenen Keksen dekoriert.

Der Pfarrer setzte sich und betrachtete den Tisch.

»Das war nicht nötig.«

»Ich habe es nur getan, weil es mich beruhigt.«

Sie goß Kaffee ein. Rudolf Pedus schob einen Keks wie ein Spielzeugschiff auf seinem Teller hin und her. Ein Sturm kam auf, die Wellen schlugen hoch, mit Müh und Not erreichte das Schiff den Tellerrand.

»Du weiß, daß im Gutshaus geheiratet werden soll.«

»Ja, so sagt man.«

»Ich war gestern da, und ich glaube, ich weiß, wer da vermählt wird.«

Petra Timber lachte. »Natürlich, der Gutsherr . . .«

». . . mit Katharina!« ergänzte er.

Petra Timber spuckte den Kaffee aus und sprang auf: »Nein! Sag, daß das nicht wahr ist!«

Der Pfarrer schwieg, probierte den Kaffee und nickte mit dem Kopf. »Ich glaube«, sagte er bedächtig, »es ist an der Zeit, daß du die Wahrheit sagst.«

»Nein, nein!«

»Du mußt!«

»Nein.«

»Doch.«

»Sie ist meine Tochter!«

»Das wußte ich schon immer. Wer ist der Vater?«

»Nein.«

»Doch.«

Petra Timber setzte sich wieder. »Er darf es nicht erfahren, nicht jetzt.«

»Wer?«

»Mein Mann.«

»Er ist auch der Vater?«

»Nein, nein. Ich war doch schon mit Thomas verlobt. Er arbeitete ein halbes Jahr als Schiffszimmerer in Neapel, und ich wurde schwanger. Was sollte ich denn tun? Er hätte mich doch nicht mehr genommen. Thomas Timber darf es niemals erfahren.« Sie begann zu weinen.

Rudolf Pedus nahm sie in die Arme. »Er muß nichts erfahren, aber Katharina muß wissen, wer ihr Vater ist.«

»O nein, ich kann es ihr nicht sagen . . . gibt es keine andere Lösung . . .«

Er nahm ihr Gesicht in seine Hände und sah ihr in die verweinten Augen. »Denk an die Schuld, die du auf dich lädst, wenn du es nicht sagst. Wie willst du vor Gott bestehen?«

»Gott . . . kann Gott mir helfen . . .«

Der Pastor spürte, daß sie einer Ohnmacht nahe war.

»Es geht nicht mehr um dich, nicht mehr allein um deine Schuld, sondern um die Sünde, die dein Kind begeht, ohne es zu wissen. Du schickst sie in die Verdammnis.«

»O Vater, hilf mir!«

»Petra, wer ist der Vater?«

»Vater im Himmel.«

»Unmöglich.«

»Pedus, du weißt doch, wer der Vater ist?«

»Nein. Ich vermute es nur. Du mußt es ihr sagen. Jede Minute kann es zu spät sein.«

»Ich kann nicht.« Sie brach zusammen, und Rudolf Pedus konnte sie nicht halten, es gelang ihm nur, ihren Sturz zu mildern.

Auf dem Boden zusammengekrümmt, weinte und schluchzte sie hemmungslos. »Sie wird mich dafür hassen.«

Der Pastor beugte sich über sie. »Es muß heraus. Sag seinen Namen!«

»Es ist Hermann. Hermann van Grunten.«

50

Er wußte nicht, was ihn ermutigte, einen letzten Versuch zu unternehmen. Katharinas Verhalten jedenfalls schien einen solchen nicht zu rechtfertigen. Im Gegenteil: Vielleicht war er in ihren Augen längst eine lächerliche und lästige Figur (Käfer).

Er krabbelte an der Seite des Arzthauses entlang, versteckte sich in einem Grasbüschel und hob vorsichtig die Fühler. Geduldig beobachtete er die Dorfstraße. Vor dem Gasthof saß noch immer einer auf Wache. Ungefährlich. Er schien zu schlafen. Sonst war die Straße frei.

Jakob überlegte, welche Möglichkeiten er hatte. Sein Wagen stand vor der Tischlerei. Mit einem schnellen Spurt könnte er es in seine Wohnung schaffen, den Autoschlüssel greifen und mit Vollgas und quietschenden Reifen Richtung Weinstein verschwinden. Doch nach kurzer Fahrt würde er im Rückspiegel sehen, wie sich der auf dem Rücksitz verborgene Mann mit einem Messer ... Und in Weinstein in der Telefonzelle: »Hallo, Katharina, ich wollte dir nur sagen ...« Was, ja was? »Uh!«

Gut, neue Idee: Angenommen, er krabbelte unbemerkt über die Straße und im Rinnstein bis zur Wohnung des Tischlers. Katharina war zu Hause. Er schlug ihr die Bratpfanne über den Kopf, warf sie in seinen Wagen und fuhr mit quietschenden Reifen Richtung Weinstein. Doch nach kurzer Fahrt würde er im Rückspiegel sehen, wie sich der auf dem Rücksitz verborgene Mann mit einem Messer ... Und in Weinstein in der Telefonzelle: »Hallo, Frau Timber, ich habe ihre Tochter ent ...« (Wieviel Lösegeld sollte er verlangen?) »Uh!«

Er pumpte sich gerade voll Selbstbewußtsein, um ganz gemächlich in seine Wohnung zu gehen, als er den Pfarrer bemerkte, der sich mit dem Mann vor dem Gasthaus beschäftigte. Wahrscheinlich fragte er ihn gerade, ob er den Studenten gesehen hatte. Jakob zog seinen Kopf zurück. Ein weiterer Mann guckte aus dem Wirtshaus. Schließlich ging der Pfarrer weiter und machte erst vor dem Eingang zu Jakobs Wohnung halt. Kein Zweifel, der suchte ihn, um ihn abermals einzusperren.

Aber vielleicht konnte er den Spieß umdrehen und den Kirchenmann gefangennehmen. Er müßte dem Pfarrer etwas über den Kopf schlagen. Zum Beispiel eine Bratpfanne ... und ihn dann in den Wagen werfen und mit quietschenden Reifen ... Uh!

Er wartete, bis der Pfarrer wieder aus dem Haus kam und über die Straße ging. Hatte er ihn gesehen? Jakob preßte sich in den Winkel zwischen Mauer und Boden. Als er es endlich wagte, den Kopf zu heben, kam der Pfarrer mit dem Arzt ins Blickfeld. Es war aussichtslos, Jakob konnte jetzt nichts unternehmen. Es war Sonntag und vielleicht besser, wenn er sich bis zur Mittagszeit verkroch. Die Dorfbewohner würden doch hoffentlich heute einen Mittagsschlaf halten.

Er krabbelte zurück und huschte zum rückwärtigen, mit dichtem Buschwerk bewachsenen Teil des Gartens. Dahinter stieg er über den Zaun, der das Grundstück des Arztes von einer Weide trennte. Vielleicht sollte er sogar die Dunkelheit abwarten, um Katharina zu suchen? Vielleicht wäre es vernünftig, in der Zwischenzeit zum Gutsherrn zu gehen? (Als wenn die Vernunft bei seinen Überlegungen eine Rolle spielte.) Den Förster hielt er allerdings für zuverlässiger. Doch war der schon zurück? Wenn er über die Herzensach bis in den Wald ging, konnte er in der Deckung der Bäume bis an die Rückseite des Forsthauses gelangen. Es war ein langer Weg, aber der beste Plan. Die einzige Gefahr bestand darin, während der Überquerung der zur Flußsenke führenden Weide gesehen zu werden. Bis er aus dem Sichtfeld des Dorfes gelangte, schien ihm die Geschwindigkeit eines Sonntagsspaziergängers die beste Tarnung zu sein. Er ging langsam schräg über die Weide, die Hände tief in den Taschen, die vorn aus den aufgeschlitzten Hosenbeinen herausschauten. Er versuchte einen breitbeinigen Gang, weil er glaubte, daß ein Bauer so gehen würde.

Am Ende der Weide kroch er unter dem Stacheldrahtzaun hindurch und kam auf den Feldweg zur Herzensach. Nur noch wenige Meter, und der Weg senkte sich ab. Geschafft.

»Ich hatte ehrlich nicht erwartet, Sie lebend zu sehen.«

Jakob suchte erschrocken die Herkunft der Stimme. Der Gutsverwalter trat grinsend hinter einem Busch hervor. »Gestern schien sich aller Unmut der Herzensacher über Ihrem Kopf zusammenzuziehen. Man machte Sie so ziemlich für alles verantwortlich: für schlechtes Wetter, zu früh kalbende Kühe – einfach für Mißgeschicke jeder Art und wahrscheinlich nicht zuletzt auch für das Unglück, in diesem Dorf wohnen zu müssen.« Jürgen Vietel lachte. »Sie sehen etwas lädiert aus. Hat man Sie doch erwischt?« Er zeigte auf Jakobs Hose. Der Student erholte sich von seiner Überraschung. Der Verwalter schien ihm nichts Böses zu wollen, spazierte neben ihm her und bestätigte: »Von mir haben Sie nichts zu befürchten. Ich versuchte gestern noch diese Wahnsinnigen von ihrem Plan abzubringen, Sie zu jagen. Wo hatten Sie sich versteckt?«

»Ach.« Jakob winkte ab. »Wollen die mich immer noch haben?«

»Wer weiß.« Der Verwalter zuckte mit den Schultern. »Der harte Kern sitzt wohl ohne Unterlaß im Gasthof und betrinkt sich. Der Alkohol macht sie unberechenbar.«

»Was ist bloß los mit den Menschen hier?«

»Was wollen Sie, es ist ein abgeschiedenes kleines Nest am Rande der Welt, da mag man Fremde nicht. Sie führen einem vor Augen, wie weltfremd man selber ist, wie rückständig, wie begrenzt im Denken. Sie sind ein Angriff auf die Lebensart der Menschen hier. Jeder Fremde, der sich hier niederläßt, bringt das gesamte Idyll in Gefahr. Und Sie besonders. Aber wahrscheinlich ahnen Sie nicht einmal etwas davon. Diese kleine Welt kann einstürzen durch Menschen wie Sie.« Er lachte. »Es ist wahr!«

»Ich habe eher den Eindruck, verzeihen Sie, es sind alle ein bißchen verrückt hier.«

»Ich weiß schon, was Sie meinen. Die Geschichte des Ortes. Wir stammen alle von Piraten ab. Wir sind etwas wilder, wir bringen Leute um. Das meinen Sie, was? Immer wenn etwas Ungewöhnliches geschieht, werden die Piraten wieder hervorgeholt.«

»Ist es nicht wahr?«

»Ich komme auch aus einer solchen Familie. Aber ich bin wohl aus der Art geschlagen. In mehrfacher Hinsicht.«

»Ihr Bruder aber nicht.«

»Was?«

»Ihr Bruder.«

Jürgen Vietel war mit offenem Mund stehengeblieben. »Sie kennen meinen Bruder?«

»Ich nehme es an. Er sagte, er sei Ihr Bruder.«

»Sie sind ihm begegnet?«

»Was ist so seltsam daran?«

»Ich kann es nicht glauben. Sie scheinen wirklich alles durcheinanderzubringen.«

Sie hatten die Herzensach erreicht. Jürgen Vietel setzte sich auf einen großen Stein und lud den Studenten ein, sich neben ihn zu setzen. »Mein Bruder ist spurlos verschwunden, seit Jahren. Wo haben Sie ihn getroffen? Sie kommen aus Hamburg, ist er dort? Wieso hat er sich zu erkennen gegeben?«

Jakob setzte sich, erzählte von der Begegnung am vergangenen Abend. Der Verwalter wollte ihm nicht glauben und verlangte eine ausführliche Beschreibung. Jakob gab sie ihm, hielt es aber für besser, nichts von der Leiche im Fond des Wagens zu erzählen. Jürgen Vietel wurde immer aufgeregter, konnte nicht mehr sitzen bleiben, lief herum und stellte hastig Fragen nach allen möglichen Details. Jakob wurde immer wortkarger in seinen Antworten. Der Verwalter blieb vor ihm stehen und legte den Kopf schräg: »Was ist los, Sie verschweigen mir etwas.«

»Ich glaube, Ihr Bruder ist Ihnen nicht wohlgesinnt. Also, ich meine, er will Ihnen schaden.«

Jürgen Vietel wurde ärgerlich. »Natürlich, er ...« Er unterbrach sich, sah Jakob an und lächelte kurz. »Es ist eine alte Familiengeschichte.«

Er kniff die Lippen zusammen, ging am Flußufer in die Knie, tauchte einen Finger ins Wasser, rührte darin herum. Plötzlich fuhr er hoch. »Ich muß zurück ins Gutshaus!«

Er eilte den Fluß entlang, ohne sich zu verabschieden, doch dann blieb er stehen und kam zurück. »Entschuldigen Sie, ich habe darüber ganz vergessen ... Sicher ist es besser, wenn ich Sie mit ins Gutshaus nehme. Dort können Sie bleiben, bis sich die Wogen geglättet haben. Es gibt Gästezimmer, und der Gutsherr hat bestimmt nichts ... obwohl er gerade ...« Er zog die Mundwinkel herab und schnaubte laut, um sein Mißfallen auszudrücken. »Sie müssen wissen, wir haben noch einen Gast im Haus, eine Frau, und wenn ich die Sache richtig sehe ... ich verrate bestimmt nicht zuviel ... könnte aus den beiden ein wunderschönes Paar werden.« Es schwang Ironie mit.

»Lassen Sie nur. Ich will nicht stören. Vorhin hatte ich überlegt, zum Förster zu gehen. Ich kann bestimmt auch dort ...« Jakob winkte ab.

»Nein, nein, kommen Sie. Ich will Sie jetzt in Sicherheit wissen.« Jürgen Vietel zog ihn mit sich. »Ich glaube, Sie kennen das Mädchen gut. Aber sagen Sie nicht, daß ich Ihnen etwas verraten habe, so wie ich Sie bitte, meinen Bruder nicht zu erwähnen, falls er nicht schon im Gutshaus auf mich wartet, um mich zu erschießen. Oje, ich will es nicht hoffen, aber ich fürchte, die Zeit heilt eben doch keine Wunden, man gewöhnt sich nur an die Schmerzen. Was für einen Wagen hat er gefahren? Hatte er Gepäck?«

»Wer ist das Mädchen im Gutshaus?«

»Katharina. Aber das ist jetzt unwichtig. Ich muß meinem Bruder zuvorkommen. Was sagten Sie? Er will mir schaden? War jemand bei ihm? Welchen Eindruck hat seine Kleidung gemacht? Ich meine, war er gepflegt oder eher ärmlich?«

»Nein!«

»Was?«

»Katharina.«

»Doch, doch. Ich weiß, daß sie nicht dem Bild einer Gutsherrin entspricht, aber sie ist eine Frau. Es kann ja nicht jeder, leider ... und unser lieber Jan ... Himmel, was rede ich. Ich bitte Sie. Ich fürchte, ich habe schon zuviel gesagt.«

»Ich kann es nicht glauben.« Jakob blieb zurück.

Der Verwalter kam zu ihm, sah ihm sorgenvoll in die Augen. »Was ist mit Ihnen?«

»Gehen Sie nur. Ich komme schon zurecht.«

»Was haben Sie?«

»Ich glaube, ich muß mich einen Augenblick setzen. Mir ist etwas schwindelig.«

Jürgen Vietel trat ungeduldig von einem Bein aufs andere.

»Katharina . . .«, begann Jakob mühsam. Sein Gehirn schien auszusetzen.

»Ach, sie ist auch nur eine Frau.« Er kicherte. »Wenn ich bedenke, daß Sie das alles ausgelöst haben. Wenn Sie an einem Unglück wirklich schuld sind, dann an diesem: Jan braucht dringend einen Erben.«

»Nein.« Jakob ließ sich auf dem Erdboden nieder. Ihm war übel. Die Landschaft verschwamm vor seinen Augen.

Jürgen Vietel beugte sich über ihn, betrachtete ihn mit gerunzelter Stirn (wissenschaftliches Interesse), als wäre Jakob ein ekelhaftes Insekt (Käfer), auf das er aus Versehen getreten war und das sich nun wand und gelbe Flüssigkeit absonderte. »Ich wünschte mir auch, es wäre anders. Das können Sie mir glauben. Aber . . .«

»Gehen Sie schon«, sagte Jakob. Er wollte in Ruhe sterben. »Ich bleibe noch hier.«

Jürgen Vietels Brauen hoben sich. Er rümpfte die Nase. Wahrscheinlich begann Jakob schon zu stinken.

»Ich kann ja nachkommen«, sagte er mühsam.

»Geht es Ihnen nicht gut?« fragte der Verwalter. Jakob sah nicht zu ihm hoch. Jürgen Vietel wollte ihn bestimmt aufspießen und hinter Glas ausstellen: Hier sehen Sie ein besonders unglückliches Exemplar. Ich bin leider mit dem Fuß daraufgetreten. Oder sagen wir: Es verletzte sich so schwer an der Erschütterung, die es selbst auslöste, daß wir es leider töten mußten. Ist es nicht putzig, wie häßlich diese Tiere sein können?

»Gehen Sie schon!« Jedes Wort schmerzte. Einer seiner Därme zerriß gerade in kleine Stücke. Vielleicht sammelte Jürgen Vietel wirklich Leichen.

»Ist gut. Es ist wegen meines Bruders. Verstehen Sie, ich muß mich beeilen. Aber kommen Sie auch wirklich nach?«

»Ja.« Jakob hielt die Luft an, bis Jürgen Vietel die Böschung hinaufgestiegen und nicht mehr zu sehen war, dann fiel er einfach um, stieß die Luft in einem langen, dumpfen Schmerzenslaut aus. Jeden Moment mußte sein Herz zerreißen – oder vielleicht kam ein wildes Tier und fraß ihn. Vielleicht traf ihn auch ein verirrtes Geschoß von einer weit entfernt abgefeuerten Kanone, oder eine Flutwelle spülte ihn ins Meer, wo schon ein gefräßiges Seeungeheuer wartete. Manchmal bebte auch einfach die Erde, ein tiefer Spalt tat sich auf und verschluckte Menschen wie ihn.

Er wartete und wartete, aber es geschah nichts von alldem, was er sich gewünscht hatte. Nicht einmal die Dorfbewohner kamen, um ihn aufzuhängen. Nicht ein einziger. Nicht einmal, um ihn zu bespucken.

Er wartete noch ein bißchen. Er wollte nicht ungeduldig erscheinen. Aber es geschah immer noch nichts. Er wartete noch ein bißchen. Es war wie immer, die wirklich wichtigen Dinge, die, die das Leben veränderten, geschahen immer zum falschen Zeitpunkt – dann, wenn man sie nicht gebrauchen konnte. Er wußte das längst, hatte es längst erfahren. Sein Recht auf Glück war vor langer Zeit in einem südamerikanischen Regenwald vom Himmel gefallen – und nicht wieder auf die Beine gekommen. In einer Großstadt wie Hamburg fiel das nicht auf. Da gab es viele Menschen mit komplizierteren Krücken. Und dort fanden sich auf alle Gebrechen spezialisierte Frauen. Was erwartete er von den Frauen hier auf dem Land? Jede normale Frau sah ihm an, was mit ihm los war, und wandte sich intakten Männern zu. Sie folgten einem Naturgesetz. Katharina war eben auch noch mit natürlichen Instinkten ausgerüstet. Sie wählte das gesunde Erbgut. Es wäre also sowieso nichts geworden mit ihnen. Daß er mitgeholfen hatte, sie in die Arme des Gutsherrn zu treiben, war vollkommen egal.

Wütend krümmte er sich. Warum dachten die denn noch immer, er sei ein Weinstein? Wie blöd waren die denn? Waren sie deshalb hinter ihm her? Sogar der Pfarrer, der Arzt ... Und vor lauter Angst nahm der Gutsherr das nächstbeste Mädchen aus dem Dorf ... nein, sie war die beste Wahl, die er treffen konnte, trotzdem paßte sie nicht zu ihm.

Er wußte nicht, wie der Verdacht hatte entstehen können, er sei ein Nachfahre der Grafen Weinstein. Aber Katharina dachte es wohl auch, war wahrscheinlich deshalb immer so abweisend zu ihm gewesen. Wenn er jetzt ins Gutshaus ging und noch einmal alles aufklärte, vielleicht würde sie ihre Verbindung erleichtert lösen. Sie wußte doch, daß er sie liebte.

Hätte sie ihn doch bloß einmal auf seine vermuteten Vorfahren angesprochen, alles wäre gut geworden!

Er stand auf. Er würde jetzt ins Gutshaus gehen und diesen verdammten Gutsherrn, wenn er nicht einsichtig war, zu einem Duell auf Leben und Tod herausfordern.

Er ging nicht. Er würde doch bloß eine lächerliche Figur abgeben. Er konnte weder fechten noch schießen, und boxen konnte er schon gar nicht. Außerdem konnte er Katharina auch damit nicht beeindrucken. Sie wollte ihn nicht. Er hatte niemals auch nur die Spur einer Chance besessen. Und das war gut so. Dieses Mädchen war unmöglich.

Er konnte froh sein.

Wie lief sie denn herum?

Sehr froh.

Eine vom Land, meine Güte!

Verdammt froh.

Verdammt.

Mist!

51

Sie hatte sich die Decke über den Kopf gezogen. Es war kalt unter dem prall gestopften Federbett. Aber Katharina hätte jetzt auch vor einem Kaminfeuer oder in einer heißen Badewanne gefroren. Sie wagte nicht, unter der Decke hervorzukommen. Sie wünschte sich weit weg, wollte in dem beeindrukkenden Zimmer des Gutshauses genausowenig erwachen wie sonst in ihrer Kammer im Haus des Tischlers. Sie fragte sich, wie der Student in Hamburg wohnte, und stellte sich eine kleine (vergitterte) Kammer vor, mit einer Holzpritsche (mit Strohsack) und einem abgeschabten Tisch, auf dem sich alte, in Leder gebundene und vergilbte Bücher türmten. Sie lachte grimmig. Dieses verdammte Gutshaus verstellte ihr den Blick auf die Realität. Die dicken Mauern, der Marmor, die Ranken, Rosetten, Mäander machten aus ihr eine Art Aschenputtel. Sie sprach anders und dachte anders als sonst (in Ranken, Rosetten, Mäandern). Kein Wunder, wenn der Student in ihrer Phantasie plötzlich in einer Klosterzelle hauste.

Sie streckte den Kopf aus dem Bett. Die Sonne schien und sie hörte die Kirchenglocken. Jetzt kamen ihr die Gedanken aus der Nacht (Ranken, Rosetten, Mäander) absurd und fremd vor. Sie war mitten in der Nacht erwacht und nahe daran gewesen, das Gutshaus zu verlassen. So sehr war sie von Manuela Kotschiks wirrem Gerede verunsichert worden, daß ihr die Sinne einen Streich gespielt hatten. Als sie barfuß und nur mit dem steifen Leinenhemd bekleidet auf der Suche nach einer Toilette durch das Haus geschlichen war, hatte sie die Stimme gehört. Dorothee Wischberg schien noch immer irgendwo im Haus zu sein. War ihre Geschichte von der allnächtlichen und rein sportlich motivierten Klettertour eine Lüge? Doch Katharina hatte nicht herausfinden können, woher ihre Stimme kam.

Sie erinnerte sich sehr klar an die Worte von Dorothee Wischberg und an Jans amüsierte Antworten gestern abend in der Bibliothek. Man hatte ihr etwas vorgespielt. Ein Komödie, bei der sich alle auf ihre Kosten amüsierten. Und Jan hatte mitgespielt. Warum tat er das? Es war gemein. Aber sie war selbst schuld. Sie hatte es mit sich geschehen lassen. Beeindruckt von den dicken Mauern, dem Marmor, den Ranken, Rosetten und Mäandern.

Sie wusch sich, mußte ihr Kleid (auch so eine Reaktion auf das Gutshaus) wieder anziehen, obwohl sie jetzt am liebsten Hosen getragen hätte. Sie ließ die Tür des Gästezimmers bewußt laut ins Schloß fallen und stampfte den Flur entlang. Sie wollte sich nicht dem Haus anpassen. Glaubte Jan, ihr nicht alles mitteilen zu können, was im Gutshaus vor sich ging? Wollte er sie schonen? Oder war sie in seinen Augen ein dummes Bauernmädchen mit begrenztem Verstand, dem man aus diesem Grund nicht alles erzählte?

Andererseits – er hatte ihr schonungslos Geheimnisse seines eigenen Lebens offenbart. Intimitäten. Das paßte nicht zusammen. Da war also etwas, von dem sie noch nichts wußte. Irgend etwas ging in diesem Haus (dicke Mauern, Marmor, Ranken, Rosetten, Mäander, Intrigen, Perversionen) vor, was er ihr, vielleicht nicht einmal mit böser Absicht, verschwiegen hatte. Jan hatte ihre Unwissenheit zu seinem eigenen Vergnügen benutzt. Gut, das kam vor. Aber hinterher hätte er sie aufklären müssen. Sie hatte das verdammte Recht, alles zu erfahren, was in diesem Haus vor sich ging. Und zwar ohne Ranken, Rosetten und Mäander.

Sie verabscheute Situationen, deren Verlauf und Ausgang sie nicht kannte. Die Kontrolle über einen Vorgang zu verlieren war das gleiche, wie sie über sich selbst zu verlieren. Alles mußte aufgeklärt werden, sofort. Eine andere Art zu leben, gab es für sie nicht. Jan war zur Rede zu stellen. Wenn es keine befriedigenden Antworten gab, würde sie gehen. Zwar war der Vertrag unterschrieben, doch trat er erst in ein paar Tagen in Kraft. Und wenn sie es nicht wollte, geschah gar nichts. Notfalls konnte sie mit Hilfe von Jakob Finn sofort aus dem Ort verschwinden. Das war kein so schlechter Gedanke. Je öfter sie an den Studenten dachte, um so mehr gefiel er ihr. Sie lachte laut über sein Liebesgeständnis und hielt sich, als wäre sie bei etwas Ungehörigem ertappt worden, die Hand vor den Mund. Die Erinnerung an ihn verschaffte ihr zumindest wieder gute Laune. Sie ging durch das Haus, die große Treppe hinunter in die Halle. Niemand schien anwesend zu sein. Sie sah in alle offenstehenden Zimmer und entdeckte in dem üppig bepflanzten Wintergarten ein reichhaltiges Frühstücksgedeck. Auf alten Glastischen mit bronzierten gußeisernen Beinen, überragt von Palmenwedeln (was für ein Bild!), stapelten sich frischgebackene Brötchen (was für ein Duft!), englische Marmeladen, ein kleines Büfett mit Champagner, Lachs, Kaviar, großen Schalen voller Obst, darunter auch einige ihr unbekannte Früchte (was für Farben!). Der Luxus im Gutshaus überraschte sie immer wieder.

»Kaffee?«

Sie erschrak, erst jetzt bemerkte sie Werner Kotschik. Er löste sich in seinem dunklen Anzug aus dem Schattenspiel der Palmen und großblättrigen Pflanzen hinter dem Tisch.

Sie nickte. Er goß ihr eine Tasse ein. Sie bemerkte nicht nur seine eleganten Bewegungen, sondern auch sein attraktives Äußeres. Sie konnte sich gar nicht vorstellen, daß dieser große, kräftige Mann mit der kleinen, in sich zusammengesunkenen Haushälterin verheiratet war. Und plötzlich wußte sie, was man ihr gestern abend verschwiegen hatte: Dorothee Wischberg war die heimliche Geliebte von Werner Kotschik. Die beiden paßten gut zueinander. Und sie paßten genau in diesen Raum. Wie ein Paar aus den zwanziger Jahren. Damit klärte sich alles auf, und selbstverständlich war Jan zu diskret, um darüber zu sprechen.

Sie lächelte Werner Kotschik an. Er hatte sicher kein einfaches Leben. So wie er da stand, war er wohl der eigentliche Chef des Alltags in diesem Haus. Aber natürlich kam eine Trennung von seiner geistig labilen Frau, die Gespenster sah und Stimmen hörte, nicht in Frage.

Obwohl sie sich bisher nie dafür interessiert hatte, konnte sie sich die gradlinige Welt der Angestellten im Gutshaus gut vorstellen.

Er kam mit der Tasse hinter dem Büfett hervor und führte sie zu einer kleinen Sitzecke mit Rattanmöbeln.

»Es tut mir leid«, sagte er mit einer Verbeugung, »aber ich kann Ihnen im Moment keine Gesellschaft verschaffen. Der junge Herr ist ausgeritten, und ich kann auch nicht den Verwalter bitten. Er ist ebenfalls nicht im Haus.«

»Ich weiß, ich bin ein wenig spät aufgewacht.« Ihre Stimme war dünn, aber sie wagte nicht, sich zu räuspern.

»Was darf ich Ihnen servieren?«

»Ich weiß es noch nicht. Ich bediene mich selbst. Danke.«

»Bitte.« Er ging, und sie sah ihm nach. Seine erstaunliche Erscheinung, der Duft des Kaffees und der Brötchen, die Sonne, die dem Wintergarten die Stimmung eines Südseestrandes gab, verscheuchten endgültig alle dunklen Zweifel der Nacht. Sie stand auf, öffnete eines der Fenster und sah hinüber zum Waldhang an der Herzensach. Für einen Moment war ihr, als hätte sie Trivial zwischen den Bäumen gesehen. Sie drehte sich um und betrachtete die Vielfalt der Pflanzen in den großen, wertvollen Porzellantöpfen. Viele von ihnen reichten fast bis an die Sonnensegel am gläsernen Dach. Sie ahnte ein Leben, das Lichtjahre von der engen Wohnung des Tischlers, seinen schleimigen Worten, seiner sich duckenden Frau und der staubigen Werkstatt entfernt war. Ein Leben wie im Märchen, in dem sie über alles hinwegflog und auf Herzensach hinunterblicken konnte, als läge dort eine Ansichtskarte auf dem Boden, die sie bei Gelegenheit verschicken würde: Viele Grüße, bin für ein paar Tage in meinem alten Dorf. Nette Leute, aber auf Dauer unerträglich. Eure Katharina van Grunten. Alles wird gut. Und sie lebten glücklich bis ans Ende ihrer Tage.

Sie stellte sich vom Büfett einen Teller zusammen und ging (schwebte) zurück zur Sitzecke. Erst jetzt entdeckte sie ein kleines Briefchen (parfümiert?), das unter der Vase mit den Narzissen festgeklemmt war. Es war mit ihrem Namen beschriftet (verschnörkelt?). Warum hatte Werner Kotschik sie nicht darauf aufmerksam gemacht? Sie war abgelenkt gewesen, und er hatte es als selbstverständlich betrachtet, daß sie es bemerkte. Sie öffnete es rasch (mit Herzklopfen?):

»Liebe Katharina, ich hoffe, Du konntest nach diesen seltsamen Ereignissen am Abend gut schlafen. Was für eine verrückte Welt.

Verzeih mir, aber eine alte Gewohnheit treibt mich früh hinaus in den Pferdestall und in den Wald.

Bitte, warte auf mich, denn eines hat mich dieser Abend gelehrt: Auf Deine Gesellschaft möchte ich nicht verzichten – Jan«

Sie lächelte (versonnen?) und steckte den Brief (zwischen ihre Brüste?) zurück in den Umschlag. Alles war gut. In diesem Augenblick hörte sie den Schuß und seinen Nachhall. Es kam aus dem Wald. Sie blickte zum Fenster, stand auf und sah vor ihrem inneren Auge den Förster das Herz des Rehes herausschneiden, um es der Königin zu bringen.

Und als hätte der Knall eine posthypnotische Reaktion ausgelöst, ging sie traumwandlerisch durch die Halle und stieg die Treppen hinauf. Sie erinnerte sich nicht, jemals auf dem Flachdach der Seitenflügel gewesen zu sein, doch sicher gab es einen Zugang. Jetzt mußte sie hinauf. Im zweiten Stock gab es eine Tür, die ins Freie zu führen schien. Sie war abgeschlossen, doch der Schlüssel hing daneben in einem kleinen Kasten. Sie öffnete die Tür. Es war ein Dachgarten, allerdings war er wohl lange nicht benutzt worden. Ein paar verrottete eiserne Gartenmöbel standen herum. Moos bedeckte die Steine. Birken hatten sich ausgesät, wuchsen klein und verkrüppelt in den Ritzen. Um einen Fahnenmast, von dem die Farbe abblätterte und eine Schnur in Fransen herabhing, gruppierten sich zersprungene Töpfe mit vertrockneten Pflanzen. Sie ging zur steinernen Brüstung und sah hinüber zum Wald. Weit entfernt stieg ein Mann einen der Wege zum Heidberg hinauf, verschwand eine Zeitlang hinter Bäumen, tauchte wieder auf. Am Gang erkannte sie den Förster. Dann bemerkte sie unten an der Herzensach zwei weitere Personen, doch sie waren immer wieder von Büschen verdeckt, so daß sie keinen erkannte. Jetzt tauchte einer allein auf, ging in Richtung Gutshaus. Es war der Verwalter. Sie beobachtete, wie er plötzlich die Richtung nicht mehr einhielt, ein Stück zum Dorf ging, dann wieder zum Gutshaus einschwenkte, schließlich einen Weidenzaun überkletterte und sich für das Dorf entschied. Nein, doch zum Gutshaus zurückging.

Wo war der andere geblieben? Jetzt sah sie ihn. Er überquerte die Herzensach auf den im Fluß liegenden Steinen. Es war der Student, der so unbeholfen balancierte. Sie lächelte bei dem Gedanken an seinen Sturz ins Wasser. Auf der anderen Seite ging er ein Stück am Waldrand entlang, setzte sich und sah zum Gutshaus hinüber. Sie winkte, aber er bemerkte sie nicht. Jetzt spürte sie, daß sie ihm gegenüber ein schlechtes Gewissen hatte. Sie hätte ihm sagen sollen, daß sie sich mit Jan verbinden wollte.

Es war nicht weit bis zum Waldrand, sie konnte hinüberlaufen. Sie ging die Brüstung entlang. Vor dem Stall waren Pferde angebunden. War Jan zurückgekommen, und sie hatte es nicht bemerkt? Ein Stallknecht ging nach vorn. Sie beobachtete ihn. Er verschwand in einem der Landarbeiterhäuser. Ein grauer Wagen bog von der Dorfstraße in die Pappelallee ein, die zum Gutshaus führte. Besuch? Wie spät war es? Sie hatte ihre Armbanduhr im Gästezimmer liegenlassen. Die Kirchenuhr befand sich an der Vorderseite des Turms, war nicht zu sehen. Sie lehnte sich auf die Brüstung und wartete, bis der Wagen vor dem Haus angekommen war. Der Fahrer stieg aus. Er trug eine Uniform. Es war ein Polizist. Er beugte sich zurück in den Wagen, kam mit seiner Mütze wieder hervor und setzte sie auf. War ein Unglück geschehen? Auf der anderen Seite stieg ein Mann ohne Uniform aus. Beide bewegten sich gemächlich. Jetzt stieg noch ein dritter in einem dünnen Trenchcoat aus dem Fond. Er war wesentlich jünger, hatte helles, blondes Haar. Er legte die Hände in den Rücken, streckte sich und sah zum Haus hinauf. Er entdeckte sie und lachte. Katharina zuckte zurück, fühlte sich ertappt. Sie stieg die Treppen hinunter und ging in das Gästezimmer, um ihre Uhr zu holen. Sie lag nicht mehr auf dem Tisch neben dem Bett. Sie suchte das Zimmer ab und fand sie schließlich unter dem Bett. Als sie mit der Uhr wieder hervorkam, hörte sie, wie das Zimmer verschlossen wurde. Sie sprang zur Tür.

»He, hallo!« Sie schlug gegen das Holz. Niemand antwortete. Die Tür blieb verschlossen. Sie legte das Ohr dagegen. Draußen stand jemand. Sie hörte ihn atmen. Erst jetzt erwachte sie. Alles war falsch.

52

»Halt an«, sagte Dorothee Wischberg. Sie saß hinter Jan und hatte ihn umschlungen. Der Gutsherr zügelte das Pferd kurz vor der Brücke im Norden von Herzensach. Sie ließ sich vom Pferd gleiten.

»Wenn ich von hier aus zurückgehe, sieht es aus, als käme ich von einem Spaziergang.« (Ich tue das dir zuliebe!)

Jan saß ebenfalls ab und küßte sie. (Ich weiß!)

Sie strich ihm übers Haar.

»Mach dir keine Sorgen, sie hat nichts gemerkt. Und wenn – du bist doch ein Meister in äußerst glaubwürdigen Erklärungen. Jedenfalls hatte ich nie Zweifel an deinen Entschuldigungen, wenn du einmal zu unseren Verabredungen nicht gekommen bist oder wenn dein Fenster verschlossen war.« Sie lachte spöttisch. »Deine Ausreden waren immer wunderbar – so phantasievoll.«

Er ging nicht auf sie ein und sah an ihr vorbei. Er dachte an den Anruf seines Berliner Anwaltes in aller Frühe. Er wußte nicht, wie er darauf reagieren sollte. Sie faßte ihn an der Schulter.

»Was ist? Meinst du, sie hat meine Geschichte gestern abend nicht geglaubt? Ich wollte dir damit nur beweisen, daß ich mindestens über einen ebenso kreativen Geist verfüge.« Sie schmiegte sich an ihn. »Wenn dir also eines Tages mein Körper nicht mehr genügen sollte . . .«

». . . soll ich es in Gedanken mit dir treiben?«

Sie lachten beide.

»Katharina macht mir die geringsten Probleme«, sagte er. »Abgesehen davon, daß sie hübscher ist, als ich dachte.«

»Vorsicht.« Sie hob einen Finger.

»Ich verspreche dir, in Gedanken bei dir zu sein.«

»Ich glaube, du bekommst Probleme.« Sie stieß ihm den Zeigefinger gegen die Brust.

»Die habe ich schon.«

»Was hast du?« Der Spaß war vorbei.

»Ich glaube nicht, daß ich dich damit belästigen sollte. Die Geschäfte in Berlin . . .«

»Versuch's einfach mal.«

»Ich frage mich, wieso Gustav Anderson, ohne mir Nachricht zu geben, ins Ausland geflogen ist. Wir waren eigentlich verabredet. Und heute morgen ruft mich unser Anwalt an, er hat erfahren, daß bei der Staatsanwaltschaft Untersuchungen laufen.«

»Das bedeutet . . .«

Er schüttelte den Kopf: »Untersuchungen sind immer mal gelaufen. Ohne Ergebnis. Aber warum informiert mich Gustav nicht?«

»Seid ihr denn immer noch beim Schiffeversenken?«

Er lachte als Antwort, um nicht mit ihr diskutieren zu müssen. Sie war eine kluge Frau, aber mehr als ihren Verstand schätzte er ihr Gefühl. Die Schiffe der indonesischen Reederei hatten auf ihren spontanen Vorschlag hin ausschließlich eine Besatzung aus Hongkong-Chinesen bekommen. Die Angehörigen machten keine Schwierigkeiten, wenn sie verschwanden.

Dorothee Wischberg löste sich von ihm und trat einen Schritt zurück. »Du bist verunsichert. Das kenne ich nicht von dir. Was ist los?«

Er hob die Schultern.

»Willst du meinen Rat?« fragte sie von der Seite.

Er nickte bedächtig.

»Hier ist er: Verschwinde. Wenn du selbst nicht mehr weißt, was du tun sollst, hau ab, warte irgendwo, bis sich die Situation geklärt hat.«

»Ich habe das auch gedacht. Aber ist es nicht seltsam? Es ist vollkommen gegen meine sonstige Art. Immer wenn es Schwierigkeiten gab, haben wir die alte Fahne hervorgeholt, die Feinde damit erschreckt und in die Flucht geschlagen. Warum von einem so erfolgreichen Rezept abweichen?«

»Was immer du tun willst, zögere nicht. Nicht der Wille entscheidet, sondern der Wind.«

Es war ein Sprichwort seines Vaters, das sie benutzt hatte, und er kannte den Ursprung. Es war auf die vorderste Seite der Familienchronik geschrieben. Und dort hatte es in seiner Vollständigkeit einen anderen Sinn: Entweder dein Wille entscheidet, oder der Wind treibt dich. Hendrik van Grunten hatte die

Familienchronik angelegt, aber Jan vermutete, daß er das Motto schon von seinem Vater Cornelius hatte.

»Du hast recht.« Er schwang sich aufs Pferd, wendete es, winkte ihr zu, durchquerte den Fluß und preschte in den Wald hinein. Nach einem halben Kilometer verfiel er wieder in Trab. Dorothees Rat war richtig. Er sollte sofort umkehren, den Wagen aus der Garage holen, notdürftig einen Koffer packen und wegfahren. Und Katharina? Er nahm sie einfach mit. Warum nicht eine kleine Reise – nein, eine Weltreise natürlich. In vierzig Tagen um die Welt! Sie war die ideale Begleiterin. Robust und mutig. Und sie konnte noch staunen. Er würde sich daran weiden.

Alles Notwendige konnte man unterwegs kaufen. Abgesehen von Katharina war eine solche spontane Reise nur mit Dorothee vorstellbar. Alle anderen würden auf ihren Pfennigabsätzen ausschließlich jammern.

Das Pferd war in Schritt gefallen, weil es seinen Druck nicht mehr spürte. Er trieb es wieder an und ritt den Heidberg hinauf. Heute war Sonntag. Bis Montag früh hatte er bestimmt noch Zeit. Oben auf dem Thingplatz hielt er das Tier an und schaute hinunter auf das Dorf. Er hörte einen Schuß; er kam vom Waldhang. Er ritt dem Knall entgegen, und nach einer Weile trat der Förster hinter einem Baum hervor.

»Ihr seid zurück und schon auf der Jagd?« genoß Jan seine alte Rolle.

Johann Franke lachte, kam dicht ans Pferd und reichte dem Gutsherrn die Hand hinauf. »Kaum ist der Förster aus dem Wald, tanzen die Füchse auf den Tannenspitzen.«

»Es ist gut, daß Sie zurück sind und für Ordnung sorgen. Ich fürchte nur, Ihre Fernsehsendung wird alles durcheinanderbringen.«

»Sie wissen schon von der Sendung?«

»Schlechte Nachrichten verbreiten sich schnell.«

»Keine Angst, sie findet nicht statt.«

»Ich hörte, es war eine Idee des Studenten.«

»Ich habe das Gefühl, er wird uns nicht mehr lange erhalten bleiben. Ich denke, wir langweilen und nerven ihn.« Der Förster nahm sein Gewehr von der Schulter und strich liebevoll über den Lauf.

»Ihnen hat er doch Spaß gemacht.«

»Ach, er störte mich nicht.«

»Und Ihr Gesicht auf der Mattscheibe, das hätte Sie nicht gestört? Jeder würde Sie kennen – oder sollte ich sagen: erkennen.« Er wußte schon lange, daß den Förster mehr als nur die Leidenschaft zur Hundezucht in die Großstädte trieb.

»Was wollen Sie damit sagen?«

Für Jan war die Frage ein wenig zu aufmüpfig, dafür bezahlte er das Hobby des Mannes nicht.

»Nicht dein Wille, sondern der Wind treibt dich.« Was für ein schöner Spruch. Er paßte immer.

Er griff die Zügel fester und lenkte das Pferd am Förster vorbei. Dann drehte er sich im Sattel um, hob die Hand und ließ den nachdenklichen Mann zurück.

Er ritt wieder hinauf auf den Hügelkamm, quer durch den eigenen Wald und schließlich hinunter zur Herzensach und zum Gutshof. Er band das Pferd vor dem Stall an, ging um das Haus herum und betrat durch die Küchentür das Gutshaus. Es war niemand in der großen Küche. Er holte sich eine Flasche Wasser aus dem Kühlschrank und setzte sich an den gescheuerten Holztisch, auf dem Bündel von Gemüse lagen, frisch aus dem Gewächshaus, feuchte, dunkle Erde haftete noch daran. Er erinnerte sich nicht, Anweisungen für das Mittagessen hinterlassen zu haben. Er trank das sprudelnde Wasser aus einem dikken, abgeschabten Glas, das er schon als kleiner Junge benutzt hatte, und er betrachtete es, als würde er es das letzte Mal sehen. Er sprang auf, warf das Glas mit Wucht in die Spüle, wo es zerbrach. Solche Stimmungen galt es zu bekämpfen. Der Verwalter schaute erstaunt zur Tür herein.

»Oh, Sie sind da?« Er kam auf ihn zu und legte den Finger auf den Mund. »Sie haben Besuch. Die Polizei.«

»Was? Was wollen die?«

»Psst. Sie sitzen in der Bibliothek. Zwei. Und ein Uniformierter steht vor dem Haus. Die treten mit einem Selbstbewußtsein auf, als hätten sie den Durchsuchungsbefehl in der Tasche.«

Jan überlegte, er bewahrte kein Material aus der Firma im Gutshaus auf.

»Was können die wollen?«

»Wenn Sie mich fragen: Es muß mit Berlin zusammenhängen. Hier ist alles einwandfrei. Oder die Leute im Dorf ...«

Werner Kotschik betrat die Küche. Seine Augen flatterten. Er zitterte leicht. »Die Polizei! Was sollen wir tun?«

Es war gerade die Nervosität des Verwalters und die Furcht Werner Kotschiks, die Jan ruhig werden ließen. Eiskalt plante er mögliche letzte Schritte in seinem Haus.

»Wo ist Katharina?«

»Ich glaube, sie ist oben in ihrem Zimmer.«

»Gut. Kein Wort zu ihr. Schließen Sie sie ein. Wie auch immer. Wenn nötig mit Gewalt.« Mit der Aufgabe wuchs Werner Kotschik. Er straffte sich und marschierte davon.

Jan wandte sich Jürgen Vietel zu. »Gehen Sie ins Büro. Rufen Sie den Anwalt in Weinstein und den in Berlin an. Die sollen sich beide bereithalten. Außerdem ...« Er senkte seine Stimme. »Ich hätte es gern, wenn die Garagentür geöffnet und in meinem Wagen der Zündschlüssel stecken würde.« Er ging zur Hintertür, sah durch die Scheiben hinaus. Ein Mann kam um die Hausecke.

»Oh, ist das einer von denen?«

Der Verwalter nickte. »Der war eben noch in der Bibliothek.«

»Dann vergessen Sie die letzte Anweisung.« Er ging mit kräftigen Schritten durch die Küche. »Trotzdem wäre es nett, einen Fluchtweg zu haben.«

»Der Wagen wird auf jeden Fall startbereit sein.«

»Gut, dann zum Angriff!«

Er begegnete dem zweiten Kriminalbeamten bereits in der Halle. Er stellte sich vor. Sie gingen in die Bibliothek und setzten sich.

»Die Polizei an einem Sonntag. Es muß dringend sein.«

»Es geht um den Untergang eines Ihrer Schiffe.«

»Oh, ich glaube, ich bin an diesem Schiff nur indirekt beteiligt über meine Firma in Berlin.«

»Sparen wir uns das«, sagte der Inspektor mit einem milden Lächeln.

Jan zog an seinen Reitstiefeln und öffnete den Gürtel seiner

Hose. »Solange man auf einem Pferd sitzt, ist diese Kleidung angenehm, aber kaum steigt man ab ... Wissen Sie, mein Partner Gustav Anderson regelt alle diese Geschäfte ... Bleiben Sie sitzen, ich entledige mich nur dieser engen Reithosen.«

Er stand auf und ging einfach hinaus, durch die Halle, die Treppe hinauf. Er hatte Protest erwartet. Aus den Augenwinkeln beobachtete er den Kriminalbeamten. Er war ebenfalls aufgestanden, folgte ihm, blieb aber in der Halle stehen. Der wollte ihn nicht entkommen lassen.

Jan hatte schon beim ersten Blick des Inspektors und dann an seiner Tonlage gemerkt, daß der in seiner kleinen Tasche nicht nur einen Durchsuchungs-, sondern auch einen Haftbefehl bei sich trug. Er hatte nicht die Absicht zu fliehen, aber er wollte sein Haus in der geplanten Ordnung zurücklassen. Die Zukunft mußte geregelt werden. Und dazu benötigte er noch zehn Minuten ohne die Aufsicht staatlicher Organe. Es mußte eben alles ein wenig schneller gehen. Wenn er Glück hatte, war das Ergebnis das gleiche.

Auf dem oberen Treppenabsatz erwartete ihn Werner Kotschik und gab ihm den Schlüssel zum Gästezimmer.

Jan öffnete die Tür und schloß sie hinter sich wieder ab. Katharina saß auf dem Bett, wollte etwas sagen, aber er legte den Finger an die Lippen.

»Entschuldige, aber es ist etwas Gräßliches geschehen, mit dem niemand rechnen konnte.« Er setzte sich zu ihr.

Er hatte eine phantastische Geschichte im Kopf, entschied sich aber doch für eine Variante, die sich der Wahrheit annäherte. (Er ließ die toten Seeleute aus.) Er gab sich die Schuld am Untergang der Schiffe. (Er ließ die Sprengladung im Bauch des Frachters aus.) Er sprach von mangelnden Sicherheitseinrichtungen und davon, daß er es hätte verhindern müssen. Er machte sich Vorwürfe. Und nun hatte er zu büßen. Die Polizei! Sie hörte ihm stumm zu. (Begriff sie überhaupt, was er sagte?)

Er sah ihr traurig ins Gesicht. »Verstehst du, ich habe nur noch wenig Zeit, meinen Vertrag mit dir zu erfüllen.« Er war sich seines Sieges über sie sicher. Er spielte Hilflosigkeit. »Verstehst du?«

Sie stand auf. »Du ... du willst jetzt?«

»Ich weiß ja ... aber verstehst du nicht, ich fühle mich dir gegenüber verpflichtet.« (Er war großartig.)

»Nein.« Sie wich zurück.

»O Katharina, um alles in der Welt, ich werde für lange Zeit in einem kalten, zugigen Gefängnis sitzen und nichts für dich tun können. Diese Vorstellung allein. Ich kann dich nicht ohne Vorsorge zurücklassen. Es wäre gemein. Aber dazu ... Bitte ...«

Die dumme Gans wich vor ihm zurück.

»O Katharina! Was sollen wir denn sonst tun? Es muß sein. Ich wollte, es könnte anders ...« Er schluchzte. Begriff sie denn nicht den Ernst der Lage? War sie zu dumm dafür? Das hätte er nicht gedacht.

»Ich kann doch nicht ...«

Er sah ihre Angst. Es machte ihm Vergnügen. Gleich würde sie aufgeben.

»Katharina, es muß sein.« Er ging auf die Knie. Das überzeugte jede Frau. »Bitte.«

»Aber es geht nicht, ich ...«

Er begann zu weinen. Jetzt würde sie fallen.

»Du mußt keine Angst haben. Ich werde dir nicht weh tun.« Seine Stimme erstickte fast auf wunderbare Weise.

»Nein. Nein!« Sie kletterte auf die Fensterbank, hockte sich dicht an die Scheibe.

Was war das? Er runzelte die Stirn. Sie schien absolut nicht bereit zu sein. Trotz seines Einsatzes. Fassungslos sah er zu ihr hinauf. Sie hatte die Arme um die Beine geschlungen.

Und mit einem Mal spürte er das Wachsen seiner Wut. Gut, es ging auch anders. Seine Pläne mußten gelingen. Es ging auch anders, ganz anders. Er stand langsam auf, näherte sich ihr mit einem Lächeln. Er konnte auch andere Saiten aufziehen. Blitzschnell griff er in ihr Haar und zog sie zu sich heran. Mit der freien Hand schlug er ihr ins Gesicht. »Es geht auch anders, mein Schatz! Du willst es wohl so!«

53

An diesem Sonntag staute sich die Wärme so sehr im Herzensacher Tal, daß gegen Mittag bereits Temperaturen wie im Hochsommer herrschten. Der Pfarrer schwitzte. Er trug noch seinen Talar und darunter die dicke Kleidung, wie sie um diese Jahreszeit bei einem Gottesdienst in der kalten Kirche normalerweise notwendig war. Er wartete vor dem Haus des Tischlers. Langsam wurde er ungeduldig. Er wischte sich den Schweiß von der Stirn. Petra Timber hatte sich nur umziehen wollen, bevor sie gemeinsam zum Gutshaus gingen. Katharina mußte die Wahrheit erfahren.

Er drückte mehrmals kurz auf die Klingel und sah zu dem offenen Küchenfenster hinauf. Petra Timber beugte sich mit verheultem Gesicht heraus.

»Pedus – ich kann nicht.« Sie schluchzte und schneuzte sich. »Du mußt es allein machen. Geh zu ihr und sag es ihr. Ich kann es nicht. Wirklich, ich kann es nicht.« Sie schniefte und sah ihn flehend an. Der Pfarrer überlegte, er konnte Katharina die Wahrheit sagen, aber danach wohl kaum besänftigen. Ihre Mutter hatte sich über zwanzig Jahre verleugnet.

»Nein«, rief er, »wenn du Katharina als Tochter behalten willst, mußt du gehen.«

»Der Tischler wird mich verstoßen.« Sie heulte auf wie eine Sirene.

»Aber du gewinnst eine Tochter!« (Die ist mehr wert als der Tischler.) Er senkte die Stimme. »Und ein halbes Gutshaus dazu.« Vielleicht zeigte der Reiz des Kapitals Wirkung.

Der Heulton erstarb. Sie zog den Kopf zurück, und kurz darauf erschien sie vor dem Haus. Sie hatte sich gefaßt, trug ihr dunkelblaues Festtagskleid und lächelte verbissen. »Ich gehe allein.« Sie ließ ihn stehen und überquerte die Dorfstraße. Das Kleid lag unschlüssig auf ihren Hüften. (Früher . . .)

»Die Wahrheit und nichts als die Wahrheit. Es ist deine einzige Chance«, rief er ihr nach. Sie antwortete nicht. Ohne sich noch einmal umzusehen, betrat sie die Allee zum Gutshaus, als wollte sie dort sofort die Herrschaft übernehmen.

Der Pastor wußte, wie immer es ausging, sie würde nie wieder in das Haus des Tischlers zurückkehren. Vielleicht fand sie tatsächlich ein neues Zuhause auf dem Gut. Vielleicht irrte sie in Zukunft durch eine trostlose Welt, von einer verschlossenen Tür zur anderen. Er sah ihr nach, bis sie hinter der Pappelreihe verschwand. Notfalls würde er sie im Pfarrhaus aufnehmen.

»Pedus?«

Er fuhr herum und blickte in Wilhelm Webers Gesicht, der dabei war, seine Gesichtsmuskeln zu trainieren, indem er mehrmals den Mund spitzte und wieder erschlaffen ließ, dann die Nase rümpfte und schließlich noch die Lippen in die Mundhöhle saugte.

»Willi?«

»Hast du diesen Studenten gesehen?«

»Warum?«

»Er ist bei mir eingebrochen. Er hat meine Meerschweinchen umgebracht. Ich habe ihn überwältigt und gefesselt. Jetzt komme ich zurück und sehe, daß Lisa ihn befreit haben muß. Er hat sie vermutlich mitgenommen. Gar nicht auszudenken, was er mit ihr machen könnte! Ich denke, es ist an der Zeit, diesem Kerl den Hals umzudrehen. Damit tun wir dem ganzen Dorf einen Gefallen.«

»Bist du sicher, daß es so war?« Der Pfarrer wollte ihm eine Chance geben.

»Na klar, habe ich doch selbst gesehen.«

»Ich habe den Studenten bei dir befreit.« Letzte Chance für Wilhelm Weber.

»Du? Nö, glaub ich nicht. Will ich gar nicht glauben.«

»Und dann habe ich ihn in den Brunnen gesperrt.«

»Prima. Laß uns hingehen und ihn umbringen.« Wilhelm Weber rieb sich die Hände.

»Damit er nicht erzählen kann, wie es wirklich war?«

»Meinst du etwa, ich bringe, um ein Beweismittel zu haben, meine Meerschweinchen um, und der Kerl bleibt leben! Wo sind wir denn?«

»In Herzensach. Und die gesamte Bevölkerung ist hinter dem Studenten her.«

»Prima.«

»Außerdem hat deine treue Lisa versucht, ihn wieder einzufangen.«

»Ha! Ich wußte, daß ich mich auf sie verlassen kann!«

Der Pastor verschwieg, daß der Student nicht mehr im Brunnen saß. Er traute Wilhelm Weber nicht, auch wenn dessen Mordlust eher gespielt war. Der Wurstfabrikant war ein einfacher Mann und löste seine Probleme gern mit Gewalt.

Er nahm ihn mit, führte ihn zu Lisas Leiche. Mit dem starken Mann ging eine Verwandlung vor sich. Er fiel in sich zusammen und begann mit erstickter Stimme und unbeholfen von seiner Liebe zu dem Mädchen zu sprechen. Ihr gegenüber hatte er sich noch nicht offenbart. Er hatte seiner Liebe sechs Monate Wartezeit geben wollen, damit sich eventuell auch seine Frau besinnen und zurückkehren könne, »jene Zeit, die auch ein Schwein braucht, um schlachtreif zu werden«, wie er sich ausdrückte.

Er streichelte die Schultern des toten Körpers und gab ein knurrendes Geräusch von sich. Der Pastor stieg über ihn hinweg, holte ein Glas aus dem Schrank und wollte es mit Wasser füllen. Der Schlachter sprang auf und schlug es ihm aus der Hand, dann begann er wüst auf den Tischler zu schimpfen. Schließlich gestand er, daß der Wasserhahn unter Strom stand.

»Der Tischler hat es gemacht. Ich mußte ihm dabei helfen. Nein, warte, es war anders. Ich habe nur zugesehen. Ich verstand gar nicht, was er da machte. Ich bin vollkommen unschuldig . . .«

». . . an Lisas Tod. Natürlich, du Idiot!« Der Pfarrer wurde zornig. »Da siehst du es: Du hast sie selbst umgebracht. Was ist aus dir geworden? Ein Mörder!«

Wilhelm Weber ließ den Kopf hängen und kaute auf seinen Lippen. »Scheiße, Scheiße, Scheiße«, wiederholte er unablässig. Der Pfarrer machte weiter in seiner Wut.

»Über viele Jahre hinweg haben wir uns regelmäßig im Gutshaus getroffen. Du, Bernhard Andree, der Förster und ich. Gemeinsam mit dem Gutsherrn stellten wir die Vertreter der Vernunft in Herzensach dar. Du weißt, warum das notwendig war.«

»Ja, ja, schon gut.« Wilhelm Weber beugte sich zu Lisas

Körper hinab und strich ihr übers Haar. »Dann laß uns jetzt zusammenkommen und sehen, wie wir es wieder hinbiegen.«

»Endlich wirst du vernünftig. Es gibt nämlich noch eine Leiche.«

»Meinst du die alte Maria Glaser?« Er stutzte. »Sollte sie nicht heute oder morgen beerdigt werden? Wir könnten sie zusammen in ein Grab . . . und weg . . . und Stillschweigen.«

»Willi!« warnte der Pfarrer.

»Scheiße, Scheiße, Scheiße.«

Sie verließen die Wohnung und gingen hinüber zum Haus des Arztes. Mit der unnatürlichen Wärme waren unzählige Fliegen gekommen, die sich träge in kleinen grauen Wolken über die Dorfstraße bewegten. Manche entfernten sich von ihrer Gruppe, um die Stirn der beiden zu rammen. Aus den geöffneten Fenstern des Gasthofs drangen Lärm und Rauch. Der größte Teil der Gäste vom vorigen Abend schien noch immer zu zechen. Auch die fremde Leiche saß noch auf ihrem Stuhl.

Doktor Bernhard trat aus dem Haus und zog die Tür schnell hinter sich zu.

»Meine Frau . . .«, sagte er. Es sollte entschuldigen, warum er den Pastor und den Schlachter nicht hereinbitten konnte. Die beiden wußten, daß Heidelinde Wulf nichts für sie übrig hatte, und nickten.

»Er ist weg«, sagte der Arzt und sah dabei zur Tischlerei hinüber. Der Pfarrer verstand nicht, wen er meinte.

»Er ist geflohen . . . ich meine, er ist weggegangen. Das Labor war natürlich offen. Also, ich meine, er konnte ja gehen, wenn er denn wollte. Das wollte ich sagen.«

»Der Student?«

Der Arzt nickte.

»Ich denke, der ist im Brunnen?« fragte Wilhelm Weber. Der Pfarrer hatte keine Lust, es ihm zu erklären.

»Wo kann er hin sein?« Dem Arzt gelang es ganz kurz, den Pfarrer und darauf auch den Schlachter anzusehen. »Ich habe ihm nämlich eine Spritze . . . also, nur so zur Beruhigung . . . aber sie, also sie bewirkt . . . wie soll ich das sagen . . .« Er ließ es bleiben. Es war zu kompliziert. Und wer sollte dafür Verständnis haben.

»Wir müssen ihn suchen und in Sicherheit bringen. Ich fürchte, die Dorfbewohner wollen ihn immer noch töten. Wir sind die einzigen, die das verhindern können.« Der Pfarrer spürte, daß die beiden nur geringes Interesse daran hatten. Der Arzt sah die Straße hinauf und hinunter, als erwarte er jemanden, und Wilhelm Weber lehnte sich gegen die Hauswand und nahm mit großem Interesse seine Fingernägel in Augenschein.

Es entstand ein langes Schweigen.

»Verdammt«, vergaß sich der Pastor. Er schüttelte unwillig den Kopf. Danach legte er sich eine überzeugende Predigt zurecht. Aber bevor er damit beginnen konnte, sagte der Schlachter: »Ist der wirklich tot?« Der Pastor folgte der Linie des ausgestreckten Fingers. Sie endete bei dem vor dem Gasthaus auf einem Stuhl sitzenden Mann.

»Doch nicht tot, oder?« Der Arzt suchte Hilfe beim Pfarrer.

»Nicht tot?« Weber runzelte die Stirn.

»Doch, doch«, bestätigte Rudolf Pedus.

»Doch tot?« Der Arzt.

»Ja, doch.« Der Pfarrer.

»O Gott.« Der Arzt.

»Was jetzt?« Weber, gereizt.

»Tot.« Der Pastor zuckte mit den Schultern.

»Ich geh dann.« Der Arzt drehte sich um.

»Moment.« Rudolf Pedus hielt ihn am Ärmel fest. »Gehen wir hinüber.« Zu dritt würde es ihnen vielleicht gelingen herauszufinden, wer das war und wie es geschehen war. Und vielleicht gelang es ihnen sogar, dem trunkenen Treiben im Gasthof ein Ende zu bereiten.

Der Arzt untersuchte die Leiche notdürftig, ohne sie vom Stuhl zu binden, und gab seine Einschätzung ab, daß der Mann nicht an der Schußwunde in der Schulter, sondern schon vorher gestorben sei. Wahrscheinlich trotz seiner Jugend an Herzversagen. Den fehlenden Daumen hätte der Pastor erklären können, tat es aber nicht.

Mit schnellen Schritten kam der Gutsverwalter die Straße herunter. Schon von weitem rief er: »Lassen Sie mich sein Gesicht sehen!«

Er drängte sich an dem Arzt vorbei, hob den Kopf des Toten

und ließ ihn erleichtert wieder fallen. »Entschuldigen Sie, ich dachte, es wäre mein Bruder.«

»Ihr Bruder?« Der Pfarrer kannte die Geschichte. »Wieso?«

Jürgen Vietel winkte ab. »Es gibt Wichtigeres. Der Gutsherr ist soeben verhaftet worden.«

»Was?« Ein Mann hing aus dem Fenster der Wirtschaft. Er hatte mitgehört.

Die Nachricht bewirkte, daß sich die Zecher nach und nach auf der Straße versammelten. Jürgen Vietel erzählte die ganze Geschichte. Und während sie von Mund zu Mund weitergegeben, verändert wurde (mal war der Gutsherr bereits erschossen worden, mal an das Gatter der Einfahrt gefesselt, dann wieder bereits auf der Fahrt zu einer Sträflingsinsel), während sich die Sachlage allmählich klärte und die berauschte Menge sich immer mehr an der Idee berauschte, den Gutsherrn zu befreien, standen sich Jürgen und Dieter schweigend gegenüber. Schließlich grinsten sie einander an und nahmen sich lachend in die Arme.

»Ich habe dir die Leiche mitgebracht«, sagte Dieter.

»Du süßer Idiot.« Jürgen küßte seinen Bruder auf die Wange. »Hoffentlich hast du ihn nicht umgebracht?«

»Nein, die Zeiten sind vorbei.«

Sie sahen einander in die Augen, registrierten nicht, daß die Menge immer lauter und hitziger diskutierte, was zu tun sei, bis sich alle mit der Absicht entfernten, zu den Waffen zu greifen und Jan zu befreien. Sie küßten sich, während der Pastor die Menge aufzuhalten versuchte.

Der Arzt und der Schlachter unternahmen nur halbherzige Versuche einzugreifen, denn immer wieder wurde auch der Ruf laut, der Student sei an allem schuld. Das gefiel ihnen.

54

Es war vorbei. Aus. Endgültig.

Nie wieder würde es Jakob Finn gelingen, das Dorf so zu sehen, wie er es in jenem Augenblick gesehen hatte, als er es von der südlichen Brücke aus zum ersten Mal betrat.

Der Pastor hatte recht gehabt, das Dorf war auf schwankendem Boden errichtet, die Häuser in einem komplizierten Verhältnis zueinander erbaut. Die Menschen bewegten sich in abgezirkelten Schritten, um eine gefährliche Schräglage des Ganzen zu vermeiden.

Wie auch immer. Ende. The End. Finis.

Nie wieder würde er Katharina so sehen wie damals am ersten Tag: die abwehrende und mürrische Begleiterin, deren hübsches Gesicht er plötzlich entdeckt hatte und deren Verhalten er als Verschlossenheit Fremden gegenüber gedeutet hatte, typisch für abgeschieden lebende Dorfbewohner. Alles war falsch. Nichts hatte er begriffen, nichts verstanden.

Eine endlose Reihe verpaßter Chancen. Schluß damit!

Nie wieder würde er sich von der Idee eines einfachen und ruhigen Lebens auf dem Lande beherrschen lassen. Was sollte der Unsinn vom Gleichklang mit der Natur? Hier waren alle, wenn auch auf andere Art, genauso kaputt wie die in der Stadt.

Der Verwalter hatte recht. Mit der Arroganz des Städters war er ins Dorf getrampelt. Ohne es zu bemerken, hatte er das kunstvolle Netz, das alles im Gleichgewicht hielt, zerrissen. Alle seine Schritte, alle seine Worte besaßen in den Augen und Ohren der Herzensacher eine vollkommen andere Bedeutung. Er störte, zerstörte das Idyll, brachte Streit, Aufruhr und Mord.

Er war vollkommen fehl am Platz.

Jeder im Dorf hatte das gewußt, nur er nicht.

Vielleicht mußte er zum Opfer werden, um das Gleichgewicht des Ortes wiederherzustellen, um zu verhindern, daß die Herzensacher übereinander herfielen?

Hendrik hatte damals seine Getreuen mit nach Herzensach gebracht. Warum sollte das Dorf nicht noch immer ausschließlich aus Nachkommen der Piraten bestehen? Die Frau des Pfarrers war davon überzeugt, und sie lebte schon lange hier. Die Dörfler warteten nur auf das Startzeichen, um die im Heu versteckte Totenkopffahne zu hissen, ihre Säbel auszugraben.

War dies das Geheimnis von Herzensach? Ein Geheimnis, dessen sich nicht einmal die Bewohner bewußt waren? Hatten die Piraten sich vor fast zweihundert Jahren in dieses Tal zurückgezogen, um hier zu überleben, warteten sie seit Generationen darauf, daß eine Zeit kam, die sie wieder zu ihrem ursprünglichen wilden, blutrünstigen Leben erweckte? (Was für eine lächerliche Geschichte!)

Das Bild Katharinas, wie sie aus dem Wald trat, stand vor seinen Augen. Trug sie nicht in ihrer Freizeit ganz genau die Kleidung eines Piraten? (Na klar, alle machten hier auf Pirat! Kommt nach Herzensach zu den jährlichen Piratenfestspielen. Gastdarsteller: Jakob Finn. Sehen Sie, wie er nach Herzensach kommt, eine entsetzliche Wahrheit entdeckt, sich verliebt, gejagt wird und nichts begreift. Erleben Sie, wie er am Ende an der Rahe des Piratenschiffes gehenkt wird, das seit zweihundert Jahren im Schilf des Lichter Moors versteckt lag. Applaus. Vorhang.)

Immer spielte ihm seine Phantasie einen Streich, so auch bei Katharinas Blicken. Nicht ein Fünkchen Zuneigung war da gewesen. Von Anfang an hatte sie nur ein Ziel gehabt, nämlich das, den Gutsherrn zu heiraten.

Schluß. Aus. Vorbei.

Es wurde Zeit, daß er einen realistischen Blick auf seine Umgebung warf. Er betrachtete das Gutshaus. Ein altes Gebäude, selbst in kinderreichen Zeiten viel zu groß für eine Familie. Aber solche Gebäude sollten durch ihre Dimension nicht zuletzt Macht zum Ausdruck bringen. In dieses Haus einzuziehen war ein vernünftiges Ziel für ein Mädchen, dessen Nachname so lautete wie der Tag, an dem es gefunden worden war, Freitag, das also nichts besaß. Jan van Grunten war sicher ein wunderbarer Ehemann. Ein Jakob Finn konnte nicht mit ihm konkurrieren, auch wenn niemand hier ahnte, was ihn unterlegen machte.

Er stand von seinem Platz am Waldrand auf, sah noch einmal zum Gutshaus hinüber und stieg den Hang hinauf. Es war aus, vorbei. Er mußte es endlich sich selbst eingestehen. Er hatte das Spiel verloren. Und bevor man ihn endgültig auslachte und aus dem Dorf jagte, sollte er so schnell wie möglich verschwinden. Nur so war er vor weiteren psychischen Verletzungen sicher. Und bei der Stimmung der Bauern gegen ihn war es auch Gewähr für geringe physische Verletzungen. Ganz zu schweigen von den Wahnsinnigen, dem Arzt und dem Wurstfabrikanten, die ihn einsperren, für ihre Experimente mißbrauchen oder schlachten wollten.

Leb wohl, Katharina.

Bis zu diesem Moment hatte er immer noch, ohne es sich einzugestehen, einen winzigen Hoffnungsschimmer gehabt, Katharina für sich einzunehmen. Trotz aller Zurückweisung, trotz aller Enttäuschung hatte ein winziger Funke geglommen. Er war nun erloschen.

Leb wohl, Katharina van Grunten! (Hübscher Name.)

Jakob Finn lief den Waldweg schneller hinauf und bog in den untersten Terrassenweg am Hang ein. Er überlegte, ob der Name des von Cornelius van Grunten entführten Mädchens auch Katharina gewesen war. Catharina von Weinstein! Doch, so war es. Mit ihr hatte die Geschichte Herzensachs unter den van Gruntens begonnen. Wahrscheinlich war es üblich, daß die Gutsherren nur Frauen mit diesem Namen heirateten. Gut so!

Leb wohl, Katharina!

Es tut mir leid, daß ich mich nicht wie ein Pirat benehmen konnte und dich nicht entführt habe. Meine Ahnen väterlicherseits waren nur gewöhnliche Kaufleute. Das heißt, so genau weiß ich es gar nicht. Es hat mich nie interessiert. Woher die Familie meiner Mutter kommt, wußte wahrscheinlich nicht einmal sie selbst. Da lebt keiner mehr. Vermutlich zeichneten sich alle meine Vorfahren nur durch ihre hervorragenden Schuhe aus. Mein Vater hat nämlich sein Vermögen mit Schuhfabriken verdient. Aus der Sicht eines Freibeuters eine elende Tätigkeit.

Leben Sie wohl, Frau van Grunten! (Und falls Sie mal Schuhe brauchen – ich werde mich wohl doch der Lederverarbeitung und nicht der Waldbeobachtung verschreiben.)

Der Wald wurde zunehmend dichter und kühler. Er schritt

schneller aus, um alles hinter sich zu lassen. Eine Wolke von Fliegen erhob sich vor ihm aus einem Graben. Ein Tier lag dort. Vielleicht ein toter Fuchs, an der Tollwut gestorben. Er näherte sich vorsichtig. Es hatte mehr die Größe eines Rehs. Er schob einen Tannenzweig zur Seite. Es war ein Hund. Ein Hund?

Nein, das durfte nicht sein! Es war Trivial. Trivial!

Er stürzte die kleine Böschung hinunter.

»Trivial!«

Der Hund rührte sich nicht. Jakob Finn ging auf die Knie, berührte die Schnauze. Er atmete nicht. Unter seinem Körper waren die Blätter und das Moos blutrot gefärbt. Er war tot.

Eine Schußwunde am Hals.

»Trivial.«

Jakob legte den Kopf des Hundes in seine Hände und flüsterte immer wieder seinen Namen. Tränen stürzten ihm aus den Augen. Der Hund hatte ihn als einziger sofort akzeptiert, ihn sogar beschützt. Wenn sie einander angesehen hatten, war da ein unausgesprochenes Einverständnis gewesen. Jakob ließ sich auf den Rücken fallen und sah in den Himmel. Der Förster hatte seine Drohung wahr gemacht. Warum nur? Trivial war der Glücksbringer aller Dorfbewohner gewesen, der keinem etwas tat, überall zu fressen bekam, der sicher nicht wilderte – viel zu alt dazu war. Warum nur hatte er ihn erschossen? Warum?

Wut stieg in ihm auf. Wut, nicht nur auf den Förster, auf alle Menschen in dem Dorf. Aber was sollte es noch? Was hatte er erwartet? Sie alle waren mitleidslose Gesellen, Verbrecher – ohne Ausnahme. Es wurde Zeit, daß er verschwand.

Was hielt ihn noch hier? Wozu sich beim Förster verabschieden. Bloß weg! So schnell wie möglich.

Er stand auf, sammelte Farnzweige und bedeckte Trivial damit. Dann kletterte er auf den Weg zurück, sah von oben noch einmal auf das Farnbett zurück, in dem Trivial ruhte. Entschlossen wandte er sich ab und ging mit schnellen Schritten weiter. Der Weg folgte der Biegung der Herzensach. Er verließ ihn, ging quer durch den Wald zum Fluß hinunter. Wozu sich noch verstecken? Der direkte Weg zur Wohnung und zum Auto! Sollte es nur einer wagen, sich ihm in den Weg zu stellen!

Alle waren sie Idioten in diesem Dorf. Nur noch Verachtung konnte er ihnen entgegenbringen. Bloß weg.

Nicht weit von ihm knackte das Unterholz. Etwas hetzte durch den Wald. Wahrscheinlich hatte er Rehe aufgeschreckt. Er blieb stehen. Stoff blitzte zwischen den Bäumen hervor. Es war ein Mensch. Eine Frau.

Katharina?

Katharina!

Er rief sie.

Sie hörte ihn nicht.

Er ging ihr nach, doch plötzlich war sie verschwunden und das Geräusch ihrer Schritte verstummt. Sollte er ihr weiter nachgehen? Sie wollte nichts von ihm. Wieso lief sie im Kleid durch den Wald? Das war nicht normal. Suchte sie Trivial?

Was sollte er tun?

Er fand sie auf einer Lichtung. Sie hockte in dem hohen, weichen Gras, hatte die Arme vor ihrem Oberkörper fest verkreuzt und wiegte sich hin und her.

Er beugte sich zu ihr hinab.

Sie sah ihn nicht. Ihr Blick ging in die Ferne. Sie befand sich auf einer Reise – Jakob Finn erschrak über seinen Gedanken –, einer Reise, so weit weg, daß sie vielleicht niemals zurückkehren würde.

55

Sie hatte ihn erwartet, war deshalb schon um sechs Uhr morgens aufgestanden, doch diesmal war er noch früher gekommen. Als sie in die Küche hinunterkam, lagen da schon die Zeitungen. Immer brachte er die Zeitungen mit und legte sie ihr hin. Sie sollte sehen, was er angerichtet hatte. Sie ging in den Flur zur Garderobe, dann zum Waffenschrank. Er hatte seine Stadtkleidung gegen den Jagdanzug getauscht. Im Waffenschrank fehlte das leichte Jagdgewehr. Immer wenn er aus der Stadt zurückkam, verbrachte er gleich darauf einige Stunden im Wald. Sie hatte Angst, die Zeitungen zu lesen, schob sie zusammen und legte sie auf einen der Stühle am Küchentisch. Sie wollte nichts davon wissen.

Sie ging ins Badezimmer, duschte. Aber unter dem warmen Strahl packte sie die Wut. Sie wußte, sie mußte dem ein Ende machen. Es hatte keinen Sinn, die Zeitungen zu ignorieren. Je mehr sie verdrängte, um so schuldiger wurde sie. Es war schon genug geschehen. Aber wenn sie dem ein Ende setzte, würde das ganze Gebäude zusammenfallen. Für das Leben, das sie zu erwarten hatte, durfte sie vorweg ein kleines bißchen Rache üben: jenen Augenblick genießen, in dem sie sich lossagte, sich freisprach.

Sie zog sich an, ging zurück in die Küche, holte die Zeitungen hervor und überflog sie. Sie wußte sofort, um welches Ereignis es ging, und der Mut verließ sie wieder. Sie weinte. Dann schimpfte sie. Schließlich saß sie lange Zeit stumm und bewegungslos am Küchentisch, fragte sich immer aufs neue, warum er das getan hatte. Konnte er nicht wenigstens ihr zuliebe aufhören? Wie oft hatte sie ihn bedrängt? Nach jeder Rückkehr hatte er ihr versprochen, es sei das letzte Mal gewesen. Nun sei Schluß. Es war nicht Schluß. Er würde nie Schluß machen. Sie mußte es tun. Sie mußte Schluß machen.

Sie erhob sich langsam, verließ das Haus, zitterte in den warmen Sonnenstrahlen. Sie ging zurück, holte sich eine Jacke, setzte sich abermals an den Küchentisch. Es war zu früh, es würde ihr niemand aufmachen. Sie fror. Sie kochte sich Tee. Er wärmte sie nicht. Dann schleuderte sie die Zeitungen in eine Ecke und ging mit energischen Schritten wieder zur Tür. Doch draußen, im Licht, spürte sie, wieviel Mühe es sie kostete, sich aufrecht zu halten und nicht erneut in Tränen auszubrechen. Sie begann zur Straße zu marschieren, und der feste rhythmische Tritt gab ihr Kraft. Sie wußte, was sie zittern ließ, war nur die Angst vor ihrem eigenen Mut. Jeder Schritt machte ihren Körper unempfindlicher, härter und lenkte ihre Gedanken auf ein Ziel. Zuerst mußte die Erpressung ein Ende haben. Sie würde sich aus der Gewalt der beiden Frauen befreien. Sie sah deren Gesicht vor sich. Ha! Ein Triumph!

Sie bog in die Dorfstraße ein. Weit vorn, vor dem Gasthof, standen ein paar Männer. Sie fürchtete sich nicht mehr. Von diesem Tag an würde sie ihr Schicksal selbst in die Hand nehmen. Niemand konnte mehr über sie bestimmen. Und koste es das Leben.

Sie bog von der Dorfstraße ab und marschierte auf Sabine Webers Haus zu. Sie klingelte nicht und klopfte nicht. Die Tür war offen. Sie trat ein, ging den Flur entlang, vorbei an dem offenen Ausstellungsraum, folgte den Geräuschen und erreichte die Küche.

Sabine Weber drehte sich erstaunt um. »Claudia?«

Die Tochter des Försters sah ihr nicht in die Augen, sondern ließ ihren Blick über die Küchenmöbel gleiten. Wenn dort ein großes Messer gelegen hätte, jetzt war genug Kraft in ihr, um es zu nehmen und dieser verhaßten Frau in die Brust zu stoßen.

Die Frau des Schlachters überspielte ihre Irritation mit besonderer Liebenswürdigkeit. »Setz dich doch. Hast du Sorgen? Du möchtest bestimmt einen Kaffee mit mir trinken. Ich habe noch Kuchen von gestern. Ich hole ihn dir gern. Oder möchtest du etwas anderes? Komm, Claudia, sprich dich aus.« Die Worte perlten aus ihr heraus, doch Claudia ließ sich nicht beeindrukken, blieb stumm.

»Claudia! – Was hast du?«

Sabine Weber ging um das Mädchen herum. »Was ist geschehen?«

Die Tochter der Försters spürte, wie sie Macht über ihre Gegnerin erhielt. »Es ist Schluß«, sagte sie.

»Liebste Claudia, nun setz dich doch erst einmal. Wir werden das alles wieder einrenken. Mach dir keine Sorgen.« Sie versuchte sie am Arm zu nehmen und zu einem Stuhl zu führen. Claudia riß sich los.

»Du weißt genau, was ich meine. Ich werde nicht mehr tun, was ihr verlangt. Es ist endgültig aus.«

»Aber Mädchen, was ist denn los. Du machst mir ja richtig angst. Ich verstehe dich nicht. Niemand will etwas von dir. Niemand zwingt dich zu etwas. Was redest du da?«

»Du und Heidelinde, ihr könnt nicht mehr über mich bestimmen. Ich mache nicht mehr mit. Ich habe keine Angst mehr vor euch.«

»Claudialein, komm, setz dich endlich und beruhige dich. Wir wollen doch nur dein Bestes. Hast du dich verliebt? In den Studenten? In einen anderen? Niemand will deinem Glück im Weg stehen. Du wirst sehen, wir helfen dir. Wir wollen dir doch jeden Wunsch erfüllen. Wir lieben dich doch.«

»Ihr könnt mich nicht mehr erpressen. Ich gehe zur Polizei!«

Sabine Webers besorgtes und mitfühlendes Gesicht verzerrte sich zu einem hämischen Grinsen, sie warf den Kopf in den Nacken und begann zu lachen.

»Und dein Vater«, schnaufte sie atemlos, »was sagt der dazu?« Sie lachte aufs neue, doch dann wurde sie ernst: »Kindchen, denk an deine Zukunft.«

Claudia schüttelte den Kopf. »Es ist vorbei.«

Sabine Webers Augen wurden schmal. »Du bist Mitwisserin! Glaubst du, du kommst davon?«

»Ich habe mich entschieden.«

»Was willst du tun?«

»Die Wahrheit sagen.«

»Was ist die Wahrheit? Was weißt du denn? Glaubst du, es stimmt alles, was wir dir über deinen Vater erzählt haben? Es war nur, um dich einzuschüchtern. Claudia, glaub mir, es ist alles gar nicht wahr. Du kannst es niemandem erzählen. Man wird dich für verrückt halten, man wird dich in eine psychiatrische Anstalt einsperren. Claudia, wach auf!«

Claudia hatte sich ihren Triumph anders vorgestellt, dramatischer, mit entsetzten Blicken von Sabine Weber, vielleicht auch Tränen, aber es genügte ihr, so wie es war. Sie wandte sich ab, um zu gehen. »Ihr müßt euch fürchten, denn ihr seid es, die von den Verbrechen gewußt habt. Ihr müßt euch fürchten, denn ihr habt euer Wissen benutzt, um mich zu erpressen.«

»Claudia! Bleib hier!«

Sie ging mit den gleichmäßigen festen Schritten hinaus, die sie hergebracht hatten. Was hatte sie erwartet? Daß Sabine Weber oder Heidelinde Wulf alles verzweifelt gestehen würden? Diese beiden Frauen waren verschlagen und hinterhältig. Immer würden sie Ausflüchte suchen. Und sie selbst würde erpreßbar bleiben, wenn sie nicht konsequenter war, schonungsloser mit sich selbst umging. Erst in diesem Augenblick wurde ihr bewußt, wie ihr Plan wirklich enden mußte.

An der Ecke zur Dorfstraße verbarg sie sich. Sie brauchte nicht lange zu warten. Sabine Weber sprang aus ihrer Kate und rannte ins Dorf zum Haus des Arztes.

Claudia lächelte. Sie hatte keine Angst, vor nichts und niemandem. Sie marschierte nach Hause. Ging ins Wohnzimmer zu dem Schrank mit den Glasscheiben und dem engen verzierten Gitter davor. Noch immer war der eine Gewehrständer leer und der Vater noch nicht zurück. Sie nahm den Schlüssel von der oberen Leiste und schloß den Schrank auf. Auf dem Boden lag eine Kassette. Sie öffnete sie, wählte von den beiden Pistolen die leichtere aus und nahm sie, zusammen mit einer Schachtel Patronen, heraus. In der Jagdsaison hätte der Vater diese Pistole im Wald bei sich gehabt. Sie war für den Fangschuß aus nächster Nähe gedacht.

Sie konnte damit umgehen. Ihr Vater hatte es gewollt. Doch bisher hatte sie nur ein einziges Mal einen Schuß daraus abgegeben – auf ein Stück Papier, vom Vater in den Kirschbaum gehängt. Ein Volltreffer beim ersten Schuß. Das reichte.

Sie drückte den Verschluß des Magazins auf und lud die Waffe sorgfältig, dann ging sie zur Hintertür hinaus in den Garten. Der Vater kam immer von dieser Seite aus dem Wald. Sie kannte seinen Weg, ging ihm entgegen, hob die Pistole und zielte dorthin, wo sein Kopf sein würde.

56

Verdammte Situation. Er wußte sich nicht zu helfen. Er gab es auf, ihren Namen zu wiederholen, sie zu bitten, ihn anzusehen. Er fragte nicht mehr, was geschehen war. Er setzte sich ihr gegenüber ins Gras und beobachtete sie. Etwas Unfaßbares mußte ihr begegnet oder geschehen sein, etwas Ungeheures.

Jakob dachte an eine wilde Horde von Besoffenen, die sie, mit Mistgabeln bewaffnet, verfolgten – und strich dieses Bild. Katharina wäre damit fertiggeworden. Es hätte sie nicht so verstört.

Vielleicht war ihr Pflegevater aus dem Krankenhaus zurückgekommen, und sie hatte mit ihm gestritten, wegen seiner Arbeiten in der Hütte am See. Nein. Welche Situation er sich auch ausdachte, Katharina hätte sie alle bewältigt. Kein Grund, sich aus dem eigenen Körper zurückzuziehen.

Er dachte an seine eigenen Erfahrungen, an jene Situation, als er sich nach dem Flugzeugabsturz für eine Weile aus der Wirklichkeit verabschiedet hatte. Nur ein Ereignis, das das gesamte Weltbild ins Wanken brachte, erzeugte solche Zustände. Obwohl er so etwas selbst erlebt hatte, wußte er nicht, was zu tun war. Wenn sie bloß reden würde! Doch Katharina bemerkte ihn gar nicht. Sie hockte im Gras, den Oberkörper umschlungen, und schaukelte leicht hin und her, als würde sie vom Wind bewegt.

Plötzlich stand sie auf, schien ihn für einen kurzen Moment wahrzunehmen, dann betrachtete sie das Gras, ging zu einem Baum, setzte sich mit dem Rücken an seinen Stamm.

»Katharina!« Er ging ihr nach, hockte sich neben sie. Ihr Blick war nicht mehr so starr. Sie ließ ihn suchend über den Boden gleiten, sah hinüber zum Waldrand und kniff die Lippen zusammen. Die Sonne fand im dichten Dach der Buchen und Eichen immer noch Lücken, schickte ihre Strahlen hinunter auf die kleinen Bäume, die das Licht in Besitz nahmen, als würden ihre jungen Blätter von innen glühen. Ein schwarzer Vogel löste sich aus einer Eichenkrone, schimpfte mit schrillem Geschrei über die Lichtung. Flatterte in den Bäumen direkt über ihnen.

Jakob sah hinauf und lächelte. »Der will uns vertreiben. Wahrscheinlich halten wir ihn davon ab, im Gras nach Käfern zu suchen.«

»Bring mich weg. Weit weg.« Ohne Kraft, fast tonlos hatte sie es gesagt.

»Dann komm.« Er stand auf, reichte ihr die Hand, doch sie nahm sie nicht. Sie stand auf, folgte ihm mit gesenktem Kopf zum Waldweg. Er blieb stehen.

»Frag mich nicht«, sagte sie, den Blick auf den Boden gerichtet.

Schweigend gingen sie weiter. Katharina immer einen halben Schritt hinter ihm. Nach einer Weile sagte sie: »Du hast gesagt, ich könnte mir dir fahren. Weg von hier.«

»Ja, natürlich.« Er blieb stehen, wollte ihr ins Gesicht sehen. Sie ließ es nicht zu.

»Dann fahr jetzt, sofort.«

»Gut.«

»Ich komme nie wieder zurück.«

»Gehen wir zum Wagen.«

»Nein. Ich gehe nur bis zur Straße. Dort warte ich. Ich gehe nicht ins Dorf zurück.«

»Fürchtest du ...«

»Laß es sein!« Sie schüttelte den gesenkten Kopf. »Und noch etwas: Wehe, du faßt mich an. Ich bringe dich um.« Er wußte, sie meinte es vollkommen ernst. Er ging weiter, sie blieb hinter ihm. Nach einer Weile erzählte er, daß er ebenfalls vorgehabt habe, das Dorf schnell und endgültig zu verlassen. Als Grund nannte er nur die von den Dorfbewohnern veranstaltete Jagd auf ihn. Katharina antwortete nicht und stellte keine Fragen, selbst wenn er die Ereignisse so schilderte, daß nur Fragen sie vervollständigt hätten. Es schien sie nicht mehr zu interessieren, was im Dorf vor sich ging.

Sie erreichten die Straße nach Weinstein.

»Ich warte hier.« Sie setzte sich an den Straßengraben. Er ließ sich neben ihr ins Gras sinken.

»Was ist? Geh!« Sie sah ihn noch immer nicht an. »Worauf wartest du?«

»Es kann sein, daß ich es nicht schaffe.«

»Was?«

»Nur für den Fall. Da unten sind ein paar, die wollen mich umbringen. Ich meine, hast du Geld? Damit du eventuell allein . . .«

»Was willst du?«

»Wenn ich nicht zurückkomme. Meine Brieftasche und meine Autoschlüssel sind in der braunen Jacke. Sie hängt in meinem Zimmer im Kleiderschrank. Nimm dir, was du brauchst. Fahr nach Hamburg. Du kannst in meiner Wohnung wohnen.«

»Ich kann nicht Auto fahren.«

»Oh.« Er überlegte, welche andere Vorsorge er treffen könnte.

»Wollen die dich wirklich umbringen?« fragte sie. Noch immer sah sie ihn nicht an.

»Es sieht ganz so aus.«

Sie schwieg. Nach einer Weile sagte sie: »Du mußt allein gehen. Ich kann nicht mitkommen. Ich kann niemanden sehen.«

»Es gibt niemanden . . .?«

»Nur Trivial.«

»Er ist tot.« Im selben Moment wußte er, daß er das nicht hätte sagen dürfen. Er hätte sie schonen müssen. Sie sah ihn zum ersten Mal an. Ihre Augen lagen tiefer, waren dunkler als sonst, kleine Falten hatten sich gebildet. Ihre Lippen waren hart und dünn. »Nein.« Sie wirkte wie das zehnjährige Mädchen auf dem Foto des Arztes.

»Es tut mir leid, aber . . .«

»Warum?«

»Ich habe ihn im Wald gefunden. Ich nehme an, der Förster hat ihn . . .«

Sie preßte ihre Lippen und Lider zusammen und fiel mit dem Kopf gegen seine Brust. Ein dumpfer Laut löste sich, aber sie weinte nicht. »Bring mich weg, bring mich weg von hier! Ich hasse diesen Ort. Ich hasse jeden Menschen darin. Ich will weg . . . Nein!« Er wagte nicht, sie zu berühren. Sie richtete sich wieder auf. »Nein. Ich will den Förster sehen! Dieses Schwein!«

Sie lief über die Straße und verschwand so schnell im Wald, daß er Mühe hatte zu folgen. Er ahnte, daß sie sich für den Tod des Hundes rächen wollte, und mußte sie von ihrem Vorhaben abbringen. Doch zugleich war Jakob froh, daß es etwas gab, das sie aus der Lethargie riß.

Sie bog in den schmalen Pfad ein, der hinunter zur Herzensach und zu dem kleinen Steg führte. Er rief ihr nach, wofür um alles in der Welt sie sich noch rächen wollte. Sie stolperte, er sprang hinzu, sie hielt sich an ihm fest. »Du hast Angst?«

»Ja, um dich.«

»Du hast recht, laß uns umkehren. Was mache ich bloß?«

Sie stieß ihn von sich und ging trotzdem weiter.

Sie überquerten die Herzensach und lauschten. Es waren laute Stimmen zu hören. Nach einer kleinen Biegung sahen sie den Förster und seine Tochter. Sie standen sich auf dem Weg gegenüber. Er hatte sein Gewehr im Arm, und sie zielte mit einer Pistole auf ihn.

Katharina und Jakob versuchten sich vorsichtig zu nähern. Claudia sah sie zuerst.

»Er ist ein Mörder«, rief sie.

»Alle Menschen tragen an einer Schuld«, sagte er und lächelte die Ankömmlinge an, dann sah er wieder in den Lauf der Pistole. »Ich spende Trost!«

»Du tötest erst, um anschließend den Hinterbliebenen Trost zu spenden! Du bist ein Mörder!«

»Ich trage nur eine Schuld ab.«

»Was für eine Schuld?«

»Die Menschen sind an mir schuldig geworden. Mir spendete niemand Trost.«

»Und welche Schuld hatte die Frau in Hamburg auf sich geladen, die du, ohne sie zu kennen, erschossen hast?«

»Sie ist nur Mittlerin für den Trost, den ich spenden kann. Niemand außer mir kann das.«

»Das ist Mord!«

»Nimm die Waffe weg, wer soll dich sonst trösten?«

Claudias Hand zitterte.

»Du bist ein gemeiner, feiger Mörder!«

Johann Franke ließ seine Hand über den Kolben des Gewehres zum Abzug gleiten. »Laß uns gehen«, sagte er und riß sein Gewehr nach oben. Vergebens. Der Schuß traf ihn mitten in die Stirn.

57

In Johann Frankes Arbeitszimmer fand Jakob zwei Ordner, in denen der Förster seine Morde genau dokumentiert hatte. Jede Hundeausstellung, zu der er gefahren war, hatte er genutzt, um an Ort und Stelle oder in einer nahen größeren Stadt eine Frau umzubringen. Die gesammelten Zeitungsartikel waren von ihm handschriftlich mit den darin fehlenden Details ergänzt worden.

Es fanden sich jeweils die Adressen der Hinterbliebenen und die Kopien der Trostbriefe, die er ihnen geschickt hatte. Einer der Ordner begann mit einer Materialsammlung zum Tod seiner eigenen Frau. Jakob stellte sich die Frage, ob der Förster vielleicht auch für ihren Tod verantwortlich gewesen war, doch dann legte er alles beiseite. Es war nicht mehr wichtig.

Er ging zurück zu den beiden Frauen. Sie hatten ihn nicht dabeihaben wollen, bei ihrem hastigen und geflüstert geführten Gespräch. Sie saßen in der Küche, hielten sich die Hände.

Claudia wirkte jetzt geradezu heiter, bedrängte sie, den Ort zu verlassen, bevor sie die Polizei in Weinstein alarmierte.

Jakob hielt dagegen, daß er Zeuge sei, wie ihr Vater auf sie hatte schießen wollen. Doch Claudia schüttelte energisch den Kopf, sie benötige ihn nicht. Sie sah Katharina an und wiederholte, sie benötige niemanden. Wirklich nicht.

Sie lachte. (Der Förster lag hinter dem Haus mit einem Loch im Kopf.)

Jakob gab ihr seine Adresse und die Anschrift seines Anwaltes. Danach verabschiedeten sie sich. Er umarmte sie. Sie küßte ihn. »Danke.«

Katharina schlug wieder den Weg in den Wald ein (vorbei an einem Förster, tot). Jakob bewegte sich vorsichtig aufs Dorf zu. Doch als die Tischlerei in Sicht kam, blieb er stehen. Jemand machte sich an seinem Auto zu schaffen, der Kofferraum war geöffnet. Es war der Pfarrer, der den Wagen belud. Es schienen Jakobs eigene Koffer zu sein, die er hineinstellte.

Einen Augenblick blieb er unentschlossen, beobachtete die Straße. Niemand war zu sehen. Der Pastor war allein. Vielleicht lauerte jemand im Hauseingang? Jakob entschied sich für den Angriff und ging rasch auf ihn zu.

»Was machen Sie da?«

Das Pastor lächelte, legte den Zeigefinger auf den Mund und sah sich um. »Die Gefahr ist noch nicht ganz vorbei. Ich wollte Sie einsperren, um Sie vor den Bauern zu bewahren. Aber ich glaube, es ist das beste, Sie verschwinden. Ich hoffe, Sie verzeihen mir, daß ich die Wohnung ausgeräumt habe. Es sieht aus wie ein Rausschmiß, aber glauben Sie mir, es ist zu Ihrer Sicherheit. Es ist alles gepackt. Sie können starten.«

Jakob traute ihm nicht. »Sie wollen mich nicht wieder . . .«

Der Pfarrer lachte und schüttelte den Kopf. »Nun machen Sie schon. Der Schlüssel steckt.«

»Ich komme nicht wieder.« Jakob trat nicht näher.

»Prima. Na los.« Der Pfarrer trieb ihn mit den Händen an.

»Sie lassen mich wirklich gehen?« Jakob reckte sich etwas, um in den Wagen zu schauen. Vielleicht hockte jemand zwischen den Sitzen?

»Verschwinden Sie.«

»Und soll ich nicht auf Ihrer Brunnenharfe . . .« Es war niemand im Auto.

»Nein. Es ist bedauerlich, aber hauen Sie schon ab!«

Plötzlich kam Jakob ein Gedanke. »Sie wollen nicht, daß ich in die Wohnung gehe, nicht wahr?«

»Ich will Sie sicher aus dem Ort schaffen. Dazu müssen Sie sich beeilen.«

»Kann ich noch einmal in die Wohnung?«

»Sie haben keine Zeit mehr.«

»Was ist da oben?« Er zeigte in Richtung Wohnung.

»Wollen Sie es wirklich wissen?«

Jakob nickte.

»Da oben liegt eine Leiche.«

Es war im scherzhaften Ton gesagt, aber Jakob glaubte ihm. »Und?«

»Und ich bin derjenige hier im Ort, der alles aufräumen muß.«

»Wer ist es?«

»Je weniger Sie wissen, um so besser.«

Jakob näherte sich vorsichtig der Fahrertür, wobei er den Pastor aber nicht aus den Augen ließ. Rudolf Pedus hob beide Hände. »Machen Sie es gut.«

Jakob öffnete die Fahrertür und stieg ein. Der Pastor entfernte sich einige Schritte. Jakob schloß die Tür und kurbelte das Fenster herunter.

»Was ist mit Katharina passiert?«

»Wo ist sie?« Der Pfarrer kam näher.

»Keinen Schritt weiter.« Jakob legte die Hand an den Zündschlüssel.

»Ist schon gut.« Rudolf Pedus blieb stehen. »Sie wollte mit dem Gutsherrn – sagen wir mal: eine Verbindung eingehen.«

»Das weiß ich.«

Der Pfarrer lächelte, drehte sich langsam um. »Na, dann auf Wiedersehen.«

»Warten Sie.« Er winkte ihn näher heran und flüsterte. »Ich treffe Katharina nachher.«

»Gut.«

»Ich nehme sie mit.«

»Großartig.«

»Nun sagen Sie schon.«

»Wenn ich richtig informiert bin, hat der junge Gutsherr sie kurz vor seiner Verhaftung vergewaltigen wollen.«

»Vergewaltigung? Verhaftung?«

»Zwischen diesen beiden Dingen gibt es einen erheblichen Unterschied, mein junger Freund, wenn Sie den nicht kennen, kommen Sie in Schwierigkeiten.«

»Er hat sie vergewaltigt?«

»Nein, nein. Dazu ist es aus zwei Gründen nicht gekommen. Sie ist geflohen. Stellen Sie sich vor, sie ist die Mauer des Gutshauses herunterklettert. Wie eine Katze. Den zweiten Grund erzähle ich Ihnen nur, wenn Sie mir eine Frage beantworten: Lieben Sie Katharina?«

»Liebe?« Er lächelte. »Ich habe ihr einen Heiratsantrag gemacht. Und ich stehe dazu.«

Der Pfarrer hob die Brauen und beugte sich zu ihm herab. »Nun, wir haben hier einen etwas seltsamen Arzt. Er näht gern Wunden. Und wenn ein junges Mädchen zu ihm kommt und ihren Abscheu vor den Männern erklärt, dann näht er auch schon mal was anderes zu.«

»Was?«

»Sie haben schon richtig verstanden.« Der Pfarrer richtete sich wieder auf. »Alles, was Sie sonst noch wissen müssen, schreibe ich Ihnen, wenn Sie mir mal eine Postkarte mit Ihrer Anschrift schicken.«

Er klopfte auf das Blech des Autodaches.

»Gute Fahrt.«

58

Er traf sie gleich hinter der Brücke. Sie stieg wortlos ein. Als sie den Wald hinter sich gelassen hatten, sagte sie: »Es ist vielleicht das beste, du setzt mich in Weinstein ab. Ich komme schon zurecht.«

»Aber ich nicht.« Er bremste langsam ab und hielt am Straßenrand.

»Ich habe eine Bitte an dich. Aber vorher mußt du etwas von mir wissen, was ich noch niemandem erzählt habe. Und glaube mir, es ist nicht einfach, darüber zu sprechen.«

Es war nicht einfach. Es gelang ihm nicht immer, ihr dabei in die Augen zu sehen. Er begann mit den Sekunden des Absturzes, ging weiter zu den Stunden unter den Messern der Chirurgen und zu dem Bangen um das Ergebnis der Operation mit der schließlich (damals) niederschmetternden Nachricht, mit der er längst zu leben gelernt hatte. Ein Leben ohne eigene Kinder und mit einer Sexualität, die auf Knopfdruck funktionierte und doch nichts anderes war als Erfüllung ohne Bedürfnis, als Wunsch ohne Erfüllung.

Sie hatte ihm schweigend zugehört.

»Und jetzt«, sagte er, »mache ich dir einfach noch mal einen altmodischen Heiratsantrag. Und wenn du nein sagst, dann nehme ich dich mit nach Hamburg und kümmere mich um dich, wie ich es für einen Freund auch tun würde.«

Sie lächelte, legte ihm ihren Finger auf die Lippen. »Ich bleibe bei dir. Fahr los. Und nach ein paar Kilometern werde ich dich bitten anzuhalten, damit ich dir ein Geständnis machen kann. Ich muß mir noch die richtigen Worte überlegen.«

»Ist das ein vorläufiges Ja?«

Sie nickte.

Er startete den Wagen und wendete auf der Straße.

»Was machst du?«

»Unter diesen Umständen fahre ich zurück.«

»Ich habe doch ja gesagt.«

»Ja. Und ich muß jetzt ein Versprechen halten. Keine Angst.«

Er fuhr in den Ort hinein, und Katharina rutschte tief in den Sitz. »Du bist verrückt.«

Auf der Straße war noch immer niemand zu sehen. Das Dorf wirkte wie ausgestorben. Selbst die Gastwirtschaft schien geschlossen. Er parkte an der Seite des Pfarrhauses. »Warte. Oder willst du mitkommen?«

»Nein, nein.« Sie drückte sich tief in die Polster. »Ich will niemanden mehr sehen.«

Er stieg aus, ging zum Eingang des Brunnens. Er schob den Riegel zur Seite und öffnete die schwere Metalltür. Er stieg die Treppen hinunter bis zur Plattform. Er betrachtete die Hebel der Maschine und überlegte, wie die einfache Melodie gewesen war, die seine Mutter ihn als kleinen Jungen auf dem Klavier gelehrt hatte. Er hatte sie nicht vergessen, nur an den Text erinnerte er sich nicht mehr. Er begann die Hebel zu ziehen, doch schon der zweite Ton mischte sich mit dem ersten, brachte weitere Bleche zum Klingen. Ein ohrenbetäubender Lärm entstand, der an- und abschwoll, als wäre ein Sturm entfesselt, der ständig seine Richtung wechselte, als würden Wellen gegen den Fels branden, wieder und wieder, und die Küste in weiße Gischt hüllen, in Nebel und knatternde Segel. Und in den Aufruhr der Gewalten mischten sich die klagenden Schreie erwachter Ungeheuer. Die Erde bebte.

Es nahm kein Ende, selbst als er die Hebel nicht mehr bediente.

Er stieg wieder hoch ans Licht, war geblendet, beschattete die Augen mit der Hand und sah die schweigende Mauer der Dorfbewohner, bewaffnet mit Knüppeln, Harken und Forken.

Jakob stand ihnen gegenüber, und plötzlich wußte er, wie der Text zu der Melodie gelautet hatte. Es war ein deutsches Lied gewesen:

> Den Bauern gehört die Erde,
> Den Piraten gehören die Meere,
> Den Räubern gehören die Wälder,
> Dem Kaufmann gehören die Gelder.

Noch immer lag »Gottes Stimme« mit einem Sirren in der Luft, das höher und höher wurde. Die Bauern standen still, als warteten sie auf den letzten hörbaren Ton. Er verklang, und die Menge setzte sich in Bewegung. Langsam wandten sich die Dorfbewohner ab und gingen. Jeder für sich.

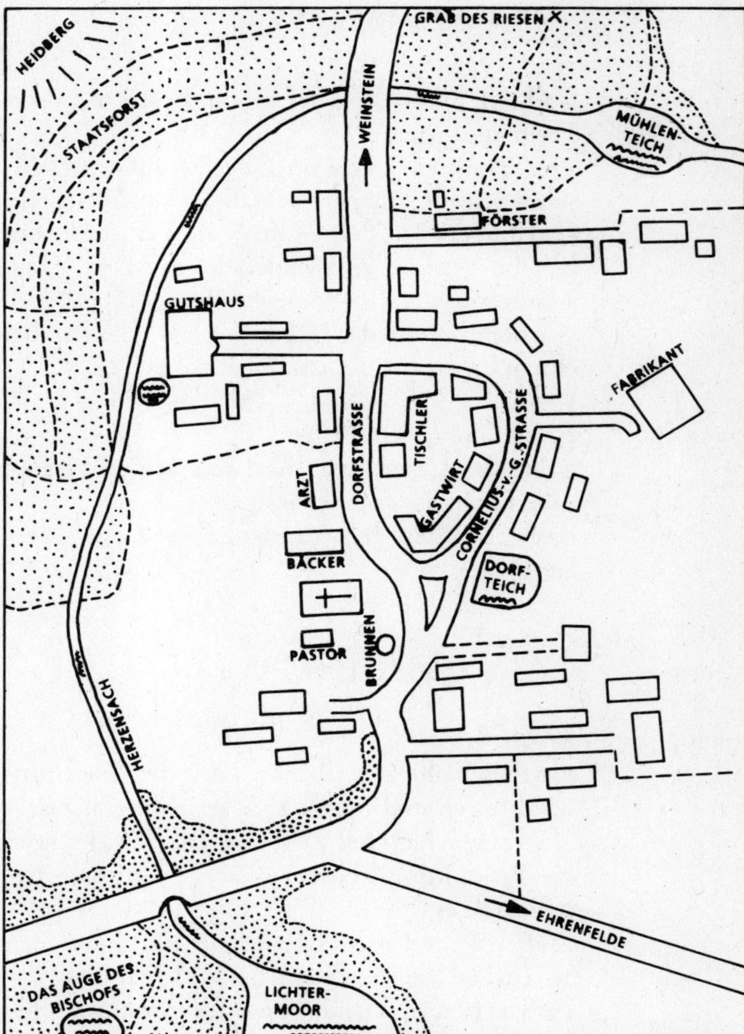

HERZENSACH
Kreis Weinstein

Stammbaum der Familie van Grunten

Männliche Linie

Cornelius	1721–1772 Kapitän in Diensten der spanischen Krone, mit Freibeuterbrief. 1761 raubt er bei einem Überfall auf ein englisches Schiff Catharina Clarabella von Weinstein (12) und erpreßt den Grafen von Weinstein, ihm für die Freiheit des Mädchens das Dorf Herzensach samt Tal zu überschreiben. Cornelius sieht das Tal nie. Er wird 1772 bei einem Landgang in Lissabon erstochen.
Hendrik	1764–1840 Sohn des Cornelius. Wird mit seiner Familie 1812 in Herzensach ansässig. Baut 1814 den Wehrturm und 1824 das Gutshaus.
Caspar	1801–1875 Einziger Sohn des Hendrik.
Johann Jacob	1840–1926 Einziger Sohn des Caspar. Läßt den Tiefbrunnen bohren und bringt 1880 das Mineralwasser »Herzensacher Heilwasser« auf den Markt, muß die Produktion aber 1895 wegen giftiger Bestandteile einstellen. 1898 erweitert er das Gutshaus um die beiden Seitenflügel aus den Steinen des Wehrturms. 1912 verkauft er einen Teil des Forstes an den Staat und finanziert damit die Beteiligung am Berliner Bankhaus van Grunten & Salomon.

Hubertus	1870–1914 Einziger Sohn des Johann Jacob. 1912 erschießt er seinen 1904 geborenen, schwachsinnigen zweiten Sohn Carl. Er selbst wird gleich zu Beginn des Ersten Weltkrieges erschossen.
Friedrich	1901–1978 Erster Sohn des Hubertus.
Hermann	Geboren 1930. Einziger Sohn des Friedrich. Übergibt 1990 seinem Sohn Jan das Gut und siedelt auf Mallorca.
Jan	Geboren 1959.

Hinzufügung von drei Dokumenten,
die es den mit dem Schluß
unzufriedenen Lesern
ermöglichen sollen, sich
– entsprechend ihren Wünschen –
ein halbwegs befriedigendes Ende
vorzustellen.

I

Er habe sich anfangs nichts Besonderes dabei gedacht, so geht aus dem Protokoll der Vernehmung des Peter Malkow hervor, als Herr Weber am Sonntagabend in die Fabrik gekommen sei. Er habe zunächst seinen Dienst wie immer gemacht. Erst als er das Geräusch von der laufenden Maschine gehört habe, hätte er sein Büro verlassen, um zu sehen, was da los sei.

Er sei, erklärte er dem Vernehmungsbeamten weiter, seit achtzehn Jahren für Wilhelm Weber tätig. Er sei als Entbeiner eingestellt worden, später habe er, weil er sich mit dem Schlachtmesser Armsehnen und Nerven durchtrennt habe, eine Stelle als Hauswart bekommen und versehe, wegen seiner Schlaflosigkeit, diese Tätigkeit vornehmlich des Nachts. Er habe sich nie etwas zuschulden kommen lassen und halte große Stücke auf seinen Chef, der ihn immer gut behandelt und ihm regelmäßig die beiden Schweine zu einem äußerst anständigen Preis abgekauft habe, die er nebenbei in seinem Garten aufziehe. Deshalb wisse er auch jetzt nicht so recht, ob es nicht besser gewesen wäre, den Kontrollgang zu unterlassen.

Jedenfalls, so erklärte der sechzigjährige Hauswart weiter, sei er auf diesem Rundgang einem weiteren, ihm bekannten Menschen begegnet, dem Bürgermeister und Tischler von Herzensach, Thomas Timber. Wie der ungesehen in die Fabrik gelangt sei, könne er sich nicht erklären. Sein Chef und der Tischler hätten die Wurstmaschine in Betrieb gesetzt, um an ihr zu arbeiten. Und sein, des Hauswarts spontanes Eingreifen sei eigentlich nur auf die Unterlassung der Hygienevorschriften zurückzuführen, die ihm als Arbeiter in der Fabrik in Fleisch und Blut übergegangen seien. Die Schlachtkörper, erklärte er, hätten nämlich vor der Verwurstung einen Enthaarungs-, Wasch- und Brühvorgang zu durchlaufen, hier aber habe die weibliche Leiche noch bunte, schmierige Farbschichten getragen. Bei der männlichen Leiche habe er noch alle Haare gesehen und darüber hinaus ein typisches Einschußloch, so daß sogar die Gefahr einer Schädigung der rotierenden Maschinenmesser durch eine nicht entfernte Kugel bestanden habe. Auf diesen unvorschriftsmäßigen Zustand habe er die beiden Männer eigentlich nur aufmerksam machen wollen, diese seien ihm jedoch mit überraschender Aggressivität begegnet.

Abschließend drückte der Wachmann sein Bedauern über den unglücklichen Tod seines Chefs aus, aber er habe sich gegen die heftigen Angriffe der beiden wehren müssen. Während ihm Wilhelm Webers unglücklicher Sturz in die Maschine wirklich leid tue, sei ihm, als Bewohner Weinsteins, der Tod des Bürgermeisters von Herzensach ziemlich egal, zumal diesem, wohl durch vorausgegangenen unsachgemäßen Umgang mit der Wurstmaschine, ja bereits ein Daumen gefehlt habe.

2

O Gott, Du weißt, daß ich alles nur tue, um Deine Gunst und Gnade zu erlangen. Ich bin sicher, daß Du eines Tages auf mein Tagebuch antworten wirst, vielleicht sogar noch auf Erden durch die Maschine, die ich Dir im Brunnen baue. Ich unterwerfe mich Dir und Deinem Wort.

War es richtig, die beiden armen Seelen des Nachts auf Deinem Acker zu begraben? Was haben die weltlichen Herrscher für ein Recht auf einen Toten? Ich hätte es ihnen gegeben, wenn es nicht um höhere Dinge gegangen wäre, um die endgültige Einpflanzung des rechten Glaubens in diesen Heidenköpfen, damit aller Mord und Unfriede, alle Ungerechtigkeit, die von ihnen ausgehen, einmal ein Ende haben.

Die beiden Schuldigen am Tod Lisas habe ich die ganze Nacht graben lassen. Und als Dritter hat jener schaufeln müssen, der so pietätlos mit dem verstorbenen jungen Mann aus der Stadt umherzog. Was geht nur in solchen Köpfen vor?

Es mag eine geringe Strafe sein, daß sie tiefer als nötig graben mußten. Es mag eine geringe Strafe sein, daß ihnen am Morgen die Hände bluteten und der Rücken krumm war. Es mag eine geringe Strafe sein, daß dem Tischler die Hand verfaulen wird. Oder ist das schon Deine Rache? Es muß wohl Deine Rache sein. Auch daß der Schlachter sich am nächsten Morgen noch die Brust bei einem Sturz in seiner Wohnung aufschnitt. Es muß wohl Deine Rache sein, daß Du dem Wirt erneut die Knie auf der eigenen Treppe brachst und dieses böse Haus nun geschlossen ist. Es muß wohl Deine Rache sein, daß Du den Piraten ihren Kapitän nimmst, wenigstens für einige Jahre. Ich sehe wohl, was Du planst: Sie sollen in Dein Schiff kommen. Und ich kann Dir berichten, sie kommen. Alle! Ausnahmslos!

Alle waren sie da, als ich Maria Glaser als oberste über die beiden anderen Toten bettete. Was für ein schöner Schlußstein. Und jeder der Trauergäste versprach mir, angesichts dieses Dreiergrabes, den rechten Weg zu beschreiten. Ich bitte Dich, gib ihnen die Kraft. Ich will alles tun, damit sie Deine Herrlichkeit erkennen. Damit Ruhe ist, endlich Ruhe ist. Ruhe für

Dich und Deine Stimme. Verzeih mir, daß ich Dir einige Tage lang nicht schreiben konnte. Ich verspreche, es von nun an wieder regelmäßig zu tun. Dein schwacher und ergebener Diener Pedus.

3

Meldung aus dem ›Weinsteiner Boten‹:

Untersuchung abgeschlossen

Wie die Polizei und der zuständige Arzt Dr. Bernhard Andree in Herzensach mitteilen, ist der tragische Tod des Förster Johann Franke auf einen Unfall zurückzuführen. Beim Waffenreinigen hatte sich ein Schuß gelöst. Gerüchten, daß der Tod im Zusammenhang mit einer angeblichen Gasthausschlägerei am vergangenen Sonntag stehe, bei der es weitere Tote gegeben habe, trat die Gutsverwaltung energisch entgegen. Sie teilte außerdem mit, daß Jan van Grunten die Leitung des Gutes abgebe, um sich ausschließlich seiner Firma in Berlin zu widmen, die durch betrügerische Manipulationen seines schwedischen Partners in Schwierigkeiten geraten war.